AU CŒUR DE L'OUEST

DU MÊME AUTEUR
AUX ÉDITIONS BELFOND

L'homme qui venait de nulle part, 1996.

PENELOPE WILLIAMSON

AU CŒUR DE L'OUEST

Traduit de l'américain
par Michel Ganstel

belfond
12, avenue d'Italie
75013 Paris

Cet ouvrage a été publié sous le titre original :
HEART OF THE WEST
par Simon & Schuster, New York

Ce livre est une œuvre de fiction. Les noms, les personnages, les lieux et les événements sont tous fictifs ou utilisés fictivement. Toute ressemblance avec des personnes réelles, vivantes ou mortes, des événements ou des lieux serait pure coïncidence.

Si vous souhaitez recevoir notre catalogue
et être tenu au courant de nos publications,
envoyez vos nom et adresse, en citant ce livre,
aux Éditions Belfond,
12, avenue d'Italie, 75013 Paris.
Et, pour le Canada, à
Édipresse Inc., 945, avenue Beaumont
Montréal, Québec, H3N 1W3.

ISBN : 2-7144-3352-9

Pour ma mère, Bernadine Wegmann Proctor,
et pour la sienne, Elizabeth Bonhage Wegmann...
Vous m'avez montré comment.

PREMIÈRE PARTIE

1879

Chapitre I

— Il n'est pas encore là. Il ne viendra pas...

Dans sa chambre obscure et silencieuse, Clementine Kennicutt allait de l'armoire de noyer au lit à colonnes et du lit à la cheminée de marbre où trônait la pendule. À chaque passage, elle regardait l'heure au cadran. Minuit dix. Dix minutes de retard. Et il n'arrivait toujours pas. Il ne viendrait plus...

Elle s'approcha de la fenêtre, souleva le store. Derrière le carreau strié de pluie, l'air saturé d'humidité ceignait de halos les réverbères. Un rayon de lune perçait çà et là entre les nuages bousculés par le vent. Les grilles de Louisburg Square étendaient leurs ombres figées sur le pavé luisant — et vide.

Elle crut voir une lueur à travers les ormes du square. Une lanterne de voiture ? Elle colla son visage à la vitre, aussitôt embuée par son haleine, tourna la crémone, tira avec impatience. Les gonds grincèrent. Elle se figea, le cœur battant, finit d'ouvrir avec précaution.

Le vent s'engouffra dans la chambre, une rafale plaqua les rideaux de velours contre l'embrasure et fit tinter les pendeloques des appliques. Elle se pencha au-dehors, regarda à gauche, à droite. L'air frais sentait la terre mouillée et la fumée. La rue était déserte.

Il n'arrivait toujours pas. Il ne viendrait plus...

— Que fais-tu là ?

Elle sursauta, se retourna. Le bougeoir d'argent dans la main de sa mère projetait des ombres dansantes sur les murs. Le cœur de Clementine battit trop vite.

— Maman ! Vous m'avez fait peur.

Son bougeoir à bout de bras, Julia Kennicutt toisa sa fille. La robe de laine, le carrick, les gants, les bottines de marche, le sac de voyage plein à craquer rendaient toute question inutile. Sur l'appui de la fenêtre, une chandelle et des allumettes dans un grattoir de porcelaine. De quoi donner un signal à l'extérieur.

— Tu es prête à t'enfuir. Avec un homme.

Clementine lança un regard affolé vers la porte ouverte, par laquelle elle s'attendait à voir apparaître son père.

— Je vous en prie, Maman, pas si fort. Je vais tout ranger et me coucher. Si vous ne dites rien, personne d'autre que vous et moi n'aura besoin de savoir...

Sans répondre, sa mère sortit, referma la porte derrière elle. L'obscurité envahit de nouveau la chambre. Clementine se laissa tomber sur le pouf de sa coiffeuse, la gorge emplie du goût écœurant de la peur, une peur qu'elle se méprisa de ne pouvoir dominer.

Un grattement au-dehors l'alerta, mais ce n'était qu'une branche d'arbre agitée par le vent contre un réverbère. Elle contempla la fenêtre avec désespoir. Même s'il arrivait maintenant, ce serait trop tard. De toute façon, il ne viendrait plus...

La porte se rouvrit. Clementine puisa en elle-même la force de résister à la fureur de son père. Ses défenses étaient si bien érigées qu'il lui fallut un moment pour se rendre compte que sa mère revenait sans lui.

Julia Kennicutt posa le bougeoir sur la coiffeuse. En chemise de nuit blanche, ses longs cheveux blonds dénoués, elle paraissait presque plus jeune que sa fille.

Elle esquissa le geste de lui caresser la joue, se ravisa, lui mit quelque chose dans la main.

— Prends ceci, Clementine.

Surprise par le poids de l'objet — un sachet en forme de cœur, brodé de fleurs et bordé de dentelle —, Clementine faillit le laisser échapper. Il était imprégné d'un parfum de rose, mais trop lourd pour ne contenir qu'une poudre ou des herbes aromatiques. En le soupesant, Clementine entendit tinter des pièces d'argent.

— Ce n'est pas une grosse somme, à peine cent dollars, murmura sa mère. Mais cela devrait te permettre de prendre un nouveau départ s'il te fallait un jour ou l'autre échapper à l'homme avec lequel tu t'enfuis ce soir.

Les yeux baissés vers le petit sac au creux de sa main, Clementine se rappela l'avoir aperçu, des années auparavant, caché entre les sous-vêtements de sa mère — là où un sachet parfumé en forme de cœur n'aurait pu paraître suspect à son père s'il avait eu l'idée d'y fouiner.

— Cet argent est à vous, Maman. Vous attendez depuis si longtemps l'occasion de...

— Non ! l'interrompit Julia. Je ne quitterai plus cette maison, je ne suis pas assez courageuse.

— Mais si, venez avec nous, insista Clementine en essayant vainement de lui rendre le sac. Nous allons nous établir dans le territoire du Montana...

Julia lui coupa la parole d'un éclat de rire proche du sanglot.

— Le Montana ! Tu as toujours été si impétueuse, ma pauvre enfant, si prompte à suivre ton imagination ! Que penserait ton beau jeune homme d'une fille qui imposerait sa mère dans son tête-à-tête avec lui ? Et pour vivre dans un désert, qui plus est ! M'imagines-tu au milieu des Indiens et des bisons ? Tu es très jeune, ma chérie. Tu cours au-devant de grandes aventures et tu en rencontreras à coup sûr. Mais je doute que ce soient toujours celles dont tu rêves.

— Voyons, Maman...

— Chut ! Écoute-moi pour une fois, l'interrompit-elle en lui posant avec douceur la main sur sa joue. Nul ne peut rejeter le mode de vie qu'il a toujours connu. La sécurité a du bon. Prends cet argent, tu en auras besoin le jour où ta belle aventure perdra son goût de romanesque. C'est la seule chose que je puisse te donner. Et même cela, j'ai dû le lui dérober.

Clementine palpa les pièces à travers l'étoffe. Elles lui paraissaient moins lourdes que les milliers de mots depuis toujours inexprimés entre sa mère et elle. Un instant, elle voulut lui en faire don en échange de ce trésor — *la seule chose que je puisse te donner...* Pourtant, quelque chose la retint. Et quand elle enfouit le sachet dans la poche de son manteau, elle renferma au plus profond d'elle-même ces mots qu'elle ne savait ni ne pouvait dire.

— Parle-moi de cet homme, Clementine.

— Il n'a rien de commun avec Père. Il est bon, il est gai, il ne ferait de mal à personne, j'en suis sûre. Et vous ne devinerez jamais : c'est un cow-boy. Un *vrai* cow-boy !

D'où lui venait cette certitude ? Elle le connaissait à peine — en fait, elle ne le connaissait pas du tout. Et plus l'heure tournait, plus son cœur se serrait : s'il n'était pas déjà venu, il ne viendrait plus. La grande aventure prenait fin avant même d'avoir commencé.

— Un cow-boy... ?

Julia s'efforça de sourire, mais sa main tremblait quand elle la posa sur le bras de Clementine.

— Quelles que soient les qualités dont tu le crois paré, reprit-elle, promets-moi de garder le secret sur cet argent. Ne lui révèle jamais son existence, sinon il pourrait considérer qu'il lui appartient de plein droit et...

Un roulement sur les pavés l'interrompit. Clementine bondit à la fenêtre.

— Vite, Maman, soufflez votre chandelle !

Boueux, déglingué, veuf de sa capote, le petit cabriolet noir qui descendait la rue au grand trot, en jouant à cache-cache avec les flaques d'ombre et de lumière, lui parut plus fabuleux qu'un carrosse doré attelé de licornes blanches. Un rire joyeux lui échappa : il était là ! Son cow-boy venait l'enlever comme promis !

Elle fit tomber une allumette et en cassa une autre avant de réussir à enflammer sa bougie, qu'elle balança deux fois devant la fenêtre. Elle l'éteignit et souleva à grand-peine son sac de voyage — incapable de prévoir ce dont elle aurait besoin dans sa nouvelle vie, elle y avait entassé tout ce qu'elle pouvait.

À peine visible dans l'ombre, Julia respirait avec effort, comme si elle ravalait elle aussi des mots qu'elle ne savait ou ne pouvait dire. Enfin, elle s'approcha, prit entre ses mains le visage de sa fille en une étreinte maladroite.

— Va, mon enfant. Sois heureuse.

Clementine se dégagea au bout d'un instant. Près de la porte, elle se retourna, posa un dernier regard sur sa mère dont la silhouette silencieuse se fondait dans l'obscurité.

— Adieu, Maman, murmura-t-elle.

Elle s'éloigna dans le couloir, le sac serré sur sa poitrine de crainte de le cogner contre les murs. L'épais tapis étouffa ses pas... mais, une fois dans l'escalier de service, elle se prit le pied dans l'ourlet de sa robe, trébucha et se rattrapa à la rampe en lâchant son fardeau, qui rebondit avec fracas jusqu'à la cuisine où il s'ouvrit et répandit son contenu. Des écrins, des colifichets, des bas roulés en boule, un fer à friser allèrent se perdre sous la glacière, derrière les baquets et le seau à charbon. Clementine retint de justesse un cri de frayeur. Elle avait fait un raffut à réveiller tout Beacon Hill. Son père l'avait sûrement entendue. Son père...

Elle ramassa à tâtons ce qui lui tomba sous la main, fourra le tout dans le sac dont elle ne put reboucler qu'un fermoir, courut vers la porte qui donnait sur la cour des écuries. Il était convenu que son cow-boy irait l'attendre dans la ruelle après avoir vu le signal. Toujours courant, elle traversa la cour. Ses talons claquaient sur les dalles, dans sa poche le sachet de pièces rebondissait contre sa cuisse. Elle s'écorcha les phalanges en tirant sur le loquet qui résistait, la grille grinça.

Clementine jaillit dehors — et se cogna contre l'homme de haute taille qui se tenait là, le visage presque invisible sous le large bord de son chapeau qui le grandissait encore.

Elle dut marquer une pause pour reprendre haleine.

— Monsieur McQueen... Je suis là.

— Je vous entendais venir, mademoiselle Kennicutt. Moi et toute la ville de Boston.

Avec un sourire qui dévoila ses dents blanches sous sa longue moustache tombante, il prit le sac d'où dépassaient un jupon et un pan de corset, le posa dans le cabriolet. Il tendait la main à Clementine pour l'aider à monter quand elle l'arrêta d'un geste.

— Attendez, ce n'est pas tout. Là, sous cette pile de vieux sacs...

Il tira de sa cachette une malle de veau cerclée de cuivre. Depuis deux jours, tous les objets qu'elle contenait avaient été sortis clandestinement, et l'un après l'autre, de la maison par Clementine.

— Qu'avez-vous donc mis là-dedans ? Des briques et des pavés ? grogna-t-il en s'efforçant de faire tenir la malle entre la banquette et le tablier.

Elle eut peur qu'il lui demande d'abandonner cet encombrant bagage, et ne la force ainsi à choisir entre sa nouvelle vie et la seule chose qui ait compté dans l'ancienne.

— Juste un appareil photographique, des plaques de verre et des produits chimiques. Il y a assez de place, n'est-ce pas ? Ce n'est pas très lourd...

Comme sa mère quelques minutes plus tôt, il lui prit le visage à deux mains. Mais c'était pour poser sur ses lèvres un baiser, un vrai baiser d'homme, exigeant et possessif, qui lui coupa le souffle et lui donna le vertige. Il la souleva sans effort par la taille pour la déposer sur la banquette, sauta à côté d'elle, fit claquer les rênes sur la croupe du cheval. Une seconde plus tard, l'équipage émergea de la ruelle et prit la direction du fleuve.

Clementine se retourna une dernière fois vers la chambre où s'était écoulée sa vie. Elle vit la flamme d'une bougie vaciller, s'éteindre — sa mère qui lui adressait ce bref et solitaire adieu. Et quand l'ombre des ormes eut absorbé la fenêtre obscure, elle regarda devant elle. Au-dessus des toits de Beacon Hill, la pleine lune flottait dans le ciel, rebondie comme une orange de Noël.

Clementine rit de plaisir, la tête rejetée en arrière. Si Louisburg Square et la maison de son père s'éloignaient à jamais, la lune ne l'abandonnait pas. Les bras tendus, elle ouvrit les mains pour la saisir. Mais la lune resta juste hors de sa portée.

Si la vie ressemblait à un roman d'aventures, s'était souvent dit Clementine, la sienne devait fatalement l'amener à épouser un cow-boy.

Lorsqu'elle donnait libre cours à son imagination, c'était elle en fait qui pourchassait les mustangs dans la prairie, stoppait d'une balle infaillible la charge d'un bison fou ou entrait triomphalement à Dodge City. Mais il lui fallait redescendre sur terre : même dans ses rêves les plus échevelés, les fillettes grandissaient pour se marier, pas pour devenir cow-boy. Oui, mais si son mari l'était, cow-boy... ? Non, le simple bon sens lui disait qu'elle poussait un peu trop loin pour la petite fille du pasteur de Tremont à Boston, Massachusetts. Une petite fille dont le mode de vie différait aussi radicalement de celui d'un cow-boy qu'un fromage de Chester de la lune.

L'argent et les convenances avaient présidé au mariage de ses parents. Julia Patterson déposait au pied de l'autel une dot de cinquante mille dollars et une maison sur Beacon Hill, en échange desquels le révérend Theodore Kennicutt apportait son estimable patronyme bostonien et sa sainte personne. Envers Clementine, sa fille unique, le révérend connaissait ses devoirs de père et de serviteur de Dieu. Êtres faibles et imparfaits par nature, les filles étaient sujettes à la vanité et au caprice. Un joli minois n'était pour ainsi dire jamais le reflet d'une âme pure. Nul, par conséquent, n'avait le droit de choyer Clementine ni de lui manifester de la tendresse.

Parfois, quand elle était censée prier et s'adonner à la contrition, elle s'exerçait à remonter très loin dans ses souvenirs, avant même sa découverte des cow-boys. Ainsi, l'été de ses quatre ans, une visite à l'usine de son grand-père lui avait dévoilé ce que pouvait être la vraie vie.

Propriétaire d'usines de finissage des textiles, Bon-Papa Patterson avait un sourire épanoui, le teint rubicond d'une pomme bien mûre et un rire sonore qui faisait trembler son gros ventre. Ce jour-là, il avait emmené Clementine et sa mère à sa nouvelle usine de blanchiment et de teinture, énorme bâtisse de brique à la cheminée empanachée de fumée. À l'intérieur, des nuages de vapeur s'échappaient de gigantesques cuves, des centaines de tuyaux s'entrecroisaient au plafond, des effluves nauséabonds démangeaient le nez et piquaient les yeux. Clementine avait aussitôt adoré ce spectacle qui, pour sa mère, n'évoquait que les chaudrons de l'enfer. Le vacarme, la puanteur, l'activité qui y régnait étaient pour elle l'image même de la vie. Longtemps après, lorsqu'elle tenterait d'imaginer son avenir dans sa plénitude, ce seraient l'usine, ses odeurs et ses bruits qui lui reviendraient à l'esprit. L'endroit l'avait tellement frappée qu'elle brûlait d'impatience d'y retourner, mais l'occasion ne s'était jamais présentée.

Cet été-là n'avait pourtant pas été sans magie, car Maman riait souvent et son ventre s'arrondissait comme celui de Bon-Papa. La cuisinière avait dit à Clementine que Madame attendait un bébé, mais elle ne l'avait pas crue — jusqu'au jour où sa mère lui avait mis la main sur son ventre pour lui faire sentir, à travers sa robe, le bébé qui donnait des coups de pied. Ce miracle avait émerveillé Clementine.

— Comment un bébé peut-il entrer à l'intérieur ?

— Ne pose jamais de questions aussi impertinentes, l'avait gourmandée sa mère.

Il n'empêche qu'elles avaient ri ensemble quand le bébé avait recommencé.

Clementine aimait à se rappeler ces rires complices. Mais ses souvenirs s'enchaînaient parfois de manière si capricieuse que les rires se prolongeaient par des cris au milieu de la nuit, des cavalcades dans le couloir et des chuchotements de servantes derrière la porte de sa chambre : Madame allait sûrement mourir et la petite Clementine serait au matin une pauvre orpheline.

Dans son lit, les yeux ouverts, Clementine avait écouté toute la nuit les cris de sa mère. Elle avait vu les ombres se dissoudre, le soleil levant filtrer à travers le feuillage des ormes du square.

Elle avait entendu les oiseaux pépier, le camion du laitier ferrailler sur les pavés.

Au matin, les cris avaient cessé.

Au matin, avaient dit les chuchotements, sa mère serait morte et Clementine une pauvre orpheline.

Le soleil était déjà haut quand le révérend Kennicutt était venu la voir. Bien qu'elle ait peur de lui, Clementine aimait regarder son père. Il était si grand que sa tête semblait toucher le ciel. Il avait une longue barbe, aussi noire et luisante que ses cheveux, qui se séparait en deux pointes recourbées comme les anses d'un pot de lait. Ses yeux brillaient, surtout le soir quand il venait lui faire dire ses prières, lui expliquer que Dieu jugeait les justes et que les pécheurs suscitaient Sa colère. Elle ne comprenait pas tous les mots, mais leur sonorité l'émouvait car la voix de son père, profonde, sonnait ainsi que la chanson du vent dans les branches. Le révérend était si imposant qu'elle le prenait pour Dieu Lui-même et s'appliquait à lui plaire.

— Père, suis-je une pauvre orpheline ? lui avait-elle demandé, les yeux modestement baissés, parce qu'elle n'était pas sûre de ce que signifiait le mot mourir.

— Ta mère lutte contre la mort et tu ne penses qu'à toi-même ! Le péché est en toi, ma fille, et je tremble pour le salut de ton âme. Si ton œil est mauvais, dit l'Écriture, ton corps entier s'emplira de ténèbres.

Les poings serrés, Clementine avait fait front.

— Je ne suis pas mauvaise, Père ! Et mes yeux sont bons eux aussi. C'est vrai !

— N'oublie jamais que le Seigneur voit tout, Clementine. Nos actes comme nos pensées. Il faut prier, demander pardon.

Il l'avait forcée à s'agenouiller en lui posant la main sur la tête, ou plutôt sur le bonnet de coton grossier dont elle devait toujours se couvrir pour combattre la vanité. Mais Clementine ne courbait pas la tête. Alors, au lieu de la réprimander, il avait poursuivi d'un ton adouci :

— Ta petite sœur n'est plus de ce monde, Clementine. Elle est montée vers la gloire du paradis.

Clementine avait tenté de comprendre mais, faute d'avoir jamais pu se représenter clairement le paradis, elle se souvint du jugement de sa mère sur l'usine magique, et un sourire lui vint aux lèvres.

— Oh non, Père ! J'espère qu'elle est allée tout droit en enfer.

— Quel genre d'enfant es-tu donc ? avait tonné le révérend, horrifié. Un monstre ?

— Non, je suis Clementine.

Ce jour-là, elle était restée consignée dans sa chambre. À l'heure du coucher, son père lui avait lu des versets de la Bible où il était question d'un lac de feu et de la colère divine qui ne ferait preuve de nulle miséricorde à l'heure de sa mort. Dieu n'épargnait pas même les anges s'ils péchaient : Il les précipitait en enfer pour qu'ils y souffrent éternellement les tourments des damnés.

Les jours suivants, matin, midi et soir, son père était revenu lui parler de l'enfer. Mais c'était par la femme de chambre qu'elle avait appris que sa mère ne mourrait pas.

Après de telles leçons, le lugubre enterrement de l'enfant mort-né, dans le cimetière battu par le vent glacé, avait achevé de convaincre Clementine que l'enfer n'avait décidément rien à voir avec la fascinante usine de son grand-père.

Ses souvenirs la ramenaient parfois à ce jour de Pâques où sa tante Etta avait rendu visite à sa mère.

Marchant dans les couloirs en silence et à pas comptés, car elle n'avait pas le droit de courir ni de faire du bruit, Clementine s'était arrêtée près de la porte du petit salon d'où filtraient des rires joyeux. Assises dans les fauteuils de rotin, sa mère et sa tante se penchaient l'une vers l'autre. Le soleil inondait la pièce, nimbant Julia d'une auréole dorée.

— Alors, disait-elle, le Dr Osgood m'a déclaré : « Si vous voulez survivre, madame, n'essayez plus d'avoir d'enfants. J'ai dit à M. Kennicutt que, faute de pouvoir concilier les impératifs de sa conscience et les méthodes de contrôle des naissances, il devait se résoudre à l'abstinence. Sinon, je ne lui ai pas caché qu'il se rendrait coupable d'assassinat pur et simple. » Et le bon docteur m'annonçait cela comme s'il s'agissait d'un drame, Etta ! S'il avait su le soulagement, l'immense soulagement que j'en éprouvais...

Julia avait pouffé de rire. Sa sœur l'avait attirée dans ses bras.

— Réjouis-toi, Julia. Maintenant, au moins, tu es sûre d'échapper à son lit.

Bien que le sens de cette conversation lui eût échappé, Clementine aurait voulu être à la place de tante Etta, car elle mourait d'envie de prendre sa mère dans ses bras et de la faire rire à son tour. Elle aurait aussi voulu être à la place de sa mère, pour être caressée, consolée, se sentir aimée. Elle aurait voulu tant de choses... Mais elle n'avait pas de mots pour les décrire.

Ces désirs confus, alors naissants, allaient croître à mesure qu'elle grandirait. Elle était consciente d'avoir des aspirations, mais elle ignorait lesquelles. Elle éprouvait des sentiments si puissants, si impérieux qu'ils l'étouffaient sans même qu'elle sache les nommer.

C'est à l'âge de neuf ans qu'elle découvrit l'existence des cow-boys, grâce à l'engagement d'une nouvelle fille de cuisine. Elle s'appelait Shona McDonald, avait des cheveux d'un rouge aussi vif qu'un camion de pompiers et un sourire plus éclatant qu'un soleil d'été.

À leur première rencontre, Shona s'était agenouillée pour serrer Clementine dans ses bras en l'écrasant presque entre ses grosses mains rouges et crevassées.

— Mon Dieu, la belle petite ! Des yeux pareils, je n'en avais jamais vu. Si verts, si mélancoliques, si pleins de secrets et de mystères. Comme un loch au crépuscule !

Clementine la contemplait bouche bée, moins fascinée par son accent rocailleux des Highlands que par son éblouissant sourire. Personne ne l'avait encore prise dans ses bras ni serrée sur sa poitrine. L'occasion méritait qu'elle essaye à son tour de sourire.

— Qu'est-ce qu'un loch ? dit-elle timidement.

— Eh bien... une sorte de grande flaque d'eau.

Shona avait souligné sa réponse d'un éclat de rire qui fit à Clementine l'effet d'une pluie de pétales de roses. Sans oser lever ses yeux de la pointe de ses bottines, elle s'enhardit quand même à demander :

— Vous... vous croyez que vous pourriez être mon amie ?

— *Och !* Pauvre petiote ! Bien sûr que je serai ton amie.

De ses bras puissants, Shona l'avait de nouveau serrée contre sa poitrine. Et Clementine avait senti le bonheur lui faire tourner la tête jusqu'au vertige.

Le dimanche, jour de sortie de la cuisinière et des services religieux, la maison était calme. Censée consacrer son temps à la prière, Clementine rejoignait en douce son amie à la cuisine. *Mon amie...* Elle aimait tant ces mots qu'elle se les répétait en descendant sans bruit l'escalier de service. *Mon amie... Je vais rendre visite à mon amie.*

Shona avait la passion des romans d'aventures à un sou, au point que son maigre salaire y passait. Ces livres étaient pour elle un inépuisable trésor de rêves qu'elle partageait volontiers avec Clementine au cours de leurs séances secrètes du dimanche après-midi.

Assise sur le coffre à farine, Clementine lisait à haute voix de captivantes histoires peuplées de cow-boys au colt infaillible, d'infâmes voleurs de bétail et d'Indiens sournois qui scalpaient leurs victimes. Shona l'écoutait en astiquant les casseroles de cuivre avec une mixture de jus de citron et de sel. Elle s'interrompait de temps à autre pour jeter un coup d'œil aux illustrations ou, de son inimitable accent écossais, émailler le récit de commentaires :

— Et qu'est-ce que ça peut faire que le cow-boy ait été pris en train de voler ce cheval ? Il est bien trop joli garçon pour être pendu ! Ce qu'il lui faudrait, c'est une bonne et belle femme qui l'aimerait assez pour le détourner du péché et l'empêcher de mal faire.

— Quand je serai grande, disait parfois Clementine en frémissant de sa hardiesse, je crois que j'aimerais bien épouser un cow-boy.

— Et moi donc ! renchérissait Shona. Mais les cow-boys sont comme les mustangs, ils aiment trop courir en liberté. Il n'y a pourtant pas de mal à rêver d'attraper un tel homme au lasso. Non, pas de mal du tout.

L'odeur du citron se mêlait à celles de la levure, du café moulu et de la morue salée, mais le nez de Clementine était très loin de Boston. Au cœur de la prairie infinie, il humait avec délices les senteurs sauvages de l'armoise, du cuir de bison, de la fumée des feux de camp que charriait le vent d'ouest.

Un dimanche que Shona était sortie dans sa famille, Clementine passa seule à la cuisine les précieux moments qu'elle partageait d'habitude avec son amie. Assise sur un tabouret, les coudes sur la table, elle rêvait devant la collection de cartes illustrées à l'effigie de cow-boys célèbres et d'illustres bandits. Elle ne se rendit compte de la présence paternelle qu'en voyant une ombre sur la table, et tenta maladroitement de dissimuler les pièces à conviction sous une pile de torchons.

Sans mot dire, le révérend tendit la main en claquant des

doigts. Les yeux baissés, Clementine y déposa ses trésors, qu'il examina pour évaluer la gravité du crime.

— Je te croyais en train de faire tes prières et je te découvre ici, plongée dans ces... dans cette...

Son poing se referma sur les cartes avec un bruit sinistre.

— D'où viennent ces... choses ? reprit-il. Qui a osé te donner ces infâmes ordures ?

Clementine releva la tête.

— Personne. Je les ai trouvées.

Un vent glacé parut s'engouffrer soudain dans la pièce.

— Proverbes, Livre XII, verset XXII. Récite, fille.

— *Le Seigneur abomine le mensonge et maudit le menteur.* Mais je les ai trouvées, Père ! Près de l'entrée de service. C'est sans doute le chiffonnier qui les a perdues...

Muet, le révérend montra la porte d'un index vengeur. Clementine passa sous son bras tendu.

— Je les ai trouvées, répéta-t-elle.

Peu lui importait que ce mensonge condamne son âme immortelle à une éternité de flammes et de tourments.

De la fenêtre de sa chambre, elle regarda les mouettes plonger entre les arbres et planer au-dessus des toits jusqu'à ce que le jour s'efface devant le crépuscule. Elle vit l'allumeur de réverbères tourner le coin de la rue muni de sa longue perche et faire naître des lucioles dans son sillage. Elle entendit une porte s'ouvrir et se refermer, des talons claquer sur les marches du perron de service. Un chapeau défraîchi entra dans son champ de vision, surmontant une épaisse natte rouge qui rebondissait sur un châle d'indienne bleu délavé et une vieille valise de paille tenue par une grosse main gercée.

Clementine ouvrit la fenêtre, se pencha si loin dehors que la barre d'appui lui coupa la respiration.

— Shona ! cria-t-elle à la silhouette qui se fondait déjà dans l'obscurité. Shona, attendez ! Je ne lui ai rien dit ! Je n'ai rien dit !

Mais Shona pressa le pas et, malgré les appels de Clementine, disparut sans lui lancer un regard.

— Clementine.

Elle se retourna si brusquement qu'elle trébucha. Son père se tenait derrière elle, sa canne de rotin à la main.

— Relève-toi et tends les mains.

Tel était le châtiment réservé aux fautes les plus graves : trois coups de canne sur les paumes. Cela faisait très mal ; mais, cette fois, elle ne pleurerait pas parce qu'elle ne regrettait rien.

Par trois fois, la canne s'abattit en sifflant. Par trois fois, Clementine vacilla et se mordit les lèvres jusqu'au sang. Le rotin laissa sur ses paumes des sillons rouges.

— À genoux. Implore le pardon du Seigneur.

Muette, les mains en feu, elle leva les yeux vers son père et le regarda sans ciller.

— Clementine, ma fille, si tu cèdes au Mal tapi dans ton cœur, le Tout-Puissant détournera de toi Sa face.

— Je ne regrette rien ! Je recommencerais dix fois s'il le fallait. Je n'ai pas à demander pardon.

Les doigts du révérend se crispèrent sur la canne.

— Tends les mains, gronda-t-il. Je n'en ai pas fini avec toi.

Clementine tendit les mains.

Le cinquième coup lui lacéra la peau. Elle tremblait de tout son corps, mais aucun son ne s'échappait de ses lèvres tandis que la canne tombait et retombait sur ses plaies ouvertes. Elle savait qu'il lui suffisait de crier de douleur ou de demander pardon pour mettre fin au supplice, mais elle s'était juré de ne pas céder, de ne jamais plus céder. Et les coups continuèrent de pleuvoir.

— Theo, arrêtez ! Assez, grands dieux, assez !

— Je ne crois pas, il y va du salut de son âme !

— Ce n'est qu'une enfant. Voyez dans quel état vous l'avez mise. Mon Dieu, ce n'est qu'une enfant...

À travers le grondement de cataracte qui l'assourdissait, Clementine entendait des voix, des cris. Elle croyait sentir au fond de sa gorge le goût âcre du sang qui coulait de ses paumes déchirées sur le tapis. Et, tout à coup, il y eut les bras de sa mère autour d'elle, un parfum de roses dans ses narines. Elle aurait voulu enfouir son visage dans cette poitrine, mais elle était incapable d'esquisser le moindre geste. Son père tenait toujours la canne de ses deux mains crispées, des larmes ruisselaient sur ses joues et jusque dans sa barbe.

— *Tu châtieras la chair de ta chair et tu délivreras son âme des griffes du Malin,* énonça-t-il d'une voix tremblante. Je serais un père indigne si je la laissais persister dans le péché et courir à la malédiction...

— Non ! Vous allez trop loin, Theo !

Avec un sanglot rauque, il laissa tomber la canne, leva les mains en tâtonnant comme un aveugle.

— Viens, ma fille, il faut prier. Les feux de l'enfer sont insatiables, mais je te montrerai le chemin qui mène au Seigneur...

— Je ne regrette rien ! Je ne veux pas prier !

Elle criait, elle tremblait, mais elle ne pleurait pas.

Et puis tout devint noir. Quand elle reprit conscience, elle était couchée dans son lit, les mains sur les couvertures. Sa mère avait enduit ses plaies d'un onguent et avait bandé ses mains sans que ces soins atténuent la douleur. Pourtant, Clementine ne pleurait pas. Elle avait décidé une fois pour toutes de ne jamais plus pleurer.

Son père lui caressa maladroitement la joue.

— Mon enfant... Ce que j'ai fait, c'est par amour pour toi. Afin que tu restes pure sous le regard du Seigneur.

Clementine n'en crut pas un mot. Comment prétendait-il l'aimer alors qu'elle ne manifestait aucun repentir ?

— Je ne veux pas prier, répéta-t-elle.

Son père soupira, baissa la tête. Il garda le silence si longtemps qu'il priait sans doute lui-même pour le salut de la pécheresse.

— Embrasse-moi, ma fille.

Il se pencha si près qu'elle sentit l'odeur de son savon de toilette et de sa chemise amidonnée. Elle effleura des lèvres ses favoris, retomba sur l'oreiller et garda une complète immobilité, attendant qu'il ait quitté la pièce. Alors, du revers de la main, elle se frotta la bouche jusqu'à la rendre brûlante.

Une fois seule, Clementine sortit de sous son oreiller l'unique bristol froissé qu'elle avait réussi à sauver du massacre, le lissa du bout de ses doigts bandés. À peu près intact, un visage souriant reparut. Celui d'un cow-boy en veste de daim à franges et coiffé d'un feutre à large bord, qui faisait tournoyer au-dessus de sa tête un lasso dont la boucle paraissait assez large pour ceinturer une meule de paille.

Clementine le contempla si longtemps et si intensément qu'elle se dit qu'au prix d'un léger effort elle devrait pouvoir le transformer en un cow-boy de chair et d'os.

— Maintenant, tu es une femme faite, lui déclara sa mère le jour de ses seize ans.

Ce matin-là, Clementine eut le droit de remonter ses cheveux en chignon sur sa nuque. Une femme faite... Elle avait beau s'étudier dans le miroir de la coiffeuse, elle ne voyait pourtant qu'elle-même. Mais au moins c'en était fini des bonnets de coton. Elle saisit celui qu'elle portait la veille encore et le jeta au feu. Plus de bonnets pour une femme faite ! Dans une pirouette, elle éclata de rire.

Le jour de son anniversaire étant aussi la veille de Noël, la famille alla se faire tirer le portrait chez un photographe. Son père mena lui-même son coupé de ville flambant neuf. Les arbres et les toits étaient coiffés de blanc. L'air hivernal piquait le nez, brûlait les joues, sentait les vacances et les châtaignes grillées.

Sur le Common, des enfants descendaient en luge ou se battaient à coups de boules de neige dans un bruyant concert d'éclats de rire. Clementine les regarda avec envie. Elle n'avait jamais glissé sur une luge, jeté de boules de neige ni patiné sur la glace. Maintenant, elle était trop vieille — une femme faite... Elle avait manqué tant de choses dans sa vie. Tant de choses lui manquaient encore. Ses désirs inassouvis l'étouffaient tout en creusant en elle un vide que rien ne semblait devoir combler. Elle aurait préféré se sentir desséchée comme une branche morte, une branche sur laquelle aucune feuille ne repousserait jamais, plutôt que d'éprouver ces constants et frustrants désirs pour des objets inconnus ou qui se dérobaient.

La Galerie photographique Stanley Addison occupait le dernier étage d'une maison de Milk Street. Avec son gilet rayé d'un vert criard, son faux col de carton et sa moustache en trait de crayon, M. Addison n'avait rien d'une gravure de mode ; mais Clementine, fascinée par les échantillons de son art qui ornaient les murs de l'établissement, ne lui prêta aucune attention.

Elle examinait chaque portrait — allant de messieurs à la mine compassée à des actrices en costumes extravagants et à des familles empruntées — quand elle s'arrêta, ravie : un cowboy, un vrai, pas un figurant déguisé ainsi que sur les cartes de Shona ! En veste de cuir cloutée d'argent, un foulard noué à la va-vite autour du cou, il trônait sur une balle de paille, ses jambes bottées écartées comme si elles n'étaient à l'aise qu'à dos de cheval. Un lasso pendait sur son genou, une carabine reposait négligemment sur sa cuisse. L'homme devait être de nature belliqueuse, car il portait également à la ceinture une paire de revolvers à crosse de nacre. Une épaisse et longue moustache dissimulait sa bouche, le bord d'un Stetson ombrait son regard. Jeune, impétueux, il semblait aussi noble et indompté que les terres vierges qu'il sillonnait.

Clementine bombarda M. Addison de questions sur la manière de prendre des photographies, sans remarquer les regards incendiaires de son père ni l'embarras du photographe — qui les pria de le suivre dans son studio où il se proposait de réaliser leur portrait. L'endroit intrigua Clementine plus encore que la galerie. La lumière tombait à flots d'un plafond vitré. Le long des murs, des écrans peints représentaient des jardins, des porches à colonnades, des salons de tous les styles et même les pyramides d'Égypte. L'appareil photographique était une grosse boîte de bois verni prolongée par un soufflet et montée sur un trépied à roulettes.

Dévorée de curiosité, Clementine tourna autour en essayant d'imaginer son fonctionnement et demanda à M. Addison la permission de regarder à travers l'objectif. Il lui indiqua un trou ménagé dans la boîte, Clementine y colla un œil et découvrit le révérend Kennicutt et son épouse comme elle ne les avait encore jamais vus.

Ils se tenaient devant un écran représentant un petit salon. Son père était assis sur une chaise de velours rouge à franges. Debout derrière lui, sa mère posait sur son épaule une main qu'il retenait comme s'il craignait que son épouse ne prenne la fuite. Un palmier en pot se déployait au-dessus de leurs têtes, pareil à un gros parasol vert. Sa vision filtrée par l'objectif donnait à Clementine l'impression de les voir transportés dans un autre monde ou, plutôt, de les considérer elle-même de très loin.

Clementine savait qu'elle ressemblait à sa mère : mêmes cheveux blonds, mêmes yeux verts, même silhouette d'une trompeuse fragilité. En l'observant, elle tenta de découvrir dans le visage de sa mère celui de la femme qu'elle allait devenir. Elle aurait voulu lui poser tant de questions ! Pourquoi avez-vous ri quand le docteur annonçait que vous ne pouviez plus avoir d'enfants ? Avez-vous jamais eu envie de tendre vos lèvres à un homme ? Y a-t-il en vous des abîmes que vous ne pouvez combler, des désirs que vous ne pouvez nommer ? Elle aurait voulu photographier le visage de sa mère et examiner les clichés jusqu'à ce qu'elle y trouve les réponses.

— Mademoiselle Kennicutt, je crois que monsieur votre père s'impatiente.

Elle délaissa à regret l'appareil pour rejoindre ses parents près du palmier. Désormais consciente du regard de l'objectif, elle se tint volontairement à l'écart. Quand M. Addison la pria de se rapprocher, elle prit grand soin qu'aucune partie d'elle-même, pas même le bout de sa manche ou l'ourlet de sa robe, n'effleure l'homme et la femme qui lui avaient donné la vie.

M. Addison plaça des supports métalliques derrière leurs têtes afin de les aider à conserver la pose et disparut dans un cabinet. Une odeur piquante envahit la pièce et le photographe reparut en courant, porteur d'un boîtier plat qu'il inséra dans une fente de l'appareil.

— Veuillez relever un peu le menton, madame Kennicutt. Si le révérend voulait bien tirer sur son gilet...

Voilà. Et maintenant, respirez, ne bougez plus... Mademoiselle, un sourire...

Clementine ne sourit pas, trop absorbée par son effort pour comprendre et mémoriser tous les gestes du photographe. Ses yeux allaient de la merveilleuse boîte de bois verni aux décors peints et aux accessoires de carton-pâte. Chaque seconde qui passait l'excitait au point qu'elle se sentait bourdonner, vibrer intérieurement comme un des téléphones qui ornaient depuis peu le hall de l'hôtel Tremont House. Elle commençait enfin à discerner ce qu'elle attendait de la vie.

Aussi, lorsqu'un cow-boy du Montana monté sur un bicycle la renversa dans la rue un peu plus d'un an après, Clementine Kennicutt était prête pour une telle rencontre.

L'incident ne se serait jamais produit si le coupé de son père n'avait failli perdre une roue au coin de Tremont Street. Le révérend s'était aussitôt arrêté pour laisser descendre Clementine. Comme ils n'étaient qu'à deux rues du Tremont House, où elle devait rejoindre sa mère et sa tante Etta pour le thé, il l'autorisa à finir le trajet sans lui.

Clementine marcha lentement pour profiter du beau temps. Les auvents des boutiques abritaient le trottoir d'un soleil exceptionnel en ce mois de février, la brise tiède coulait sur la peau tel du lait. Les échos d'une valse filtraient par la porte ouverte d'un marchand de pianos. Clementine résista avec le plus grand mal à l'envie de danser dans la rue.

Elle fit halte devant la devanture d'une modiste où elle admira un chapeau. De la confiserie voisine, le délicieux arôme du chocolat lui fit monter l'eau à la bouche. Le nez collé à la vitrine, elle contemplait l'étalage de friandises en soupirant de regret quand le tintement d'une cloche de tramway et des cris de colère retentirent. Elle se retourna à temps pour apercevoir un éclair argenté — le soleil reflété par les rayons d'une énorme roue qui zigzaguait sur la chaussée entre les véhicules.

Elle avait vu dans le journal un dessin de ce genre de machine, un bicycle — nommé aussi grand bi. La réclame du fabricant prétendait que l'engin était capable de distancer un cheval au galop ! Maintenant qu'elle en voyait un de près, Clementine s'étonnait qu'on parvienne même à se tenir dessus. La roue avant, démesurée, était reliée par un tube coudé à une minuscule roulette. Juché sur une selle de cuir au sommet de la grande roue, le cycliste pédalait comme un fou pour éviter les obstacles et garder l'équilibre. Il soulevait un tel tollé dans son sillage que Clementine n'aurait su dire s'il ouvrait la bouche pour rire ou pour hurler de peur.

Le bicycle évita de justesse un tramway dont les chevaux effrayés se cabrèrent, frôla une dame élégante aux guides d'un phaéton d'osier, percuta une charrette de cantonnier qui se renversa avec fracas en répandant sur les piétons ses balais et son réservoir d'eau. Encore debout par miracle, la machine poursuivit sa route en zigzaguant de plus belle, monta sur le trottoir, bouscula l'étal d'un marchand de marrons et fonça droit sur... Clementine Kennicutt.

Paralysée de frayeur, celle-ci n'eut pas même le réflexe de crier, car on lui avait inculqué qu'il fallait conserver sa dignité en toutes circonstances. Le cycliste aperçut enfin cet obstacle sur sa trajectoire et tenta de l'éviter en braquant son guidon. La machine protesta contre la brutalité de la manœuvre, la roue se mit en travers, le pneumatique se bloqua en crissant sur le pavé. Catapulté de sa selle, l'homme plongea la tête la première en direction de Clementine, qu'il renversa comme une quille.

Étalée sur le dos, le souffle coupé, elle rouvrit les yeux et vit dans un brouillard les rayures vertes et blanches du store de la confiserie onduler sous la brise.

— Ah, diable ! s'exclama une voix masculine.

Un visage soudain apparu au-dessus d'elle lui cacha la lumière et le store. Un visage avenant aux traits réguliers, à la bouche encadrée d'une moustache longue et fournie, couleur d'ambre aussi doré que du sirop d'érable.

— Diable ! répéta le cycliste.

Il retira son chapeau de feutre gris, qui dévoila une tignasse châtain clair aux mèches blondies par le soleil. Son expression effarée d'enfant réveillé en sursaut donna à Clementine l'étrange envie de lui caresser la joue pour le consoler. C'était pourtant lui qui était dans son tort...

Elle s'appuya sur un coude, puis sur l'autre. Il se hâta de lui prendre la main.

— Doucement, laissez-moi faire.

Une seconde après, soulevée par une force irrésistible, elle se retrouva debout.

— Merci de votre assistance, monsieur.

Il l'aida à redresser son chapeau. Elle s'apprêtait à le remercier quand la vision de deux yeux plus bleus qu'un ciel d'été lui fit perdre contenance.

— Je suis désolé de vous avoir si rudement bousculée. Veuillez m'en excuser.

— Comment ? Oh, pas du tout !... Je veux dire, il n'y a pas grand mal.

Son sourire éblouit Clementine.

— Pour vous et pour moi peut-être. Mais pas pour mon pauvre bicycle !

Clementine n'accorda pas un regard à la grande roue tordue et au boudin de caoutchouc qui gisait pitoyablement dans le caniveau. Je rêve, pensait-elle. Ce ne peut être qu'un rêve. Comment un cow-boy serait-il venu se perdre dans une rue de Boston ? Le pantalon de grossier denim bleu aux rivets de cuivre, les bottes de cuir ouvragé à hauts talons, la chemise de flanelle au col ouvert, le mouchoir rouge noué négligemment autour du cou, tout y était. Il ne manquait à l'homme que des éperons d'argent et une paire de revolvers à crosse de nacre pour qu'il ait l'air tout droit sorti d'une image de Shona.

Du bout de sa botte pointue, le cow-boy souleva la carcasse de sa monture avec une moue désabusée.

— Cet engin est plus cabochard qu'un *cayuse* du Montana.

Clementine avait du mal à reprendre pied. Sa voix profonde,

son accent traînant du Far West résonnaient en elle comme l'orgue du temple paternel.

— Qu'est-ce qu'un *cayuse* ? s'enquit-elle.

— Un cheval impossible à dresser, mais capable de galoper toute la journée et de virer sur place.

Clementine ne pouvait détourner son regard. Comment parvient-il à sourire avec les yeux ? se demandait-elle, sans même remarquer qu'il dénouait son mouchoir rouge et lui en frottait le coin de la bouche.

— Vous avez du cambouis, expliqua-t-il.

Elle ne s'en était pas davantage rendu compte.

— Êtes-vous pour de vrai ?

— Ma foi, c'est bien possible. La dernière fois que je me suis pincé, je me suis fait mal.

— Je veux dire... Êtes-vous un vrai cow-boy ?

Clementine sentit ses lèvres former un sourire à son insu et fut stupéfaite de constater que l'homme la dévisageait fixement, sans respirer, comme s'il venait d'être foudroyé par un coup de masse entre les deux yeux.

— Ah, diable ! Si je... ? Oui.

— Alors, si vous êtes un vrai cow-boy, où sont votre veste à franges, vos éperons d'argent et vos revolvers à crosse de nacre ? l'interrogea-t-elle avec un nouveau sourire pour bien lui faire comprendre qu'elle le taquinait. Et pourquoi chevauchez-vous un bicycle plutôt qu'un *cayuse* ?

Il éclata d'un rire sonore.

— J'avais parié avec mon cousin qu'un vieux dur à cuire tel que moi pourrait dompter cette mécanique aussi bien qu'un mustang. Mais si je m'attifais comme vous dites, j'aurais l'air d'un blanc-bec à son premier rodéo.

— Vos tournures de langage sont amusantes, monsieur.

Elle ne souriait pourtant plus. L'intensité du regard qu'ils échangèrent à cet instant fit battre le cœur de Clementine si fort qu'elle s'étonna qu'il ne l'entende pas.

— Le cousin dont je vous parle fabrique ces engins-là, dit-il en s'ébrouant comme s'il sortait d'un songe. Son usine en est pleine. Il organise une course demain pour en faire la démonstration et je me suis laissé enrôler. Pourquoi ne viendriez-vous pas me voir me couvrir de ridicule une fois de plus ?

Il était impensable, bien entendu, que son père l'autorise à se rendre à une manifestation aussi vulgaire, surtout en compagnie d'un inconnu. Mais elle n'avait jamais assisté à la moindre course et elle mourait de curiosité.

— Nous n'avons pas été présentés, monsieur.

— C'est ma foi vrai...

D'un geste large, il se découvrit et plongea en une parodie de salut de cour, avec une grâce étonnante chez un homme d'une telle carrure.

— Gus McQueen, pour vous servir. Je suis propriétaire d'un ranch au milieu du Montana, où j'élève quelques centaines de vaches faméliques. Je possède aussi vingt pour cent d'une mine d'argent qui, à ma connaissance, n'a encore produit que de la boue et de la pierraille. Je peux donc dire sans me vanter que j'ai un bel avenir devant moi. Et si mes ancêtres ne sont pas des modèles de respectabilité, aucun n'a fini en prison — autant que je sache du moins. Quant à moi, poursuivit-il en tournant son chapeau entre ses doigts, je ne prétends pas être un saint mais je ne suis pas menteur, je ne triche pas aux cartes, je ne bois pas de whiskey et je ne fréquente pas les femmes de mauvaise vie. Je n'ai jamais imprimé ma marque sur le veau d'un voisin, je tiens ma parole quand je l'ai donnée. Et puis...

Les yeux baissés, il triturait le bord de son chapeau comme s'il luttait pour trouver les mots capables de la convaincre qu'il n'était pas le rustre dont il croyait donner l'image. Il ne pouvait deviner l'émerveillement de la jeune fille à sa vue.

— Et puis, reprit-il en relevant les yeux, je ne suis pas de ces malappris qui passent leur temps à jurer devant les dames, même si vous avez réussi à me faire dire le mot *diable* trois fois en trois minutes.

Clementine se retint d'applaudir en riant de bonheur et parvint à feindre une mine offusquée.

— Vous êtes injuste, monsieur, de m'imputer vos mauvaises habitudes.

— C'était pourtant votre faute ! Je ne me surveillais pas tant j'étais bouleversé par la plus jolie fille que j'aie jamais vue de ma vie. Et puis, quand vous souriez... ma foi, c'est un vrai miracle.

Le miracle, c'est lui, pensait-elle. Sa façon de s'exprimer, son éblouissant sourire. Et toute sa personne. Il est si grand, si fort, si débordant de vitalité — tel qu'un cow-boy doit être !

— Maintenant que je vous ai donné mon nom, reprit-il, il serait juste que nous fassions un échange.

Elle sursauta.

— Comment ? Oh, bien sûr ! Clementine Kennicutt.

— Eh bien, mademoiselle Clementine Kennicutt, viendrez-vous demain avec moi assister à la course ?

— Euh... non. Non, je ne pourrai pas...

— Mais si, vous pourrez.

Elle frémit d'excitation.

— À quelle heure courrez-vous, monsieur McQueen ?

— Midi précis.

— Soit. Je vous attendrai donc demain à onze heures devant l'église de Park Street.

Ce fut au tour de McQueen d'hésiter.

— Je ne sais pas si c'est très correct. Sans avoir été présenté à votre père ni lui avoir demandé la permission...

— Mon père ne nous l'accorderait sûrement pas, monsieur McQueen. Nous devrons nous en passer.

Il la dévisagea en lissant sa moustache du bout du doigt. Elle attendit, l'estomac noué par des sentiments inconnus, partagée entre le désir d'assister à cette course et d'autres désirs dont le cow-boy était l'objet. Elle voulait le revoir, lui parler, l'entendre rire.

— Eh bien... Je crois que nous devrons faire comme vous dites, répondit-il enfin.

Il lui tendit la main, une grande main puissante et calleuse où elle glissa la sienne. Du pouce, il lui caressa la paume comme s'il avait deviné sous le gant des cicatrices qu'il tentait d'effacer.

— Une dernière chose, mademoiselle Clementine Kennicutt. Voulez-vous m'épouser ?

Elle se raidit, dégagea sa main.

— Vous vous moquez de moi !

— Oh, non ! Je ne suis pas homme à me moquer. Cela ne veut pas dire que je n'aime pas plaisanter, ajouta-t-il, il y a trop de tristesse dans la vie pour ne pas chercher l'occasion de rire quand les choses vont mal. Tenez, quand je mène un troupeau en plein hiver, quand la neige me brûle la figure et que le vent hurle comme une âme en peine, les rêves qui me trottent dans la tête m'aident à aller jusqu'au bout. Je rêve, par exemple, de quelqu'un qui m'attendrait à la maison près d'un grand feu où mijoterait une marmite pleine de bonnes choses. Une jolie fille avec des cheveux couleur de blé mûr et de grands yeux verts...

Clementine se sentit rougir sans pouvoir détacher son regard de ces prunelles bleues qui la fascinaient.

— Voyez-vous, mademoiselle Clementine Kennicutt, je suis toujours l'homme le plus sérieux du monde quand il est question de mes rêves.

— Mes rêves..., murmura-t-elle en écho.

— À demain, mademoiselle Kennicutt.

Il souleva son chapeau, empoigna sa machine comme si elle ne pesait pas plus qu'un sac de plumes et s'éloigna à grands pas entre les passants qui s'écartaient sur son passage. Clementine le suivit du regard jusqu'à ce que son chapeau de feutre gris ait disparu entre les melons en castor et les hauts-de-forme de soie, jusqu'à ce que ses larges épaules se soient fondues dans la grisaille de la foule. Puis, quand il n'y eut plus rien à voir, elle gravit le perron de granit du Tremont House et franchit le porche à colonnes. Un gentleman, songeait-elle, ne demande pas la main d'une étrangère. Un gentleman vous connaît depuis toujours et ses parents ont toujours connu les vôtres. Un gentleman porte une redingote et se déplace en voiture, pas sur un grand bi. Un gentleman...

Dans le hall de l'hôtel, la voix pourtant discrète de sa mère lui parvint à travers le brouhaha distingué des conversations et des froissements d'étoffe.

— Clementine ! Au nom du Ciel, d'où viens-tu ? Tu as les joues sales, ton chapeau est de travers et la manche de ta robe neuve est déchirée !

Elle cligna les yeux, reconnut sa mère et sa tante.

— J'ai été renversée par un bicycle.

Les deux femmes laissèrent échapper un soupir horrifié.

— Grands dieux ! s'écria Julia. Ces engins diaboliques finiront par nous tuer !

— On ne devrait pas leur permettre de circuler, renchérit Etta. Il faut être un voyou pour enfourcher un de ces affreux vélocipèdes.

Clementine protesta :

— Ce n'était pas un voyou. C'était un cow-boy.

Sur quoi, elle éclata de rire — un rire inattendu chez elle qui ne riait pour ainsi dire jamais. Un rire d'autant plus incongru qu'elle ne cherchait pas à l'étouffer.

Au clocher de l'église de Park Street, l'horloge marquait onze heures moins cinq minutes. La brise aigre qui soufflait de la baie avait rendu la température plus conforme à la saison que celle de la veille. Clementine rajusta le col de son manteau en faisant les cent pas le long de la grille du petit cimetière. Une minute s'écoula, interminable. Une autre encore. Viendrait-il ?

— Mademoiselle Kennicutt !

Un cabriolet noir défraîchi s'arrêta à sa hauteur. Elle leva les yeux vers un visage hâlé qui lui souriait sous le large bord d'un chapeau de feutre gris.

— Je me demandais si vous viendriez.

— Je n'étais pas sûre de vous voir moi non plus.

Il sauta à terre, l'aida à monter.

— Désolé pour ce vilain équipage, reprit-il en grimpant près d'elle sur le siège, mais mon oncle a cinq fils et il y a toujours pénurie de véhicules dans ses remises.

Il fit claquer les rênes, le cheval partit à un trot si rapide que Clementine agrippa d'instinct son chapeau.

Un cahot la jeta contre son compagnon. Troublée, elle s'écarta en hâte.

— Il vaudrait sans doute mieux que je ne le sache pas, mais... quel âge avez-vous au juste, mademoiselle Kennicutt ?

Elle fut d'abord tentée de mentir. Mais il lui avait affirmé qu'il était homme de parole et elle se devait de mériter sa considération.

— Dix-sept ans.

— Dix-sept... ? Oh, Seigneur ! Si jeune...

— Où est votre bicycle ? demanda Clementine pour meubler le silence qui suivit.

— Je l'ai confié à mon oncle. Puisqu'il veut me faire courir, il peut au moins préparer la monture.

— Vous savez, monsieur McQueen, la manière dont vous vous exprimez me donne envie de sourire.

— Tant mieux. Je n'y suis arrivé que deux fois, mais j'ai bien l'intention d'essayer jusqu'à... jusqu'à ce que vous m'accordiez de nouveaux sourires.

Il regardait sa bouche d'une telle manière que Clementine dut se mordre la lèvre inférieure pour l'empêcher de trembler. Elle se détourna, mais l'observa du coin de l'œil.

Il portait ce jour-là culottes, guêtres et veste de velours côtelé — une tenue plus appropriée à la pratique du cyclisme que celle de la veille. Ses cuisses musclées tendaient l'étoffe et il semblait remplir à lui seul le petit cabriolet. Elle avait tant de choses à lui dire, tant de questions...

— Qu'est-ce qui vous amène à Boston d'aussi loin ?

Leurs regards se croisèrent. Elle avait oublié à quel point le bleu de ses yeux était clair et profond. Comme le ciel du Montana, pensa-t-elle.

— Ma mère était malade depuis longtemps. Elle a demandé à me revoir avant de mourir. Mais je repartirai bientôt, en fin de semaine.

— Je suis désolée... pour votre mère, se hâta-t-elle d'ajouter de peur qu'il ne se méprenne.

Pour la première fois, son visage s'assombrit.

— J'ai quitté Boston et ma mère à dix-sept ans, le même âge que vous. Après, elle n'a pas souvent reçu de lettres de moi, il faut bien l'avouer.

— Vous vous étiez donc enfui ?

— En un sens, oui. Je mourais d'envie de découvrir les merveilles de l'Ouest, vous savez : les Indiens, les bisons, les ours grizzly, les rivières qui charrient de l'or...

Comme elle se consumait, elle aussi, du désir de voir toutes ces merveilles ! Elles étaient pourtant hors de sa portée et le resteraient sans doute à jamais.

— Alors, est-ce aussi merveilleux que vous le pensiez ?

Tandis qu'il réfléchissait, elle perçut chez lui une fièvre qui éveilla un écho au plus profond d'elle-même.

— Le Montana est si grand qu'il effraie beaucoup de gens. Il n'est quand même pas immense au point qu'on ne puisse y trouver ce qu'on cherche — à condition de savoir quoi, bien entendu. Voyez-vous, mademoiselle Kennicutt, pour courir on n'a souvent besoin que d'un but.

Savait-elle ce qu'elle cherchait, vers quel but courir ? Tant de choses lui manquaient qu'elle ne pouvait même pas les désigner pour elle-même. Elle savait simplement qu'en ce moment précis elle se sentait vivre. La brise de mer avait un goût de sel, le soleil d'hiver éclaboussait les auvents et faisait miroiter les vitrines des boutiques. Et elle se rendait à une course de vélocipèdes avec un homme. Un cow-boy.

Il stoppa net au beau milieu de la rue, sans se soucier des protestations des cochers bloqués derrière lui. Quand il se tourna vers elle, ses yeux souriaient encore, mais leur expression était grave.

— Hier, je vous ai raconté un de mes rêves. Vous pourriez au moins partager un des vôtres avec moi. De quoi rêvez-vous, mademoiselle Kennicutt ?

Elle fut soudain hors d'haleine, comme si elle avait gravi en courant une montagne du Montana.

— Je ne sais pas, répondit-elle.

Elle le savait pourtant : c'était de lui qu'elle rêvait, qu'elle avait rêvé toute sa vie. Lorsqu'il plongea son regard dans le sien, elle ne se déroba pas.

— À vingt-cinq ans, j'ai déjà pas mal roulé ma bosse. Quand on en a vu autant que moi dans ce monde, on sait reconnaître ce qu'on veut sitôt qu'on le croise sur son chemin — ou qu'on le bouscule, comme dans le cas présent, dit-il en lui caressant le menton avec un sourire qui lui coupa le souffle pour de bon. Nous sommes faits l'un pour l'autre, vous et moi. Je pourrais prendre le temps de vous courtiser, de vous démontrer pourquoi nous étions destinés à nous rencontrer. Mais ce sont là des choses qu'on comprend immédiatement ou qui vous échappent toujours. Et ni les bouquets de fleurs ni les sérénades ne changent quoi que ce soit à la réalité.

Elle s'étonna qu'il puisse, du même ton, parler de rêves et de certitudes. Sans être jamais montée à cheval, elle avait l'impression d'être ballottée sur le dos d'un de ces indomptables *cayuses* capables de virevolter sur place. Son cœur battait si fort qu'elle était sûre, cette fois, qu'il l'entendait.

— Je ne suis pas encore en état d'y penser.

Sa réponse parvint à Clementine portée par une rafale de vent salé :

— Vous y pensez pourtant. Allons, soyez honnête avec vous-même, mademoiselle Kennicutt : dans votre tête, vous êtes déjà en route pour le Montana !

II

De la levée de terre battue et d'herbe rase qui tenait lieu de quai, la jeune épouse de Gus McQueen ravalait sa déception en découvrant le ramassis de masures croulantes censées constituer la ville de Fort Benton, Montana. À peine étaient-ils descendus du vapeur avec leurs bagages que Gus l'avait informée qu'il devait avant tout s'assurer du départ éventuel d'un chariot vers le district de Rain Dance, route peu fréquentée par les voyageurs.

— Attendez-moi ici, Clementine, avait-il ajouté en lui montrant du doigt l'endroit précis où elle se tenait, et n'en bougez sous aucun prétexte.

Elle ouvrait la bouche pour demander si elle pouvait au moins attendre ailleurs qu'en plein soleil que, déjà, il traversait la rue et s'engouffrait dans l'écurie d'un loueur de chevaux. Gus McQueen. Son mari. Parfois, sans raison, le seul fait de le regarder lui causait un étrange malaise, comme un serrement de cœur. Sans doute parce qu'il était si beau, si grand, si fort...

L'appareillage du vapeur la divertit quelques instants. Les cheminées crachèrent d'épais nuages de fumée noire, les roues à aubes touillèrent l'eau couleur de café dont elles éclaboussèrent la rive dans des remugles de poissons crevés et d'herbes pourries. Puis, lorsque le bateau eut gagné le milieu du courant sur une salve de coups de sifflet et de jets de vapeur, Clementine tourna de nouveau son attention vers la rue poussiéreuse qui s'étendait devant elle. Penser qu'il leur avait fallu six semaines pour atteindre ce trou !

Quelques bâtisses arboraient des enseignes aux lettres délavées — un bazar, dont la façade postiche offrait le seul coin d'ombre sur cette rive du fleuve ; un hôtel au porche de guingois ; une sellerie. Sur le trottoir en planches, des femmes allaient et venaient, seules ou deux par deux, qui bavardaient et riaient. Elles étaient mises avec une élégance ostentatoire, portaient des chapeaux ornés de plumes d'autruche ou de fleurs de soie, des robes aux longues traînes ruchées ou plissées.

Étonnée, Clementine les observa avec envie. Son ombrelle noire semblait concentrer sur elle les rayons du soleil, d'une chaleur inhabituelle pour le printemps. Elle sentait la sueur ruisseler entre ses seins et sur ses hanches. Dans son corset, son jupon molletonné, sa camisole de nankin et son costume de voyage en grosse serge, elle étouffait.

Gus ne reparaissait pas. Elle ne voyait pas non plus surgir d'Indiens sur le sentier de la guerre, de pilleurs de banques ou d'autres périls, et il y avait tant de femmes dans la rue qu'elle n'y courait sûrement pas de grands dangers. Quel mal y aurait-il à s'accorder quelques instants de répit à l'ombre du bazar ? Surtout si elle prenait bien soin de surveiller leurs bagages.

Elle souleva sa jupe, s'aventura sur la chaussée creusée d'ornières en louvoyant entre les crottins de cheval et les bouses de vache. Arrivée sur le trottoir, elle aperçut sous le porche de l'hôtel un homme qui lorgnait sans vergogne ses chevilles. Malgré la boue séchée et les flaques de jus de chique qui constellaient les planches rugueuses, elle laissa retomber sa jupe et s'éloigna en hâte.

La baraque voisine du bazar était un saloon. Poussée par la curiosité, elle alla regarder par-dessus la double porte à claire-voie et distingua d'abord, à travers un nuage de fumée de tabac, un tableau représentant une femme entièrement nue. Face à ses rondeurs provocantes, des hommes étaient accoudés en rang d'oignons à un comptoir. La foule bigarrée qui se pressait dans la salle offrait un spectacle digne des gravures illustrant les romans de Shona : soldats en uniforme, mineurs en tenue de travail, joueurs professionnels en habit noir et chemise blanche à plastron. Des relents de mauvais whiskey et de corps mal lavés parvenaient par bouffées à Clementine, dans un brouhaha de verres qui s'entrechoquaient et d'éclats de rire ponctués d'obscénités. Elle se dit que, même dans le Montana, il devait être inconvenant pour une femme de s'attarder devant pareille scène et d'exposer ses oreilles à de tels écarts de langage.

Elle s'en détournait quand elle se sentit retenue par la jupe. La molette d'un éperon avait accroché sa traîne, et Clementine reconnut dans son propriétaire l'homme qui la lorgnait un instant plus tôt depuis le porche de l'hôtel. D'après le feutre noir posé sur ses longs cheveux blonds, sa veste de daim à franges et son couteau de chasse au fourreau clouté de cuivre, il devait être éclaireur de l'armée. Mais une barbiche jaunie par le tabac et des mains noires de crasse ternissaient, il est vrai, le prestige du personnage.

L'homme souleva son chapeau et sourit d'un air engageant. Elle répondit d'un signe de tête poli. Ils n'avaient pas été présentés dans les règles mais, Gus lui ayant expliqué que les mœurs étaient plus libres dans l'Ouest, elle ne s'en formalisa pas et tira légèrement sur sa traîne.

— Je crains, monsieur, que votre éperon ne se soit pris par mégarde dans l'étoffe de ma jupe.

L'autre considéra le corps du délit avec une stupeur exagérée.

— Par exemple ! Faut-il être maladroit ! Pardonnez-moi, belle dame, je vais arranger ça.

Il se pencha pour dégager la jupe, qu'il souleva à une hauteur parfaitement indécente avant de se redresser avec un sourire égrillard.

— Vous paraissez avoir chaud, ajouta-t-il en lui prenant le coude. Entrez donc avec moi boire quelque chose de frais pour éteindre le feu des jolies joues que voilà...

— Lâchez-la ! cria une voix.

Clementine se retourna. Son mari fonçait sur eux d'un pas si lourd qu'il faisait grincer les planches vermoulues.

— Lâchez-la tout de suite ! répéta Gus.

Le regard étincelant d'une rage froide que Clementine ne lui avait encore jamais vue, il se planta devant l'homme, les mains pendantes prêtes à frapper — ou à saisir le gros revolver, qu'elle n'avait jamais vu non plus, dont la crosse dépassait de l'étui à sa ceinture. Soudain inquiète, elle tenta de se dégager. L'homme la serra plus fort et cracha du jus de chique aux pieds de Gus.

— Tu braconnes sur mes terres, cow-boy, lâcha-t-il avec dédain. C'est moi qui ai trouvé la belle en premier.

— La *belle* en question est ma femme.

Les deux hommes s'affrontèrent du regard. Au bout d'un moment qui parut interminable, l'autre relâcha Clementine et recula d'un pas, les bras écartés en signe de capitulation.

— Faites excuse, l'ami, on peut se tromper.

À peine s'était-il éloigné que Gus empoignait à son tour Clementine et l'entraînait sur la chaussée si brutalement que ses dents s'entrechoquèrent.

— Je vous avais pourtant bien dit de ne pas bouger ! gronda-t-il. Pensiez-vous que je parlais pour le plaisir de m'exercer la langue ?

Elle s'arrêta net, le força à lui faire face. Un chariot qui passait les frôla en soulevant un nuage de poussière.

— Vous m'avez jeté un ordre avant de disparaître sans même vous retourner, monsieur McQueen. Si vous vous étiez donné la peine de vous *exercer la langue* assez longtemps pour me donner une raison...

— Vous voulez une raison ? cria-t-il, excédé. C'est l'heure où les ribaudes paradent ! Une femme seule dans la rue à ce moment de la journée a toutes les chances d'être prise pour l'une d'elles ! C'est ça que vous voulez ?

Il serrait les poings, le visage rouge de colère. Clementine respira profondément en s'efforçant de rester calme. Elle n'allait pas se laisser terroriser par son mari comme elle l'avait été par son père.

— Votre explication n'est toujours pas satisfaisante, monsieur McQueen. Qu'est-ce qu'une ribaude ?

Gus la dévisagea avec un effarement si comique qu'elle en fut désarçonnée. Sa colère s'évapora, il la prit dans ses bras et la serra sur sa poitrine en éclatant de rire.

— Oh ! Clementine, chère petite innocente... Une ribaude est une femme de mauvaise vie. Une débauchée qui vend son corps aux hommes pour qu'ils y prennent leur plaisir.

Elle s'aperçut soudain qu'il tremblait, mais moins de colère que d'une peur rétrospective. Il pouvait donc avoir peur ? Cette découverte la troubla.

— J'ignorais que dans l'Ouest les... ribaudes avaient coutume de parader, se borna-t-elle à répondre.

— Ne prononcez plus jamais ce mot, Clementine. Pas même quand nous sommes seuls.

— Quel terme dois-je employer, alors ?

— Aucun. Vous n'êtes pas censée savoir qu'elles existent.

— Mais c'est précisément parce que je n'en savais rien que vous avez failli vous battre par ma faute ! Vous devriez pourtant savoir que l'ignorance dans ce domaine n'est pas une vertu. Je ne suis plus une enfant, je suis une femme.

Il rougit de nouveau, sa mâchoire se crispa.

— Je ne vais pas rester au milieu de la rue à discourir avec vous sur l'inconduite de ces femmes ! répliqua-t-il en tournant les talons. Venez, j'ai retenu une chambre.

Ils récupérèrent leurs bagages sur le quai et les portèrent à l'hôtel. Mais, à peine entré dans la chambre, Gus déclara qu'il devait ressortir pour chercher un muletier qui était, paraît-il, susceptible de partir le lendemain matin vers l'ouest. Sur quoi il renfonça son chapeau sur sa tête, prit la clef et fit un pas vers la porte.

— Vous n'avez quand même pas l'intention de m'enfermer, dit Clementine sans élever la voix.

Gus se retourna d'un bloc en se dominant visiblement à grand-peine. Elle n'avait pas devant elle quelque cow-boy de fantaisie échappé d'un roman d'aventures, mais un homme — le sien désormais — doté d'une personnalité dont elle ignorait tout. Et plus elle observait son visage tanné par le soleil et ses yeux d'un bleu plus profond que le ciel du Montana, plus le besoin de le comprendre lui paraissait urgent.

Avec un soupir où l'exaspération le disputait à la résignation, il jeta la clef sur la table.

— Je ne voulais pas fermer la porte pour vous défendre de sortir, mais pour empêcher les voyous d'entrer. Les femmes honnêtes sont si rares dans les parages que beaucoup d'hommes oublient de se conduire comme il faut.

Il regarda soudain sa bouche avec une telle intensité qu'elle sentit ses lèvres brûler. Prends-moi dans tes bras, aurait-elle voulu lui crier. Embrasse-moi...

— Faites donc votre toilette en attendant mon retour, grommela-t-il enfin avec un haussement d'épaules.

Elle n'eut pas le temps de répondre qu'il refermait la porte derrière lui.

Leur chambre, guère plus vaste qu'une stalle d'écurie, occupait la moitié d'une pièce ; derrière la cloison de toile qui la divisait jusqu'au milieu de l'unique fenêtre, des hommes bougeaient et parlaient. À travers la vitre crasseuse, Clementine voyait les femmes dont elle devait prétendre ignorer l'existence se pavaner comme des oiseaux exotiques aux plumages multicolores. Gus les avait qualifiées de débauchées, car elles se vendaient aux hommes pour leur donner un plaisir que ne sanctifiait pas le lit conjugal.

Le lit conjugal...

Clementine regarda le grossier bat-flanc dressé dans un coin, la paillasse bosselée, les vieilles couvertures militaires mangées aux mites. Il devait y avoir entre époux des rapports plus intimes que de s'embrasser ou de se serrer dans les bras l'un de l'autre. Des réalités de l'amour physique, elle ne connaissait que des mots, les mots sacrés de l'Écriture. *J'appartiens à mon bien-aimé, son désir monte vers moi...* Car elle avait beau être l'épouse légitime de Gus McQueen, elle n'avait pas eu le loisir de partager sa couche, comme il est dit dans la Bible.

Ils avaient fait le trajet en train de Boston à Saint Louis sur une banquette de bois, serrés au coude à coude contre une famille d'immigrants allemands qui se gavaient de charcuteries. À Saint Louis, n'étant pas encore mari et femme, ils avaient passé la nuit à l'hôtel dans des chambres séparées. Le lendemain matin, à peine mariés par un juge, ils avaient embarqué à bord du vapeur qui devait remonter le Missouri jusqu'à Fort Benton.

Le bateau n'avait pas levé l'ancre depuis vingt-quatre heures que le capitaine avait repéré la fumée d'un concurrent, et les deux vapeurs s'étaient lancés dans une course folle pour voir lequel naviguerait le plus habilement sur les eaux traîtresses du fleuve, grossies par les pluies de l'hiver. Esquivant les glaçons encore nombreux et les arbres déracinés par les crues, ils ne s'arrêtaient pas même la nuit, brûlaient les escales et ne touchaient terre que le temps d'embarquer du bois.

Un jour, Clementine avait aperçu un troupeau de bisons, mais de si loin qu'il formait juste une grosse tache noire à l'horizon. Une autre fois, ils avaient essuyé le feu d'un groupe d'Indiens. Gus lui avait dit que c'étaient des Sioux, ceux-là mêmes qui avaient massacré à peine trois ans plus tôt le général Custer à la bataille de Little Big Horn. Mais là encore, ils étaient trop éloignés pour que Clementine distingue leurs coiffures de plumes.

En sûreté au milieu du fleuve, elle vivait ce voyage comme une exaltante aventure sortie d'un roman de Shona. Gus était pour elle moins un mari qu'un joyeux camarade doublé d'un guide plein d'expérience. Ils subissaient jour et nuit la promiscuité de l'équipage et des passagers. À terre, ils dormaient roulés dans des couvertures au hasard de quelque entrepôt de bois ; à bord, les couchettes de l'entrepont n'étaient séparées que par des bâches.

— Je croyais que vous feriez votre toilette.

Elle n'avait pas entendu la porte s'ouvrir. Gus la referma d'un coup de talon et se posta devant elle, si près qu'elle perçut comme jamais sa présence d'homme, sa chaleur et sa force.

— Faites-moi plaisir, libérez vos cheveux.

La bouche plus sèche que la rue poussiéreuse au bas de la fenêtre, elle ne put que hocher la tête et enlever son austère chapeau noir. Il le lui prit, le lança sur le lit sans la quitter des yeux tandis que, de ses mains tremblantes, elle retirait les épingles une à une. Quand elle eut fini, elle secoua la tête, et les mèches retombées sur ses épaules se déployèrent en un voile doré et soyeux qui la recouvrit jusqu'à la taille. Il en saisit une poignée, la laissa glisser entre ses doigts.

— Vos cheveux sont plus doux que du beurre fondu, Clem. Tout en vous est si doux, si beau...

Il se pencha vers elle. Clementine espéra qu'il voulait l'embrasser. Certes, il lui avait déjà donné des baisers, mais elle sentait que celui-ci serait différent. Il préluderait à quelque chose qui la métamorphoserait à jamais. Mon Dieu, faites qu'il m'embrasse, pria-t-elle en silence.

— Clementine...

Elle tenta en vain de sourire, de calmer le tremblement de ses jambes. Elle ne disposait pas de mots pour lui signifier ce qu'elle attendait. Mon Dieu, répétait-elle, faites que ses lèvres se posent sur les miennes...

Il s'approchait de nouveau quand, de l'autre côté de la cloison, un homme se mit à uriner avec fracas dans un pot de chambre en zinc tout en lâchant des bruits innommables qui résonnèrent tels des appels de corne de brume en baie de Boston. Au comble de l'embarras, Clementine recula, cramoisie. Sa propre stupeur passée, Gus se contenta de lui frotter le bout du nez avec le sien en lui adressant un de ces sourires lumineux qu'elle aimait tant.

— On ne peut épouser une princesse et faire l'amour pour la première fois avec elle dans un endroit pareil...

Il lui reprit une poignée de cheveux, la porta à ses lèvres comme s'il voulait la boire.

— Je veux que ce soit beau et bien, ainsi que cela doit être entre mari et femme. Vous avez peur, je sais, mais je vous ai attendue toute ma vie, je peux bien patienter encore un peu...

Ils frémissaient du même désir, frustré chez lui, inavoué chez elle. Clementine allait enfin réussir à parler quand une voix enrouée s'éleva derrière la cloison :

— Bon dieu, Jeb, ça pue là-dedans, on se croirait au cul d'une vache !

Cette fois, Gus éclata de rire. Il posa avec douceur la main sur la nuque de Clementine, descendit jusqu'à l'épaule, s'y attarda.

— Tout ira bientôt mieux, vous verrez. La première nuit chez nous, c'est là que je vous ferai mienne.

— Va lui mettre un nickel entre les oreilles, petit. Et ne souris pas bêtement comme un baudet qui mâche du cactus.

Gus pêcha une pièce de cinq *cents* dans sa poche, remonta au petit trot de son cheval jusqu'à la mule de tête et posa la pièce entre ses oreilles.

Dans la prairie déserte à perte de vue, les seize mules grises de l'attelage se tenaient aussi immobiles que des statues. Clementine observait la scène depuis le siège du chariot où elle était perchée à côté du muletier — une muletière, en réalité, mais nul ne s'en serait douté au premier abord. Le visage plus tanné qu'une vieille selle, elle portait des bottes d'homme et un pantalon de cuir si graisseux qu'il craquait quand elle s'asseyait. Ses cheveux coupés au bol disparaissaient sous un chapeau informe — le plus crasseux que Clementine eût jamais vu, au bord relevé par-devant à l'aide d'épines plantées dans la coiffe.

Ménageant ses effets en cabotine consommée, la muletière retroussa ses manches sur des bras épais et noueux semblables à des bûches, enleva ses gants, cracha dans ses battoirs. Puis, avec une lenteur solennelle, elle entreprit d'extraire de son support le manche du fouet.

Nickel Annie se vantait d'être la seule femme du Montana, voire de tout l'Ouest, à mener par profession un attelage de mules. Son chariot, bâti pour le transport de lourdes charges sur les terrains les plus difficiles, était bourré d'un assortiment hétéroclite de matériel minier, de meubles, de barriques, d'un lot de peaux de bison brutes qui exhalaient de puissantes odeurs, et même d'un piano destiné au bastringue de Rainbow Springs, l'unique bourgade du district de Rain Dance. Annie appelait ses huit paires de mules ses « enfants chéries », ce qui ne l'empêchait pas de leur prodiguer ses encouragements sous forme de bordées de jurons et de claquements de fouet tandis qu'elle les guidait avec une vigueur toute virile.

Elle empoigna à deux mains le lourd manche plombé et transféra sa chique d'une joue à l'autre.

— Prêts à admirer, les enfants ?

— Prêt ? protesta Gus. Depuis le temps que j'attends, j'en ai la tête moisie !

Clementine se mordit les lèvres pour ne pas rire. Un faucon qui planait s'immobilisa au-dessus d'eux comme pour mieux profiter du spectacle, le vent lui-même parut retenir son souffle par respect pour l'artiste.

Alors, d'une souple détente du bras, la muletière déploya ses vingt-cinq pieds de lanière de cuir tressé qui claquèrent tel un coup de fusil. Le faucon s'enfuit à tire-d'aile en protestant à grands cris. La pièce sauta, tournoya, monta si haut qu'elle disparut un instant. Gus tenta de la rattraper lorsqu'elle retomba, mais la manqua. Quant aux mules, elles n'avaient pas bronché — pas un battement de queue, pas un frémissement d'oreille.

— Et voilà pourquoi on m'appelle Nickel Annie ! proclama la muletière avec un sourire triomphant qui exhiba une double rangée de dents brunâtres.

— Vraiment ? répliqua Gus. Je croyais que c'était à cause de votre réputation de grippe-sou.

Clementine n'eut que le temps de dissimuler d'une main son fou rire.

— Grippe-sou, moi ? Qu'est-ce qu'il ne faut pas entendre ! s'écria Nickel Annie avec un ricanement amer. Grippe-sou... !

Sur quoi elle lâcha un jet de jus de chique, rassembla ses rênes, et le chariot s'ébranla avec une secousse si forte que Clementine dut se cramponner pour ne pas basculer dans l'herbe la tête la première. Gus mit son cheval au pas et marcha à côté. Quelques minutes s'écoulèrent en silence.

— Va me chercher mon nickel, petit, dit enfin Annie.

— C'était *mon* nickel ! protesta Gus.

— Plus maintenant, je te l'ai gagné honnêtement. Et puis, c'est mal de laisser de l'argent traîner dans la nature. Un lièvre pourrait l'avaler en le prenant pour un chardon et se coller un méchant mal de ventre, le pauvre innocent. Ou un Indien qui le trouverait irait le dépenser à boire et perdrait la raison au point de vouloir nous scalper, si bien que nous finirions tous massacrés comme le général Custer. Non, vois-tu, plus j'y pense, plus j'estime que c'est ton devoir envers les créatures, hommes et bêtes, de me rapporter mon nickel.

Clementine regarda les ornières parallèles tracées derrière eux dans l'herbe, à perte de vue. La poussière soulevée par leur passage tourbillonnait dans le vent. Rien ne permettait de repérer l'endroit où la pièce avait atterri.

Avec un soupir faussement résigné, Gus fit faire demi-tour à son cheval, enfonça son chapeau d'un coup de poing, chaussa ses étriers à fond et partit au grand galop. Quelques centaines de pas plus loin, Clementine le vit se pencher de côté sur sa selle et racler la terre d'une main. À peine s'était-il redressé que son cheval vira littéralement sur place et revint au galop. En passant à la hauteur du chariot, Gus lança la pièce à Annie qui l'attrapa au vol, la mordit pour s'assurer de son aloi et l'enfouit dans la poche de son pantalon pendant que Gus disparaissait sans ralentir derrière une dune couverte d'herbe poussiéreuse.

Clementine le suivit des yeux, le cœur palpitant de fierté. *Son* homme, *son* cow-boy... Combien étaient capables de la prouesse dont elle venait d'être témoin ? Elle lui en voulait toutefois de partir en avant-garde et de l'abandonner à l'éprouvante compagnie de Nickel Annie. Depuis le départ, elle avait la certitude d'être soumise par la muletière à un examen auquel elle échouait lamentablement. « Il faut avoir le cœur bien accroché pour venir dans ce pays et lui résister sans faiblir », avait déclaré Annie à un moment, et son ton sous-entendait à l'évidence qu'elle jugeait Clementine très loin d'être assez aguerrie.

D'habitude, Annie menait son attelage montée sur la dernière mule de gauche. Elle avait préféré, ce jour-là, s'asseoir à côté de Clementine sur la banquette, planche mal dégrossie clouée entre les parois latérales à laquelle Clementine se cramponnait de son mieux. Le chariot tanguait sur les trous et les bosses de la piste au point qu'elle gardait dans ses os le souvenir de chaque mile parcouru.

Les miles, elle ne les comptait d'ailleurs plus depuis leur départ de Fort Benton, près d'une semaine auparavant. Elle n'avait pas même eu l'impression d'avancer dans cette plaine interminable et monotone, où l'herbe ondulait sous le vent telle une houle. Ce jour-là, pourtant, les montagnes et les *buttes* — ainsi que les avaient jadis baptisées les trappeurs français égarés jusque-là — paraissaient soudain proches à toucher après n'avoir été, des jours durant, que des bosses indistinctes à l'horizon. Plus que jamais, la ressemblance avec la mer s'imposait à l'esprit devant la manière dont la plaine, soulevée en rouleaux piquetés de sapins comme des franges d'écume avant de retomber en ravins gorgés de broussailles et de tenaces traînées de neige, paraissait se lancer à l'assaut des montagnes.

Le vent lui gifla le visage d'une poignée de poussière. Le temps tournait à l'aigre. Après avoir brûlé, le soleil se cachait derrière un voile de nuages, aussi épais et laineux qu'une couverture de cheval. Clementine n'avait jamais autant transpiré. Sa peau poissait encore de la sueur de la veille, mêlée de crasse et de poussière. Elle était sûre d'empester, mais la puanteur conjointe des peaux de bison et de Nickel Annie, qui ne s'était sans doute pas approchée d'une baignoire depuis la capitulation de Lee à Appomattox, annihilait sa propre odeur.

Les relais de nuit, sommaires abris de planches disposés le long de la piste à l'usage des rares voyageurs, n'offraient à vrai dire guère d'occasions de se laver. Leur gîte de la veille ne disposait en tout et pour tout que d'un peu d'eau croupie au fond d'une auge, d'un morceau de savon gros comme l'ongle du pouce dans une vieille boîte de sardines, d'une serviette en loques plus noire que du charbon. Et mieux valait ne pas parler de ce qui tenait lieu de lit.

À ce souvenir, Clementine frissonna de dégoût. Elle ne s'accoutumerait sans doute jamais à cette impossibilité de rester propre qui semblait inhérente au pays de son mari. Ce pays, il le lui avait maintes fois décrit avec l'expression de ravissement qu'il arborait toujours lorsqu'il évoquait son rêve : faire de son ranch, le Rocking R, le plus fabuleux élevage au monde. *Le Montana, c'est de l'herbe à l'infini,* disait-il. *Il y en a tant et tant qu'il suffit de se servir.* Elle n'aurait jamais cru à l'existence de telles immensités si elle ne les voyait de ses yeux. La présence à l'horizon des montagnes chapeautées de neige rendait encore plus frappante la démesure de la plaine — si vaste, affirmait Gus, que le cœur peut y battre à son aise.

Malgré tout, il se dégageait de ce ciel sans limites, de cette terre dont on ne distinguait pas la fin, une impression de vide absolu qui, par moments, emplissait Clementine d'une crainte révérencielle.

Un double claquement de fouet, souligné d'une bordée d'injures à l'adresse d'une mule qui traînait, la tira de sa rêverie. Nickel Annie était de loin la personne la plus mal embouchée qu'elle eût jamais approchée. La muletière tirait d'ailleurs fierté de ses poumons en soufflet de forge et de son vocabulaire ordurier — capables, selon elle, de cingler ses bêtes plus sûrement que n'importe quel fouet.

Annie extirpa de sa botte une carotte de tabac, en sectionna une chique d'un coup de dents et la mastiqua en silence avant de faire gicler un jet de salive brunâtre qui passa au ras du menton de Clementine pour s'écraser sur le timon du chariot. Pour la première fois depuis le début de la semaine, Clementine parvint à ne pas ciller.

— Vous me disiez bien hier que votre papa était prêcheur dans un temple de Boston ?

Clementine se prépara au pire. Une fois de plus, elle se sentit ajustée comme un canard de plâtre dans un tir forain ; mais elle était décidée à ne pas se laisser démonter.

— Oui, le temple de Tremont, répondit-elle avec son sourire le plus suave. Y seriez-vous allée, par hasard ?

La muletière ne daigna pas relever.

— Le papa de Gus est bonimenteur de Bible lui aussi, mais vous le saviez sans doute déjà. Sauf qu'il prêche en plein air, alors que le vôtre fait ses sermons dans une vraie église — un temple, excusez du peu ! C'est curieux, ajouta-t-elle comme si l'idée venait de la frapper, mais je remarque depuis des années que les fils de prêcheurs sont soit des propres à rien qui font les quatre cents coups, soit des gars confits dans la vertu comme votre Gus. C'est tout l'un ou tout l'autre, il n'y a pas de milieu.

Clementine garda les yeux fixés sur les ornières de la piste qui se déroulaient devant elle. Gus ne lui avait pas dit que son père était un serviteur de Dieu. Pourquoi lui avoir caché cette coïncidence qui les rapprochait ?

— Oui, un vrai saint, votre Gus ! reprit Annie en ricanant. Alors que « gibier de potence » va comme un gant à son frère... Gus vous a sûrement parlé de lui, poursuivit-elle en lançant à Clementine un regard en coin. Ils sont associés pour moitié dans le ranch, mais chacun veut le diriger comme s'il possédait le tout. Savoir combien de temps ça durera, c'est autre chose. À Rainbow Springs, en tout cas, les paris sont ouverts. Ces deux-là ont beau couler de la même source, il n'y a pas deux gouttes d'eau qui se ressemblent moins que Gus McQueen et Zach Rafferty.

Il ne lui en avait jamais parlé non plus, pas même une allusion ! La veille encore, il lui reprochait d'être trop renfermée, de garder pour elle ses pensées et ses sentiments. Sur le chapitre des secrets, il n'avait rien à lui envier ! Il savait pourtant se montrer intarissable quand il était question du ranch, des pâturages d'herbe tendre dans leur majestueux écrin de montagnes. Or, pas une fois il n'avait mentionné l'existence d'un frère avec lequel il partageait la propriété de ces merveilles. Les questions se bousculaient dans la tête de Clementine : ce frère était-il plus jeune ou plus âgé ? Pourquoi Gus et lui ne portaient-ils pas le même nom ? Mais c'était à son mari qu'il incombait de lui fournir les réponses. En parler derrière son dos avec une étrangère aurait été déloyal. Mieux valait donc garder le silence et laisser Annie mijoter dans son jus.

Les moyeux du chariot grinçaient, les cailloux de la piste craquaient sous les roues cerclées de fer, le vent poussait ses gémissements lancinants. Au bout d'un moment, n'y tenant plus, Clementine s'éclaircit la voix.

— En quoi les deux frères sont-ils si différents ?

La bouche d'Annie se fendit en un sourire satisfait. Elle lança un nouveau jet de salive sur le timon du chariot et prit la pose du conteur qui entame un long monologue.

— Eh bien, pour commencer, Gus a passé sa jeunesse sur la côte Est avec sa maman qui lui a donné une éducation de la ville, tandis que Rafferty poussait tout seul à la dure, battait la campagne et grandissait en vrai sauvageon. Bref, Gus a été dressé et Rafferty non. Gus lui a toujours reproché ses habitudes de mauvais sujet, l'alcool, le jeu, les filles — les filles, surtout —, mais peut-être que la jalousie lui rongeait les sangs, à votre Gus. Cela expliquerait aussi pourquoi il s'est mis en tête d'épouser une fille dans votre genre : il veut toujours tout faire dans les règles. Il faut dire que, dans nos parages, les femmes honnêtes sont plus rares que les tournesols en hiver.

Clementine se demanda s'il fallait prendre cette remarque pour un compliment. Dans ce pays, les gens tiraient volontiers gloire d'être des rustres mal dégrossis...

— Merci, déclara-t-elle sèchement.

— De rien. Ici, voyez-vous, ou bien les femmes sont des putains, ou bien elles pensent comme moi que les hommes ne valent pas mieux que des serpents et qu'elles n'ont pas de raison de mettre un serpent dans leur lit. C'est pour ça que tous les mâles du pays vont se précipiter, rien que pour vous regarder comme une bête curieuse. Il n'y en a pas un à des lieues à la ronde qui ne serait prêt à se couper une couille pour avoir la cuisinière, la ménagère, la lingère et l'esclave à tout faire que vous allez être pour votre homme. Et tout ça emballé dans la personne d'une femme honnête, qui plus est... De quoi donner le tournis, quand on y pense ! Voyez-vous, petite, vous êtes plus qu'une rareté, vous êtes un vrai luxe...

Annie s'interrompit. Le vent s'empressa de meubler le silence, mais Clementine resta impassible. Je ne céderai pas à ses provocations, se jura-t-elle. Je lui prouverai que mon cœur n'est pas aussi mal accroché qu'elle le croit.

— Non, reprit la muletière, Zach Rafferty ne sera pas content de découvrir que son frère ramène avec lui une femme qui a en tête l'idée de civiliser les choses et les gens. Pourtant, ajouta-t-elle sur le ton de la confidence, la plus grosse surprise, la vraie, c'est Gus qui l'aura.

— Que voulez-vous dire ? ne put s'empêcher de demander Clementine.

Nickel Annie se tourna vers elle en lui soufflant dans le nez une haleine qui empestait le tabac.

— C'est vous-même la surprise, ma jolie madame McQueen. Parce que sous vos dehors doux et timides de petite jeune fille élevée dans du coton se cache une femme au sang chaud qui attend juste l'occasion de sortir de sa coquille. Et ça, Gus ne le sait pas. Pas encore, du moins.

— Je ne comprends vraiment pas de quoi vous parlez...

Ce mensonge lui écorcha les lèvres. Ainsi, la muletière avait su, comme son père, la percer à jour et discerner sa vraie nature, insoumise et perverse. Tant mieux si Gus ne s'en était pas encore aperçu. Elle ferait en sorte qu'il ne la démasque jamais.

— Non, je ne suis pas telle que vous me décrivez, reprit-elle. Quant à M. Rafferty, il devra bien admettre que son frère est marié, un point c'est tout.

— Un point c'est tout, hein ? répéta Annie avec un rire qui tenait du braiment. Foutre ! Pour Rafferty, ma petite, un point n'est *jamais* tout !

Ils campèrent ce soir-là au bord de la piste sous un arbre ravagé par la foudre. Nickel Annie prépara un souper de haricots et de maïs en conserve que Clementine mangea à l'écart, pour échapper à la puanteur du feu d'herbes sèches et de bouses de bison. Assise sur le timon du chariot, elle balançait ses pieds en traçant dans le sable des sillons parallèles aussitôt effacés. Cette terre, pensait-elle avec un sentiment proche de la crainte, est assez vaste, assez vide pour absorber cent Clementine sans en laisser subsister le moindre vestige...

Troublée, elle se leva, s'étira. En se retournant, elle surprit Gus qui l'observait de la souche où il était assis près du feu, mais elle ne put déchiffrer son expression. Quand il ne riait pas ou ne lui décrivait pas ses rêves en termes lyriques, son mari était sujet à des humeurs sombres, elle s'en était aperçue. Il n'avait pas ouvert la bouche depuis des heures. Quant à Nickel Annie, après sa volubilité du matin, elle gardait elle aussi le silence. On était, il est vrai, à cet instant du jour où la terre entière semble retenir son souffle dans l'attente de l'obscurité. Le vent lui-même retombait. Les nuages gris s'ourlaient de noir. Il n'y aurait pas d'étoiles cette nuit-là.

Clementine alla s'asseoir auprès de Gus.

— Je prendrais bien un peu de café, après tout, dit-elle à seule fin de rompre le silence devenu pesant.

Elle n'appréciait pourtant guère ce breuvage que, dans l'Ouest, on s'obstinait à préparer assez pâteux pour y faire flotter un fer à cheval.

Gus se leva pour la servir. La chaleur du gobelet qu'il lui mit dans la main, le contact de leurs doigts qui se frôlèrent dissipèrent son malaise. Elle l'en récompensa d'un de ses rares sourires.

— Merci, monsieur McQueen.

— Vous pourriez quand même faire l'effort de m'appeler par mon prénom, Clementine.

Son sourire s'effaça.

— J'y viendrai, je vous le promets. Accordez-moi encore un peu de temps.

Sans répondre, il ramassa une branche et tisonna les braises. Clementine ne s'expliquait pas son entêtement à ce sujet : pourquoi refuser à son mari cette marque d'intimité alors qu'elle aspirait aux autres ? Était-ce une manière de préserver encore une parcelle de son état de femme libre, si fraîchement découvert ? La voix de son père résonna dans sa tête comme s'il parlait du haut de sa chaire : *Femmes, soyez soumises à vos époux comme à la volonté du Seigneur.* Après avoir lutté sa vie durant contre son père, elle n'allait pas se battre aussi contre son mari. Pourtant, elle le faisait déjà...

La première nuit chez nous, je vous ferai mienne, lui avait déclaré Gus — les mots d'un homme conscient de ses droits et résolu à en jouir. Bientôt, dès leur arrivée au ranch, il prendrait donc avec son corps ce plaisir que les prostituées vendaient aux hommes. Chaque fois qu'elle y pensait, cette perspective éveillait au plus profond d'elle-même des sentiments ambigus où la peur le disputait à l'anticipation de délices qu'elle pouvait seulement imaginer.

Elle lança un bref regard à cet homme, son mari, assis devant le feu dans un silence morose. Songeait-il, lui aussi, à leur première nuit conjugale ? À cette nuit qui, pour elle, serait la première de sa vie dans ce pays ? Elle étouffa un soupir, rajusta son carrick. Le vent s'était tu, l'atmosphère semblait alourdie, imprégnée d'une étrange odeur sèche, presque métallique.

C'est alors qu'elle sentit une goutte d'eau sur son poignet, et une sur sa joue. D'autres encore tombaient en tourbillonnant dans les flammes où elles se volatilisaient avec de légers sifflements. Clementine leva les yeux vers le ciel soudain rempli de flocons cotonneux.

— Regardez, il neige ! s'écria-t-elle.

Gus tendit sa paume ouverte.

— C'est ma foi vrai ! Une de ces bonnes grosses neiges mouillées qui donnent de l'herbe.

— De la bonne neige ? Foutre ! protesta Nickel Annie. Dis plutôt qu'on risque d'avoir encore deux ou trois blizzards avant que le printemps s'installe pour de bon. Et même là, on n'est jamais sûr de rien. C'est ça le Montana, petite. Un jour on cuit, le lendemain on gèle. Tenez, pas plus tard que l'année dernière il neigeait le 4 juillet ! Une vraie saloperie, le Montana !

Le visage levé, Clementine offrit aux flocons ses joues brûlantes d'avoir été exposées au feu de camp. Elle rit de plaisir en ouvrant la bouche pour sentir la neige fondre sur sa langue.

— Allons nous coucher, Clementine.

Gus la dévisageait d'un air grave qui, elle le savait à présent, n'était pas dû à la colère mais à un sentiment bien différent. Elle le suivit docilement.

Une fois loin du feu, leur haleine s'échappa en petits nuages blancs. Gus accrocha une lanterne au timon du chariot, déroula les épais édredons cousus en forme de sac qu'il avait achetés à Fort Benton et s'agenouilla pour les disposer côte à côte sous la caisse du chariot.

— Ce que vous avez fait ce matin était extraordinaire, lui dit-elle dans un élan de sincérité. Réussir à ramasser cette pièce sans mettre pied à terre ni ralentir.

Gus se retourna. À la lumière de la lanterne, elle vit qu'il souriait. Il se releva, l'attrapa par la taille.

— C'était une autre pièce que j'avais sortie de ma poche. Comment pouvez-vous m'avoir cru capable de retrouver quelque chose d'aussi petit dans l'herbe et les cailloux ?

Clementine s'abandonna dans ses bras.

— Sans doute parce que je vous crois capable de n'importe quoi.

— Non, Clementine. Il ne faut surtout pas croire des choses pareilles. Jamais.

Clementine frissonna. Ces mots, la manière dont il les avait prononcés lui déplaisaient. Il n'avait pas le droit de douter de lui-même, il ne devait avoir que des certitudes. Assez pour eux deux.

Gus souffla la lanterne. Ils se déchaussèrent et se glissèrent tout habillés dans leurs sacs de couchage. Il la prit dans ses bras, l'attira contre lui. Elle sentit son haleine chaude sur son cou, ses lèvres qui lui effleuraient la joue et cherchaient sa bouche — légèrement d'abord, puis avec une exigence croissante qui la fit frémir et éveilla en elle une étrange chaleur au niveau du ventre.

Elle se rapprocha, se serra contre lui.

— Non, Clementine...

Leurs bouches se séparèrent, mais il ne la lâcha pas. Elle ne comprenait pas pourquoi il tremblait. Au bout d'un moment, il la fit rouler sur elle-même afin qu'elle lui tourne le dos, lui prit les mains et caressa les cicatrices de ses paumes.

— Quand me direz-vous comment cela vous est arrivé ?

Il lui avait posé vingt fois la même question depuis leur première rencontre et elle ne lui avait toujours pas répondu. Révéler les causes de ce châtiment paternel semblait à Clementine aussi impudique que de se montrer nue devant lui — et cela non plus, elle ne l'avait pas encore fait.

— Comment voulez-vous que j'apprenne à vous connaître si vous refusez de me parler ? ajouta-t-il avec un soupir.

Elle ne voulait justement pas qu'il la connaisse, qu'il découvre ses défauts. Au contraire d'elle, Gus McQueen ne s'était jamais prétendu différent de ce qu'il était : un homme simple, honnête, capable de la protéger et de lui assurer une vie décente.

Il croit avoir épousé une jeune fille sage et vertueuse, qui sera toujours pour lui une épouse fidèle et soumise. Une femme honnête. Il ne sait rien de ce que je suis en réalité.

— Clementine. Parlez-moi...

— J'ai sommeil, monsieur McQueen, je voudrais dormir.

Il ne la lâcha pas comme elle l'aurait cru. Autour du feu qui se mourait, la nuit était d'un noir absolu. Au loin, un coyote poussait son cri mélancolique. Gus s'endormit, un bras sur la hanche de Clementine, une main sur son ventre.

Quelques instants plus tôt, elle riait de plaisir sous la neige. Maintenant, elle éprouvait une sensation de vide, de tristesse diffuse qui peu à peu se mua en une peur aussi écrasante, aussi infinie que le ciel du Montana.

La peur d'avoir emporté avec elle la solitude de la maison paternelle.

III

Gus McQueen arrêta sa monture pour mieux profiter de l'instant. Il était de retour chez lui.

Au-dessus de sa tête, le ciel bleu se déployait jusqu'au bout du monde. À ses pieds, méritant plus que jamais son nom de « rivière de l'Arc-en-Ciel », la Rainbow River miroitait sous le soleil ; elle serpentait à travers les pâturages d'herbe tendre parsemés de fleurs sauvages qui s'étendaient à perte de vue jusqu'au pied des buttes boisées. Par une aussi belle journée de printemps, la contrée offrait un visage aimable, presque riant. On oubliait sa rudesse et son isolement capables, si l'on n'y prenait garde, de vous imprégner jusqu'à la moelle d'une incurable mélancolie.

Gus rabaissa son regard vers sa femme, assise sur la planche du chariot comme sur un trône. Le vent et le soleil avaient gercé sa peau fraîche, ses élégants vêtements de ville étaient maculés de poussière et de boue séchée. Mais, de même qu'un connaisseur savait juger une jument à son allure et son port de tête, nul ne pouvait se méprendre sur la classe de Clementine. Elle était une reine.

Clementine... Tout en elle, jusqu'à la musique de son nom, bouleversait Gus. Jamais il n'oublierait comment elle avait offert son visage à la neige ce soir-là, comment elle l'avait fait trembler de désir. Depuis, bien sûr, la neige avait fondu — la neige de printemps ne reste jamais longtemps sur le sol — alors qu'en hiver elle persiste et s'accumule en congères, plus hautes parfois que le toit du ranch. En hiver, le froid est cruel au point de geler l'haleine dans la poitrine. Les hivers du Montana sont assez inhumains pour briser une femme, l'écraser ainsi qu'une meule broie le grain. Le froid. Le vent, aussi.

Sa femme... Gus la contemplait avec une tendresse mêlée

d'angoisse. Il ne se serait jamais cru capable d'accorder à une femme plus de prix qu'à la terre. Sa beauté lui nouait la gorge. L'or de ses cheveux avait le doux éclat du soleil levant, le vert de ses yeux était changeant comme l'herbe de la prairie au printemps. Elle lui semblait plus précieuse, plus fragile qu'une statuette de porcelaine. Il aurait voulu la mettre sous un globe de verre et l'y garder, pour qu'elle ne soit pas brisée, pour que rien ne vienne ternir sa pureté. Pour l'abriter de l'hiver et du vent. De tout ce que le Montana pouvait infliger à une femme.

Elle tourna la tête à ce moment-là, le surprit en train de la couver du regard et lui adressa un sourire qui éveilla en lui un désir immédiat. Par moments, il avait honte des pensées luxurieuses que lui inspirait sa femme.

— Votre pays me plaît, monsieur McQueen. La réalité est aussi belle que ce que vous m'en disiez.

Depuis le début, Gus redoutait qu'en découvrant le désert où il l'entraînait elle ne prenne aussitôt la fuite et regagne Boston, la civilisation, le mode de vie auquel elle était accoutumée. Ces mots lui apportèrent un intense soulagement. Ils pourraient donc être heureux ici, Clementine et lui.

— Si vous trouvez que c'est beau, Clem, attendez de voir le ranch ! s'écria-t-il avec un rire joyeux.

Nickel Annie salua cette déclaration d'un borborygme qui évoquait le grognement d'un goret affamé.

— Ah ! ça, on peut le dire ! Il n'y a pas plus bel endroit au monde pour se tuer à la tâche.

Clementine dominait à grand-peine son excitation. Depuis des semaines, le vent la giflait sans répit, le sable lui râpait la peau à vif, la poussière lui collait aux dents et lui desséchait la gorge. Depuis des semaines, elle couchait à même le sol ou sur des grabats infestés de vermine. Depuis des semaines, perchée en équilibre instable sur la planche du chariot et secouée par les cahots de la piste, elle esquivait de son mieux les jets de salive et les sarcasmes de Nickel Annie. Depuis des semaines, elle endurait tout sans broncher. Il était temps, grand temps, que ses épreuves touchent à leur terme.

Les derniers jours, ils avaient cheminé à travers des forêts de pins et de mélèzes, assez denses pour tamiser le soleil et retenir le vent, dont la majestueuse beauté lui avait coupé le souffle. La veille, après avoir franchi une montagne ravinée par d'anciens glaciers, ils avaient découvert au débouché du col une vallée immense et vide comme le ciel du Montana. Gus lui avait montré une colline en forme de cône tronqué qui se dressait solitaire au milieu de la plaine, aussi incongrue qu'un chapeau tombé à terre.

— Rainbow Springs est au pied de la butte et mon ranch de l'autre côté — *notre* ranch, s'était-il aussitôt corrigé d'une manière qui l'avait fait sourire. C'est de cette butte que le pays tire son nom « le Rain Dance ». La légende raconte qu'il y a très longtemps une fille de la tribu pied-noir avait perdu son amoureux pendant une famine, parce qu'il chassait pour nourrir les autres sans rien garder pour lui. Le jour de sa mort, elle a porté son corps jusqu'au sommet de la butte pour l'honorer d'une danse de deuil, mais elle pleurait tant que ses larmes tombaient en pluie sur toute la vallée. Alors, cet été-là, l'herbe a poussé plus haut qu'un brave sur son cheval, plus dru que la toison d'un grizzly, si bien que la tribu entière a mangé à sa faim. Et il y a peut-être même une part de vrai dans la légende, avait-il conclu en souriant.

Il importait peu à Clementine que l'histoire soit vraie ou fausse. Elle la trouvait si belle qu'elle se la répéta tandis qu'ils se rapprochaient de la butte en suivant les méandres de la rivière.

Bientôt, les rayons du soleil se reflétèrent sur les toits de Rainbow Springs, la ville de Gus — sa ville désormais. Le cours d'eau bordé de trembles contournait la colline où l'Indienne avait pleuré son amour perdu. Un tipi isolé, d'un blanc sali par des traînées de fumée, apparut sur la rive opposée. Clementine y chercha en vain des traces de vie — une jeune Indienne et son vaillant compagnon, par exemple : il était inoccupé. La route, elle aussi déserte, se terminait en cul-de-sac au pied de la butte dont le flanc était grêlé de puits de mine abandonnés.

Des tas de vieilles boîtes de conserve et de bouteilles vides marquèrent l'entrée de ce qu'il était convenu, dans le Montana, d'appeler une ville — quelques baraques en planches décolorées par les intempéries et couvertes de tôles ondulées rongées par la rouille. Deux d'entre elles arboraient des enseignes : un saloon qualifié de casino et pompeusement baptisé *Best in the West,* et un bazar se présentant sous le nom de *Magasins généraux Sam Woo Prop.* Leurs lettres aux fioritures élaborées trahissaient la main du même artiste.

Mais ce qui frappa le plus Clementine dans ce premier contact avec Rainbow Springs, ce fut la boue. Une soupe épaisse et visqueuse aux relents de marécage, d'où les mules extrayaient leurs sabots avec des bruits de succion et où les roues du chariot enfonçaient jusqu'au moyeu en aspergeant sa jupe de globules rougeâtres.

Aiguillonnées par les bordées de jurons et les coups de fouet que Nickel Annie faisait crépiter au-dessus de leurs têtes, les mules redoublèrent d'efforts pour éviter au lourd chariot de s'enliser, et l'attelage stoppa enfin devant une écurie. Dans la forge contiguë, un homme à la longue barbe grise et au ventre rebondi sous un tablier de cuir ajustait le couvercle d'un cercueil en sapin.

Gus mettait pied à terre quand une porte claqua. Une femme rousse en robe d'un violet cru apparut. Elle releva à deux mains ses jupes, qui dévoilèrent des mules à pompons rouges, des bas pourpres et un jupon rayé rose et mauve, et elle courut vers le chariot en sautillant sur les planches et les madriers posés au hasard dans la boue.

— Annie ! Quel amour vous êtes ! s'écria-t-elle en riant de plaisir. Mon piano ! Vous m'apportez enfin mon piano !

Elle s'arrêta pile à la vue de Gus et laissa retomber ses jupes. Ses joues prirent la couleur de ses cheveux.

— Tiens, Gus, vous voilà donc de retour ? dit-elle de la voix un peu rauque d'un adolescent en train de muer. Vous étiez parti depuis si longtemps qu'on se languissait presque de vous.

Gus la dépassa comme si elle n'existait pas et entreprit d'aider Clementine à descendre. Pendant ce temps, la femme contournait le chariot, serrait Annie sur son cœur et, sans se soucier d'exhiber ses dessous affriolants, grimpait sur une roue pour admirer son piano de plus près.

Clementine l'observa, fascinée. N'ayant jamais eu le droit de se vêtir autrement que dans des demi-teintes de gris ou de marron, elle se demanda à quoi elle ressemblerait dans une telle robe, que sa mère aurait à coup sûr considérée comme le comble du vulgaire.

— Eh bien, bon dieu, si c'est pas Gus McQueen... !

Le forgeron venait vers eux à grands pas. Son tablier de cuir lui battait les tibias, son sourire épanoui dévoilait un damier de dents gâtées ou absentes.

— Salut, étranger ! ajouta-t-il avant d'assener un amical coup de poing sur le dos de Gus. Ma parole, on n'avait plus revu votre vilaine gueule dans les parages depuis le déluge.

— Salut, Œil de Serpent. Elle est pour qui, cette boîte ? s'enquit Gus en désignant le cercueil du menton.

Sommairement assemblé en planches grossièrement taillées, il était assez long pour accommoder un homme de grande taille.

— Pour l'Écossais, MacDonald...

Clementine, qui avait sa main sur le bras de Gus, sentit son mari se détendre soudain, comme s'il avait redouté une autre réponse.

— On l'a retrouvé sur un de ses pâturages, poursuivit le forgeron. Tiré dans le dos comme un lapin. Pour nous, c'est Nez de Fer et ses sauvages qui ont fait le coup. Le pauvre diable les avait sans doute surpris à encorder ses veaux de printemps et ils l'ont farci de plomb quand il a voulu les en empêcher. On est plusieurs ici à dire qu'il serait grand temps de former une troupe pour traquer ces bandits et les pendre haut et court.

Ses petits yeux aussi ronds et incolores que des yeux de serpent faisaient la navette entre Gus et Clementine en exigeant à l'évidence une explication.

Gus prit Clementine par la taille.

— Œil de Serpent, je te présente mon épouse. Œil de Serpent est notre loueur de chevaux et notre maréchal-ferrant, ajouta-t-il pour la gouverne de Clementine. À l'occasion, il se transforme même en croque-mort.

Clementine inclina poliment la tête.

— Enchantée, monsieur, euh...

Elle renâcla devant le sobriquet. *Monsieur* Œil de Serpent ? Le ridicule a des limites.

Le forgeron, qui était resté bouche bée de stupeur, la referma avec un claquement de mâchoires.

— Fout... fichtre, Gus ! Vous étiez parti tout ce temps pour vous ramener une légitime ? Ça, alors !

— Bienvenue à Rainbow Springs, madame McQueen.

La rousse en robe violette s'était entre-temps approchée derrière eux. Au son de sa voix, Clementine se retourna. Elle constata que son teint devait en partie sa couleur au fard, qu'un sourire amical et sincère creusait ses joues de fossettes. Mais elle discerna aussi de la prudence et une certaine vulnérabilité dans ses yeux noirs.

Avant qu'elle ait pu répondre, Gus l'empoigna par un bras et l'entraîna sans douceur.

— Je te rejoins tout de suite, Œil de Serpent. Venez, Clementine.

Ils s'étaient à peine éloignés que la voix de la femme les rattrapa, sèche et sarcastique cette fois :

— Ma parole, il y a des gens dans ce monde qui n'ont pas plus de manières que le bétail !

Clementine soulevait sa jupe d'une main et pataugeait dans la gadoue en s'efforçant tant bien que mal de prendre pied sur un madrier.

— Pas si vite, je vous prie, monsieur McQueen ! Si vous continuez à ce train, je vais m'étaler dans la boue !

— Vous feriez mieux de vous y habituer : elle ne séchera pas avant le mois de juin, répliqua Gus.

— Pouvez-vous au moins me dire où nous allons avec tant de hâte ? Et pourquoi vous vous conduisez aussi grossièrement envers cette femme ?

— Je n'ai pas l'intention de présenter mon épouse à une gourgandine doublée d'une maquerelle.

Gourgandine, maquerelle ? Clementine aurait voulu se retourner pour voir ce qui justifiait des qualificatifs aussi désobligeants. Mais Gus la tenait d'une main ferme et ne semblait pas disposé à ralentir.

Contrairement aux autres bicoques bâties en rondins mal dégrossis, le saloon affichait un certain souci d'élégance grâce à des murs de planches blanchies à la chaux et des massacres de daims au-dessus de la double porte. Clementine remarqua, nichée dans un bouquet de pins et de trembles derrière l'établissement, une jolie maison blanche à un étage dont la façade s'agrémentait de festons, de rosettes en bois découpé et d'un balcon à balustres.

— Qui habite ici ? demanda-t-elle.

— Vous l'avez vue, bougonna Gus. Hannah Yorke, la propriétaire du bastringue. *Madame* Yorke, comme elle dit. Si elle a jamais été mariée à un des hommes qui sont passés par son lit, je veux bien avaler mon cheval tout cru, crinière et sabots compris ! N'y pensez plus, Clementine. Vous ne voudriez sûrement pas vous frotter à pareille créature.

Vendre son corps doit donc être lucratif, ne put-elle s'empêcher de penser. Après la succession d'infâmes masures où ils avaient dormi le long de la piste, elle avait craint de découvrir que le ranch de son mari ne valait guère mieux. À présent, elle espérait qu'il serait au moins aussi plaisant que la demeure d'une gourgandine.

Gus s'arrêta enfin et lui désigna une bâtisse carrée. Son unique fenêtre avait un carreau cassé bouché par un sac, et les autres étaient si crasseux qu'on distinguait à peine, à l'intérieur, la lueur jaunâtre d'une lampe à pétrole.

— Voilà le bazar, entrez donc y jeter un coup d'œil. Je retourne à l'écurie demander à Œil de Serpent de nous prêter une carriole. Si quelque chose vous plaît, vous n'avez qu'à dire à Sam Woo de le mettre sur le compte du ranch.

Sur quoi, il retourna d'où il était venu. Il ne l'avait donc traînée jusqu'ici que pour lui éviter le contact impur d'une femme légère ! Elle n'avait pourtant pas l'air si mauvaise — au contraire. Plutôt gaie et amicale, voire un peu timide.

Clementine regarda un instant Œil de Serpent et Nickel Annie se démener pour passer une corde autour du piano afin de le décharger. Hannah Yorke les encourageait de la voix et du geste. Elle tournait autour du chariot comme un oiseau exotique au plumage multicolore, son rire léger se mêlait aux bruyants éclats de la muletière et du forgeron. Ils étaient gais, à l'aise. Il régnait entre eux une vraie camaraderie que Clementine observait avec une pointe d'envie.

Elle se détourna enfin, gravit les trois marches du bazar et poussa la porte entrebâillée, ce qui déclencha le tintement discordant d'une paire de cloches à vaches chargées d'annoncer l'arrivée des clients. Son apparition stupéfia les trois hommes qui se tenaient dans la pénombre autant que si elle avait été une bête curieuse échappée d'un zoo.

Deux d'entre eux se rôtissaient le dos à un poêle : l'un, grand et maigre comme un échalas, avait de gros yeux ronds de hibou qui surmontaient une bouche édentée ; l'autre, petit et rond comme une barrique, compensait un crâne plus lisse qu'un bouton de porte par une longue barbe en éventail couleur de vieille cire. Leurs vêtements constellés de taches de boue et leurs bottes cloutées semblaient indiquer qu'ils exerçaient le métier de prospecteurs.

Accoudé à la planche posée sur deux tonneaux vides qui faisait office de comptoir, le troisième était à l'évidence Sam Woo, le propriétaire du lieu. Ses yeux à moitié dissimulés par une visière verte rabattue étaient cerclés d'épaisses lunettes rondes. Son menton s'ornait de quelques touffes de poils noirs clairsemés, aussi raides que s'il les avait coupés sur une crinière de cheval.

Clementine avança d'un pas, mais s'arrêta de nouveau en entendant les trois hommes exhaler un soupir avec un bel ensemble.

— Je veux bien..., commença l'échalas.

— ... être pendu, compléta la barrique.

— Vingt dieux ! proféra Sam Woo d'une voix étouffée.

Embarrassée par cet accueil inattendu, Clementine les salua d'un signe de tête. Le Chinois joignit les mains, plongea en une courbette qui fit valser sa natte et s'adressa à sa visiteuse sur un ton chantant et obséquieux.

— Madame, soyez la bienvenue dans l'humble échoppe de Sam Woo. Son indigne personne est grandement honorée de votre noble présence. Ayez la bonté de me dire en quoi je puis vous être utile.

Clementine dut déglutir pour retrouver sa voix.

— Merci, monsieur, mais je ne sais pas encore au juste de quoi j'aurai besoin et je souhaite seulement jeter un coup d'œil. Continuez à servir ces messieurs, je vous en prie, conclut-elle en désignant les deux prospecteurs.

Sam Woo fit une nouvelle courbette, le silence retomba. Clementine se détourna et feignit de s'intéresser à une cage d'oiseau dont le fond était encore parsemé des plumes d'un défunt canari. Les trois hommes mirent fin avec regret à la contemplation de la bête curieuse et s'absorbèrent dans l'examen d'un catalogue ouvert sur le comptoir.

Jamais Clementine n'avait vu tant d'objets hétéroclites entassés dans un même lieu. D'âcres odeurs de pétrole et de savon noir luttaient contre des relents de poisson séché et de fromage moisi. Un damier couronnait une tour branlante de poêles à frire empilées sur un soubassement de jarres de saindoux. Des lanternes de cuivre voisinaient avec des caleçons d'homme, des bocaux de bonbons avec des boîtes d'une pâte rouge à l'usage mystérieux.

Le chapeau de Clementine s'accrocha dans une vieille crinoline pendue au plafond. Au bout du comptoir, à côté d'un trébuchet dont elle savait par les romans de Shona qu'il servait à peser la poudre d'or, trônait une caisse de savonnettes à l'essence de rose. Elle se pencha au-dessus. Leur parfum la ramena à la maison de Louisburg Square ; le visage de sa mère lui apparut. Machinalement, ses doigts se refermèrent sur le sachet en forme de cœur enfoui au creux de sa poche.

Elle regarda autour d'elle les étagères qui ployaient sous un incroyable bric-à-brac, le sol boueux, les murs en planches si mal dégrossies que l'écorce pelait par endroits. La lampe à pétrole déréglée crachait une fumée noire. On entendait des rats ou d'autres créatures aussi répugnantes trotter dans le grenier. Clementine prenait pleinement conscience, dans ce décor sordide, d'être dans un autre monde, un désert à l'écart de la civilisation, si loin de Boston qu'elle n'en retrouverait sans doute jamais le chemin. Elle se sentait si perdue, si seule que, pour la première fois, elle eut peur de ce qu'elle avait fait en s'enfuyant vers l'inconnu.

La voix du gros prospecteur, aiguë et grinçante comme une pompe rouillée, la tira de ses réflexions. Elle tendit l'oreille. Le sujet lui parut si extraordinaire qu'elle en oublia son désarroi et se rapprocha pour mieux entendre.

— C'est pas légal, Sam ! déclarait le barbu en martelant le catalogue d'un index accusateur. T'as pas le droit de te payer une esclave ! Tu sais donc pas qu'on a fait la guerre il n'y a pas si longtemps pour établir qu'on est tous libres et égaux dans les États-Unis et les territoires ? Même les Nègres sont libres, à présent ! Les Indiens, bon, ils sont peut-être pas complètement égaux. Les femmes non plus, vu qu'elles sont des femmes. Mais on est quand même tous libres — au moins d'une certaine manière. Enfin bon dieu, Nash, tu as avalé ta langue ou quoi ? Explique à cet individu ce que je me tue à lui faire comprendre !

Ainsi sommé d'intervenir, l'échalas s'empara du catalogue et le brandit sous la maigre lumière tombant de la fenêtre.

— Ce qu'il veut dire, Sam, c'est qu'on peut pas acheter comme ça une femme, même une Chinoise. Et d'ailleurs, combien qu'elle va te coûter ?

— Vous n'avez rien compris, les amis ! Je veux l'épouser, il est normal que je paie un dédommagement à son protecteur, une sorte de dot à l'envers si vous préférez. Regardez...

Sam Woo se pencha par-dessus le comptoir pour montrer du doigt le portrait d'une jeune femme vêtue d'une robe au col montant. Clementine coula un regard et constata que le catalogue ne présentait que des visages féminins.

— Celle-là, ici, précisa le digne commerçant. Elle vous plaît, hein ? Un beau morceau, oui mon gars ! Eh bien, elle me coûtera mille dollars.

— Mille dollars ? Nom de dieu ! s'exclama la barrique.

Nash empoigna son chapeau et en assena sur le ventre de son acolyte un coup qui souleva un nuage de poussière.

— Surveille ta maudite langue, Pogey !

L'interpellé ouvrait la bouche pour protester quand il se souvint de la présence de Clementine. Il la dévisagea avec perplexité en se triturant une oreille puis l'autre — des oreilles, remarqua Clementine, aussi rondes, larges et flasques que les crêpes de Nickel Annie.

— Je voudrais pas avoir l'air indiscret, m'dame, déclara-t-il enfin, mais est-ce que vous seriez une nouvelle pensionnaire de Mme Yorke ? Je vous le demande parce que vous avez pas tellement l'allure des putes qu'on voit d'habitude... Merde ! s'exclama-t-il en encaissant sur le ventre une nouvelle claque de son associé. Qu'est-ce qui te prend de me battre tout le temps, Nash ? Tu deviens fou ?

— Je t'ai demandé de tenir ta langue, vieux malappris.

Ulcéré, Pogey frotta son ventre endolori.

— Tenir ma langue ? Foutre ! Je peux même plus ouvrir la bouche maintenant sans que tu me fasses un sermon ?

— Un homme bien élevé ne doit pas sacrer et jurer devant une dame. Si ça te gratte à un endroit où c'est pas poli de se gratter, tu dois pas te gratter, voilà tout.

— Me gratter ? Je comprends rien, Nash ! Depuis le temps que je te connais, t'as jamais rien dit de sensé. Une dame peut au moins comprendre ce qui me sort de la bouche, mais je connais personne qui puisse en dire autant de toi.

— N'importe qui avec un cerveau plus gros qu'un petit pois me comprend parfaitement. Je te demande de surveiller tes manières, Pogey. Rien de plus, rien de moins.

Quelle qu'ait été la riposte préparée par Pogey, elle resta à jamais inexprimée car, à ce moment précis, les cloches à vaches retentirent et les têtes se tournèrent ensemble vers la porte.

Une Indienne se tenait sur le seuil, prête à détaler au moindre prétexte. Elle portait un enfant de deux ans sur sa hanche et un nourrisson dans un panier ficelé sur son dos. Petite, maigre, elle était vêtue d'une blouse de calicot rouge qui retombait sur des jambières de cuir, et chaussée de mocassins ornés de plumes et de perles de verre colorées. Une minuscule croix d'or lui pendait au cou. Elle était très jeune, mais la lassitude marquait son visage au teint cuivré et ses yeux noirs papillonnaient avec crainte d'un homme à l'autre.

Consciente d'être observée, elle s'enhardit.

— S'il vous plaît, monsieur Sam, donnez-moi des boîtes de lait pour ma petite. Elle est malade et je ne suis plus en état de la nourrir.

Pogey la fusilla du regard en triturant la crêpe qui lui tenait lieu d'oreille gauche.

— Voilà maintenant que tu laisses entrer les sauvages chez toi, Sam ? demanda-t-il.

Le Chinois bondit de derrière son comptoir en agitant son tablier comme s'il chassait un poulet.

— Ah ! mais non je les laisse pas entrer ! protesta-t-il avec indignation. Pas d'argent, pas de lait, tu m'entends, la squaw ? Pas d'argent, pas de lait ! Dehors, dehors !

L'interpellée pivota si vite que ses nattes se redressèrent à l'horizontale. Elle ouvrit la porte à la volée, buta sur le seuil contre Gus McQueen qui arrivait et détala à toutes jambes. Étonné, Gus la suivit un instant des yeux et referma la porte derrière lui.

— Salut, les amis. Je vois que vous avez déjà fait la connaissance de mon épouse.

Sa déclaration fut accueillie par le même silence de stupeur qu'avait provoqué l'arrivée de Clementine. Le premier à reprendre ses esprits, Sam Woo plongea en une courbette encore plus profonde que les précédentes.

— Madame McQueen ! Quel immense honneur et quel merveilleux plaisir pour votre indigne serviteur.

Nash fit un large sourire qui dévoila ses gencives veuves de leurs dents.

— Ça alors ! Je veux bien..., commença-t-il.

— ... être pendu, compléta Pogey.

Les sourcils froncés par la perplexité, Gus se pencha vers la bouche béante du prospecteur.

— Que diable as-tu fait de tes dents, Nash ?

L'intéressé se hâta de dissimuler d'une main sa désastreuse absence de dentition.

— Hein ? Quoi ? Eh bien... c'est-à-dire...

Pogey le fit taire d'un coup de coude dans les côtes.

— Laisse-moi lui expliquer : avec ou sans dents, tu ne sais

dire que des âneries. Nash et moi, on tapait le carton au saloon contre un type qui se prenait pour un champion. Au début, c'est vrai, il nous avait lessivés ; mais voilà qu'on est servis d'une quinte flush à cœur, il ne manquait qu'une carte. Alors, sans hésiter, on mise son râtelier — ça coûte cher cette saloperie, tu peux me croire ! Et là, la poisse noire, on tire un deux de trèfle ! Mais on les lui récupérera vite, ses dents, maintenant que...

Un coup de chapeau dans le ventre l'interrompit net.

— Euh... Oui, bon. On te parlera de ça plus tard, Gus, conclut-il, gêné.

Gus décocha un regard inquisiteur aux deux prospecteurs ; puis, comprenant qu'ils se borneraient à sourire sans souffler mot, il haussa les épaules et poussa Clementine vers la porte.

— En route, Clem. Ne traînons pas, il nous faut deux bonnes heures jusqu'au ranch.

Sur le seuil, Clementine se retourna.

— J'ai été ravie de rencontrer autant de mes nouveaux voisins en même temps, déclara-t-elle avant de gratifier l'assistance médusée d'un de ses rares sourires.

Sur un dernier carillon de cloches à vaches, la porte se referma et le silence retomba — un silence si total qu'on entendait des biscuits rassis s'émietter au fond d'un baril.

— Le pays se ramollit, Pogey, se lamenta Nash un long moment plus tard, et il souligna son propos d'un hochement de tête navré. On ne le reconnaîtra bientôt plus.

Son acolyte approuva d'un soupir lugubre en se malaxant l'oreille droite.

— Sors la bouteille, Sam, et n'aie pas peur de verser. On en a grand besoin pour encaisser un coup pareil.

— De quoi pleurer ! renchérit Nash. Ça commence toujours comme ça : par les femmes. Le temps de se retourner, on voit pousser les clôtures et les écoles. Après, on est mûrs pour les églises, les sermons, les ligues de tempérance...

À cette atroce perspective, les trois hommes frémirent d'horreur.

— Vingt dieux ! proféra Sam d'une voix étranglée en posant un flacon de vieux whiskey sur le comptoir.

Dans un silence accablé, ils contemplèrent le sombre tableau de la civilisation en marche qui s'apprêtait à balayer les traditions les plus sacrées.

— Je croyais que Gus n'était retourné là-bas que pour voir sa mère mourante, observa Nash.

— Il y a perdu une mère et gagné une femme.

— Une gentille petite femme, quand même...

— Ouais ! rétorqua Pogey avec un ricanement désabusé. Du genre à vouloir nous faire déguster des biscuits au gingembre avec de la citronnade.

— Vingt dieux ! gémit de nouveau Sam Woo.

Sur quoi, il avala une longue lampée au goulot avant de passer la bouteille à Pogey, qui tendait une main impatiente.

— Je me demande si Zach Rafferty est déjà au courant de la chose, dit Nash d'un air pensif.

— Vingt dieux ! répéta une fois de plus Sam Woo.

Mais cette fois, sa voix trahissait moins l'accablement que l'appréhension.

Les jupes relevées, Clementine marchait avec précaution au milieu de la chaussée. L'Indienne, chargée d'enfants et ralentie par la boue, n'était pas encore très loin.

— Attendez ! la héla Clementine.

Gus la rattrapa et l'empoigna par le bras.

— Que diable signifie... ? commença-t-il.

— Cette Indienne, il faut lui donner de l'argent. Elle a besoin d'acheter du lait.

— Êtes-vous folle ? C'est la squaw de Joe Ours Vaniteux. S'il veut qu'elle mange, qu'il la nourrisse lui-même. Je suis surpris qu'il ne lui ait pas encore offert quelques-unes de mes vaches, ce sale voleur !

— Mais le bébé...

— Si nous lui donnons de l'argent, elle ne s'en servira pas pour acheter du lait. Elle ira plutôt rafler le stock d'alcool à brûler de Sam Woo.

— Que voulez-vous dire ? Je ne comprends pas.

Il lui serrait le bras à lui faire mal, mais Clementine s'en rendait à peine compte. L'Indienne avait entendu son appel et revenait à pas lents, avec réticence ; elle paraissait sentir que la colère de Gus était dirigée contre elle.

— Comme les saloons n'ont pas le droit de leur vendre à boire, les Indiens essaient de mettre la main sur tout ce qui contient de l'alcool. Si elle ne veut pas que ses enfants meurent de faim, elle n'a qu'à aller chercher son allocation de nourriture au Bureau des affaires indiennes. Joe et elle sont des sang-mêlé, mais ils ont de la famille là-haut, ils peuvent leur demander de quoi manger.

Cette fille n'est pourtant pas entrée au bazar pour acheter de l'alcool, mais pour mendier du lait. Et j'ai de l'argent, moi ! se dit Clementine. Cent dollars au fond de ma poche. Il suffit de découdre le sachet...

Elle ôtait son gant quand l'Indienne poussa un cri. Un Indien monté sur son cheval pie déboulait au grand galop en soulevant des geysers de boue. Vêtu d'un pantalon de serge bleu délavé et d'une chemise à carreaux, on l'aurait pris pour un cow-boy sans ses bracelets de cuivre aux biceps et les plumes de chouette dans ses nattes. Il était jeune lui aussi, à peine plus âgé que Clementine, mais sa mine féroce de sauvage sur le sentier de la guerre la paralysa d'effroi.

— Clementine ! À la carriole, vite !

La voix impérieuse de Gus la fit sursauter. Elle courut vers la voiture en glissant dans la boue, Gus la catapulta sur le siège où elle se laissa tomber au moment où l'Indienne poussait un nouveau cri de terreur.

L'Indien avait décroché de sa selle un lasso, qui tournoya audessus de sa tête avant de se dérouler en sifflant. Le nœud coulant encercla les épaules de la jeune femme, se resserra autour d'elle et des deux enfants qu'elle portait. L'Indien assujettit prestement l'extrémité du lasso au pommeau de sa selle et reprit au petit trot la direction de la rivière en traînant sa femme derrière lui comme s'il s'agissait d'une vulgaire génisse. L'infortunée s'évertuait à le suivre sans trébucher dans l'épaisse gadoue où ses pieds s'engluaient.

La scène s'était déroulée en un clin d'œil.

— Arrêtez-le ! s'exclama Clementine. Au nom du Ciel, faites quelque chose !

Gus ne bougea pas. À quelques pas de là, Hannah Yorke, Nickel Annie et Œil de Serpent n'intervenaient pas davantage.

Outrée, Clementine se levait quand Gus l'interpella avec une telle violence qu'elle se figea.

— Rasseyez-vous ! Je vous interdis de descendre !

— Mais il l'a prise au lasso ! tenta-t-elle de protester. Il l'a encordée comme un animal !

Sans répondre, Gus la força à se rasseoir en la tirant par son manteau et décrocha les rênes. La carriole démarra avec une secousse. Ils parcoururent quelque distance dans la boue avant que Gus ne reprenne la parole.

— En mendiant, elle l'a humilié, Clem. Ils sont mari et femme. Leurs affaires ne nous regardent pas.

Les mains de Clementine se crispèrent sur l'étoffe de son manteau, le silence retomba. La carriole avançait lentement en grinçant. Ils avaient dépassé les tas de boîtes de conserve et de bouteilles vides. Le tipi fut lui aussi derrière eux sans que Clementine se soit retournée.

— Ici, les choses se passent autrement, reprit Gus. Nos mœurs sont différentes. Vous devrez apprendre à les accepter comme elles sont, à vous y plier.

— Je n'accepterai pas vos *mœurs différentes,* monsieur McQueen. Pas toutes, du moins.

Un éclair étonné traversa le regard de Gus, sa bouche prit un pli dur.

— Vous le ferez si je vous le dis.

— N'y comptez pas.

Comme un navire en pleine mer, la carriole traçait son sillage dans l'épaisse herbe à bison vert pâle. Le vent s'était levé, un vent chaud et sec chargé de senteurs de pin et de moutarde sauvage, qui étouffait de son souffle les cliquetis du harnais, les grincements des roues dont les cercles de fer écrasaient les cailloux sous la boue. Qui effaçait aussi le silence obstiné de Gus McQueen.

Son visage fermé exprimait une colère contenue nouvelle pour Clementine. Il émanait de ses mains crispées sur les rênes, de ses bras musclés, de ses larges épaules une puissance, une force qui l'effrayaient. Pourtant, elle ne lui permettrait pas d'abuser de cette force. Elle ne se laisserait pas vaincre par lui. Jamais.

— Vous sentez ce vent, Clementine ?

Elle sursauta.

— Quoi ?

— Le vent. On l'appelle le chinook. Il est capable de faire fondre la neige d'un blizzard du jour au lendemain.

Ce vent lourd et poisseux la mettait mal à l'aise. Elle coula un regard en coin vers Gus. Voulait-il lui signifier qu'il n'était plus fâché contre elle ? Sa colère à elle n'était pas apaisée, mais s'il faisait le premier pas...

— Dans combien de temps arriverons-nous au ranch ?

— Nous y sommes depuis un quart d'heure.

Clementine regarda autour d'elle les pâturages d'herbe grasse, qui moutonnaient jusqu'au pied des montagnes boisées. Une rivière bordée de trembles et de saules scintillait sous le soleil, rapide comme du vif-argent. Cette riche terre vierge et déserte était bien telle qu'il la lui avait décrite. Pourquoi, alors, avoir omis certains détails essentiels ?

Elle lança un nouveau coup d'œil à son profil, son menton volontaire, ses lèvres serrées.

— Nickel Annie m'a parlé de M. Rafferty. Votre frère.

Il rougit et évita de croiser son regard.

— Je l'aurais fait moi-même le moment venu.

— Quand cela ?

— Maintenant. J'allais justement vous en parler. Zach et moi avons grandi dans le Sud comme des sauvageons jusqu'à ce que nos parents se séparent. Nous étions encore gamins. Maman et moi sommes partis pour Boston et Zach est resté. Nous ne nous sommes retrouvés qu'il y a trois ans pour exploiter ce ranch.

Elle attendit la suite. En vain.

— Et lui, votre frère ?

— Je viens de vous le dire. Nous travaillons ensemble.

— Est-il plus jeune ou plus âgé que vous ?

— Plus jeune. Quand je suis parti avec maman, j'avais douze ans et lui dix.

— Vous n'avez donc pas le même père ?

— Si. Zach a simplement... changé de nom il y a quelque temps, je ne sais trop pourquoi. Par ici, les hommes le font en général quand ils ont des ennuis avec la justice.

Une perdrix aussi grasse qu'un poulet se leva soudain sous les pieds de la jument, qui prit peur et fit un écart.

— Regardez, Clementine. Vous voyez ces fleurs mauves, là-bas ? Ce sont des anémones. Les Indiens les appellent les oreilles de la terre. Les autres sont des roses de la prairie. Les cailles et les perdrix en sont friandes. Les ours aussi, malheureusement.

Clementine n'accorda pas un regard aux anémones et aux roses sauvages. Elle fixait Gus des yeux en éprouvant un curieux mélange de frustration et d'affection.

— Vos mâchoires sont plus dures à écarter que celles d'un piège à loup, monsieur McQueen.

Un sourire fugitif lui souleva un coin de moustache.

— Vous croyez ?

— J'en jurerais sur la Bible, répondit-elle en imitant son accent nonchalant.

Il arrêta l'attelage, se tourna vers elle.

— Bon, j'ai compris. Que voulez-vous savoir ?

— Pourquoi ne m'avez-vous pas dit que votre père était ministre de Dieu, lui aussi ?

— Parce qu'il ne l'est pas ! répondit-il avec un ricanement amer. Il se bombarde du titre de révérend, mais je doute fort qu'une quelconque autorité le lui ait jamais décerné, à moins que ce ne soit celle du diable. Quant à son ministère, il ne l'exerçait que pour s'approprier l'argent des autres et satisfaire ses appétits les moins avouables. Il est vrai qu'à force de faux miracles et de boniments il sait vendre la religion mieux que personne, poursuivit-il avec un hochement de tête, comme s'il hésitait lui-même à y croire. Il se fait aussi appeler Docteur ou Professeur, selon qu'il veut vendre des remèdes de charlatan ou des mines d'or épuisées. Avec son bagout, il est capable de faire avaler n'importe quoi à n'importe qui.

C'était là le portrait d'une authentique fripouille. Clementine allait s'étonner qu'un tel père ait élevé un fils aussi moral que Gus quand elle se rappela que celui-ci avait été soustrait très jeune à son influence.

— Ce doit quand même être un homme intelligent et instruit, dit-elle dans l'espoir d'atténuer la honte dans laquelle elle sentait que cet aveu l'avait plongé.

— Instruit !... Il se prétend docteur en philosophie — il possède même un parchemin avec des sceaux pour le prouver. Sa seule expertise consiste à exploiter le besoin des gens de croire en quelque chose et de s'imaginer victimes de maléfices surnaturels. Vous comprenez peut-être à présent pourquoi je n'avais pas envie de vous parler de lui, surtout après que j'ai vu d'où vous venez.

Elle effleura ses poings crispés autour des rênes.

— Peu m'importe, à moi, d'où vous venez, affirma-t-elle avec douceur. Ce qui compte, c'est que vous êtes ici en ce moment.

La tête basse, il fixait des yeux le tablier de la carriole entre ses genoux écartés.

— Je ne vous ai pas non plus parlé de Zach, parce que je voulais que vous l'aimiez. Mais, je le sais maintenant, vous ne le pourrez pas. Il est trop... difficile à vivre.

Clementine se surprit à sourire.

— Nickel Annie l'a qualifié de vaurien.

Un ricanement désabusé échappa à Gus.

— On ne peut guère espérer mieux quand on grandit auprès du révérend Jack McQueen.

Il fit claquer les rênes, la carriole reprit sa lente progression dans l'herbe drue. Le vent demeurait chaud et sec. Gus retomba dans un silence pensif.

Clementine ne savait toujours pas ce qui avait entraîné l'éclatement de la famille McQueen, pourquoi Gus était parti pour Boston avec sa mère tandis que son frère restait avec un père immoral qui faisait de lui un vaurien. Elle allait le demander à Gus quand celui-ci se redressa en clignant les yeux pour mieux regarder au loin.

Ils venaient de franchir un vallonnement, de sorte que Clementine put voir sur la piste devant eux la silhouette d'un homme qui marchait en tenant un grand cheval gris par la bride. Une forme, comme celle d'un animal mort, était jetée en travers de la selle.

— C'est Zach !... Hé, Zach ! Zach !

Gus agita son chapeau au-dessus de sa tête en poussant des cris d'appel et lança la jument au trot. L'homme s'arrêta pour les attendre. Grand, mince, nu jusqu'à la ceinture, il se tenait droit, les jambes écartées. Son torse musclé était luisant de sueur — et couvert de sang. Lorsqu'ils arrivèrent à sa hauteur, Clementine vit que la forme indistincte sur la selle était un veau, si nouveau-né que son corps ensanglanté fumait encore.

Gus noua les rênes à la poignée du frein et sauta à terre. Il ouvrait grand les bras pour étreindre son frère quand l'aspect de ce dernier le fit changer d'avis.

— Bon dieu, Zach, tu es aussi engageant qu'un putois !

L'autre ne fit pas même un geste ou un clin d'œil.

— Tu te disais peut-être que je ne reviendrais plus, hein ? reprit Gus avec un large sourire.

Muet, impassible, Rafferty avança d'un pas vers la carriole. Clementine sentit sa gorge se nouer et ses muscles se contracter.

Elle voyait pour la première fois de sa vie un corps masculin dans un tel état de nudité — son mari lui-même ne s'était jamais encore dévêtu devant elle. Malgré sa répulsion, elle était incapable de détourner son regard de cet homme. La sueur et le sang mêlés ruisselaient sur sa poitrine pour former une auréole sombre en haut de son pantalon. Il avait l'air sauvage, inquiétant. Menaçant.

Un pouce accroché à la cartouchière qui lui ceignait les hanches, il dévisageait Clementine. Le bord de son chapeau noir poussiéreux, rabattu sur un visage tout en angles et en méplats, dissimulait ses yeux. Il empestait la sueur, le sang — une odeur animale si puissante que la jument hennit de frayeur. Le veau eut un faible mugissement.

Le sourire de Gus s'était notablement atténué.

— Qu'est-il arrivé à la mère ? demanda-t-il en désignant le veau avec son menton.

— Morte. Tuée par des loups.

Zach avait répondu avec un accent du Sud si épais qu'il paraissait factice. Les mains dans les poches, Gus se voûta.

— Tu as sans doute compris en me voyant revenir que maman était morte. Elle a eu une fin paisible. Nous lui avons fait un bel enterrement ; il y avait beaucoup de monde. Elle a demandé après toi, Zach, ajouta-t-il après s'être raclé la gorge.

— Ouais, ça ne m'étonne pas...

Clementine eut un mouvement de recul lorsqu'il se rapprocha encore d'elle. Il releva d'une chiquenaude le bord de son chapeau. Ses yeux avaient une couleur peu commune, d'un jaune cuivré.

— Qui c'est, celle-là ? lâcha-t-il.

Gus sursauta et se tourna vers Clementine en rougissant, comme s'il avait oublié sa présence.

— Ma femme, Clementine Kennicutt — je veux dire McQueen. J'ai fait sa connaissance à Boston. Toute une histoire ! Tu riras bien à mes dépens quand je te raconterai...

Zach Rafferty baissa la tête. Son chapeau lui cacha de nouveau le visage, pas assez cependant pour que Clementine ne distingue le rictus malveillant de ses lèvres.

— Bon dieu, mon frère, gronda-t-il, dans quel guêpier es-tu encore allé te fourrer ?

IV

Clementine eut un choc en découvrant la maison de son mari. C'était une cabane de rondins sommairement équarris et calfatés à la terre glaise, couverte d'un toit en herbe affaissé par endroits et sans auvent au-dessus de la porte. Un peu à l'écart, vaste mais guère mieux construite, une grange avec une forge attenante bordait un corral, délimité par une clôture de piquets qu'on ne s'était pas même donné la peine d'écorcer. Sachant que Gus attendait sa réaction, elle essaya de sourire ou de parler, mais ses lèvres refusèrent d'obéir.

Le silence s'éternisait, meublé par le sifflement du vent, quand des aboiements retentirent. Un corniaud au poil jaune jaillit de la grange, bondit sur le frère de Gus et lui lécha le visage avec des jappements de bonheur. L'homme le caressa et joua avec lui en riant comme un enfant. Un instant après, comme il se sentait observé, son visage se ferma. Il ramassa un morceau de bois, le lança d'un geste rageur. Le chien courut après, mais changea d'avis et prit en chasse une pie qui se posait dans la cour.

— Nous n'allons quand même pas rester plantés là jusqu'au soir, dit enfin Gus.

Il sauta à terre, aida Clementine à descendre, la retint un instant par les hanches en la regardant dans les yeux. Puis, sans un mot, il se détourna et commença à décharger les bagages tandis que son frère reprenait la bride de son cheval gris pour le mener dans l'enclos.

Clementine espéra que la cabane serait moins calamiteuse que son aspect extérieur ne le laissait craindre. Elle paraissait mieux tenue, en tout cas, que les sordides abris rencontrés le long de la piste. Pas de bouteilles vides ni de vieilles boîtes de conserve dans la cour ; pas de vitre manquante aux deux fenêtres de façade. Au-dessus de la porte était cloué un fer à cheval, et un morceau de cuir marqué au fer rouge pendait aux cornes de taureau qui le surmontaient. Clementine reconnut l'emblème *Rocking R* que Gus lui avait dessiné un jour dans la poussière. Le ranch de son mari — et du frère de son mari. Dans l'ensemble, Gus ne lui avait pas menti. Il s'était simplement contenté de décrire les bons côtés en omettant de mentionner les mauvais. Était-ce sa faute à lui si elle s'attendait à mieux ?

Gus passa devant elle avec les valises, souleva la peau de bison mitée qui masquait la porte et la poussa d'un coup d'épaule. Clementine entra. L'après-midi tirait à sa fin, le soleil s'enfonçait derrière les montagnes. Il faisait sombre et frais à l'intérieur, mais la cabane semblait propre et ne sentait pas l'humidité. Il y régnait au contraire une plaisante odeur masculine de cuir et de tabac.

Gus alluma la lampe à pétrole et ajusta la mèche. Clementine ravala une nouvelle bouffée de déception. À part une planche posée sur deux tréteaux et quatre anciens barils de clous servant de sièges, l'ameublement se composait de caisses vides. Une marmite en fonte et deux poêles à frire sur une étagère au-dessus du fourneau constituaient la batterie de cuisine. Les couvertures de cheval clouées çà et là n'empêchaient ni la lumière ni le vent de filtrer par les interstices des murs, aux endroits où le calfatage s'effritait. Toutefois, le sol était en planches plutôt qu'en terre battue, et balayé avec soin, en dépit de la boue omniprésente à l'extérieur.

Clementine jeta un rapide coup d'œil dans la chambre où Gus déposait les bagages. C'était une pièce en appentis au plafond incliné, si exiguë qu'un grand lit de fer occupait l'essentiel de l'espace. Gus laissa tomber les valises dans un coin et sortit à la hâte, comme s'il avait peur de se retrouver seul avec sa femme près du lit.

Elle enleva ses gants, son manteau, son chapeau, les posa sur la table de la salle commune et regarda autour d'elle. Au fond, près du fourneau, un évier bricolé avec les deux moitiés d'un bidon de pétrole scié dans la longueur et soudées bout à bout. À côté, pendu à un clou près d'une bassine, un torchon usé jusqu'à la trame mais aussi propre que le reste. Puisque le frère de Gus avait vécu seul ici en son absence, c'était donc lui qui avait si bien entretenu la maison. Étrange, pensa Clementine. On dit que la propreté est une vertu et, pourtant, ce M. Rafferty semble fort étranger à toute forme de vertu...

Les derniers rayons du soleil passaient par une petite fenêtre haut perchée au-dessus de l'évier. Clementine dut se hisser sur la pointe des pieds pour regarder dehors. Derrière la cabane, la rivière bordée de saules faisait un coude. Un sentier menait à un édicule situé en aval sur la rive.

Gus rentra à ce moment-là et manœuvra la pompe près de l'évier. L'eau gicla bruyamment sur la tôle en éclaboussant la robe de Clementine.

— Vous voyez, Clem ? Nous avons même l'eau courante ! déclara-t-il avec une feinte gaieté.

Il la prit aux épaules et lui leva le menton pour la forcer à le regarder dans les yeux.

— Cela n'a rien d'un palais, n'est-ce pas ?

— Je ne m'attendais pas à un palais.

— Vous espériez quand même mieux...

— Il n'y manque qu'une touche féminine, dit-elle avec un sourire pour mieux faire passer son mensonge.

— Zach et moi avions tant de travail sur le ranch que nous nous contentions de cette vieille bicoque. Mais je bâtirai une belle maison cet été, promit-il en retrouvant son sourire enthousiaste. Je ferai venir du bois de charpente et des planches de la scierie de Deer Lodge. Et nous commanderons de vrais meubles dans un de ces catalogues de Chicago. Hein, qu'en pensez-vous ? Nous construirons même la maison avec un étage pour avoir beaucoup de place, des chambres. Vous vous plairez ici, Clem, vous verrez. Vous serez heureuse.

— Oui... Gus. Oui, je serai heureuse, parvint-elle à répondre malgré sa gorge nouée.

Un bref étonnement traversa le regard de Gus avant qu'il n'éclate d'un grand rire sonore en la serrant dans ses bras.

— Vous m'avez appelé par mon prénom ! Vous m'avez enfin appelé Gus ! Il était temps, ma chère femme.

La joue contre son cou, elle sentait palpiter le sang dans ses veines. C'était un homme solide, courageux, honnête. Son mari. Un bon mari. Pourquoi avait-elle attendu si longtemps pour lui accorder cette petite chose qui lui faisait tant plaisir ?

Elle leva son visage vers lui, et il le prit entre ses mains avec une tendresse qui lui fit battre le cœur

— Tu comptes laisser cette jument suer sous le harnais ?

Du pas de la porte, Zach Rafferty s'adressait à son frère ; mais c'était Clementine, la femme de son frère, qu'il fixait de ses yeux mi-clos.

Gus se retourna. Ses doigts se crispèrent brièvement sur les épaules de Clementine.

— Négrier ! plaisanta-t-il. Me déranger quand j'allais faire plus ample connaissance avec ma femme.

Avant de la lâcher, il lui planta sur la bouche un baiser rapide, presque brutal. Puis, en croisant son frère sur le seuil, il échangea avec lui un regard où Clementine crut discerner un éclair de triomphe.

Zach Rafferty pendit son chapeau à une patère près de la porte et s'approcha à pas lents. Ses cheveux n'étaient pas blonds comme ceux de son frère mais brun très foncé. Il s'était lavé et avait mis des vêtements propres qui collaient à sa peau encore humide. Sa démarche de chasseur, souple et silencieuse, donna à Clementine l'impression d'être traquée. Elle se serait détournée si quelque chose dans son expression n'avait malgré elle attiré son regard. Dans ses yeux surtout, brillants mais aussi froids qu'un soleil d'hiver. Froids et méchants, pensa-t-elle. Mais fascinants.

Il s'arrêta près d'elle — trop près. Il sentait l'homme, le cuir, le savon. Mal à l'aise, elle recula, se força à tourner la tête, mais son regard revint vers lui.

— Vous ne trouverez pas ici de canapés Chippendale comme vous en aviez à Boston, déclara-t-il en exagérant à plaisir son accent traînant.

— Et vous, monsieur Rafferty, vous comprendrez que je ne suis pas de ces mijaurées auxquelles il faut des canapés Chippendale pour être heureuses.

— Pas possible ? lâcha-t-il avec un ricanement.

La peur lui noua la gorge quand elle le vit lever la main, mais ce n'était que pour prendre sur l'étagère derrière elle, en lui frôlant les cheveux au passage, une pochette de papier jaune paille et un sachet de tabac. Il roula une cigarette de ses longs doigts calleux et lécha le bord du papier.

— J'espère, monsieur Rafferty, que vous n'avez pas l'intention de fumer ici ? demanda-t-elle d'un ton de défi.

Il portait la cigarette à ses lèvres. Sa main s'immobilisa à mi-chemin, un pli se creusa entre ses épais sourcils.

— Bon dieu ! Maintenant qu'il y a une femme à la maison, il faudrait peut-être aussi que j'aille cracher dehors ?

— Un homme bien élevé ne fume ni ne crache en présence d'une femme, monsieur. Il s'abaisse encore moins à des puérilités telles que d'invoquer en vain le nom du Seigneur pour rendre ses propos moins stupides ou insignifiants.

Sa tirade à peine proférée, elle aurait voulu pouvoir la ravaler — sa tante Etta n'aurait pas pris un ton plus sentencieux. Pour comble d'humiliation, il l'avait écoutée en la toisant avec insolence.

— Je savais bien que j'avais de bonnes raisons de ne pas vouloir visiter Boston...

Il se pencha vers la lampe pour allumer sa cigarette et souffla délibérément la fumée à la figure de Clementine.

— Mon frère vous a-t-il raconté l'histoire de cette baraque et de ce qui est arrivé au type qui vivait ici avant nous ? reprit-il.

Elle agita une main pour chasser la fumée. L'histoire serait sûrement déplaisante et elle n'avait nulle envie de l'entendre.

— Le vieil Henry Ames, commença-t-il, était chasseur de bisons. Et c'est bien son métier qui a causé sa perte Un jour, une bande d'Indiens Blood, les plus cruels de tous, lui ont rendu visite. Son habitude de braconner leurs troupeaux les agaçait, je suppose, et ils ont voulu y mettre fin une fois pour toutes. Alors, ils l'ont torturé avant de le tuer. Lentement. À coups de tomahawk.

Elle sentit son sang refluer vers son cœur.

— Ils l'ont tué ici, dans cette maison ?

— Venez voir.

Elle refoula de justesse un cri de frayeur quand il la prit par le coude pour l'entraîner vers le fond de la cabane, devant une winchester qui reposait sur des bois de chevreuil cloués au mur. Sous le canon luisant de graisse, il lui montra une profonde entaille en forme de demi-lune.

— Regardez. Ceux qui ont retrouvé le pauvre vieil Henry pensent qu'il a eu d'abord la main droite coupée, quand il a essayé de prendre son fusil pendu au même endroit. En tout cas, il a résisté longtemps On voit un peu partout sur les murs les marques des tomahawks qui l'ont manqué. Certaines sont presque au ras du plancher... sans doute parce que, vers la fin, il se battait à quatre pattes — je devrais plutôt dire en se traînant sur ses moignons, ajouta-t-il avec un sourire malveillant. Ce pauvre

Henry a été haché en si menus morceaux qu'il a fallu le mettre dans un seau pour pouvoir l'emporter d'ici et l'enterrer.

Clementine s'efforça de maîtriser ses tremblements. La cruauté qu'elle lisait dans les yeux de Zach Rafferty la révulsait. Cet homme lui avait été d'emblée antipathique. Maintenant, elle le haïssait.

— Sortez d'ici ! Sortez de chez moi !

Son haleine lui brûla la joue quand il se pencha vers elle en la fixant d'un regard froid, inexpressif.

— Ici, je suis aussi *chez moi,* garce.

Il tourna les talons et quitta la maison. Elle le vit appuyer une hanche contre un poteau de bois, les jambes croisées, un pouce à la ceinture, la cigarette entre les doigts. Sa pose nonchalante ne donnait cependant pas le change sur la rage dont il bouillait intérieurement.

Un instant plus tard, Clementine se ressaisit. Elle sortit à son tour, s'approcha de lui à pas lents en observant son profil anguleux, ses pommettes saillantes sous la peau hâlée, le pli cruel de ses lèvres.

— Je sais ce que vous essayez de faire, mais vous ne réussirez pas. Je ne laisserai rien ni personne, pas même vous, me chasser d'ici par la peur. Jamais.

Il se tourna vers elle. Le chinook soufflait entre eux, sec et brûlant, comme pour mieux attiser leur animosité.

— Et moi, je vous parie ce que vous voudrez que vous aurez décampé pour courir vous réfugier chez votre maman bien avant les premières neiges.

Clementine affecta de regarder Gus, qui finissait de dételer la jument, afin de signifier à ce rustre malfaisant que son frère représentait la raison pour laquelle elle ne s'enfuirait jamais.

Dans le corral, le grand hongre gris se frotta la tête contre un poteau en hennissant. Le cheval et son maître semblaient accordés l'un à l'autre. L'animal était laid comme un rat — et sans doute aussi vicieux.

— Parieriez-vous votre cheval, monsieur Rafferty ?

— Qu'est-ce qu'une gamine de Boston pourrait bien faire d'un cheval ? lâcha-t-il avec un ricanement méprisant.

— Je ne sais peut-être pas encore monter, mais j'ai la ferme intention d'apprendre... Tenez-vous le pari ?

— Alors là, Boston, ça dépend de ce que vous êtes prête à miser, répliqua-t-il en exagérant encore son accent.

Machinalement, la main de Clementine se posa sur la broche épinglée à son corsage. Son audace lui donnait le vertige. Ne lui avait-on pas inculqué que le pari était une forme de jeu, donc un péché ? Elle dégrafa le bijou et le lui tendit sur sa paume ouverte.

— Je mise mon camée.

Il décolla la cigarette de sa lèvre inférieure, l'écrasa sous le talon de sa botte avant de prendre la broche. Elle frissonna au contact de ses doigts sur sa paume.

— Que ferais-je d'un bijou de femme ?

— Vous pourriez le vendre, par exemple. Ou le donner à une de vos... gourgandines, je crois savoir que vous en avez des dizaines. Vous cherchez sans doute à les contenter en leur offrant ce genre de babioles.

— Des dizaines ? Allons donc ! La dernière fois que je me suis donné la peine de les compter, elles n'étaient pas plus de cinq ou six. L'ennui, c'est qu'elles sont dispersées un peu partout dans le pays et que je perds beaucoup de temps à leur rendre visite. Quand j'arrive à la dernière, j'ai passé tellement d'heures en selle qu'il ne me reste plus beaucoup de force pour les... contenter, comme vous dites. Non, voyez-vous, je n'ai pas besoin de ça pour faire crier de plaisir mes femmes. Mes bijoux de famille leur suffisent amplement.

Clementine devint cramoisie. Le sous-entendu lui échappait, mais son ton de vantardise et le rire narquois dont il le soulignait dénotaient à l'évidence une obscénité.

Elle parvint à ne pas frissonner quand il lui prit le poignet et reposa le bijou dans sa main. Elle ne voulait à aucun prix lui donner la satisfaction de constater à quel point son contact lui répugnait.

— Eh bien, monsieur Rafferty, acceptez-vous notre pari ou avez-vous trop peur de le perdre ?

Un éclair sauvage lui traversa le regard.

— Écoutez-moi bien, Boston. Quand vous décamperez d'ici en courant, la queue entre les jambes...

Il lui serra le poignet, remonta vers la manche et s'y attarda avant de la lâcher. Clementine referma la main si brusquement sur la broche qu'elle se piqua jusqu'au sang avec l'aiguille du fermoir.

— Quand vous partirez, reprit-il, n'oubliez surtout pas de me laisser votre babiole. J'y compte.

Gus posa la marmite sur le fourneau et s'accroupit pour attiser le feu avec son chapeau. Assise sur le coffre à bois, les mains entre les genoux comme un enfant, Clementine l'observait en silence.

— Un bon ragoût pour souper nous changerait des haricots et du maïs en boîte. Il y a un sac de patates dans le garde-manger, ajouta-t-il en montrant une caisse sous l'évier. Il doit rester des oignons sauvages à ramasser près de la rivière. Et, si je connais bien Zach, une pièce de gibier est sûrement pendue au frais dans un coin de la grange.

— Gus...

Il se retourna, le visage illuminé par un large sourire. Elle savait qu'il aimait l'entendre prononcer son nom.

— Gus, reprit-elle, dans la maison de mon père, à Boston, nous avions des domestiques...

Le sourire s'effaça comme une bougie qu'on souffle.

— Désolé, déclara-t-il d'un ton sec, ici nous n'en avons pas, pas encore du moins. Si vous voulez partir, Nickel Annie reprend la route vers l'est la semaine prochaine.

Clementine sauta du coffre à bois et alla s'agenouiller près de lui en lui prenant la main.

— Mais non, ce n'est pas ce que je voulais dire ! Je resterais même si nous devions vivre dans une caverne. Ce que j'essayais de vous expliquer, c'est que, devant cette marmite et ces pommes de terre, eh bien... je me rends compte que je ne sais rien faire. Je ne suis bonne à rien.

Le sourire de Gus reparut comme par enchantement. Il pêcha une boîte de conserve dans la caisse qui tenait lieu de garde-manger, sortit un couteau de sa poche et se releva en brandissant les deux objets.

— Première leçon : ceci est un couteau et ceci une boîte de tomates, dit-il avant de planter la lame dans le couvercle.

Il renifla l'air qui s'échappait du trou en sifflant.

— Erreur... Encore de ce fichu maïs.

Ils éclatèrent de rire à l'unisson. Au bout d'un moment, Gus caressa du bout des doigts les lèvres de Clementine.

— J'aurais tant voulu vous offrir un palais et une armée de serviteurs... Mais je le ferai un jour, je le jure.

— Je ne veux ni d'un palais ni d'une armée de serviteurs. C'est vous que je veux, Gus. Rien que vous.

— C'est vrai, Clem ? Bien vrai ?

Il sentit sous ses doigts les lèvres de Clementine former un sourire.

— Bien vrai, Gus. Rien que vous.

La lampe à pétrole projetait sur la table une flaque de lumière dorée, tamisée par l'abat-jour de papier parcheminé. Un pot de café frais mijotait sur le fourneau et Clementine se félicitait d'avoir réussi ses crêpes aussi bien que celles de Nickel Annie — enfin, presque... Elles avaient à peine attaché au fond de la poêle, et Gus dévorait de grand appétit ce souper improvisé de crêpes et de maïs en boîte.

Clementine portait sa fourchette à sa bouche quand elle se figea en entendant des pas derrière la porte, les jappements du chien, la voix de Rafferty qui le faisait taire. Elle tendit l'oreille jusqu'à ce que ces bruits se fondent dans la rumeur nocturne des criquets et du vent.

Gus s'était lui aussi détendu en constatant que son frère n'entrait pas.

— Zach veut bien coucher dans la grange, au moins pour le moment, dit-il quand le silence fut revenu.

— Il sera très mal installé, répondit-elle tout en souhaitant qu'il souffre mille morts.

— Bah ! Zach a l'habitude de coucher à la dure.

Gus s'était absenté près d'un an, mais les deux frères, autant qu'elle sache, n'avaient pas échangé plus de trois phrases depuis son retour. S'ils s'entendaient déjà mal avant le départ de Gus, sa présence à elle ne contribuerait pas à arranger les choses entre eux. En tout cas, Clementine l'espérait fermement, car si leur brouille s'aggravait, Rafferty devrait quitter le pays.

Dans la pénombre, son regard se posa sur l'entaille du mur. Avait-elle été faite par un tomahawk ou par la hache du bûcheron qui avait équarri le tronc ? Elle allait questionner Gus sur l'ancien occupant de la cabane et les circonstances de sa mort quand elle se ravisa. Mieux valait continuer à croire que Zach Rafferty avait inventé cette histoire morbide pour se débarrasser d'elle en l'effrayant.

— Clementine...

Elle se tourna vers Gus, les sens en alerte. Sa voix s'était voilée en prononçant son nom, ses yeux brillaient, une rougeur inaccoutumée montait à ses pommettes.

— Clementine, nous sommes maintenant arrivés au ranch et il est temps que... que je fasse de vous ma femme. Ma vraie femme. Je veux dire physiquement...

Un instant, elle ne put ni respirer ni déglutir. La réalité de ce qui devait survenir entre eux était là devant elle. Brusquement, et enfin. Oui, enfin ! Bientôt, ils seraient étendus côte à côte sur le grand lit de fer et Gus ferait d'elle son épouse selon la Bible. *J'appartiens à mon bien-aimé, son désir monte vers moi...*

Il se leva, repoussa le vieux baril de clous qui racla le plancher. Elle garda les yeux baissés quand il s'approcha dans son dos, défit les épingles de ses cheveux, lissa avec douceur les mèches qui retombaient sur ses épaules. Le silence était si profond que les battements désordonnés de son cœur résonnaient dans ses oreilles. Elle mit sa main tremblante et moite dans la grande main chaude de Gus, se laissa mener jusqu'à l'appentis qu'il appelait la chambre, où le lit occupait toute la place. Elle sentait derrière elle sa présence hésitante, elle entendait sa respiration bruyante, mais elle était hors d'état de se tourner vers lui et de le regarder.

— Eh bien... je vous quitte quelques minutes, le temps de vous déshab... enfin, de vous préparer, bredouilla-t-il avec un rire nerveux.

Elle attendit qu'il eût refermé la porte pour exhaler le souffle qu'elle retenait depuis un temps infini.

Clementine ne s'était jamais vue nue — par pudeur, elle devait même porter une camisole quand elle se baignait. Pour la première fois, elle n'enfila pas sa chemise de nuit avant d'enlever ses sous-vêtements. L'air frais sur sa peau dénudée la fit frissonner. Les pointes de ses seins se durcirent et elle les effleura brièvement. Ses mains descendirent jusqu'à son ventre, mais sans oser aller plus bas. Puis elle enfila une chemise de nuit propre, dont la fine batiste coula sur sa peau comme une caresse.

Une cruche de grès et une cuvette en fer étaient posées sur une sorte de commode, elle aussi fabriquée en vieilles caisses, sous un miroir terni fixé au mur par quatre clous. Après s'être lavé le visage et les mains, Clementine rassembla ses cheveux sur une épaule et prit sa brosse — une brosse en argent ciselé gravée à ses initiales, cadeau de sa mère pour son seizième anniversaire. Une image lui revint en mémoire, celle de sa mère et de sa tante Etta dans le petit salon inondé de soleil, qui riaient pendant que tante Etta disait : *Au moins, tu seras sûre d'échapper à son lit...*

Gus frappa à la porte, entra sans attendre de réponse. Clementine se retourna, gênée de se tenir devant lui avec pour seul vêtement sa chemise. Étrangement consciente, aussi, de son propre corps, de sa nudité, du poids de ses seins libres d'entrave. Précédé par son ombre, il s'avança jusqu'à elle, posa les mains sur ses bras nus.

— Clementine...

Il prit possession de ses lèvres jusqu'à l'envahir de son haleine. Le ventre soudain irradié d'une chaleur inconnue mais plaisante, elle agrippa d'instinct son dos musclé pour se serrer plus fort contre lui. Sous sa chemise de flanelle, elle le sentait trembler lui aussi.

Ce fut Gus qui s'arracha à leur étreinte.

— Couchez-vous.

Le sommier de cuir tressé grinça sous son poids, le drap froid et rugueux lui gratta les mollets. La couverture tirée jusqu'au menton, elle le regarda se dévêtir.

Elle savait que les hommes et les femmes n'étaient pas faits de la même façon dans leurs parties intimes ; mais, faute d'avoir vu un homme nu, elle ignorait en quoi consistaient ces différences. Aussi, quand il rabattit la couverture et s'étendit près d'elle, elle fut presque déçue qu'il ait gardé son caleçon long. Appuyé sur un coude, il se pencha sur elle, suivit du bout du doigt les traits de son visage. Elle l'imita en s'attardant sur ses épais sourcils, ses pommettes dures, ses joues râpeuses de la barbe du matin, sa moustache plus douce au toucher que lorsqu'il l'embrassait.

— Je ne vous mentirai pas : vous aurez un peu mal.

Elle le rassura d'un sourire.

— J'ai entendu dire que c'est douloureux la première fois, Gus, mais je n'ai jamais compris pourquoi. Qu'allez-vous me faire, au juste ?

— Ce que tous les maris font à leurs épouses, Clem. Rien d'immoral, soyez tranquille.

— J'ai bien peur d'être aussi ignorante dans ce domaine que

dans celui de la cuisine, Gus. Il faudra m'instruire sur ce que je dois faire.

— Un homme ne demande pas à son épouse de connaître les manigances des femmes légères, Clem. Vous n'aurez qu'à rester couchée...

Elle se retint de pouffer de rire quand il la caressa comme pour apaiser une pouliche apeurée.

— Aurez-vous mal, vous aussi ?

Il se détourna en rougissant.

— Répondez, Gus. Vous n'êtes pas ignorant, vous. Ce ne sera pas votre première fois.

— Écoutez, Clem... Ce n'est pas le genre de choses dont un homme puisse discuter avec une jeune femme innocente et pure, élevée comme vous avec raffinement, bredouilla-t-il au comble de l'embarras.

Quand donc cesserait-il de croire à de telles sornettes ? Elle avait été élevée à la dure, elle n'avait aucune envie de demeurer pure et innocente. Elle avait l'envie et le droit de savoir ce qui allait se passer. Comment chasser de sa mémoire le soulagement de sa mère à l'annonce qu'elle ne devrait plus avoir d'enfants ? Et n'avait-elle pas maintes fois entendu dire que, pour une femme, le devoir conjugal était une épreuve qu'il fallait endurer de son mieux ? Gus lui-même venait de lui affirmer qu'elle aurait mal. Elle en arrivait à se demander si ce fameux devoir n'était pas aussi pénible que les coups de canne paternels.

Elle ferma les yeux, serra les poings.

— Commencez, Gus. Je suis prête.

Ce fut lui, cette fois, qui éclata de rire.

— Je vous aime, Clementine. Vous êtes si belle, si bonne, si pure...

— Je ne suis ni bonne ni pure, Gus. Pas vraiment.

— Alors, vous admettez au moins que vous êtes belle ?

Gênée, elle rougit violemment. Il l'embrassa sur la bouche ; sa main lui caressa les seins, s'attarda sur leurs pointes durcies. Quand elle descendit le long de son ventre jusqu'à la partie la plus intime de son corps, Clementine éprouva un choc à la fois si violent et si exquis qu'elle se raidit dans un mouvement spasmodique sur lequel il se méprit.

— N'ayez pas peur.

— Non, c'est... c'est trop...

Elle haletait. Une chaleur intense irradiait son corps comme si elle était sur le point de fondre, de se dissoudre. Et lorsqu'un objet dur et brûlant pénétra en elle, elle dut se bâillonner de son poing fermé pour refréner le hurlement qui lui montait aux lèvres. Les yeux ouverts, elle lutta contre la douleur tandis que Gus plongeait en elle de plus en plus profond — jusqu'à ce qu'un long gémissement lui échappe et qu'il retombe sur elle de tout son poids.

Lorsqu'il se retira d'elle, la brûlure entre ses cuisses se fit moins cuisante. Sentant une chaleur humide se répandre à cet endroit, elle se demanda s'il avait brisé quelque chose en elle et si elle saignait. Les draps froissés étaient repoussés au pied du lit, sa chemise remontait jusqu'à sa poitrine, l'air frais sur sa peau nue et moite lui donnait la chair de poule, mais elle était hors d'état de faire un geste pour se couvrir.

Il l'attira contre lui et lui caressa les lèvres de ses doigts repliés.

— Vous étiez si... petite. Je n'avais jamais encore connu de vierge... Vous avez eu mal, n'est-ce pas ?

— Oui.

— Oh ! Clem... Je vous désirais tant que je ne pouvais pas me dominer. Mais la prochaine fois, je serai moins brutal, je vous le promets. Je prendrai mon temps.

Elle ferma précipitamment les yeux pour ne pas pleurer — non tant de douleur que de déception. Elle avait tant espéré que cet instant changerait tout entre eux, que leurs rapports atteindraient la perfection. *Au commencement, Dieu créa l'homme et la femme... et ils ne seront qu'une seule chair.* Oui, Gus l'avait faite sienne. Il avait pris possession de son corps. Elle aurait dû désormais ne former qu'un seul être avec lui. Jamais, pourtant, elle ne s'était sentie aussi seule.

— Je t'aime, Clem, murmura-t-il. Je voudrais tant que tu m'aimes en retour.

Elle rouvrit les yeux, vit son sourire, le regard plein de tendresse qu'il posait sur elle. Sachant ce qu'il voulait entendre, elle se remémora leur première rencontre. Le cow-boy de ses rêves... Pouvait-elle lui mentir ?

— J'essaierai de vous aimer, Gus, répondit-elle. Je ferai tout pour vous aimer.

Un rire lui échappa, avec un soupir.

— Oh ! Clementine... Toujours si sérieuse...

Il lui prit la main, caressa du pouce les cicatrices dont son père l'avait marquée.

— Plus personne ne vous fera du mal, Clem.

Elle l'aurait cru si elle ne savait désormais qu'il pouvait lui faire mal sans même s'en rendre compte.

Longtemps après, tandis qu'elle écoutait la paisible respiration de son mari, elle se demanda de quelles manigances usaient les femmes perdues pour éviter d'avoir mal. Sa main descendit sur son ventre nu, effleura le triangle de poils, et elle s'étonna que ce contact éveille en elle l'écho d'un plaisir plutôt que d'une douleur.

Appuyée sur un coude, elle tenta de voir Gus, mais l'obscurité était trop grande. Elle allait lui caresser la joue quand sa réserve et sa timidité retinrent son geste. Elle avait autant de mal à lui manifester ses sentiments qu'à se les expliquer à elle-même. Elle se leva, se dirigea à tâtons vers la cruche, humecta une serviette pour nettoyer ce qui lui poissait les cuisses. Puis elle sortit sans bruit, traversa la salle commune, décrocha son manteau et s'en enveloppa par-dessus sa chemise de nuit. Elle ouvrit la porte, qui grinça légèrement en se refermant.

Elle s'avança jusqu'à la barrière du corral. La lune jouait à cache-cache derrière les nuages, l'ombre des montagnes s'allongeait. La cime des arbres frémissait sous le vent chargé d'odeurs d'herbes sauvages. Dans cette nuit belle et inquiétante, Clementine se sentit plus que jamais solitaire. Sous ses pieds nus, la boue était froide et visqueuse. Une soudaine bourrasque la bouscula, comme si le vent se déchaînait pour chasser sa présence importune. Une écharpe de nuages s'enroula autour de la lune et plongea la terre dans l'obscurité. Le vent retomba aussi subitement qu'il s'était levé.

Le hurlement d'un coyote la fit frissonner. Elle avait lu dans les romans de Shona que les Indiens imitaient parfois des cris d'animaux en guise de signal quand ils s'apprêtaient à fondre sur leurs victimes sans méfiance. Un craquement de brindille tout proche, un froissement de buisson la paralysèrent de terreur. Elle vit un œil rouge luire dans la nuit... et huma l'odeur du tabac apportée par le vent. Au même moment, les nuages se dissipèrent. À la lumière de la lune, une silhouette d'homme se détacha clairement contre les pins, aussi immobile que les arbres. Mais elle eut la certitude qu'il la voyait et qu'il n'avait cessé de l'épier depuis qu'elle était sortie.

Il s'était vanté de faire crier ses femmes de plaisir.

L'œil rouge décrivit un arc de cercle, retomba à terre dans une gerbe d'étincelles. La silhouette s'avança vers elle. Clementine courut à toutes jambes jusqu'à la cabane, referma la porte et s'y adossa, hors d'haleine, tremblante, les yeux clos. Son poing crispé contre son cœur ne parvenait pas à en ralentir les battements affolés.

Des relents mêlés de tord-boyaux et de sueur rancie cueillirent en pleine figure Zach Rafferty. Il claqua la porte derrière lui. Au bruit, tout le monde se retourna — sauf la rousse, assise seule à une table près du poêle, qui s'absorbait dans une réussite.

Il pendit sa cartouchière et son colt aux bois de renne réservés à cet usage et se dirigea vers le bar en contournant une flaque d'eau.

— 'Soir, Saphronie, lança-t-il à la femme qui lavait le plancher, une fillette de trois ans cramponnée à ses jupes.

L'enfant leva les yeux vers lui en souriant. Rafferty lui caressa la tête au passage, lui pinça l'oreille et, comme par magie, en fit sortir une piécette.

— Eh bien, petite Patsy ! Tu fais pousser des nickels dans tes oreilles, à présent ?

Ravie, la fillette prit la pièce. La femme marmonna un remerciement, à voix si basse que son haleine fit à peine frémir l'épaisse voilette noire qui lui masquait le visage. Rafferty jetait déjà un *quarter* sur le comptoir, orné de rosaces poisseuses laissées par les fonds de verre.

— Du bon, Shiloh. Pas le bain de pieds du tonneau.

Le barman salua la plaisanterie d'un rire entendu, car ils savaient tous deux que, pris dans une bouteille ou au baril qui trônait sur un billot derrière le bar, le tord-boyaux était le même. Il enfouit la pièce dans le tiroir-caisse, déboucha une bouteille avec ses dents et la posa devant Rafferty afin qu'il se serve à sa discrétion. Alors, connaissant les usages, Rafferty posa une autre pièce devant lui.

— Tiens-moi donc compagnie, Shiloh.

Le barman obtempéra avec un large sourire qui dévoila une double rangée de dents blanches dans son visage noir.

— Je ne voudrais pas vous vexer par un refus.

Les deux hommes trinquèrent. Rafferty lampa la moitié de son verre et frémit de la tête aux pieds. Quelqu'un avait eu l'idée d'enrichir le breuvage d'une forte dose de poivre. La mixture lui enflammait la gorge mais, une fois avalée, elle avait au moins le mérite de lui calmer les nerfs — des nerfs plus tendus que des cordes de violon.

Ainsi rasséréné, il s'adossa au bar afin d'apprécier à son aise l'animation qui régnait au Best in the West.

Le vent s'infiltrait en gémissant à travers les tôles de la toiture. Les deux grands lustres de cuivre aux globes rouges se balançaient avec des grincements. Contre le mur du fond, le piano neuf souriait de toutes ses touches. Saphronie avait fini de laver le plancher à la serpillière et vidait les crachoirs dans un seau, sa fille toujours pendue à ses basques. Rafferty se demanda jusqu'à quel point il devrait avoir faim pour se résoudre à gagner sa vie de cette façon — mais, à la réflexion, il avait déjà fait bien pire. Dans la lumière rougeâtre qui baignait la salle, la voilette noire donnait à la femme une allure exotique et mystérieuse. Il savait, pour l'avoir vu une fois, quel visage se dissimulait derrière, et quand il pensait aux traitements barbares qu'il avait subis, ce souvenir lui inspirait de la tristesse.

Ne voyant que deux *hôtesses* affalées sur leurs chaises et bâillant d'ennui, il en déduisit que la troisième exerçait ses talents avec un client dans la pièce du fond. Une seule table était occupée par des joueurs de poker, sans doute plongés dans une partie sérieuse car, en dehors des annonces, ils ne soufflaient mot. Comme Shiloh avait remisé son crincrin, le seul bruit de fond provenait d'un berger qui se parlait à lui-même au bout du bar parce que nul ne daignait lui adresser la parole. Les gardeurs de moutons, à vrai dire, étaient aussi bien accueillis dans ce pays d'éleveurs de bovins qu'une femme de mauvaise vie dans le salon d'un pasteur.

Faute de mieux, Rafferty décida donc d'observer Mme Hannah Yorke, qui se donnait à l'évidence beaucoup de mal pour feindre d'ignorer sa présence. Elle battait les cartes de ses fines mains blanches, qui se mouvaient avec autant de grâce et de légèreté que des ailes de colombe. Quant à ses yeux, obstinément détournés de lui, ils avaient de quoi remuer le plus blasé des hommes.

Une des filles vint sans conviction proposer à Rafferty de

meubler sa solitude. Il l'avait à peine congédiée d'un sourire que le berger repoussa le bar à deux mains, remonta sa ceinture et fit un pas vers la salle, ce qui provoqua la fuite précipitée des deux filles. Un instant plus tard, les narines de Rafferty furent assaillies par de virulents remugles de suint rance et de laine mouillée.

— Si vous vous réservez pour Hannah, mon brave homme, déclara à son oreille une voix aussi mélodieuse qu'une grille rouillée, vous perdez votre temps.

— Ah oui ? Et pourquoi donc ?

— L'Hannah Yorke ne fréquente qu'elle-même, voilà pourquoi. Elle ne veut plus d'hommes dans son lit, ni pour l'amour ni pour les sous. Penser qu'il y a seulement deux ans elle faisait le trottoir à Deadwood et que maintenant elle se croit trop grande dame pour donner à un gars un peu de bon temps... Une si bonne pute, quel gâchis !

Rafferty grimaça un sourire mais le berger, en voyant ses yeux, blêmit et recula.

— Ce que j'en disais, c'était juste histoire de causer, bafouilla-t-il. Il y a pas d'offense.

Sur quoi il regagna sa place au bout du bar et reprit son soliloque à mi-voix.

Rafferty se tourna de nouveau vers Hannah Yorke. La lumière rouge des lustres embrasait ses épaules blanches et faisait fuser des étincelles dans ses cheveux roux. Elle avait parfaitement conscience qu'il la regardait, qu'il la désirait, et pourtant elle s'absorbait dans sa réussite comme si elle était seule au monde et ne souhaitait rien de mieux que de perpétuer cette situation. Depuis des mois, il dépensait en vain des trésors de charme et de persuasion pour se glisser dans le lit de cette femme. Le berger devait avoir raison, après tout. La méthode directe se révélerait peut-être plus efficace.

Il reposa son verre, héla le barman d'un signe.

— Une bouteille, Shiloh.

— Tout de suite.

Shiloh pêcha une bouteille vide sous le comptoir, la remplit au tonneau, enfonça un bouchon dans le goulot.

— Je vous l'enveloppe ?

— Pas la peine, merci. Bonne nuit, Shiloh.

— Bonne nuit, cow-boy.

Rafferty fourra la bouteille dans sa poche, ramassa son colt au vestiaire. Il sortit sans un regard pour Hannah Yorke, qui n'avait pas davantage tourné les yeux vers lui.

Un chevrotement pitoyable l'accueillit dans la rue. Une tête blanc et roux aux yeux tristes apparut sous la lumière qui filtrait par les fenêtres du saloon. Avec un soupir, il se pencha pour gratter le veau entre les oreilles.

— Je t'avais pourtant dit que je ne serais pas long. Tu deviens pire qu'une femme, tu sais. Si on ne peut même plus aller boire un coup sans se le faire reprocher...

Le veau dans les bras, il contourna le saloon et pénétra dans le jardin de la maison blanche. Une petite écurie s'y dressait. Elle était vide ce soir-là, mais la mangeoire était garnie, et la paille fraîche suffisante pour servir de litière. Son protégé ainsi casé pour la nuit, Rafferty évita l'entrée principale de la maison et se dirigea vers la porte latérale, qu'il ne s'étonna pas de trouver verrouillée. Il prit dans sa poche une vrille et un fil de fer. Une seconde plus tard, la serrure céda.

Il accéda directement à un petit salon où un épais tapis d'Orient étouffa le bruit de ses pas. Dans la chambre à coucher, il alluma une lampe qui éclaira les rideaux de tulle blanc et de damas rouge, les murs tendus de soie rouge, des flacons de parfum sur une coiffeuse, un paravent au décor de plumes de paon, un bureau de laque noire incrustée de motifs dorés.

Il pendit sa cartouchière au bois de lit sculpté de fleurs et de rubans, lança son chapeau sur la tête d'un carlin de porcelaine accroupi près de la cheminée, jeta son manteau sur une liseuse. Puis, après avoir posé la bouteille sur la table de chevet, il se laissa tomber sur le lit. Le matelas moelleux l'accueillit avec un soupir de contentement.

Il arrangea commodément derrière son dos les oreillers brodés, croisa ses bottes éperonnées sur l'édredon au petit point, pêcha dans sa poche du papier et du tabac, se roula une cigarette et l'alluma. Alors, les mains croisées sous la nuque et les coudes largement écartés, il fit un clin d'œil complice au Cupidon de céramique qui le considérait avec étonnement du haut de la cheminée.

Son attente ne fut pas longue. Il entendit d'abord le bruit de la porte d'entrée, et ensuite des claquements de talons dans le vestibule, bientôt étouffés par le tapis du salon. Enfin, précédée par son ombre, elle apparut.

Dans la lumière diffuse qui accentuait la blancheur de son visage, ses yeux se détachaient comme deux trous noirs et ses lèvres paraissaient barbouillées de sang. Le petit pistolet à crosse d'ivoire qu'elle tenait d'une main ferme était pointé droit sur le ventre de l'intrus.

— Debout, cow-boy, dit-elle d'une voix qui lui aurait donné une érection s'il ne l'avait déjà. Doucement, pas de geste inconsidéré.

Il se leva lentement, avec précaution. Malgré cela, la molette d'un de ses éperons se prit dans une broderie du couvre-lit qui se déchira. Le pistolet n'était qu'une arme à deux coups mais, à cette distance, elle pouvait lui percer le ventre d'un trou assez gros pour le tuer.

— Venez ici, au milieu de la chambre, ajouta-t-elle en lui montrant l'endroit du bout du canon.

Il s'avança sans pouvoir s'empêcher de sourire.

— Vous comptez me saluer avec ce joujou, madame Yorke ? Ou me descendre ?

Derrière lui, le Cupidon de céramique explosa en mille éclats. La balle lui rasa la joue, mais il ne broncha pas. Ne cilla même pas.

— Raté, affirma-t-il en riant.

Elle pointa le canon sur son entrejambe.

— Je ne rate jamais mon coup, cow-boy.

Un pouce croché dans la ceinture, il s'avança vers elle d'un pas nonchalant.

— Moi non plus, ma chérie. Et je m'appelle Rafferty, au cas où tu l'aurais oublié.

V

La bourrasque faisait trembler les murs de la cabane. Pour Clementine, le vent devenait une obsession. Sans trêve, le jour, la nuit, il se levait, retombait, revenait à la charge. Elle se surprenait à respirer à son rythme en se demandant s'il ne finirait pas par la rendre folle.

La boule de pâte qu'elle pétrissait lui glissait entre les doigts, l'odeur amère de la bière dont elle usait en guise de levure lui piquait le nez. Excédée, elle assena un coup de poing sur la pâte rétive et regarda son mari, assis à l'autre bout de la table, qui finissait d'engloutir une épaisse pile de crêpes. Les coudes sur la toile cirée, le col déboutonné, il avait l'air si fort, si rude, si viril. Elle ne s'était pas doutée que les hommes pouvaient être comme lui, aussi... encombrants.

Gus leva les yeux, lui sourit. Sa voix trop sonore fit voler en éclats le silence.

— Encore un peu de mon fameux café, Clem ?

Elle laissa sur sa joue une traînée de farine en écartant une mèche qui lui tombait dans les yeux et le regarda verser le café. Ses mains calleuses, puissantes, qui lui pétrissaient le corps la nuit comme les siennes travaillaient la pâte le jour, s'efforçaient pourtant d'être douces quand elles se posaient sur elle. Aussi douces et patientes que Gus lui-même. Il n'avait certes pas reçu l'éducation raffinée de son père ; mais quand son père la touchait, ce n'était que pour lui imprimer les stigmates de ses coups de canne.

Gus ajouta un jet de lait en boîte dans le gobelet avant de le lui tendre, et garda un instant sa main dans la sienne. Un sourire lui illumina le visage, lui mit du rire dans les yeux. Un vrai sourire du Gus McQueen qui l'avait conquise.

— Il faudrait que je vous trouve une vache qui vous donnerait du lait frais à mettre dans votre café, le matin. Et peut-être aussi quelques poules, pour que vous ayez des œufs.

Clementine n'avait pas la moindre idée de la manière de traire une vache. Elle ne savait pas davantage si les poules pondaient d'elles-mêmes ou s'il fallait faire quelque chose pour qu'elles produisent des œufs. Mais, puisque d'autres femmes l'avaient appris, elle s'y mettrait.

Les yeux mi-clos, Gus la dévisageait d'une manière qu'elle comprenait trop bien désormais : il voyait un corps de femme qui lui appartenait et qu'il désirait. Clementine se détourna en hâte afin de lui cacher les battements de son cœur et feignit de se plonger dans son livre de cuisine, dérobé avant sa fuite de la maison paternelle. Depuis, elle se félicitait de sa prévoyance, même si les recettes qu'il contenait ne pardonnaient pas l'inexpérience : le pain qu'elle avait confectionné la veille était sorti du four plus dur que la banquette du chariot de la muletière.

Elle mit sa boule de pâte à lever au coin du fourneau, déplaça la marmite sur un foyer plus chaud, ajouta un peu d'eau dans le ragoût. Elle aurait voulu sortir son appareil de la malle, photographier la cabane, les arbres, les montagnes coiffées de neige comme les religieuses de leur cornette. Mais l'heure du repas viendrait trop vite, et il y aurait encore la lessive et le repassage, le souper à préparer ensuite. Les tâches domestiques s'enchaînaient sans lui accorder un instant de répit.

Gus s'approchait. Elle se figea, partagée entre l'appréhension et l'envie qu'il la touche. Il s'arrêta derrière elle, caressa ses avant-bras couverts de farine.

— Il y a quelque chose de très attirant chez une femme qui fait la cuisine, lui murmura-t-il à l'oreille.

Elle sentit son haleine sur sa nuque, s'abandonna entre ses bras. Il la tourna vers lui, la serra contre sa poitrine. Maladroitement, elle tenta de se dégager.

— Pas en plein jour, voyons, c'est inconvenant.

— Je ne voulais que t'embrasser. Tu aimes que je t'embrasse, n'est-ce pas, Clem ? Tu aimes même que je te fasse bien plus que de t'embrasser. Avoue.

— Peut-être...

Elle aurait pourtant voulu qu'il l'emporte dans ses bras jusqu'au grand lit de fer pour ne plus former qu'une seule chair avec lui. Les joues en feu, elle préféra lui dissimuler son trouble en se blottissant contre sa poitrine. Sans savoir pourquoi, elle prenait goût à ce qu'il lui faisait une fois couchés. Elle s'étonnait même d'aimer cet acte, qui éveillait en elle une exaltation fébrile et lui échauffait le sang pour ne lui laisser ensuite qu'un sentiment de vide intérieur et de solitude.

Gus poussa un soupir résigné.

— Je ferais sans doute mieux d'aller réparer cette fichue clôture, maugréa-t-il.

Il prit ses bottes qui séchaient devant le fourneau et s'assit sur le coffre à bois pour les enfiler. La veille, il avait plu à torrents. Clementine avait passé sa matinée à balayer, et voilà que Gus répandait partout de la boue séchée en secouant ses semelles.

— Si vous aviez fait le ménage vous-même, Gus McQueen, vous feriez attention à l'endroit où vous posez vos bottes crasseuses ! s'exclama-t-elle en pointant un index accusateur.

Il leva les yeux, étonné.

— Quelle mouche vous pique, ce mat... ?

Un hurlement sinistre l'interrompit au milieu du mot. Un cri suraigu, modulé, comme celui d'une meute de coyotes. Le cœur de Clementine cessa de battre et son regard se porta d'instinct vers l'entaille du mur. Les Indiens ! Elle aurait fui si la terreur ne lui avait paralysé les jambes.

Le hurlement cessa brusquement ; un silence angoissant régna quelques instants avant que n'éclate derrière la porte un concert de braillements et de sifflets.

Gus se leva d'un bond.

— J'ai l'impression qu'on nous régale d'un charivari en règle, bougonna-t-il. C'est censé s'organiser le lendemain des noces, pas deux mois plus tard.

Il ouvrit la porte à la volée et, malgré le vacarme, éclata de rire. Le spectacle était en effet réjouissant : au milieu de la cour, Pogey et Nash, les deux vieux prospecteurs, dansaient une gigue dont ils marquaient le rythme en tapant l'un sur une planche, l'autre sur une casserole. À l'apparition de leur public, ils stoppèrent net avec la mine mi-penaude, mi-faraude de renards surpris dans un poulailler.

La frayeur faisait encore battre le cœur de Clementine. Après un tel tintamarre, le silence soudain retombé exagérait le bruit du vent qui sifflait dans les branches et plaquait sa jupe contre ses jambes. La rivière grossie par les pluies de la veille coulait à pleins bords avec le grondement d'un train dans un tunnel.

Tandis que Gus reprenait son sérieux, Pogey le toisa en se peignant la barbe de ses doigts crasseux.

— Le mariage lui réussit, hein, Nash ? Il m'a l'air bien content de lui. Je dirais même... satisfait.

Nash opina avec gravité.

— Oui, c'est le mot. Satisfait comme une grenouille qui vient de gober un cent de moucherons.

— Voilà encore de tes sornettes ! Foutre, si tu...

Son acolyte lui coupa son élan d'un coup de chapeau dans l'estomac.

— Tiens ta langue, vieux chenapan ! Tu m'avais pourtant promis de ne pas jurer à tort et à travers.

Gêné, Pogey se tritura une oreille.

— C'est que j'ai pas l'habitude de parler devant une vraie dame, répondit-il avec une mine repentante.

Les bras croisés derrière le dos, Clementine se tenait très droite et le menton levé, posture qui accentuait sans qu'elle en ait conscience son air intimidant. Elle gratifia cependant les deux hommes d'un sourire qui les laissa pantois.

— Merci, monsieur Pogey, de ménager avec tant d'égards ma délicate sensibilité. Quant à vous, monsieur Nash, je suis heureuse de constater que vous avez été en mesure de racheter votre dentition.

Nash sursauta, extirpa son dentier et le contempla avec effarement, comme si sa bouche était le dernier endroit où il s'attendait à le découvrir.

Le premier, Pogey reprit ses esprits. Il extirpa un cruchon de grès du double bât porté par le vieil âne qui les accompagnait.

— On sait que tu es tempérant, Gus. Alors, on a pris la précaution d'apporter nos rafraîchissements.

— Entrez donc, les amis, dit Gus en riant.

Les prospecteurs finirent de maculer de boue le plancher que Clementine s'était donné tant de mal à nettoyer. Cette fois, pourtant, elle ne s'en formalisa pas. Au moins, ils lui rendaient visite, et elle doutait fort que beaucoup d'autres les imitent. Car elle savait que, dans ce pays impitoyable et rude où elle n'était qu'une étrangère, on la considérait comme une citadine incapable, sous ses airs de grande dame. Tout le monde la traitait par le mépris, au point que parfois le vent et les montagnes eux-mêmes lui paraissaient se moquer d'elle.

Gus se versa une chope de bière — dans le Montana, celui

qui consommait cette boisson seulement n'était pas considéré comme un buveur sérieux — et les trois hommes prirent place autour de la table. Pogey leva le cruchon de whiskey.

— À la tienne, Gus ! Parole, j'ai failli tomber raide, l'autre fois, quand tu nous as présenté comme ta légitime la plus belle fille qu'on ait jamais aperçue à Rainbow Springs.

— C'est vrai ! renchérit Nash. Il fallait le voir, le Pogey ici présent ! Les yeux lui sortaient tellement de la tête qu'on aurait cru ceux d'un crapaud quand on marche dessus.

Pogey assena un coup de cruchon dans la poitrine osseuse de son associé.

— Ferme-toi donc la bouche avec ça, vieux radoteur ! Il y en a qui parlent quand ils ont quelque chose à dire, mais toi il faut toujours que tu dégoises n'importe quoi.

L'index dans l'anse, le cruchon sur l'avant-bras, Nash leva le coude et téta longuement le goulot avant de reposer le récipient en claquant la langue de contentement.

— On ne garde pas le silence quand on est en visite, déclara-t-il d'un ton sans réplique.

— C'est pas une raison pour jacasser comme une pie, rétorqua Pogey. Donne-moi ça, vieil ivrogne, sinon tu vas tout vider.

Clementine s'assit sur la caisse vide qui tenait lieu de sofa. Gus se taisait et regardait fixement sa bière.

— Vous êtes sans doute amis depuis longtemps, messieurs ? demanda-t-elle afin de meubler le silence.

Pogey se torcha les lèvres d'un revers de manche.

— Ma foi, je trempe ma soupe dans la même gamelle que ce vieux fils de p... ce vieux chenapan, se corrigea-t-il d'extrême justesse, depuis bientôt cinquante ans.

Cinquante ans ? Comme un vieux ménage, songea-t-elle. Sous leurs ridicules petites chamailleries, ils dissimulaient une solide affection, nourrie par les épreuves et les souvenirs partagés au fil des ans. Elle essaya d'imaginer comment Gus et elle seraient cinquante ans plus tard, mais ne parvint pas à discerner leur avenir au-delà du prochain lever de soleil.

— Et comment êtes-vous arrivés à Rainbow Springs ?

Ravi de voir la conversation prendre enfin une tournure prometteuse, Nash fit un large sourire.

— Eh bien, on passait par là un beau jour et Pogey ici présent se sentait tout desséché, alors on a décidé de s'humecter le gosier au saloon. Histoire de tuer le temps, on a fait une partie de cartes qui nous a rapporté une mine d'argent, parce qu'un vieil abruti s'était avisé de vouloir tirer un quatrième valet quand Pogey avait déjà abattu un brelan de dames sur le tapis. Fallait-il être bête ! Du coup, on a baptisé la mine les Four Jacks, « Carré de valets », pour bien nous rappeler de ne pas faire autant de sottises avec les cartes que le pauvre bougre avant nous.

Fier de son morceau d'éloquence, pour une fois ininterrompu, il quêta du regard l'approbation de Clementine. Elle crut deviner dans ses yeux de chouette une sagesse, une expérience de la nature humaine qui lui permettrait de lire en elle, de voir les vides béants de son cœur. De comprendre ce qui l'avait chassée de chez elle et poussée à suivre Gus au fin fond de ce désert. Elle se plut à imaginer qu'il saurait lui nommer, lui décrire ce qui lui manquait, lui dire où et comment le trouver. Mais Nash cligna les yeux, se détourna, et le charme fut rompu. Devant elle se tenait à présent un vieux prospecteur qui buvait trop, empestait la sueur rance et aimait s'écouter parler.

— Depuis, conclut-il, nous n'avons pas arrêté de gratter ce maudit trou sans rien en sortir. Ce qui m'amène à la raison de notre visite ici, Gus.

— Alléluia ! entonna Pogey. Il t'aura fallu tourner tout ce temps autour du pot pour arriver au fait !

— Tu sais, Pogey, tu commences à me fatiguer avec tes reproches continuels sur mon bavardage, déclara tristement Nash. Tu ne me crois pas capable d'être bref et économe de mes paroles, hein ? Eh bien, à partir de maintenant, puisque tu veux du bref, je serai bref. Tout ce que j'avais à dire, je vais le condenser en un seul mot. Un mot bref.

Sur quoi, il prit sa respiration et se tourna vers Gus.

— Bonanza.

Gus, qui songeait visiblement à autre chose, sursauta.

— Quoi ?

— Tu vois, Pogey ? Voilà ce qu'on gagne à être bref. Il ne m'a pas compris.

— Tu ne te fais pas comprendre parce que tu ne dis que des âneries. Laisse-moi parler ; avec toi, on n'arriverait à rien. Tu connais notre mine, Gus...

— Plutôt ! Nash vient de nous en rebattre les oreilles et je suis censé en posséder vingt pour cent parce que je vous nourris tous les deux depuis plus de deux ans. Jusqu'à présent, elle ne m'a jamais rapporté que vingt pour cent de boue et de caillasse.

— Oui, bon... On commençait à penser nous aussi que cette foutue concession était aussi aguichante que la bite d'un âne mort... Euh...'mande pardon, m'dame.

Il devint cramoisi. Nash lui assena un coup de cruchon dans l'estomac.

— Tais-toi donc au lieu d'écorcher les oreilles de Mme McQueen !... Revenons aux choses sérieuses, Gus. On gratouillait un jour, pour s'occuper, quand Pogey est tombé sur une veine de quartz qui avait l'air prometteuse. Alors, on est allé chez Sam Woo acheter de la dynamite...

— On l'a fait mettre sur ton compte, Gus, enchaîna Pogey. Tu nous en veux pas, au moins ?

— Au point où j'en suis, un peu plus, un peu moins, dit Gus avec un geste fataliste.

— C'est bien ce qu'on pensait, approuva Pogey en se désaltérant d'une longue lampée de whiskey. On a fait sauter un morceau de quartz, on l'a envoyé à Butte au bureau des mines. Et f... euh, notre quartz contenait de l'argent.

Nash sortit alors de sa poche une sorte de petit caillou plat, brillant comme une pièce neuve.

— Il y en a un filon entier qui s'étend loin, affirma-t-il en déposant l'échantillon dans la main de Gus. Si loin que je sais pas quand on en verra la fin.

Gus palpa la pépite d'argent, se leva d'un bond et poussa un cri de triomphe qui fit sursauter Clementine. Il la prit à bras-le-corps, l'entraîna dans une ronde autour de la table en riant comme un enfant. Quand il la lâcha, elle haletait, ses joues étaient en feu et son chignon défait. Mais elle souriait, heureuse de retrouver le Gus McQueen des rêves grandioses et des irrésistibles fous rires — le Gus qu'elle pouvait aimer.

Il lui lança l'échantillon, elle le rattrapa au vol. Dans sa main, la pierre lui parut lourde de promesses.

— Cela signifie-t-il que nous sommes riches ?

— Disons plutôt que nous serons peut-être riches à vingt pour cent.

— Tout n'a pas la même teneur, précisa Nash avec une louable honnêteté. Et puis, le filon est pris dans de la roche dure, le minerai coûtera gros à extraire.

Les yeux encore brillants du rêve entrevu, Gus se laissa tomber sur son baril et redevint sérieux.

— Vous ne pouvez pas l'exploiter vous-mêmes, affirma-t-il aux deux compères. Il faudrait des excavatrices, du matériel de concassage, des chimistes sachant transformer le minerai en métal. Vous devriez louer la mine à un consortium.

— Un... quoi ? demanda Pogey.

— Un groupe d'investisseurs, des gens qui ont l'argent nécessaire pour entreprendre l'exploitation sur une grande échelle. En deux mots, vous louerez votre mine contre un pourcentage des bénéfices.

— Justement, Gus, intervint Nash, on espérait que tu pourrais t'en occuper à notre place. Tu sais des choses, tu as été dans les écoles, tu t'arrangerais mieux que nous avec ces inves... enfin, avec ces gens de Butte ou d'Helena. Ah ! c'est pas facile d'être riche ! poursuivit-il avec un soupir accablé. On n'a pas même commencé que tout se complique déjà. Dans le temps on n'avait qu'à gratter sous un buisson, secouer un dollar d'or dans sa battée et se dire qu'on avait gagné sa journée. Tandis que...

— Eh bien moi, l'interrompit Pogey en se rengorgeant, les pouces dans ses bretelles, j'aime bien me sentir riche. Pour les ignorants, c'est peut-être des complications ; mais pour ceux qui ont quelque chose dans le crâne et qui voient plus loin que le bout de leur nez, ça s'appelle le progrès !

Gus se hâta d'étouffer dans l'œuf la controverse.

— D'accord, j'irai à Butte négocier avec une de ces grosses compagnies. Mais seulement quand j'aurai fini le comptage de printemps et le marquage du bétail.

— Tu ferais même bien de ne pas traîner, si tu ne veux pas retrouver tes veaux marqués au fer d'un de ces voleurs sans foi ni loi, observa Nash.

— Ça oui ! approuva Pogey. Pour ce qui est de manier le fer rouge, Nez de Fer est un artiste. Tu sais ce qui est arrivé à ce pauvre MacDonald, poursuivit-il en baissant la voix comme si les voleurs de bétail étaient embusqués derrière la porte. On parle dans le pays de leur fabriquer de bonnes cravates de chanvre, à ces maudits Indiens. Il y en a qui pensent qu'on devrait déjà commencer par Joe Ours Vaniteux, mais d'autres préfèrent attendre qu'il nous mène jusqu'à son père pour se débarrasser d'un coup de toute la famille.

Clementine regarda malgré elle l'entaille dans le mur et crut voir voler les tomahawks. Elle se souvint alors d'avoir entendu Œil de Serpent préciser que le MacDonald en question avait été tué d'un coup de fusil.

Depuis son arrivée dans le Montana, elle avait la hantise des Indiens. La nuit, le vent dans les arbres et le froissement des feuilles sonnaient à ses oreilles comme des pas furtifs dans l'herbe. Pourtant, elle n'était pas tant hantée par les sauvages sanguinaires qui peuplaient son imagination que par l'image de la jeune Indienne prise au lasso et traînée comme une bête pour avoir humilié son mari en mendiant du lait. Que tout le monde à Rainbow Springs, elle-même y compris, ait assisté à cette barbarie sans lever seulement le petit doigt la remplissait de honte.

— Ce jeune Indien a une femme et des enfants, dit-elle avec chaleur. S'il vole, c'est sans doute pour les nourrir. Les citoyens ordinaires n'ont pas le droit de se faire justice eux-mêmes ! C'est le rôle des juges et des jurys de faire appliquer les lois.

Gus réagit avec une colère qui la stupéfia.

— Vous autres, dans l'Est, vous n'avez jamais rien compris ! L'Ouest grouille de maquignons qui raflent sans scrupules tout ce qui a quatre pattes et une paire de cornes pour l'expédier à Chicago et empocher les bénéfices. Ces mêmes trafiquants arrosent depuis des années les juges et les jurys pour qu'ils ne punissent pas les voleurs de bétail. Il arrive un moment où un homme a le devoir de protéger ses biens, ou alors il n'est pas digne de s'appeler un homme !

— Les voleurs ont toujours été pendus d'abord et jugés après, renchérit Pogey. Et c'est des sang-mêlé qu'on parle, des renégats qui renient leur race. Pour nous autres, les gens d'ici, un Peau-Rouge ne mérite pas d'être jugé.

Gus agrippa Clementine par un bras et l'attira contre lui, comme pour la ramener de force dans son camp.

— Tous des sauvages ! gronda-t-il. Ne vous inquiétez donc pas pour eux. C'est une affaire d'hommes qui ne vous regarde pas.

— Si, cela me regarde ! Et ce que vous projetez de faire est illégal...

— Suffit.

Il assena du plat de la main un coup si violent sur la table qu'un nuage de farine s'envola.

— Assez parlé des voleurs de bétail, reprit-il sèchement. Je ne ferai que mon devoir, laissez-moi m'en occuper.

Clementine ravala la protestation qui lui montait aux lèvres et recula en frottant son bras endolori. Elle l'avait humilié en défiant son autorité devant les autres. Il avait le droit de la réprimander, il était son mari, il savait distinguer le bien du mal — sauf que, dans le cas présent, elle ne pouvait s'empêcher de considérer que c'était mal ; et dur, trop dur de se résigner à l'accepter...

Le silence retomba. Gus trempa ses lèvres dans sa chope de bière à laquelle il avait à peine touché.

— Auriez-vous vu mon frère à Rainbow Springs la semaine dernière, par hasard ?

Les deux amis échangèrent un regard embarrassé. Pogey se racla longuement la gorge avant de répondre.

— Dire qu'on l'a vu, non, on l'a pas vu. On en a juste... entendu parler.

— Je vois. Il y a une nouvelle pensionnaire au Best in the West, à ce qu'il paraît ?

— Nancy ? demanda Pogey en s'esclaffant. Elle est pas assez bonne pour Rafferty, avec ses dents de lapin à croquer une pomme par un trou de serrure et le reste plus usé à la tâche qu'une vieille paire de bottes — sauf votre respect, m'dame, se hâta-t-il d'ajouter. Non, c'est pas elle qui le retient. Pendant que tu étais parti, tous les hommes du pays sauf Rafferty ont fait les yeux doux à Hannah Yorke et ils en ont été pour leurs frais. Et voilà que vendredi soir, Rafferty arrive au saloon, la regarde d'une manière, d'une manière... je te dis que ça. Bref, elle a succombé et, comme s'il voulait rattraper le temps perdu, il arrête pas de la sauter depuis... euh, sans offense, m'dame.

Clementine n'eut pas besoin de voir le visage de Gus pour deviner ce qu'il pensait. Ainsi, son propre frère péchait au vu et au su de toute la ville avec cette Hannah Yorke, une femme qui portait des robes écarlates et des mules à pompons rouges. Une gourgandine.

Le silence retomba. Nash se leva, rajusta sa ceinture et lança un coup de botte dans le mollet de Pogey.

— Bon, eh bien... il est temps de se remettre en route. Remue-toi un peu, vieux paresseux.

Pogey s'appuya à la table pour se redresser et vacilla avant de pouvoir se tenir debout. Les deux loustics taquinèrent Gus une dernière fois sur les plaisirs du mariage avant de franchir la porte d'un pas mal assuré. Gus les accompagna jusqu'au corral,

Clementine resta sur le seuil pour les voir partir. Pogey s'était hissé tant bien que mal sur le dos de l'âne, Nash marchait à côté. Nul ne les aurait crus propriétaires d'une mine d'argent. La fortune les changerait-elle ? Clementine en doutait.

Couché à l'ombre de la grange, le museau sur les pattes, le vieux chien jaune leva à peine la tête à leur passage. Depuis la disparition de Rafferty, trois jours auparavant, il semblait inconsolable. Il avait reniflé une fois la jupe de Clementine, mais s'en était aussitôt désintéressé, comme si elle n'était pour lui qu'une passante pas même digne d'un aboiement. La taie qu'il avait sur la cornée de son œil gauche provenait d'une morsure de serpent à sonnette, avait expliqué Gus. Rafferty l'avait si bien soigné qu'au lieu d'en mourir il avait seulement perdu en partie la vue.

Gus sortit la carriole de la grange où elle était remisée. En passant devant la cabane, il annonça à Clementine qu'il devait se rendre en ville afin de restituer le véhicule à Œil de Serpent ou de le lui acheter. Elle comprit qu'il allait en réalité chercher son frère avant que celui-ci n'aggrave la honte dans laquelle sa conduite plongeait sa famille — une famille à laquelle elle appartenait désormais.

Le soleil montait à l'horizon, l'herbe ondulait sous le vent, le ciel était vide jusqu'à l'infini. Ce vent obsédant, cette immensité sans repères auxquels se raccrocher suscitaient chez Clementine un sentiment de malaise, un trouble fiévreux proche de celui que Gus éveillait en elle la nuit... mais, comme lui, incapable de combler les vides qui subsistaient au plus profond d'elle-même. Les aspirations vagues de son enfance, les désirs inassouvis qu'elle croyait avoir abandonnés derrière elle la poursuivaient jusque dans le Montana.

Elle traversa la cour boueuse en courant. Gus démêlait les chaînes du harnachement.

— Gus ! Vous n'envisagez quand même pas de me laisser seule ici ?

Les traits encore durcis par la colère, il affecta de prendre son temps avant de se tourner vers elle.

— Bien sûr que non, ce serait imprudent.

— Bon. Je vais donc me préparer.

— Ne traînez pas, je veux être rentré avant la nuit.

Elle repartait vers la cabane quand il la rappela :

— Clementine ! Ne bravez jamais plus mon autorité comme

tout à l'heure. En me contredisant devant les autres, vous faites croire que je ne suis pas le maître chez moi.

Raide, les dents serrées, elle ravala la révolte qui montait en elle. Aussi peu disposée à s'excuser qu'à admettre qu'il avait raison, elle tourna les talons sans répondre et sentit son regard furieux qui la suivait.

Elle dut prendre sur elle pour ne pas hurler de rage et de dépit.

Elle fit une toilette rapide, répara le désordre de sa coiffure, décrocha son manteau. Le cœur brodé était toujours enfoui au fond d'une poche. Elle l'en sortit, le soupesa, écouta tinter les pièces.

Quoi qu'il arrive, elle ne quitterait pas Gus, elle le savait avec certitude. Mais elle ne se résignerait jamais non plus à devoir constamment se plier à ce qu'il convenait, selon lui, de faire ou de ne pas faire. Elle n'était plus une petite fille mais une femme, une adulte qui avait le droit de penser, de juger, d'agir par elle-même. À l'exemple des trappeurs et des pionniers qui avaient exploré avant elle cette contrée déserte, elle voulait y tracer sa propre voie, y imprimer sa propre marque.

À l'aide d'un couteau de cuisine, elle défit une couture du sachet, prit une pièce d'or de cinq dollars et chercha des yeux une cachette où abriter le reste de son trésor.

Grand, beau et nu, le cow-boy étendu sur son lit l'observait de ses yeux d'or.

Hannah Yorke émergea de la baignoire de tôle galvanisée avec une grâce étudiée. L'eau qui s'écoulait sur sa peau la caressait, comme les mains de son amant l'avaient fait moins d'une heure auparavant. La vapeur parfumée du bain chassait les miasmes de trois jours ininterrompus de whiskey, de tabac et de fornication. La matinée tirait à sa fin. Diffusés par le voilage des fenêtres et réfléchis par les murs tendus de soie rouge, les rayons du soleil teintaient sa peau blanche d'une douce patine rose.

Elle frissonna en se séchant, mais moins à cause de l'air frais que du regard brûlant posé sur elle. Oh ! c'était bien un sauvage, celui-là. Un rebelle un peu fou, comme l'étaient un Joe Ours Vaniteux ou un loup-cervier, prédateurs solitaires qui ne se pliaient à aucune règle.

Elle se drapa dans un kimono de soie, s'assit à sa coiffeuse et se brossa les cheveux de la racine à la pointe, à longs gestes amples. Ses opulentes mèches rousses se tordaient, s'enroulaient autour de ses doigts et de ses poignets ; sa poitrine se soulevait sous la soie du peignoir au rythme de sa respiration. Consciente d'attiser le désir de l'homme par cet étalage de pure féminité, elle eut un nouveau frisson où le souvenir du plaisir passé le disputait à l'anticipation du plaisir futur.

Elle étendit les jambes, plongea avec délectation ses orteils dans le moelleux tapis d'Orient. Sa chambre lui plaisait infiniment. Bien sûr, son décor de soie rouge et son immense lit sculpté n'auraient pas déparé un bordel — ce qu'était d'ailleurs la maison lorsqu'elle en avait fait l'acquisition. À présent, en tout cas, ce n'était qu'une pièce ordinaire d'une maison ordinaire — *sa* maison où, au moins, elle vivait seule. Depuis son arrivée à Rainbow Springs quinze mois auparavant, le cow-boy était le premier homme qu'elle ait admis dans son lit et dans sa vie.

Elle savait qu'une femme honnête considérerait Hannah Yorke comme corrompue par sa vie d'autrefois sans espoir de rédemption, et c'était peut-être vrai. Car si elle s'était longtemps dérobée au cow-boy, elle devait s'avouer qu'elle l'avait désiré dès que son regard s'était posé sur lui pour la première fois. D'emblée, elle avait su qu'elle le voulait, qu'elle l'aurait ou qu'il finirait par l'avoir. Et, tout au long de ces trois jours, ils s'étaient donnés l'un à l'autre, ils s'étaient possédés l'un l'autre comme s'ils inventaient l'amour à mesure qu'ils le faisaient.

Elle ne voulait ni ne pouvait se mentir à elle-même. Dans un lointain passé, elle s'était juré que, quoi qu'elle fasse ou quoi qu'on lui fasse, rien ni personne se serait jamais capable de l'affecter. Quelle illusion ! Chaque jour, chaque nuit de son ancienne vie l'avaient marquée jusqu'au plus profond d'elle-même. Aujourd'hui encore, il aurait suffi qu'elle tourne la tête vers le grand miroir au cadre doré de sa coiffeuse pour y voir le visage, les yeux, la bouche, les cheveux d'une putain.

Voulant se prouver qu'elle était assez forte pour soutenir le choc sans faiblir, elle regarda la glace. À côté de son propre reflet, elle vit alors celui de l'homme étendu sur le lit. Leurs regards se croisèrent dans le miroir et elle se détourna, mi-excitée, mi-apeurée par l'intensité presque cruelle du désir qu'elle lisait dans ses yeux. Il n'était pas homme à se soucier de briser ce qu'il touchait, pas même un cœur. Et il faisait l'amour avec l'avidité du désespoir, comme s'il allait mourir le lendemain.

— Viens ici, ordonna-t-il.

Parce qu'elle en avait elle-même trop envie pour céder aussitôt, elle ne bougea pas. Sur sa coiffeuse, elle gardait un bouquet de fleurs séchées sous une cloche de verre. Les violettes étaient depuis longtemps décolorées, les roses blanches jaunies. Rien n'abritait des ravages du temps : à l'image de ces fleurs, les souvenirs, les sentiments s'estompaient au fil des ans. Chaque jour, elle s'astreignait à contempler et à toucher ce symbole afin de se rappeler qu'il ne faut jamais céder aux illusions ni croire aux mensonges, surtout à ceux qu'on se fait à soi-même.

— Hannah ! Viens.

Elle obéit enfin et alla s'asseoir sur le lit. Il était jeune et fort, il brûlait de désir pour elle. Leurs lèvres se joignirent, elle le prit par le cou, se serra contre lui. Elle aimait sentir sous ses mains la douceur, la chaleur de sa peau, la dureté de ses muscles. Elle ne résista pas quand il l'étendit près de lui, elle frémit de plaisir quand ses mains et sa bouche se posèrent sur son ventre, quand il traça du bout de la langue le contour de la rose tatouée sur sa cuisse et remonta le long de la tige.

Le plaisir... Elle avait oublié que le plaisir se donne mieux encore qu'il ne se vend. Deux ans durant, elle avait arpenté les trottoirs du quartier réservé de Deadwood où elle louait un galetas dont le lit, son instrument de travail, constituait l'essentiel de l'ameublement. Sur la porte, son nom était marqué au fer rouge. Pas le vrai, bien sûr, mais l'autre. Son nom de guerre : Rosie.

Elle savait que son tatouage l'intriguait bien que, depuis trois jours, il se soit abstenu de l'interroger à ce sujet. Les hommes qu'elle avait connus jusqu'alors l'avaient tous bombardée de questions sur l'histoire de sa vie. Ils exigeaient presque de s'entendre dire qu'elle n'était pas une vraie putain, mais une fille honnête poussée par la nécessité à exercer ce métier et n'aspirant qu'à se racheter. Une brave fille, en somme, qui leur aurait donné pour quelques sous l'illusion de ne pas l'enfoncer davantage dans sa déchéance.

La bouche du cow-boy remonta lentement le long de son corps, reprit possession de ses lèvres, mêla leurs langues et leurs haleines. Elle n'avait pas été caressée, embrassée, tenue avec tendresse dans les bras d'un véritable amant depuis si longtemps qu'elle crut défaillir. Il l'étreignit plus fort encore. Elle se pelotonna contre lui avec un frisson de volupté et une expression de béatitude.

— Tu as un sourire, ma chérie, pour lequel un homme irait sans hésiter jusqu'en enfer.

— Sans aller aussi loin, répondit-elle en riant, tu as quitté ton ranch depuis trois jours. C'est long comme absence à cette époque de l'année, tu ne crois pas ?

Sa main posée sur sa poitrine perçut le frémissement d'un soupir contenu.

— Depuis que mon frère a ramené cette garce de Boston, la maison est invivable. J'avais prévu dès le début comment cela tournerait : Essuyez-vous les pieds avant d'entrer ; Ne gardez pas votre chapeau à l'intérieur ; Mangez délicatement, comme si vous n'aviez pas faim ; N'appelez pas la merde par son nom, surtout quand elle pue...

Sous l'amertume des paroles, elle distingua une sourde inquiétude. À vrai dire, le retour de Gus à Rainbow Springs flanqué d'une épouse légitime ne lui plaisait pas davantage. Il y avait fort à craindre, en effet, que la jeune et prude Mme McQueen ne représente l'avant-garde d'une horde de femmes respectables prêtes à s'abattre sur le pays comme un vol de vautours, à fourrer leur nez partout et à montrer du doigt Hannah Yorke avec une vertueuse indignation, en la traitant de fille perdue et de honte de la société.

Hannah Yorke était tombée bas, certes. Mais, depuis, elle s'était relevée — et seule. Elle possédait du bien au soleil, même si ce n'était qu'un saloon et un ancien lupanar. Ces mégères pudibondes pouvaient aller au diable, la petite McQueen en tête ! Hannah Yorke aimait trop gagner *son* propre argent par *ses* propres moyens et mener *sa* barque comme il lui plaisait à elle. Surtout depuis qu'elle n'avait plus besoin de se coucher et d'écarter les jambes pour y parvenir.

Elle tortilla d'un doigt une touffe des poils sur la poitrine du cow-boy, tira d'un coup sec. Il ne cilla même pas.

— La femme de ton frère m'a paru très comme il faut, déclara-t-elle sans ironie. Sa venue n'est peut-être pas un mal : vous auriez tous ici grand besoin d'un peu de civilisation.

— Pour ça, oui ! Elle est plus délicate et empesée qu'un rideau de dentelle. Et à peu près aussi utile.

— Tu es injuste ! Elle est jolie comme un cœur.

Il lâcha un ricanement malveillant.

— J'espère que Gus saura se contenter de regarder sa jolie

frimousse. Parce que je les connais, les femmes de son espèce ! Six jours sur sept, elle ne lui permettra pas davantage.

Sur ce, considérant qu'ils avaient déjà perdu trop de temps à parler, Rafferty roula sur Hannah, et bientôt le reste du monde cessa pour eux d'exister.

VI

Clementine marqua une pause sous le carillon de cloches à vaches, le temps de laisser sa vision s'accoutumer à la pénombre. Ce jour-là, le bazar sentait la viande fumée, les brodequins neufs et le vinaigre. Accoudé au comptoir en manchettes de lustrine et faux col empesé, Sam Woo était plongé dans le catalogue d'épouses ouvert devant lui. Sous la visière et les lunettes qui lui masquaient le haut du visage, Clementine vit sa bouche esquisser ce qui pouvait passer aussi bien pour un sourire de bienvenue que pour une grimace de consternation.

— Madame McQueen ? Quel honneur et quelle surprise ! s'exclama-t-il avec une apparente sincérité. Que puis-je pour votre service ?

Clementine inclina poliment la tête.

— Merci, monsieur Woo. Je désire poster une lettre et mon mari m'a dit que vous pourriez...

— ... me charger de l'expédition ? s'empressa-t-il de compléter. Rien de plus facile. Un instant, je vous prie.

En un tournemain, il échangea sa visière verte contre une casquette de serge bleue. Puis il s'installa au bout du comptoir, derrière une petite cage grillagée au-dessous de laquelle une affiche vantait les mérites d'une marque de whiskey, notifiant ainsi qu'il remplissait à présent la fonction de receveur des Postes. Clementine glissa l'enveloppe sous le grillage.

La veille, c'est avec le visage de sa mère devant les yeux qu'elle avait puisé dans son cœur les mots pour parler de Gus, du ranch, du Montana et de ses merveilles. Elle savait pourtant que son père serait seul à les lire, les serviteurs ayant l'ordre formel de lui remettre tout le courrier. Il était plus probable encore que l'enveloppe serait jetée au feu sans même avoir été ouverte.

Les lunettes au bout du nez, Sam Woo déchiffra l'adresse.

— Massachusetts ? Hmm... Cela vous coûtera deux dollars.

Clementine sursauta.

— Deux dollars ? Mais le timbre...

— Je dois payer le messager qui portera la lettre à Helena au départ de la diligence. Et Helena est loin.

— Vous faites honneur, monsieur Woo, aux meilleures traditions yankees d'ingéniosité et d'esprit de lucre.

Prenant sa remarque comme un compliment, il s'inclina en une courbette qui fit valser sa natte. Malgré ses efforts pour s'intégrer, il conservait un certain exotisme. Dans ce pays, ils étaient bien tous deux des étrangers qui ne seraient jamais vraiment chez eux et qui, pourtant, ne pourraient jamais non plus retourner d'où ils venaient.

— Avez-vous choisi une épouse, monsieur Woo ?

— Pas encore, mais bientôt. Dès que j'aurai pu mettre mille dollars de côté.

— Ce qui ne saurait tarder, si vous expédiez beaucoup de courrier à ce prix, affirma Clementine en glissant sa pièce d'or sous le grillage. Payez-vous de votre exorbitant tarif postal. Avec le reste, j'aurai des achats à faire.

Sam Woo mordit la pièce et l'examina sous la lumière, comme s'il la soupçonnait d'être fausse.

— Où avez-vous trouvé une pièce d'une telle valeur ? demanda-t-il, surpris.

— J'ai cambriolé une banque avant de quitter Boston, répondit-elle avec le plus grand sérieux. Vendez-moi, je vous prie, cinq livres de farine, une livre de sucre, un bocal de saindoux, des conserves de maïs et de tomates, des œufs. Et surtout du lait en boîte. Beaucoup de boîtes de lait.

Sam Woo comprit soudain et écarquilla les yeux, effaré.

— M. McQueen sait-il ce que vous faites ?

— Non, mais je suis sûre que quelqu'un se chargera de l'en informer sous peu.

— Pas moi, madame, pas moi ! protesta-t-il avec un rire gêné. Ce fils du Ciel n'aime pas les Indiens, mais il n'a pas encore perdu la raison, ah mais non !

Il troqua sa casquette de postier contre sa visière de négociant, empoigna une caisse vide et entreprit d'y placer les articles demandés. Quand il rejoignit Clementine quelques instants plus tard, il affichait une mine anxieuse.

— Ce que vous voulez faire est très charitable, madame McQueen, mais pas du tout sensé. En ce moment même, les hommes sont réunis dans l'écurie d'Œil de Serpent. Ils ont le projet de former une milice afin de pendre... des gens.

Sur quoi, il lui mit la caisse dans les bras. Surprise par le poids, Clementine faillit la laisser échapper ; mais Sam Woo, loin de lui proposer son aide, battait déjà en retraite derrière son comptoir.

Avant de franchir la porte, elle se tourna vers lui.

— Pourquoi n'êtes-vous pas vous aussi à la réunion, monsieur Woo ?

— Ce fils du Ciel n'a pas perdu la raison, répéta-t-il.

Cette fois, pourtant, il ne riait pas.

Malgré la fraîcheur de l'air, le soleil chauffait assez pour que Clementine, qui peinait dans la boue avec son lourd fardeau, soit vite en sueur et hors d'haleine. Elle posa sa caisse au pied d'un arbre et souffla un instant avant de poursuivre son chemin. Devant elle, la butte d'où la région tirait son nom se détachait en ocre contre le ciel bleu. Ses flancs arides étaient parsemés de tas de cailloux marquant l'entrée des mines, pour la plupart abandonnées. Le tipi se dressait sur l'autre rive du cours d'eau, qu'enjambait une passerelle rudimentaire de pierres et de madriers.

Consciente de devoir la traverser au vu de tout Rainbow Springs, Clementine lança un coup d'œil inquiet par-dessus son épaule. Dans la rue déserte, elle ne vit que la carriole d'Œil de Serpent dans laquelle elle était venue en ville avec Gus. Derrière les portes closes de l'écurie, les hommes du pays, Gus y compris, se préparaient à commettre un lynchage. Avec un soupir, elle souleva la caisse et reprit sa marche en coupant à travers le cimetière. Sur les tombes négligées, les croix de bois étaient toutes de guingois et rongées par les intempéries — toutes sauf une, à laquelle était accrochée une paire de bottes. Elle n'eut pas besoin de lire le nom gravé dans le bois au fer rouge pour savoir que c'était la tombe de MacDonald, l'Écossais tué d'un coup de fusil dans le dos par les voleurs de bétail.

La sensation d'être épiée lui donnait la chair de poule. La voix de Zach Rafferty, décrivant avec complaisance la mort du vieil Henry haché menu par les Indiens, résonnait dans ses oreilles comme le roulement de tambours de guerre. Elle croyait voir Joe Ours Vaniteux, en vrai sauvage sous ses vêtements d'homme blanc, surgir au grand galop en faisant tournoyer son lasso. Ne sois donc pas si bête ! s'admonesta-t-elle. Tu ne risques quand même pas d'être massacrée en plein jour devant tout Rainbow Springs.

Elle ralentit à l'approche du campement et respira plus librement : le cheval pie était invisible, son maître devait donc être absent. Le vent était tombé, la fumée du feu de camp s'élevait en spirales paresseuses. À l'ombre mouvante des feuilles de tremble, elle vit un enfant assis sur une vieille peau de bison étalée devant le tipi. Clementine regarda par l'ouverture de la tente conique couverte d'une frise de dessins bizarres, appela. Personne ne répondit. L'enfant levait vers elle de grands yeux noirs étonnés. Clementine s'agenouilla près de lui.

— Bonjour, ma chérie.

Elle l'avait d'abord prise pour un garçon, mais c'était une fille, d'une maigreur pitoyable malgré ses joues rondes. Elle portait une robe de calicot bleu décorée de broderies en perles multicolores et de piquants de porc-épic teints.

— Où est ta maman ?

La fillette indiqua du regard la rivière d'où l'Indienne remontait, un seau d'eau à la main. Clementine se releva. En découvrant sa présence, la jeune femme s'arrêta, hésita, s'avança vers elle avec une évidente réticence.

— Que voulez-vous ?

— Je vous ai apporté du lait pour le bébé.

L'Indienne déposa son seau près du feu, sur lequel mijotait une marmite accrochée à un faisceau de perches.

— Elle est morte, déclara-t-elle d'une voix inexpressive.

— Oh... Je suis désolée...

Clementine s'en voulut de ne pas trouver quelque chose de moins banal à dire. L'Indienne haussa les épaules.

— Mon homme ne voudrait pas vous voir ici.

La gorge soudain nouée par la peur, Clementine hocha la tête, recula, buta contre une des perches. Sous le choc, le récipient se balança en répandant un peu de liquide qui tomba sur les flammes avec un grésillement. Clementine vit alors que la marmite contenait un ragoût de viande — et se prit à espérer que ce soit du gibier et non du bœuf.

L'Indienne continuait de la dévisager avec méfiance.

— Avertissez votre mari de ne plus chasser avec Nez de Fer, lui dit Clementine, sinon il risque d'être pendu.

— Ni Joe ni son père n'ont tué cet homme blanc. Ils ont peut-être volé une vache de temps en temps, mais...

Un bruit de galop l'interrompit. Le cheval pie déboula sur la rive opposée et traversa la rivière à gué en soulevant des geysers d'eau. La jeune femme empoigna Clementine par le bras, la poussa vers la passerelle.

— Partez. Vite.

Mais Clementine avait à peine fait deux pas que l'Indien la rattrapa et sauta à terre pour lui barrer le passage. Le visage balafré de peinture ocre et vermillon, le regard étincelant de haine, il lui parut plus terrifiant que jamais.

— Alors, femme blanche, on vient rendre une visite de courtoisie ? demanda-t-il avec un ricanement.

— Joe, non ! intervint sa femme avec un geste implorant. Elle apportait du lait pour le bébé...

Il la fit taire d'un geste, se pencha vers Clementine, arrondit les lèvres et cracha sur son corsage avec tant de force que les plumes de sa coiffure en frémirent. Paralysée d'horreur, Clementine sentit le crachat lui brûler la peau à travers l'étoffe. Elle crut défaillir de terreur quand il leva la main, tira une mèche de cheveux qui dépassait de son chapeau et la frotta entre ses doigts avec les claquements de langue du connaisseur.

— Vous avez de jolis cheveux, femme blanche. Plus fins et plus tendres que l'herbe mûrie au soleil. J'aurai grand plaisir un jour à les ajouter à mes trophées de guerrier.

Elle sursauta, recula, trébucha, faillit tomber à la renverse. L'Indien éclata de rire. Alors, puisant dans sa stricte éducation la force de se ressaisir, elle lui tourna le dos et partit la tête haute, avec toute la dignité dont elle était capable. Mais elle avait le plus grand mal à refréner son envie de prendre ses jambes à son cou.

Assise dans un fauteuil à bascule sous la véranda de sa maison blanche, Hannah Yorke regardait la course des nuages à travers l'immensité bleue du ciel. Exceptionnellement, le vent se contentait de caresser les feuilles des arbres et, pour la première fois de l'année, le soleil apportait les souffles tièdes de l'été. Cet après-midi là, la robe d'Hannah arborait le rouge éclatant des coquelicots. Dans la ville minière du Kentucky où s'était écoulée son enfance, tout était couvert en permanence de suie et de poussière. Il lui avait fallu s'expatrier pour découvrir que le monde entier n'était pas uniformément gris ou noir.

Les mains tendues vers le ciel, elle étira avec volupté ses muscles moulus par ses récents exercices amoureux. Un sourire teinté de nostalgie lui vint aux lèvres. Elle regretterait un jour d'avoir pris le cow-boy pour amant, elle le savait, mais ce jour n'était pas encore venu. Et si l'amour que cet homme lui avait prodigué la rendait un peu mélancolique, c'était une bonne mélancolie, qui lui permettait d'oublier la solitude dont elle avait trop longtemps souffert.

De sa véranda, rien ne lui échappait de ce qui se passait à Rainbow Springs. Ainsi, elle avait vu les hommes entrer furtivement les uns après les autres chez Œil de Serpent — et elle savait pourquoi. Les hommes n'aimaient rien tant que de se croire importants, de se prendre pour des héros ! Elle les connaissait tous, avec leurs défauts et leurs faiblesses. La plupart n'hésitaient pas à la saluer quand ils la croisaient dans la rue. Mais plus la ville grandirait, plus ceux qui ignoraient sa présence seraient nombreux à considérer comme indigne d'eux de frayer avec une femme perdue — jusqu'au jour où ils la banniraient.

Hannah avait assisté aussi à l'arrivée de Gus McQueen et de sa femme dans la vieille charrette d'Œil de Serpent. La jeune Mme McQueen portait une robe sévère mais coûteuse, une toilette du dimanche en satin gris de la meilleure qualité avec une traîne doublée de faille bordeaux. Quand elle s'était dirigée vers le bazar de Sam Woo, Hannah avait remarqué ses fines bottines de chevreau et sa petite toque de feutre noir inclinée juste comme il fallait. Elle se tenait aussi raide qu'un manche à balai, mais il émanait de sa personne une dignité qu'Hannah enrageait de ne pouvoir égaler. C'était bien une bourgeoise collet monté, celle-là, qui haïssait sans doute déjà Hannah sans même la connaître. Mais, bah !...

Quelques minutes plus tard, la femme de Gus McQueen avait quitté le bazar chargée d'une lourde caisse remplie de boîtes de conserve aux étiquettes bleues. Des boîtes de lait ? Intriguée, Hannah avait cessé de se balancer pour suivre des yeux la jeune femme qui sortait de la ville en traversant le cimetière vers la passerelle et le campement des sang-mêlé. Il fallait être folle ou follement courageuse pour aller se fourrer seule dans ce nid de voleurs de bétail, sans autres armes que des boîtes de lait !

Lorsque peu après Joe Ours Vaniteux était arrivé au galop, Hannah s'était levée d'un bond, prête à crier une mise en garde ; mais elle s'était finalement retenue. Après tout, elle n'avait pas à se mêler de ce genre de choses et, de plus, la petite méritait qu'une bonne frayeur la guérisse de son inconscience. Il n'empêche qu'Hannah avait poussé un soupir de soulagement en la voyant repartir indemne du campement. De plus en plus intriguée, elle avait observé Clementine lorsqu'elle s'était arrêtée sous un arbre. La jeune femme avait tiré un mouchoir de sa poche, elle avait longuement frotté le devant de son corsage avant de rouler le mouchoir en boule et de le jeter au loin comme s'il était empoisonné. Puis, toujours digne et la tête haute, elle avait repris le chemin de la ville.

Hannah se demanda par la suite ce qui l'avait poussée à sortir devant chez elle pour attendre le passage de Mme McQueen. Elle s'était depuis longtemps résignée à être le sujet d'un mépris universel. C'était le prix à payer pour la vie qu'elle menait, et pour ce qu'elle était. Il fallait être idiote pour croire que le monde avait changé autour d'elle simplement parce que, ce matin-là, elle s'était réveillée de bonne humeur...

Le menton levé, elle s'apprêta à affronter la réaction horrifiée de la vertueuse Mme McQueen quand elle aurait l'audace de lui adresser la parole.

— Bonjour, madame McQueen.

— Bonjour, madame Yorke.

Clementine avait répondu avec courtoisie, comme si elle ignorait qu'Hannah Yorke n'était pas plus veuve que les anneaux de cuivre d'un manège de chevaux de bois ne sont de l'or massif. Après une telle entrée en matière, Hannah ne sut que dire ni que faire. Elle ne pouvait quand même pas l'inviter à entrer chez elle prendre le thé ! Avait-elle perdu la raison pour espérer devenir l'amie d'une femme aussi pétrie de respectabilité ? Elle brûlait pourtant de l'envie de s'y frotter, de croire que la classe et la dignité de Clementine déteindraient sur elle — comme tenir une pièce d'or dans la main peut donner un temps l'illusion d'être riche.

— J'ai vu ce que vous venez de faire, déclara-t-elle en se forçant à sourire. C'était bon et courageux de votre part.

— Merci, répondit Clementine, mais je suis arrivée trop tard. Le bébé est mort.

Un soudain coup de vent faillit lui arracher sa toque, qu'elle retint d'une main. Son geste dévoila un poignet fin, fragile, à la peau aussi tendre et blanche que de la crème.

— Vous devriez vous tenir à l'écart de Joe Ours Vaniteux. Il éprouve une haine forcenée envers tout ce qui est blanc.

— On dit que son père et lui volent du bétail.

Hannah eut un haussement d'épaules fataliste. Comme les autres éleveurs, McQueen et Rafferty vendaient leurs bêtes aux services gouvernementaux, censés distribuer gratuitement de la viande aux Indiens des réserves. Tout le monde savait pourtant qu'à peine un tiers de ces subsides finissait dans les estomacs des Peaux-Rouges. Les éleveurs touchaient leur argent, les agents du gouvernement se servaient au passage. Quant aux Indiens, cantonnés sur des terres le plus souvent incultes concédées par des traités qui leur interdisaient la chasse, ils devaient se contenter du reste — s'il y en avait. C'était injuste, certes, mais c'était la vie.

Clementine restait tournée vers le campement. Hannah observa que ses yeux avaient une couleur peu commune, un gris-vert qui évoquait les eaux de la mer et dissimulait, comme elles, des courants profonds et secrets.

— Les hommes ont l'intention, je crois, de pendre ce jeune homme ainsi que les autres membres de sa famille s'ils peuvent les attraper, ajouta Clementine avec tristesse.

Et votre Gus sera au premier rang de ces forcenés, se retint de répondre Hannah. À vrai dire, elle se souciait fort peu du sort des Indiens, et cette innocente n'avait pas plus de raisons de s'en préoccuper. Sans doute fallait-il être une *lady* pour s'offrir le luxe de penser à son prochain...

— Joe Ours Vaniteux sait ce qu'il risque, répliqua Hannah. Un homme décidé à se noyer arrivera toujours à ses fins, même au beau milieu d'un désert.

— Mais que deviendra sa femme ? Sa femme et son enfant ? La mère est si jeune...

— Ne vous tracassez donc pas pour la squaw, elle n'est pas aussi fragile qu'elle en a l'air. Et je parierais qu'elle n'est guère plus jeune que vous.

— Quel âge avez-vous, madame Yorke ?

La question laissa Hannah muette de stupeur. D'un seul coup, elle eut conscience des plis autour de sa bouche, de son cou qui se fripait, des fines rides qui lui cernaient les yeux. Elle sentit la trace laissée par chaque homme, chaque déception subie, chaque promesse rompue ruisseler sur son visage telle une sueur froide, telles des larmes dont cette gamine pourrait rire ou, pis encore, s'apitoyer.

— J'ai vingt-neuf ans, il me reste du chemin à faire jusqu'au cimetière, répondit-elle avec son sourire le plus provocant. Et pour ce qui est de donner du plaisir aux hommes, ma jolie, tout le monde sait que c'est dans les vieux pots qu'on trempe la meilleure soupe.

Hannah s'attendait que ces propos délibérément vulgaires scandalisent Clementine ; mais l'innocence de celle-ci était telle qu'Hannah aurait aussi bien pu lui parler chinois. Clementine continuait de la dévisager. Ses yeux gris-vert la mettaient mal à l'aise, comme s'ils pouvaient voir plus qu'elle ne voulait révéler d'elle-même. Plus qu'elle n'en savait sur son propre compte.

— Pardonnez-moi, dit Clementine, je ne comprends pas comment j'ai pu commettre une telle impolitesse. C'est que, voyez-vous, les gens ici me semblent plus mûrs que leur âge.

Parce que le pays vous vieillit vite, s'abstint de répliquer Hannah. Ici, on peut se croire mort et enterré avant même d'avoir trente ans...

— Vous feriez mieux de ne pas vous attarder, madame McQueen. Rainbow Springs est peut-être une ville de sauvages, mais on y a des principes. Votre réputation sera compromise si on vous voit parler à quelqu'un comme moi.

— Je parlerai à qui je voudrai et quand il me plaira !

Sous la naïveté du défi, Hannah s'étonna de discerner une réelle force de caractère. Avait-elle jugé trop vite la jeune femme ? Valait-elle mieux que ce qu'elle pensait ?

Clementine ouvrit la bouche, la referma, si visiblement embarrassée qu'Hannah ne put s'empêcher de sourire.

— Je me demandais, madame Yorke... Serait-il possible qu'un jour, si cela ne vous incommodait pas trop, bien entendu... M'autoriseriez-vous à vous photographier ?

Son sourire s'effaça. Quand Nickel Annie lui avait dit que la jeune épouse de Gus McQueen traînait avec elle une malle pleine de matériel photographique, Hannah n'y avait pas prêté attention. Cette péronnelle voulait-elle maintenant la jeter en pâture à la curiosité malsaine des bourgeois pudibonds de la côte

Est ? *Chers parents, voici un spécimen de ces pauvres âmes perdues dont l'inconduite jette l'opprobre sur tout notre sexe...*

Elle se redressa, toisa Clementine.

— Pourquoi voudriez-vous prendre ma photographie ?

Un extraordinaire sourire, effacé aussi vite qu'apparu, transfigura Clementine.

— Parce que vous avez une physionomie très intéressante. Bonne journée, madame Yorke. Je suis ravie de vous avoir rencontrée et d'avoir parlé un peu avec vous. J'espère que nous aurons bientôt l'occasion de nous revoir plus longuement.

Désarçonnée, Hannah ne put qu'incliner la tête.

Clementine commençait à s'éloigner de sa démarche princière quand elle se retourna.

— Au fait, madame Yorke, profitez-vous de votre piano ?

— Je n'ai encore trouvé personne qui sache en jouer. Shiloh, mon barman, ne connaît que le violon.

— Mon père estime que la musique, la danse et le chant amollissent le caractère et mènent au péché et à la débauche. J'aimerais beaucoup entendre votre piano, si quelqu'un s'en servait un jour. Oui, cela me ferait très grand plaisir.

Tandis que Clementine se dirigeait vers le bazar de Sam Woo, Hannah s'imagina donnant un récital au Best in the West, où aucune femme respectable ne se hasardait morte ou vive. Elle leur servirait du thé et des pâtisseries sur ses tables couvertes de napperons de dentelle, les dames applaudiraient poliment le pianiste de leurs mains gantées. Pas de musique de bastringue, bien entendu ; du classique, du sérieux. Non, décidément, ce serait grotesque. Impensable...

Elle en aurait ri, si les larmes ne lui étaient montées aux yeux. Si un étrange sentiment de tristesse mêlée de joie ne lui avait noué la gorge tout en la faisant fondre au plus profond d'elle-même. Un sentiment qu'elle finit par identifier à l'espoir.

— Je te l'ai déjà dit et je te le répète, cow-boy, la place de cette créature est dans une étable !

Vautré sur une chaise, ses jambes bottées croisées avec désinvolture sur une table, les mains nouées derrière la nuque et le chapeau rabattu sur les yeux, Rafferty leva un regard nonchalant vers Hannah Yorke qui l'apostrophait.

— Je vois ici un certain nombre de créatures de formes et de natures variées. De laquelle parles-tu en particulier ?

— De celle à quatre pattes ! répliqua Hannah en pointant un index vengeur sur le veau roux et blanc.

L'animal écartait les pattes comme s'il s'apprêtait à baptiser le plancher du saloon pendant que la petite Patsy, une jambe en travers de son dos, essayait de l'enfourcher.

— Un peu de bon cœur, ma chérie, répondit Rafferty. Cette pauvre bête s'ennuyait toute seule dans ton écurie, sans même un vieux canasson pour lui tenir compagnie.

Il parlait d'un ton traînant à souhait qui embaumait le Sud profond, les cyprès, l'eau dormante des bayous. L'alcool qu'il avait déjà ingurgité lui rendait la langue encore plus paresseuse. Avec ses joues noircies par une barbe de trois jours et ses cheveux trop longs qui ondulaient sur son col, il avait une allure aussi louche, inquiétante et séduisante que les sept péchés capitaux.

— Shiloh va me rendre son tablier si je l'oblige plus longtemps à pouponner ce veau et à le nourrir au biberon ou à Dieu sait quoi encore !

— Mais non, ça ne le dérange pas. N'est-ce pas, Shiloh ? ajouta Rafferty en faisant l'effort de tourner la tête vers le barman qui essuyait des verres derrière son comptoir.

— Pas du tout, monsieur. Tant que vous me payez, je ne demande pas mieux que de m'occuper du bébé.

— Hein, tu vois bien ?

Il gratifia Hannah d'un sourire canaille tellement irrésistible qu'elle aurait voulu pouvoir le cueillir sur ses lèvres. Et qu'en ferais-tu, espèce d'idiote sentimentale ? se demanda-t-elle. Tu le garderais sous globe, comme ton vieux bouquet de fleurs séchées ? Pourtant, rien qu'à le voir là devant elle, si grand, si beau, si viril, lui et son sourire, l'étrange sentiment d'espérance qu'elle avait éprouvé un peu plus tôt renaissait en elle, et le monde lui parut soudain lumineux et plein de promesses.

Hannah dut s'ébrouer pour s'éclaircir les idées. Elle ne pouvait se permettre de tomber amoureuse, elle ne se le pardonnerait jamais.

— Si cet animal pisse sur mon plancher, Zach Rafferty, c'est toi qui manieras le seau et la serpillière !

Sur quoi elle tourna les talons et alla chercher refuge derrière le bar contre le périlleux attrait qu'exerçaient sur elle le beau grand cow-boy et son sourire canaille.

Tandis qu'elle affectait de vérifier la recette de la veille, opération que l'honnêteté à toute épreuve de Shiloh rendait parfaitement inutile, elle sentait sur elle le regard amusé de son barman et devinait le sourire au coin de ses lèvres. Shiloh n'ignorait rien de la manière dont elle avait occupé ces trois jours et ces trois nuits. Ils étaient inséparables depuis Deadwood. Shiloh la connaissait comme s'il l'avait faite ; et s'il arrivait parfois à Hannah de s'abuser elle-même, elle n'avait jamais encore réussi à leurrer son fidèle Shiloh.

— Toi, tiens ta langue ! gronda-t-elle avec un regard qu'elle espéra assez incendiaire pour faire frire du bacon.

Le barman feignit d'examiner un verre par transparence.

— On a du beau temps aujourd'hui, madame Hannah, dit-il de son air le plus innocent. Pour peu que le soleil continue comme ça, la boue séchera bientôt et les affaires reprendront, j'en réponds.

Soleil ou pas, les consommateurs ne se bousculaient ni au comptoir ni dans la salle. Hannah s'apprêtait à profiter de ce moment creux quand la porte de l'arrière-salle s'ouvrit. De forts remugles d'étable s'en échappèrent, précédant le berger qui rajustait son pantalon en soliloquant, Saphronie sur ses talons. Elle marchait les yeux baissés et tenait dans son poing crispé la voilette qui lui couvrait habituellement le visage.

Sans les tatouages qui la défiguraient, elle aurait été une jeune femme ordinaire, terne de teint et de cheveux. Mais les quatre traits bleu sombre, tracés comme des sillons de larmes entre ses lèvres et son menton, l'enlaidissaient de manière si choquante qu'ils lui conféraient une sorte de beauté sauvage dont on détournait avec peine le regard.

Les yeux toujours baissés, Saphronie alla déposer trois dollars d'argent sur le comptoir. Hannah glissa une pièce dans le tiroir-caisse et lui rendit les deux autres. Toute fille qui *recevait* un client devait en effet lui verser un dollar pour l'usage de l'arrière-salle ; elle gardait le reste. En contrepartie de cet arrangement, plus généreux que dans la plupart des autres saloons, Hannah imposait à ses pensionnaires le strict respect de son règlement : le vol était sanctionné par un renvoi immédiat, elle n'engageait jamais de vierge et l'alcool était prohibé. Si un client offrait à boire à sa compagne du moment, celle-ci prenait pour se servir une bouteille spéciale remplie de thé froid de la couleur du whiskey. Rien de pire aux yeux d'Hannah qu'une putain doublée d'une ivrognesse.

Hannah dévisagea Saphronie, non à cause de ses tatouages mais parce qu'elle lui trouvait les traits tirés et les yeux anormalement cernés. Apitoyée, elle attrapa sous le comptoir une bouteille de whiskey, en versa une double dose et poussa le verre jusque dans sa main tremblante. Saphronie utilisait rarement l'arrière-salle et subissait chacune de ces *visites* comme un viol. Malgré son âge, elle ne pouvait se vendre — telle une vieille prostituée usée par le labeur — qu'aux plus rebutants muletiers, trappeurs, chasseurs de loups dont aucune autre ne voulait. Hannah l'avait engagée comme femme de ménage, elle se prostituait donc de son plein gré : une incursion de dix minutes dans la salle du fond lui rapportait plus que trois jours à manier le balai et la serpillière — sauf qu'il lui fallait le double de ce temps pour surmonter sa honte et son dégoût.

Elle avala le whiskey en deux lampées, lança un regard implorant vers la bouteille. Avec un soupir résigné, Hannah la resservit. À ce rythme-là, Saphronie lui coûterait plus cher en whiskey que la redevance qu'elle venait de payer.

— Il t'a fait mal, mon chou ? demanda-t-elle à mi-voix.

Saphronie avala une nouvelle gorgée d'alcool. Ses dents s'entrechoquèrent contre le verre.

— Il n'a pas arrêté de me regarder. Et après, il m'a dit qu'il n'avait encore jamais baisé un monstre.

— Personne ne te force à aller avec des hommes comme lui.

— Ce sont les seuls qui veulent de moi. Il faut bien que je gagne de l'argent pour l'avenir de ma Patsy.

La fillette avait réussi à grimper sur le dos du veau. Saphronie se tourna vers elle, et son visage ravagé s'éclaira d'un sourire attendri. Hannah poussa un nouveau soupir. Aussi douce et jolie qu'un ange, la petite Patsy était le produit d'un des furtifs accouplements de sa mère avec un individu tout pareil au gardeur de moutons. Saphronie aurait beau continuer à se vendre dans l'espoir de mettre trois sous de côté, il y avait gros à parier que l'avenir de la petite Patsy ne serait pas meilleur que le sien. Sa vie finirait où elle avait commencé, dans l'arrière-salle d'un quelconque beuglant d'une obscure bourgade poussiéreuse.

Un bouge en tout point semblable à celui-ci.

Oh ! bien sûr, Hannah aimait prétendre que le Best in the West était un cran au-dessus de ses concurrents. Elle avait pris la peine de le décorer avec un raffinement ignoré des autres, et son établissement était, pour la quasi-totalité des hommes égarés dans ce trou perdu, le seul foyer qu'ils aient jamais connu. Ils y étaient comme chez eux, ils pouvaient y prendre un bain et se faire couper les cheveux avant de se pavaner dans la salle, de courtiser les filles, de s'offrir un verre, une danse — une passe s'ils avaient de quoi.

Hannah était pourtant assez lucide pour savoir que, sous son décor clinquant, son tripot ne valait pas mieux que cent autres saloons minables. Dans sa famille de mineurs, on était pauvre, mais on entretenait le peu qu'on possédait dans une propreté rigoureuse qui déteignait sur les gens. Immaculée de corps et de cœur, telle était Hannah Yorke à l'époque. Elle n'avait jamais oublié sa première nuit loin de chez elle, dans cette infâme pension de Franklin. En découvrant des punaises dans le lit, elle était restée jusqu'au matin sur une chaise, tremblant d'horreur, accablée de constater à quel point elle était tombée bas. Elle ne savait pas encore qu'il y avait bien pire et qu'elle ne tarderait pas à y dégringoler, Par exemple, dans le lupanar de Deadwood, avec son nom sur la porte. Rosie...

En avait-elle passé des jours et des nuits, entre les visites des clients, à pleurer de honte et de rage ! Jusqu'au moment où l'épuisement avait tari ses larmes en lui laissant à peine la force de se laver entre les passes. Si la chance, une chance insensée, n'avait pas fini par lui sourire en la personne d'un vieux prospecteur, qui lui avait légué un sac d'or juste avant de rendre le dernier soupir dans ses bras, elle se serait laissée mourir avant la fin de son dernier hiver à Deadwood.

Aussi, quand elle regardait autour d'elle, elle pouvait à bon droit se sentir fière de ce qu'elle avait accompli. Ce décor fatigué, ces lustres au globe rouge, ces crachoirs de faïence, ces bois de cerf sur les murs et ce piano muet dans un coin ne représentaient peut-être pas grand-chose, mais ils étaient à elle. Elle ne devait rien à personne, nul n'avait de droits sur elle. Rosie n'existait plus. Elle était désormais *Madame* Hannah Yorke, qui ne finirait pas par crever de maladie et de misère dans une venelle puante. Tout cela était fini, bien fini. Le temps n'était pourtant pas un sablier qu'il suffisait de retourner pour repartir de zéro. Ses années à Deadwood avaient marqué son âme de cicatrices que rien n'effacerait.

La voix de Saphronie la ramena au présent.

— Tout le monde en ville parle de vous et de Zach Rafferty.

Hannah s'empressa d'escamoter la bouteille que Saphronie regardait de nouveau avec insistance.

— Eh bien, *tout le monde* ferait mieux de se mêler de ses affaires, répondit-elle sèchement.

Dévorée de curiosité, l'autre n'abandonna pas la partie.

— Alors, comment est-il ? chuchota-t-elle.

Hannah lança malgré elle un regard vers le cow-boy. Près de sa bouteille déjà aux trois quarts vide, il avait posé son chapeau à l'envers sur la table et s'amusait à y lancer des cartes, une manière comme une autre de tuer le temps en attendant qu'elle soit prête à remonter avec lui dans sa chambre tendue de soie rouge pour faire l'amour sur le grand lit de plumes. Il était beau, séduisant, dangereux. Et il lui briserait le cœur, elle le savait d'avance.

— Il n'est pas différent des autres, répondit-elle avec aigreur. Dis donc, tu n'as rien de mieux à faire ?

Saphronie rougit.

— Merci pour le verre, déclara-t-elle humblement. Je sais que vous ne permettez pas aux autres de boire, mais...

Par-dessus le comptoir, Hannah lui agrippa le poignet.

— Ne le fais plus, Saphronie. Ne te laisse plus emmener par des hommes, tu m'entends ?

— J'y suis bien obligée, madame Yorke. Pour ma Patsy.

Hannah s'apprêtait à répliquer quand la porte s'ouvrit en grinçant. Une bouffée de vent fit danser un petit nuage de poussière dans un rayon de soleil. Des éperons raclèrent le plancher. Saphronie se retourna. Hannah leva les yeux... et découvrit le stupéfiant spectacle de Gus McQueen qui pénétrait dans son saloon pour la toute première fois.

VII

On aura tout vu ! pensa Hannah Yorke en réprimant un fou rire. Le vertueux Gus McQueen descend dans l'enfer du vice pour arracher son petit frère à la débauche et le remettre sur le droit chemin. Pauvre Gus !... Son sens de l'honneur doit être soumis à rude épreuve pour le pousser à une telle extrémité.

Par sa corpulence et son allure paisible, presque engourdie, Gus McQueen lui avait toujours évoqué un gros ours apprivoisé. Elle lui découvrait maintenant plus de courage qu'elle n'aurait cru, mais beaucoup moins de jugeote. Rafferty avait autant d'alcool que de sang dans les veines. Se mesurer à lui dans un pareil état serait aussi dangereux que de taquiner à mains nues un serpent à sonnette.

Hannah profita de ce que Gus s'accoutumait à la pénombre pour sortir de derrière le bar en serrant dans la poche de sa jupe la crosse de nacre du petit pistolet dont elle ne se séparait pas. Les frais de transport étant ce qu'ils étaient, elle ne tolérerait pas de voir réduire en miettes ses tables et ses chaises. Quant aux taches de sang sur un parquet non ciré, elles étaient trop difficiles à nettoyer.

Ayant repéré son frère, Gus se planta devant lui.

— Tu es donc là.

— Oouu-ais, répondit Rafferty en étirant le mot jusqu'à en faire deux syllabes. Je suis là.

— Il y a du travail qui attend au ranch.

— Reviens me voir quand je n'aurai rien de mieux à faire, répliqua Rafferty avant de lancer une carte dans son chapeau.

Gus la happa au vol, la froissa dans son poing.

— Tu es saoul, affirma-t-il avec dégoût.

— Pas encore, mais ça vient.

Avec un regard de défi, il avala une lampée de whiskey au

goulot. Gus le dévisageait avec une expression où la fureur le disputait à l'angoisse. Hannah eut presque pitié de lui. Il est dur de se soucier du sort de quelqu'un qui s'en moque et repousse votre affection.

— Le marquage du bétail aurait dû commencer la semaine dernière, dit Gus.

— C'est toi qui t'éclipses près d'un an et tu décides maintenant que le ranch passe avant tout ? Excuse-moi, mais tu as un sens des priorités que j'ai du mal à suivre.

— Ma mère était aussi la tienne. Tu aurais pu m'accompagner.

Les joues de Rafferty s'empourprèrent d'une rougeur pas seulement due à l'alcool.

— Je n'ai jamais reçu d'invitation, que je sache. Fous-moi la paix, Gus, tu m'agaces. Quand on m'agace, je sue et la sueur évapore du bon whiskey. C'est du gâchis.

Le silence retomba. La tension entre les deux hommes était palpable. Gus ôta son chapeau avec rage pour se lisser les cheveux de la main avant de le renfoncer sur sa tête d'un coup de poing.

— Écoute, Zach, que tu aies des raisons de m'en vouloir, je te l'accorde. Mais ce n'est pas une excuse pour négliger le ranch et aller faire la foire partout en ville comme un gringalet sans cervelle qui claque sa première paie.

— Au cas où tu ne t'en serais pas encore aperçu, on ne fait pas la foire *partout* à Rainbow Springs. C'est ici que ça se passe, ajouta Rafferty en désignant le saloon d'un geste large. Qu'est-ce qui te démange, Gus ? Le mariage te monte déjà à la tête ? Retourne donc à la maison t'occuper de ta femme et laisse-moi avec la mienne.

— *Ta* femme ? ricana Gus en toisant Hannah avec dédain. À ta place, mon petit frère, je ne me vanterais pas si vite de mes prétendus droits de propriété sur Mme Yorke. Pour trois dollars, elle est la femme du premier venu.

Hannah elle-même s'étonna de la rapidité avec laquelle Rafferty bondit de sa chaise. Surpris, Gus recula, mais il se ressaisit aussitôt et s'avança le menton en avant en offrant son profil à son frère.

— Tu veux cogner, Zach ? Vas-y, cogne.

Rafferty desserra les poings, expira lentement.

— Je ne me battrai pas avec toi.

Il vida les cartes en tas sur la table pour remettre son chapeau, empoigna la bouteille et en avala une nouvelle lampée. Les poings crispés, Gus épiait chacun de ses gestes. En un sens, Hannah comprenait qu'il ait envie de lui taper dessus. Sa conversation avec son frère, leur plus longue sans doute depuis un an, était aussi concluante que s'il avait voulu convaincre une taupe de grimper à un arbre.

Rafferty lui tourna le dos et fit un pas vers la porte. Gus l'agrippa par un bras.

— Tu te battras, Zach, même si je dois t'enfoncer les dents jusqu'à la nuque pour te décider.

Rafferty allait boire de nouveau à la bouteille quand le poing de Gus s'écrasa sur sa bouche avec une force qui le fit tournoyer sur lui-même. Il fut projeté contre la table, qui se déroba sous son poids. Dans un fracas à faire trembler les vitres, Rafferty s'étala de tout son long sur le plancher sans lâcher la bouteille, qui par miracle ne se brisa pas ; puis il la brandit avec un grand rire.

Hannah n'attendit pas qu'il se relève. Elle sortit son pistolet, visa. Le coup de feu claqua comme un coup de tonnerre un soir d'été ; la bouteille explosa dans la main de Rafferty et le couvrit d'éclats de verre mêlés aux dernières gouttes de whiskey.

— Et merde ! s'exclama-t-il en contemplant d'un air ahuri le goulot brisé qu'il tenait encore en main.

Il partit d'un éclat de rire si communicatif qu'Hannah, cette fois, ne put y résister, et entreprit de se relever en chassant de sa poitrine les éclats de verre. Gus dardait sur Hannah un regard courroucé. Elle l'aurait trouvé beaucoup plus sympathique s'il ne lui donnait constamment l'impression de voir en elle une roulure de trottoir.

— Si vous avez l'intention de jouer des poings, monsieur McQueen, lui déclara-t-elle avec son sourire le plus suave, faites-le ailleurs que dans mon établissement.

Rafferty avait fini par se remettre debout. Appuyé à la table, il se passa le dos de la main sur sa bouche tuméfiée, vit une trace de sang et se tourna vers Hannah comme si c'était elle qui lui avait fendu la lèvre.

— Tu as eu de la veine de rater ton coup, ma belle. Un de ces jours, tu tueras quelqu'un avec cet engin.

— Quand je déciderai de trouer pour de bon une peau, cowboy, tu seras le premier informé. Et maintenant, vous deux, sortez, dit-elle en montrant la porte avec le canon de son arme. Allez régler dehors vos querelles de famille.

— Bon, d'accord, je m'en vais, maugréa Rafferty.

Sur un dernier regard furieux à l'adresse d'Hannah, Gus le suivit. La porte se rabattit derrière Rafferty, Gus la rouvrit du plat de la main et sortit à son tour... pour encaisser dans le ventre un coup de poing qui lui coupa le souffle et le plia en deux. Les jambes écartées, les bras ballants, ses yeux jaunes brillant d'un éclat mauvais, son frère le regardait avec un sourire provocant.

— Tu disais que... tu ne voulais... pas te battre... parvint à articuler Gus.

— Je mentais. Ça t'étonne ?

Gus se redressa et bondit sur lui en poussant un tel beuglement qu'Hannah courut dehors voir ce qui se passait. Le seuil à peine franchi, elle esquiva de justesse un coup de poing dans la mâchoire et s'aplatit contre la porte afin de ne rien perdre du spectacle.

Aussi acharnés l'un que l'autre, les deux frères échangeaient coup pour coup avec des ahanements de bûcherons et s'empoignaient pareils à des lutteurs de foire. À un moment, déséquilibrés au bord du trottoir de planches, ils basculèrent ensemble dans l'abreuvoir et fracassèrent la longue perche de sapin vermoulu où on attachait les chevaux. Un instant calmés par ce bain forcé, ils restèrent là, assis dans la boue, à se sourire béatement comme des galopins. Mais la trêve fut de courte durée et la lutte reprit de plus belle.

Le vacarme était tel qu'il ne tarda pas à attirer une foule de curieux. Les palefreniers d'Œil de Serpent vinrent en corps constitué encourager les adversaires et prendre des paris. Sam Woo surgit de sa boutique, suivi de près par Mme McQueen. Hannah ne l'avait encore jamais vue se déplacer si vite. Une dame de son genre s'évanouira d'horreur devant une telle violence, pensa-t-elle. Pour sa part, la virilité de Rafferty, son homme, ne lui inspirait que de l'admiration. La puissance de son corps nerveux et musclé, la sauvagerie qui étincelait dans ses yeux éveillaient en elle une excitation presque sensuelle. Il se battait comme il faisait l'amour, brutalement, en se donnant à fond.

Un œil fermé et l'autre déjà enflé, Rafferty tâtonnait à la recherche de Gus qui, de son côté, crachait une dent et soufflait tel un phoque, quand une fine main gantée de noir se posa sur le bras d'Hannah.

— Arrêtez-les, faites quelque chose.

— Rien ni personne ne les arrêtera tant qu'ils tiendront debout, ma petite. Ces énergumènes cogneraient sur Jésus-Christ s'il apparaissait en personne pour leur prêcher l'amour fraternel et le pardon des offenses.

L'un et l'autre à bout de forces, haletant ainsi que des locomotives, ils ne se lançaient déjà plus que des coups mal ajustés. Clementine souleva délicatement la traîne de sa robe et descendit du trottoir. Lorsqu'elle s'approcha de l'abreuvoir, Hannah se demanda si elle n'avait pas l'idée saugrenue de vouloir séparer les combattants en les éclaboussant comme des chats enragés ; mais Clementine se baissa, ramassa un morceau de la perche brisée et la brandit à deux mains.

Elle visa la tête de son beau-frère, la rata. Le coup qui lui atterrit sur l'épaule sans lui faire grand mal fut cependant assez fort pour attirer son attention. Il se retourna et avança d'un pas vers elle en titubant, au moment précis où elle balançait le bâton de bas en haut pour reprendre de l'élan. Le bois entra violemment en contact avec l'entrejambe de Rafferty, qui s'écroula à genoux avec un hurlement de douleur en tenant à deux mains ses attributs meurtris. Le bâton levé, Clementine avait une mine si féroce qu'Hannah crut qu'elle allait lui fracasser le crâne. Heureusement, elle n'en fit rien. Sans doute satisfaite de son intervention, elle lâcha son arme et remonta sur le trottoir, les joues rouges et le souffle court.

À l'aide de son foulard, Gus étanchait en vacillant le sang qui lui dégoulinait du nez et tâtait du bout de la langue l'emplacement de sa dent disparue. Quant à Rafferty, qui avait réussi à se mettre à quatre pattes, il vomissait dans la boue tout l'alcool ingurgité pendant trois jours, ce qui représentait un volume appréciable. La petite Mme McQueen le regardait comme s'il était un rat émergeant d'une tinette.

Dans sa chemise en lambeaux couverte de sueur et de sang, Gus paraissait avoir égorgé une douzaine de cochons. Son visage tuméfié et couvert d'ecchymoses était aussi comique qu'un masque de clown. Lorsqu'il fit un pas en direction de son frère, Hannah s'interposa.

— Pas si vite ! Votre charmante femme vient de remonter les couilles de votre frère au niveau de ses poumons. Quand il aura retrouvé sa respiration et qu'il ne verra plus trente-six chandelles, vous pouvez être sûr qu'il aura des envies de meurtre. Peut-être serait-il sage de la mettre à l'abri, non ?

Gus se torcha le nez et la bouche avec son foulard semblable à une éponge imprégnée de sang et acquiesça de la tête. Le regard d'Hannah croisa celui de sa femme, qui paraissait fort contente d'elle.

— J'espère qu'il a mal, lui déclara Clementine en montrant Rafferty, toujours à quatre pattes dans la boue.

— Oh, oui ! Il a mal, soyez tranquille, répondit Hannah avec un sourire que Clementine lui rendit.

Le sourire d'un triomphe partagé. Il était si rare qu'une femme puisse mettre un homme à genoux...

Sur quoi, Hannah poussa les badauds vers son saloon.

— Allons, vous autres, la fête est finie !

Elle pouvait à juste titre espérer qu'ils s'accouderaient au bar pour revivre et commenter les moments les plus mémorables de la bagarre en se lubrifiant le gosier à l'aide de son tord-boyaux. Au moins, la journée ne serait pas perdue.

La foule dispersée, elle s'accroupit près de son héros vaincu. Il avait fini d'évacuer le whiskey et semblait à présent vouloir se vider de ses tripes.

— Fais pas ta poule mouillée, Rafferty, dit-elle en lui tapotant le dos. Ce qu'elle t'a le plus gravement blessé, c'est ta vanité.

Il s'assit dans la boue et se déplia avec précaution pour s'adosser à l'abreuvoir, les deux mains sur ses attributs endoloris.

— Foutre..., gronda-t-il.

— Plus tard, chéri, quand tu auras retrouvé tes moyens, l'interrompit Hannah en pouffant de rire.

Il tourna vers elle un œil rouge cerné de violet. L'autre était déjà fermé.

— Qu'est-ce qu'il y a de si drôle ? Je ne me serais pas battu contre lui s'il ne t'avait pas traitée de putain !

— Mais je suis une putain, Rafferty ! Même lorsqu'une fille ne se vend plus, elle n'échappe pas à son passé. Un dur à cuire comme toi devrait le savoir... Merci, Shiloh, dit-elle au barman qui apportait une bouteille pleine.

Rafferty s'en empara et but avec une telle avidité que le whiskey lui dégoulinait du coin des lèvres.

— Je me moque de ce que pense Gus, reprit-elle. Avec moi, il est aussi raide que la justice parce qu'il refuse d'admettre qu'il a ses faiblesses comme tout le monde. Mais toi, Rafferty, tu es une croix pour lui, une croix lourde à porter. C'est par affection qu'il s'inquiète à ton sujet. Il a ses bons côtés, tu ne peux pas le nier.

— Je sais, bon dieu, mais ce n'est pas une raison pour m'empoisonner la vie... Je crois que je vais rester un peu ici, ajouta-t-il en se soulevant sur une hanche avec un grognement de douleur.

— Dans la boue ?

— Oui. C'est tendre, la boue. On y est bien.

Hannah s'assit à côté de lui. Sa belle robe rouge était couverte de sang et de boue, elle ne réussirait sans doute jamais à la nettoyer, mais au diable les taches ! Elle avait les moyens de s'acheter une cargaison de robes neuves. Et puis, ce cow-boy valait mieux qu'elle ne l'avait d'abord cru. Elle le garderait un moment.

Elle lui prit le bras, posa la tête sur son épaule.

— Tu es gentil d'avoir défendu mon honneur, Rafferty. Personne n'avait jamais fait ça pour moi.

— Voyons, Hannah, je ne pouvais pas faire moins...

Il était devenu cramoisi. Sans le savoir, sans même un regard, il venait encore de lui dérober un coin de son cœur. Un gros morceau. Hannah avait toujours eu un faible pour les hommes capables de rougir. Sous le ciel immense et bleu, elle se sentit débordante de bonheur.

Un grincement de roues et un cliquetis de harnais indiquèrent que Gus McQueen et sa femme s'en allaient. Hannah se redressa pour mieux voir. La petite sainte en or massif a bien rempli sa journée, songea-t-elle, amusée. Se frotter à des voleurs de bétail, bavarder en public avec une femme perdue, mettre hors de combat la terreur du pays... On aurait dit qu'elle avait voulu jeter sa gourme en une seule fois.

Rafferty observait lui aussi le départ de son frère et de sa belle-sœur. Hannah épia sa réaction, mais son visage était tellement bosselé qu'elle ne put y déchiffrer aucune expression. Quant à son regard, il était aussi vide que le ciel du Montana.

Quand Clementine posa une compresse de pomme de terre crue sous son œil droit, Gus sursauta en lâchant un juron.

— Si vous ne supportez pas le remède, vous devriez éviter d'en avoir besoin, déclara-t-elle d'un ton sec.

— Vous commencez à parler comme une épouse, Clem. Méfiez-vous, on pourrait croire que vous m'aimez... Aïe !

Il lui agrippa le poignet pour écarter la compresse.

— Ce n'était pas du tout ce que vous croyez, ajouta-t-il avec un sourire d'écolier pris en faute.

Clementine jeta la compresse sur la toile cirée où elle atterrit avec un bruit mou. Son mari, prétendument réputé pour sa sobriété, empestait l'alcool.

— Je vous trouve avec votre frère en train de vous battre comme des chiffonniers devant le cabaret de cette femme et vous avez l'audace de me dire que ce n'est pas ce que je crois ?

— Parce que c'est vrai ! Je n'étais entré au saloon que pour ramener Zach au ranch, où le travail attend.

Il se leva avec effort et se mit à marcher de long en large, du pas raide d'un vieillard perclus de rhumatismes. Clementine souffrait de voir son visage tuméfié, semblable à un quartier de viande à l'étal d'un boucher. Elle ne comprenait pas la raison pour laquelle il s'était battu comme un animal avec son propre frère. Elle n'imaginait pas ce qui l'avait elle-même poussée à ramasser un gourdin pour assommer un homme, encore moins pourquoi elle en avait éprouvé une telle satisfaction. Mieux, un sentiment de triomphe.

— Mon frère devient de plus en plus intenable, reprit Gus avec colère. L'alcool, les cartes, les femmes, rien d'autre ne compte plus pour lui.

Clementine n'aimait pas parler de Zach Rafferty. Il la troublait, il la fascinait alors même qu'elle ne voulait rien avoir de commun avec lui. En fait, elle n'aspirait qu'à le voir s'effacer de sa vie une fois pour toutes.

— Peut-être n'a-t-il pas envie d'être sauvé de ses débauches, répliqua-t-elle froidement. Pour lui comme pour vous, le mieux serait sans doute de lui racheter sa part du ranch et de lui rendre sa liberté.

Pour qu'il aille se faire pendre ailleurs, s'abstint-elle de préciser.

— Vous ne comprenez pas, dit Gus avec un soupir.

— Eh bien, apprenez-moi ce que je dois comprendre.

— Quand nous étions encore gamins, savez-vous à quoi il s'occupait pendant notre dernier été ensemble, mon fichu frère ? Il s'entraînait à devenir pickpocket. À l'époque, notre père faisait son cirque à travers le Mississippi et, tandis qu'il dévidait sur l'estrade ses patenôtres et ses alléluias, Zach se glissait dans la foule pour vider les poches. Il ne récoltait en général que des vieilles montres en toc et des pennies vert-de-grisés ; mais ses larcins avaient beau être maigres, ils nous empêchaient souvent de nous coucher le ventre vide. Mon fichu petit frère ! s'exclama-t-il avec un rire amer. Il a toujours fait de son mieux, voyez-vous, pour nous protéger des folies de notre père et de leurs conséquences.

— Voyons, Gus, vous savez bien que je ne me permettrais en aucun cas de vous juger, votre frère et vous, pour ce que vous faisiez dans votre enfance.

— Il faut pourtant que vous compreniez. À part rêver et fuir la réalité en me racontant des histoires, je n'ai jamais été bon à grand-chose. Pas mon frère. Lui, il est né solide, aussi dur que l'acier. Nous vivions sous la tente, cet été-là. Un soir, le père est rentré puant le whiskey, couvert de sang et avec un œil en moins. Zach aussi avait du sang partout, sur les mains, sur la figure, on aurait dit un Indien peint en guerre. Et pendant que le père se contentait de rester assis au milieu de la tente en pissant le sang et en marmonnant qu'un enfant de salaud lui avait arraché un œil, Zach bouclait nos bagages et levait le camp comme si de rien n'était. Il a ouvert la bouche une seule fois, pour ordonner au père de se taire...

Il s'arrêta comme si c'était la fin de l'histoire.

Quelle enfance étrange et triste avait eue son mari, pensa Clementine, avec ce frère aussi dur que l'acier qui avait appris tout seul à vider les poches !

— Une semaine plus tard, dans une autre ville, reprit Gus, j'ai lu un article de journal sur un joueur professionnel trouvé mort, poignardé au cœur avec son propre couteau.

Il fallut un moment à Clementine pour rapprocher cette dernière information des précédentes.

— Voulez-vous dire que votre père... ?

— Grands dieux, non ! Pas lui, s'écria-t-il avec un rire forcé. Si jamais vous le rencontrez, vous comprendrez tout de suite qu'il en aurait été incapable. C'est une crapule, un menteur, il est doué pour tricher aux cartes, escroquer les gens et coucher avec la femme des autres. Mais, au premier signe de danger, il détale comme un lapin.

Clementine refusa de se rendre à l'évidence. Elle ne voulait pas imaginer la terreur, le courage insensé qu'il avait fallu à un gamin de dix ans pour poignarder un homme dans la force de l'âge. Elle ne voulait surtout pas penser aux traces qu'un tel acte avait pu imprimer dans l'esprit d'un si jeune garçon, même s'il était né aussi dur que l'acier.

— Mon frère, voyez-vous, n'a jamais reculé devant quoi que ce soit.

Clementine posa la main sur son bras.

— S'il a vraiment fait ce que vous dites, peut-être n'était-ce que pour sauver la vie de son père. Mais peut-être n'y a-t-il aucun lien entre ce que vous avez lu dans ce journal et... l'accident de votre père.

— Peut-être, répondit Gus avec un ricanement sceptique. En tout cas, c'est à ce moment-là que nous nous sommes séparés. Ma mère a dit qu'elle allait rendre visite à sa famille dans le Nord et elle m'a emmené avec elle en laissant mon frère, alors qu'elle savait déjà qu'elle ne reviendrait pas. Zach a deux ans de moins que moi, mais c'est lui l'aîné parce qu'il s'est toujours occupé de nous, même s'il devait voler pour nous nourrir. Et nous l'avons abandonné, maman et moi. Il est resté seul, sans personne pour veiller sur lui comme il veillait sur nous...

Elle lut dans son regard un remords mêlé de peur. Et cette peur l'effraya car c'était lui qui était censé ne jamais douter de rien. Elle le connaissait pourtant un peu mieux, désormais — assez du moins pour savoir que sa plus grande crainte était de se décevoir lui-même. De ne pas se comporter comme l'homme qu'il croyait devoir être.

— J'ai une dette envers lui, Clem. Je ne peux pas le laisser tomber une seconde fois.

— Non, Gus, vous avez raison. On n'a pas le droit d'abandonner son frère.

Le crépuscule approchait. Clementine décrocha la lampe du plafond pour allumer la mèche. Elle entendit derrière elle Gus éclater de rire, un rire franc cette fois.

— La tête de Zach quand vous lui avez flanqué ce coup de bâton ! Grands dieux... Maintenant, il y réfléchira à deux fois avant de vous approcher de trop près.

L'hilarité de Gus fit place à une expression perplexe dont elle devina sans peine la cause. Son geste ne cadrait pas du tout avec la conception qu'avait Gus d'une jeune fille bien élevée.

Pendant qu'elle mettait les pommes de terre à cuire, Gus alla regarder dehors. Son imposante silhouette s'encadra dans la porte, le soleil couchant posa des tons de caramel sur ses cheveux blonds. En le voyant ainsi, elle éprouva envers lui de la tendresse. De l'amour ? Peut-être, mais l'amour devait être un sentiment plus fort, dangereux même, fulgurant comme la foudre qui éclate dans un ciel d'été...

Et Hannah Yorke, que sait-elle de l'amour ? s'interrogea Clementine. A-t-elle vraiment aimé les hommes auxquels elle donnait, ou vendait, du plaisir ? Clementine ne savait que penser d'elle. Bien sûr, son devoir d'honnête femme lui commandait de la mépriser, de changer de trottoir si elle la croisait dans la rue, voire de prier pour le salut de son âme. En réalité, elle brûlait d'envie de demander à Hannah ce qu'elle éprouvait quand elle couchait avec un homme. De savoir si elle espérait racheter ses péchés par l'amour ou si l'attrait du stupre était le plus fort. Si elle craignait de damner son âme éternelle ou si elle valorisait avant tout sa liberté d'agir à sa guise, de suivre ses instincts...

— Clementine.

Elle sursauta et faillit lâcher la marmite, comme si Gus avait pu lire ses pensées impies.

— Venez regarder le coucher de soleil.

Elle le rejoignit, ils sortirent dans la cour. Côte à côte, ils admirèrent le disque du soleil qui descendait derrière les crêtes rocheuses. Le vent se levait, un vent frais chargé de l'odeur fade de la boue printanière. Le ciel virait au jaune cru, un jaune cuivré de la couleur de ses yeux — pas les yeux de Gus...

Clementine aurait voulu prendre son mari par la taille, poser la tête sur son épaule, s'enfouir le visage au creux de son cou, humer l'odeur salée de sa peau. Pourtant, elle resta à l'écart. Elle était hors d'état de faire le premier pas, de prendre l'initiative du contact. Elle se sentait soudain très seule, très loin de Gus et de tout ce qui l'entourait.

— Clementine...

Elle commençait à savoir comment apaiser l'appétit physique qu'elle lisait dans son regard. Mais l'autre appel qu'elle y distinguait était un appel de l'âme, un besoin si exigeant qu'elle désespérait de jamais pouvoir le satisfaire. Je suis décidément trop imparfaite, pensa-t-elle. Mon cœur est plein de vides ou, plutôt, il est sec et dur comme si quelque chose s'en était jadis emparé pour le presser, l'assécher jusqu'à ne laisser dans ma poitrine qu'une petite boule inutile. Stérile.

Au loin, dans la prairie, un coyote hurla. Ce cri mélancolique parut à Clementine le symbole de sa solitude.

VIII

Penchée sur le baquet pour y attraper la dernière chemise, Clementine crut qu'elle ne pourrait jamais se redresser tant son dos lui faisait mal. Et à l'intérieur de la cabane, des draps bouillaient encore dans une bassine — des draps qu'il lui faudrait ensuite rincer, tordre, étendre. Elle soupira en se relevant péniblement. Un vieux chapeau de Gus abritait son visage des brûlures du soleil, ses chaussures boueuses étaient aussi pesantes et incommodes que des sabots, l'ourlet de sa jupe traînait dans la boue. Sa mère lui avait inculqué qu'une femme digne de ce nom devait toujours être soignée de sa personne. Qu'aurait-elle dit en la voyant ?...

Dans la maison de Louisburg Square, une laveuse irlandaise venait le lundi prendre le linge sale qu'elle rapportait le lundi suivant, repassé et sentant le frais. Jusqu'à ce que lui prenne l'envie saugrenue de s'enfuir avec un cow-boy et de le suivre dans ce pays perdu, Clementine ne s'était jamais doutée de ce que la propreté impliquait de saleté, de sueur et de labeur : allumer le fourneau, faire bouillir des bassines d'eau, les vider dans les baquets, se plonger les bras jusqu'aux coudes dans l'eau savonneuse, frotter et frotter encore sur la planche qui met la peau des mains à vif, transvaser le linge plein de mousse dans les baquets de rinçage, touiller et touiller encore avec un manche à balai avant d'épuiser ses dernières forces à tordre le linge brûlant. Elle s'étonna que des flammes ne jaillissent pas de ses mains rouges et crevassées. La peau qu'elle n'avait pas arrachée sur la planche avait dû fondre dans la soude caustique...

La corde à linge était tendue très haut entre deux arbres, hors de portée des ramures des daims qui s'approchaient parfois la nuit. Clementine poussa du pied les deux caisses vides sur lesquelles elle devait grimper, étendit la chemise que le vent lui rabattit dans la figure, la remit en place à l'aide d'une pince à linge prise à tâtons dans sa poche. Elle allait en poser une autre quand une gifle plus forte du vent la fit vaciller. Elle tenta de se rattraper à la corde, mais les caisses en équilibre instable se dérobèrent sous ses pieds et elle s'étala dans la boue.

Il lui fallut un moment pour reprendre son souffle. Au-dessus d'elle, le linge humide claquait dans le vent comme pour la narguer. Elle se releva, s'essuya le visage d'un revers de manche... et ne réussit qu'à se mettre de la boue dans la bouche. Elle baissa les yeux, se vit couverte de boue de la tête aux pieds et ne put s'empêcher d'éclater de rire. Ils la croyaient tous trop délicate pour survivre dans ce pays de sauvages ? Eh bien, elle leur prouverait à quel point ils se trompaient !

Ses sous-vêtements et les chemises de Gus mis à sécher, il lui restait à laver et rincer les draps. Elle reprenait son baquet vide quand une soudaine bourrasque s'engouffra dans le linge déjà pendu, le fit tournoyer sur la corde en décrochant les pinces, et dispersa dans la cour boueuse la belle lessive que Clementine s'était donné tant de mal à étendre. Le baquet lui échappa des mains, un hurlement de rage désespérée jaillit du plus profond d'elle-même :

— Assez ! Je n'en peux plus ! Je n'en peux plus !

Comme s'il l'avait entendue, le vent cessa aussi subitement qu'il était venu tandis que les montagnes lui renvoyaient son cri en un écho dérisoire. Un geai planant au-dessus de sa tête semblait rire de sa déconfiture. Elle attendit que le vent souffle de nouveau.

Une minute. Deux. Puis cinq. Calme plat. Le vent lui-même se moquait d'elle...

Tremblante de fureur et de frustration, Clementine abandonna sa lessive là où le vent l'avait jetée et partit droit devant elle. Elle escalada une clôture, longea la rivière jusqu'à ce que le sentier dévie vers un bouquet de pins jaunes et de mélèzes qu'elle traversa pour déboucher dans une clairière en forme de demi-lune. Alors seulement elle s'arrêta et respira à pleins poumons.

Il faisait doux, l'air embaumait, des fleurs sauvages parsemaient le tapis d'herbe. Le soleil qui brillait dans le ciel sans nuages posait des touches dorées sur l'herbe et le sommet des arbres. Les saules bordant la rivière projetaient leur ombre légère sur l'eau, dont les rides scintillaient telles des pièces d'argent.

Le tableau était si beau, si paisible, qu'elle eut soudain envie de le photographier.

Elle regagna la cabane en courant, saisit son matériel réparti dans des mallettes de transport et reprit le chemin de la clairière en se rendant à peine compte que les poignées lui sciaient les mains. Sans un regard pour sa lessive répandue dans la boue, elle franchit la clôture avec tant de hâte qu'elle accrocha sa jupe à un clou ; elle n'entendit même pas l'étoffe se déchirer.

Clementine installa son attirail et prépara une plaque sensible en fredonnant gaiement. Les produits chimiques lui piquaient les yeux, mais la sensation était si familière qu'elle y puisait un surcroît de plaisir. La plaque prête, elle courut jusqu'à l'appareil, se couvrit la tête du voile noir, régla le cadrage et la mise au point sur la courbe de la rivière bordée de saules.

Elle était sur le point de découvrir l'objectif quand un élan émergea des arbres et traversa la clairière d'une allure gauche, en balançant ses imposants bois palmés comme s'ils étaient trop lourds pour son cou épais. L'animal se planta sur la rive, baissa la tête et se mit à laper l'eau à grand bruit. Ne t'en va pas, ne t'en va surtout pas ! se répétait Clementine tandis qu'elle glissait silencieusement la plaque dans son logement.

Alors, l'élan releva la tête. Voulait-il savourer l'eau fraîche qu'il venait de boire ou écouter la chanson du vent dans les branches ? Était-ce un élan vaniteux qui avait remarqué la présence du photographe et souhaitait faire immortaliser son image ? Quoi qu'il en soit, il s'immobilisa.

Le cœur battant, Clementine découvrit l'objectif.

Le veau sur ses talons, Zach Rafferty flânait le long de la piste en menant par la bride le hongre gris qui avait perdu un fer. Un cow-boy ordinaire se serait considéré gravement atteint dans son honneur de devoir marcher. Pas lui. Il aimait sentir sous ses bottes la souplesse de la terre, humer son parfum aussi riche, fécond, mûr que celui d'une femme consentante. Il respirait profondément et ouvrait grands les yeux pour mieux se pénétrer de la terre et du ciel. Oui, il aimait ce pays, son âpreté et son infinie solitude. Il aimait voir les montagnes se lancer à l'assaut du ciel, le soleil saupoudrer d'or l'herbe à bisons. Il aimait les hurlements du vent lorsqu'il griffait tout sur son passage avec la fureur aveugle d'un fauve blessé.

Zach marqua une pause au sommet de la butte qui dominait le ranch. Le vent lui apporta l'odeur des foins mûrissants. D'ici à un mois, Gus et lui les faucheraient pour les donner en fourrage aux chevaux pendant l'hiver. Le cycle des saisons, qui régissait leur travail en enchaînant les jours les uns aux autres, lui apportait un sentiment de paix et de sérénité. Longtemps, il n'avait eu d'autre foyer qu'une couverture de cheval. Longtemps, il n'avait rien possédé sur terre que lui-même. Maintenant, c'était la terre qui le possédait et il avait peur. Peur de trop s'attacher à ce qu'il risquait de perdre.

Seul à l'accueillir, son vieux chien jaune se rua sur lui en gémissant de joie. Le spectacle de la lessive éparpillée dans la boue sous la corde vide fit sourire Zach. Il rentra son cheval à l'écurie, le dessella, l'étrilla, versa un seau d'avoine dans sa mangeoire. Puis, après lui avoir assené une claque amicale sur la croupe, il jeta son sac sur une épaule et traversa la cour vers la cabane.

Le loquet n'était pas tiré. Pourtant, il hésita à entrer et décrotta ses bottes plus longtemps qu'il n'était nécessaire avant de pousser la porte. Une aigre odeur de lessive refroidie régnait dans la cabane déserte. Il vit sur le fourneau une bassine pleine de draps chiffonnés. Le feu était éteint, le coffre à bois vide.

Zach sortit de son sac son cadeau de mariage pour Gus et le posa sur la table. Un tapis qu'il n'avait jamais vu recouvrait le plancher, un bouquet de fleurs sauvages dans une boîte de café vide décorait le milieu de la table. Il y avait même des rideaux aux fenêtres, taillés dans des vieux sacs de farine, qu'elle avait commencé à broder d'une frise de petits oiseaux jaunes, des pinsons sans doute. Un travail de jeune fille, joli, soigné, délicat.

La porte de la chambre était fermée. Il y pénétra par défi, puisqu'elle en avait fait son sanctuaire. Là aussi, elle avait imprimé sa marque. Il regarda ses affaires une à une, mais sans y toucher. Une brosse à monture d'argent, un savon de bain parfumé à la rose, une bible de cuir vert à fermoir d'or. Deux photographies dans un cadre d'argent : un homme à la barbe noire, au regard illuminé de fanatique, et une femme aux cheveux clairs, à l'air fragile, à la bouche triste. Ses parents, sans doute. Il prit sa chemise de nuit pendue à un crochet, caressa la fine batiste imprégnée de son parfum de femme, s'y enfouit le visage. Un long moment, il resta devant la fenêtre à contempler la lessive répandue dans la boue. Puis, poussé par il ne savait quoi, il sortit et suivit ses traces encore fraîches.

Il arriva bientôt à la clairière en marchant sans bruit sur les aiguilles de pin. La présence de l'élan l'étonna, car ces animaux venaient rarement aussi bas dans la vallée à cette époque de l'année. C'est alors qu'il la vit. Le haut du corps caché sous un voile noir, elle se penchait sur une boîte de bois verni. Un appareil photographique.

L'élan sentit l'odeur de Zach et détala. Clementine émergea de sous son voile en retirant de la boîte un cadre rectangulaire. Zach fit un pas, une brindille sèche craqua sous sa botte. Elle sursauta, se retourna avec une frayeur qui fit place à l'indignation quand elle le reconnut.

— Comment osez-vous venir me surprendre comme un Indien ?

Il continua d'avancer jusqu'à la toucher presque. Elle tenta de l'esquiver, mais il lui barra la route.

— Pourquoi voulez-vous me fuir, Boston ? demanda-t-il avec son sourire le plus charmeur. Et moi qui justement retrouvais mes bonnes manières.

Les narines palpitantes, le souffle court, elle leva les yeux, se détourna aussitôt.

— Veuillez écarter de mon chemin votre détestable personne, monsieur. Je n'ai ni le temps ni l'humeur de badiner ou d'échanger des insultes avec vous.

Cette fois, il la laissa passer et la suivit.

— *Détestable personne !* répéta-t-il en riant. Comme insulte, il y a mieux. Par ici, quand on *badine,* on emploie plus volontiers des expressions telles que « fils de pute »... Qu'est-ce que vous fabriquez là-dedans ?

Elle avait déposé la plaque dans une sorte de tente en caoutchouc noir déployée sur un trépied. Avant qu'elle ne la referme, il distingua à l'intérieur un petit meuble à tiroirs, des bacs, des fioles.

— Je développe le négatif. Il s'agit d'un processus extrêmement délicat. Je vous serai donc reconnaissante de ne pas me troubler pendant que je l'accomplis.

Tout en parlant, elle jeta son chapeau dans l'herbe, enfila les bras dans deux manches terminées par des gants et fixées à la paroi de la tente, et enfonça sa tête dans une autre ouverture. Zach l'observait, adossé à un mélèze. Petite garce ! La manière dont elle lui avait parlé avec cet accent de Boston, comme s'il était trop ignare et trop rustre pour respirer le même air qu'elle...

Au bout d'un long moment, pendant lequel il sentit des odeurs méphitiques s'échapper de la tente et entendit des clapotis suivis de cris d'impatience qui l'amusèrent — aurait-elle un sale caractère, sous ses dehors amidonnés ? —, elle émergea de son laboratoire portatif. Le visage luisant de sueur mais radieux, elle ramassa son chapeau et fit quelques pas pour exposer au soleil une plaque de verre qu'elle tenait avec précaution. Dans sa robe crasseuse et déchirée, sous le vieux chapeau de Gus, elle gardait la distinction d'une femme faite pour les robes de soie et le délicat murmure de la musique de chambre. Sa blondeur, sa fine ossature d'oiseau lui donnaient une image éthérée ; mais ses lèvres entrouvertes, charnues et moites, étaient celles d'une femme passionnée. Avait-elle cette expression au lit, la nuit, quand Gus la possédait ?

Curieux de voir ce qui l'excitait autant, il voulut regarder pardessus son épaule, mais elle se hâta de se détourner en écartant la plaque.

— Vous avez raté votre développement ?

Devant son air hautain, il eut l'impression qu'elle le toisait alors qu'il la dominait d'une tête.

— Il est parfaitement réussi, au contraire.

— Alors, pourquoi refusez-vous de me le montrer ?

Il tendit la main vers la plaque. Après une hésitation marquée, elle consentit à la lui confier.

— Attention, elle n'est pas encore sèche. Et n'oubliez pas que, dans un négatif, le blanc et le noir sont inversés.

Un élan grisâtre se dressait dans une prairie noire. Le cliché était toutefois si net que Rafferty crut voir frémir ses muscles, entendre le vent dans les saules, distinguer les moindres rides à la surface de la rivière. Le tableau était tellement saisissant qu'il en éprouva un malaise. C'était *son* élan, *sa* prairie qu'elle s'appropriait ainsi, et il le ressentit comme un viol de ses sentiments les plus secrets, trop intimes pour être partagés.

— Je n'avais jamais encore photographié d'animal, ajouta-t-elle d'une voix vibrante de passion. Il est difficile de leur faire garder la pose, mais la lumière était si bonne aujourd'hui qu'il ne m'a fallu que dix secondes... C'est un élan, ajouta-t-elle.

— Pas possible ? répliqua-t-il avec un ricanement.

Mortifiée, elle lui reprit la plaque sans mot dire. Il se pencha vers elle, assez près pour humer son odeur. Un doux parfum de rose s'y mêlait étrangement à l'acidité des produits chimiques.

— D'habitude, reprit-il, on ne voit pas d'élans dans les parages avant la fin de l'été. Celui-ci devait être en rut. Les mâles en rut peuvent être très dangereux. Il leur arrive de se battre à mort pour la possession d'une femelle.

Elle recula en s'essuyant les mains sur sa jupe, les joues empourprées mais le regard ferme, calme et profond comme un lac de montagne. Elle le dévisagea si longtemps et si fixement qu'il rougit à son tour.

— Vous avez une fleur à votre chapeau, dit-elle enfin.

Ce coq-à-l'âne le désarçonna. Sur le chemin du retour, il avait cueilli distraitement une fleur sauvage sur le bord de la piste et l'avait glissée dans le ruban de son Stetson. Il se sentit ridicule de l'avoir oubliée là.

— Vous avez quelque chose contre les fleurs ?

Un sourire inattendu illumina le visage de Clementine.

— Pas du tout, mais... le contraste est frappant, vous ne trouvez pas ? Une petite fleur si fraîche et si jolie sur un vieux chapeau noir, au-dessus d'un visage rébarbatif avec un œil poché et une lèvre enflée... Me permettriez-vous de prendre votre photographie ? ajouta-t-elle.

L'allure est peut-être celle d'une dame, songea-t-il en la dévisageant, mais la bouche est digne d'une putain. Des lèvres pleines, sensuelles, faites pour le péché...

Il arracha la fleur de son chapeau, l'écrasa dans son poing, jeta les pétales au vent. Dans un silence tendu, ils s'affrontèrent du regard et, cette fois, elle ne détourna pas les yeux. Des yeux du vert sombre et profond de la mousse qu'on trouve au bord de l'eau, dans les coins d'ombre.

— Pourquoi me détestez-vous autant ? demanda-t-elle enfin.

— Je veux que vous partiez.

— Pourquoi ?

— Parce que vous... vous allez tout gâcher.

Gus et lui avaient déjà assez de mal à faire marcher le ranch sans y ajouter une femme — sans une femme entre nous, s'en voulut-il d'avoir pensé malgré lui.

— Dommage pour vous, monsieur Rafferty. Je crois que pour une fois vos désirs ne se réaliseront pas.

Les yeux dans les yeux, ils n'eurent pas besoin de se parler pour se comprendre : il luttait contre elle pour cette terre qu'il aimait, pour le cœur de son frère qu'il aimait plus encore.

Pendant qu'elle remballait son matériel, il arpenta la prairie, les pouces dans la ceinture, en lançant des coups de pied rageurs dans les mottes de terre, et en lui jetant de temps en temps un coup d'œil à la dérobée. Quand elle fut prête à partir, il se pencha pour prendre une des mallettes au moment même où elle en faisait autant. Leurs mains se refermèrent l'une sur l'autre autour de la poignée.

Elle se dégagea et dit d'un ton sec :

— Je me charge toujours de mon matériel.

— À votre aise.

Il lui emboîta le pas en étudiant du coin de l'œil ses hanches étroites, sa poitrine menue. Ses manches retroussées dévoilaient une peau fine couverte d'égratignures et grillée par le soleil. Il n'aurait pas grand mal à se débarrasser d'elle : le Montana s'en chargerait à sa place. Ce pays trop rude pour elle ne tarderait pas à la détruire, à la broyer comme la fleur qu'il avait écrasée dans son poing.

À la clôture, elle ne protesta pas quand il lui prit ses mallettes pour les déposer de l'autre côté. Il enjamba la barrière puis, sans y penser, lui tendit la main pour l'aider à la franchir et elle, sans réfléchir, la lui donna. Alors, l'espace d'un instant si bref qu'il se demanda par la suite s'il ne l'avait pas imaginé, un éclair jaillit entre leurs regards croisés, et la foudre lui pénétra la peau jusqu'à lui calciner les os, lui assécher le souffle.

De l'autre côté de la barrière, il lui tenait encore la main. Une main plus légère qu'une aile d'oiseau, à la peau tiède, à la paume rugueuse. Trop rugueuse. Étonné, il la retourna. Elle était striée de cicatrices blanches aussi dures que de la ficelle de chanvre.

— Vous avez reçu des coups de fouet ? demanda-t-il, choqué de s'entendre parler d'une voix soudain enrouée.

Clementine se dégagea avec brusquerie.

— Non, des coups de canne.

— Pourquoi ? Qu'aviez-vous donc fait de si grave pour qu'on vous donne des coups de canne ?

Elle se troubla, hésita.

— Ce n'était pas *on*, c'était mon père. Il m'avait surprise à regarder des portraits de célèbres bandits du Far West. Je ne devais recevoir que trois coups, mais il a continué à frapper parce que je refusais de m'excuser. À la fin, c'est lui qui l'a regretté. Il pleurait — pas moi.

Elle s'était redressée, le menton levé, comme pour le mettre au défi de se moquer d'elle. Il aurait dû le faire, puisqu'il savait ne pas pouvoir se débarrasser d'elle par la gentillesse. Pourtant, il en fut incapable. Elle était trop fière, trop vulnérable, trop touchante de naïveté : à l'humilier, il se serait abaissé. Ce n'était quand même pas une raison pour lui épargner une petite leçon.

— Moi aussi, j'ai été rossé une ou deux fois pour avoir regardé des images qu'il ne fallait pas, déclara-t-il avec un sourire narquois. Mais ce n'était pas des célèbres bandits du Far West.

— Ah, oui ? Des portraits de qui, alors ?

L'éclair d'intérêt qui s'alluma dans ses yeux l'amusa.

— De célèbres femmes nues du Far West, bien sûr !

Elle devint écarlate.

— La curiosité est un vilain défaut, ajouta-t-il.

— Oh, vous ! Vous êtes...

— Quoi donc ?

Elle lui tourna le dos et partit sans même ramasser son attirail. Il la rattrapa en deux enjambées.

— Qu'est-ce que je suis ? insista-t-il.

— Vous le savez très bien, monsieur Rafferty. Un homme ne prendrait pas la peine de se vanter comme vous le faites, s'il avait de vraies raisons de crâner.

Ils éclatèrent de rire ensemble, et son rire le surprit tant il sonnait vrai et allait bien avec la sensualité de sa bouche. Mais elle cessa de rire lorsqu'ils arrivèrent devant le linge répandu par terre, et le vent lui joua un nouveau tour en lui arrachant son chapeau. Zach le ramassa, le lui tendit ; cependant, elle regardait droit devant elle, l'air absent.

— *Qui sème le vent récolte la tempête,* dit-il, et il lui remit délicatement le chapeau sur la tête.

En retirant sa main, il lui effleura le cou. Elle frémit, recula d'un pas.

— Votre inconscience me stupéfie, monsieur Rafferty. Comment un mécréant tel que vous a-t-il l'audace de citer les Saintes Écritures sans craindre d'être foudroyé par la colère de Dieu ?

Sa tirade le fit éclater de rire.

— Je peux en réciter des versets et des chapitres entiers sans sauter une virgule, et je n'ai jamais été frappé par la foudre. Ça vous choque, hein, Boston ?

Il espéra l'entendre rire à nouveau, mais l'irruption de son vieux chien rompit le charme. Il n'était plus seul au monde avec une frêle jeune femme blonde aux yeux verts.

Clementine commença à ramasser sa lessive.

— Je relaverai tout demain...

— Le vent soufflera demain et le jour d'après. Chaque jour, en fait, jusqu'à la fin de l'été. Remarquez, quand l'hiver viendra, vous n'aurez plus besoin de mettre votre linge à sécher, il sera gelé avant même d'être étendu. Mais comme vous ne serez plus là...

Elle parut sur le point de lui jeter à la tête son plein baquet de linge sale.

— Erreur, monsieur Rafferty. Votre frère m'apprend à monter à cheval. L'hiver prochain, je monterai le vôtre.

Un instant plus tôt, ils riaient ensemble et elle lui plaisait presque. Une soudaine bouffée de rage l'aveugla.

— Quand on joue à deux, il n'y a qu'un seul gagnant. Ce ne sera pas vous.

— Si.

— Non, parce que votre place n'est pas ici ! Vous n'êtes pas bâtie pour résister à ce pays. Vous êtes inutile ; pire, vous êtes une charge, un obstacle.

Sans répondre, elle lui tourna le dos et partit vers la cabane. Il la vit s'arrêter à la porte et se tourner vers lui d'un air interrogateur en montrant une petite guirlande d'herbes décorée de plumes et de fleurs séchées. L'objet n'y étant pas auparavant, ils avaient donc reçu en leur absence la visite de quelqu'un qui ne souhaitait pas les rencontrer.

— Cela s'appelle une guirlande de rêve, dit-il en la rejoignant. On l'accroche au-dessus de son lit et elle est censée vous apporter de beaux rêves pendant la nuit. La squaw de Joe Ours Vaniteux en a fabriqué à un moment pour les vendre, mais personne ne les lui achetait. C'est sans doute une manière de vous remercier pour le lait.

— Le lait ? Comment savez-vous... ?

— Tout le pays est au courant. Vos bonnes œuvres ne sont d'ailleurs pas vues d'un très bon œil.

— Vous me jugez mal ! Tout le pays se trompe à mon égard et je vous le prouverai.

— Comment ? En rendant visite à des squaws parce que vous croyez qu'une femme respectable n'oserait pas le faire et que cela nous impressionnerait ?

Elle devint cramoisie.

— Ce n'est pas la raison pour laquelle... Vous êtes cruel.

— Le Montana aussi.

Comme elle l'avait fait dans la clairière, elle posa longuement sur lui ses yeux à l'expression grave dont le vert sombre et profond le troublait sans qu'il sache pourquoi. Puis, la guirlande à la main, elle poussa la porte et s'arrêta en découvrant sur la table son cadeau de mariage pour Gus : une paire de chandeliers, sculptés dans des bois d'élan polis comme de l'ivoire.

Avec un léger cri de surprise, elle en prit un, le caressa du bout des doigts. Appuyé au chambranle, les yeux dissimulés par le bord de son chapeau, il l'observa.

— On dirait que c'est le jour des cadeaux, remarqua-t-il.

Mi-étonnée, mi-méfiante, elle se retourna.

— C'est vous qui... ?

— Oui. Quand son frère prend femme, il faut bien faire quelque chose.

— Ils sont superbes.

Elle se tourna alors vers lui avec un sourire si doux, si caressant et si provocant à la fois qu'il sentit son estomac se nouer et son cœur cesser de battre. Il était hors d'état de penser et même de respirer. Il avait éprouvé un semblable choc la première fois qu'il l'avait vue, digne et craintive, dans la carriole d'Œil de Serpent. Il le subissait de nouveau, mais dix fois plus fort, car ce sourire reçu de plein fouet éveillait au plus profond de lui-même une boule de désir qui menaçait de l'étouffer.

Tandis qu'elle disposait les chandeliers sur la table, de part et d'autre du bouquet de fleurs, son désir s'accrut de manière incontrôlable. Elle n'était pas à sa place dans ce décor trop fruste, cette frêle petite femme blonde aux yeux verts pleins de mystère, à la bouche sensuelle. Pourtant, plus il la voyait, plus il voulait la prendre, la posséder avec la brutalité d'un animal en rut. Non pas sur un lit moelleux aux draps brodés mais par terre, sur un matelas d'aiguilles de pin et sous le ciel immense, avec le vent pour rafraîchir leurs corps brûlants et assourdir leurs cris de plaisir. Il voulait briser son vernis de civilisation et l'entendre crier, se débattre sous lui. Il voulait la dominer, la posséder jusqu'à ce qu'elle partage sa frénésie et le désire toujours plus.

Que Dieu me vienne en aide, pensa-t-il en s'enfuyant dans la cour. Je convoite la femme de mon frère !

Le tonnerre grondait dans les montagnes lorsque Gus McQueen abattit sa hache. La bûche se fendit, le ciel noir et bas parut répercuter le bruit de la lame sur le billot. Gus marqua une pause pour écouter le tintement rythmé du métal sur le métal qui s'échappait de la forge. Des ombres rougeoyantes dansaient derrière la porte ouverte. L'orage menaçait, il faisait beaucoup trop chaud pour forger un fer à cheval. Tout compte fait, songea amèrement Gus, son frère avait raison de se préparer à subir une atmosphère étouffante, puisqu'il semblait décidé à se jeter dans les flammes de l'enfer. Haletant, il planta sa hache dans le billot, essuya d'un revers de manche son visage ruisselant de sueur. Il devrait aller s'expliquer avec son frère — à l'aide de mots, cette fois, plutôt qu'à coups de poing.

Ses jambes le portèrent d'elles-mêmes vers la forge. Il contourna le grand hongre gris attaché derrière la porte, lui flatta la croupe au passage et se trouva plongé dans un océan de chaleur torride, d'âcres odeurs de métal brûlant et de sueur. Debout devant le foyer, Zach modelait une barre de fer. Dans la lueur des braises qui soulignait les méplats de son visage, on aurait dit un diable vomi par l'enfer — un diable qui se serait battu en chemin, ainsi qu'en témoignaient son œil au beurre noir et ses lèvres tuméfiées.

Il salua d'un bref regard l'arrivée de Gus tout en retournant la barre de fer dans le foyer. Gus remarqua que les jointures de sa main qui serrait les tenailles commençaient à cicatriser. Il tâtait du bout de la langue le vide laissé dans sa mâchoire par ce même poing quand quelque chose de froid et d'humide se posa sur sa main, le mufle du veau venu quêter des caresses tel un chiot en mal d'affection.

— Tu ne penses quand même pas garder cette bête comme un toutou ? dit Gus, les premiers mots prononcés entre eux depuis leur bagarre.

Zach actionna le soufflet. Le jet d'air fit jaillir un bouquet d'étincelles et de flammes orange qui illuminèrent un instant ses yeux, rouges et bouffis. Il avait dû forcer sur le whiskey.

— Tu voudrais que je le tue ?

— Je ne voudrais surtout pas te voir malheureux quand il sera envoyé à l'abattoir l'automne prochain.

— J'ai le cœur moins sensible que tu ne l'imagines.

— Pas la figure, en tout cas.

Zach leva les yeux, un sourire au coin des lèvres.

— Tu devrais voir celle de l'autre énergumène.

Gus s'appuya à un établi, l'esprit débordant de sentiments contradictoires — colère, rancune, envie, amour aussi. Amour surtout. Il avait toujours plaisir à voir Zach travailler. Quoi qu'il fasse — dresser un cheval, manier le lasso, forger un fer —, ses mouvements économes et gracieux restaient sous-tendus par une énergie qui transfigurait les gestes les plus ordinaires. Quand ils s'asseyaient devant la cabane avec une chope de bière après une dure journée de travail, Gus observait parfois le profil de son frère, aux traits tendus et précis qui se découpaient dans le crépuscule, et il ne pouvait s'empêcher de penser à certain colt à la détente limée, capable de cracher le feu à la moindre sollicitation.

— J'ai commandé du bois de charpente et des planches à Deer Lodge, dit Gus. Il va falloir nous construire une maison plus grande avant l'hiver.

Zach posa sur l'enclume sa barre chauffée à blanc et assena un coup de masse qui tinta haut et clair en faisant rouler ses muscles sous sa peau.

— Je ne compte pas m'en aller, Gus.

— Qui t'a parlé de partir ?

De fait, Gus redoutait de voir son frère prendre le large un beau jour, au gré du vent de l'aventure. Lorsqu'il considérait le ranch avec lucidité, il devait s'avouer que le Rocking R ne représentait pas grand-chose. À part un ou deux journaliers au moment du comptage et du marquage du bétail, ils n'avaient pas même les moyens d'engager du personnel et devaient faire seuls tout le travail. Gus aurait pourtant voulu montrer à son frère le potentiel du ranch, le convaincre que derrière cette réalité décourageante s'ouvrait un avenir plein de promesses. Mais il n'avait jamais su, même dans leur enfance, ce que Zach voyait au-delà du lendemain.

— Nous ferons une bonne équipe, toi, moi et Clementine, poursuivit Gus. Le travail est dur, c'est vrai, mais il vaut quand même mieux que de gratter la terre pour récolter des haricots.

Il s'interrompit le temps de s'éponger le visage avec son foulard et d'observer la réaction de son frère. Mais Zach, le torse luisant de sueur sous sa chemise trempée, continuait de marteler le métal et restait impassible.

— Il faudra construire une grande maison, reprit-il. Je suppose que tu voudras te marier toi aussi un de ces jours.

Gus regretta aussitôt d'avoir prononcé cette dernière phrase. Grands dieux !... Et si Zach leur amenait Hannah Yorke en guise de légitime épouse ?

Zach reposa le marteau sur l'enclume et se pencha vers lui. Avant même qu'il ne parle, Gus sut que son frère avait deviné ses pensées aussi clairement que s'il les avait formulées à haute voix.

— J'aimerais que tu comprennes une fois pour toutes que Mme Yorke gagne sa vie en vendant du whiskey. Pas son corps.

Il se vendait bien d'autres choses au Best in the West, mais Gus préféra tenir sa langue.

— Elle admet pourtant l'avoir fait, hasarda-t-il.

— Elle ne le fait plus, un point c'est tout, répliqua Zach d'un ton sec.

Ce déploiement de loyauté envers une femme que son frère connaissait à peine et qui ne pouvait sûrement pas lui inspirer le respect laissa Gus perplexe.

— D'accord, Zach, répondit-il en se forçant à sourire. Elle s'est repentie de ses péchés, c'est bien.

Qu'il doive s'accommoder de la liaison de son frère avec une femme perdue, soit. Mais il ne se sentirait pas obligé de la saluer s'il la croisait dans la rue, encore moins de l'inviter à souper le dimanche avec Clementine.

Zach l'observait d'un air narquois.

— Dis donc, mon frère, tu n'es pas devenu encore plus collet monté depuis que tu as épousé ta petite sainte ?

Clementine... Le seul écho de son nom bouleversait Gus jusqu'au tréfonds du cœur. Son mariage constituait le seul acte irréfléchi de son existence. Cette pure jeune fille d'à peine dix-sept ans lui avait inspiré un désir si passionné qu'il l'avait arrachée à sa famille pour lui imposer une vie de travail et de sacrifices. Il avait sans doute eu tort, peut-être même avait-il commis un péché ; mais, Dieu lui pardonne, il n'aurait pas pu laisser échapper Clementine...

— Je l'aime, Zach ! Je l'aime tant que j'en ai mal là, s'exclama-t-il en pressant son poing sur sa poitrine.

Il se sentit immédiatement ridicule. Entre hommes, on ne discute pas de son cœur et de ses sentiments.

Le marteau retomba sur l'enclume. Soudain livide malgré la chaleur, Zach remit le fer dans le foyer. Gus s'approcha à pas lents. Il aurait voulu dire à son frère à quel point il l'aimait lui aussi, mais les hommes ne se disent pas des choses pareilles.

— Écoute, Zach... tu en as toujours su mille fois plus que moi sur ce qu'il faut faire au ranch. Clementine et moi avons besoin de toi...

Il lui prit le bras en signe d'affection. Zach se dégagea brusquement et lui tourna le dos. Gus ravala la protestation qui lui montait aux lèvres. Il savait que Zach lui en voulait de s'être marié sans l'avoir consulté ni même prévenu, mais il finirait par l'accepter.

— Tu as entendu parler de la réunion chez Œil de Serpent, reprit-il pour changer de sujet. J'ai dit aux autres que nous pourrions compter sur toi.

Zach se retourna avec une expression que, chez tout autre, Gus aurait prise pour de la crainte. Mais Zach n'était pas homme à avoir peur pour si peu.

— On perd beaucoup trop de temps et d'énergie avec ces sang-mêlé. Qu'ils abattent une ou deux vaches de temps en temps pour se nourrir, la belle affaire ! C'est une charité qui ne nous coûte pas cher.

— Et MacDonald ? Il a reçu une balle dans le dos pour s'être montré charitable, lui.

— Si tu veux mon avis, ce n'est pas Joe Ours Vaniteux qui l'a tué, ni Nez de Fer, répondit Zach en tournant le fer. Tes prétendus justiciers seraient bien inspirés de ne pas chercher si loin le coupable. Depuis des mois, MacDonald et Horace Graham se disputaient la propriété du pâturage au fond de la vallée. Maintenant que MacDonald est mort, les bêtes de Graham ne bougent plus de ce bout de prairie et s'engraissent à bon compte, tu le sais aussi bien que moi.

— Graham a une femme et cinq enfants. C'est lui qui lit les psaumes aux assemblées de prière. Il ne joue pas, il ne boit pas, il ne fréquente pas de femmes légères comme certains que je connais. Tu irais, toi, l'accuser devant tout le monde d'avoir tué son voisin pour s'approprier sa terre ?

— Parce que, selon toi, personne n'est capable en même temps de débiter des psaumes et de tuer son prochain pour le voler ? riposta Zach. Tu as la mémoire courte, mon frère.

— La question n'est pas là, répondit Gus, gêné. Nous ne pouvons pas les laisser continuer sans réagir, sinon la vallée sera bientôt envahie de voleurs. Enfin, bon sang, Zach, Nez de Fer et ses bâtards nous volent nos bêtes !

— Et alors ? Ils ne sont pas les seuls. La moitié des éleveurs de ce territoire se sont constitué leur troupeau avec un bon lasso et les veaux de leurs voisins.

Gus observa en silence son frère tandis qu'il finissait de forger le fer à cheval. Zach connaissait sans doute mieux que quiconque les méthodes les plus efficaces pour s'approprier des bêtes et modifier leurs marques. Pour la première fois, Gus se demanda si ses démêlés avec la justice, qui l'avaient amené à changer de nom, n'étaient pas dus à de telles pratiques. Les faits et gestes de Zach entre leur séparation et leurs retrouvailles, neuf ans plus tard, au hasard d'une piste du Texas dans un convoi de bétail, n'avaient jamais été évoqués entre eux. Ces neuf années avaient transformé, d'une manière que Gus renonçait à comprendre, l'adolescent déjà endurci en un homme inflexible. Mais après tout, qui peut se vanter de connaître quelqu'un, de pénétrer dans son intimité la plus secrète ? En dépit de leur enfance partagée, de leurs batailles, de leurs rêves, de leurs péchés en commun, Gus ne connaissait pas son frère.

De tous leurs souvenirs ensemble, c'était le dernier qui le hantait le plus. Ce jour-là, le soleil tapait sur le pont du vapeur. Les dockers noirs manipulaient des balles de coton en chantant des gospels, les odeurs mêlées du jute et de la canne à sucre imprégnaient l'air. Nu-pieds sur le quai, les mains dans les poches de sa culotte en haillons, Zach regardait sa mère et son frère avec une expression... comme s'il savait qu'ils ne reviendraient pas. Ces adieux sur le quai de Natchez, ce jour où l'un avait été sauvé et l'autre abandonné à son sort, les deux frères ne les avaient jamais évoqués.

Les éclairs et le grondement du tonnerre passaient par la porte ouverte avec l'odeur de la pluie imminente. Zach trempa le fer rouge dans un baquet d'eau ; un nuage de vapeur s'échappa en sifflant. Gus avala une grande goulée d'air pour chasser ses pensées. Il se redressa en s'étirant, les poings dans le bas du dos, et ne put retenir une grimace de douleur.

— Bon dieu, je suis crevé... La prochaine fois que je voudrai me bagarrer avec toi, fais un peu plus d'efforts pour m'en dissuader, veux-tu ? Ce n'est plus de notre âge, ce genre de pitreries.

— Tu as raison, gardons nos forces pour autre chose.

Zach accompagna sa réponse d'un sourire si radieux que Gus s'étouffa presque d'émotion. Il empoigna son frère aux épaules, le serra contre lui.

— J'ai fait l'école buissonnière cet après-midi, je suis allé à la pêche. Rentrons voir si ma femme a appris à griller des truites sans les transformer en charbon.

Zach se dégagea de l'étreinte de son frère et ramassa une poignée de clous sur l'établi.

— Vas-y, je te rejoindrai plus tard, dit-il en se détournant. Je dois d'abord ferrer le cheval.

— Mais non, je t'attends.

Ils étaient presque à la porte de la cabane quand la pluie se mit à tomber en nappes poussées par le vent. Dans l'éblouissement des éclairs, les arbres et les montagnes se découpaient en noir sur un ciel d'argent mat. Quel pays, pensa Gus. On s'y tue au travail, on se bat contre lui et on finit par l'aimer tellement qu'on en a peur. Zach le rassurait par sa solidité. Ensemble, ils seraient capables de bâtir le plus grand, le plus riche de tous les ranches de l'ouest du Montana.

Tout compte fait, peu lui importait de mal connaître son frère, car il avait au moins une certitude à son sujet : rien ni personne ne l'abattrait. Le blesser, oui. Lui mettre un genou en terre pour une minute ou pour une heure, peut-être. Mais au plus profond de lui-même, dans cet endroit secret, vulnérable, où tout homme abrite sa source de vie, Zach McQueen — Zach Rafferty, ou quel que soit le nom qu'il lui ait pris la fantaisie de se donner — n'avait jamais été vaincu. Et il ne le serait jamais.

IX

— Ne bougez plus, monsieur Montoya !

Le jeune journalier mexicain prit une pose avantageuse. Avec son sombrero couvert de breloques, son pantalon de cuir décoré de conques d'argent et ses bottes surpiquées de motifs floraux, il paraissait aussi exotique aux yeux de Clementine que s'il venait de traverser le Rio Grande.

Derrière elle, Gus s'impatientait.

— Dépêchez-vous, à la fin ! Les vaches ne vont pas se marquer toutes seules !

Clementine termina posément la mise au point malgré le harcèlement de Gus qui lui nouait la gorge — moins cependant que l'air qu'elle respirait.

L'atmosphère empestait la vache et la poussière. Le camp avait beau être installé à bonne distance du corral, l'odeur et les constants mugissements du troupeau l'obsédaient. Uniformément roussâtres à l'exception d'un triangle blanc sur le front, ces stupides créatures n'étaient pas belles à voir. En plus, aussi peureuses qu'agressives, elles s'agitaient chaque fois que Clementine s'en approchait. Gus prétendait que le bruit de sa jupe claquant dans le vent les effrayait. Rafferty, pour sa part, affirmait qu'elles ne supportaient pas son odeur d'amidon.

Rafferty... L'existence même de cet homme troublait Clementine au-delà de son propre entendement. Elle n'aurait su nommer les sentiments qu'il éveillait en elle, sauf deux qu'elle connaissait trop bien : la crainte et la fascination. Son retour de Rainbow Springs avait été accompagné d'un violent orage. Quand il était entré dans la cabane, elle avait eu l'impression que la foudre y pénétrait avec lui — non, qu'il la portait en lui.

Il ne l'avait pas quittée des yeux pendant qu'elle préparait le souper, au point qu'elle s'était sentie aussi exposée à la fureur de l'orage que si elle avait été dehors, seule et nue. Elle aurait voulu lui crier de cesser de la fixer ainsi mais, bien entendu, il ne le faisait que pour la provoquer, l'effrayer — et il avait si bien réussi qu'elle avait dû se réfugier dans la chambre afin d'échapper à son regard. Afin d'étouffer les cris de détresse qui montaient à ses lèvres, d'apaiser les sentiments confus qui bouillonnaient dans sa poitrine.

Il représentait tout ce qu'elle avait appris à mépriser. C'était un ivrogne, un débauché, un vaurien sans foi ni loi, voire pire s'il avait réellement tué un homme quand il était enfant. Et pourtant, lorsqu'elle osait soutenir son regard comme elle l'avait fait ce soir-là, les émotions qu'elle éprouvait étaient assez puissantes pour qu'elle en perde la raison.

Il était plus dangereux que la foudre.

Clementine ajouta une branche à celles qui étaient déjà empilées dans ses bras, la cala sous son menton et retint de justesse un juron quand une brindille se planta dans sa gorge. Trois mois plus tôt, elle ignorait jusqu'aux mots avec lesquels maudire le nom du Seigneur. À présent, grâce à l'éducation reçue de Nickel Annie et de cet individu qu'elle était bien forcée d'appeler son beau-frère, les blasphèmes lui venaient sur la langue plus souvent que les prières.

À mi-chemin du feu de camp, elle buta contre une souche, s'étala de tout son long en éparpillant son chargement dans l'herbe comme un jeu de jonchets. Assommée, elle resta étendue un moment avant de se tourner sur le dos et de chasser la poussière de ses yeux. La brise du matin était retombée, le soleil l'écrasait d'une chaleur lourde et sèche. En une semaine à peine, la vallée entière avait été transformée d'une mer de boue en un océan de poussière.

Dans la maison de Louisburg Square, elle n'avait jamais eu à se soucier de savoir comment se remplissaient les seaux à charbon. Désormais, si elle voulait du feu, elle devait charrier elle-même son bois. Sa grande aventure sombrait dans ces détails prosaïques. Elle était lasse, elle avait peur. En venant se perdre dans ce pays impitoyable, tout ce qu'elle était, tout ce à quoi elle croyait avait été jeté en l'air et s'était dispersé au hasard, comme sa pile de petit bois. Pourtant, sous le vieux Stetson de Gus dont elle ne se séparait plus et derrière son masque tanné par le soleil, elle était la même Clementine au cœur débordant d'aspirations inassouvies et de fureurs mal maîtrisées.

Un bras sur les yeux pour les abriter du soleil, elle tendit ses oreilles de citadine aux crissements des insectes dans les hautes herbes, aux murmures de la rivière sur les galets. Mais le soleil était si chaud qu'elle n'y tint plus. Elle se releva, ramassa quelques branches pour alimenter le feu, jeta des poignées de haricots dans la marmite pleine d'eau qu'elle accrocha au-dessus des flammes. C'était à elle qu'il incombait de déterminer les menus. Aujourd'hui, il y aurait du bacon, des haricots, du pain et du café. Comme la veille et comme le jour d'avant.

L'équipe se composait en tout et pour tout de Gus, de son frère et du jeune Mexicain Palo Montoya. Les deux vieux prospecteurs, Nash et Pogey, prêtaient aussi la main, car, tant que Gus n'aurait pas le loisir de se rendre à Butte afin de prendre langue avec les éventuels investisseurs, ils ne pourraient extraire l'argent de leur mine. Partis dès l'aube, les hommes rameutaient les vaches et les poussaient vers le corral, improvisé avec des pieux et des cordes. À dix heures, ils revenaient dîner au campement avant de consacrer le reste de la journée à castrer et marquer les veaux.

Ayant mis les haricots à cuire, Clementine décida qu'elle avait le temps de prendre quelques photographies avant le retour des hommes. Elle était en train de fixer le dernier négatif quand une voix masculine l'appela avec tant de colère qu'elle lui évoqua son père. Clementine émergea de la tente, la reboutonna et se dirigea à pas lents vers Gus, debout près du feu. Elle serra les poings et frotta ses cicatrices du bout des doigts en se répétant qu'elle ne devait pas avoir peur de lui comme elle avait eu peur de son père. Et pourtant, elle tremblait.

La marmite avait débordé en éteignant à moitié le feu. Le visage dur, Gus dardait sur elle un regard accusateur.

— Beau travail ! Les haricots sont réduits en bouillie. Et le pain... Où est le pain ?

— J'ai... je l'ai oublié.

Il désigna du menton la tente laboratoire dressée à l'ombre des arbres.

— Si ça continue, Clementine, je vous confisquerai ces maudits appareils...

— Jamais ! cria-t-elle si fort qu'il sursauta. Et je ne me suis pas mariée avec mon père, entendez-vous ? Vous voyez mes mains ? ajouta-t-elle en les lui mettant sous le nez. Mon père m'a battue parce que je refusais de demander pardon. Je ne m'excuserai jamais. Jamais !

Rouge de fureur, il lui agrippa les poignets.

— C'est ce que nous verrons !

Un cliquetis de breloques signalant l'arrivée de Palo Montoya, suivi de Pogey et de Nash, l'interrompit. Puis Rafferty apparut sur son cheval couvert d'écume et mit pied à terre, un sourire narquois aux lèvres comme si cette querelle de ménage l'amusait. Clementine dégagea ses poignets avec brusquerie et se dirigea vers le chariot.

— Je vais faire cuire le bacon, annonça-t-elle.

Tandis qu'elle ranimait le feu et posait une poêle sur les braises, les hommes se servirent les haricots qu'ils mangèrent debout, dans un silence tendu. Nash lui-même ne soufflait mot. Gus avait la mine plus sombre que s'il était condamné à mastiquer son chapeau. Accroupie près du feu, Clementine leva les yeux vers lui d'un air de défi.

— J'ai pris une décision, monsieur McQueen. Je compte soumettre mes meilleurs clichés aux journaux des États. Personne, pas même un homme, n'a encore photographié le marquage du bétail dans les territoires de l'Ouest. Mais il me reste beaucoup de scènes à enregistrer. Je m'efforcerai tout à l'heure de photographier un monsieur vache...

Pogey s'étrangla sur ses haricots et les recracha dans le feu. Nash ouvrit une bouche si béante que son dentier tomba dans l'herbe.

Depuis le début de sa dérisoire révolte, Clementine sentait sur elle le regard de Rafferty, mais elle ne voulait pas se tourner vers lui. Elle attendait la réaction de Gus, et celle-ci la stupéfia. Plié en deux, il éclata d'un rire tonitruant qui lui fit monter les larmes aux yeux.

— Un *monsieur vache* !... Oh ! Clementine... Quelle innocente vous faites...

Il se pencha vers elle, la prit par le bras pour la remettre debout, lui caressa la joue du revers de la main. Ensuite, il redevint sérieux et apostropha le jeune Mexicain :

— Quand vous aurez fini de regarder ma femme en riant bêtement, Montoya, vous irez surveiller les *messieurs vaches.*

Clementine s'était si bien préparée à reprendre leur dispute que le soudain changement d'humeur de Gus la frustra. À peine l'eut-il lâchée qu'elle feignit de s'absorber dans la cuisson du bacon et de vérifier le niveau du liquide dans la cafetière. Lorsqu'elle se retourna, elle buta contre Rafferty, debout derrière elle. Elle sursauta, faillit reculer dans le feu et constata avec désarroi qu'ils étaient seuls. Pogey et Nash sellaient leurs montures, Gus se soulageait au bord de la rivière.

— Que voulez-vous ? demanda-t-elle, honteuse de sa voix mal assurée.

— La poussière acide et le soleil vous attaquent la peau, vous commencez à avoir des cloques. J'ai toujours un flacon d'huile dans mes fontes, j'ai pensé que vous pourriez en mettre sur vos... parties dénudées.

L'expression la fit rougir, mais il lui tendait une petite bouteille sans paraître se moquer d'elle. Comme elle ne la prenait pas, il la déboucha avec ses dents, versa un peu d'huile dans le creux de sa main, lui saisit un bras. Elle frémit quand il commença, de ses doigts calleux, à masser doucement le dos de sa main en remontant vers le poignet et l'avant-bras, aussi haut que le permettait la manche retroussée, tandis qu'elle s'efforçait de contrôler ses tremblements. Douce et rafraîchissante sur sa peau à vif, l'huile sentait bon l'olive.

Quand il lui eut massé l'autre bras, ils relevèrent les yeux en même temps. Leurs regards se croisèrent.

— Vous devriez vous en mettre aussi sur la figure.

— Oui, merci...

Elle déglutit, prit le flacon, le glissa dans la poche de son tablier.

— Merci, répéta-t-elle. Je le ferai moi-même plus tard.

Habituée à son agressivité et à sa grossièreté, cet accès de gentillesse inattendu la déconcertait. Elle se détourna en souhaitant qu'il s'en aille et fut soulagée de l'entendre s'éloigner.

Lorsqu'elle osa regarder de nouveau autour d'elle, Rafferty avait rejoint Gus. Les deux frères se tenaient à un coude de la rivière d'où ils observaient le troupeau entassé dans le corral ce matin-là. Côte à côte, les mains dans les poches, ils se parlaient avec ce qui, chez ces taciturnes, pouvait passer pour de l'animation. Ayant toujours cru que Gus était le plus grand, Clementine s'étonna de constater que Rafferty avait exactement la même taille et la même carrure. Il a un corps superbe, se surprit-elle à penser. Son dos musclé, ses cuisses fermes, sa posture orgueilleuse — les jambes écartées et les hanches en avant, comme s'il voulait faire étalage de sa virilité. Autant de détails sur lesquels aucune femme honnête ne devait s'attarder...

Le grésillement du bacon dans la poêle la détourna de sa coupable contemplation. Avec une fourchette, elle y prit les tranches cuites, qu'elle posa sur une assiette dans l'intention de les porter à Gus. À cause d'elle, il n'avait eu que des haricots en guise de repas. Elle échouait lamentablement dans ses devoirs d'épouse. L'illusoire sentiment de liberté qu'elle avait éprouvé en le défiant la remplissait de honte ; elle lui devait des excuses.

— Je pense depuis un bon moment que nous devrions acheter quelques taureaux reproducteurs, entendit-elle Gus dire à son frère quand elle s'approcha. Des durhams, par exemple, rehausseraient le niveau du troupeau.

Un sourire sarcastique au coin des lèvres, Rafferty écrasa son mégot dans la poussière.

— Et avec quel argent, mon frère ? Des bouses de vache ? On en a à revendre, en ce moment.

Clementine vit le visage de Gus se décomposer. Il se détourna sans un mot et partit vers le corral, le dos rond.

— Vous êtes content de vous, monsieur Rafferty ?

Il affecta de l'ignorer. Furieuse, elle jeta l'assiette de bacon dans la poussière, empoigna son beau-frère par le bras pour le forcer à lui faire face. La violence qu'elle lut dans ses yeux lui coupa le souffle et elle se hâta de le lâcher.

— Vous vous croyez très fort, de piétiner les rêves de votre frère comme le ferait un troupeau de vos stupides vaches quand elles courent droit devant elles ?

— Vous n'y comprenez rien !

— Je suis peut-être trop *amidonnée,* comme vous dites, et sûrement trop chétive pour mériter d'être emmenée à l'abattoir comme une vache. Mais moi, au moins, je connais la valeur d'un rêve ! Vous êtes son frère, il a besoin de vous. À quoi lui êtes-vous bon ?

Il gardait un silence méprisant. Un voyou tel que lui, pensa-t-elle, n'hésiterait pas plus à gifler une femme qu'à donner un coup de poing à un homme.

Au prix d'un effort, elle ne recula cependant pas.

— Répondez, monsieur Rafferty ! À quoi servez-vous sur ce ranch ? Vous passez le plus clair de vos jours et de vos nuits en ville. Et quand vous daignez accorder une minute à Gus, vous tournez en dérision ses efforts pour améliorer ce...

Il fit un pas vers elle, et la suite de la phrase s'arrêta dans sa gorge. Une longue minute s'écoula, pendant laquelle elle suivit, fascinée, le trajet d'une goutte de sueur qui descendait de sa tempe le long de son cou pour se perdre dans le col ouvert de sa chemise.

Il lâcha à mi-voix une bordée de jurons, tourna les talons et partit à grandes enjambées vers le corral. Clementine le suivit des yeux, effarée de sa propre audace. Que m'arrive-t-il, mon Dieu, que m'arrive-t-il ? se répétait-elle encore quand il avait depuis longtemps disparu.

La chaleur devenait de plus en plus écrasante au fil des heures. Clementine étouffait. Jamais le soleil ne lui avait paru aussi torride à Boston. Même si elle avait osé défier la colère de Gus, elle n'aurait pu prendre la moindre photographie : la poussière collait à son visage en sueur, lui piquait les yeux, lui brûlait les narines, s'accrochait à ses vêtements comme la farine à un sac de jute. Mais, puisqu'il n'y avait pas de vent pour faire claquer ses jupes et effrayer les bêtes, elle ne voyait pas pourquoi elle n'assisterait pas au marquage et à la castration des veaux.

Le corral disparaissait derrière un nuage de poussière, mais l'odeur suffit à la guider. Ayant repéré un grand feu d'où émergeaient les manches des fers à marquer, elle s'en approcha au moment où Gus revenait y plonger un fer refroidi.

À sa vue, il fronça les sourcils.

— Retournez au camp, Clem. Ce n'est pas un spectacle pour une femme.

— Je veux rester, Gus.

Je veux comprendre ce que vous faites afin de mieux partager vos rêves, aurait-elle voulu lui dire. J'ai trop peur, voyez-vous, de ne jamais pouvoir aimer ce pays dur et cruel, de ne jamais m'habituer à la vie barbare qu'on y mène. Mais elle avait trop de mal à exprimer devant lui ses pensées et ses sentiments.

Gus allait lui ordonner de partir quand un appel de Nash détourna son attention.

— Fer chaud !

Le Mexicain traînait un veau par le cou à travers le corral, l'extrémité de son lasso enroulée autour du pommeau de sa selle. La mère suivait en meuglant d'inquiétude, les cornes en bataille. Près du feu, Pogey et Nash l'empoignèrent par les pattes comme une balle de foin et le couchèrent sur le flanc. Tandis qu'ils maintenaient l'animal affolé, Gus lui entailla l'oreille d'un coup de couteau avant de lui sectionner les testicules qu'il jeta dans un baquet sanglant. Puis, de ses mains gantées, il empoigna un fer rouge et l'appliqua sur le veau qui poussa des cris déchirants.

Il y eut un bref grésillement, un peu de fumée blanche, une bouffée puante de poil et de chair grillés. Clementine s'éloigna de quelques pas en titubant, se plia en deux et vomit dans l'herbe poussiéreuse. Un long moment plus tard, elle luttait encore contre le retour de la nausée quand elle entendit craquer devant elle le cuir d'une selle. Elle leva les yeux et distingua à travers ses larmes le flanc d'un cheval, une botte grise de poussière dans un étrier, une main qui lui tendait une gourde et un mouchoir propre.

Elle prit l'offrande, se rinça la bouche et recracha l'eau tiède comme Nickel Annie crachait son jus de chique. Elle humecta le mouchoir, se bassina le visage et rendit la gourde — le tout sans un mot ni un regard. Un autre veau mugit de douleur, une nouvelle bouffée de poil et de chair grillés lui assaillit les narines.

Clementine ferma les yeux.

— Dites-moi... Subissent-ils une douleur intolérable ?

— Si vous ne le supportez pas, Boston, rentrez chez vous.

— Je suis chez moi ! protesta-t-elle.

Gus l'apostropha d'une voix frémissante de colère.

— Quand ferez-vous enfin ce qu'on vous dit ? Je vous avais pourtant prévenue que ce n'était pas un spectacle pour une femme. Retournez au camp, immédiatement !

— Non ! Je reste.

Elle leva les yeux vers Rafferty sans pouvoir déchiffrer son expression sous le Stetson qui lui dissimulait la moitié du visage.

— Je reste, répéta-t-elle à son intention.

Il toucha du doigt le bord de son chapeau comme s'il la saluait, la regarda un instant en silence.

— La douleur n'est pas intolérable, dit-il enfin. Un peu de poil et de cuir brûlés, rien de grave.

Sur quoi il pressa de ses genoux les flancs du cheval, lui fit faire demi-tour et rentra au trot dans le corral.

Malgré sa répugnance envers le traitement barbare infligé aux veaux, Clementine demeura là. Elle observa un moment le manège du vieux chien jaune qui, malgré sa demi-cécité, repérait avec un flair infaillible les veaux non marqués et les rabattait vers le lasso de Montoya. Du coin de l'œil, elle distinguait aussi les mouvements d'un autre cavalier, mais elle refusait de regarder dans sa direction. Cet homme-là, elle ne voulait plus le voir.

Une seconde plus tard, elle ne voyait que lui.

Elle suivait, fascinée, ses longs doigts qui déroulaient le lasso. Ses bras musclés qui lançaient la corde et la faisaient planer au mépris des lois de la pesanteur avant de retomber, avec une sûreté qui tenait du miracle, autour des pattes du veau. Ses mains qui enroulaient la corde autour du pommeau de la selle. Ses cuisses qui serraient les flancs du cheval. Ses pieds qui prenaient appui sur les étriers pour compenser le choc du lasso brutalement tendu. Sous ses vêtements que la sueur lui collait à la peau, elle voyait son corps nu, elle le sentait sous ses mains. C'était un péché grave, elle en avait conscience, de nourrir de telles pensées, de se repaître d'un tel spectacle.

Pourtant, elle était incapable d'en détourner les yeux.

À un moment, leurs regards se croisèrent. D'un coup, son sang bouillonna, sa peau la démangea comme si des orties la flagellaient. Il ne la lâcha pas des yeux quand il lança son lasso d'une souple détente du bras... et le veau que Montoya rabattait vers lui s'échappa en gambadant.

— Putain ! s'exclama Pogey, ahuri. C'est la première fois que je le vois rater son coup. La première fois !

— Ceux-là sont des taureaux.

Devant le baquet d'eau potable, une louche pleine à la main, Zach Rafferty s'apprêtait à boire. À trois pas de lui, Clementine s'appuyait à la table. La bâche tendue par Gus à l'arrière du chariot protégeait du soleil, mais avait aussi pour résultat d'emprisonner la chaleur. On se serait cru dans une étuve. Clementine avait honte de ses odeurs corporelles — et reniflait celles de l'homme en face d'elle, faites de cuir, de cheval et de sueur.

— Les taureaux, reprit-il, sont les mâles que vous baptisez pudiquement « messieurs vaches ».

Il s'interrompit pour boire. Clementine ne put détacher les yeux des muscles de son cou pendant qu'il avalait. Elle rougit quand il s'aperçut qu'elle le regardait.

— Si vous tenez à les photographier, conclut-il en s'essuyant la bouche d'un revers de main, autant savoir comment les reconnaître. Les vaches sont des femelles, elles ont des pis. Les bœufs sont des mâles castrés, ils ne disposent donc plus de leurs organes de reproduction... Je vous choque, Boston ? Vous êtes toute rouge.

Ses joues étaient plus brûlantes qu'un fer à marquer, mais elle parvint à se dominer.

— Vous êtes peut-être capable de me faire rougir, monsieur Rafferty, mais il faudrait bien davantage que votre langage trivial pour me chasser d'ici.

— La journée n'est pas finie, je peux devenir encore plus *trivial,* comme vous dites.

— Je n'en doute pas, vous avez un certain talent dans ce domaine. Je ne vous en connais pas beaucoup d'autres, aussi je comprends que vous en soyez fier.

Il replongea en ricanant la louche dans le baquet.

— Sous vos manières de princesse, vous avez la langue assez pointue pour lacérer le cuir d'un bison. Je parie que Gus ne s'en doutait pas quand il vous a épousée. Il n'a jamais supporté les femmes prétentieuses.

Elle refusait de parler de Gus avec lui, elle voulait simplement qu'il la laisse en paix, qu'il remonte sur son cheval, qu'il quitte une fois pour toutes le ranch et même le Montana, qu'il retourne dans l'enfer qui l'avait vomi.

Elle prit dans le coffre du chariot un sac de pommes de terre. Lorsqu'elle le posa sur la table, il s'en échappa comme un bruit de crécelle. Des sauterelles avaient dû s'y introduire, la prairie en était pleine. Maudits insectes ! pensa-t-elle avec un frisson de dégoût. Mouches, puces, punaises, qui grouillaient partout, la harcelaient.

Elle pêcha une pomme de terre et commença à la peler sans pouvoir s'empêcher de lancer des regards furtifs à l'homme debout derrière elle. Il avait enlevé son chapeau et vidait sur sa tête une louche d'eau qui lui dégoulinait dans le cou, lui collait la chemise à la peau. Elle abaissa son regard vers le revolver qui ne le quittait jamais. En acier bleu-noir, menaçant, il reposait dans un étui de cuir pendu à une cartouchière et attaché à sa cuisse par une lanière. Gus lui avait dit que les cow-boys mettaient d'habitude leur revolver à la ceinture, tandis que les représentants de la loi et les bandits portaient leur arme plus bas sur la hanche et la sanglaient sur la cuisse. Clementine ne doutait pas de la catégorie dans laquelle se rangeait Zach Rafferty. Elle l'imaginait sans peine en outlaw qui attaquait les diligences et dévalisait les banques.

Le silence n'était rompu que par le crissement de la sauterelle prisonnière du sac. Croyant Rafferty enfin parti, Clementine se retourna avec un soupir de soulagement. Mais il ne s'était éloigné que de quelques pas et la fixait d'un regard étrange. Résignée, elle tendait la main vers le sac pour prendre une autre pomme de terre quand l'enfer se déchaîna.

Elle vit la main de Rafferty cracher un jet de flammes, et quelque chose lui frôla l'oreille en sifflant. Le sac explosa ; des débris de jute et de pommes de terre rebondirent contre sa poitrine avant de retomber sur la table et dans la marmite. Clementine hurla de terreur, les bras levés d'instinct pour se protéger le visage. Rafferty s'approcha d'elle, le canon du revolver encore fumant ; elle recula, trébucha, se rattrapa au bord de la table.

— Vous avez voulu me tuer !

Son éclat de rire la surprit tellement qu'elle sursauta.

— Si j'avais voulu vous tuer, Boston, vous seriez déjà morte.

Du bout du canon, il fourgonna dans les débris du sac, y plongea sa main libre, la sortit un instant plus tard en brandissant une chose que Clementine prit d'abord pour un morceau de corde. Mais, lorsqu'il la lui mit sous le nez, elle s'aperçut qu'il s'agissait d'un serpent. Un serpent de belle taille, à la peau vert olive marquée de taches rondes brunâtres, à la queue formée d'anneaux cornés qui s'emboîtaient les uns dans les autres. Il ne lui manquait que la tête, sectionnée par la balle.

Un nouveau hurlement lui échappa malgré elle. Coincée contre la table, elle ne pouvait plus reculer tandis qu'il agitait le serpent sous ses yeux avec un sourire sarcastique.

— Enlevez ça, parvint-elle enfin à dire sans trembler.

— Beau spécimen, hein ? Onze anneaux.

Ce n'est qu'un serpent, se répéta-t-elle. Un crotale peut-être, mais un crotale mort. Elle n'allait pas accorder à cet odieux individu la satisfaction de la terroriser.

— Onze anneaux ? Bravo, monsieur Rafferty. Vous savez donc compter au-delà de vos dix doigts ?

— Un de mes talents mineurs. Si vous continuez à me cracher votre venin à la figure, je me verrai dans la triste obligation de vous arracher la tête à vous aussi. Ou alors, poursuivit-il en rengainant son revolver, je pourrais employer la méthode indienne. Lente et silencieuse.

D'un geste si vif qu'elle l'enregistra à peine, il fit jaillir de sa botte un couteau à la longue lame effilée et fendit le ventre du serpent. Elle ne put retenir un sursaut d'horreur en voyant un liquide noir s'en échapper. Les mâchoires crispées, les muscles contractés par l'effort de ne pas trembler, elle gardait les yeux grands ouverts afin de lui prouver qu'elle était brave, qu'elle pouvait subir sans plier ni implorer la pitié tout ce que le pays lui infligeait. À aucun prix elle ne s'effondrerait devant lui.

Il abaissa son regard sur elle avec une moue au coin des lèvres qui semblait exprimer une sorte de regret.

— Je n'aurais pas dû, Boston... Une fois séchée, la peau fera une jolie ganse à votre chapeau. Quant à la chair, grillée, elle a très bon goût.

— Eh bien, mangez-la vous-même. Et si Dieu est bon, elle vous empoisonnera peut-être.

À peine les eut-elle lâchés qu'elle aurait voulu ravaler ses mots, trop méchants, trop mesquins. Il jeta le serpent sur la table au milieu des débris de pommes de terre, tourna les talons et partit en grommelant une bordée de jurons.

Seule devant le cadavre du serpent, Clementine pensa au vieux chien jaune rendu à demi aveugle par une morsure. Cet homme avait beau être fruste et violent, il l'avait sauvée du même destin, sinon de la mort. Une bonne éducation, lui répétait sa mère, interdit l'ingratitude.

Elle le héla d'une voix enrouée.

— Monsieur Rafferty ! Je dois vous remercier de m'avoir sauvé la vie.

Il se retourna. Le couteau à la main, la bouche tordue par un pli cruel, il lui parut aussi sauvage et redoutable que les Indiens de ses cauchemars. Sous le Stetson, ses yeux avaient l'éclat du bronze.

— N'en parlons plus. Ce n'était qu'un vulgaire crotale de prairie. Même s'il vous avait mordue, vous n'en seriez pas morte, du moment qu'il y avait quelqu'un à portée de voix pour sucer le venin.

Il essuya la lame sur son pantalon, renfonça le couteau dans sa botte.

— Pourtant, j'insiste.

— Vous *insistez* ? Autoritaire, ma parole ! Bon, d'accord, j'accepte vos excuses.

— Mes excuses ? Depuis quand une expression courtoise de

reconnaissance constitue-t-elle une excuse ? C'est plutôt vous qui...

Elle s'interrompit et rougit, consciente que pour une fois il ne la provoquait pas, mais la taquinait sans méchanceté, en camarade.

Les yeux dans les yeux, ils se dévisagèrent sans mot dire. Le silence se prolongea, un silence meublé d'émotions plus périlleuses pour elle que des sables mouvants. Elle le détestait, le redoutait et, en même temps, le seul fait de penser à lui l'emplissait d'une étrange exaltation.

L'arrivée de Gus au galop brisa le charme. Rafferty alla à sa rencontre et les deux frères se parlèrent quelques instants à voix trop basse pour que Clementine les entende. Une seule fois, leurs regards se croisèrent et elle se hâta de détourner le sien. Le malaise qu'elle ressentait ne se dissipa que lorsqu'il enfourcha le cheval de Gus et regagna le corral.

Gus la rejoignit. Penché sur la table, il examina le serpent et poussa un sifflement admiratif.

— Belle bête ! Voulez-vous que je finisse de la préparer ?

La bouche sèche, elle frémit d'une excitation malsaine dans laquelle se mêlaient les serpents, les armes à feu et l'homme aux réflexes assez rapides et assez meurtriers pour savoir dominer les uns et les autres.

— M. Rafferty est un tireur remarquable.

— Zach est capable de transpercer un dollar d'argent à deux cents mètres.

Il y avait de la fierté et de l'affection dans la voix de Gus. Devant son visage ouvert, son regard lumineux, elle éprouva envers lui un élan de tendresse qui lui fit battre le cœur. Elle était terriblement injuste d'imputer à son mari ses propres désillusions. De le rendre responsable de la manière dont le Montana la trahissait.

Elle posa une main sur son bras.

— Gus...

Il se tourna vers elle, mais elle évita son regard.

— Pardonnez-moi d'avoir oublié de faire le pain et d'avoir été malade pendant le marquage. J'ai bien peur de ne jamais devenir une bonne épouse de rancher.

Ses bras l'encerclèrent, puissants, familiers, et elle s'abandonna à eux. D'une main, Gus lui leva le menton pour la regarder dans les yeux.

— Voyons, Clementine, je m'en moque bien, de ce fichu pain ! Il me suffit de vous avoir, vous. Ce qui compte, c'est que nous soyons l'un à l'autre.

Le visage enfoui dans sa poitrine, une joue contre la douce flanelle de sa chemise, elle devinait plus qu'elle n'entendait les battements réguliers de son cœur, elle humait son odeur d'homme faite de feu de bois, de vaches et de sueur. Gus McQueen était peut-être un rêveur, mais un rêveur issu de la terre c'était un élément vital porteur de racines comme la terre, et non une immensité vide et inhospitalière comme le ciel. Il ne lui inspirait pas de crainte, il ne la provoquait pas, il ne stimulait pas ses faiblesses secrètes ni ne creusait en elle de néants vertigineux, ainsi que le faisait le spectacle du ciel infini.

— Tout ce qui compte, répéta Gus, c'est que nous soyons l'un à l'autre.

Elle se serra plus fort contre lui et le ciel disparut de son regard.

X

L'après-midi tirait à sa fin, des bouquets d'étincelles jaillissaient du feu de camp dans le ciel bleu acier. Le vent était revenu purifier l'air, dans lequel flottaient désormais les plaisants arômes du feu de bois et du café. L'ambiance était si paisible que Clementine oubliait presque la poussière, la chaleur suffocante et l'atmosphère de violence qui régnaient auparavant.

Entravée par sa jupe, elle était assise sur une souche. Par terre devant elle, adossé à ses genoux, Gus se caressait la moustache en consultant son registre pour estimer combien de têtes de bétail lui avaient fait perdre les tempêtes de neige de l'hiver, les prédateurs et les larcins de Nez de Fer. Les autres s'appuyaient à leurs selles ou à leurs sacs de couchage roulés. Nash et Pogey jacassaient comme de vieilles pies et relevaient leur café d'un jet de whiskey quand ils croyaient que Gus ne les voyait pas.

Un peu à l'écart, Rafferty fumait en nettoyant son revolver. Clementine ne pouvait s'empêcher de regarder ses longs doigts qui caressaient le métal huilé d'une manière quasi amoureuse. Se sentant observé, il posa un instant sur elle le regard sombre et intense qui n'appartenait qu'à lui. Son esquisse de sourire, qui lui soulevait un coin de la bouche et creusait une fossette dans sa joue, fit à Clementine l'effet d'un coup de poing en pleine poitrine.

Elle se détourna aussitôt, rejeta la tête en arrière et contempla le ciel immense et vide où scintillait une étoile solitaire. D'ici peu de temps, la voûte en serait saturée. Dans la prairie, les étoiles brillaient avec tant d'éclat et paraissaient si proches que Clementine avait l'impression de ne pas se trouver au-dessous mais au milieu d'elles. D'être elle-même une étoile enchâssée dans du velours bleu-noir.

— La nuit s'annonce calme, déclara Nash.

— Calme pour qui ? répliqua Pogey en se calant une chique dans la joue. Tes ronflements suffiraient à guider un Indien sourd jusqu'au camp.

— Peut-être bien, mais ton odeur suffirait à le tuer.

— Tu veux dire que je pue ?

— Plus fort qu'un putois crevé.

Pogey leva le bras et se renifla sous l'aisselle.

— Je sens rien, moi. De toute façon, je vois pas de quoi on s'inquiéterait. Dans les parages, on n'a plus peur des Indiens depuis si longtemps que j'en ai oublié l'effet que ça faisait. Je dis pas, il y avait un moment où on ne trouvait pas plus mauvais que les Pieds-Noirs, où les Blood scalpaient tout ce qui bougeait. Mais ils font plus autant les farauds à présent. La petite vérole, l'eau-de-feu et l'armée leur ont bien rabattu le caquet.

En entendant parler d'Indiens, Clementine se crispa. Elle ne parvenait pas à surmonter sa terreur des diables peints, décrits en termes effroyables dans les romans de son enfance. Sous le regard de Rafferty, elle releva le menton d'un air de défi.

— Vous avez sans doute vu beaucoup d'Indiens à l'époque dont vous parlez, monsieur Pogey ?

Pogey se rengorgea. Il ouvrait déjà la bouche pour répondre quand Nash le coupa net dans son élan.

— Si vous voulez consulter un expert sur le sujet, je suis votre homme ! Tenez, les Salish sont des sauvages plutôt pacifiques, tandis que les Crow sont voleurs et insolents. Pour peu qu'on les taquine, les Sioux sont plus vicieux que des serpents. Prenez Sitting Bull, par exemple. Le plus vicieux de tous ceux que j'aie jamais rencontrés ! Il fumait le calumet avec les Blancs jusqu'au moment où il s'est mis en tête d'entrer sur le sentier de la guerre. Ce qu'il a fait de Custer et de ses hommes à Little Big Horn n'était pas beau à voir, croyez-moi ! J'y suis arrivé à peine une heure après, et mon sang s'est caillé dans mes veines...

Pogey poussa un grognement si indigné qu'il en cracha du jus de chique dans sa barbe.

— Arrête de dégoiser tes sornettes, Nash ! Si t'avais fait la moitié de ce que tu te vantes d'avoir fait, tu serais bon à mettre au rancart depuis belle lurette ! T'as jamais été à cent lieues de Sitting Bull.

— Tu me traites de menteur ?

Nash arracha son chapeau pour mieux darder un regard meurtrier sur son associé qui, ne voulant pas être en reste, se décoiffa avec la même ardeur combative.

— Je dis que t'arranges la vérité d'une manière pas croyable ! Le seul Indien que t'as jamais vu de près, c'est le vieux Nez de Fer. Et encore, tu n'as vu de lui que la croupe de son cheval, parce qu'il s'en allait, et tu tremblais comme un chiot qu'aurait attrapé froid.

— Si je me souviens bien, t'y étais toi aussi et tu faisais pas tant le fier. On dira ce qu'on veut, reprit Nash doctement, Nez de Fer est quand même un Indien vicieux.

Sur quoi, il signifia que l'argument était clos en remettant son chapeau d'une claque sur la coiffe.

— Il est sang-mêlé, précisa Pogey pour l'édification de Clementine, ce qui veut dire qu'il a du sang blanc, une bonne moitié dans son cas. Mais c'est le sang rouge qui se met à bouillir quand il est en colère. Il est si malfaisant que les Blood eux-mêmes ont fini par le chasser de la tribu. Il s'appelle Nez de Fer, ajouta-t-il, parce qu'il a eu le nez arraché dans une bagarre et qu'un forgeron lui en a fabriqué un autre. Si vous voulez mon avis, c'est depuis ce moment-là qu'il a plus jamais été le même.

— Ouais, approuva Nash, la perte de son nez l'a rendu deux fois plus méchant. C'est d'ailleurs juste après que ses cousins et lui ont haché menu ce chasseur de bisons dans la cabane où vous vivez maintenant...

Pogey l'interrompit d'un coup de botte dans le tibia.

— Tiens donc ta langue, vieille tête de mule ! Tu vois pas que tu fais peur à madame ?

Ainsi, l'histoire était vraie... Clementine avait réussi à se convaincre qu'elle était trop horrible pour y croire. Le cœur battant, elle se retint de justesse de regarder en direction de Rafferty. Elle ne voulait à aucun prix lui donner cette satisfaction.

Gus referma son registre, se leva pesamment, s'étira.

— Ne vous inquiétez donc pas, Clem, dit-il en lui tapotant le genou. À part un vol de vache de temps en temps, il n'y a plus d'hostilités sérieuses entre les Indiens et nous dans la région depuis plus de deux ans.

Clementine se leva à son tour et ramassa la vaisselle sale dans une bassine. Elle n'avait aucune envie d'aller la laver à la rivière, mais mieux valait se débarrasser de la corvée avant qu'il ne fasse trop sombre. Elle se retint de demander à Gus de l'accompagner ; plutôt se faire scalper par Nez de Fer qu'exhiber ses craintes absurdes devant Rafferty.

L'ombre était plus épaisse sur la rive bordée de saules têtards et de prunus sauvages en pleine floraison. Leur parfum sucré embaumait l'air alentour, comme celui des fleurs blanches en grosses grappes que Gus appelait des merises. D'après lui, leurs fruits seraient mûrs à l'automne, et elle pourrait confectionner tartes et confitures — sauf qu'elle ignorait tout de la manière de préparer les unes et les autres.

À l'écart du camp, l'air du soir vibrait de bruits incessants : coassements amoureux des grenouilles, battements d'ailes d'une pie que la présence de Clementine intriguait. Le babil de la rivière sur son lit de galets lui donna envie de s'y plonger. Entre la poussière qui lui encroûtait le visage et les cheveux, la sueur séchée qui lui démangeait la peau, elle n'avait pas eu la sensation d'être propre depuis son départ de Boston. Elle sentait sans doute plus mauvais qu'un sabot de cheval — assez fort, en tout cas, pour asphyxier un Indien sourd. L'image la fit sourire malgré elle.

Elle rinçait la dernière assiette quand elle remarqua que les grenouilles s'étaient tues et que la rivière elle-même semblait faire silence. Elle tendit l'oreille, retint sa respiration, entendit dans l'herbe des pas étouffés, un froissement de feuilles. L'estomac noué, les cheveux prêts à se dresser sur sa tête comme pour s'offrir au couteau du scalpeur, elle se retourna lentement...

Les buissons s'écartèrent, une silhouette d'homme se découpa contre le ciel. Elle aurait plongé dans la rivière la tête la première s'il ne l'avait retenue par le bras.

— Attention, Boston ! Vous êtes plus nerveuse qu'un poulain qui a la colique, ce soir.

Elle se releva si précipitamment qu'elle faillit tomber dans l'eau pour de bon.

— Vous m'avez fait peur, monsieur Rafferty, dit-elle en s'efforçant de garder son calme. Telle était votre intention, je n'en doute pas.

— Voilà que vous me prêtez encore de sinistres mobiles alors que j'essaie de me conduire en gentleman ! Et moi qui venais simplement vous aider à laver la vaisselle...

Un bruyant froissement de feuilles dans les fourrés sur l'autre rive l'interrompit. La tête dressée, les narines frémissantes comme un chien de chasse sur une piste fraîche, il se pencha vers elle, si près que la chaleur de son haleine lui brûla la joue.

— Chut, écoutez ! Vous le sentez ?

Elle ne sentait rien car elle ne respirait plus. Elle n'entendait rien non plus tant les battements de son cœur dans ses oreilles l'assourdissaient. Elle s'en voulut de sa lâcheté et tenta de la dominer. Mais la peur — des Indiens et des bêtes sauvages, du vent et de la solitude — semblait inhérente à la condition des femmes dans ce pays.

— Un ours, chuchota Rafferty.

Un frisson lui remonta le long du dos et la chair de poule lui dressa les cheveux sur la nuque.

— Un... quoi ?

Il approcha ses lèvres au point qu'elle sentit son haleine sur l'oreille.

— Un grizzly. Affamé, probablement.

La panique lui noua la gorge. Elle se souvenait trop bien d'une illustration, dans un des romans de Shona : une bête monstrueuse et hirsute, armée de dents et de griffes plus longues, plus acérées que des cimeterres. Elle devait lui poser la question, même s'il se moquait d'elle :

— Est-ce qu'ils... mangent les hommes ?

Il acquiesça d'un signe de tête. Il était si proche que son menton lui frôla les cheveux.

— On en connaît des cas. Je crois quand même que celui-ci s'intéresse plutôt aux merises.

Elle s'étonnait que les merisiers portent des fruits en même temps que des fleurs quand le bruit de feuilles froissées et de branches brisées redoubla. Ses derniers vestiges de pensée cohérente la désertèrent. Elle avait l'impression que son cœur cognait contre ses côtes.

Rafferty se tenait assez près pour qu'elle entende sa respiration égale, alors qu'elle-même haletait de peur. Réconfortée par cette calme assurance, elle se serra un peu plus contre lui, leva la tête pour le regarder. Son profil semblait sculpté dans la pierre, les dernières lueurs du crépuscule se reflétaient dans ses yeux.

— Votre revolver ? chuchota-t-elle.

Il se tourna vers elle. Ils étaient si proches l'un de l'autre qu'elle lui effleura la joue de ses lèvres. Elle sursauta et s'écarta aussitôt, bouleversée.

— Cela ne servirait qu'à l'exciter. Il faut un fusil de gros calibre et des cartouches à double charge de poudre pour stopper un grizzly. Et des prières...

Les fourrés s'écartèrent alors avec fracas. Clementine s'élança pour s'enfuir, buta contre la poitrine de Rafferty dont les bras se refermèrent sur elle. À bout de nerfs, elle se blottit contre lui, à l'abri de sa force, de sa chaleur, de son odeur d'homme. Une seconde plus tard, il étouffa un juron, la lâcha, tenta de l'écarter, mais elle resta agrippée à sa chemise.

Elle se hasarda alors à tourner la tête... juste à temps pour voir un castor plonger de la rive en frappant l'eau de sa large queue plate.

Incrédule, Clementine contemplait les ondes qui s'élargissaient à la surface de l'eau quand elle sentit sous ses poings crispés frémir la poitrine de Rafferty. En comprenant qu'il riait, la fureur la saisit et elle partit en courant avec tant de précipitation qu'elle trébucha sur un rocher. Il la rattrapa de justesse. Ses muscles, tétanisés par la peur un instant plus tôt, la trahirent d'un seul coup, et elle se serait écroulée s'il ne l'avait maintenue.

— Lâchez-moi immédiatement ! exigea-t-elle sans pouvoir dominer le tremblement de sa voix.

— L'armure d'amidon serait-elle en train de craquer ?

Elle le repoussa aussi brutalement qu'elle en était capable, mais elle tremblait si fort qu'elle ne put faire deux pas sans tituber. Ah ! il s'était bien moqué d'elle ! *Est-ce qu'ils mangent les hommes ?* s'entendit-elle demander avec angoisse. Quelle maîtrise de soi il avait fallu à cet homme pour ne pas éclater de rire sur-le-champ !

Soudain aveuglée de fureur, elle empoigna une assiette d'étain dans le baquet, la lui jeta à la tête ; mais elle manqua sa cible et l'assiette alla rebondir contre un arbre.

Il s'esclaffa.

— Vous manquez d'expérience, Boston ! Il faudrait vous entraîner...

Ce déploiement d'hilarité ne fit qu'attiser sa colère.

— Allez au diable, espèce de porc insolent !

— Et en plus, vous ne savez pas jurer ! Mais un cow-boy, même aussi obtus que moi, peut saisir l'allusion.

Sur quoi il souleva son chapeau, s'inclina et s'éloigna, désinvolte et le sourire aux lèvres, comme s'il prenait congé d'elle à la porte de son salon.

Les poings serrés, frémissante de rage, elle le suivit des yeux. Toute sa vie, elle avait été durement punie pour ses écarts de conduite. Céder à la colère n'était certes pas un signe de bonne éducation, mais elle ne regrettait pas de lui avoir jeté l'assiette à la tête : elle y avait pris trop de plaisir. Elle aurait même voulu qu'il revienne sur ses pas afin de pouvoir lui en lancer une autre — en visant juste, cette fois. Assez pour lui aplatir le nez...

Gus émergea de la pénombre, ramassa l'assiette, la lui tendit. Si elle ne pouvait distinguer son expression, son silence réprobateur signifiait assez clairement qu'il avait assisté au moins au dernier acte de sa crise de rage.

— Je voudrais tant que vous fassiez l'effort de vous entendre, tous les deux, dit-il enfin.

Elle lui prit des mains l'assiette couverte de terre et de feuilles, la jeta dans le baquet sans même la rincer. Sa fureur évanouie lui laissait un goût de cendre.

— Je ne peux donc pas vous aimer sans être forcée de l'aimer lui aussi ?

Elle crut l'entendre pousser un léger cri de surprise. Il lui prit la main, la porta à sa bouche. Ses lèvres étaient chaudes sur sa paume, sa moustache la chatouillait.

— Vous m'aimez, Clementine ? Vous ne me l'aviez encore jamais dit. C'est vrai ?

Je ne sais pas, aurait-elle souhaité répondre. J'essaie du moins de vous aimer. Mais j'ai peur. De tout et de moi-même.

Comment lui faire comprendre que ses sentiments envers lui s'étaient inextricablement mêlés à ceux qu'elle éprouvait pour le Montana — et aussi, d'une manière si étrange qu'elle la comprenait à peine, à ceux que lui inspirait son frère ? Comment lui expliquer son besoin de préserver ce qui devait rester enfoui au plus profond d'elle-même, de garder pour elle seule ses secrets de femme, ses craintes, ses espoirs ?

Ses pensées s'enchaînèrent avec une logique qui lui échappait, et elle déclara :

— J'aimerais que nous ayons bientôt un enfant.

— Je fais de mon mieux pour cela, répondit-il en l'attirant dans ses bras avec un rire attendri.

Peut-être avait-il déjà réussi. Elle ignorait les signes indicateurs d'une grossesse et elle avait trop honte pour interroger Gus. Si seulement elle connaissait une femme à qui parler ! Mais à ses oreilles résonnait encore la voix de sa mère lui interdisant de poser des questions aussi inconvenantes.

Elle se dressa sur la pointe des pieds, le visage offert. Leur baiser commencé par un chaste frôlement des lèvres se fit bientôt plus exigeant. Pressés l'un contre l'autre, poitrine contre poitrine, ventre contre ventre, elle le sentit frémir, l'agrippa aux épaules, se frotta contre lui. Un gémissement lui échappa.

— Non, Clem ! dit-il en la repoussant. Non, les autres pourraient nous voir.

Les yeux baissés, elle se félicita que l'obscurité lui dissimule ses joues rouges de honte.

— Bien sûr, Gus, ce serait inconvenant. J'ai tort.

— Non, c'est ma faute... Mais plus je vais, plus je te désire. Je ne peux pas me rassasier de te... de te toucher, se corrigea-t-il à la dernière minute.

Elle avait pourtant compris : il ne se rassasiait pas de ce qu'ils faisaient la nuit au lit et c'était sûrement mal — le lit conjugal devait servir à la procréation, et non au plaisir. Pourtant, péché ou pas, elle était elle-même trop souvent incapable de remplir son devoir conjugal avec l'insensibilité d'une femme honnête. Ce que Gus lui faisait et la manière dont il le faisait lui tiraient des gémissements de plaisir, la menaient jusqu'à l'extase. Le plaisir... Oh oui ! Il existait un plaisir indéniable dans les sensations qu'un homme pouvait éveiller chez une femme avec ses lèvres et ses mains et ces parties du corps que la pudeur interdisait de nommer.

Ces pensées plongèrent Clementine dans un tel embarras qu'elle n'osa plus regarder son mari en face. Elle se détourna pendant qu'il ramassait la bassine à vaisselle et la calait sous son bras. De même, elle garda une distance prudente en regagnant le campement avec lui. Ses muscles étaient engourdis, pesants. Elle brûlait de l'envie coupable d'être de nouveau embrassée. Elle aurait voulu qu'il la prenne là, par terre, qu'il la fasse gémir et se tordre de plaisir...

La nuit était tombée. Les braises refroidies formaient un petit tas grisâtre, la lanterne accrochée au timon du chariot projetait une maigre lueur, à peine capable d'attirer les moucherons et les papillons de nuit. L'air fraîchissait.

Nash et Pogey, qui jouaient au poker avec des haricots en guise d'argent, levèrent à peine la tête à leur retour. Rafferty était étendu à l'écart, la tête sur sa selle, son vieux chien jaune couché en rond à ses pieds. Clementine crut qu'il dormait jusqu'à ce qu'elle voie le bord de son chapeau se soulever et la lanterne faire jaillir de ses yeux un froid éclair cuivré.

Elle porta inconsciemment ses doigts à ses lèvres. Le souvenir de leur bref contact avec sa joue rugueuse la démangeait soudain.

Une semaine plus tard, accoudée à la barrière du pré, elle contemplait la vallée comme si elle découvrait la terre promise. Elle paraissait pourtant si frêle quand il la vit, si seule, si perdue dans les moutonnements infinis de cet océan d'herbe, qu'il aurait voulu arrêter le temps pour se rassasier de la vision qu'elle lui offrait.

Il s'approcha derrière elle au pas de son cheval en détaillant à loisir la manière dont le vent jouait avec une mèche de ses cheveux et plaquait sa jupe contre ses cuisses. Le vieux chapeau de Gus projetait une ombre sur la fraîcheur veloutée de ses joues.

— Bonjour.

Elle se retourna avec tant de précipitation qu'elle faillit glisser sur l'herbe humide de rosée et dut se rattraper à l'échalier.

— Vous réveillez-vous la nuit pour le préméditer, monsieur Rafferty ? demanda-t-elle avec un soupir de lassitude.

Tourné sur sa selle, une jambe négligemment jetée par-dessus le pommeau, il pêcha un paquet de tabac et du papier dans sa poche, et commença à rouler une cigarette. Si elle savait à quoi il pensait la nuit, quand il ne dormait pas...

— Qu'est-ce que vous racontez encore, Boston ?

Il eut du mal à tenir sans trembler l'allumette craquée sur l'ongle de son pouce.

— Je parle de la manière sournoise dont vous vous approchez toujours de moi pour m'effrayer.

— Je ne m'approchais pas sournoisement, j'étais même assez bruyant pour faire détaler un cheval de labour ! Prenez-vous-en plutôt à vos oreilles de fille des villes... Il paraît que vous voulez vous choisir un cheval ?

— Je préférerais que ce soit Gus qui...

— Gus est occupé. Lequel vous plaît ?

Elle se tourna de nouveau vers les chevaux qui paissaient à l'autre bout du pré. Comme s'ils comprenaient qu'ils devaient se donner en spectacle, ils s'élancèrent au petit galop de parade, crinière au vent et sabots luisants, en déployant un éventail varié de robes, de formes, de tailles.

— Celui qui a des taches, là-bas.

Elle montra du doigt un petit pinto avec quelques grosses taches noires sur les flancs et la croupe.

— Il vous plaît parce qu'il se remarque, mais il est plutôt rétif et...

— C'est celui-ci que je veux, dit-elle d'un air buté.

— Si vous y tenez.

Rafferty prépara son lasso en dissimulant un sourire ironique. Connu pour être vicieux comme une vieille mule, l'animal avait la fâcheuse habitude de ruer et d'encenser dès qu'on tentait de l'enfourcher.

Clementine ouvrit la barrière à Rafferty et le suivit dans l'enclos. Ne pouvant résister au plaisir d'étaler son habileté, il lança le lasso autour de l'encolure sans même effleurer la crinière, ramena le cheval près de Clementine et observa, sourire aux lèvres, comment elle s'y prenait.

Contrariant de nature, le pinto cabochard se montra pour la première fois de sa vie plus docile qu'un caniche. Il gratifia Clementine d'affectueuses bourrades du bout des naseaux pendant qu'elle lui caressait l'encolure et lui susurrait à l'oreille des compliments sur sa beauté. Au bout de quelques minutes, conquise, elle se tourna vers Rafferty avec un sourire si sincère et si plein d'innocence qu'il dut baisser les yeux.

— Je l'adore ! A-t-il un nom ?

Il lui en connaissait plusieurs, parmi lesquels Fils de Carne, Tête de Cochon et Gibier de Vautour étaient les plus aimables.

— Puisque c'est vous qui l'avez choisi, se borna-t-il à répondre, baptisez-le vous-même.

— Eh bien, il s'appellera... Plume Joyeuse.

Rafferty ne put retenir un ricanement.

— Si j'étais cheval et qu'on m'affublait d'un nom pareil, j'irais me jeter du haut d'une falaise.

— Tant mieux pour vous, alors, car si vous étiez un cheval je vous aurais baptisé Cactus.

Elle éclata d'un rire franc qui lui fit froncer le nez et dévoila ses dents blanches sous ses lèvres roses. Fasciné, il regarda sa bouche si longtemps et si fixement qu'elle en prit conscience. Leurs regards se croisèrent — et le phénomène se reproduisit :

une foudre invisible les enveloppa, le temps s'arrêta, la terre cessa de tourner...

Ce fut lui, cette fois, qui se détourna le premier.

— Allons, Boston, il faut le seller, bougonna-t-il. Je n'ai pas que ça à faire aujourd'hui.

Elle alla chercher le harnachement, posé sur la clôture à l'abri de l'humidité. Rafferty s'étonna que Gus lui ait déniché une selle de femme ; mais celle-ci avait beau être petite et légère, Clementine peina pour la rapporter. Elle se prit les pieds dans la sangle qui traînait par terre et fit tomber deux fois le mors et la bride avant de réussir à les passer sur la tête du cheval qui bougeait sans arrêt. Rafferty la regardait sans esquisser le moindre geste pour l'aider. Heureusement, l'herbe est épaisse et tendre, pensait-il. Parce que dès l'instant où son délicat postérieur voudra se poser sur le dos de son joli petit cheval...

Avec un sourire narquois, il observa ses tentatives pour se mettre en selle. Le contact de la sangle avait redonné au pinto son véritable tempérament, et il prenait un malin plaisir à se dérober pendant qu'elle sautillait, un pied à l'étrier et l'autre à terre, en essayant de se hisser sur son dos. Puis, ainsi que Rafferty s'y attendait, à peine fut-elle parvenue à effleurer la selle qu'une sèche ruade la catapulta en l'air. Elle atterrit le nez dans l'herbe, se releva en écrasant son chapeau. Le pinto poussa un hennissement de triomphe et recula. Quand elle voulut le retenir, les rênes lui glissèrent des mains ; elle les rattrapa de justesse et se lança à sa poursuite en glissant et en trébuchant.

— Te tiendras-tu tranquille, horrible bête ?

Rafferty jubila de la voir perdre son sang-froid.

— Il faudra que je vous apprenne à jurer mieux que ça.

Elle se tourna vers lui et montra les dents comme si elle voulait le mordre.

— Je vous serais obligée, monsieur Rafferty, d'aller à votre place, c'est-à-dire au diable !

— On dirait, répondit-il avec un sourire aussi méchant que le sien, que votre joli petit pinto aime s'amuser aux dépens des gens quand l'humeur le prend. Vous auriez mieux fait de choisir un bon gros cheval bien tranquille comme mon Moses ici présent. Il est aussi doux qu'un agneau.

— Rassurez-vous, il sera à moi cet hiver.

Il éclata de rire. Cela lui plaisait qu'avec lui, et lui seul, elle ose se montrer impertinente.

Tout en parlant, Clementine poursuivait ses efforts. Comme au premier essai, à peine fut-elle en selle qu'elle s'étala dans l'herbe. Rafferty se pencha vers elle avec une mine faussement attristée.

— Vous comptez continuer longtemps ?

Elle se releva avec peine, refréna une grimace de douleur, s'essuya les mains sur sa jupe.

— Écartez-vous, vous verrez.

Elle remit le pied à l'étrier, le cheval reprit son manège d'écarts et de dérobades mais, cette fois, elle parvint à se hisser sur la selle et à se cramponner au pommeau. Seul son chapeau vola en l'air. Le pinto enchaîna une demi-douzaine de ruades puis, de guerre lasse, se calma, baissa la tête et se mit à brouter.

Clementine lança à Rafferty un regard triomphant. Ses yeux étaient plus verts que l'herbe après les premières pluies de printemps, ses cheveux plus dorés qu'un soleil d'hiver. Le poing de Rafferty se crispa sur les rênes. En dépit des odeurs de cheval et de tabac, il sentait son parfum. Son parfum de femme.

— Pas mal pour un apprenti, dit-il d'une voix soudain plus rauque que s'il avait avalé du verre pilé. La prochaine fois, essayez quand même de voir combien de temps vous serez capable de tenir sans agripper le pommeau.

Il se pencha de côté sur sa selle, ramassa son chapeau dans l'herbe et le lui tendit.

— Toujours décidée à rester, Boston ? Pas encore acheté votre billet de train ?

Elle prit le chapeau, le remit sur sa tête.

— J'ai l'intention de *m'incruster,* monsieur Rafferty. Par tous les moyens.

Le bref sourire qu'elle lui décocha lui fit mal dans la poitrine. Leurs montures s'étaient rapprochées au point que leurs étriers se frôlaient, que leurs bouches n'étaient séparées que par l'épaisseur d'une main. La vue de ses lèvres gercées par le vent et le soleil lui donna l'envie folle, impérieuse, de les humecter d'un coup de langue.

Le silence se prolongea, souligné par le crissement des sauterelles et les gémissements du vent dans les arbres. Une sorte de désespoir poussa Rafferty à parler :

— Maintenant que votre pinto est dompté, vous pourriez peut-être venir de temps en temps vous promener avec moi.

Elle baissa les yeux. Ses mains restaient crispées sur les rênes et le pommeau comme si le cheval la menaçait d'une nouvelle ruade au lieu de brouter paisiblement.

— Non, monsieur Rafferty, je ne souhaite pas aller me promener avec vous. Ni à pied ni à cheval.

XI

Un matin de la fin juin, Clementine se munit d'une gaule et descendit à la rivière pour attraper le souper.

À cet endroit, le courant ralenti par de gros rochers formait des mares poissonneuses. Des nuages de moucherons égratignaient la surface de l'eau. Il faisait chaud, l'air était moite. Sur une petite île au milieu de la rivière, un unique saule pleureur inclinait ses branches jusqu'à terre. Ses feuilles frémissant sous une légère brise semblaient promettre un peu de fraîcheur.

Clementine s'assit sur un tronc rongé par les castors, ôta ses bottes et ses bas. Puis, la jupe retroussée, elle empoigna son attirail de pêche et entra dans l'eau glacée. Le premier contact la saisit et elle courut jusqu'à l'île en riant, dans un jaillissement de gouttelettes en gerbes.

L'herbe sous ses pieds nus était fraîche et douce comme la courtepointe en soie de sa chambre de Louisburg Square. Elle se laissa tomber à l'ombre du saule, appâta son hameçon ainsi que Gus le lui avait enseigné et le lança au-delà des roches. La ligne, aussi brillante qu'un fil d'argent, décrivit une courbe gracieuse. Clementine ferma les yeux pour se protéger de la réverbération aveuglante du soleil sur l'eau. L'écho de coups de marteau lui parvenait, assourdi par la distance et la lourdeur de l'atmosphère. Gus construisait la maison qu'il lui avait promise.

Engourdie par la chaleur, bercée par le murmure de la rivière, elle avait conscience de son corps jusque dans ses moindres muscles, de la jeunesse et de la force qui l'animait, de son cœur qui battait, de son sang qui circulait et lui apportait la vie. Elle se sentait merveilleusement vivante ; elle avait envie de chanter, de rire aux éclats et même de s'envoler, comme les faucons qu'elle voyait planer très haut dans le vaste ciel bleu.

Elle se passa la main sur le torse, du col jusqu'à la ceinture de velours qui lui serrait la taille. Elle palpa ses seins gonflés, presque douloureusement comprimés par la batiste de sa camisole. La sensation de lourdeur dans son ventre et de chaleur entre ses jambes lui fit imaginer sans peine qu'un enfant grandissait en elle.

Sa main s'attarda sur sa poitrine tandis que les souvenirs défilaient dans sa mémoire telles les images d'un stéréoscope. Les bruits de course dans le couloir, les cris de sa mère, les murmures des servantes derrière la porte de sa chambre. Les fenêtres et les miroirs drapés de crêpe noir, la bise froide qui chassait les feuilles mortes sur les tombes. La lourde main de son père sur sa tête. Et les prières, les prières...

Oh ! grands dieux, les cris de sa mère !

Pourtant, seul le bébé était mort. Sa mère avait survécu. Elle riait de soulagement le jour où le docteur lui conseilla de ne plus jamais tenter d'avoir d'enfant. Elle avait pleuré, aussi. Pourquoi ? Tant de questions que Clementine aurait voulu lui poser et qu'elle n'avait jamais osé aborder... Maintenant, il était trop tard.

Il n'y avait, dans le voisinage du Rocking R, que deux femmes mariées, donc respectables, auprès desquelles Clementine pouvait obtenir des éclaircissements. Invoquant sa solitude, bien réelle par ailleurs, elle avait obtenu de Gus qu'il l'emmène chez elles en visite. Chaque tour de roue du trajet lui avait permis de repasser et de mettre au point les questions qu'elle voulait leur poser.

Mme Weatherby habitait une sorte de caverne au flanc d'une colline boisée, au-dessus d'un ravin qui servait de déversoir aux torrents des montagnes. M. Weatherby étant berger, son antre empestait le suint mais aussi le papier moisi, car les parois étaient couvertes de vieux journaux censés protéger l'intérieur contre l'humidité.

— Je les lis, lui avait déclaré Mme Weatherby. Je lis mes murs pour ne pas entendre le vent.

Mme Weatherby était plus blanche et bouffie qu'une quenelle, et le vent l'avait rendue complètement folle. Quand il soufflait, elle affirmait entendre pleurer ses deux enfants morts, ainsi parfois que la voix de sa mère, éteinte depuis vingt ans. Pendant que Clementine s'efforçait de lancer la conversation, Mme Weatherby lisait à haute voix le mur au-dessus de sa tête — une réclame pour un remède contre les aigreurs d'estomac. Le berger était cependant plus sain d'esprit que sa moitié. Lorsque Clementine prit congé, il lui fit don de précieux sachets de semences et de graines de légumes, mais le vent hurlait au point qu'elle ne s'entendit même pas prononcer les remerciements qu'elle lui destinait.

Mme Graham, l'épouse de l'éleveur, était une femme tenace, aussi forte qu'un arbre et solidement enracinée dans la terre du Montana. Coiffée d'une toque de bûcheron en castor, elle chiquait comme Nickel Annie et avait la peau tannée, couleur de vieil acajou. Cinq enfants s'accrochaient à ses jupes par rangs d'âge et de taille. Une telle femme, avait pensé Clementine, connaissait à coup sûr les signes précurseurs de la maternité.

Son espoir grandit lorsque Mme Graham l'invita à entrer boire une infusion de sauge dans des tasses ébréchées. Mais à peine Clementine aborda-t-elle le sujet par le biais d'un compliment sur sa nombreuse famille que Mme Graham l'interrompit d'un ton plus acide que le vinaigre.

— Oh ! Je les connais, les femmes de votre espèce ! À la manière dont vous regardiez mon homme, j'ai tout de suite compris ce que vous étiez.

Clementine fut d'autant plus stupéfaite de l'algarade qu'elle avait à peine remarqué l'existence de M. Graham, aussi banal que son Stetson de cow-boy et ses jeans délavés.

— Plaît-il ?

Sa digne épouse reposa sa tasse avec bruit et se redressa fièrement.

— Il n'y a pas plus bel homme dans les parages que mon Horace, n'allez pas croire que je n'en sais rien. Alors, ma petite, je vous préviens : si jamais je vous attrape à lui tourner autour, je vous arracherai les yeux pour les donner à manger aux vautours. Est-ce clair ?

C'est ainsi que Clementine repartit de chez les Graham aussi ignorante de la conception et de la naissance des enfants qu'à son arrivée.

Tout en surveillant le bouchon qui sautillait dans le courant, Clementine pensa qu'elle devrait se résoudre à en parler à Gus. C'était lui, après tout, qui la pénétrait la nuit à l'endroit d'où un bébé devrait sortir un jour. Pourtant, chaque fois que les questions se formaient dans son esprit, elle se voyait étrangement les poser à son frère. Cet homme était vulgaire, cruel, mais il n'ignorait aucun domaine de la vie : cela se voyait dans ses yeux, durs et froids comme le bronze. Gus s'était un jour vanté d'avoir sillonné le monde, mais c'était son frère qui avait su en observer les dessous et en percer les secrets. Et si elle trouvait un jour en elle le courage de demander la vérité à Zach Rafferty, elle savait qu'il la lui dirait crûment, sans tenir compte un seul instant de son innocence. Elle était une femme faite, assez pour partager la couche d'un homme et concevoir un enfant. Sûrement assez, en tout cas, pour avoir droit à la vérité...

Parce qu'elle pensait à lui avec intensité, elle ne s'étonna pas, en tournant la tête, de le voir debout sur la rive en train de la regarder.

Le soleil au zénith brûlait telle une boule de feu. Il avait plu pendant la nuit, de sorte que la terre gorgée d'eau fumait comme une étuve. Rafferty marchait au pas de son cheval le long de la rivière, suivi du vieux chien jaune. En apercevant la femme de son frère sur la berge de l'île, il mit pied à terre et attacha son cheval à un merisier. Elle tourna la tête au même moment, leurs regards se croisèrent à travers la rivière, mais elle ne fit pas un geste pour s'enfuir ou lui signifier son déplaisir, comme si elle l'avait attendu.

Près du gué, il remarqua dans l'herbe ses bottes et ses bas. Elle s'était acheté des bottes de garçon en cuir fauve, avec une bande rouge en haut de la tige et des plaques de cuivre au bout du pied. Sa décision de troquer enfin ses bottines de ville contre des chaussures plus commodes l'intriguait, comme le fait d'avoir délaissé ses élégants bibis pour le vieux chapeau de Gus, qu'elle ne quittait plus. Elle l'avait ceint avec la peau du serpent qu'il avait tué, comme si elle voulait afficher aux yeux du monde entier qu'elle était de taille à affronter un crotale, un cheval rétif et les autres épreuves que le pays lui infligerait.

À bien des égards, elle n'avait pourtant pas changé et il l'imaginait à jamais immuable. Elle coiffait toujours ses cheveux en un gros chignon qui paraissait trop lourd pour son cou délicat. Elle n'avait pas non plus abandonné ses vêtements féminins, ses longues jupes qui frôlaient le plancher avec des bruissements soyeux, aussi intimes que des aveux d'amants. Tout en elle était si fin, si doux, si féminin qu'il sentit son cœur se serrer.

Il se déchaussa à son tour puis, malgré une hésitation, se délesta de sa cartouchière et de son revolver. Il voulait passer avec elle un moment qu'aucune ombre de crainte ou de tension ne viendrait ternir. Il voulait la faire sourire, la faire rire peut-être, lui parler ainsi qu'on parle à une femme, à une sœur... Non, entre eux les choses ne prendraient jamais une telle tournure. Il était même absurde d'espérer pouvoir nouer avec elle de simples liens d'amitié. Un homme ne peut pas être l'ami d'une femme dont le sourire, le rire, le parfum même l'étouffent de désir.

— Reste ici, Attaboy, dit-il au chien qui levait vers lui un regard implorant. Ne bouge pas, compris ?

Avec un soupir résigné, Attaboy se coucha, le museau entre les pattes. Rafferty traversa le bras de rivière en pataugeant, s'assit dans l'herbe à côté de Clementine. Leurs regards se rencontrèrent brièvement et elle se détourna aussitôt.

— Bonjour, monsieur Rafferty.

C'était peu, mais mieux que ce qu'elle lui avait accordé jusqu'à présent.

Elle était assise très droite, les bras autour de ses genoux repliés. En dépit de la chaleur, elle gardait sa robe boutonnée jusqu'au cou, mais elle avait retroussé ses manches. Sa peau à l'intérieur des bras semblait aussi claire, lisse et fragile qu'une coquille d'œuf. Pour la centième fois, il se demanda ce que Gus avait eu en tête d'amener ici une telle femme. Autant vouloir acclimater un oiseau de paradis dans un nid de rapaces.

Elle ne le regardait pas et, sous son calme apparent, il percevait en elle un trouble mal maîtrisé, comme si elle hésitait encore entre rester et fuir. Il se pencha un peu, tira sur la ligne tendue par le courant.

— Quel appât utilisez-vous ?

— Du porc salé.

— Vous ne prendrez rien avec ça. Dans ce coin, les poissons se nourrissent de grosses mouches et d'insectes.

Il n'avait pas fini de parler qu'une truite sautait hors de l'eau pour happer une mouche bleue. Tandis que Clementine fixait sans mot dire les ondes provoquées par le saut du poisson, il n'eut pas de mal à deviner ses pensées : elle allait devoir attraper des mouches et planter son hameçon dans leurs gros corps velus. Il ne commit cependant pas l'erreur de la juger trop dégoûtée pour ne pas aller au bout de cette nouvelle épreuve. Elle avait du cran, il devait lui rendre cette justice. Une à une, elle affrontait, elle surmontait ses craintes et ses répulsions. Sauf en ce qui le concernait. Sa peur de lui était la seule qu'elle n'osait pas regarder en face — et il croyait en connaître la raison mieux qu'elle.

— Clementine...

Ce nom qu'il prononçait pour la première fois lui laissa dans la bouche un goût de miel sauvage. Il chercha de nouveau son regard. Cette fois, elle ne se déroba pas.

— Que faisiez-vous avant ? demanda-t-elle soudain.

— Avant quoi ?

Elle fit glisser ses mains jusqu'à ses pieds, blancs et menus. Dans cette posture, une ombre de sourire aux lèvres, elle avait l'air d'une fillette espiègle.

— Avant de venir ici. Avant le Montana, précisa-t-elle.

Il se sentit ridiculement heureux qu'elle s'intéresse assez à lui pour le questionner sur son passé.

— Je convoyais surtout des troupeaux de bœufs ; autrement dit, je passais le plus clair de mon temps en selle à cuire au soleil, à suffoquer dans la poussière, à manger tous les soirs les mêmes ragoûts infects et les mêmes haricots avant de dormir seul sur la terre dure et froide.

— Et je parie que vous adoriez cette vie-là ?

— Fichtre non ! Quoique... j'aimais assez voyager la nuit, c'est vrai.

Elle le dévisageait d'un air sérieux et concentré qui lui pinça le cœur. Un sourire au coin des lèvres, il cueillit un brin de trèfle, tourna la tige entre ses doigts.

— Je me souviens de certaines nuits, reprit-il, quand on se disait qu'on serait riche si on avait seulement un dollar pour chaque étoile qu'on voyait dans le ciel, quand l'air qu'on respirait était plus grisant que le whiskey. Par des nuits semblables, avec le cliquetis de ses éperons pour seule compagnie, le temps passe en douceur. Tout est si tranquille qu'on croit entendre battre son propre cœur.

Mais la solitude est telle, s'abstint-il d'ajouter, qu'elle ferait pleurer comme un enfant si on ne fermait pas les yeux pour empêcher les larmes de couler. À des moments pareils, on se sent vide, perdu et seul. On a mal d'avoir faim d'un vrai repas et d'un corps de femme. D'un endroit où faire halte. D'un vrai foyer à soi. D'autre chose aussi que Zach Rafferty n'avait jamais su nommer — jusqu'à présent, du moins. Son regard profond et mystérieux, la vue de sa bouche entrouverte éveillèrent en lui un désir si puissant qu'il crut en voir le reflet dans ses yeux.

Un gémissement pitoyable brisa le silence. Le rose aux joues, Clementine se détourna, montra du doigt la rive opposée.

— Votre pauvre chien s'ennuie, vous n'auriez pas dû le laisser seul.

Le museau au ciel, Attaboy hurlait comme un coyote par une nuit de pleine lune.

— Vous n'en auriez pas voulu ici. Il s'est roulé dans des bouses de vache, il empeste.

Un sourire lui illumina le visage.

— Pire qu'un putois crevé ? demanda-t-elle en imitant Pogey.

— Pire que des bottes de berger, répondit-il sur le même ton.

Cette fois, elle éclata d'un rire franc qui l'enchanta.

Tout à coup, le chien se mit à gronder. Les fourrés s'agitèrent en aval. Rafferty vit des poils gris bouger sous le couvert et se figea. La présence d'un loup solitaire, exceptionnelle dans les parages, était inquiétante.

Clementine n'avait pas encore vu l'animal.

— Monsieur Rafferty, je...

— Silence, Boston !

Il lui plaqua la main sur la bouche. Le loup sortait du fourré et se dirigeait vers eux en trottant d'une allure anormale. Clementine se dégagea, tourna la tête, vit enfin le loup qui approchait mais ne cria pas. Rafferty pensa avec rage à son revolver, resté pendu au pommeau de sa selle.

Le loup, un solitaire banni par sa meute, était d'une maigreur squelettique. On lui voyait les côtes sous son pelage hirsute, ses pattes étaient raides, comme paralysées. Il avait les babines retroussées, mais aucun grondement ne sortait de sa gueule ouverte, d'où coulaient des filets de bave écumante.

— Attaboy, couché ! cria Rafferty.

Trop tard : le chien se ruait déjà sur le loup. Il y eut une brève mêlée de poils gris et jaunes, des claquements de mâchoires. Attaboy poussa un jappement de douleur et partit en courant, la queue entre les jambes.

Alors, avec un grondement étouffé, le loup bondit dans l'eau et fonça sur eux.

Rafferty jeta Clementine à terre et se laissa tomber sur elle au moment où le loup jaillissait de l'eau dans un grand éclaboussement. D'une main, il parvint à stopper la charge de la bête en l'empoignant par le cou tandis que de l'autre il cherchait son couteau à tâtons. Des dents ensanglantées lui claquèrent au ras des yeux et le couvrirent d'écume et de bave, une haleine fétide lui baigna le visage. Sous son poing crispé, il percevait les grondements arrêtés dans la gorge du loup qu'il étranglait à demi quand, enfin, sa main libre se referma sur le manche du couteau.

Il enfonça la lame jusqu'à la garde dans le cou de l'animal, fendit la peau en remontant. Le sang jaillit sur ses mains et retomba sur Clementine, qui se débattait en silence sous son poids. D'un même mouvement, Rafferty repoussa le cadavre du loup, releva Clementine d'une main et la traîna jusqu'à la rivière. Par trois fois, il lui plongea la tête dans l'eau pour la laver des dernières traces de sang et de bave. Elle en émergea secouée de tremblements convulsifs, les cheveux plaqués sur la tête, les lèvres blanches.

Poussé par le besoin impérieux de la toucher, il leva une main vers son visage, hésita.

— Clementine !... Vous a-t-il mordue ?

Elle secouait la tête en signe de dénégation quand leurs regards se croisèrent. Alors, devant ces yeux plus verts, plus profonds et plus chargés de mystère que l'océan, il ne put résister au vertige. Avec une sorte de gémissement, il lui prit le visage entre les mains, se pencha vers elle, posa sa bouche sur la sienne.

Son baiser était trop avide, trop brutal. Il tenta de l'adoucir mais il la désirait, grands dieux ! il la désirait tant, il la désirait trop pour se dominer. Sa bouche chaude et moite avait un goût de paradis et d'enfer et de...

Oui, de consentement.

Une flamme les enveloppa, si soudaine et si brûlante qu'il tressaillit. Elle lui agrippa les cheveux d'une main et la taille de l'autre, ses lèvres s'ouvrirent sous les siennes, leurs langues se mêlèrent, et il la but à longs traits, s'enivra de sa saveur, de son odeur de femme. Corps contre corps, il la sentait frémir du même désir, gémir du même plaisir, quand il puisa en lui, sans savoir comment, la force de s'arrêter.

Il s'arracha de sa bouche et s'écarta, haletant comme un homme sauvé de la noyade. Le poing pressé sur ses lèvres meurtries, elle se détourna — on aurait dit qu'elle craignait de se briser si elle posait son regard sur lui.

Sa bouche... Il tremblait du désir d'y coller à nouveau ses lèvres. De la coucher par terre et de la dévêtir lentement, de toucher, d'embrasser chaque pouce de sa peau nue. De lui écarter les cuisses et d'enfouir son visage entre elles, de lui lécher le sexe jusqu'à la faire gémir de plaisir. De la prendre, de la posséder encore et encore jusqu'à en mourir.

— Clementine...

La gifle qu'elle lui assena fut si rapide qu'il n'eut pas le temps de l'esquiver. Elle allait recommencer, mais il lui happa le poignet. Ils se dévisagèrent, haletants l'un et l'autre. Loin de s'éteindre, la flamme qui les avait enveloppés parut redoubler de violence. Elle se débattait de toutes ses forces quand il aperçut, à l'intérieur de son bras, du sang frais, une large coupure. La terreur le saisit.

— Je croyais qu'il ne vous avait pas mordue ! Dites-moi la vérité, bon dieu ! Vous a-t-il mordue, oui ou non ?

— Je ne sais pas ! Pourquoi ? Je vous déteste...

Il lui lâcha le poignet, lui reprit le visage à deux mains pour la forcer à le regarder.

— Écoutez-moi, Clementine ! Ce loup avait la rage.

Les yeux pleins d'horreur, elle secoua la tête comme si elle voulait nier l'évidence.

— Mon Dieu... Que vais-je devenir ? murmura-t-elle.

Il comprit pourtant que sa question et sa terreur n'avaient rien à voir avec le loup enragé. Il la souleva dans ses bras, elle se débattit, mais il parvint sans peine à la maîtriser.

— Restez donc tranquille, lui dit-il avec douceur, je vous ramène à la cabane.

Gus clouait les planches de bardage sur la charpente de la nouvelle maison. Il lâcha son marteau et courut à leur rencontre lorsque Rafferty et Clementine émergèrent du bouquet d'arbres. La vue du sang sur le bras de sa femme le rendit livide.

— Bon dieu, Zach, qu'est-ce qui... ?

— Un loup enragé nous a attaqués à la rivière.

Il dépassa Gus sans s'arrêter, incapable de regarder son frère en face et de soutenir son regard alors qu'il avait encore le goût de sa femme sur les lèvres. Arrivé à la cabane, il déposa Clementine sur les caisses vides qui tenaient lieu de canapé. Gus resta sur le seuil.

— Tu es sûr qu'il l'a mordue ?

— Non, justement, je n'en suis pas sûr.

La blessure était profonde. Mais, de la manière dont Rafferty avait plongé Clementine trois fois de suite dans l'eau, elle avait aussi pu se couper sur un rocher ou une branche immergée. Il porta la main à sa ceinture et se souvint d'avoir laissé son couteau dans le cadavre du loup.

— Gus, tu as un couteau sur toi. Donne-le-moi. Vite.

Il dut traverser la pièce pour le prendre lui-même dans le fourreau de son frère. Inerte, le regard vitreux, Gus fuyait déjà la réalité comme il le faisait si souvent quand il était enfant.

— Si ce loup vous a attaqués à la rivière, Zach, il n'avait sûrement pas la rage. Tu sais bien que les animaux enragés ont peur de l'eau.

— Pas celui-là, en tout cas. Il a plongé dedans pour nous sauter dessus.

— Dans ce cas, je ferais mieux d'aller à Deer Lodge chercher le docteur, déclara Gus sans esquisser un geste. Et puis, ce loup n'avait peut-être pas la rage puisque les animaux enragés ont peur de l'eau, répéta-t-il tel un naufragé se raccrochant à une bouée. D'ailleurs, tu n'es pas sûr qu'il ait mordu Clementine, tu l'as dit toi-même.

Rafferty s'abstint de répliquer qu'aucun médecin ne pouvait quoi que ce soit contre la rage. De toute façon, Deer Lodge était à deux jours de cheval et le charlatan qui se prétendait docteur passait le plus clair de son temps ivre mort dans le lit d'une putain ou d'une autre. Le dessoûler assez pour lui faire enfourcher un cheval prendrait au moins une journée entière. D'ici là, Clementine aurait vingt fois le temps de mourir.

— J'ai entendu parler d'un remède indien, dit Rafferty. Ils brûlent au fer rouge les blessures infectées.

Il ouvrit le fourneau avec un tisonnier, remit du bois dans le foyer, y plongea la lame du couteau et lança un coup d'œil pardessus son épaule. Clementine était assise, immobile. Sans la crispation de ses mâchoires et le pli qui lui creusait le front, on aurait pu croire qu'elle était là pour s'abriter de la chaleur.

Toujours sur le pas de la porte, Gus se dandinait d'un pied sur l'autre.

— Gus, ajouta Zach, c'est à toi de...

Gus sursauta, pâlit, recula.

— Non ! Non, je ne pourrai jamais !

— Elle est ta femme, mon frère.

Gus tourna les talons et partit en titubant. À peine dehors, il vomit.

— Vous devrez le faire à sa place, déclara d'une voix calme Clementine à Rafferty.

Rafferty plongea plus profondément le couteau dans les flammes. Sa main tremblait. Un instant plus tard, des coups de marteau retentirent ; puis le silence retomba, meublé par les crépitements du bois dans le fourneau.

— Ne me dites surtout pas, monsieur Rafferty, que cela brûlera juste un peu de poil et de peau, et que la douleur ne sera pas insoutenable.

La gorge nouée, il se borna à secouer la tête, remplit un gobelet de whiskey et le lui mit dans la main.

— Je ne sais si je dois permettre au breuvage du diable d'humecter mes lèvres de dame respectable...

Ses yeux trop brillants démentaient sa laborieuse plaisanterie.

— Buvez, bon dieu ! s'écria Rafferty.

Il se pencha vers elle, posa une main sur sa joue.

— Je vais prendre un couteau, Boston, un couteau assez chaud pour brûler du cuir. Je le plongerai dans la coupure de votre bras et je compterai jusqu'à dix. Cela vous fera mal, plus mal que si je vous marquais au fer rouge. Plus mal que ce que vous pourriez imaginer de pire. Comprenez-vous ?

Elle déglutit avec peine. Ses lèvres tremblaient.

— À certains moments tels que celui-ci, je crois que je vous hais de toutes mes forces. Mais vous avez toujours été franc avec moi. Restez-le.

Il laissa sa main descendre le long de son cou et lui fit un sourire plein de tendresse et de compassion.

— Buvez, maintenant. Après, vous me haïrez plus encore parce que je vais vous attacher le bras avant de le brûler...

— Ah ?... Oui, il le faut, cela va sans dire.

Les yeux assombris par la peur et le whiskey, elle le vit sortir du foyer la lame chauffée à blanc, aveuglante. Il la plongea dans sa blessure et l'y maintint comme il le lui avait annoncé. Sa peau grésillait, ses muscles tétanisés par la douleur agitaient son bras de mouvements spasmodiques. Il s'attendait qu'elle hurle, mais elle ne s'autorisa pas même une plainte et elle ne perdit connaissance que lorsqu'il lui délia le bras. Il tremblait lui-même au point qu'il pouvait à peine défaire les nœuds.

Il lui fallut longtemps pour bander la plaie, parce qu'il tremblait, mais aussi parce qu'il s'interrompait sans cesse pour contempler son visage exsangue. Quand il eut enfin terminé, il l'emporta pour aller la déposer sur le lit. Avant de se redresser, il écarta une mèche qui s'était prise dans ses longs cils, puis il recula pas à pas, jusqu'à ce que son dos soit tout contre le mur.

Pas une seconde il ne la quitta des yeux. Il ne pouvait se rassasier du spectacle de ses cheveux, épars sur l'oreiller comme des rayons de soleil. De sa joue à la courbe si douce. De ses lèvres entrouvertes, pleines et tendres. De son front blanc et pur. Chaque détail de son corps éveillait en lui un plaisir si intense qu'il culminait dans la douleur.

Entre le moment où, à la rivière, il avait pris son visage entre ses mains pour poser ses lèvres sur les siennes et cet instant où il la contemplait, aplati contre le mur sans même oser respirer, quelque chose au plus profond de lui-même s'était irrémédiablement brisé.

Dehors, les coups de marteau de son frère avaient repris dans le silence du soir, bien qu'il fasse sûrement trop sombre pour distinguer un clou.

Le crépuscule bleuté envahissait la chambre quand Clementine revint à elle. Lumineux dans la pénombre, ses yeux se posèrent sur lui, se tournèrent vers la fenêtre. Ses lèvres formèrent un mot qu'il ne put deviner et elle redevint immobile, si longtemps qu'il la crut rendormie.

Il aurait pu se retirer ; pourtant, il resta à contempler son visage, sur lequel la lune qui se levait posait à travers les vitres un masque d'argent.

Une éternité plus tard, elle se tourna vers lui.

— Venez, monsieur Rafferty.

Il traversa la chambre d'un pas mal assuré, se pencha. Elle l'agrippa par sa chemise pour l'attirer vers elle. Un instant, il crut qu'elle allait l'embrasser et son cœur cessa de battre. Mais elle ne voulait que le regarder dans les yeux.

— En combien de temps meurt-on de la rage ?

Prête pour une caresse interdite, sa main resta en suspens au-dessus de sa joue.

— Oh ! Clementine...

— Combien de temps ?

— Je ne sais pas. Quelques jours. Une semaine peut-être. Longtemps, en tout cas. Trop longtemps.

— Si je deviens enragée comme ce loup, abattez-moi.

— Grands dieux, Clementine...

— Je ne veux pas mourir folle et l'écume aux lèvres, l'interrompit-elle. Je vous en prie, Rafferty. Tuez-moi net, proprement. Comme vous avez tué le serpent.

En serait-il capable ? pensa-t-il. Oui, pour elle. Parce qu'il l'aimait.

Le vieux chien jaune ne reparut jamais.

Tous les jours, trois semaines durant, Rafferty partit à sa recherche dès que les travaux du ranch lui laissaient un moment de répit. Chaque fois, il se munissait de sa winchester. Un jour, quand il revint dans la cour, Clementine comprit qu'il l'avait trouvé à la manière dont il se tenait en selle, raide, le regard absent. Il renvoya sans douceur le veau orphelin qui trottinait joyeusement à sa rencontre et il disparut dans la grange.

Elle ne voulut pas l'y rejoindre.

À l'inverse de Gus, il n'essayait jamais de l'épargner, encore moins de la dorloter. Il lui avait annoncé d'emblée que des semaines pourraient s'écouler avant qu'elle sache à coup sûr si elle avait ou non contracté la rage. Les premiers temps, en proie à la terreur, elle y pensait sans cesse. Et puis, le soleil avait poursuivi sa ronde, aussi quotidienne que celle du ménage, de la cuisine, de la lessive. On ne pouvait pas vivre chaque heure, chaque minute de la journée avec le couteau de la peur sur la gorge.

Le baiser, aussi... Elle refusait de penser à ce que ce baiser éveillait encore en elle. Elle repoussait de toutes ses forces la seule idée d'éprouver de pareils sentiments pour le frère de son mari. Ce baiser, l'homme lui-même l'effrayaient autant que la mort.

Elle ne voulait pas le rejoindre, et pourtant elle se surprit à traverser la cour vers la grange. Le temps était lourd, orageux. La pluie menaçait. Le vent rugissait à travers la vallée, faisait gémir les arbres, arrachait à la rivière des lambeaux d'écume. Il fouettait Clementine et soulevait en elle des transports douloureux, inquiétants au point qu'elle se demandait si la folie du loup ne courait pas déjà dans ses veines.

Devant la porte de la forge, Rafferty nettoyait les sabots de son cheval. La première fois qu'elle l'avait vu, à demi nu, couvert du sang du veau nouveau-né, il s'était accroupi pour caresser le vieux chien jaune, le gratter entre les oreilles et jouer avec lui en riant comme un enfant. L'avait-elle assez haï, ce jour-là ! Plus encore que la boue, la cabane sordide, la chaleur, la poussière et le vent. Aujourd'hui, elle le plaignait — et elle songea avec quelque satisfaction qu'il n'aimait sûrement pas inspirer de la compassion. À elle moins qu'à n'importe qui d'autre.

Il l'entendit s'approcher, mais ne leva même pas la tête. Elle fixa des yeux son dos musclé sous la chemise, ses cheveux qui bouclaient sur le col.

— Vous l'avez trouvé, dit-elle.

Il garda le silence si longtemps qu'elle n'attendait plus de réponse quand il se redressa et se tourna vers elle. Elle ne lut dans ses yeux ni peine ni chagrin. Rien qu'une indifférence froide, dure. S'il éprouvait quelque chose, ce devait être enfoui en lui si profondément que nul ne l'en exhumerait jamais.

— De toute façon, il devenait trop vieux pour se rendre utile, répondit-il d'une voix aussi dure, aussi froide que son regard. J'aurais dû l'abattre il y a longtemps.

— L'avez-vous tué du premier coup ? Comme le serpent ?

Il haussa les épaules. Malgré son insouciance affectée, ses lèvres se crispèrent.

— Je lui devais au moins ça.

L'air humide exhalait l'odeur douce-amère des foins, du crottin, de la sueur de cheval. Elle respira un coup, hocha la tête et s'en fut. Maintenant, elle savait. Ce qu'il avait fait pour son chien, il le ferait pour elle.

Gus se comportait comme si rien ne s'était passé à la rivière ce jour-là.

Il parlait constamment de la maison.

— Je prévois déjà deux chambres, Clem, pour les enfants quand ils arriveront. Et si on en a treize à la douzaine, on pourra toujours en ajouter.

Il parlait aussi du ranch.

— Zach a beau dire, nous n'aurons jamais de troupeau digne de ce nom si nous n'y mettons pas du sang de bonne race. J'ai écrit à Chicago pour qu'on m'envoie des catalogues de reproducteurs.

Une fois, une seule, il avait fait allusion aux dangers tapis en permanence dans les solitudes du Montana.

— Je ne peux pas être avec vous vingt-quatre heures sur vingt-quatre. Je vais donc vous apprendre à vous servir du colt et je veux que vous le gardiez sur vous chaque fois que vous vous éloignerez de la maison.

Comme si parler de l'avenir suffisait à garantir qu'il y en aurait un...

Gus ne perdit sa bienheureuse inconscience que le jour où son frère retrouva le chien. Ce soir-là, pendant que Clementine vaquait à ses tâches ménagères, préparait le souper et lavait la vaisselle, il la regarda comme s'il s'attendait à la voir d'un instant à l'autre tomber en convulsions, l'écume à la bouche.

Au milieu de la nuit, la pluie qui martelait le toit et les grondements incessants du tonnerre la réveillèrent. Le voyant penché sur elle qui l'observait avec angoisse, elle le prit par le cou, le força à baisser la tête et l'embrassa sauvagement sur la bouche. Elle le sentit trembler.

— Pourquoi avez-vous fait cela ? demanda-t-il en se touchant les lèvres.

— Et vous, pourquoi me dévisagez-vous comme une bête curieuse au milieu de la nuit ?

— Je vous demande pourquoi vous m'avez embrassé de cette façon.

— Sans doute parce que j'ai la rage et que je suis devenue folle. Maintenant que vous l'avez attrapée, nous serons fous ensemble.

— Assez, Clementine ! De grâce...

Elle l'interrompit en posant une main sur sa joue.

— Vous êtes mon mari, Gus. Je vous aime.

Je *dois* vous aimer. Je me *forcerai* à vous aimer.

Il s'enfouit le visage au creux de son épaule.

— J'attendais depuis si longtemps de vous entendre dire ces mots, et maintenant je suis obsédé par l'idée que vous risquez de mourir...

— Mais non, je ne mourrai pas ! répliqua-t-elle avec conviction, parce que l'idée de la mort était pour elle inconcevable.

Elle le saisit aux épaules, laissa ses mains descendre le long de son dos jusqu'à la taille et le serra contre elle.

— Parlez-moi de l'avenir, Gus. Dites-moi comment nous ferons pour que le ranch devienne le meilleur du Montana. Parlez-moi de la maison que vous bâtissez, de notre bonheur quand nous l'habiterons, des enfants que nous aurons.

Elle n'entendit d'abord que le vent et la pluie. Puis elle l'écouta bâtir des rêves en dévidant des mots et elle le serra plus fort contre son cœur, comme si par un effort de sa volonté elle pouvait combler sa solitude.

— Redites-moi cette histoire que vous m'avez racontée le jour où nous nous sommes connus, Gus. Vous êtes à cheval dans une tempête de neige, vous rêvez d'un bon feu qui vous attend chez vous, d'une marmite qui mijote...

— ... et d'une femme aux cheveux couleur d'un champ de blé en août et aux yeux verts comme une forêt de sapins...

— Oui, cette histoire-là...

L'ennui avec les rêves, pensa-t-elle, c'est que parfois ils se réalisent.

Un coup de tonnerre tout proche lui fit lever la tête. Elle regarda son mari à travers ses souvenirs, tel qu'elle le voyait quatre mois auparavant, quand elle était une autre. Elle détailla son visage harmonieux, bien charpenté, attirant même, sa bouche largement fendue, sa moustache ni assez épaisse ni assez longue pour cacher son sourire. Et ses yeux aussi pleins de gaieté, aussi bleus, aussi vastes que le ciel du Montana.

Le cow-boy de ses rêves.

Oui, elle pouvait l'aimer. Elle ferait tout ce qu'il faudrait pour l'aimer. Et elle ne s'autoriserait jamais plus à penser à ce qui s'était passé, ce jour-là, à la rivière.

XII

Clementine s'arrêta, émerveillée. Charriées par le vent et les oiseaux, des graines de phlox avaient éclos sur le toit depuis la veille et formaient un tapis de fleurs rose tendre, si beau et inattendu qu'un sourire heureux lui vint aux lèvres. Après la tempête de la nuit, le soleil brillait dans un ciel presque trop pur et trop bleu pour être vrai. Une journée idéale — s'il n'y avait eu le vent.

Un seau à la main, Clementine revenait de la prairie où elle était allée cueillir des fraises sauvages avant que les oiseaux ne les dévorent. Les doigts, la bouche, la langue barbouillés de rouge, elle s'était gorgée de ces fraises, au goût aussi doux que le parfum des phlox sur le toit ; mais tant de douceur d'aussi bonne heure l'écœurait.

Elle s'arrêta près de la porte de la cabane, l'oreille tendue : des voix lui parvenaient de l'intérieur. À cette heure-ci, pourtant, Gus et son frère auraient dû être en train de poursuivre les vaches égaillées dans la nature afin de les ramener dans le troupeau et de leur éviter de tomber entre les mains de Nez de Fer.

— Tu es sûr qu'il l'avait, Zach ? Tu ne l'as pas seulement tué parce que... ?

— Non, il était enragé.

— Alors, à ton avis, elle ne devrait pas déjà montrer des signes, si elle l'avait attrapée ?

— Bon dieu, Gus, comment savoir ? Elle a toujours eu une conduite plus imprévisible que celle des grains de maïs qui sautent dans une poêle chaude !

Elle s'annonça en marchant avec bruit. Quand elle franchit le seuil, ils étaient assis à table, chacun devant un gobelet de café fumant. Gus sursauta, se tourna vers elle et la scruta comme s'il s'attendait à déceler les signes avant-coureurs d'une crise de folie furieuse.

À la lueur amusée qu'elle nota au passage dans les yeux de Rafferty, elle comprit qu'il avait perçu sa présence derrière la porte et savait qu'elle les entendait. *Plus imprévisible que des grains de maïs dans une poêle*... Quelle audace ! Ses taquineries la troublaient ; elles créaient entre eux une étrange intimité qu'elle n'était pas sûre d'apprécier.

Pendant qu'elle posait le seau de fraises dans l'évier, elle sentit dans son dos le regard des deux hommes. Elle se retourna, les poings sur les hanches.

— Qu'est-ce que vous regardez ?

Gus piqua du nez dans sa tasse.

— Rien, rien, marmonna-t-il.

— Vous avez la bouche pleine de jus de fraise, Boston, dit Rafferty.

Une soudaine bourrasque gifla la cabane. Clementine revint vers l'évier à l'instant même où une grosse motte de tourbe, détrempée par les pluies de la veille et détachée de la toiture par le coup de vent, tombait lourdement sur les fraises.

— Sapristi ! Ce maudit toit !

Son élocution distinguée fit sonner de manière si comique cet innocent juron à ses propres oreilles qu'un fou rire naquit au fond de sa gorge. Elle lança par-dessus son épaule un coup d'œil aux deux autres qui, bouche bée, détournèrent la tête en hâte. Alors, elle empoigna le seau et s'avança, les babines retroussées, en grondant comme le roquet hargneux de sa tante Etta. Arrivée près de la table, elle souleva le seau à bout de bras et déversa le mélange de boue et de fraises écrasées sur la tête de son mari.

Dans le silence qui suivit, l'infâme mixture dégoulina de la tête de Gus sur ses épaules et sur la table. Les yeux écarquillés, il contemplait Clementine d'un air plus effaré que si elle s'était réellement métamorphosée en animal enragé. Pliée en deux, se tenant la taille à deux mains, elle s'écroula sur le canapé de bois en riant aux larmes. Hors d'état de se dominer, cramoisie, les cheveux défaits, elle riait, tapait des pieds, riait de plus en plus fort au spectacle incongru qu'offrait son mari couvert d'un jus rosâtre.

Furieux, Gus pêcha une fraise écrasée sur son front, la jeta par terre et fit mine de se lever.

— Ce n'est pas drôle..., commença-t-il.

À demi étouffée par son fou rire, Clementine se releva d'un bond et se précipita dehors.

Elle courut droit devant elle, plus vite qu'elle n'avait jamais couru de sa vie. Le vent soulevait ses cheveux, sifflait dans ses oreilles. Ses jambes la portaient à une allure telle qu'elle se demandait si elle touchait encore terre. Elle courut ainsi jusqu'à sa retraite préférée, la clairière où l'herbe poussait plus haut que ses genoux, où les saules pleureurs se miraient dans la rivière. Là, elle se laissa tomber dans l'herbe et donna libre cours à son hilarité comme si, après avoir attendu toute sa vie une raison de rire, elle ne pouvait plus y mettre un frein maintenant qu'elle était sûre de ne pas devenir folle.

Elle roula sur le ventre, s'enfouit le visage dans l'herbe tiède. Elle haïssait ce pays, trop vaste, trop rude, trop sauvage ; et pourtant elle se surprenait à l'aimer avec passion. À vouloir y plonger ses racines, y bâtir un monde paisible et sûr, y avoir des enfants, y mener la vie simple et honnête qui lui apporterait la paix du cœur et de l'âme à laquelle elle ne cessait d'aspirer.

Une joue pressée contre la terre douce et fraîche, elle s'assoupit enfin, épuisée par sa course. Quand elle se réveilla, le vent était tombé, le soleil au zénith dardait sur elle son éblouissante chaleur. Elle se redressa, s'étira ; malgré sa lassitude et ses courbatures, elle se sentait habitée d'une inexplicable exaltation. Elle avait renversé un seau de fraises et de boue sur la tête de son mari, elle avait ri et couru comme une folle, elle avait gaspillé une matinée entière à dormir. De tels enfantillages irresponsables auraient dû lui inspirer des remords plutôt que ce sentiment de plénitude, le même qu'elle éprouvait parfois après que Gus lui avait fait l'amour.

Clementine rentra lentement par le sentier qu'elle avait foulé quelques heures plus tôt à une allure insensée. Le soleil coulait sur elle, moelleux et chaud comme du bourre fondu. Alors qu'elle franchissait la barrière, elle vit dans la cour un tilbury et une femme qui parlait à Gus. Une femme vêtue d'une robe d'un rouge rubis plus vif que celui des fraises sauvages, aux cheveux dont la couleur de vieux cuivre était aussi ternie que sa réputation.

Elle observa un instant leurs silhouettes rendues floues par les vibrations des ondes de chaleur. À la raideur de sa posture, à la manière dont il se tenait les poings sur les hanches, elle comprit sans mal que Gus bouillait de colère. À son apparition, il interrompit brusquement la tirade qu'il était en train de débiter. Les regards des deux femmes se croisèrent et deux taches de couleur apparurent sur les joues peintes d'Hannah Yorke.

— Clementine, rentrez à la maison ! tonna Gus.

— Un instant, madame McQueen...

Hannah fit un pas vers elle, posa une main sur son bras et reprit avec embarras :

— Il s'agit d'une femme qui travaille pour moi. Sa fille est morte hier de la rougeole. Elle ne veut pas nous laisser l'enterrer. Alors, je pensais que si vous vouliez bien photographier la petite Patsy pour que sa mère en garde le souvenir, cela pourrait adoucir son chagrin et la décider à se séparer de son enfant. Je sais que j'abuse de votre bonté, mais... Pour vous, poursuivit-elle en lançant à Gus un regard chargé d'amertume, Saphronie n'est peut-être qu'une putain, mais elle aimait cette petite comme toutes les mères aiment leur enfant.

— J'irai, cela va sans dire, répondit Clementine. Il ne me faut qu'un instant pour préparer mon équipement.

Gus lui barra le passage.

— Si vous croyez que je vais vous laisser vous exhiber dans Rainbow Springs à côté de cette...

— Vous ne pouvez pas vous montrer cruel à ce point, Gus ! Une pauvre femme a perdu son enfant. Si je puis faire quoi que ce soit pour adoucir son épreuve, je...

Il l'agrippa par un bras.

— Je vous l'interdis !

— Lâchez-moi, dit-elle, le menton levé d'un air de défi. Vous me faites mal.

Il desserra son étreinte, mais ne s'effaça pas.

— Vous n'irez pas !

— Si. J'irai à Rainbow Springs dans la voiture de Mme Yorke, j'entrerai chez elle pour photographier ce pauvre enfant mort. Et vous ne m'en empêcherez pas.

Elles effectuèrent tout le trajet en silence. Hannah Yorke arrêta le tilbury devant sa maison et aida Clementine à décharger son matériel, en se bornant à la mettre en garde contre la hauteur des marches.

Clementine fit une brève pause sous la véranda pour en savourer le charme, détailler le fauteuil à bascule et ses coussins à fleurs, l'imposte au vitrail multicolore de la porte d'entrée, les fenêtres aux vitres gravées de fougères derrière lesquelles on voyait de légers stores de dentelle.

L'intérieur était frais et sentait le muguet. Elle traversa un salon aux rideaux de velours bordeaux, avec des fauteuils et un canapé de brocart doré. Des appliques à pétrole aux abat-jour frangés de soie éclairaient l'escalier, le palier et le couloir tapissés de papier floqué rouge. Ce spectacle éveilla en elle la nostalgie d'une autre maison, d'une autre existence. Des agréments d'un luxe qu'elle avait fui, sans connaître le prix de ce qu'elle abandonnait.

Elle dépassa des portes closes aux boutons de verre et de porcelaine. La maison était grande, trop pour y vivre seule — mais Mme Yorke, il est vrai, n'y était pas souvent seule. Clementine tenta de se représenter dans un tel cadre le frère de Gus, qui lui avait toujours paru trop peu civilisé pour vivre sous un toit, même celui d'une grange. Une image fugitive lui traversa l'esprit, celle de cet homme et de cette femme couchés nus côte à côte sur un lit. Une onde de chaleur la traversa et lui fit prendre conscience de son propre corps. De ses cuisses qui se frôlaient en marchant, de ses seins dont les pointes soudain durcies se rebellaient contre les épaisseurs d'étoffe que leur imposait la décence...

— Elle est ici, dit Hannah Yorke.

Clementine sursauta et rougit, comme si cette femme avait pu lire ses pensées lubriques sur son visage.

Elle entra dans une petite chambre, où l'odeur du camphre couvrait mal la puanteur douceâtre de la mort. La fillette était couchée sur un lit de fer, sous un édredon au petit-point représentant des fleurs. Sa tête aux cheveux dorés était si légère qu'elle s'enfonçait à peine dans l'oreiller recouvert de dentelle. Le silence n'était rompu que par le tic-tac d'une horloge et le crissement lancinant d'un fauteuil à bascule sur le plancher de sapin nu.

Hannah Yorke s'agenouilla devant la femme qui se balançait, lui toucha le genou d'un geste malhabile.

— Saphronie, j'ai amené Mme McQueen. Elle a bien voulu venir photographier ta petite Patsy.

Le visage dans ses mains, la femme laissa échapper un gémissement. La gorge nouée, Clementine se tourna vers l'enfant sur le lit. Le soleil qui pénétrait à flots à travers le voilage de la fenêtre semblait redonner les couleurs de la vie à ses joues. Une si jolie petite fille... C'était trop cruel, trop injuste.

Clementine se sentit gagnée par une nausée comparable à celle qu'avait provoquée son orgie de fraises du matin. La perte de cette femme lui avait inspiré de la tristesse, certes, mais d'une manière abstraite. Maintenant, sa douleur atteignait Clementine dans sa chair, dans son cœur. Comment peut-elle le supporter ? pensait-elle. Comment une femme peut-elle accepter de perdre son enfant ?

Elle se força à observer la pièce. Si elle ouvrait complètement les rideaux, elle aurait assez de lumière pour n'avoir pas besoin de brûler un fil de magnésium, dont l'éclat trop cru donnait une image plate et dure. Il fallait au contraire obtenir un effet nuancé, afin que l'enfant n'ait pas l'air morte mais simplement endormie.

Une voix enrouée entonna une complainte. Clementine se retourna — et retint de justesse un cri d'effroi. La femme avait écarté les mains et relevé la tête, dévoilant un visage affreusement défiguré par des tatouages — des sortes de grosses larmes bleu-noir qui coulaient de la bouche au menton.

Hannah Yorke se releva. Elle montra les boîtiers et demanda à Clementine :

— Avez-vous besoin d'aide ?

Clementine déglutit, battit des paupières.

— Non merci, j'ai l'habitude...

Elle commença à déballer son attirail en se forçant à ne pas céder à sa curiosité morbide.

— Je ferai un tirage sur une plaque d'étain qui pourra être fixée sur la tombe, et un autre sur papier qu'elle pourra conserver sur elle comme souvenir, expliqua-t-elle tandis qu'elle déployait sa tente et le trépied de l'appareil. Mon Dieu, ajouta-t-elle à voix plus basse, qui a pu faire une chose pareille à son pauvre visage ?

— Les Indiens.

Clementine sursauta.

— Elle était encore jeune quand des Comanches l'ont enlevée d'un convoi de chariots et vendue aux Mojaves. Les Mojaves aiment tatouer leurs filles au menton et aux bras. Ils leur percent la peau avec des aiguilles d'os avant d'imprégner de teinture les plaies. Ils trouvent cela beau, je suppose...

Elle s'interrompit comme si elle hésitait à poursuivre. Plongée dans sa douleur, insensible à ce qui l'entourait, la femme continuait de chanter et de se balancer.

— Avant de la vendre, reprit Hannah en baissant la voix, les Comanches l'ont fait *passer dans la prairie,* comme ils disent. Je n'ai sans doute pas besoin de préciser en quoi cela consiste, même à une femme telle que vous.

Clementine acquiesça d'un signe de tête. Elle imaginait trop bien ce que cela signifiait.

— Chez les Mojaves, un des braves s'est finalement décidé à en faire sa squaw. Les soldats qui l'ont délivrée ont tué le mari et le bébé qu'ils avaient eu ensemble. Le malheur, c'est qu'elle aimait cet homme, même si ce n'était qu'un Indien, et le bébé bien entendu. Sa famille n'a jamais voulu la reprendre — surtout après avoir vu sa figure et appris ce qui lui était arrivé.

— Ce n'était pourtant pas sa faute ! protesta Clementine.

Elle ne put s'empêcher, cette fois, de regarder le visage ravagé de la femme. Les soldats avaient tué son bébé, elle venait de perdre sa fillette. La vie était trop injuste, d'infliger autant de malheurs à la même femme.

— Faute ou pas, quelle différence ? répondit Hannah. Une fille qui a couché avec un sauvage, de gré ou de force, est toujours considérée comme une putain. Aucun homme n'accepte de l'épouser, personne ne l'engage, même pour vendre des chapeaux ou servir dans un restaurant Regardez-la bien et dites-moi si vous pouvez y changer quelque chose.

Clementine ne regardait plus la femme au visage ravagé et à la vie brisée. Elle dévisageait Hannah Yorke, qui rougit et brandit un index menaçant, ainsi qu'une maîtresse d'école gourmande un élève impertinent.

— Oh, non ! Ne me prêtez pas des sentiments que je n'ai pas ! Je ne suis pas une altruiste, moi. Saphronie fait tout le sale travail dont personne ne veut et je lui prends un dollar sur les trois qu'elle gagne chaque fois qu'elle va dans mon arrière-salle. Innocente ou pas le jour où elle est partie de ce campement d'Indiens, elle n'est aujourd'hui rien de plus qu'une putain comme les autres. Vous comprenez donc ce que cela fait de moi, n'est-ce pas ?

— Oui, madame Yorke.

Clementine soutint quelques instants le regard sévère d'Hannah avant de baisser les yeux et d'enlever les gants de chevreau qui cachaient ses cicatrices. Son père l'avait battue pour avoir regardé des cartes illustrées ; s'il la voyait en compagnie d'une femme perdue, qui lui parlait de putains et d'arrière-salles dont elle était censée ignorer jusqu'à l'existence, il la considérerait comme damnée à jamais.

Combien de fois sa mère l'avait mise en garde contre les mille et une manières de perdre sa vertu ! Une fois qu'on posait le pied sur ce terrain maudit, plus périlleux, plus traître qu'un marécage, on s'y engloutissait sans espoir d'en réchapper. Clementine avait cru jusqu'alors qu'une femme sombrait dans la débauche parce qu'elle aimait le vice et prenait du plaisir à provoquer les appétits charnels des hommes. Pourtant, avec son pauvre visage marqué de cicatrices, Saphronie n'était pas une pécheresse mais bien une victime des péchés d'autrui. Et que dire d'Hannah Yorke ? Quel marécage l'avait engloutie si bas qu'elle tirait profit de son arrière-salle pour l'assouvissement du stupre masculin ? En les voyant toutes deux, l'une à nouveau prostrée, l'autre qui s'efforçait de la réconforter agenouillée près d'elle, Clementine sentit en elle quelque chose se briser — les derniers vestiges de sa jeunesse et de son innocence.

Les poings crispés sur ses cicatrices, elle découvrait dans cette pièce un drame qui l'indignait. Elle céda à la fureur que lui inspiraient des hommes tels que son père, par la faute desquels de tels drames survenaient. Elle voyait trop bien le révérend Theodore Kennicutt pointer du haut de sa chaire un index vengeur sur Saphronie, la traiter de pécheresse pour avoir forniqué avec un païen, la condamner à une vie d'expiation avant que son âme éternelle ne périsse dans les flammes de l'enfer ! Elle céda à la rage, aussi, envers des hommes tels que Rafferty, qui n'accordaient pas même une pensée à l'âme et au cœur de femmes dont ils ne convoitaient que la chair. Et à une rage plus forte encore envers les femmes prétendument vertueuses qui, comme elle-même, condamnaient des membres de leur propre sexe alors que les hommes étaient seuls responsables de leur déchéance.

— Vous êtes sûre de ne pas avoir besoin d'aide ?

Clementine se tourna vers Hannah Yorke. Elle vit son visage marqué par l'inquiétude, le chagrin, la fatigue d'une nuit blanche. Elle vit surtout une femme qui avait aimé peut-être, perdu sans doute. Une femme qui avait transgressé les commandements de Dieu et les lois des hommes, et devait en payer le prix. Une femme à la fois honteuse de ce qu'elle avait été et fière de ce qu'elle était devenue. Une femme semblable à toutes les femmes nées des entrailles d'une femme. Une femme semblable à elle.

Saphronie avait cessé de chanter sa mélopée. On n'entendait plus que le tic-tac de l'horloge et le crissement lancinant du fauteuil à bascule sur le plancher de sapin nu.

Clementine et Hannah Yorke ne se reparlèrent que lorsque Clementine sortit développer le cliché au soleil.

— Avec une aussi belle lumière, cela ne devrait pas prendre plus d'une demi-heure, dit-elle en disposant son attirail. Vous ne me croyez peut-être pas, ajouta-t-elle avec un sourire timide, mais je sais ce que je fais.

— Je n'en doute pas un instant, répondit Hannah. Ce qui m'étonne, c'est qu'une jeune femme aussi intelligente et bien élevée défie son mari devant témoin et prenne le risque de se perdre de réputation, rien que pour soulager la peine d'une vulgaire putain.

— Vous m'avez demandé de venir.

— Vous auriez pu, vous auriez même dû me cracher à la figure. Votre Gus ne s'est pas gêné pour le faire, en paroles du moins.

— Cette pauvre femme, là-haut, n'est pas seulement... ce que vous dites, affirma en rougissant Clementine, incapable de proférer le mot dont Hannah usait pourtant avec libéralité. Elle est aussi une mère. Quels que soient les péchés que vous avez commis, elle et vous, vous êtes avant tout des femmes. Comme moi.

Non, cela sonnait mal. Elle n'aurait pas dû parler de péché sur le ton de ces pharisiens qu'elle haïssait. Mais quand elle voulut s'expliquer, elle constata avec désarroi que les yeux d'Hannah Yorke étaient pleins de larmes.

— Madame Yorke ! Je ne voulais pas...

Hannah se retourna et partit si vite que ses talons claquaient sur les planches, pareils à des castagnettes. À la porte, elle marqua toutefois une pause, se redressa.

— Quand vous aurez fini d'installer votre... machine, voulez-vous entrer prendre un rafraîchissement ?

— Avec plaisir, madame Yorke.

Hannah coupa deux portions de tarte aux pommes et mélangea la citronnade dans le pichet. En se dirigeant vers le salon le plateau à la main, elle avait les jambes plus flageolantes que celles d'un veau nouveau-né.

La pièce lui parut soudain laide, encombrée de choses inutiles — bibelots, vases, bustes en plâtre. Quand elle avait acheté la maison, les murs s'ornaient aussi de tableaux pornographiques Elle sentait encore dans ce salon les remugles du tord-boyaux et de la sueur des hommes en rut ; et elle aurait beau y faire brûler des plantes aromatiques, il puerait toujours le vice ranci.

Perchée au bord du canapé, Clementine la salua d'un sourire. Il faisait une chaleur étouffante, sa robe était boutonnée jusqu'au cou, et pourtant elle semblait aussi fraîche qu'une crème glacée. Hannah posa le plateau sur un guéridon, lui tendit un verre et s'assit en face d'elle, au comble de l'embarras. Elle aurait voulu disparaître dans un trou tant elle se sentait gauche.

Clementine but délicatement une gorgée de citronnade.

— Madame Yorke..., commença-t-elle.

D'un geste large, Hannah l'interrompit.

— Appelez-moi donc Hannah. Le *madame* ne veut rien dire. Oh ! j'ai failli le devenir une fois, sauf que personne ne m'avait prévenue qu'il valait mieux garder ma culotte tant que je n'aurais pas la bague au doigt.

Elle se força à rire de cette histoire tant de fois rabâchée. Pas une putain qui n'invoque une semblable excuse. Il se trouvait seulement que la sienne était vraie.

— J'aimerais vous poser une question, reprit Clementine. Ne croyez surtout pas que je veuille vous offenser, mais...

Elle s'interrompit, rougit. Dans le monde où elle avait grandi, les règles du savoir-vivre ne prévoyaient pas de conversations avec une putain repentie, tenancière de saloon.

Hannah eut pitié d'elle.

— Soyez tranquille, je n'ai jamais couché avec Gus.

La mine de Clementine trahit une telle stupeur qu'elle éclata de rire.

— Ah ! si je comprends bien, ce n'était pas la question.

Les yeux baissés, Clementine rougit de plus belle.

— Eh bien... Je suis très contente de savoir que Gus et vous... mais, madame Yorke — euh, Hannah...

— Alors, que voulez-vous me demander ? Dans ce pays, voyez-vous, nous buvons sec et parlons net.

Clementine releva les yeux et regarda Hannah en face.

— Comment une femme sait-elle si elle attend un enfant ?

Hannah éprouva une soudaine bouffée d'envie plus douloureuse qu'un coup de poignard. Cette péronnelle qui avait tout pour elle, qui était née avec une cuiller d'argent dans la bouche, attendait en plus un bébé !

Clementine vit son trouble et se leva.

— Je sais combien il est déplacé de ma part de lancer la conversation sur un sujet aussi inconvenant, mais je me le suis permis parce que vous m'invitiez à parler franchement. Je pensais que vous aviez peut-être quelque expérience de cette situation et...

— Grands dieux, ma jolie, notre conversation n'avait déjà rien de convenable ! l'interrompit Hannah en lui prenant la main pour la forcer à se rasseoir. Oui, j'ai l'expérience d'un certain nombre de situations — ou plutôt d'erreurs.

— Vous avez donc eu un enfant ?

Le regard plein d'innocence de Clementine la désarçonna.

— Oh ! Seigneur, non ! C'est une des rares erreurs que je n'ai pas commises, mentit Hannah. Mais je peux vous assurer que dans mon métier j'ai rencontré pas mal de put... de femmes dans cette situation-là. Bon. Quand avez-vous saigné pour la dernière fois ?

Quelques questions directes suivies de réponses embarrassées suffirent à Hannah pour annoncer à Clementine qu'elle était enceinte de quatre mois.

— Dites-m'en davantage, la pria-t-elle. Dites-moi tout.

La crudité de ses propos rendait Clementine cramoisie, et pourtant elle riait et ne s'offusquait pas. Pour la première fois de sa vie, Hannah pensa qu'elle pourrait aimer assez une femme pour s'en faire une amie.

En exagérant comme à plaisir son accent du Kentucky, Hannah décrivit les contractions, les douleurs de l'accouchement, l'allaitement d'un bébé. Elle s'abstint toutefois de mentionner une putain de sa connaissance, morte d'avoir absorbé une prétendue potion miracle pour avorter, ou cette opiomane qui avait mis au monde un bébé difforme. Elle ne fit pas non plus allusion aux potions qu'elle gardait en permanence à portée de main pour prévenir toute possibilité de conception ; ni aux enfants mort-nés de sa mère ou même à son propre petit garçon, né alors qu'elle était au plus bas de sa descente aux enfers et dont la première vision du monde avait été une sordide chambre de bordel.

Par la suite, lorsqu'il lui arrivera de repenser à cet après-midi, Hannah rirait en s'imaginant l'effarement de quiconque aurait assisté à leur conversation : une maquerelle du Montana révélant les mystères de la vie à une aristocrate de Boston ! Mieux encore : Clementine l'avait remerciée de son cours magistral aussi poliment que si elle lui avait communiqué la recette de sa tarte aux pommes...

Elles sortirent ensemble dans la véranda. Clementine s'isola quelques instants sous sa tente ; elle en émergea avec l'effigie de la fille de Saphronie, qu'elle monta sur un épais carton orné d'une bordure de fleurs.

Hannah regarda par-dessus son épaule.

— Une si jolie petite fille, dit Clementine à mi-voix.

— Oui, elle était bien mignonne...

Elle dut s'interrompre, revoyant l'image de son enfant à elle, mort depuis si longtemps.

— Saphronie nous laissera enfin la mettre en terre, la pauvre petite, reprit-elle.

Un bruit de roues leur fit lever la tête.

Gus arrêta sa carriole devant la barrière, noua les rênes à la poignée de frein, sauta à terre et s'avança vers elles à longues enjambées. Hannah pensa qu'elle l'avait mal jugé. Gus McQueen avait l'esprit étroit, mais la tête bien faite : avant de venir chercher sa femme, il lui avait laissé le temps de réaliser ses photographies.

Campé au pied des marches, les poings sur les hanches, il toisa les deux femmes avec colère. Hannah distingua cependant autre chose dans son expression, comme une sorte d'incertitude. Comprenait-il enfin que sa petite femme, malgré sa jeunesse et son inexpérience, n'était pas aussi docile et malléable qu'il l'aurait souhaité ?

— Êtes-vous prête à rentrer, maintenant ?

Clementine lui rendit son regard sans faiblir. Si elle avait peur de lui, elle ne le montrait pas.

— Oui, monsieur McQueen. Je suis prête.

Gus retourna aussitôt à la carriole et remonta sur le siège. Il attendit là, sans aider Clementine à remballer et porter son matériel, comme s'il craignait, en s'approchant seulement de l'ancien lupanar, d'être entraîné dans le gouffre béant du vice et de la luxure.

— Je ne vous ennuierai plus, dit Hannah à Clementine quand elle prit congé. Votre Gus a raison : on ne doit pas vous voir en compagnie d'une femme comme moi.

Aussi droite qu'un fil à plomb, Clementine traversa la véranda la tête haute. Mais, sur la première marche du perron, elle marqua une pause et se retourna.

— Si je veux vous rendre visite, madame Yorke, déclara-t-elle d'une voix haute et claire, je reviendrai.

Clementine remit le pinto au pas et aspira à pleins poumons l'air pur, plus grisant que le whiskey. Elle suivait une vieille piste de bisons, ravinée par les pluies depuis que les animaux n'y passaient plus, qui émergeait du couvert des sapins et descendait dans un ravin.

Un mugissement troubla le silence, suivi d'un chapelet de jurons proférés par une voix masculine. Le ravin aboutissait à une mare boueuse, où les bisons s'abreuvaient jadis à l'ombre des pins et des mélèzes. Le cheval avançait sans bruit sur le terrain spongieux qui cédait sous les pieds.

Agenouillé au bord de la mare, Rafferty essuyait le mufle du veau avec son foulard en l'injuriant d'un ton câlin comme Clementine n'en avait jamais entendu dans la bouche d'un homme. Il avait dû plonger dans la mare pour en retirer le veau embourbé, car il était impossible de dire lequel des deux était le plus boueux.

— J'ai vu des cochons moins sales, monsieur Rafferty.

Il ne parut pas étonné de l'entendre et se releva en se torchant le visage d'un revers de bras.

— Vous êtes cruelle, Boston. Je vous aurais crue plus sensible aux sentiments de cette pauvre petite bête innocente.

Elle éclata de rire. Elle était de bonne humeur, ce matin-là. Tout lui paraissait merveilleux.

Il s'approcha à la frôler. Son regard se posa sur le vieux colt de Gus qu'elle portait à la ceinture.

— Que diable comptez-vous faire avec ça ?

— Assurer ma protection.

— Vous vous imaginez peut-être qu'il suffit de brandir cet

objet sous le nez d'un individu malintentionné pour le faire mourir de peur ?

— Je ne suis pas encore capable de sectionner la tête d'un serpent à cent pas, mais je...

— Et moi, je parie que vous ne perceriez pas un trou dans le mur d'une grange à deux pas.

Il se montrait souvent odieux et elle le lui rendait bien. Parfois aussi, comme à cet instant, il la taquinait sans méchanceté ou lui souriait d'une manière telle qu'elle oubliait de se tenir sur ses gardes.

— Que mettez-vous en jeu cette fois-ci, monsieur Rafferty ? Votre précieux colt ? Si vous continuez à prendre des paris que vous êtes sûr de perdre, il ne vous restera plus grand-chose cet hiver.

— Vous voilà bien fringante, ce matin, Boston : on dirait une pouliche qui se serait offert une ventrée de trèfle. Vous aviez un but précis en venant par ici ?

— Non, je me promenais.

— Dans ce cas, suivez-moi. Il y a un endroit pas loin d'ici que j'aimerais vous montrer.

Ils chevauchèrent en silence jusqu'à un plateau dénudé. Au milieu, seul dans un océan d'herbe, s'élevait un immense mélèze décoré de verroterie, de griffes d'ours, de bandes de calicot rouge, de pierres et de fragments d'os.

— Ce plateau était un terrain de chasse des Indiens, et ce mélèze un arbre sacré, expliqua Rafferty. Ils y déposaient des offrandes au Grand Esprit pour qu'il leur donne un gibier abondant et guide leurs flèches droit au but.

Attirée par la majesté de l'arbre, Clementine se glissa sous ses branches. Lorsqu'elle leva les yeux, elle éprouva la même sensation que sous la voûte de l'église paternelle — celle d'un espace ouvert sur l'infini, habité d'une puissance mystérieuse, sainte et intemporelle. Cette sainteté avait été profanée en 1869 par un certain Emory, qui avait gravé son nom dans l'écorce.

Clementine couvrit de la main la cicatrice honteuse.

— Je reviendrai avec mon appareil photographique. Sous un autre angle, on ne verra pas cette horreur.

— Pourquoi ? L'arbre n'appartient plus aux Indiens. C'est

l'homme blanc qui le possède maintenant, avec la terre sur laquelle il pousse. Cacher la marque serait un mensonge.

Il la dévisageait avec une intensité qui l'effraya. Elle s'éloigna et constata alors que le plateau constituait le sommet d'une falaise escarpée, surplombant un étroit canyon tapissé d'herbe et de rochers rougeâtres. Au fond, elle aperçut d'abord un crâne qui lui parut ressembler à celui d'une vache. Puis elle vit des ossements, des milliers d'ossements entassés au hasard dans l'herbe sèche sur presque toute la longueur du canyon.

— Le bison est une créature stupide, dit derrière elle Rafferty. Il n'y voit pas bien clair non plus. Quand il a peur, il court droit devant lui et rien ne peut l'arrêter. Lorsque les Indiens chassaient, ils en précipitaient des troupeaux entiers du haut de cette falaise.

L'idée de ces pauvres animaux poussés à la mort de manière aussi sauvage lui serra le cœur.

— C'est affreux !

— Pas plus affreux que de les canarder comme dans un tir de foire depuis la plate-forme d'un wagon de chemin de fer.

— Vous l'avez fait ?

— Oui. Et je ne suis pas fier d'y penser, maintenant qu'ils sont pour ainsi dire exterminés.

Elle lut dans son regard un sentiment nouveau. Par une fêlure de la coquille dans laquelle il vivait, il semblait soudain exposer un peu de chair — celle de l'homme réel qui se cachait derrière le Stetson et le colt du cow-boy.

Du fond du canyon monta un sourd grognement, que les parois renvoyèrent en écho. Clementine s'approcha du bord, se pencha : juste en dessous d'eux se tenait un bison.

— Oh ! regardez, Rafferty !

C'était la première fois depuis son arrivée dans l'Ouest qu'elle en voyait un de si près. Avec son énorme tête et ses pattes maigres, son dos bossu couvert d'un pelage emmêlé, sa longue barbe qui traînait dans l'herbe et ses cornes en croissant de lune aussi épaisses que des branches d'arbre, il lui parut à la fois hideux et superbe.

— Il est magnifique ! s'exclama-t-elle.

— C'est ce que vous appelleriez un *monsieur bison,* Boston. Les bisons des bois tels que lui hivernent dans les montagnes des alentours. Ils sont plus gros et plus foncés que ceux des prairies.

— Quel dommage que je n'aie pas mon appareil photogr... !

Le froncement de sourcils réprobateur de Rafferty l'interrompit.

— Je vois, reprit-elle, piquée au vif. Vous êtes comme Gus. Vous estimez sans doute que je ferais mieux de consacrer mon temps à la lessive et au ménage.

— Vous perdriez vos journées à broder des napperons que ça ne me ferait ni chaud ni froid, Boston. Je pense seulement qu'il vaut mieux laisser cet animal garder sa dignité plutôt que de l'immortaliser sur un bout de carton pour assouvir la curiosité des imbéciles. Celui-ci n'a rien de magnifique, il est vieux et malade — on lui voit les côtes sous la peau. Les bisons vivent en société, voyez-vous. Ce malheureux qui erre seul dans le canyon est donc le dernier de son troupeau. Dans l'état où il est, cela m'étonnerait qu'il survive jusqu'à l'été prochain.

— Ma photographie vous aiderait à vous en souvenir.

— Je préfère peut-être ne pas garder le souvenir de ce qu'il est aujourd'hui. J'aurais trop de peine.

Clementine éprouva une tristesse que le spectacle des montagnes en dents de scie qui barraient l'horizon, noires et inhospitalières, ne fit rien pour dissiper. Ce pays était trop vaste et trop vide pour combler son cœur, trop sauvage pour lui inspirer de l'amour. À côté de Zach Rafferty sous le ciel infini, elle se sentit aussi solitaire, aussi menacée que le dernier bison du Montana.

— Cette terre, ce ciel... Ce pays entier est comme un homme qui exige d'une femme sa capitulation.

Il lui décocha un sourire qui lui fit bondir le cœur.

— Vous le domestiquerez, Boston, et nous avec. À moins qu'il ne vous ait d'abord chassée d'ici.

Elle secoua la tête. Elle ne voulait pas plus domestiquer le pays que les hommes, elle ne voulait pas davantage capituler devant eux. La nature indomptée étalée sous ses yeux aggravait son trouble et ses incertitudes.

— Croyez-vous en Dieu, monsieur Rafferty ?

Il eut un long silence, et elle crut qu'il ne répondrait pas. Comme elle, il regardait au loin ; mais elle savait que, contrairement à elle, le pays était loin de lui inspirer de la crainte et qu'il l'aimait avec passion.

— Devant ce spectacle, dit-il enfin, on ne peut s'empêcher de penser qu'il y a quelque chose derrière. Quand on absorbe tant de beauté par les yeux, par le nez, par les pores de la peau, on fait corps avec les montagnes et les plaines, avec le ciel et l'herbe...

Il s'interrompit. Ses joues se coloraient en même temps que son regard exprimait un appel, un désir.

— Celui qui a créé tout cela, ajouta-t-il, appelez-le comme vous voulez : Dieu ou Grand Esprit. Mais je crois qu'il avait une bonne raison.

— Laquelle ?

Elle crut voir un sourire lui effleurer les lèvres.

— L'amour.

Il y eut un silence, pendant lequel le mot flotta entre eux comme une menace. Quand il reprit la parole, elle vacilla.

— Savez-vous ce que c'est d'avoir le cœur en feu pour quelqu'un ?

Elle aurait voulu se boucher les oreilles, lui crier qu'il se trompait, qu'il avait tort, que c'était un péché.

— Clementine...

— Non ! Je ne sais pas et je ne veux pas le savoir ! Je ne veux même pas en parler, comprenez-vous ?

Un nouveau sourire, ironique cette fois, lui tordit les lèvres.

— Vous avez la tête dure, Boston. Vous croyez qu'il suffit de ne pas en parler pour échapper à la réalité, alors vous me forcez à le dire à votre place...

Elle eut soudain la terreur qu'il s'approche d'elle, qu'il fasse un geste, qu'il la touche — et qu'elle se perde.

— Un cœur en feu, Clementine, c'est éprouver un tel désir, un tel besoin d'une personne, pas seulement dans son lit mais dans sa vie, qu'on est prêt à flamber...

— Arrêtez ! Je porte l'enfant de votre frère !

Elle avait crié si fort que ses mots remontèrent en écho du fond du canyon. Elle vit le sang refluer du visage de Rafferty, son regard se voiler. D'instinct, elle lui avait opposé la seule chose capable de le retenir, de le blesser. De le faire souffrir autant qu'elle-même souffrait.

Quand le premier coup de feu claqua, elle crut que son cœur explosait.

XIII

Il y eut un bref silence, une salve de coups de feu. Rafferty courut vers son cheval. Clementine le suivit de son mieux malgré sa jupe qui l'entravait.

— Restez ici ! lui cria-t-il en sautant en selle.

Il partit sans attendre de réponse. Clementine enfourcha le pinto et s'élança à sa poursuite.

L'écho des détonations se dissipait à peine quand elle le rejoignit. Une clairière ensoleillée s'ouvrait derrière le rideau d'arbres où ils se tenaient. Une voix d'homme lança un appel ; une autre répondit avec un éclat de rire, bref et sec comme un aboiement. Rafferty sortit la winchester d'une fonte de sa selle, la posa devant lui en travers du pommeau, le chien armé, le doigt sur la détente, et poussa son cheval jusqu'au bord de la clairière. Clementine l'imita. Elle entendit Rafferty jurer entre ses dents, mais, éblouie par le soleil, elle dut fermer les yeux.

Quand elle les rouvrit, elle retint de justesse une vague de nausée. Un pendu se balançait au bout d'un lasso à une branche de peuplier, les yeux exorbités, la langue pendante. Près de lui, une douzaine de cavaliers accueillaient leur arrivée inattendue avec des mines stupéfaites, presque comiques. Au milieu de visages d'inconnus, Clementine horrifiée identifia ceux d'Œil de Serpent, d'Horace Graham, du berger Weatherby, des prospecteurs Pogey et Nash.

Et celui de Gus McQueen.

Des carcasses de vaches à demi dépecées jonchaient la clairière. Parmi elles gisaient deux cadavres d'hommes, un fusil encore serré dans leurs mains.

Deux autres avaient été capturés vivants. L'un d'eux pendait déjà au bout d'une lanière de cuir tressé qui crissait dans le silence. L'autre était le jeune Indien, Joe Ours Vaniteux, rigide sur son cheval pie, les mains liées derrière le dos. Également à cheval, Gus s'apprêtait à lui passer au cou un nœud coulant de corde.

Clementine arracha maladroitement le colt de son étui.

— Non ! hurla-t-elle. Libérez-le !

Rafferty lui agrippa le poignet, serra juste assez pour lui faire lâcher le revolver.

— Vous voulez tirer sur votre mari ?

Elle se tourna vers lui, le défia du regard.

— Empêchez-les ! Vous le pouvez, vous. Il a femme et enfant. Une vache ne vaut pas la vie d'un homme !

D'une voix contenue, mais qui porta jusqu'aux hommes rassemblés sous l'arbre, Rafferty lança un ordre bref :

— Laissez-le aller.

Il ne s'était écoulé qu'une poignée de secondes depuis leur entrée dans la clairière. Gus et les autres restaient encore figés par la surprise. Mais Joe Ours Vaniteux, estimant qu'une balle dans le dos valait mieux qu'une pénible agonie au bout d'une corde, en profita pour disparaître entre les arbres au grand galop de son cheval pie. Son départ précipité parut tirer les justiciers de leur catalepsie.

— Il nous échappe ! hurla Horace Graham.

Une main sur son revolver, il éperonnait son cheval quand une détonation et l'éruption d'un petit geyser de poussière devant lui le stoppèrent net. Rafferty fit claquer la culasse de la winchester et y introduisit une cartouche.

— Je n'ai pas l'intention de tuer quelqu'un, dit-il du même ton froid, mais un accident peut toujours arriver.

Pendant que le galop du fugitif se perdait au loin, Gus traversa la clairière au trot vers les intrus.

— Tu es devenu complètement cinglé, Zach ? cria-t-il à son frère. On les avait pris sur le fait !

— Nous avons exterminé leurs bisons. Ils n'ont plus rien a chasser pour se nourrir.

Congestionné par la fureur, Gus dévisagea Rafferty avec incrédulité.

— De quoi parles-tu ? Quel rapport... ?

— Ramène ta femme chez toi, elle n'aurait jamais dû voir ça. J'aiderai tes amis à enterrer les corps.

Gus se tourna vers Clementine. Sans attendre qu'il laisse éclater sa colère, elle éperonna le pinto et partit au galop, moins pour s'éloigner de lui que pour fuir au plus vite le spectacle du pendu et l'écœurante odeur de sang émanant des vaches abattues.

Une minute après, un galop retentit derrière elle. Saisie d'un tremblement incontrôlable, elle tira sur les rênes, glissa à terre. Malgré le soleil brûlant, elle avait les pieds et les mains glacés. Elle sentait sa poitrine aussi oppressée, sa gorge aussi serrée que si elle pendait elle-même au bout d'une corde.

Gus s'arrêta à sa hauteur, mit pied à terre.

— Vous êtes malade ?

— Non.

— Alors, qu'est-ce que cela signifie ?

Elle le dévisagea en silence. Cet homme, son mari, l'avait tenue dans ses bras, lui avait fait l'amour, donné un enfant. Et elle l'avait vu pendre de sang-froid un autre homme, coupable d'avoir volé une vache. C'était pourtant le même Gus McQueen au sourire lumineux, aux yeux d'un bleu semblable au ciel. Le cow-boy de ses rêves.

— J'ai l'impression de ne vous avoir jamais connu, déclara-t-elle enfin.

Il se posta devant elle comme s'il voulait, à l'instar de son père, l'intimider par sa taille, sa force, sa virilité.

— Vous ne cesserez donc jamais de défier mon autorité ? Je vous ai dit et répété que les braconnages de Nez de Fer ne concernent pas une femme, et vous surgissez là où vous n'avez rien à faire pour me couvrir de honte devant tout le district ! *Mon cher mari que j'aime,* l'imita-t-il avec un ricanement amer. Parlons-en ! Je n'ai pas plus tôt le dos tourné que vous faites exactement ce qui vous plaît.

— Je ne suis pas votre propriété, Gus, répliqua-t-elle d'un ton sec.

— Fichtre si ! Je suis votre mari, ma petite, et...

— Je ne suis pas non plus votre *petite* ! Je suis une femme, une adulte ! Mon esprit, mes idées, mes sentiments n'appartiennent qu'à moi, à moi seule ; ils n'ont rien à voir avec vous ! Vous n'avez pas le droit de me dicter comment je dois mener ma vie...

La gifle partit d'elle-même. Il était si hors de lui qu'il ne mesura pas la force de son geste. Clementine vacilla, recula, rebondit contre le flanc du pinto et s'étala de tout son long.

Effaré, Gus resta devant elle, les bras ballants, le visage décomposé.

— Oh ! Clem... Grands dieux, Clem, je ne voulais pas... Je suis désolé... Je vous demande pardon...

La main tendue, il se pencha pour l'aider à se relever ; mais elle l'esquiva et se remit elle-même sur pied, haletante et le visage en feu. Gus leva la main, esquissa une caresse comme s'il croyait pouvoir effacer la trace de la gifle.

— Je ne voulais pas vous frapper, Clem.

— Vous l'avez pourtant fait, monsieur McQueen.

Sans le lâcher des yeux, elle se remit en selle et éperonna le pinto.

— Clementine ! Clementine, attendez ! Revenez !

Entre le tonnerre du galop et le sifflement du vent dans ses oreilles, elle ne l'entendait plus.

Prostrée sur un des vieux barils de clous, elle retenait ses larmes parce qu'elle s'était juré de ne plus jamais pleurer. Sa joue, son visage entier lui faisait mal. Les larmes qu'elle refusait de verser lui brûlaient les yeux, sa gorge nouée arrêtait les sanglots qui lui gonflaient la poitrine. Au-dehors résonnait le bruit rythmé des coups de marteau. Gus ruminait sa colère, sûrement persuadé qu'elle n'avait pas volé sa punition. Peut-être avait-il raison — *En toute chose, tu obéiras à ton époux,* disait l'Écriture —, mais elle lui en voulait trop pour admettre ses propres torts.

— Clementine...

Elle se redressa. Rafferty se tenait sur le seuil. À la vue de sa joue meurtrie, un éclair s'alluma dans ses yeux. Il tourna les talons et traversa la cour à grands pas vers la maison en construction.

Clementine se leva d'un bond, courut derrière lui.

— Non, ne faites rien ! s'écria-t-elle en le retenant par la manche. N'y allez pas, je vous en prie !

— Il vous frappe alors que vous portez son enfant et vous voudriez que je ne fasse rien ? Il mériterait que je le tue !

— Gus est mon mari. C'est à lui que j'appartiens, Zach Rafferty. Pas à vous.

Il rabaissa le bord de son chapeau, pas assez vite pour lui dissimuler qu'elle l'avait blessé.

— Un homme ne doit pas se mêler des affaires d'un autre ni lui donner des ordres, dit-il sèchement. C'est contraire à nos habitudes, contraire à la simple justice. Vous m'avez pourtant demandé de me dresser contre mon propre frère, de l'empêcher de faire ce qu'il estimait juste et nécessaire. Je l'ai fait. Pour *vous,* parce que *vous* me l'avez demandé. Que vous le vouliez ou non, Clementine, cela change beaucoup de choses.

— Non ! Ne me forcez pas à choisir. Ce qui s'est passé entre nous l'autre jour à la rivière était un péché. Je suis la femme de votre frère. Ce n'est pas seulement un lien que Dieu seul peut dénouer... c'est lui, Gus, que je veux.

— Vraiment ? répliqua-t-il avec un ricanement. Vous ne savez même pas ce que vous voulez ! Je ne vous demanderai pas de choisir entre mon frère et moi ; mais sachez bien que c'est à cause de lui, pas de vous. Il faudra pourtant que vous vous décidiez un jour ou l'autre, Boston. Au moins dans votre tête. Ici, on est toujours libre de choisir, seulement il faut avoir le courage d'en assumer les conséquences.

Sur le point de s'éloigner, il revint vers elle.

— Encore une chose : ne vous amusez plus, entendez-vous, jamais plus à pointer un revolver sur un homme.

— Mais je ne voulais tuer personne ! J'allais simplement tirer en l'air pour les arrêter.

Avec un soupir désabusé, il lui caressa la pommette du bout des doigts, juste au-dessus de la meurtrissure laissée par la gifle de son frère.

— Une fois son arme sortie de l'étui, on doit être prêt à tuer s'il le faut. Celui qui possède une arme doit avoir la force d'en porter le poids. Comprenez-vous, Boston ?

Les yeux baissés, elle hocha la tête. Il lui disait qu'elle s'était conduite comme un enfant irresponsable et devait se comporter comme l'adulte qu'elle se vantait d'être.

— Vous comptez faire la paix avec Gus ? demanda-t-il.

Elle fit signe que oui.

— Eh bien, allez-y.

Les jambes aussi lourdes que le cœur, elle se dirigea à pas lents vers la maison neuve. Les coups de marteau avaient cessé. L'orage menaçait, le tonnerre grondait déjà au-dessus des montagnes empanachées de nuages noirs.

Elle avait affirmé qu'elle appartenait à Gus, elle devait à présent accorder ses actes à ses paroles. Dieu l'exigeait. Mais elle refusait de vivre dans une crainte perpétuelle, comme sa mère. Sa triste mère, réduite en servitude par un mari tyrannique, qui n'avait jamais osé serrer son enfant sur son cœur. Sa pitoyable mère qui avait eu le courage d'économiser une par une des pièces d'argent pour en remplir un sachet, mais pas celui de préparer sa fille aux épreuves de l'âge adulte, et encore moins de l'en protéger. Sa pauvre mère qui lui avait dit adieu en lui souhaitant d'être heureuse, mais sans lui expliquer comment.

Elle franchit le futur seuil de la maison dans laquelle elle vivrait sans doute avec Gus McQueen jusqu'à son dernier jour. L'intérieur sentait la sciure fraîche et la sueur. Gus était assis sur une chèvre, le dos voûté, les mains entre les genoux. En entendant ses pas, il leva la tête et se détourna aussitôt avec une sorte de grimace.

Elle savait que la crise passerait. Il avait fait d'elle la chair de sa chair, elle retrouverait un jour son affection pour lui. Mais, pour l'heure, il n'y avait en elle qu'un grand vide. Elle ne ressentait rien.

Elle s'approcha, posa la main sur son épaule. Il la prit par la taille, s'enfouit le visage dans sa poitrine.

— Je ne vous frapperai jamais plus, Clementine. Jamais, je le jure. Je vous aime. Je vous aime trop...

À travers les montants de ce qui serait le mur de la cuisine, elle voyait Rafferty debout dans la cour, à l'endroit même où elle l'avait laissé. Et des morceaux d'elle-même se brisaient au lieu de se mettre à leur place. Comme un puzzle impossible à reconstituer.

Sa main se posa sur la tête de son mari, ses doigts jouèrent avec ses cheveux blonds déteints par le soleil.

— Chut ! tout va bien, dit-elle à mi-voix, moins pour le consoler que pour se rassurer elle-même. Tout va bien.

Le mois d'août arriva, apportant avec lui une chaleur lourde et sèche. Les fruits mûrs pendaient en grappes des merisiers près de la rivière. Le vent avait enfin cessé.

Ce jour-là, le soleil cognait dur, mais Clementine était au frais dans la hutte de pierre qui abritait la source. Elle avait découvert que cet abri, sans fenêtres et pourvu d'une auge où l'eau coulait en permanence, constituait une chambre noire idéale. Agenouillée devant ses bacs, elle fredonnait joyeusement tandis que l'image apparaissait.

Elle entendit un appel dans la cour et se pencha pour entrouvrir la porte.

— Gus ! Venez voir !

Son ombre la couvrit quand il se courba pour passer la tête sous le linteau.

— Vous ne devriez pas rester à genoux sur ces pierres froides et humides.

Elle se releva avec un sourire. Son ventre alourdi la rendait malhabile, ses genoux craquaient comme une vieille barrière. Mais elle était trop heureuse de sa réussite pour ne pas vouloir la partager.

— J'ai enfin pu photographier la grosse chouette grise qui se pose chaque après-midi sur la souche près du corral. Oh, Gus ! un vrai miracle ! Elle est restée là sans bouger tout le temps qu'il m'a fallu pour installer mon appareil, comme si elle avait compris...

Gus jeta un regard à la photographie, mais ne répondit pas. Une couche de poussière teignait sa moustache et les mèches de cheveux qui dépassaient de son chapeau.

— Je croyais que Rafferty et vous deviez rassembler les mustangs aujourd'hui, reprit-elle.

— Et moi, je croyais que vous deviez finir de préparer les confitures.

Une bouffée de colère rougit ses joues, et elle retint de justesse les mots qui montaient à ses lèvres. En silence, elle finit de rincer l'épreuve, la pendit à une ficelle pour la faire sécher, rangea son attirail. Quand elle sortit, la chaleur lui tira un frisson.

— Je pensais aller en ville, j'étais venu vous demander si vous aviez besoin de quelque chose, reprit Gus qui marchait près d'elle. Vous avez le temps d'y penser, Je dois d'abord réparer une roue de la carriole.

Il obliqua vers la grange. Toujours sans mot dire, elle se dirigea vers la maison. Sur le pas de la porte, un mur de chaleur et l'écœurante odeur des fruits et du sirop de sucre la firent reculer. La marmite, les pots, la gaze tachée de jus, tout était étalé sur la table tel qu'elle l'avait laissé à l'apparition de la chouette, parce qu'elle ne voulait pas attendre un jour de plus pour capturer la scène.

Les poings serrés, elle tourna les talons et traversa la cour. Gus, qui sortait la carriole de la grange, la héla au passage, mais elle ignora son appel et se mit à courir. Elle ne s'arrêta qu'au milieu de la clairière où elle se laissa tomber assise, le menton sur ses genoux relevés. L'herbe poussait si haut et si dru qu'elle s'imagina pouvoir y disparaître à jamais. Un long moment, elle écouta le crissement lancinant des sauterelles, puis elle s'allongea et contempla le ciel immense et vide.

— Clementine !

Gus apparut dans son champ de vision, le visage rouge et couvert de sueur.

— Je vous ai appelée, vous n'avez pas répondu.

— Parce que je voulais être seule.

Elle savait que sa réplique le blesserait, mais elle n'avait pas pu, ou peut-être pas voulu, la retenir. Par moments, elle se demandait si elle ne lui montrait pas exprès ses plus mauvais côtés.

Il s'assit dans l'herbe à côté d'elle.

— Je ne vous réprimandais pas tout à l'heure, Clem — du moins je n'en avais pas l'intention. Au début, j'étais mécontent de vous voir courir la campagne pour faire des photographies au lieu de vous occuper du ménage, je ne le nie pas. Mais depuis, j'essaie de comprendre — je veux dire, je me rends compte que la vie doit vous peser, toute seule ici des journées entières sans rien d'autre que le ménage et la cuisine pour vous distraire...

Il fixait la rivière où le soleil répandait l'ombre des saules comme un voile de dentelle.

— Pourquoi me repoussez-vous chaque fois que j'essaie de me rapprocher ? reprit-il. Nous retrouver la nuit au lit ne suffit pas. Nous devrions être ensemble aussi pendant la journée, partager des paroles, des sentiments.

— Je ne sais pas ce que vous attendez de moi.

— Que vous soyez ma femme, par l'âme et par le cœur autant et même plus que par l'amour physique.

Je ne peux pas ! aurait-elle voulu crier. Parce que je ne sais même pas ce que c'est. Comment donner ce que vous me demandez puisque je ne l'ai pas en moi ?

Il arracha un brin d'herbe, joua distraitement avec.

— Il faut apprendre à nous parler, Clem, sinon notre mariage ne marchera pas.

Une vague de panique la submergea. Que pouvait-elle lui répondre ? Votre frère éveille en moi des sentiments que je préférerais voir dormir à jamais ? Quand bien même je ne le veux pas, quand bien même je lutte pour y mettre un terme, il se passe entre nous des choses pour lesquelles vous nous haïriez l'un et l'autre si vous en soupçonniez l'existence. Et si vous me haïssiez, je préférerais mourir parce que j'ai trop besoin de vous, Gus. Réellement, bien plus que vous ne l'imaginerez jamais.

Il se releva, prêt à la laisser seule.

— Gus !

Debout, il lui parut aussi grand que les arbres, que les montagnes lointaines. Plus grand que tous les cow-boys dont elle avait rêvé de partager la vie.

— Dans cette maison de Louisburg Square, nous ne nous parlions jamais. Nous ne faisions que prier.

— Je ne suis pas votre père...

— Non, je sais ! répondit-elle en lui tendant la main. Je le disais pour vous faire comprendre que j'ai du mal à exprimer ce que je ressens. Ma gorge arrête les mots comme un barrage empêche l'eau de couler.

Il lui prit la main et se rassit près d'elle.

— Écoutez, Clementine... Tout ce que je veux, tout ce que j'ai jamais voulu, c'est vous rendre heureuse. Et je ne crois pas que vous le soyez.

Elle se tourna vers lui, regarda longuement ses yeux aussi bleus, aussi profonds que le ciel. À des moments tels que celui-ci, elle le trouvait merveilleux, irremplaçable, et elle s'en voulait d'être assez inconsciente pour ne pas bénir chaque jour le Ciel de lui avoir donné un tel mari.

— Oh si, Gus ! je le suis. Je suis heureuse. Surtout maintenant que nous allons avoir un enfant. Je veux que nous en ayons beaucoup. Au moins une douzaine.

Elle lui serra la main, chercha ses mots.

— Au début, je l'admets, c'était dur pour moi de découvrir que je devrais vivre dans une cabane de rondins au toit de tourbe. Sans parler de la boue qui envahissait tout, poursuivit-elle en se forçant à sourire. Mais je n'étais pas malheureuse, Gus. J'avais peur, j'étais perdue. Depuis, les choses ont changé...

— C'est vrai, l'interrompit-il avec un rire amer. La boue a séché. Maintenant, vous ne pouvez vous plaindre que de la poussière.

— Vous êtes injuste. Je ne me plaignais pas.

Elle se replia de nouveau sur elle-même, assez profondément pour qu'il ne puisse plus la blesser. Elle avait eu tort d'encourager cette conversation. Il avait cru épouser une femme docile, vertueuse, une authentique *lady*. Il était incapable de comprendre sa nature profonde.

— Je n'aurais jamais dû vous amener ici, affirma-t-il d'un ton désabusé.

Elle préféra éviter son regard. Peut-être voulait-il divorcer, la renvoyer à Boston chez son père ? Non, il ne le ferait sous aucun prétexte, il mettait trop son point d'honneur à tenir sa parole. En prononçant ses vœux conjugaux, il s'était engagé envers Dieu Lui-même. Mais leur mariage était voué à l'échec. Elle ne représenterait désormais pour lui qu'un de ses rêves illusoires. Un de plus.

— Vous disiez que vous aviez peur, reprit-il d'une voix mal assurée. Eh bien, moi, j'ai peur de ne jamais pouvoir vous donner une vie aussi bonne que celle à laquelle vous étiez habituée. De ne jamais pouvoir être celui que vous voulez.

N'avait-elle pas affirmé à son frère que c'était Gus — et seulement lui — qu'elle voulait ? Elle était sincère alors, elle le pensait encore. Mais quand elle se tourna vers lui afin de le lui déclarer avec assez de conviction pour l'en persuader, par un étrange phénomène lui apparurent des yeux jaunes brillants de désir, une bouche dure qui lui avait parlé de cœur en feu, des lèvres dont le contact brûlant sur les siennes refusait de s'effacer.

Elle agrippa la main de son mari comme si elle se noyait.

— Vous êtes celui que je veux, Gus ! C'est moi qui suis imparfaite. Mais j'ai beau être jeune et manquer d'expérience, je ne suis pas assez sotte pour m'imaginer que la vie n'offre jamais de moments difficiles. Nous avons juré de rester unis pour le meilleur et pour le pire. Eh bien, je prendrai votre pire avec votre meilleur si vous acceptez les miens.

Il porta leurs mains jointes à ses lèvres, les tourna de manière à embrasser la paume de Clementine, caressant les cicatrices de sa moustache et de son haleine.

— Vous étiez sincère, tout à l'heure, en disant que vous désiriez avoir beaucoup d'enfants ?

— Oui, Gus.

Un sourire apparut enfin sur ses lèvres.

— Voilà au moins quelque chose que je ne rate pas.

Leurs deux mains se posèrent sur la rondeur de son ventre. Comme s'il devinait la présence d'un public, le bébé bougea. Clementine eut un éclat de rire joyeux.

— Oh, Gus ! Vous avez senti ? s'exclama-t-elle.

Les yeux dans les yeux, ils se contemplèrent longuement en silence.

— Tout ira bien, Clem, affirma-t-il enfin avec un large sourire. Ce sera bon, vous verrez.

— Oui, Gus. Tout ira bien.

Et elle lui rendit son sourire.

XIV

Sa robe de soie bordeaux bruissait tel un tapis de feuilles mortes quand Hannah Yorke traversa le vestibule et s'arrêta devant le miroir au-dessus de la console. Son image lui tira un froncement de sourcils, qu'elle effaça dès qu'elle vit se former de fines pattes-d'oie autour de ses yeux. Sans son habituelle couche de fard, elle se trouva blafarde. Son corset trop serré lui écrasait les côtes, son col boutonné trop haut l'étranglait. Elle s'était aspergée d'eau de rose, mais des ruisseaux de sueur dégoulinaient déjà de chaque repli de sa peau. Elle était plus paniquée qu'une écolière avant son premier rendez-vous : jamais encore elle n'avait été invitée dans une maison respectable.

Une grande fête allait se dérouler au Rocking R pour célébrer à la fois l'inauguration de la nouvelle habitation et le comptage d'automne du bétail, qui devait débuter la semaine d'après. La nouvelle s'était répandue dans tout le district de Rain Dance et même au-delà. On viendrait de vingt, trente lieues à la ronde — les gens respectables, bien sûr, pas les tenancières de saloon comme elle. Dans un moment de faiblesse ou d'égarement, elle avait accepté de s'y rendre. Mais maintenant, doux Jésus, elle tremblait de trac comme elle n'avait jamais tremblé de sa vie !

On la snoberait, c'était certain. Ces dignes épouses d'éleveurs et de fermiers la toiseraient avec une moue de mépris avant de lui tourner le dos. Quant aux hommes, ils ne seraient sûrement pas enchantés de tomber nez à nez avec elle en dehors de son saloon. Elle leur avait trop souvent distribué les cartes et servi à boire avant de les voir s'éclipser dans son arrière-salle avec une de ses *hôtesses*.

Les mains tremblantes, elle prit le chapeau noir posé sur la console et le fixa sur sa tête à l'aide d'une épingle sertie de strass. Sa chevelure flamboyante ainsi dissimulée, elle ajusta la voilette de mousseline noire et se regarda dans la glace. Hannah, tu n'es qu'une imbécile, dit-elle à l'inconnue qui la dévisageait à travers un suaire.

Avant de perdre ce qui lui restait de courage, elle sortit sous la véranda. Le tronc des trembles luisait comme de l'argent dans la lumière de cette fin de matinée. Un vol d'oies sauvages traversait le ciel. On n'était qu'au début de septembre, les journées étaient encore douces mais l'arrivée des oies annonçait l'hiver.

Les accents métalliques du piano lui parvenaient par la porte ouverte du saloon. Elle avait enfin trouvé quelqu'un sachant faire danser les touches d'ivoire, un quidam qui se surnommait Doc. Elle ne savait rien de lui, pas même son vrai nom, et n'avait nulle intention d'en apprendre d'avantage. Il avait l'allure furtive de l'homme en fuite devant quelque chose ou quelqu'un. Mais ici, à vrai dire, tout le monde fuyait ou poursuivait quelque chose ou quelqu'un.

Shiloh devant gratter son violon à la fête, elle avait confié le Best in the West à Annie, la seule de ses filles sur laquelle elle pouvait à peu près compter. Naturellement, la garce en profiterait pour écrémer la recette ; mais Hannah était résignée à payer ce tribut à ses courtes vacances. Dieu sait si elle avait besoin d'échapper, ne serait-ce qu'une heure ou deux, aux relents de tord-boyaux, de jus de chique et de sueur rance !

Un bruit de roues couvrit l'écho des rires gras et du piano, et Zach Rafferty apparut dans le tilbury prune qu'elle louait souvent à Œil de Serpent. Il sauta du siège, noua les guides à la barrière et s'approcha, le sourire aux lèvres, de cette démarche à la fois raide et chaloupée propre aux hommes qui passent sur une selle le plus clair de leur vie. Son apparence, ce matin-là, lui coupa le souffle : pantalon rayé, gilet de brocart, chemise blanche à col dur et cravate de cordonnet noir. Hannah ne l'avait jamais vu aussi élégant.

À peine Rafferty eut-il jeté les yeux sur elle que son sourire s'effaça. Campé au bas du perron, les poings sur des hanches étrangement nues en l'absence de cartouchière, il la toisa d'un regard sévère.

— Qu'est-ce que c'est, ce déguisement ?

— Une robe tout ce qu'il y a de convenable, répliqua-t-elle, le menton levé.

— Convenable ? Trop sinistre pour un enterrement, oui !

— Tu me forces à aller à ce carnaval. Tu voudrais aussi

m'imposer ma tenue ? Écoute, poursuivit-elle tandis qu'il montait les marches, il y aura ta famille, tes amis, je ne pouvais quand même pas te faire honte.

— Tu t'imagines peut-être qu'on croit que je te fréquente pour ta vertu ?

Blessée, elle sentit les larmes lui monter aux yeux.

— Parce que je ne suis rien de plus pour toi, n'est-ce pas ? Une baiseuse, juste bonne pour tirer ton coup quand l'envie t'en prend ?

— Non, tu le sais très bien ! Et arrête de dire des grossièretés, tu parles comme une...

Il s'interrompit.

— ... une pute, compléta-t-elle.

Les mains dans les poches, il poussa un soupir excédé. Elle aurait voulu effacer d'un baiser le pli maussade de ses lèvres, embrasser ses joues rasées de frais. Elle s'attendit qu'il la laisse, ce qui serait somme toute bien fait pour elle et ne déplairait sûrement pas aux braves gens du pays, ainsi débarrassés de sa scandaleuse présence. Mais Rafferty ne partit pas.

— Ce n'est pas en t'affublant de vieux sacs et en te couvrant la tête de cendres que tu te transformeras en petite sainte aux yeux des hypocrites. Tu vendrais ton saloon pour te marier avec moi, Hannah ? Tu viendrais t'installer au ranch dans la vieille cabane de bois au toit pourri, me mitonner des ragoûts, balayer le plancher, laver mes chemises et regarder ton ventre s'arrondir chaque année ?

Il se penchait vers elle, si près que des effluves de sa lotion lui parvenaient à travers la voilette.

— C'est une mauvaise plaisanterie ou une demande en mariage, cow-boy ? Parce que, dans ce cas, tu mériterais que je te fasse la frayeur de ta vie en acceptant !

Pas une putain au monde qui n'ait rêvé du jour où un homme apporterait une bouffée d'air frais dans sa vie sordide, la séduirait, l'épouserait. La métamorphoserait d'un coup de baguette magique en dame respectable et respectée. Se marier, avoir des enfants... Pourtant, elle savait qu'aucun bébé ne la ferait renoncer à tout ce qu'elle avait pour revenir en arrière et mener l'existence de sa mère. Elle n'avait certes pas besoin d'un homme pour lui compliquer la vie, lui dicter son comportement. Oh ! bien sûr, il lui arrivait d'éprouver un pincement au cœur parce qu'elle désirait encore assez certaines choses — un sourire d'homme au petit déjeuner, une bouche de bébé sur son sein, des bras d'enfant autour de son cou.

Aimer. Être aimée...

Quelle idiote tu fais, Hannah ! Combien de temps, combien d'hommes te faudra-t-il encore pour apprendre que l'amour ne dure pas plus longtemps que les grincements du sommier ?

— Un de ces jours, Zach Rafferty, quand tu seras trop saoul pour t'en rendre compte, je te prendrai au mot et je t'épouserai. Et là, conclut-elle d'une voix enrouée malgré elle, tu le regretteras pour de bon.

Il la prit par la nuque, souleva sa voilette.

— Quoi qu'il arrive entre nous, Hannah, je ne regretterai jamais rien. Et maintenant, chérie, ajouta-t-il en posant ses lèvres sur les siennes, va te faire belle.

Elle avait beau se raisonner, elle ne pouvait lui résister quand il lui disait chérie.

— Vous avez vos souliers à danser, madame McQueen ?

Clementine souleva sa jupe pour exhiber ses bottines de chevreau noir, brillantes de cirage. Elles lui serraient un peu les pieds, parce qu'ils avaient enflé pendant l'été au même rythme que son ventre.

— Et vous, monsieur McQueen ? le taquina-t-elle. Est-ce qu'un gardeur de vaches tel que vous sait danser ?

Gus fit tinter ses éperons sur le plancher, esquissa un entrechat — et dut se rattraper en hâte au montant du lit pour ne pas perdre l'équilibre. Clementine éclata de rire.

Leur nouveau lit en fer était peint en blanc et décoré de glands de cuivre. Clementine l'adorait, comme tous leurs meubles neufs achetés sur catalogue : la commode de noyer au dessus de marbre et la table de toilette assortie, les rideaux de vichy bleu qu'elle avait elle-même confectionnés, le service de toilette en porcelaine rose. Et puis, il y avait son mari, en gilet de daim blanc et foulard de soie rouge autour du cou, qui se pavanait devant elle en arborant un sourire épanoui.

— Alors, qu'en dites-vous ? demanda-t-il.

— Parfait ! La maison est splendide et vous êtes superbe !

Le Montana lui-même paraissait beau, ce jour-là. Le vent se comportait de manière presque civilisée, le soleil brillait autant qu'une pièce d'or et le ciel bleu était parsemé de petits nuages blancs comme du coton.

Gus vint mettre la paume de sa main contre celle de Clementine et attira la jeune femme vers lui en mêlant leurs doigts.

— Je veux tant vous rendre heureuse, Clem.

— Je le suis, Gus.

— Si seulement je pouvais vous donner davantage ! D'ici à trois ou quatre ans, je vous le jure, je bâtirai la plus grande, la plus belle maison du territoire ! Avec deux étages, un double salon. Et un water-closet intérieur, pour que vous n'ayez plus à vous mouiller les pieds le matin dans l'herbe en allant au cabinet. Cela vous plairait ? Hein, Clem ?

Elle se pencha sur leurs mains jointes et posa un baiser sur ses phalanges. C'est lorsqu'il était ainsi, gai, souriant, la tête pleine de son prochain rêve, qu'il la rendait le plus heureuse.

Il dut sortir pour accueillir les premiers arrivants, et Clementine s'attarda un instant afin de savourer le calme de leur maison neuve avant qu'elle ne soit envahie. Elle n'avait rien de fastueux, à vrai dire : c'était juste une bâtisse carrée de quatre pièces, peinte en blanc et avec un toit de tôle ondulée. Gus avait beau répéter qu'elle était indigne du cadre raffiné dans lequel elle avait grandi, Clementine y était infiniment plus à l'aise que dans le luxueux mausolée de Louisburg Square. La maison de son père sentait la cire, le renfermé, la dévotion. Celle-ci embaumait le sapin frais, le grand air. Et l'espoir.

Dans la cuisine, Clementine huma avec gourmandise la bonne odeur de la pâte à pain mise à lever sur une étagère. Au-dessous, le fourneau, nickelé et flambant neuf, comportait — merveille des merveilles ! — un réservoir d'eau chaude. Et à côté de lui — miracle des miracles ! — une machine à laver pourvue d'une essoreuse actionnée par une manivelle.

Gus l'appela du dehors, les invités arrivaient plus nombreux. Soudain intimidée, Clementine essuya ses mains moites sur son ventre arrondi. Elle avait retouché de son mieux sa robe de serge marron, mais sa grossesse la forçait à délacer son corset de manière proprement indécente.

Elle sortit dans la véranda qui bordait trois côtés de la maison et comportait une jolie balustrade de bois tourné. Les spirales de fumée qui montaient de la fosse creusée dans la cour, où rôtissait un bœuf entier, se mêlaient aux senteurs des balles de foin en train de sécher, alignées au bord du pré comme des miches de pain géantes.

Clementine laissa échapper un cri de surprise. Par le chemin et à travers la prairie, des dizaines de voitures et de cavaliers convergeaient vers le ranch. Elle n'avait pas cru Gus quand il l'avait prévenue que les gens du pays n'hésitaient pas à parcourir d'énormes distances dès qu'il était question d'une fête. Certains, disait-il, se levaient longtemps avant l'aube pour arriver à midi, endimanchés et chargés de soupières, de jambons, de tartes.

Elle reconnut Mme Graham, pendue au bras de son Horace comme si elle redoutait que les femmes présentes se ruent sur lui et l'enlèvent sous son nez. Et Mme Weatherby, plus blafarde et bouffie que jamais sous une épaisse couche de poudre de riz qui s'écaillait au soleil. Et M. Carver, le fermier des hautes terres au-dessus du canyon, un homme trop affairé depuis son arrivée dix ans auparavant pour prendre le temps de retourner à Philadelphie chercher sa femme. Il y avait aussi Sam Woo, qui s'était trouvé entraîné dans une sévère partie de poker le mois précédent et y avait perdu ses économies destinées à l'achat d'une épouse chinoise. Et Œil de Serpent, pour la première fois sans son tablier de cuir ; et Shiloh, avec son crincrin sous le bras. Et puis la foule anonyme des cow-boys, serrés dans leurs bottes neuves trop étroites et leurs cols durs ; les bergers en gilet de peau de mouton et coiffés de chapeaux à clochettes ; les prospecteurs et les mineurs, arborant fièrement des chemises de flanelle rouge et des barbes taillées de frais.

Parmi ces derniers, Clementine en repéra deux dont le visage lui était familier, et elle alla à leur rencontre. Elle arriva près d'eux à temps pour voir Nash assener un coup de chapeau dans le ventre de son inséparable partenaire et l'entendre dire :

— Tiens ta langue, malappris. Il y a une dame.

Pogey sursauta, se retourna, se découvrit et plongea dans une étonnante révérence qui envoya sa longue barbe jaune balayer ses genoux.

— Madame McQueen ! Ma parole, vous voilà plus fraîche et plus gracieuse ce matin qu'une génisse de l'année !

Les génisses qu'avait vues Clementine n'avaient rien de frais ni de gracieux, mais elle ne put s'empêcher de sourire à l'évidente sincérité du compliment.

— Bonjour, monsieur Pogey, monsieur Nash. Comment vous portez-vous ?

Nash s'inclina fort civilement, mais Pogey se tritura l'oreille et prit une mine accablée.

— Si je vous répondais que je me porte bien, madame, je mentirais. J'ai la gorge tellement sèche, voyez-vous, que je n'ai même plus de salive à cracher.

Clementine lui lança un regard perplexe.

— Ce qu'il essaie de vous faire comprendre, expliqua Nash, c'est qu'il a très soif. Et ma foi, sauf votre respect, je ne suis pas loin de souffrir du même mal.

— Bien sûr, messieurs, dit Clementine en riant. Où avais-je donc la tête ? Par ici, suivez-moi.

Elle les guida vers une planche, posée sur des tréteaux à l'ombre d'un grand arbre, où trônaient deux barils de cidre. Gus avait passé la semaine à le fabriquer avec des pommes importées tout exprès du territoire de Washington.

Clementine plongea une louche dans l'un des tonneaux, remplit un gobelet d'étain et le tendit à Pogey.

— C'est un breuvage pour abstinents ? grommela-t-il en le reniflant avec méfiance.

— Pourquoi perdre ton souffle à le demander ? intervint Nash avec un soupir excédé. Tu t'imaginais peut-être que Gus allait mettre du punch dans son jus de pommes ?

Clementine lui tendit un autre gobelet plein.

— Goûtez-y quand même, monsieur Nash. Je crois que vous serez agréablement surpris.

Avec une grimace aussi horrifiée que s'ils devaient avaler une dose d'huile de foie de morue, les deux hommes trempèrent leurs lèvres dans le liquide. Nash déglutit et, de stupeur, ses yeux s'arrondirent comme ceux d'un hibou. La bouche de Pogey se fendit en un sourire béat.

— Voilà ce que j'appelle un cidre extra ! déclara-t-il.

Clementine se mordit les lèvres pour ne pas éclater de rire : elle avait vu Rafferty vider six bouteilles d'alcool dans le baril pendant que Gus avait le dos tourné. Son vertueux mari ne serait sûrement pas content.

— Puis-je me fier à vous, leur dit-elle sur le ton de la confidence, pour que seuls les messieurs sachant apprécier les vertus roboratives d'un tel cidre se servent à ce baril ?

Pogey hocha la tête avec tant de vigueur que sa barbe lui martela la poitrine.

— Vous pouvez nous faire une confiance aveugle, madame

McQueen, répondit Nash, les yeux au ciel et une main sur le cœur. On nous ferait écarteler par des chevaux sauvages, on nous traînerait nus comme des vers dans un champ de cactus, on nous arracherait les os pour y tailler des sifflets qu'on ne nous tirerait pas un mot...

Pogey l'interrompit d'un coup de gobelet sur le ventre.

— Plutôt que d'exercer ta langue, vieux bavard, fais marcher ta main et redonne-moi de ce délicieux jus de pommes.

Clementine vit alors Gus qui s'approchait, et elle se hâta d'aller l'intercepter. Il contournait la piste de danse, constituée d'une grande bâche tenue par des piquets au milieu de la cour. Autour, les deux frères avaient replanté de jeunes sapins auxquels ils avaient accroché des lanternes, car on danserait sans doute fort avant dans la nuit.

— Avez-vous goûté mon cidre, Clem ?

— Eh bien, pas encore...

Elle cherchait désespérément un prétexte pour détourner son attention quand elle repéra sur la piste de danse un groupe de cow-boys qui bavardaient en mâchant leurs chiques, les pouces dans les poches de leurs jeans. Elle pointa vers eux un index indigné.

— Oh, Gus ! Allez dire à ces hommes de ne pas cracher sur la bâche !

Gus esquissa un salut militaire.

— À vos ordres, madame.

Avec un soupir de soulagement, Clementine se tourna vers le chemin, où les voitures continuaient d'affluer, et dut mettre sa main en visière pour mieux voir, car le reflet du soleil sur les tôles neuves du toit l'éblouissait.

Aux guides du tilbury, Zach Rafferty était méconnaissable. Pour la première fois, il ressemblait plus à un banquier qu'à un pilleur de banques. À côté de lui, Hannah Yorke portait une robe rose à larges rayures, avec un décolleté vertigineux et d'énormes manches gigot. Sous un chapeau orné de plumes roses ses cheveux roux cascadaient en bouclettes sur ses épaules nues. Une ombrelle rose elle aussi et bordée de dentelle abritait sa personne des ardeurs du soleil.

Rafferty mit pied à terre et tendit la main à Hannah pour l'aider à descendre. Le sourire et le regard qu'ils échangèrent exprimaient une telle complicité que le cœur de Clementine cessa de battre et qu'elle se détourna. Elle vit alors près de la véranda un groupe de femmes prendre des mines indignées, tourner ostensiblement le dos aux nouveaux arrivants et s'engouffrer dans la maison.

Hannah aussi les avait vues. Sous le rouge, son visage prit la couleur du lait caillé. Clementine courut au-devant d'elle, les mains tendues, en veillant à ne pas même effleurer Rafferty du regard.

— Madame Yorke, euh... Hannah ! Je suis si contente que vous ayez pu venir, dit-elle en serrant ses mains, qu'elle sentit trembler dans les siennes. Vous n'avez pas pu décider Saphronie à vous accompagner ?

— J'ai déjà eu assez de mal à me décider moi-même...

Deux fossettes lui creusèrent les joues et elle éclata d'un rire si joyeux, si communicatif que Clementine ne put y résister. Elle se souvint de son arrivée à Rainbow Springs, de l'envie qu'elle avait éprouvée en entendant Hannah, Nickel Annie et Œil de Serpent rire ensemble comme de vieux amis. Serons-nous amies, Hannah Yorke et moi ? se demanda-t-elle sans oser y croire.

Hannah ferma son ombrelle et prit sur la banquette du tilbury un paquet qu'elle déposa dans les bras de Clementine.

— Dans le pays d'où je viens, déclara-t-elle, quand un homme et sa femme s'installent dans une maison neuve, leurs amis leur font un cadeau de bienvenue.

Clementine découvrit une superbe couverture en patchwork, si finement cousue et aux couleurs si vives qu'elle ressemblait à un bouquet de fleurs des champs.

Leurs amis leur font un cadeau... Oui, elle pouvait y croire. Elle avait désormais une amie. Elle en fut si émue qu'elle hésita entre le rire et les larmes.

— Je ne sais que dire... sauf un grand merci.

Le sourire d'Hannah s'effaça soudain, son regard se voila. Gus arrivait à grands pas, le visage dur.

— Bon sang, Zach, je t'avais dit de ne pas l'amener !

— La dernière fois que j'ai vu le titre de propriété, mon frère, il me semble que mon nom figurait à côté du tien, répliqua Rafferty de ce ton glacial que Clementine lui avait entendu prendre le jour du lynchage.

Elle devait à tout prix éviter qu'ils se battent.

— Regardez, Gus, le ravissant cadeau que nous fait Mme Yorke ! s'exclama-t-elle en lui mettant la couverture dans les bras. Vous pourriez peut-être la porter tout de suite dans la chambre avant qu'elle ne risque de se salir ?

— Si vous vous imaginez, Clementine...

— Soyez gentil, Gus. Ensuite, nous goûterons ensemble votre fameux cidre. D'accord ?

Sa moustache frémit comme s'il retenait une bordée d'injures, mais il tourna les talons et partit en direction de la maison, la couverture dans les bras.

Clementine laissa échapper un nouveau soupir de soulagement. Hannah lui tendait maintenant une pastèque. Sa voix était encore mal assurée, mais les fossettes avaient reparu.

— De la part de Nickel Annie, qui l'a rapportée de Fort Benton, bien enveloppée dans un sac de jute et une caisse d'œufs. Elle m'a chargé de vous dire qu'elle regrettait beaucoup de ne pas pouvoir venir elle-même.

Hannah lui transmit son fardeau aussi délicatement que s'il s'agissait d'un nouveau-né. La pastèque était de taille modeste et jaunie à un bout, mais l'émotion noua la gorge de Clementine. Cette fois, elle osa lever les yeux vers Rafferty ; mais il ne la voyait pas car il regardait Hannah en souriant.

— Hé, Shiloh ! cria-t-il en agitant un bras. Qu'est-ce que tu attends pour gratter tes boyaux et nous faire danser ?

Avec un rire joyeux, il saisit Hannah par la taille et l'entraîna vers la piste de danse. Shiloh s'assit sur un baril vide, marqua la mesure du pied, leva son archet... et se figea soudain, les yeux écarquillés. D'un seul coup, rires et conversations cessèrent.

Des Indiens venaient de surgir au détour du chemin.

La troupe comptait une douzaine d'hommes, montés sur des chevaux pie et des poneys, et autant de femmes et d'enfants qui suivaient à pied, menant d'autres poneys attelés à de longues perches chargées de tipis. Des chiens hirsutes et mal nourris couraient entre les jambes des chevaux en aboyant. L'homme en tête du cortège était vêtu comme un Blanc d'une chemise rouge et d'un pantalon. Une unique plume blanche décorait ses cheveux nattés. Malgré la chaleur, les femmes, les enfants et une partie des hommes étaient enfermés dans des couvertures lacées jusqu'au menton.

— Des Flatheads, dit Rafferty à Gus qui avait soudain reparu, la couverture encore dans les bras. D'habitude, ils ne s'éloignent pas autant de leur réserve.

— Ceux-ci ont l'air plutôt loqueteux, lui répondit Gus. Je n'ai pas l'impression qu'ils nous cherchent noise. De toute façon, nous sommes à plus de trois contre un.

Rafferty lança à son frère un regard ironique.

— Ouais. Il n'empêche que tu voudrais bien que j'aille palabrer avec le chef, n'est-ce pas ?

Il s'éloigna sans attendre de réponse. Les Indiens quittaient le chemin et pénétraient dans le champ de foin fauché. Les perches rebondissaient avec un bruit mat sur les sillons durcis. Une femme gourmanda à mi-voix son enfant qui pleurait et le fit taire, les chiens n'aboyaient plus. Un silence complet s'était abattu sur le ranch. Le vent lui-même semblait retenir son souffle.

Clementine serra la pastèque dans ses bras, l'estomac tordu par ses vieilles terreurs. Elle avait une telle hantise des sauvages qu'il lui suffisait de fermer les yeux pour évoquer les tatouages de Saphronie, les entailles faites par les tomahawks dans les rondins de la vieille cabane. Nez de Fer n'avait pas été capturé avec les autres membres de sa bande. Il était toujours libre, et plus que jamais débordant de haine. Joe Ours Vaniteux aussi, qui avait disparu avec sa famille dans les immensités désertes. Seul un cercle jauni dans l'herbe marquait l'emplacement de son tipi au bord de la rivière.

Le chef indien tendit les mains devant lui, la paume levée en signe de paix. Rafferty fit le même geste, prononça quelques mots brefs que Clementine ne put entendre. Les deux hommes conversèrent encore par gestes et par monosyllabes, Rafferty roula deux cigarettes, une pour le chef et l'autre pour lui. Puis il se retourna et fit signe à Shiloh de commencer à jouer. Le violoneux avait à peine attaqué les premières mesures d'une gigue qu'un des enfants indiens, un garçon, poussa un cri joyeux et se mit à danser.

D'une allure nonchalante, Rafferty rejoignit son frère.

— Ils sont en route pour chasser le bison et voler des chevaux sur le territoire des Crows, annonça-t-il. Je les ai invités à rester pour faire la fête.

Clementine sursauta. Gus lui tapota l'épaule.

— Cela vaut mieux, ajouta-t-il d'un ton rassurant. Je préfère les avoir ici, nous pourrons les surveiller. Sinon, la moitié de nos bœufs auraient disparu d'ici à demain matin.

Si sa peur des Indiens subsistait, Clementine devait pourtant admettre que les monstres sanguinaires de ses cauchemars n'avaient pas grand-chose en commun avec ces nomades dépenaillés et plutôt pitoyables, blottis craintivement les uns contre les autres au milieu du champ de foin. Dans ce pays, quand un homme et sa famille traversaient votre ranch, vous les invitiez à faire halte, à manger, à se reposer. La terre était trop vaste, trop vide pour que quiconque repousse des voyageurs. Les lois de l'hospitalité, la simple humanité l'exigeaient.

— C'est juste, dit-elle enfin. Il faut qu'ils restent.

Elle sentait que Rafferty l'observait ; elle dut faire un effort pour lever les yeux vers lui.

— Comment s'appelle le chef ? lui demanda-t-elle.

— Faucon Blanc.

Seule, Clementine s'avança dans le champ. Le chef était un homme de grande taille à la carrure puissante, dont le maintien plein de dignité lui en imposa. Il avait un visage rude, un nez long et tranchant comme un tomahawk, une large bouche aux commissures tombantes.

— Monsieur Faucon Blanc, lui déclara-t-elle sans trembler, je vous souhaite la bienvenue à vous et à vos compagnons.

Le chef la dévisagea en silence, avec une expression aussi énigmatique que les montagnes contre lesquelles sa silhouette se détachait. Il poussa une sorte de grognement, montra tour à tour à Clementine la pastèque oubliée dans ses bras et son ventre gonflé. Puis, d'une manière aussi surprenante qu'inattendue, il fit mine d'avaler le melon entier en désignant de nouveau le ventre de Clementine. Désarçonnée, elle rougit et se mordit les lèvres pour ne pas rire, de crainte que le chef se méprenne et se croie offensé.

Elle se ressaisit aussitôt et lui tendit la pastèque en désignant le couteau pendu à sa ceinture.

— Peut-être aimeriez-vous y goûter ?

Le chef inclina la tête, dégaina son couteau.

Et c'est ainsi que Clementine, ses fines chaussures égratignées par les chaumes qu'elle piétinait, les doigts poisseux de jus rose et sucré, les cheveux caressés par le soleil de septembre, partagea le cadeau de Nickel Annie avec un chef indien du nom de Faucon Blanc.

Ce pays, lui avait dit Rafferty, on l'absorbe par les yeux, par le nez, par les pores de sa peau. Alors, tandis que son regard allait de l'Indien aux montagnes, quelque chose s'ouvrit en elle et libéra un flot de sentiments dont elle ne soupçonnait pas l'existence. L'espace d'un instant, fragile et fugitif mais d'autant plus exquis, elle devint à la fois Faucon Blanc et les balles de foin embaumées et la musique du crincrin de Shiloh et le ciel au-dessus de sa tête.

Elle incarnait, elle *était* le Montana.

Hannah tournoyait, virevoltait, sa jupe rose gonflée comme une cloche dévoilait son jupon mauve et ses chaussures à pompons rouges.

Ah ! cette femme ! pensa Gus qui l'observait, les sourcils froncés. Depuis que Shiloh avait posé son archet sur les cordes, elle n'avait pas même eu le temps de reprendre haleine. Elle ne quittait un cavalier que pour passer dans les bras d'un autre, et ceux qui n'avaient pas encore eu droit à un tour de piste avec elle attendaient en rang d'oignons et faisaient tinter leurs éperons en tapant des pieds. Mais après tout, songea Gus avec amertume, si Zach se moquait de voir sa gourgandine manipulée par tous les hommes du territoire, il n'avait lui-même aucune raison de s'en soucier. Gus n'en revenait pas, d'ailleurs, qu'un coureur de jupons tel que son frère soit resté tout l'été avec la même femme. On pouvait au moins reconnaître à Zach Rafferty de la constance dans le vice.

Une hanche appuyée sur la balustrade, les bras croisés, Gus lança un regard vers la porte de la cuisine, derrière lui. Clementine y avait une fois de plus disparu pour s'occuper des victuailles. Il aurait bien voulu danser avec son épouse, mais ce n'était sans doute pas convenable pour une femme dans son état de se trémousser en public. Hannah Yorke, elle, continuait de plus belle à se démener, au point qu'à chaque instant ses seins semblaient prêts à jaillir de son scandaleux décolleté — comme deux grosses pêches roses, duveteuses, appétissantes...

Avec un juron étouffé, Gus rajusta le foulard autour de son cou, se lissa la moustache, se fraya un passage dans la foule des candidats et alla se planter devant elle.

— Voulez-vous danser avec moi, Hannah ?

Son air méfiant et étonné refit bientôt place au sourire.

— Bien sûr, Gus !

Et elle lui offrit le bras tandis que Shiloh enchaînait une valse langoureuse à une scottish entraînante.

Gus touchait Hannah Yorke pour la première fois de sa

vie. Elle était douce et tiède entre ses bras, elle embaumait autant qu'un bouquet de roses de serre. Il devait lutter pour ne pas garder les yeux fixés sur sa poitrine ou sur sa bouche, pulpeuse comme un fruit mûr. La nature humaine doit réellement être prédisposée au péché, se répétait-il. Malgré lui, cette femme le troublait profondément. Et c'est avec un embarras croissant qu'il attendit la fin de la valse pour se soustraire à la tentation.

Lorsqu'il entraîna enfin Hannah à l'écart de la piste pour la reconduire vers son frère, Gus se sentit redevenu digne de lui-même. Il avait posé les yeux et les mains sur une femme, il l'avait désirée dans son cœur et dans sa chair, mais il avait eu la force de triompher du péché.

Il sourit de plaisir en voyant Clementine et Zach côte à côte. Sa chère Clementine qui, au contraire d'Hannah Yorke, était tout ce qu'une femme devait être. Pure et modeste, douce et obéissante... euh, non, pas si docile que cela. Mais elle était encore jeune, elle apprendrait. C'était son rôle à lui, son mari, de la guider, de l'instruire.

Zach et Clementine étaient adossés à la balustrade comme s'ils posaient pour une photographie. Elle prêtait toutefois si peu d'attention à son voisin qu'ils auraient aussi bien pu se trouver chacun à un bout du monde. Au début, sa femme et son frère étaient comme chien et chat, et se disputaient pour un oui ou pour un non. Depuis quelque temps, Gus avait observé qu'ils s'adressaient à peine la parole et semblaient même ne plus supporter de se regarder. Il était profondément affligé que ses deux êtres les plus chers au monde se détestent à ce point.

Gus espérait que le malaise entre Zach et lui ne tarderait pas à se dissiper. Après tout, sa fierté n'avait pas eu trop à souffrir de sa danse avec Hannah Yorke. Et maintenant que, l'ayant tenue entre ses bras, il avait éprouvé sur lui-même son pouvoir de séduction, il comprenait mieux la faiblesse de son frère envers cette femme.

— Shiloh pourrait réveiller un mort..., commença-t-il d'un ton un peu trop enjoué pour n'être pas affecté.

Gus s'interrompit. Zach fixait le chemin avec une telle jubilation dans le regard que Gus redouta le pire et sentit la chair de poule lui hérisser la nuque.

Il se retourna... et se figea, bouche bée, tandis que la voix de son frère réveillait au tréfonds de sa mémoire des souvenirs qu'il avait espéré garder à jamais enfouis :

— Alléluia ! Si je n'ai pas la berlue, je crois bien que voilà notre cher borgne de père, le révérend Jack McQueen !

XV

Juché sur une mule couleur eau de vaisselle sale, Jack McQueen toisa ses fils de son œil valide, d'un bleu dur.

— Gloire au Seigneur qui daigne exaucer mes prières ! J'avais perdu mes garçons, je les retrouve enfin. Alléluia !

— Qu'est-ce que vous faites ici ? gronda Gus.

Il gardait le souvenir d'un père plus grand, plus fort. Seul le visage était inchangé : même rouerie chafouine dans les traits burinés, même dissimulation sournoise derrière le sourire charmeur, même regard perçant et calculateur. Un sentiment de honte lui tordait l'estomac. Gus avait beau être à l'âge d'homme, l'humiliation d'avoir pour géniteur une canaille telle que Jack McQueen le rongerait à jamais.

Accoutré d'une lévite noire luisante d'usure et coiffé d'un tuyau de poêle élimé, le bougre avait à l'évidence repris son négoce de religion. Ayez toujours l'air plus miteux que les brebis que vous voulez tondre, conseillait-il à ses fils quand ils étaient enfants. Les femmes, surtout, ouvrent plus volontiers leur bourse et souvent leur cœur à un prêcheur pauvre mais dévot.

De son œil bleu au regard perçant, le pauvre mais dévot révérend McQueen enregistra la farandole des cow-boys et des mineurs qui tournoyaient, bras dessus bras dessous, autour du violoneux noir, les tables qui ployaient sous des victuailles assez abondantes pour nourrir la nation sioux au grand complet. Puis il se tourna vers Gus avec le sourire amusé que ce dernier connaissait trop bien, car il venait toujours aux lèvres de son père lorsque celui-ci se préparait à semer la perturbation autour de lui et à s'en distraire sans la moindre vergogne.

— Au bout de tant d'années, Gustavus, je suis heureux de constater que tu te portes bien, dit-il sur le ton onctueux du prêcheur de la Bonne Parole. En vérité, mon cher garçon, c'est un grand bonheur pour un père, si indigne soit-il, de revoir son fils aussi florissant. Et quelles nouvelles de ta mère, ma chère et fidèle épouse ?

— Elle est morte.

— Gloire à Dieu... !

D'un geste large, le révérend se découvrit en offrant au soleil ses cheveux, noirs et huileux, qui lui tombaient sur les épaules à la mode indienne. Leur longueur avait pour mérite essentiel de dissimuler son oreille entaillée, marque infamante des voleurs de chevaux infligée à Jack McQueen dans sa jeunesse. Telle était du moins l'explication qu'il en avait fournie à ses fils ; mais il leur avait toujours débité des mensonges plus bizarres les uns que les autres, à seule fin sans doute de ne pas perdre la main.

— Ô Seigneur ! entonna-t-il, les yeux au ciel. Prions pour l'âme de notre chère disparue, Stella McQueen, mon épouse bien-aimée mais aussi, hélas ! une pauvre pécheresse sous le regard du Très-Haut. Répands Ta miséricorde, nous T'en prions humblement, Seigneur, sur cette mère indigne qui a répudié les fruits innocents de ses entrailles et déserté son mari aimant et fidèle. Et si, par un miracle de Ta grâce infinie, elle s'était entretemps repentie de ses fautes, accueille-la avec bonté au sein de Ta gloire. Amen.

Sur quoi il replaça le tuyau de poêle sur sa tête et se tourna vers Gus, une larme au coin de l'œil, un sourire mi-attendri, mi-attristé aux lèvres.

— La garce a-t-elle souffert, au moins, avant de mourir ?

Gus sentit une bouffée de colère lui monter à la gorge, si violente et si soudaine qu'il crut étouffer.

— Qu'est-ce que vous êtes venu faire ici ? répéta-t-il.

— Ah ! c'est toute une histoire, Gustavus. Un exemple admirable des voies détournées que prend parfois le Seigneur pour éclairer Ses serviteurs. Je parcourais le Missouri, une contrée déshéritée peuplée de mécréants avaricieux, lorsque je reçus du Tout-Puissant l'appel d'aller prêcher Sa parole à Deadwood. Il m'était apparu en rêve pour me décrire cette cité souillée par le Mal, cette cité aux âmes assoiffées de rédemption, cette cité...

— ... pleine de tripots, enchaîna une voix sarcastique, où on mise au poker avec de la poudre d'or.

Adossé à la clôture du corral, Zach arborait le regard provocant et le sourire fourbe de leur père. Jack McQueen affecta d'ignorer l'irrévérencieuse interruption de son fils cadet, mais

Gus vit un tic faire tressaillir sa joue sous l'emplâtre noir de l'œil absent.

— Comme je disais, reprit-il, je me trouvais à Deadwood lorsque le Très-Haut m'incita à me rendre dans une maison de débauche où je ne suis allé, comprends-le, qu'à seule fin de Lui obéir. Le hasard m'y fit rencontrer un jeune Mexicain qui m'apprit, au fil de la conversation, avoir travaillé au printemps dernier dans le Montana pour un éleveur du nom de Gus McQueen. Déduisant logiquement que deux personnes ne pouvaient porter le même nom, je suis donc venu te rendre une petite visite, conclut-il avec autant de naturel que s'il arrivait du comté voisin plutôt que de l'autre bout du pays.

Puis, se tournant sur sa mule, il daigna enfin considérer son autre fils. Ses épais sourcils noirs se rejoignirent au-dessus de son nez en bec d'aigle pour exprimer la réprobation.

— Je dois dire, Zacharias, que je ne m'attendais guère à te voir toi aussi ici.

— La vie réserve parfois de bonnes surprises, révérend.

— Un homme peut éduquer son fils, mais le Seigneur seul possède le pouvoir d'élever un homme jusqu'à la gloire de Sa véridique image. Dieu t'a accordé des oreilles pour entendre et un cœur pour comprendre. Et cependant, en te détournant de moi, tu as délaissé le chemin de la vertu.

— Amen. Vous devriez pourtant savoir que nous ne pouvons pas être tous sauvés. Sinon, à quoi servirait l'enfer ?

Jack McQueen brandit vers le ciel un poing vengeur. Gus sentit à côté de lui Clementine tressaillir.

— Ne tourne pas le Tout-Puissant en dérision ! clama-t-il d'une voix tonnante. Celui qui renie Ses dons offense la Main sacrée qui les répand !

Sur quoi il laissa retomber son poing et darda son œil sur Hannah, qui le dévisageait avec un ébahissement doublé d'une forte envie de rire. Ayant apprécié ses charmes en connaisseur, il accorda ensuite son attention à Clementine.

— Ce jeune Mexicain m'avait informé de ton mariage, Gustavus. Louée soit la divine Providence qui m'a permis de vaincre maints périls afin de saluer ta belle et charmante épouse, ma fille par la grâce de Dieu.

Il glissa à bas de sa mule, déploya son corps osseux, s'empara de la main de sa bru et la porta à ses lèvres avec un sourire éblouissant de dents blanches et de charme.

— Heureux celui qui a su découvrir une femme vertueuse, déclara-t-il de la voix profonde et caressante qui avait amené au fil des ans tant de femmes à perdre leur vertu. Car sa valeur est plus inestimable que le plus précieux des rubis.

Clementine posa sur lui le regard intense de ses yeux verts, capables de percer un homme jusqu'au plus secret de lui-même. Elle extirpa sa main de l'étreinte du révérend et se tourna vers Gus avec une expression où l'incrédulité le disputait à l'effarement.

— Dites-moi, monsieur McQueen, ce personnage est-il réellement votre père ?

— Seigneur, daigne jeter Ton regard sur nous, misérables vermisseaux qui grouillons dans la fange !

— Repentir ! Repentir ! Loué soit le Seigneur !

— Aide-nous, ô Seigneur, à recevoir dans nos cœurs la sainteté de Jésus, Ton fils bien-aimé !

— Béni soit Jésus ! brama la foule avec ferveur.

La fête était transformée — ou avait dégénéré, selon le point de vue — en assemblée biblique. Le crincrin de Shiloh était réduit au silence, l'atmosphère ne vibrait que des louanges du Très-Haut. Perché sur un plateau de charrette, le révérend McQueen prêchait d'une voix capable d'émouvoir les anges jusqu'au plus haut des cieux.

Atterré, Gus faisait les cent pas à l'écart de la foule, tiraillé entre l'envie de fuir et la crainte de trop s'éloigner. Le révérend n'avait pour concurrence que le baril de cidre rehaussé de whiskey autour duquel se rassemblaient quelques incurables ivrognes, tels que Rafferty, Pogey et Nash.

— Seigneur, délivre-nous des crocs du lion et des griffes de l'ours !

— Délivre-nous, Seigneur ! répondit l'assistance.

— Il sait y faire, le bougre ! marmonna Gus entre ses dents.

Devant ses descriptions de l'enfer, le pécheur le plus endurci se pâmait d'effroi. Sa force de conviction aurait précipité Satan lui-même dans le repentir.

Gus chercha Clementine des yeux. Elle suivait le prêche depuis la véranda de la maison neuve. Peut être comparait-elle la technique du révérend McQueen à celle de son digne père, qui délivrait avec dignité ses dignes sermons du haut d'une digne chaire...

Une main s'abattit soudain sur son épaule. Gus sursauta.

— Ça nous rajeunit, hein ? dit Zach, le regard allumé par l'alcool. Entendre le vieux farceur débiter ses boniments pour promettre le salut aux imbéciles... Je devrais être en train de leur vider les poches.

Gus exhala un soupir.

— Qu'est-ce qu'il vient faire ici, à ton avis ?

Zach feignit de tendre l'oreille.

— On dirait qu'il nous rapporte toutes chaudes les dernières nouvelles de l'enfer.

— Forcément, il en sort ! Tu sais ce qui va se passer, n'est-ce pas ? Il essaiera de séduire les femmes de la vallée les unes après les autres, il se fera prendre en train de tricher au Best in the West et Hannah lui tirera dessus avec son joujou — à moins qu'il n'ait auparavant réussi à se glisser dans son lit, ne put-il s'empêcher d'ajouter avec une pointe de méchanceté. Et s'il déniche une veuve dans les parages, tu peux être sûr qu'il lui raflera ses économies.

— Ouais, mais en attendant il lui aura aussi ouvert les portes du septième ciel, répliqua Zach avec un sourire si semblable à celui de leur père que Gus en frémit.

— Il faut à tout prix le remettre sur sa mule et l'expédier vers le nord, le sud, l'est ou l'ouest, n'importe où pourvu que ce soit loin d'ici.

Le chapeau passait maintenant de main en main. De leur poste d'observation, les deux frères entendaient cascader les pièces de monnaie.

— Ces gens sont nos amis, nos voisins ! s'exclama Gus, accablé. Il prend l'argent de nos amis !

Zach alluma une cigarette en haussant les épaules avec fatalisme.

— À part l'abattre à coups de fusil je ne vois pas ce que nous pouvons y faire. Plus il se doutera de ta hâte à le voir décamper, plus il s'incrustera, tu le connais. Si tu veux mon avis, il doit avoir à vendre un marécage inculte ou une mine d'argent épuisée dont il nous ferait profiter à des conditions exceptionnelles, parce que nous sommes ses enfants chéris. Mais sois tranquille, dès qu'il aura compris que nous ne coupons plus dans ses manigances, il ira chercher des proies plus faciles ailleurs.

— Que le Ciel t'entende !

La prédication touchait à sa fin dans un renouveau de ferveur. Shiloh entonnait un psaume de sa voix de baryton. Gus plongea deux doigts dans son gousset.

— Quelle heure est-il ? Commençons le rodéo tout de suite, avant qu'il ne passe encore une fois son chapeau... Où est ma montre ? J'étais sûr de l'avoir prise.

Zach sortit un oignon de sa poche, ouvrit le couvercle.

— Trois heures à peine.

Gus reconnut sa montre dans la main de son frère. Il savait qu'il aurait dû en rire — ou au moins en sourire. Mais ce rappel intempestif du passé le rendait malade.

— Il va tout nous gâcher, Zach, affirma-t-il avec une rage mal contenue. Tu vois, ça commence déjà.

Avec un large sourire, Zach remit la montre dans le gousset de son frère.

— Calme-toi. Je voulais simplement vérifier que j'en étais encore capable.

— Pour quel motif es-tu recherché ?

De son air le plus innocent, Zach regarda son père dans les yeux et mentit effrontément.

— Aucun, révérend. J'ai la conscience plus blanche que celle d'un puritain.

— Bien sûr, mon garçon, répondit son père avec un sourire narquois. Aussi vrai que j'ai toujours été fidèle à ma chère épouse — qu'elle repose en paix. N'y aurait-il pas plutôt un homme qui aurait des raisons de te vouloir du mal ? Sinon, je ne vois pas pourquoi tu te cacherais dans ce trou perdu sous un faux nom dont je n'avais jamais entendu parler.

— Peut-être parce que je préfère qu'on ne me confonde pas avec vous.

— Si seulement tu avais cette chance ! C'est tout le mal que je te souhaite, mon cher enfant.

Accoudé à la barrière à côté de son fils cadet, le révérend avait du mal à le regarder dans les yeux car, depuis leur séparation, Zach dépassait d'une tête l'auteur de ses jours et pesait trente livres de plus que lui.

Le rodéo débutait. Un alezan dansait autour du corral en esquivant le lasso d'un cow-boy. La semaine précédente, les deux frères avaient capturé une troupe de mustangs. Certains étaient déjà à peu près dressés, mais les autres avaient encore de quoi donner du fil à retordre aux hommes.

— Y a-t-il beaucoup de porteurs d'étoile en fer-blanc dans les parages ? s'enquit Jack McQueen.

Tout en affectant de suivre en connaisseur les tribulations du cow-boy qui s'évertuait à seller l'alezan, Rafferty réfléchit. Il connaissait assez son père pour comprendre que la vieille canaille cherchait à savoir s'il y avait de l'argent à gagner en livrant à la loi son fils bien-aimé.

— Je me suis fait pincer en passant de la fausse monnaie à La Nouvelle-Orléans, répondit-il enfin. Pas de quoi fouetter un chat. S'il y a une récompense sur ma tête, elle ne pèse sûrement pas lourd, mais vous pouvez toujours essayer.

Il y avait assez de vrai dans l'histoire pour que Zach savoure le plaisir délicat de mentir à son père en lui disant la vérité.

— Loin de moi cette idée impie, mon cher garçon. Enfin, comprends-moi bien, je n'hésiterais pas à te remettre aux autorités en cas de besoin ; mais, pour le moment, je ne souhaite pas que certains individus observent de trop près ma physionomie, si tu vois ce que je veux dire.

— Ah oui ? Alors, c'est peut-être moi qui devrais vous livrer au shérif.

— Essaie toujours, répondit le révérend avec un rire amusé. Passer de la fausse monnaie ! Tu me déçois, Zacharias. Ces billets devaient être si mal imités qu'on n'en aurait pas voulu pour se torcher le derrière.

Rafferty n'admettrait jamais qu'il s'était laissé exploiter à l'époque — il n'avait alors que dix-sept ans — par un individu en qui il avait confiance et qu'il considérait comme un ami. Il avait trop honte de sa grossière erreur de jugement : un fils de Jack McQueen aurait dû savoir que la méfiance et le cynisme étaient des vertus cardinales.

Dans le corral, le cow-boy avait enfin réussi à seller l'alezan, qui sautait sur place et lançait des ruades pour tenter de s'en débarrasser. De l'autre côté de l'enclos, Gus feignait de regarder le spectacle en compagnie de Faucon Blanc et de ses braves, mais Zach voyait qu'il ne quittait pas des yeux leur père.

Jack McQueen portait largement ses quelque cinquante ans : nez couperosé, joues flasques, ventre avachi qui retombait en plis sur sa ceinture. Rafferty avait vu un homme se fracturer la main en voulant cogner sur ce ventre. À présent, il y enfoncerait le poing comme dans du beurre.

Se sentant observé, le révérend rougit et remonta son pantalon pour dissimuler sa bedaine.

— Vous avez là un joli lopin de terre, mes enfants, déclara-t-il avec un sourire entendu. Et j'ai l'impression que cette vallée regorge de pécheurs assoiffés de rédemption. Je me demande si je ne vais pas séjourner ici quelque temps afin de ramener ces égarés dans les voies du Seigneur.

— Ne le répétez surtout pas devant Gus, vous lui gâcheriez sa journée.

Le prédicateur éclata d'un rire franc.

— Ton style m'a toujours plu, mon garçon ! Quel dommage que tu ne sois pas resté avec moi, plutôt que de m'abandonner indignement. C'est quand même moi qui t'ai appris tout ce que tu sais...

Ouais, pensa Rafferty. Comme tricher et voler les autres avant qu'ils aient le temps de nous voler.

— Tu étais si doué que j'avais toujours plaisir à t'observer en action, poursuivit le révérend. C'est normal, d'ailleurs, puisque je t'ai élevé à mon image. Disons même que je t'ai *fait*, Zacharias. Sans moi, tu n'existerais pas.

Rien de plus vrai, hélas ! pensa sombrement Rafferty. Un jour, il se regarderait dans la glace et y verrait son père, ce n'était qu'une question de temps. La vie qu'il espérait se bâtir pour lui-même, l'homme digne de ce nom qu'il voulait devenir, tout finirait par s'effondrer telle une citrouille pourrie. Sa mère l'avait compris. Quand elle s'était éloignée sur le vapeur, elle n'avait sans doute rien vu en lui qui méritait d'être emmené. Rien non plus qui l'incitait à revenir.

— Ce que je ne comprends pas, disait son père d'un ton affligé, c'est la raison pour laquelle tu t'es enfui comme un voleur, si tu me pardonnes l'expression. J'avais pourtant la conviction que nous étions associés.

Associés ? Il n'aurait plus manqué que cela...

— Si j'avais pu partir encore plus vite et plus loin, je l'aurais fait.

— Tu es blessant, Zacharias. Mon père me flanquait des fessées jusqu'à ce que je ne puisse plus marcher. Mais moi, je n'ai jamais levé la main sur vous deux. Je vous traitais comme si vous aviez quelque chose dans le crâne et le courage de vous en servir — bien que j'aie souvent eu des doutes en ce qui concernait Gustavus, je l'avoue. J'ai fait pour vous mon devoir de père, je vous ai enseigné les règles du jeu.

— En nous apprenant à tricher ?

— Parce que c'est ainsi qu'on doit y jouer ! Ne me dis pas que j'ai perdu mon temps avec toi, Zacharias.

Dans le corral, le cow-boy avait dompté l'alezan et paradait en l'éperonnant pour le faire piaffer. Rafferty vit Clementine et Hannah sortir de la maison et s'approcher du rodéo. Hannah riait, Clementine marchait d'un pas léger. La brise plaquait sa robe sur son ventre arrondi, le soleil posait un reflet d'or dans ses cheveux. Il ne pouvait pas davantage s'empêcher de la regarder que s'arrêter de respirer.

La voix de son père l'arracha désagréablement à sa contemplation.

— Imagine un peu Gustavus marié à une petite femme comme celle-ci ! Je parie qu'il est obligé de lui faire la cour chaque fois qu'il veut coucher avec. La pouliche rousse à côté me conviendrait mieux...

— Hannah est à moi.

La repartie tira de son père un éclat de rire amusé.

— Pas plus à toi qu'à un autre, mon garçon ! Le Bon Dieu, béni soit-Il, a créé les femmes de son genre pour être partagées, tu devrais le savoir. Je mentais, tout à l'heure, en parlant de votre joli lopin de terre : le premier imbécile venu se rend compte qu'on peut à peine y joindre les deux bouts — le premier imbécile sauf Gustavus, bien entendu. Il attend que les dollars lui tombent dans la poche, n'est-ce pas ? Tu es conscient, j'espère, qu'il suffirait d'un hiver un peu rude ou d'un été de sécheresse pour vous lessiver. Seulement voilà, tu t'accroches parce que tu es têtu comme une mule et parce que tu t'es toujours cru obligé d'épargner à ta bonne pâte de frère les conséquences de ses illusions.

Rafferty sentit la fureur lui monter au nez. La vieille fripouille n'avait jamais fait confiance à Gus ni ménagé sa fierté. Une mauvaise année les ruinerait peut-être mais, sans son frère, le ranch n'existerait même pas.

— C'est exact, révérend. Je m'accroche.

— Bien sûr, mon cher petit. Jusqu'au jour où tu mettras sa femme dans ton lit.

Devant eux, l'alezan qui avait paru maté lança une ruade si

vicieuse que son cavalier partit en vol plané et retomba à terre avec un choc à se rompre les os. Rafferty se figea. La même mésaventure lui était arrivée à l'âge de dix-huit ans. Il se pavanait sur un cheval réputé indomptable et se vantait de son succès quand, avant même d'avoir fini sa phrase, il s'était retrouvé dans la poussière avec une épaule démise et l'envie, fort peu virile, de hurler de douleur. Le vieux cow-boy trop prudent dont il se moquait un instant plus tôt s'était penché sur lui avec un sourire sarcastique pour lui dire : *Cela t'apprendra, gamin, à ne jamais sous-estimer un cheval ou un homme.*

Il avait oublié à quel point il était dangereux de sous-estimer son père. Même borgne, Jack McQueen saisissait en un clin d'œil ce que la plupart des hommes mettaient des années à comprendre.

— Enfant de salaud ! gronda-t-il entre ses dents.

— Encore une fois, tu es blessant, Zacharias. Blessant et de mauvaise foi. Si tu étais le seul à nourrir des pensées concupiscentes, le pauvre garçon échapperait peut-être à la honte d'être cocufié par son propre frère. Mais la manière dont elle te regarde saute aux yeux des plus obtus. Le jour viendra où elle lèvera ses jupes pour toi plus vite que...

Rafferty empoigna son père par les revers de sa lévite et le souleva de terre afin de le regarder bien en face.

— Si je ne savais pas déjà que le monde est peuplé d'ordures malfaisantes, vous m'en apporteriez la preuve...

Il le lâcha sans douceur, décrispa ses poings, reprit haleine et conclut d'une voix glaciale :

— Gardez pour vous vos idées pourries et ne vous avisez plus d'ouvrir votre gueule. Si vous faites seulement mine de vouloir lui causer du tort, je vous tuerai.

Jack McQueen le toisa, un rictus de mépris aux lèvres.

— Quitte donc tes grands airs ! Espères-tu me faire croire que tu massacrerais ton propre père ? Si tu te prends pour un vrai dur, mon garçon, tu es encore loin du compte.

Rafferty ne répondit pas immédiatement — et chez le révérend l'arrogance céda bientôt au doute : son regard se voila d'inquiétude, et le tic recommença d'agiter la joue sous l'emplâtre.

— Allez donc raconter ça à l'homme qui vous a crevé l'œil !

— Qu'est-ce que je fais de ça ? s'enquit Hannah.

Clementine, qui découpait une tarte aux myrtilles, leva les yeux vers la grosse jarre de grès toujours pleine des haricots de Mme Graham, unanimement dédaignés par les hommes dont cet indigeste féculent constituait l'ordinaire quotidien.

— Euh... Faucon Blanc se dévouerait peut-être ?

— J'ai déjà essayé. Il a regardé, m'a montré son ventre, s'est plié en deux et a fait mine de vomir.

Clementine étouffa un fou rire en vérifiant d'un coup d'œil par la porte ouverte qu'aucune des dames, Mme Graham en particulier, ne pouvait les entendre. En réalité, le risque était mince. Elles quittaient la cuisine chaque fois qu'Hannah y pénétrait et n'y revenaient que lorsque celle-ci s'en retirait. Ce mépris ostensible finissait par avoir raison de la belle humeur d'Hannah, et son sourire se raréfiait au fil des heures.

— Clementine...

Hannah reposa la jarre sur la table.

— Je vous suis reconnaissante de votre accueil. Ce n'est pas facile, je m'en rends compte. Ces femmes n'oublieront pas de sitôt que vous avez pris mon parti contre le leur.

Sans lever les yeux, Clementine suça ses doigts poisseux, tachés de jus rouge.

— Par moments, je me sens si seule ici, Hannah, que je vais parler aux vaches rien que pour entendre autre chose que les sifflements du vent.

Hannah tendit la main, hésita, se décida à la poser sur celle de Clementine qui ne retira pas la sienne.

— La solitude, je la connais moi aussi, vous savez.

Une bouffée de braillements virils leur parvenaient du corral. Une voix criait des encouragements :

— Vas-y, Gus ! Montre-nous ce que tu sais faire !

Clementine se remit à découper la tarte.

— Hannah... Pensez-vous qu'un jour... M. Rafferty et vous pourriez vous... vous marier ?

Le rouge aux joues, Hannah tortilla une mèche de cheveux autour d'un doigt.

— C'est drôle que vous me posiez la question, parce que nous en parlions justement ce matin pour la première fois. Enfin, disons plutôt qu'on tournait autour du pot. Je crois bien que l'idée de la vie conjugale nous effraie autant l'un que l'autre...

Clementine réprima une grimace de douleur. Son esprit refusait d'imaginer Hannah et Rafferty en couple.

— Le mariage change tout, vous savez, poursuivit Hannah. Sans entrer dans les détails, la vie d'une femme mariée n'est pas toujours plaisante. Et puis, quand on est morte de fatigue à la fin de la journée, on n'a guère la tête à faire pousser des cris de plaisir à son homme, encore moins à en pousser soi-même.

Cramoisie, Clementine ne put retenir les mots qui lui venaient aux lèvres.

— Voulez-vous dire que... que vous poussez vraiment des cris de plaisir quand vous... avec un homme... ?

— C'est difficile de s'en empêcher, surtout quand on fait si bien l'amour qu'on se sent entraîné... Enfin, vous voyez ce que je veux dire.

Clementine leva les yeux de la tarte qu'elle était en train de massacrer et surprit le regard attentif d'Hannah qui semblait l'étudier.

— Oui, bien sûr, s'empressa-t-elle de répondre. Je vois ce que vous voulez dire.

Le silence retomba. Les deux femmes prirent conscience que les encouragements et les rires en provenance du corral changeaient soudain de nature et se transformaient en cris d'alarme. Elles échangèrent un regard inquiet, se précipitèrent vers la porte en bousculant les chaises. Arrivée la première, Hannah retint Clementine par le bras.

— Ils l'amènent à la maison.

Clementine n'eut pas le temps de demander lequel était blessé : trois hommes franchirent la porte de la cuisine en portant Gus inerte, livide, couvert de poussière et le visage ensanglanté par une profonde coupure au front.

— Où voulez-vous qu'on le mette ? s'enquit Horace Graham comme s'il s'agissait d'un sac de pommes de terre.

— Par ici, répondit Clementine sans ciller.

Elle savait que, dans l'Ouest, une femme digne de ce nom devait garder son calme quand son mari avait été malmené par un mustang rétif, même s'il était à moitié mort. La virilité d'un homme se mesurait à sa capacité de dompter un cheval sauvage, et la femme était censée comprendre pourquoi son mari courait le risque de se rompre le cou en se livrant à cet exercice. Devant l'état pitoyable de Gus, Clementine se sentit partagée entre l'envie de le serrer sur sa poitrine et la fureur. Elle n'admettrait jamais la vanité ridicule qui poussait les hommes à faire des choses pareilles.

Les porteurs déposèrent le blessé dans le salon, sur le canapé flambant neuf venu tout droit de Chicago — il avait fallu vendre un bon cheval de selle pour payer ce meuble. La poussière souilla aussitôt le fragile damas vert bouteille, un éperon de Gus déchira le tissu. Clementine lui glissa un coussin brodé sous la tête pendant que les hommes lui prodiguaient des conseils éclairés — allant d'une compresse de vinaigre à un emplâtre au poulet cru ou, mieux encore, à une bonne rasade de whiskey dans le gosier.

— Il sera remis dans cinq minutes, fit enfin la voix de celui qu'elle attendait. Si vous voulez bien vous écarter, il a seulement besoin d'air.

Accroupi à côté du canapé, Rafferty caressa la tête meurtrie de son frère avec la douceur, la tendresse d'un père envers son fils. Gus ouvrit les yeux, laissa échapper un grognement de douleur. Les deux hommes échangèrent un regard que Clementine n'était jamais parvenue à déchiffrer, comme s'ils jouaient à un jeu consistant à s'affronter, à se défier. Ces déploiements de virilité lui paraissaient si puérils qu'elle en arrivait, par moments, à détester les hommes — ces deux-là, surtout.

— Alors, tu l'as monté ? demanda Gus.

— Non.

— Qu'est-ce que tu attends, nom de dieu ? Un télégramme du président des États-Unis ? Va mater ce fils de pute !

— Écoute, Gus...

— Tu as peur, hein ? Tu crèves de frousse, petit frère ?

— Bien sûr que j'ai peur. Je ne suis pas assez idiot ou inconscient pour risquer ma peau sur cette bête vicieuse.

Avec une grimace de souffrance, Gus tenta de se relever.

— Menteur ! Cesse tes boniments et va dresser ce maudit canasson. Vas-y, je te dis !

Rafferty se redressa et se dirigea vers la porte sans un regard pour son frère. Les autres lui emboîtèrent le pas.

— Gus a raison, Zach ! clama un des cow-boys. Fais-lui sentir tes éperons, à ce fils de pute !

Gus posa les pieds par terre et se releva en s'appuyant à l'épaule de Clementine, qui vacilla sous son poids.

— Aidez-moi, grommela-t-il. Je veux aller voir ça. Cet enfant de salaud, toujours sûr de lui... L'enfant de salaud !

Clementine ne l'avait jamais entendu jurer autant. Il marchait péniblement et tremblait si fort qu'elle savait que ce n'était pas seulement dû à sa chute. Quand il leva les yeux, son regard croisa celui d'Hannah qui se tenait près de la porte, les bras croisés sur son opulente poitrine.

— Il arrive toujours un moment où les hommes sont plus têtus et plus bêtes que des mules, déclara-t-elle.

Gus lui grimaça un sourire.

— Ce cheval se bat comme un lion enragé et votre homme se vante d'en faire un agneau. Ce sera un beau spectacle. Vous ne voulez pas venir le voir ?

— Non merci, répondit-elle sèchement.

Appuyé sur l'épaule de Clementine, Gus sortit de la maison. Son père attendait au bas des marches.

— Je croyais que tu n'avais rien dans le ventre, mon garçon. Je commence à croire que je te jugeais mal.

Gus rougit, repoussa Clementine et descendit seul d'un pas encore mal assuré.

— Oui, bon... Venez donc au lieu de parler. Mon petit frère va vous montrer comment il faut s'y prendre.

Le soleil couchant remplissait le ciel d'écharpes d'or. Un nuage de poussière flottait encore au-dessus du corral, où un cheval jaunâtre était couché sur le flanc, les jambes entravées par un lasso. Clementine n'aimait pas le rodéo ; le peu qu'elle en avait vu dans l'après-midi l'avait dégoûtée de cet exercice brutal. Si elle était un mustang, habitué à courir en liberté dans la prairie, elle ne supporterait pas l'humiliation de porter un homme sur son dos, de recevoir des coups, de se plier à une impitoyable discipline. De toujours devoir obéir, obéir, obéir — ou être puni.

Rafferty entra dans le corral, dit aux hommes qui le suivaient de laisser la barrière ouverte et ordonna à celui qui tenait le lasso de lâcher le cheval. À peine libéré, l'animal se leva d'un bond, la bouche écumante, les naseaux fumants. Rafferty s'approcha, lui flatta l'encolure en lui parlant avec douceur. Sans cesser de lui prodiguer des paroles apaisantes, il lui empoigna une oreille et la tordit brutalement alors même qu'il mettait le pied à l'étrier et bondissait en selle.

Un instant figé par la stupeur et la douleur, le cheval explosa en un tourbillon de violence désespérée. Il sautait, ruait, se cabrait, se tordait, secouait son cavalier au point que les spectateurs n'auraient pas été surpris de voir le cou de Rafferty se briser et sa tête rouler dans la poussière. D'abord muette, l'assistance laissa bientôt fuser cris et encouragements. La voix de Gus dominait, pleine d'une fierté mêlée d'envie.

Fascinée malgré elle, Clementine ne put détourner les yeux. Le duel dura longtemps et, comme elle s'y attendait, ce fut l'homme qui l'emporta. Sur une dernière ruade, le cheval s'immobilisa, dompté, les flancs couverts de sueur et le poitrail d'écume. Tous deux épuisés, l'homme et l'animal haletaient. Clementine s'imagina montant sur ce cheval à demi sauvage et partant avec son maître très loin dans les montagnes désertes, là où nul ne les retrouverait. Elle se vit assise près de lui devant un feu de camp, sous le ciel étoilé en guise de toit ; elle aurait enfin le courage de lui dire ce qu'elle n'avait jamais osé dire à personne...

Rafferty effleura des éperons les flancs du cheval. Clementine eut à peine le temps de voir sa queue fouetter l'air en franchissant la barrière et le soleil se refléter sur ses sabots avant qu'ils ne soient avalés par l'herbe qui ondulait à perte de vue sous le vent.

XVI

Les flocons de neige s'accrochaient à la moustache de Gus McQueen comme des moutons de poussière à un plumeau.

— Ce blizzard ne durera pas, annonça-t-il. Nous pouvons même avoir encore un dernier coup de chaleur avant que l'hiver s'installe pour de bon.

La tête renversée, la bouche ouverte, Clementine happait la neige au vol. Elle aurait voulu se rouler dedans.

— Clementine...

Elle se tourna vers lui. Après un bref coup d'œil à Nash et Pogey qui, montés sur des ânes gris, attendaient à l'écart, engoncés dans des pelisses de bison, Gus serra sa femme contre lui et lui donna un long baiser avide. Comme s'il reconnaissait son père, le bébé bougea dans le ventre de Clementine.

— Je ne serai pas tranquille à votre sujet pendant mon absence.

— Inutile de vous tracasser. Hannah affirme que je suis en parfaite santé.

— Il n'empêche qu'en passant par Deer Lodge je ramènerai le docteur avec moi. De force s'il le faut.

— Je veux bien. Merci, monsieur McQueen.

L'accouchement était prévu dans le mois. Clementine n'avouait à personne, pas même à Hannah, la terreur que lui inspirait cet événement.

— Vous savez ce que vous devez faire en cas de problème ?

— Oui, bien sûr.

Gus avait installé une grosse cloche sur le toit de la maison pour alerter son frère, qui avait réintégré la vieille cabane du chasseur de bisons. Savoir qu'il lui suffirait de tirer la corde pour l'alerter ne rassurait qu'à moitié Clementine. Certes, Zach Rafferty saurait la défendre contre les Indiens, les loups, les ours. Mais qui la protégerait de lui — et d'elle-même ? Elle réprima un frémissement.

Elle avait toujours accompagné Gus lorsqu'il se rendait à Butte pour les affaires de la mine, mais cette fois sa grossesse était trop avancée. Il avait fallu à Gus six mois et quatre voyages pour constituer un consortium d'investisseurs. Les contrats définitifs allaient enfin être signés. Le consortium louait la mine à Pogey et à Nash, contre la moitié des bénéfices dégagés après l'extraction et le traitement du minerai d'une teneur en argent d'au moins vingt-cinq pour cent. Gus, de son côté, percevrait vingt pour cent de la part des vieux prospecteurs. Leur fortune était loin d'être faite, car il faudrait du temps avant que l'exploitation ne devienne rentable. Gus disait souvent qu'il fallait une mine d'or pour entretenir une mine d'argent...

— Sérieusement, Clem, je sais que vous vous entendez comme chien et chat avec Zach, mais promettez-moi de l'appeler si vous avez besoin d'aide.

— Je vous le promets.

En réalité, il faudrait que Nez de Fer fasse irruption dans son salon armé d'une douzaine de tomahawks avant qu'elle se résigne à sonner la cloche. Désormais séparée de Rafferty par la largeur du pré, des journées entières s'écoulaient sans qu'elle échange un salut avec lui ou même qu'elle l'aperçoive. Tant qu'il restait invisible, elle pouvait oublier la manière dont son cœur battait la chamade à sa seule apparition.

— Bon dieu, Gus ! C'est aujourd'hui ou la semaine prochaine qu'on se met en route ? clama Pogey en exhalant un nuage de vapeur aussi épais que celui d'une locomotive. Je suis gelé sur la selle au point que je m'arracherais la peau du cul si je voulais seulement lâcher un pet !

— Tiens ta langue, malappris ! le rabroua Nash.

Sur quoi, les deux compères entamèrent une de leurs querelles habituelles. Gus éclata de rire.

— Il faut que j'y aille... Cette neige aura au moins un avantage, poursuivit-il avec un coup d'œil vers le ciel. Par un temps pareil, le révérend Jack va se terrer dans un coin et nous épargnera la honte de plumer nos amis et connaissances sous prétexte de leur prêcher la bonne parole.

— Rafferty a raison au sujet de votre père, Gus. Le meilleur moyen de le contrer est encore de l'ignorer.

Gus embrassa Clementine une dernière fois. Elle brossa d'un revers de main les flocons accumulés sur ses épaules.

— Voilà au moins un sujet sur lequel vous êtes tombés d'accord... Je vous rapporterai une surprise de Butte.

— Vite, dites-moi quoi !

Le rire de Gus résonna dans la vallée.

— Si je vous le disais, ce ne serait plus une surprise !

Elle regarda les trois hommes s'éloigner jusqu'à ce que le rideau de neige les absorbe. Les flocons qui tombaient serrés lui détrempaient les joues et les cheveux. Pourtant, malgré le froid pénétrant et les tâches qui l'attendaient à la maison, elle voulut s'attarder encore, aspirer l'air glacé, sentir l'odeur du feu de bois dont la fumée, bleue contre le blanc du ciel, montait de la cheminée. Le visage levé, elle savoura le goût de la neige sur ses lèvres. Les doigts écartés, elle tendit les bras vers le ciel comme s'ils pouvaient se métamorphoser en ailes et l'emporter vers l'infini.

Un crissement sur l'herbe gelée la fit sursauter. À longues enjambées, Rafferty traversait le pré en tirant un traîneau chargé de bûches. Sa silhouette se détachait en noir sur la blancheur environnante, son Stetson rabattu dissimulait son regard. Il lui parut à la fois si farouche et si beau que Clementine eut peur et baissa les yeux quand il s'arrêta devant elle.

Il prit sur son épaule une bride ornée de plaques d'argent gravées et la lui tendit.

— Qu'est-ce que c'est ? demanda-t-elle.

Elle avait pourtant reconnu la bride de Moses, le grand hongre gris.

— Vous êtes encore ici à la première neige, se borna-t-il à répondre.

— Je n'ai pas besoin de cette bride, j'en ai d'autres.

— Ce n'est pas la bride que je vous donne — enfin, si, mais à titre de symbole. Mon cheval est à vous, vous l'avez gagné.

— Je ne veux pas de votre cheval. Il est trop grand, trop laid, et il mord.

— Non, il ne mord pas ! Vous pourriez au moins ménager mon amour-propre, Boston. Il m'est souvent arrivé de tricher, dans le temps ; mais ce pari-ci je l'ai perdu et je ne renierai pas ma parole.

Elle résista à l'envie de tendre la main, de le toucher.

— Vous voulez toujours que je parte ? demanda-t-elle.

— Oui.
— Pourquoi ?
Il y eut un long silence.
— Que le diable vous emporte, Boston ! Vous le savez aussi bien que moi.
Cet homme ne comblait pas les vides de son cœur, il les creusait. Il n'apaisait pas les tempêtes de son âme, il les provoquait. Et pourtant, elle avait besoin de lui dans sa vie comme l'aigle a besoin du vent pour soutenir son vol, le bison de l'herbe pour se nourrir, l'orage de l'éclair pour déchaîner sa foudre.
Son existence lui était devenue indispensable — même si elle savait qu'ils ne seraient jamais l'un à l'autre.
Elle voulut voir enfin ses yeux et repoussa du bout des doigts le bord du Stetson. Mais ces yeux-là, aussi durs et froids qu'un soleil d'hiver, ne lui dévoilèrent rien. Si c'était lui qui, juché sur un vélocipède, l'avait renversée dans une rue de Boston, elle n'aurait pas eu le courage de s'enfuir avec lui. Pas après avoir vu des yeux pareils.
— Je ne veux pas de votre cheval, monsieur Rafferty.
— Je vous dis que vous le prendrez.
Elle recula d'un pas, ramassa une poignée de neige, la tassa en boule entre ses mains et la lui jeta à la tête.
— Et moi je vous dis que non !
La boule manqua l'objectif et s'écrasa sur sa poitrine. Devant sa mine stupéfaite, Clementine aurait éclaté de rire si le désir lancinant qu'elle éprouvait pour lui ne lui avait plutôt donné l'envie de hurler de douleur.
Elle se baissa pour ramasser de la neige — et reçut une boule en pleine figure au moment où elle se redressait.
— Je vous dis que si !
Elle recracha de la neige, s'ébroua.
— Je vous dis que non !
La boule qu'elle lui jeta l'atteignit cette fois au menton. Elle eut la satisfaction de le voir frémir quand la neige s'insinua dans son col ouvert ; mais il s'approcha, alors elle se retourna et partit en courant.
Il la rattrapa sans peine, la prit aux épaules, l'attira vers lui. Son ventre proéminent les séparait, mais ce n'était pas encore assez. Sa peau la brûlait à l'endroit où il avait posé ses mains — et là où elle aurait voulu qu'il la touche.
— Je vous dis que si, murmura-t-il.

— Non...

Il se pencha vers elle. Les paupières closes, les lèvres à demi offertes, elle attendit, partagée entre la peur et l'espoir. Un instant plus tard, elle sentit qu'il s'écartait.

Lorsqu'elle rouvrit enfin les yeux, il était loin.

Clementine recula pour admirer son travail. C'était un bel arbre de Noël, si haut qu'il effleurait le plafond. Ses branches ployaient sous les bougies, les guirlandes et les rubans multicolores. Le spectacle ne lui procura toutefois aucun plaisir, et elle s'en détourna pour s'approcher de la fenêtre, aux vitres couvertes d'une dentelle de givre.

Le ciel plombé promettait une nouvelle chute de neige. L'horloge près de la cheminée marquait trois heures de l'après-midi, il ferait bientôt sombre. Les paumes pressées au bas de son dos, Clementine tenta de se cambrer, y renonça avec une grimace de douleur et posa le front sur la vitre glacée. Gus aurait dû revenir depuis près d'une semaine. Ce retard l'inquiétait, la solitude lui pesait. On était la veille de Noël, le jour de son anniversaire ; sa grossesse l'épuisait, la rendait irritable. Personne ne méritait d'être seul un pareil jour.

Elle revint près de la cheminée, tendit les mains vers les flammes sans que leur chaleur suffise à la réconforter. Un autre spasme dans le bas-ventre lui tira un cri de douleur. Elle consulta l'horloge : il ne s'était écoulé que sept minutes depuis la précédente contraction. Son regard se tourna vers la porte et la corde de la cloche. Pourtant, elle n'alla pas la tirer. Elle attendrait encore un peu. Ses accès de douleur n'étaient peut-être pas de vraies contractions. Gus arriverait peut-être d'une minute à l'autre avec le médecin...

Elle regagna la fenêtre. La neige recommençait à tomber, si dense qu'elle formait un rideau opaque. Trois minutes plus tard, un autre spasme lui tordit le ventre et la fit de nouveau crier, moins sous l'effet de la douleur que de la colère et de la frustration. Elle se sentait trahie, humiliée par son corps qui décidait de faire naître l'enfant sans même daigner attendre son père ou le médecin. Son regard se dirigea encore une fois vers la corde. Il n'y avait donc que lui. Rafferty était son unique recours...

Il venait trois ou quatre fois par jour s'assurer qu'elle allait bien. En général, il demeurait à la porte, le chapeau rabattu sur les yeux, et ne prononçait que les mots indispensables. À cause d'elle, il ne s'éloignait du ranch que pour vérifier si les bêtes ne mouraient pas de faim ou de froid. Le reste du temps, il travaillait — elle le savait parce qu'elle l'observait de la fenêtre du salon, cachée derrière les rideaux. Il avait scié assez de bois de chauffage pour l'entasser jusqu'au toit. Il réparait les clôtures et s'enfermait pendant des heures dans la grange, à entretenir les harnais ou à forger des fers à cheval, supposait-elle. Ou alors il se tenait dans la vieille cabane, dont elle regardait la fumée s'échapper de la cheminée, ou la lumière jaune de la lampe à pétrole se refléter sur la neige à travers les vitres. Parfois, elle distinguait sa silhouette qui passait et repassait derrière les fenêtres. Une fois, elle l'avait vu dehors, une bouteille de whiskey au poing, adossé au mur de la cabane.

Il ne franchissait le seuil de la maison qu'en cas de nécessité absolue, afin de regarnir le coffre à bois et de vider les cendres du foyer. Elle n'aimait pas qu'il entre. La maison restait imprégnée de son odeur d'homme longtemps après son départ. Et quand il était là, elle ne pouvait s'empêcher de l'observer. De remarquer certains détails : le mouvement de ses hanches quand il marchait, son port de tête quand il attisait le feu, ses cheveux qui bouclaient sur son col.

La manière, aussi, dont il rabattait le Stetson pour ne jamais lui dévoiler son regard.

Ce matin-là, il lui avait fait la surprise d'apporter l'arbre de Noël et de l'installer dans un coin du salon, planté dans un seau de sable. La politesse élémentaire aurait voulu qu'elle l'invite à prendre une tasse de café, par exemple. Mais les mots n'avaient pas quitté sa gorge et elle n'avait respiré librement qu'après son départ.

Une nouvelle contraction, plus violente, lui coupa le souffle. Elle jeta un coup d'œil à l'horloge : sept minutes depuis la précédente. Elle ne pouvait plus s'illusionner, le processus de l'accouchement était bel et bien engagé. Et la seule personne susceptible de l'assister dans cette épreuve était un cow-boy qui savait tout sur la manière de faire les enfants, mais rien sur celle de les mettre au monde. Un cow-boy dont les mains s'étaient posées sur d'innombrables corps de femmes, mais jamais comme elles devraient la toucher, elle. Un homme qu'elle osait à peine regarder tant elle craignait les sentiments interdits qu'il éveillait en elle. Et pourtant, c'était sous le terrible regard de cet homme qu'elle allait être obligée de subir la plus intime, la plus impudique expérience de sa vie...

Elle se força à respirer lentement. Si elle tirait sur la corde, il accourrait au premier coup de cloche ; mais des heures s'écouleraient peut-être avant l'accouchement proprement dit. Que ferait-elle avec lui entre-temps ? Les poings serrés, elle réfléchit en caressant du bout des doigts les cicatrices de ses paumes. A aucun prix, il ne fallait céder à sa peur. Et puisqu'elle devait se plier à l'inéluctable, au moins pouvait-elle éviter d'introduire cet homme chez elle, de s'exhiber, de s'humilier devant lui dans la maison que son mari avait bâtie pour elle de ses mains.

Elle mit sa toque de castor, enfila ses gants de chevreau noir et son manteau de voyage — celui qu'elle portait le soir de sa fuite. Quand elle sortit, le ciel était si bas qu'elle crut sentir sur elle le poids des nuages. Le vent hurlait. Une nouvelle contraction la força à marquer un arrêt sur le perron.

À peine eut-elle quitté l'abri de la véranda qu'un tourbillon de neige l'enveloppa, palpable et opaque comme un suaire. La vieille cabane n'était pas encore visible, la maison neuve ne l'était déjà plus. Elle faillit céder à la panique. Elle aurait mieux fait de sonner la cloche, elle n'aurait jamais dû écouter sa fierté...

Les yeux baissés, elle découvrit les pas de Rafferty imprimés dans la neige durcie par le gel. Alors, au cœur de la tourmente, une étrange exaltation la saisit — telle une bulle d'air montant des profondeurs de l'eau pour crever à la surface.

Un instant plus tard, elle posa ses pieds dans les traces qu'il avait laissées.

Rafferty ouvrit la porte. Aveuglé par la neige que le vent lui jetait au visage, il ferma les yeux — mais déjà il avait reconnu la silhouette qui se tenait sur le seuil. La pâleur de son visage qui se détachait dans la pénombre rendait ses lèvres encore plus rouges et pulpeuses. Il n'était cependant pas assez ivre pour céder à l'envie d'y poser les siennes. Appuyé au chambranle, les mains dans les poches, il affecta un sourire narquois.

— Par exemple ! Ma chère belle-sœur qui me rend visite.

— Bon après-midi, monsieur Rafferty.

— Il n'a rien de bon et vous n'avez pas plus de cervelle qu'un poulet ! Dans un blizzard pareil, on s'égare facilement entre la maison et les ch... la grange, se reprit-il de justesse.

Malgré lui, il ne pouvait s'empêcher de surveiller ses manières en sa présence. De la traiter en *lady*, dans l'absurde espoir de lui démontrer qu'il était capable de se comporter en *gentleman*...

Il y eut entre eux un silence que les sifflements du vent rendirent plus pesant.

— Je ne me suis pas perdue, dit-elle enfin. Je suis là où je voulais me rendre.

Il se demanda ce que cela signifiait, mais préféra s'abstenir de lui poser la question. Il recula d'un pas, honteux de sa tenue débraillée et de sa barbe de trois jours. Il avait vraiment mal choisi son moment pour s'enivrer.

— Entrez, faites comme chez vous.

Il s'inclina par dérision et se rendit compte qu'il avait toujours sa bouteille à la main. Avec un regard de défi, il porta le goulot à ses lèvres.

— Vous êtes ivre, déclara-t-elle.

— Erreur. Je tiens debout, je ne vous vois pas double et je ne suis pas encore en chaleur comme un matou par une nuit de pleine lune.

Sur quoi il absorba une nouvelle lampée d'alcool. L'idée lui vint de la ponctuer d'un renvoi sonore, mais un réflexe de décence le dissuada de pousser trop loin le défi. Décidément, avec elle il perdait la tête. Un instant il cherchait à lui faire bonne impression ; l'instant d'après, il essayait de l'écœurer...

Elle entra, referma la porte derrière elle et accrocha son manteau à la patère. Il luttait contre la folle envie de l'enlacer, d'embrasser ses lèvres entrouvertes. Il oubliait qu'elle était la femme de son frère et portait leur enfant. Il l'aimait avec passion, avec fureur. Et il la haïssait de lui inspirer un tel amour, alors même que son désarroi n'avait jamais été aussi grand.

— Clementine...

Elle lui tournait le dos, si frêle, si vulnérable qu'il laissa retomber sa main tendue vers elle.

— Si vous aviez besoin de quelque chose, pourquoi n'avez-vous pas sonné la cloche ?

Elle lui fit face, le regard sérieux, solennel.

— Parce que je ne supporte pas votre présence chez moi.

— Toujours aussi aimable...

Il lui cacha à quel point ses mots l'avaient blessé en buvant avec bruit au goulot. Sa vision d'elle se brouilla, pas assez cependant pour obscurcir l'étrange sourire qui adoucit tout à coup sa mine sévère.

— Oh ! Rafferty... Quelle femme aurait le courage ou l'inconscience d'ouvrir sa porte à la foudre et de l'inviter à pénétrer dans son cœur ? demanda-t-elle à mi-voix.

Il s'ébroua, incrédule. Avait-elle dit *cœur* au lieu de *maison* ? Une douleur lui déchira la poitrine, tellement fulgurante que, lorsqu'un bruit d'éclaboussement retentit, il s'imagina un instant que son propre cœur s'était brisé et qu'il se vidait de son sang.

Clementine sursauta, fit un pas en arrière. Une mare de liquide se répandit à ses pieds sur le plancher et trempa le devant de sa jupe. Elle releva les yeux vers Rafferty avec plus d'étonnement que d'embarras. Pour sa part, frappé d'une véritable terreur, il ne put que lâcher une bordée de jurons. Un spasme secoua Clementine, lui tira un gémissement. Puis leurs halètements se mêlèrent comme le son du vent dans les branches.

— Vous voyez, déclara-t-elle enfin avec calme, je vais accoucher.

Horrifié, il recula jusqu'à buter contre la table.

— Arrêtez ça tout de suite, Boston ! Attendez au moins que Gus soit revenu avec le docteur.

— Voyons, Rafferty, répliqua-t-elle en riant, on n'arrête pas ce genre de choses !

Il avait les tripes nouées par la panique et elle osait lui rire au nez ! Il reposa sa bouteille, écarta d'une main les cheveux qui lui tombaient dans les yeux.

— Que voulez-vous que j'y fasse ? Pourquoi êtes-vous venue ici ? Je ne sais pas, moi... Je ne peux pas...

Il vit l'étrange sourire reparaître sur ses lèvres.

— Croyez-moi, Rafferty, si le Seigneur m'avait envoyé une autre sage-femme qu'un cow-boy ivrogne et mal embouché, je l'aurais acceptée avec reconnaissance.

Le long silence qui suivit ne fut troublé que par le chuintement de la lampe à pétrole et le crépitement de la neige plaquée par le vent contre les vitres. Les yeux clos, Clementine eut un nouveau gémissement, qui raviva la panique de Rafferty.

— Vous ne devriez pas rester debout comme ça. Voulez-vous vous étendre ?

— Pas encore, je vous remercie, répondit-elle avec un calme qui lui donna envie de la gifler.

— Combien de temps avant que... ça arrive ?

— Plusieurs heures, sans doute.

Plusieurs heures ! Il se laissa tomber sur un tabouret, se massa les yeux du bout des doigts. Une épouvantable migraine lui martelait soudain les tempes.

— Nom de dieu ! Me faire ça à moi... Je ne vous le pardonnerai jamais, Boston.

— Ma parole, monsieur Rafferty, vous avez peur !

Il tenta un sourire de bravade. En vain.

— Peur ? Dites plutôt que je me sens comme nu dans un nid de serpents à sonnette.

Le visage de Clementine prit une expression de douceur inconnue de lui.

— Vous souvenez-vous du jour de mon arrivée, Rafferty ? Vous aviez mis au monde un veau dont la mère avait été tuée par les loups.

— Je n'ai pas l'impression que c'est tout à fait la même chose, Boston, grommela-t-il.

— Et moi, je n'ai pas l'impression que c'est si différent que cela, répliqua-t-elle en l'imitant.

Le menton levé, elle le dévisageait avec tant de courage et de dignité qu'il eut envie de la serrer dans ses bras pour l'abriter du moindre péril. À peine sortie de l'enfance, elle allait accoucher alors qu'un blizzard faisait rage et qu'elle se retrouvait seule au monde, sans personne pour l'aider qu'un cow-boy ivrogne et mal embouché...

Il se leva, s'approcha, lui prit le visage entre les mains, la força à le regarder dans les yeux. Sa peau était si douce qu'il la lâcha presque aussitôt.

— Je ne suis pas aussi saoul que vous le croyez, Boston. Je faisais semblant, rien que pour vous agacer.

— Je sais.

Cette fois, il n'eut pas de mal à lui sourire.

— Et même si j'avais été ivre mort, vous voir inonder mon plancher aurait suffi à me dessaouler...

Elle éclatait de rire quand une grimace de douleur lui tordit les traits. Il l'agrippa aux épaules, elle s'abandonna contre lui. La contraction fut si violente qu'il en sentit l'ondulation sur son propre ventre. Une bouffée de tendresse lui noua la gorge.

— J'ai aidé pas mal de vaches et de juments à mettre bas, reprit-il d'une voix enrouée. Assez, en tout cas, pour savoir que ça ne se fait pas à l'aveuglette. Et aussi que c'est pénible et malpropre. Entre nous, il n'y aura pas de place pour la pudeur ou la... bienséance.

Clementine redressa la tête, riva son regard au sien.

— Je sais, Rafferty. C'est pourquoi, cette nuit du moins, je n'aurai pas peur de vous. Ni de moi-même.

Il lui versa de l'huile sur le ventre, massa doucement ses muscles contractés.

— Voilà, ma belle, du calme... Tout va bien...

Agrippée des deux mains aux montants du lit de fer, Clementine se redressa à demi, furieuse.

— Allez au diable, Rafferty ! s'écria-t-elle d'une voix haletante. Vous me parlez comme si j'étais une jument.

— Faites excuse. Avec votre taille, on peut se tromper.

Il parvint à lui décocher un sourire narquois. En réalité, il était mort de peur.

Elle était couverte de sueur et tremblait d'épuisement. Le travail durait depuis seize heures, seize heures d'efforts si violents qu'il craignait à chaque instant que son cœur flanche. Elle était si belle, si brave que son amour pour elle dépassait son entendement et l'entraînait dans un univers d'émotions inconnues, tellement puissantes qu'il ne connaissait pas de mots capables de les exprimer. Chaque minute qui passait aggravait sa terreur. Si elle n'accouchait pas très vite, elle mourrait à coup sûr.

Il humecta avec un peu de neige ses lèvres sèches et crevassées, lui épongea le front avec un linge humide. Pitié, mon Dieu, pitié, répétait-il comme une litanie. Il n'avait jamais imploré Dieu jusqu'alors. Maintenant, il le harcelait. Par l'esprit, il était agenouillé, les mains jointes et la tête basse. Son seul Dieu familier, celui qui régnait sur la prairie, le vent et les montagnes, était une divinité lointaine, indifférente, qui laissait sa Création suivre son cours. Alors, il priait celui de Clementine, le Dieu enfermé dans les pages de sa Bible au fermoir d'or. Un Dieu qui imposait Sa loi et décrétait des interdits, mais qui devait de temps à autre, pensait-il, manifester quelque miséricorde. C'est ce Dieu-là qu'il suppliait d'intervenir pour elle, pour son frère aussi — tout en prenant grand soin de ne pas mêler son propre nom à ses invocations.

Elle se cabra soudain. Une contraction plus violente que les autres lui tordit le ventre, un cri de douleur lui échappa à travers ses dents serrées. En hâte, il lâcha le linge humide, se pencha pour regarder entre ses cuisses écartées : la tête du bébé commençait à apparaître. L'émotion lui noua la gorge et les larmes lui vinrent aux yeux. Merci, mon Dieu. Merci...

— Ça y est, Boston ! Je vois la tête ! s'écria-t-il d'une voix vibrante de soulagement. Poussez, ma chérie, poussez. Encore. Voilà, encore un peu...

Elle haletait, elle se tordait mais, en même temps, elle se soulevait sur les coudes pour voir par elle-même.

— À quoi cela ressemble ?

— À un bébé, pardi !... Tenez, vous le sentez ?

Il lui saisit la main, lui fit effleurer du bout des doigts le crâne duveteux et vit sa grimace de douleur se muer en un sourire avant qu'elle ne retombe. La tête émergea enfin, une épaule apparut. Le cordon était enroulé autour du cou. Sans céder à la panique, il eut la présence d'esprit de le dégager aussitôt, et le bébé glissa entre ses mains tendues, prêtes à le recevoir. Un garçon !

Il essaya le minuscule visage, rouge et ridé, et rit de bonheur au premier cri que poussa l'enfant. Puis il le posa sur le ventre de Clementine. Indigné ou, peut-être, terrifié d'avoir été arraché à la douce chaleur du ventre maternel, le bébé cria de plus belle en agitant les jambes.

— Regardez-le, Boston ! Regardez votre fils.

Il lui soutint le dos pour l'aider à se relever sur les coudes. Elle riait, elle aussi, d'un rire où la joie et le soulagement se mêlaient à un respect un peu craintif.

— Oh ! Rafferty... Avez-vous jamais rien vu de plus merveilleux ?

C'était elle qu'il regardait, avec ses cheveux collés en mèches sur les joues, son visage livide, ses traits tirés, ses lèvres mordues jusqu'au sang, ses pupilles noires, immenses.

— Non, répondit-il à mi-voix, je n'ai jamais rien vu de plus merveilleux au monde.

Il coupa le cordon. Recueillit le placenta dans un seau. Avec l'eau gardée au chaud sur le fourneau depuis des heures, il fit la toilette du bébé, puis celle de Clementine. Il toucha son corps nu, ses seins, ses cuisses. Chaque fois qu'il levait les yeux, il voyait son regard posé sur lui, plein d'une émotion qu'il ne pouvait nommer.

Faute de linge approprié, il enveloppa le bébé dans la plus

douce de ses chemises de flanelle, le déposa dans les bras de Clementine et s'assit près d'elle sur le lit. Ensemble, ils contemplèrent le petit paquet de vie qui gigotait en poussant des braillements assourdissants.

— On dirait qu'il ne m'aime pas, déclara Clementine avec un sourire contrit.

— Je crois plutôt qu'il a faim.

— C'est que... je ne sais pas comment le nourrir.

Il se força à rire, les poings serrés pour résister toujours à la tentation de lui prendre le visage à deux mains et de couvrir de baisers ses pauvres lèvres crevassées.

— Mettez-le sur la voie, il s'arrangera tout seul.

Elle déboutonna la chemise qu'il lui avait prêtée pour remplacer sa camisole trempée de sueur, approcha de son sein la bouche du bébé qui se mit aussitôt à téter. Avec l'aube, le soleil était revenu, la neige avait cessé. Le monde extérieur, d'un blanc immaculé, paraissait aussi pur que s'il venait de renaître.

Rafferty contempla le fils de son frère, émerveillé par les paupières translucides, à peine plus grandes que l'ongle de son petit doigt ; par les petits poings crispés ; par la bouche rose qui suçait avec avidité.

— Si seulement il était à moi...

Les mots lui avaient échappé. Elle leva les yeux, le dévisagea longuement avant de se détourner, un pli amer au coin des lèvres. Puis elle lui prit la main, et ce fut un tel miracle qu'il n'osa même plus respirer, de peur que le contact de cette main sur la sienne et que le monde entier ne s'évanouissent au moindre de ses gestes.

— J'aime Gus, dit-elle enfin. Il est mon mari, il est bon, honnête. J'ai juré devant Dieu de l'aimer et de lui rester fidèle. Quand je l'ai vu pour la première fois, le jour où il m'a renversée avec son bicycle, il m'a paru sortir de mes rêves. Comment aurais-je pu savoir, grands dieux... ? Jusqu'à cet instant, voyez-vous, je n'avais rencontré personne qui vous ressemble davantage...

Elle s'interrompit, les yeux brillants.

— Oui, Rafferty, mon rêve c'était vous. De toute éternité, c'est de vous que je rêvais, c'est à vous que je me savais destinée. Vous êtes la flamme de mon cœur.

Les yeux baissés vers leurs mains jointes, il sentit le sang de Clementine couler en lui, son cœur battre dans sa propre poitrine comme si elle avait pris possession de son âme. En cet instant, leur union était plus intime, plus charnelle que celle de ses rêves, quand il se voyait la coucher sur son lit et la posséder.

Elle retira sa main, et le monde sombra dans le néant.

— Clementine...

D'un doigt, elle lui referma la bouche.

— Non. Ne dites rien. Nous ne pouvons être tenus pour responsables des mots que nous ne prononçons pas. L'un de nous devra toujours garder le silence. J'ai parlé. Cette fois, ce sera donc à vous de vous taire.

Il se tut — comment parler, d'ailleurs, de quelque chose qui n'existait pas ? La femme de chair et de sang étendue sur son lit ne serait jamais la sienne. Il ne possédait rien de réel, rien qu'un désir à jamais inassouvi, des mots inexprimés...

Il cala les oreillers derrière son dos, épongea encore une fois la moiteur de son front. Pour elle, il fit l'effort de sourire d'un air rassurant.

— Vous devriez dormir, maintenant.

— Serez-vous ici quand je me réveillerai ?

— Je ne vous quitterai pas, Clementine.

Elle ferma les yeux. Il resta assis près d'elle sur le lit, sans cesser de contempler son visage. Lorsqu'il fut certain qu'elle dormait, il se pencha, posa ses lèvres sur les siennes en murmurant son nom.

Elle lui avait dit qu'elle l'aimait. Il l'aimait comme jamais il n'avait aimé une femme.

Mais elle appartenait à son frère.

Quand Clementine rouvrit les yeux, ils se dévisagèrent longtemps sans parler.

— Joyeux Noël, monsieur Rafferty, dit-elle enfin.

Ils partagèrent un sourire et contemplèrent ensemble, en silence, le bébé endormi dans les bras de sa mère.

Son visage était encore rouge et fripé, mais Clementine n'en avait jamais vu de plus beau. Elle éprouvait pour son enfant un amour tellement intense et profond qu'il en devenait presque douloureux. Il était si petit dans ses bras, si léger, si fragile qu'elle eut peur.

— Comment vais-je faire ? Je ne sais pas être une mère. Je ne savais même pas comment le nourrir.

Rafferty tendit la main. Elle crut qu'il allait la toucher, mais il caressa la joue du bébé.

— Je vous crois capable de réaliser tout ce que vous décidez, Boston. Vous avez tenu ici jusqu'à la première neige et même au-delà.

Des cris et des appels retentirent soudain au-dehors. Il alla regarder à la fenêtre.

— C'est Gus. Gus avec le docteur.

Il ouvrit un battant, les héla. Clementine tourna la tête pour suivre des yeux les deux cavaliers qui traversaient le pré vers la cabane. Son regard se posa ensuite sur le profil de Rafferty, qui se détachait en ombre chinoise sur le blanc de la neige et le bleu du ciel. Une peine lancinante prit possession de son âme pour ne plus s'éteindre. En apparence, rien n'avait changé entre eux, et pourtant rien ne serait jamais plus pareil.

Elle voulut par la pensée le forcer à se tourner vers elle, à lui montrer une dernière fois la flamme de son cœur qui se reflétait dans ses yeux. Mais il ne tourna pas la tête et ne la regarda pas, car son frère était de retour.

Gus fit irruption dans un tourbillon d'air froid, baissa les yeux vers son enfant niché sur la poitrine de sa mère. Un sourire plus éclatant que la flamme de mille chandelles illumina son visage.

— Par exemple ! s'exclama-t-il avec un rire à faire trembler les vitres. Par exemple !...

Clementine crut entendre son cœur se déchirer en deux. Oui, Gus était tout ce qu'elle en avait dit à Rafferty. Il était bon, honnête, loyal. Elle venait de lui donner un fils. Elle ne pourrait jamais le trahir...

Elle lui tendit le bébé en souriant. Gauchement, Gus le prit. Son regard alla tour à tour de l'enfant à Clementine et à son frère.

— Bon dieu, Zach, je ne sais pas quoi te dire...

Rafferty haussa les épaules d'un air désinvolte.

— Merde, quoi, ce n'était pas plus compliqué que de faire vêler une vache.

Elle espéra cette fois que ses yeux, à la fois si beaux et si terribles, trouveraient les siens. L'espace d'un instant, leurs regards se croisèrent en effet — un instant bref — trop bref car, faute de pouvoir rabattre son chapeau, il voila aussitôt le sien de ses paupières. Malgré tout, le temps d'un battement de cœur, l'épaisse coquille dans laquelle il se réfugiait s'était fissurée.

En un éclair, elle avait vu la flamme qui brûlait dans son cœur.

DEUXIÈME PARTIE

1883

XVII

La diligence cahotait sur la route pleine d'ornières. Une rafale de vent souleva les rideaux de cuir et laissa pénétrer un nuage de poussière dans la voiture. Huit hommes et une jeune Chinoise étaient tassés à l'intérieur. La Chinoise ferma les yeux, les rouvrit presque aussitôt, les narines assaillies par l'odeur âpre du whiskey. Le démon étranger assis en face d'elle brandit une bouteille et sourit en découvrant fort impoliment ses dents.

— T'as soif, p'tite fille de Chine ? Soif ? brailla l'homme avant d'éclabousser les genoux de la jeune fille et les gros sacs en cuir qui contenaient le courrier.

Erlan, la fille préférée de la Maison de Po, arbora pour cacher son dégoût l'impassibilité d'un masque de théâtre. Comme beaucoup de *fon-kwei*, cet homme avait tout du babouin : les poils, le nez... et l'odeur.

Elle baissa les yeux en silence. Mais elle avait beau s'être montrée obéissante — elle n'avait rien dit, rien fait, rien manifesté —, la laisse n'en étreignait pas moins son cou.

La laisse... C'était bien la pire chose qu'on lui avait infligée.

Cela avait commencé avec sa mère, qui avait commis un acte si horrible, si honteux, si déshonorant qu'elle avait dû le payer de sa propre vie. Un acte pour lequel Erlan, sa fille, devait elle aussi payer. Son père, dans la fureur de sa vindicte, l'avait vendue à un trafiquant d'esclaves de Fu-Chou pour cent taels d'argent.

Le marchand d'esclaves l'avait violée et, lorsque Erlan s'était débattue, il lui avait enfoncé dans la poitrine ses longs ongles rouges, aussi acérés et crochus que les serres d'un aigle. Mais c'est quand il lui avait arraché ses boucles d'oreilles en jade — celles que son père lui avait offertes le jour où elle était devenue femme — qu'Erlan avait pleuré pour la première fois.

Ensuite on l'avait mise, avec d'autres esclaves et des travailleurs sous contrat, dans la cale d'un navire à destination de l'Oncle Sam, le pays des montagnes dorées. Ils étaient entassés là-dedans telles des pièces de mah-jong dans une boîte. Par mauvais temps, les vomissures dégoulinaient jusqu'à son grabat ; la lampe qui se balançait au gré du roulis répandait une infecte odeur d'huile de baleine ; et les rats venaient sans vergogne la regarder sous le nez, de leurs yeux qui luisaient pareils à des lanternes dans l'épaisseur des ténèbres. Erlan fut violée par un marin qui lui cassa son bol de riz lorsqu'elle se débattit. Ce qui l'obligea à lutter pour gratter quelques miettes de nourriture dans la marmite commune. Cette nuit-là, elle rêva qu'elle était dans le jardin de son père : elle buvait de l'alcool de riz tiède et grignotait du gingembre confit, assise auprès de sa mère à l'ombre des banians. Et elle pleura pour la deuxième fois.

Quand enfin elle quitta le bateau et se retrouva sur la terre ferme, elle chancela sur ses petits pieds bandés comme un marin saoul, aveuglée par la lumière nacrée. L'air était aussi vif et piquant que du melon frais. Et les montagnes étaient dorées, c'est vrai ; mais elles n'étaient pas en or, ainsi qu'on le racontait. L'un des marins lui avait dit que cette ville *fon-kwei* s'appelait San Francisco et qu'il y avait là tout un village de Chinois.

On l'emmena à la maison Hip Yee, qui avait pour spécialité le commerce des jeunes esclaves de sexe féminin. On lui fit prendre un bain et on examina ses parties intimes avec tant d'attention que, de honte, elle rougit autant que le fourneau d'un cuisinier.

— Cette fiente de tortue, ce trafiquant de Fu-Chou t'a abîmée ! vociféra le patron, en la giflant comme si c'était elle la responsable. J'aurais pu avoir quatre cents dollars pour ta virginité. Malheur de moi, j'ai été dupé ! Tu as dix-huit ans bien sonnés, et tes lys d'or sont une honte. Grands comme des péniches, qu'est-ce que je dis, comme des jonques impériales ! Ah ! tu sors du lot, pour ça oui, il a raison ! Il vaut mieux que je te vende tout de suite à un camp de mineurs, pas vrai ? Ces fils de pute ont tellement besoin de femmes qu'ils prendraient n'importe quoi, même une vieille débauchée avec des pieds d'éléphant.

Il lui avait montré les cabanons, dans la rue des prostituées, et elle avait vu des jeunes filles pareilles à elle passer leurs bras maigres à travers les barreaux des fenêtres en poussant d'affreux miaulements de chattes perdues. Cent hommes par jour, avait déclaré le patron, si elle n'acceptait pas son destin de femme d'un camp de mineurs.

Elle avait pensé qu'elle n'avait pas dû bien entendre. Elle ne serait pas l'épouse de *tout* un camp de mineurs, quand même ? Mais elle n'avait pas demandé d'éclaircissements. Comme dit le proverbe : « Ce que l'aveugle ne voit pas, il ne le craint pas. »

Le patron avait confié Erlan à la garde d'un *bock tow doy*, un homme de main chargé de faire respecter les lois de la maison, qui lui avait demandé de l'appeler « maître ».

Le maître la viola et, lorsqu'elle se débattit, il la frappa avec un bâton. Il lui fit porter une laisse pour qu'elle apprenne à obéir ; c'est alors qu'elle pleura pour la troisième fois.

Les dieux devaient bien savoir que la laisse était la pire chose qu'on lui avait infligée. Elle entamait son orgueil beaucoup plus douloureusement que la chair tendre de son cou, car elle proclamait à la face du monde ce qu'Erlan était sans vouloir l'admettre : une esclave.

Dans ce chariot cahotant, elle essayait de rester calme et de supporter la blessure de la laisse. Le maître serait bien obligé de la laisser tranquille. Le marchand Sam Woo, de Rainbow Springs, dans le Montana, avait payé huit cents dollars pour elle. Il n'aurait que faire d'une épouse garrottée.

Le démon blanc qui lui avait proposé du whiskey écarta le rideau, et pour la énième fois cracha un jet de liquide sombre. Le vent qui entra par la fenêtre était chaud et sec ; il avait un parfum étrange, une odeur de bois fraîchement laqué qui — pensa Erlan — devait provenir de ces buissons gris olive poussant sur les collines et dans les prairies.

Chez elle, à Fu-Chou, c'était l'époque de la mousson. L'air était aussi chaud qu'ici, mais chargé d'humidité. Sur les coteaux, les arbres à thé et les bambous étaient drapés de brume. Le long du fleuve Min-chiang, les pousses de riz miroitaient tels de l'émeraude ou du jade sous le halo du soleil.

Mais, dans ce pays étranger, tout était gris et brun. Les arbres, avec leurs branches sombres et serrées, et leurs aiguilles pointues, ressemblaient à des dragons. Une rivière en colère bouillonnait dans l'herbe haute et desséchée, pâle comme la paille d'un chapeau de paysan. C'était un pays tourmenté, sans harmonie. Il y avait des montagnes, près de chez elle, mais rien de comparable à ces amas rocheux immenses et déchiquetés qui semblaient vouloir percer des trous dans le ciel.

Soudain, elle éprouva une telle nostalgie de son *lao chia* aux colonnes pourpres et aux toits de tuiles vertes qu'elle dut serrer les lèvres pour étouffer un cri. Le maître tira sur la laisse. Son visage avait beau être aussi dénué d'expression que les statues de pierre qui gardent les tombeaux, elle comprit l'avertissement : *Plie, Erlan.* Elle ne devait rien dire, rien faire, rien manifester.

Levant le menton, elle jeta au maître un regard méprisant. Le père d'Erlan était un homme important, et les autres marchands s'inclinaient avec respect devant la fortune et l'illustre ascendance des Po. Et elle était la fille préférée de son père. Elle était...

Elle était une esclave, désormais. La fille préférée de la Maison de Po ne différait en rien d'un enfant de paysan vendu par ses parents pour une misérable somme d'argent.

Malgré la laisse, Erlan tourna la tête afin de regarder audehors. Un immense oiseau au plumage d'arc-en-ciel surgit d'un fourré dans un grand bruit d'ailes. Le démon blanc au visage plein de poils sortit un revolver et tira. L'oiseau explosa en une pluie de plumes rouges, dorées et bleues.

Au coup de feu, le maître sursauta comme s'il avait été piqué par un scorpion et son visage devint aussi blanc qu'un ventre de carpe. Il haïssait les diables étrangers, mais il les craignait. Il leur était soumis par l'esprit. Cela plaisait à Erlan de savoir que celui qui tenait le bout de sa laisse avait lui-même des maîtres.

Le démon poilu se pencha vers elle et lui sourit, montrant de nouveau impoliment ses dents, noirâtres et puantes.

— Dindes sauvages, dit-il. Bonnes à manger.

Erlan se demanda qui pourrait bien manger le bel oiseau. Elle n'avait pas vu de paysans sur cette terre vide et désolée, semblable à une tombe oubliée.

À un détour de la route, ses yeux découvrirent un étrange spectacle. Une colline nue en forme de chapeau émergeait de la vallée, telle une grosse boursouflure. Et sur cette colline, une espèce de carcasse noire, pareille à une pagode calcinée, s'élevait dans le ciel voilé de fumée

— C' que vous regardez, là, c'est le chevalement d' la mine d'argent, des Four Jacks. Y a quatre ans, c't'endroit était rien qu'une crotte de mouche sur la route. Voyez, maintenant : la mine a fait d' Rainbow Springs une véritable petite ville-champignon.

Malgré la laisse, Erlan se pencha pour mieux voir. Le langage du démon blanc différait tant de l'anglais mélodieux que lui avait appris sa mère qu'elle avait du mal à le comprendre. Mais elle avait saisi les mots « mine d'argent ».

Au pied de cette colline affreuse, grise et pleine de cicatrices, il y avait des maisons en bois décoloré par les intempéries, plus minables que des cahutes de mendiants.

Un chariot lourdement chargé de blocs de rocher les dépassa. Le muletier cria et fit claquer son fouet. À travers le fracas des roues sur la route cahoteuse, Erlan perçut un bruit sourd et régulier.

— Ce martèlement qu' vous entendez, expliqua le démon poilu en lui tapotant le genou, c'est l'bocard, la machine à broyer l'minerai d'argent.

Erlan fut surprise par le geste de l'homme, et le maître émit un long sifflement, pareil au cri d'une oie en colère. Les *fon-kwei* avaient de drôles de manières : ils n'arrêtaient pas de se toucher les uns les autres, se serraient les mains, se tapaient dans le dos, prenaient le bras des femmes. Quelle terrible incursion dans l'intimité de la personne ! songea-t-elle.

Inconscient de sa grossièreté, le démon lui sourit.

— Vous parlez pas américain, hein ? questionna-t-il avant de se tourner vers le maître. Et vous, fils du Ciel, vous parlez américain ? Si vous m' dites dans quelle maison vous l'amenez, j'irai p't'être faire une p'tite visite. Paraît qu' vos filles, elles sont pas faites comme les nôtres, qu'elles ont une fente oblique et étroite comme une gorge de moineau.

Le maître gratifia l'homme poilu du sourire crispé qu'il réservait aux *fon-kwei.*

— Elle va marier, répondit-il dans son mauvais anglais.

— Fichtre, quel gâchis !

Le vent apporta une odeur épouvantable qui faillit retourner l'estomac d'Erlan. La diligence avait ralenti et pénétrait dans une ville dont la chaussée était pleine de vieux objets : une botte usée, une casserole trouée, un tabouret bancal. Sur le sol en boue séchée, des chiens et des cochons fouinaient dans des tas d'ordures. La voiture longea une rangée de baraques en rondins qui avaient toutes des portes battantes à claire-voie. On entendait une musique métallique et des rires accompagnés d'applaudissements.

Comme tout cela était étrange ! Étrange et inquiétant. Lorsque Erlan était enfant, elle voulait voir le monde au-delà des hauts murs du jardin de son *lao chia.* Elle voulait vivre ces aventures dont parlaient les vendeurs de soupe sur la place du marché. Combien de fois sa mère l'avait-elle prévenue : « Attention à ce que tu demandes aux dieux, ils seraient bien capables de te l'accorder. »

La diligence s'arrêta dans un grincement d'essieux, soulevant un nuage de poussière. Le maître tendit un voile rouge à Erlan. Comme elle l'ignorait, il tira sur la laisse pour l'obliger à tourner la tête et à le regarder dans les yeux. Et elle lut de nouveau l'avertissement : *Plie, Erlan. Plie comme le bambou dans le vent, qui ne se rompt jamais.*

Elle prit le voile et l'enroula autour de sa tête. Le rouge était la couleur du bonheur, la couleur du mariage. Autrefois, elle attendait ce jour avec une joie innocente. Dans ses rêves, elle se voyait quittant la maison de son père dans un palanquin en laque rouge, assise sur un trône entouré de rideaux de soie rouge. Son époux, un homme jeune et beau, l'attendait devant chez lui ; il tenait à la main la clé qui ouvrirait le palanquin de l'épouse et peut-être... oh ! oui, peut-être son cœur. Son seul souci, à elle, serait d'honorer les illustres ancêtres de son mari en mettant au monde un fils.

Elle glissa ses mains le long de la *chang-fu* en grossier coton bleu dont le patron l'avait habillée. Dans ses rêves, elle portait une robe de mariée en soie rouge richement brodée, et une coiffure en or, en lapis et en jade. Dans ses rêves...

Plie, Erlan.

Elle était plongée dans une profonde réflexion lorsque le maître tira sur la laisse. Elle entendit le bruit sourd des sacs de courrier touchant le sol, sentit le balancement de la voiture qui s'allégeait en se vidant. Il était temps de rencontrer l'homme qui l'avait achetée comme épouse.

Elle était restée si longtemps dans l'espace confiné de la diligence qu'elle chancela sur ses petits pieds bandés et qu'un voile noir passa devant ses yeux. Elle enfonça ses ongles dans ses paumes pour ne pas s'évanouir. Il fallait qu'elle fasse honneur à ses ancêtres en ne montrant pas de faiblesse devant l'homme destiné à devenir son mari.

— Honorable seigneur, dit le maître avec une pointe de mépris, car le marchand Sam Woo n'avait rien d'un seigneur. Je vous amène cette fille indigne pour être votre épouse.

Jetant un coup d'œil par-dessous son voile, elle aperçut la moitié inférieure de son promis. Elle s'attendait aux chaussures blanches à semelle de papier et à la robe de soie traditionnelle des Chinois, mais elle vit un pantalon rayé et des bottes à bout pointu. Elle fit une gracieuse révérence, dos droit, tête baissée, le genou droit touchant presque le sol, les mains jointes effleurant la hanche gauche.

Miséricordieux Kwan Yin, pria-t-elle, honteuse de sa demande mais incapable de ne pas la formuler, *faites qu'au moins il soit jeune et agréable à regarder.*

Il releva son voile. Le visage de l'épouse ne doit jamais être révélé à l'époux avant le mariage. Mais Erlan ne releva pas ce manquement à la coutume et, au lieu de garder le visage baissé, elle leva les yeux sur le visage de son promis... Oh ! dieux cruels et perfides ! Il était vieux et laid comme un rat des bambous.

Le marchand Sam Woo la regardait derrière des lunettes épaisses, semblables à des crêpes de riz. L'âge avait creusé des rides profondes autour de sa bouche, une maigre barbe tentait en vain de masquer son menton fuyant, et il portait un de ces barbares chapeaux en forme de seau renversé qui lui cachait le front.

Plie, Erlan. Il fallait qu'elle plie. Qu'elle bannisse de son cœur tout sentiment, jusqu'à ce qu'il soit aussi vide qu'une coloquinte séchée.

Deux diablesses blanches entouraient le marchand Woo. L'une, petite et mince, ressemblait à une apparition, avec ses cheveux couleur de lune. L'autre avait également des cheveux remarquables, rouge foncé comme du jus de noix de bétel. Ou plutôt, rouge flamboyant comme des charbons ardents.

Un groupe de curieux s'était massé dans la rue à l'arrivée de la diligence. Erlan vit d'autres Chinois, habillés de vestes longues en coton épais, de pantalons bleus bouffants, et coiffés de chapeaux de paille coniques ainsi qu'en portaient les paysans. Les *fon-kwei* étaient partout, eux aussi, et certains la montraient du doigt. Qu'avait-elle bien pu faire pour mériter un tel geste méprisant ?

Son attention fut alors retenue par un homme en particulier. Même au milieu de ces grands démons étrangers, c'était un géant. Lui aussi la regardait impoliment. Il était jeune mais pas beau et, sous les poils qui couvraient ses joues et son menton, il avait un visage taillé à coups de hache. Il y avait en lui une fureur plutôt inquiétante. Mais il souriait et, même s'il montrait ses dents, son sourire plut à Erlan. C'était un sourire doux et caressant, semblable à la musique du *pipa*, et cela lui fit chaud à l'intérieur.

La laisse se resserra autour de son cou, lui coupant le souffle. Sans réfléchir, elle agrippa la lanière de cuir et tira dessus pour se dégager. Le géant marcha sur elle avec une expression si féroce qu'elle recula, effrayée.

— Il lui a mis une laisse ! hurla le géant. Cet enfant de salaud lui a mis une laisse comme à un chien !

Le maître vint se placer devant Erlan. Le grand démon lui envoya un coup de poing dans l'estomac. Le maître se retrouva à quatre pattes sur la chaussée pleine de poussière et d'excréments. Il se releva aussitôt en glissant la main dans la manche de sa robe, où il dissimulait une hachette, son arme professionnelle.

— *Ta ma !* jura-t-il entre ses dents serrées.

Mais ce serpent peureux n'osa pas frapper le *fon-kwei,* et à la place il s'en prit à elle. Sa main claqua tel un fouet sur la joue d'Erlan ; la jeune fille serait tombée si le géant ne l'avait retenue par les épaules. Des larmes de douleur lui brouillèrent la vue. Elle cligna les yeux et, à sa grande surprise, la femme aux cheveux de feu menaça le maître avec un petit pistolet.

— Si vous faites quoi que ce soit à part respirer, fils du Ciel, déclara-t-elle d'une voix cinglante, c'est sans votre nez que vous respirerez.

Pendant ce temps, le promis d'Erlan sautillait d'un pied sur l'autre en se tordant les mains.

— Vingt dieux ! Madame Yorke, monsieur Scully, je vous en prie ! Qu'est-ce que vous faites ?

Un démon étranger aussi gras qu'un marchand de riz s'avança d'un air important.

— Eh bien, ma chère Hannah, dit-il, ne voulez-vous pas remettre cette arme dans votre poche et laisser ces gens-là se débrouiller entre eux ?

À un mouvement qu'il fit, l'étoile à sept branches qu'il portait sur la poitrine étincela au soleil. L'étoile était un très mauvais présage et Erlan détourna aussitôt le regard. Elle n'avait pas besoin de cela, les dieux en étaient témoins.

— Vous aussi vous êtes là, cousin Jack, dit le gros homme en regardant le géant, derrière Erlan. Ce n'est pas le sifflet pour le changement d'équipe que je viens d'entendre ? Vous n'avez sans doute pas envie de perdre la paie d'une journée ?

Erlan se rendit soudain compte que le géant la tenait toujours aux épaules. Ses mains étaient fortes et chaudes, et ce contact, quoique étrange, ne lui était pas désagréable. Elle renversa la tête et l'appuya contre la poitrine du géant ; il l'enveloppa de sa chaleur, tel un dragon puissant mais amical lui faisant protection de son corps.

— Je me fiche pas mal de ce satané sifflet, répondit-il avec l'accent anglais auquel Erlan était habituée. Ce sale Jaune traîne une femme au bout d'une laisse, et il devrait y avoir des lois dans cette foutue ville pour lui interdire ça.

— S'il existe une loi qui l'interdise, je ne suis pas au courant, répondit le gros homme en passant sur son menton une main semblable à une patte d'ours.

La femme de feu lui agita sous le nez son petit pistolet.

— Marshal Dobbs, vous êtes aussi utile qu'une mule à trois pattes. Vous feriez mieux de retourner chasser les mouches et vous gratter le cul, et de nous laisser, Mme McQueen et moi, dépatouiller cette affaire. Désolée, Sam, ajouta-t-elle en se tournant vers le marchand Woo, mais vous n'épouserez pas cette fille avant que nous soyons sûres de son consentement.

— Vingt dieux !

Le gros homme remonta sa ceinture.

— Voyons, ma chère Hannah...

— Assez de vos « chère Hannah » ou je fais un trou dans votre insigne, menaça la femme de feu avant de se tourner vers Erlan, le visage radouci. Venez, ma chérie...

Le maître trancha l'air avec sa main.

— *Tsao ni*, cracha-t-il. La fille chinoise, elle reste.

La femme aux cheveux de lune s'avança alors entre Erlan et le maître.

— Écartez-vous, monsieur, je vous prie, dit-elle d'une voix glaciale.

Elle le dévisagea en silence pendant un long moment et, à la stupéfaction d'Erlan, le maître recula.

Les mains du géant étaient toujours posées sur les épaules d'Erlan. Elle éprouvait une étrange sensation, comme si un oiseau prisonnier dans sa poitrine battait des ailes pour tenter de se libérer. Le géant la fit pivoter avec douceur. Toujours avec douceur, il trancha la laisse avec son canif et dit à Erlan :

— Allez avec Mme Yorke. Elle prendra soin de vous. Mais rappelez-vous ceci, petite : personne ici ne peut vous obliger à faire quoi que ce soit contre votre gré.

Erlan ne répondit pas. Elle ne pouvait détacher ses yeux de ceux du géant. Des yeux comme elle n'en avait jamais vu, couleur du ciel après la pluie, avec ce bizarre mélange de violence et de douceur. Elle eut envie de le toucher, pour voir s'il était réel. Elle esquissa un geste mais, consciente de sa sottise, elle se retint. Détournant brusquement les yeux, elle se laissa emmener par les deux diablesses. Elle dut faire un immense effort de volonté pour ne pas regarder une dernière fois le géant.

Elle chancela sur ses petits lys d'or en essayant d'éviter les ordures sur son chemin. Ma parole, cela puait davantage, ici, qu'un tombereau d'excréments. Tout le monde, au Royaume des Fleurs, avait entendu parler de Mei-Kwok, le beau pays d'Amérique, où — disait-on — il y avait plus d'or sur les routes que de bouses de buffle dans un champ de riz. Quelqu'un avait dû prendre pour de l'or le crottin de cheval qui jonchait les rues. Justement, il y en avait un gros tas, juste devant elle, fumant et couvert de mouches. Elle releva sa *chang-fu* et avança à tout petits pas sur ses chaussures de bois arquées.

— Oh, mon Dieu ! s'exclama la femme de feu. Vous avez vu ses pauvres pieds ? Elle a subi cela... ce que ces barbares font aux pieds de leurs malheureuses filles !

Erlan sentit le rouge lui monter aux joues lorsque les diablesses s'arrêtèrent pour contempler avec horreur ses lys d'or. C'est vrai que ses pieds n'étaient pas du tout comme ils auraient dû être. Mais la femme de feu en particulier, pensa Erlan indignée, n'avait pas à les montrer du doigt, elle dont les pieds étaient aussi grands que des sampans.

Erlan ne pouvait s'empêcher de penser que sa mère ne lui avait pas rendu service lorsqu'elle avait empêché le bandeur de pieds d'effectuer son travail jusqu'au bout. Au lieu d'être deux arcs minuscules et délicats, ses lys d'or mesuraient presque treize centimètres de long. Plus tard, quand elle avait compris le sens de ces choses-là, elle s'était inquiétée des conséquences que cela aurait sur sa valeur en tant qu'épouse. Car, si belle et riche fût-elle, aucun homme ne voudrait se marier avec une jeune fille aux grands pieds. Erlan pensa à sa sœur aînée, dont les lys d'or étaient si petits qu'elle ne pouvait marcher sans l'aide d'une esclave. Comme elle s'était moquée d'Erlan ! Elle l'appelait « la fille aux pieds de jument ». Mais comment aurait-elle pu parcourir cette terre sauvage, sur ses pieds longs de sept centimètres ?

Cette terre sauvage... Erlan regarda du côté de la colline en forme de chapeau. Au-delà, le paysage s'étendait, vaste et désolé, jusqu'à de gigantesques montagnes qui se découpaient sur le ciel infini. L'immensité et la nudité de ces espaces l'effrayèrent. Soudain, elle eut l'impression que seuls ses lys d'or la retenaient au sol, l'empêchant de s'envoler loin, là-haut, tel un cerf-volant, dans le ciel sans fin.

— Vous le détesterez au début.

Erlan sursauta. La femme de lune avait parlé. Oubliant toute retenue, Erlan la dévisagea et s'étonna à nouveau de sa couleur. Sa peau était d'une blancheur semblable aux fleurs de cerisier, et ses cheveux si pâles par endroits qu'ils paraissaient transparents. Ses yeux étaient fixés sur la plaine immense. Et sa voix paraissait venir de cette immensité, comme si elle l'avait prise à l'intérieur d'elle-même pour la soigner, telle une blessure.

— Je veux dire le Montana. Vous le détesterez comme seule une femme peut détester un homme. Car cet endroit a tout d'un homme. Vous haïrez le vent, la boue, les hivers cruels ; vous haïrez cette force brute, cette violence anarchique. Et un jour, vous vous rendrez compte qu'au milieu de votre haine vous vous êtes mise à l'aimer. À l'aimer comme seule une femme peut aimer un homme... Oh ! mais qu'est-ce que je raconte ?

La femme secoua la tête, puis regarda Erlan d'un air amical et soucieux.

— Voilà que je suis en train de me plaindre et de philosopher, alors que vous ne comprenez pas un mot de ce que je dis.

Elle désigna la porte d'une grande maison de guingois avec une véranda et invita Erlan à entrer derrière la femme de feu.

— Nous allons à la maison Yorke, pour le moment, et nous verrons ce qu'il y a lieu de faire.

Erlan monta les marches. L'enseigne de l'hôtel grinçait sous le vent. La résine collait par endroits sur le plancher en pin, et sur les murs les nœuds du bois avaient laissé des trous. La femme de feu attrapa une clé derrière un grand bureau, et Erlan suivit les deux diablesses jusqu'à une petite chambre meublée d'un lit en fer, d'une commode en pin et d'une table de toilette. Un rayon de soleil éclairait le sol nu. Sans réfléchir, Erlan se mit dans la lumière et attendit, les mains dans les manches de sa *chang-fu.*

Les deux diablesses parlaient entre elles, très vite. Erlan avait mal à la tête à force d'essayer de comprendre, alors elle se contenta de laisser les mots l'envahir, comme la mer sur le sable. Jamais elle ne s'était sentie aussi seule qu'à cet instant, debout dans cette pièce nue, avec le bruit des jurons et des coups de fouet qui pénétrait par la fenêtre ouverte en même temps que l'odeur du crottin, et l'image d'un ciel implacable et vide présente à son esprit.

Elles discutaient de ce qu'il fallait faire à son sujet, comme si elles avaient leur mot à dire. Erlan épouserait le marchand Woo, car tel était son destin. C'était son destin depuis le jour où son père l'avait vendue pour cent taels d'argent. Ou peut-être depuis le jour où sa mère était entrée comme concubine à la Maison de Po et avait donné au vieil homme un dernier enfant — une fille de plus, hélas !

La femme de feu lui rappelait sa mère. Pas par son physique, bien sûr, mais par sa façon d'être ; elle était incontestablement *yin,* sombre, féminine et terrienne. Sa voix en volute s'élevait dans l'air comme une fumée, et elle accompagnait ses paroles de gestes langoureux et fluides. Avec ses cheveux brillants et sa robe d'un jaune éclatant, elle ressemblait à une carpe royale nageant dans un bassin.

La femme de lune, elle, portait une robe de soie lie-de-vin, couleur de la bannière du Nouvel An. Son visage était fermé et froid. Et même si elle était aussi belle et délicate que les fleurs peintes d'un éventail, il y avait beaucoup de *yang* en elle. Erlan se dit qu'elle avait dans le cœur une épée bien trempée.

Juste à ce moment, la femme de lune passa sa main sur son ventre, et Erlan remarqua qu'il était légèrement gonflé, signe d'un heureux événement à venir. Pourtant, elle ne portait pas de bracelets en or indiquant sa condition de femme mariée.

C'étaient peut-être des filles de joie, pensa Erlan. Cette bâtisse délabrée était une maison de plaisir, et la femme de feu sans doute la patronne.

Erlan ouvrit la bouche pour dire quelque chose, mais elle n'avait pas parlé depuis si longtemps que sa voix se transforma en coassement de grenouille.

— Je vous demande mille pardons...

La femme de feu se retourna en portant la main à sa poitrine.

— Ciel, vous m'avez fait peur ! s'écria-t-elle, avec un rire qui sonnait telles mille clochettes de jade. Vous devez nous trouver très impolies de parler ainsi dans votre dos. Mais nous ne nous attendions pas à ce que vous parliez anglais, à peine débarquée du bateau.

Erlan baissa les yeux. Elle n'avait pas voulu offenser les étrangères par son silence.

— Ma stupide personne comprend juste un peu, expliqua-t-elle. Et parle encore moins.

Souriante, la femme de feu s'approcha d'elle, et deux minuscules croissants se dessinèrent sur ses joues.

— Je m'appelle Hannah, et voici Clementine.

Erlan s'inclina en portant les mains à sa poitrine.

— Erlan... Cela signifie Belle-d'un-jour, dans votre langue.

— Belle-d'un-jour. Oh, quel joli nom ! s'exclama Hannah. Puis elle prit Erlan par la main et la conduisit jusqu'au lit, où elles s'assirent côte à côte. Hannah avait une pression de main douce, mais ferme. Erlan voyait le bleu de ses veines sous sa peau laiteuse.

Clementine vint à son tour s'asseoir sur le lit. Malgré ses pieds non bandés, elle se déplaçait avec la grâce et l'élégance d'une barque royale. Ses yeux étaient pareils à de l'écume de mer et Erlan vit que de puissants courants s'y agitaient.

— Pourquoi cet homme vous a-t-il mis une laisse autour du cou ?

Erlan rougit de honte et détourna le regard.

— Pour m'apprendre à obéir, répondit-elle d'une petite voix.

— Donc, ce n'est pas votre volonté d'épouser Sam Woo ?

Sa volonté ? C'était la volonté de son père de la vendre. Son devoir à elle était d'obéir. La Destinée, lui avait-il dit un jour, a quatre pieds, huit mains et seize yeux. Comment une fille indigne, avec seulement deux pieds, deux mains, deux yeux, pouvait-elle espérer lui échapper ?

— Je ne comprends pas, répondit-elle.

Son regard croisa celui de la femme de lune, et elle remarqua que son masque de sérénité cachait d'intenses émotions.

— Vous n'êtes pas une esclave, Erlan. Personne ne peut vous obliger à épouser M. Woo.

— Mais si je ne me marie pas, que deviendrai-je ?

— Il y a des bateaux à destination de l'Est comme de l'Ouest.

Une profonde nostalgie gonfla la poitrine d'Erlan. Elle se vit arrivant en chaise à porteurs près des hauts murs de son *lao chia*. Son père l'attendrait sur le seuil, sa robe aux dragons brodés d'or étincelant au soleil, mais pas autant que le sourire sur son visage. « Ma fille, dirait-il, mon cœur a eu tant de chagrin ! Je n'aurais jamais dû te chasser... » Mais ce n'était qu'un rêve, destiné à disparaître ainsi que la rosée au soleil du matin. Elle était une fille déshonorée, reniée par son clan. Il n'y aurait pas de bannières rouges pour l'accueillir à la porte de sa maison.

— Je n'ai rien à faire là-bas, dit-elle, et cette révélation manqua la suffoquer.

Hannah pressa la main d'Erlan.

— Vous n'êtes pas obligée de retourner en Chine, ma chérie. Mais rien ne vous force non plus d'épouser Sam Woo. Vous pourriez tenir une blanchisserie, il ne faut pas beaucoup d'argent pour commencer. Ou cultiver des légumes. Un Chinois qui a un bout de terrain de l'autre côté de la rivière affirme qu'il serait possible d'en vendre deux fois plus.

Erlan secoua la tête. La douleur lui étreignait la poitrine.

— Je dois épouser le marchand Woo.

Autrefois, elle se serait soumise avec joie et respect au choix de ses parents. Elle ne devait pas pleurer maintenant parce que les dieux lui avaient imposé un autre chemin. Elle se déshonorerait en défiant son destin, et cela elle ne le supporterait pas. Elle n'aurait déjà pas assez de mille vies pour expier le déshonneur de sa mère.

— Vous êtes sûre... ? demanda Hannah.

— Oui. J'épouserai le marchand Woo.

Un coup frappé à la porte lui fit lever la tête. Hannah alla répondre. Le marchand Woo se tenait sur le seuil, et il portait sur son bras une *chang-fu* de satin rouge avec des broderies dorées qui représentaient des grues en vol. Il dit quelque chose à Hannah, trop bas pour qu'Erlan puisse entendre, mais la réponse le soulagea visiblement. Le maître suivait, et sa mine menaçante augurait du pire si Erlan ne se soumettait pas.

— Regardez donc, déclara Hannah en rentrant dans la pièce. Sam vous a apporté une robe de mariage.

Elle déposa le vêtement sur le lit, puis remplit le broc qui se trouvait sur la table de toilette avec de l'eau chaude prise dans un récipient en métal posé sur un trépied. Le marchand Woo et le maître dévisagèrent Erlan jusqu'au moment où Hannah leur ferma la porte au nez.

— Le juge itinérant est ici juste cet après-midi, ajouta Hannah. Il tient audience au bar de l'hôtel. Nous avons déjà prévenu Sam qu'il doit vous épouser légalement, à la manière américaine. Vous ne serez pas son esclave, ma chérie, quoi que prétende ce salaud aux yeux de rat qui vous a amenée. Vous serez l'épouse de Sam, pas sa propriété, ce qui n'est pas la même chose. Vous comprenez ?

— Oui, je comprends, mentit Erlan.

Elle regarda Clementine assise à côté d'elle, silencieuse ; ses immenses yeux verts avaient la profondeur d'une mer agitée tandis qu'elle passait la main sur son ventre arrondi.

Erlan s'interrogeait sur le père du bébé. Si la femme de lune n'était pas une fille de joie, après tout, si elle avait un mari, l'entremetteuse lui avait-elle choisi un homme gentil, jeune et beau ? Mais peut-être n'y avait-il pas d'entremetteuses dans ce pays *fon-kwei.* Peut-être la femme de lune avait-elle choisi elle-même.

Leurs regards se croisèrent, et Erlan crut voir de la tristesse dans ces yeux d'océan. Peut-être que, même ici, le destin imposait sa loi, et le choix n'était qu'une illusion.

— Voulez-vous être seule pour faire votre toilette ? demanda gentiment Clementine.

— Oui, s'il vous plaît, répondit Erlan, la gorge serrée.

Une fois seule, elle caressa la robe de mariée. Le tissu était lisse et frais sous ses doigts. La broderie était exécutée avec du fil de soie doré, et des points très fins et compliqués. Rouge et or, les couleurs du bonheur et de la chance.

Mais il n'y aurait pas de devin pour indiquer le jour le plus favorable pour le mariage, pas de gâteaux de lune à savourer, pas de pétards pour chasser les mauvais esprits.

Elle s'approcha de la table de toilette. L'eau fumait dans le broc. Elle en versa un peu dans la cuvette et, en levant les yeux, elle aperçut son reflet dans un petit miroir piqueté de rouille. Elle ne s'était pas regardée dans une glace depuis qu'elle avait quitté son *lao chia.* C'était bien elle, et ce n'était pas elle. Elle toucha le miroir en s'attendant à voir son image se briser et disparaître comme un reflet sur un étang.

Elle n'avait pas de poudre de riz, mais en fait son visage était assez blanc, à part la marque laissée sur sa joue par le maître. Ses cheveux étaient relevés à la manière des jeunes filles. Pour le mariage, elle devait les coiffer en chignon, mais elle n'avait pas de servante pour l'aider, ni d'huile de jasmin pour les faire briller.

Elle portait des boucles d'oreilles en cuivre sans grande valeur, à la place de celles en jade que lui avait arrachées le marchand d'esclaves. La perte de ces bijoux lui causait tant de chagrin qu'elle ne pouvait y penser sans avoir les larmes aux yeux. Pourtant, il lui avait pris aussi ses peignes d'or en forme de phénix, qui valaient beaucoup plus. Et sa virginité, qui n'avait pas de prix.

Elle mit ses mains sur son visage, et ses épaules se voûtèrent. Elle aurait voulu verser des larmes de sang.

Donc, ce n'est pas votre volonté d'épouser Sam Woo... Votre volonté... Les mots résonnaient dans sa tête, semblables à des pierres lancées dans un puits. Jusqu'à maintenant, elle avait consacré sa vie à honorer ses ancêtres, à obéir à son père, à se préparer pour le jour où elle obéirait à son mari et servirait sa belle-mère. Elle n'avait pensé à rien, sinon à apprendre comment satisfaire les autres, comment les servir.

Votre volonté... votre volonté... Quel effet cela ferait, de se faire plaisir à elle-même, de s'occuper d'elle-même ? Cette pensée inédite l'effraya, et elle l'enfouit au fond de son cœur.

Elle se nettoya du mieux qu'elle put de la poussière du voyage et remplaça la *chang-fu* bleue par la robe de mariée en satin rouge et or. Le col montant cachait les marques de la laisse.

Le maître l'attendait dans le couloir. Il lui jeta un coup d'œil, approuva d'un bref hochement de tête et lui fit signe de passer devant. Il avait peut-être peur, lui aussi, que sans la laisse pour la maintenir au sol elle s'envole loin dans le ciel infini du Montana.

Un bruit confus de voix montait du vestibule. Les voix d'Hannah et de Clementine, et une autre plus grave. La porte de la rue était ouverte, et quand Erlan avança dans la lumière le géant *fon-kwei* fut soudain devant elle.

— Je veux l'entendre de sa bouche, disait-il.

En vérité, jamais elle n'avait vu un homme aussi grand. Son regard, fixé sur les boutons de la chemise du géant, remonta peu à peu. Elle vit les hautes pommettes se colorer de rouge. Les cheveux et la barbe du géant avaient la belle couleur brune de la terre fraîchement labourée, et ses yeux étaient magnifiques. Doux et tendres comme de l'eau de pluie.

Il la dévisagea et elle sentit les battements de son cœur s'accélérer.

— C’est votre désir d’épouser Sam Woo ? questionna-t-il.

Elle avait la bouche aussi sèche qu’une galette de millet. Quand elle réussit enfin à parler, les mots faillirent la suffoquer.

— C’est mon désir, articula-t-elle enfin, d’une voix qu’elle ne reconnut pas.

Et l’écho de ce mot résonna comme autant de pierres tombant dans les profondeurs de son cœur : *désir... désir... désir...*

— C’est mon désir, dit-elle à nouveau, comme si la répétition du mensonge pouvait en quelque sorte le transformer en vérité.

Un autre homme s’avança, plus jeune et plus frêle que le géant, avec un profil d’oiseau de proie et des yeux du même gris intense, mais plus durs. Il posa sa main sur le bras du géant.

— Allez, viens, Jere. On va être en retard au travail. Tu l’as entendue : elle l’épouse de son plein gré.

Le géant obligea l’autre à retirer sa main. La colère assombrissait son visage. Sous ses manières affables, il avait un tempérament de dragon.

— J’ partirai pas avant d’en être certain.

— Je vous en prie, déclara Erlan. Vous me rendez honteuse.

Elle se détourna de lui si brusquement qu’elle faillit glisser sur ses petits lys d’or. Le marchand Woo l’attendait, debout dans l’embrasure d’une porte. Il n’avait plus son chapeau barbare, et elle pouvait voir maintenant le sommet de son crâne, lisse et puissant. Un ruban de soie noire était tressé de manière impeccable dans sa natte. Ses yeux luisaient en la regardant derrière ses épaisses lunettes. Elle ne parviendrait sans doute jamais à l’aimer.

La pièce dans laquelle ils pénétrèrent était pleine d’hommes accoudés à un comptoir en bois, qui buvaient de la bière mousseuse. Le plancher en pin brillait sous leurs pieds et dégageait une odeur de malt. Erlan enregistra tout cela à travers un voile de larmes qu’elle attribua à l’épaisse fumée de tabac.

Le marchand Woo la conduisit à un homme affalé sur son siège, avec les pieds sur une table. L’homme reposa son verre et s’essuya la bouche d’un revers de main. Sa tête ronde et chauve ressemblait à un pot de riz, et ses poils sur la lèvre supérieure à une queue de renard.

— Alors, fils du Ciel, déclara-t-il en crachant un jet de salive dans un récipient plein de sciure. Je vois que vous vous êtes enfin décidé à convoler en justes noces.

Puis il se leva pesamment et prit un registre. Erlan n'écouta pas ce qu'il disait.

— Répondez oui, ordonna-t-il à un moment donné.

— Oui, répéta-t-elle docilement, avec l'impression d'avoir les joues étrangement froides et rigides.

Il termina en proclamant d'une voix forte :

— Vous pouvez embrasser la mariée.

Jamais un Chinois ne ferait une chose pareille : embrasser sa femme — même sa nouvelle épouse — en public. Mais le marchand Woo serra Erlan contre lui et pressa sa bouche contre la sienne.

Les démons étrangers applaudirent, faisant un bruit à chasser une armée de mauvais esprits sans l'aide de pétards. Erlan baissa la tête. Elle sentait monter en elle un violent frisson, semblable à un tourbillon d'écume ou aux vagues déchaînées par la puissance d'un typhon.

Cette façon de coller sa bouche sur la sienne était vraiment dégoûtante. Et il avait les lèvres sèches comme du papier de riz.

Le vent commençait à déchirer le voile de fumée qui planait sur la butte, lorsque les frères Scully grimpèrent la route conduisant à la mine d'argent des Four Jacks. Fraîchement débarqués d'Angleterre pour venir extraire l'or de ce pays fabuleux, ils étaient à Rainbow Springs depuis moins d'un mois. Jusqu'ici, tout ce qu'ils avaient trouvé, c'était un travail de dix heures par jour pour trois dollars.

Les deux frères ne se parlaient pas beaucoup, en général, étant l'un et l'autre des hommes silencieux. Jere parce qu'il était en accord avec lui-même, Drew parce qu'il était trop fier pour se livrer.

Mais l'arrivée de la diligence avait détruit l'harmonie intérieure de Jere Scully.

— Elle ne voulait pas l'épouser, Drew, affirma-t-il avec le fort accent de leurs Cornouailles natales. Tu l'as bien vu.

Son frère soupira d'un air excédé.

— Ma parole, elle t'a pratiquement envoyé balader. Elle est venue là, elle a dit « oui » devant le juge, et personne ne lui a mis un revolver sous le nez, autant que je sache. Tu penses qu'elle aurait dû te suivre plutôt que de rester avec ceux de sa race ? Tu voulais te marier avec elle, c'est ça ?

— Peut-être bien.

Drew envoya à la tête de son frère le sac de jute qui contenait ses vêtements de travail.

— Ma parole, t'es devenu dingue, pour seulement imaginer d'épouser une fille du Céleste Empire ! Et puis, tu la connais même pas, cette gamine. Vous avez juste échangé quelques mots.

— T'as entendu sa voix ? Elle a quelque chose de mélodieux, de chantant.

Drew hocha la tête. Il devait reconnaître que la fille était jolie, avec ses yeux sombres et ronds comme des galets, et l'arc de sa bouche parfaitement dessiné. Mais, pour sa part, il préférait une femme à l'allure plus spectaculaire. Une femme avec des cheveux rouges et des jupons multicolores, des yeux aguichants et une voix de gorge. Une femme aimant avec ardeur et vivant dangereusement.

Une femme telle que Mme Hannah Yorke.

Il pensa à la manière dont elle avait sorti son pistolet et menacé d'arracher le nez du fils du Ciel. Bon sang, elle était sacrément belle, et elle était mauvaise. Et il la désirait.

Mais jusqu'à présent Mme Hannah Yorke ne lui avait pas accordé la moindre attention.

D'habitude, Jere et lui, ainsi que la plupart des autres mineurs, fréquentaient le Gandy Dancer, un saloon au pied de la butte tenu par un Irlandais. Mais, un soir de la semaine précédente, ils étaient allés au Best in the West, pour voir, et c'était là qu'il l'avait rencontrée pour la première fois. Il n'avait cependant pas dépassé le « Enchanté de faire votre connaissance, madame ». Ni ce soir-là ni depuis.

On racontait qu'elle travaillait dans un bordel il n'y avait pas si longtemps, et posséder le Best in the West ne la classait certes pas parmi les gens respectables. Mais elle était aussi propriétaire du principal hôtel de la ville et de deux ou trois pensions, dont celle où ils habitaient, ce qui voulait dire qu'elle était pleine aux as. Pour l'avoir, ce serait plus difficile que d'allonger trois dollars afin de passer un moment avec elle.

Drew Scully sourit en songeant à ce défi. Il aurait Hannah Yorke. Il la mettrait dans son lit. Un jour viendrait — et ce jour était proche — où elle serait obligée de le regarder en face et de compter avec lui.

Son sourire s'évanouit lorsqu'il vit surgir devant ses yeux le chevalement menaçant de la mine des Four Jacks, cette carcasse noire où les mineurs descendaient et où le minerai d'argent était remonté du puits.

Les flancs de la colline étaient striés de résidus de minerai, et couverts de terrils et de fragments de roche. Mais, au-delà, le ciel bleu était si limpide que les montagnes paraissaient toutes proches. Il aurait aimé avoir un jour une raison d'aller dans ces montagnes. Une raison de faire n'importe quoi, sauf ce qu'il était obligé de faire.

Ils se rangèrent sur le côté tandis qu'un chariot plein de minerai broyé descendait la colline et qu'un autre chargé d'étançons de bois remontait. Au passage, Jere salua les muletiers d'un signe de main. Les jurons qu'ils lui adressèrent en retour révélaient un tel esprit d'invention que Jere se tourna vers son frère cadet, le sourire jusqu'aux oreilles. Il remarqua l'expression du jeune homme.

— Drew, est-ce que tu...

— Ça va très bien, alors ferme-la.

Mais ça n'allait pas très bien. Le martèlement du bocard résonnait dans la tête de Drew. Son estomac se nouait. Devant le regard de Jere, il s'efforça d'adopter une démarche plus décontractée. Mais il ne pouvait pas plus tromper son frère que lui-même. La peur était toujours là, au fond de lui, telle une maladie mortelle.

Lorsqu'ils eurent retiré leurs feuilles de mission à la baraque du contremaître, une boule se forma dans la gorge de Drew. Au vestiaire, en enfilant son pantalon crasseux qu'il attacha avec un bout de ficelle, sa gorge était serrée comme dans un étau. Il mit une chemise — qu'il retirerait parvenu au fond du puits — et la sueur se mit aussitôt à lui dégouliner sur tout le corps. Il posa sur sa tête un chapeau en feutre mou raidi par la sève de pin, et le sang battit à ses tempes.

Jere et lui se dirigèrent vers le puits. Sous leurs pieds, répercutés par les plaques de métal, les pompes et les treuils vibraient. Les cages de fer descendaient dans un nuage de vapeur, et on aurait dit qu'elles s'enfonçaient dans les profondeurs de l'enfer. La peur empoigna la gorge de Drew, pareille à une tenaille de feu, et il suffoqua.

Il se précipita derrière un wagon en bois pour vomir. Les genoux dans la poussière, la tête contre le bois rugueux, il rendit tout son repas. Parfois, quand cela lui arrivait, il vomissait la peur en même temps que les aliments. Mais pas cette fois-ci.

Sortant de derrière le wagon, il répondit au regard de Jere par une grimace qui pouvait passer pour un sourire. Mais il savait qu'il était blanc comme un linge. Il fourra ses mains dans ses poches afin de dissimuler leur tremblement.

La sueur l'inonda tandis qu'il regardait la flèche rouge du cadran tourner, à la remontée de la cage, et le câble s'enrouler sur l'énorme bobine. Puis il pénétra dans la cage de fer avec Jere. Le type actionna la cloche pour annoncer qu'ils descendaient.

Et l'obscurité les engloutit.

La peur était maintenant un hurlement dans sa tête. Il haleta, et le son qui sortit de sa poitrine ressemblait au sifflement d'une machine à vapeur. Jere craqua une allumette et alluma la bougie posée sur son chapeau. C'était un peu mieux de voir les parois du puits plutôt que les ténèbres insondables.

Drew tenta de respirer par le nez, mais il avait l'impression que ses poumons avaient rétréci. L'air était épais comme de la suie et sentait la terre en décomposition. Peut-être que cette foutue cage va s'écraser en bas, pensa-t-il, et me délivrer de mes souffrances.

Cela arrivait parfois. Il avait entendu parler de corps ricochant contre les parois rocheuses avant de toucher le fond — la fosse pleine d'eau chaude qui formait la base de chaque puits. On utilisait des crochets spéciaux pour récupérer ce qui restait des bonshommes. Ensuite, on enveloppait les morceaux dans des bouts de toile qu'on mettait dans des boîtes à bougies ; une fois remontées à la surface, les boîtes étaient enfermées dans des cercueils, et ceux-ci étaient finalement redescendus dans la terre qui avait tué les types.

Le plus étrange était qu'il ne craignait pas la mort, même une mort aussi atroce. Ce n'était pas la manière dont on pouvait mourir dans la mine qui l'effrayait, mais la mine elle-même. L'épaisseur et le poids des ténèbres, la terre qui le cernait, le pressait, l'écrasait, l'étouffait.

La cage s'arrêta avec un sursaut et Drew sortit dans la galerie principale, au sixième niveau. Sa mâchoire était raide, ses genoux en coton, et son cœur pareil à un soufflet de forge dans sa poitrine.

Jere salua le porion avec un sourire tranquille.

— Comment ça va, patron ?

— Vous êtes en retard, répondit le porion d'un ton brusque.

Casey O'Brien avait une face de rat, toute pointue, avec de petits yeux rapprochés. Il observa les frères Scully, et le haut de son visage s'agita nerveusement.

— Et puisque vous êtes en retard, ajouta-t-il, eh bien mes garçons, aujourd'hui, vous allez vous occuper de l'abattage de la paroi ouest.

La veille, Drew avait averti le porion que le boisage de la paroi ouest — un enchevêtrement d'énormes poutres soutenant les tonnes de roches au-dessus de leurs têtes — était en train de pourrir. Ça gémissait et ça craquait depuis un bout de temps, et les rats commençaient à détaler. Les rats sentaient toujours quand le boisage allait céder.

Drew savait que le porion le provoquait à seule fin de faire des plaisanteries douteuses sur son courage et sa virilité. Les mineurs de fond étaient censés tirer orgueil de leurs harassantes et dangereuses conditions de travail, comme si cela leur conférait un titre de noblesse.

— Y a quelque chose qui te reste en travers de la gorge, mon gars ? lança O'Brien. Eh bien, vas-y, accouche.

Drew sourit d'un air mauvais.

— Je comptais vous suggérer d'aller vous faire foutre, monsieur. Mais, à la réflexion, je me suis dit que vous auriez du mal à trouver quelqu'un prêt à enfiler un trou du cul de votre espèce.

O'Brien serra les poings et la mâchoire ; cependant, il ne répliqua pas. Les frères Scully n'étaient pas seulement de grands costauds, ils formaient aussi la meilleure équipe de la mine, et un porion était prêt à supporter pas mal de choses pour les avoir parmi ses hommes. L'un tenant le foret et l'autre tapant dessus avec un lourd marteau, ils creusaient dans la roche davantage de trous destinés à recevoir l'explosif que n'importe qui, et en beaucoup moins de temps.

Le plus souvent, c'était Drew qui plaçait les bâtons de dynamite, allumait les mèches et déclenchait l'explosion. Les autres mineurs pensaient tous qu'il avait beaucoup de sang-froid pour manipuler ainsi le puissant explosif. Personne à part son frère ne savait qu'il avait tellement la trouille d'être au fond que l'idée d'exploser en mille morceaux ne lui faisait pas grand-chose.

Les deux frères parcoururent en silence la galerie jusqu'à la paroi ouest. Drew observait les volutes que formait la fumée de la bougie posée sur le chapeau de Jere. Il imagina qu'il faisait avec la peur ce qu'il faisait avec les bâtons de dynamite : il la tassait à l'intérieur de lui-même. Mais la sueur n'en continuait pas moins de couler sur son visage, et le hurlement de lui étreindre la gorge.

L'air était lourd de l'odeur d'explosif et du bois pourrissant. Et brûlant et humide à la fois. Les deux frères enlevèrent leurs chemises tout en marchant. Cela ne les empêcherait pas de patauger dans la sueur de leurs souliers.

Rolfe Davies les attendait, assis sur une caisse de forets. Le gamin avait pour tâche de soigner leurs outils, de maintenir bien aiguisés les forets — les bites de taureau, comme les appelaient les mineurs —, et de veiller à ce que les marteaux gardent leur manche lisse et sans échardes, et leur tête bien ajustée. Quand le garçon aperçut Drew, un sourire éclaira son visage criblé de taches de rousseur.

— Vous avez vraiment dit au porion d'aller se faire foutre ?

Drew secoua la tête en riant. Il se demanda comment la nouvelle avait pu circuler si vite.

Jere ébouriffa la tignasse poil de carotte du gamin.

— Fais attention si t'as l'intention d'imiter mon petit frère. Tu ne sais pas qu'il doit être pendu avant l'âge de vingt ans ?... Il l'a vraiment dit, ajouta-t-il en riant de l'expression incrédule de Rolfe. Juré craché.

— À d'autres ! s'exclama le garçon, et il fit semblant d'envoyer un coup de poing à Jere.

Puis il se tourna vers Drew avec un air d'adoration.

— Vous voudrez bien, monsieur, m'apprendre un jour à bourrer un trou d'explosif ? Quand O'Brien sera pas dans les parages...

— Ouais, bien sûr, répondit Drew en haussant les épaules, gêné par le regard du gamin.

Il trouvait aberrant, surtout, qu'un garçon à peine plus jeune que lui l'appelle « monsieur ». Drew n'avait que dix-neuf ans, mais il savait que son visage en lame de couteau le faisait paraître plus âgé. Et au fond, pensait-il, au tréfonds de ses entrailles torturées d'homme lâche, il n'avait jamais été jeune. Il se souvint qu'un jour, en Cornouailles, il était tout gosse et son père avait parlé de la mine de cuivre et de la haine qu'il lui vouait. Pourtant, le lendemain il y était retourné, et il avait passé son existence à la haïr.

Ce jour-là, Drew s'était juré que pour lui la vie serait différente. Et il avait essayé de la rendre différente. Il pensait que, pour améliorer sa condition et travailler ailleurs que dans la mine, un homme devait s'instruire. Quand il avait annoncé son intention d'étudier au presbytère, son père l'avait traité de poule mouillée et de fainéant. Mais la peur de passer sa vie dans la mine était plus grande que la crainte du fouet de son père. Il était donc allé au presbytère... jusqu'à la mort du vieux, dans l'éboulement du septième niveau de la mine Wheal Ruthe.

Il avait douze ans, Jere quinze — et étaient les deux seuls garçons en âge de travailler, dans cette famille nombreuse et affamée. En mourant, le paternel avait au bout du compte réussi à faire descendre Drew dans la mine.

Ses compagnons et lui n'étaient pas morts tout de suite après l'affaissement de la mine. Les sauveteurs avaient entendu des coups de marteau pendant les deux premiers jours où ils avaient creusé parmi les décombres. Puis les coups avaient cessé.

Drew s'était souvent demandé si son père avait eu peur à la fin — peur des ténèbres suffocantes, de la terre qui étreint, qui étrangle. Mais il pensait que non. Le vieux était sans doute mort en maudissant la mine, pas en étouffant des hurlements indignes d'un homme.

Dans la lumière tremblotante des lampes à huile, les muscles de Jere luisaient de sueur tandis qu'il enfonçait à coups de marteau le foret dans le dernier trou. Le vacarme du métal frappant le métal fracassait l'air avant d'être assourdi par la terre. Dans le silence qui suivit, Drew perçut le bruit de l'eau qui tombait goutte à goutte, les craquements du bois et son propre halètement. Mais maintenant c'était l'effort qui le faisait haleter, pas la peur.

Il était presque joyeux en finissant d'envelopper de boue humide la mèche du dernier bâton de dynamite. « Mise à feu ! » cria-t-il pour avertir tout le monde de se préparer à s'éloigner. Rolfe Davies ramassa en vitesse forets et marteaux. Drew enflamma un petit bout de cordon qui mettait le feu aux mèches et servait de signal : quand il serait presque consumé, ce serait le moment de courir à toutes jambes.

Les deux frères allumèrent les mèches avec un art consommé : vingt-cinq en moins de vingt secondes. Lorsque Drew eut enflammé la dernière, Jere cria : « Feu ! » d'une voix tonitruante ; puis il emporta les lampes et s'engagea d'un pas rapide dans la galerie.

— Pourquoi cette hâte, mon beau monsieur ? lança Drew dans son dos, en riant et en ralentissant exprès le plus possible. On a tout notre temps.

En arrivant au dernier coude de la galerie, ils aperçurent les bougies des autres mineurs. Sitôt dans le cercle de lumière, ils mirent leurs mains sur leurs oreilles, et une fraction de seconde plus tard leur parvint le bruit assourdi de l'explosion. L'air trembla en se plaquant sur leurs corps. L'odeur douceâtre de la poudre se répandit dans la galerie, et la fumée voila bougies et lanternes.

Seul le porion ne s'était pas bouché les oreilles, parce qu'il comptait.

— Combien ? demanda-t-il lorsque l'explosion fut terminée.

— Vingt-cinq, répondit Jere.

— Facile comme bonjour, ajouta Drew avec un sourire arrogant. O'Brien hocha la tête. Ils avaient tout fait sauter. Les frères Scully connaissaient trop bien leur métier pour laisser derrière eux des trous bourrés de dynamite qui n'explosaient pas... jusqu'au jour où un autre mineur s'amenait avec un pic et sautait direction l'enfer.

O'Brien partit sans un mot le long des rails en trottinant tel un rat. Drew fit un geste grossier dans son dos.

— C'était un beau coup, les gars, dit-il en imitant la voix pointue du porion.

Puis il se mit à faire des courbettes.

— Vraiment, mille mercis à vous, monseigneur.

Les mineurs éclatèrent de rire, et Jere sourit en hochant la tête. « Je mets le thé à chauffer », déclara-t-il.

Drew attendit que tous, y compris son frère, s'éloignent dans l'obscurité vers la galerie abandonnée où ils se retrouvaient chaque jour pour manger. Une fois seul, il extirpa de sa botte une carotte de tabac.

Il l'avait dénommée Pansy. C'était une des mules chargées de tirer un train de six wagons-trémies contenant chacun une tonne du minerai qui, après extraction, était remonté à la surface. Les mineurs affirmaient en plaisantant que les mules étaient mieux traitées qu'eux, dans leurs écuries souterraines, car elles recevaient le meilleur fourrage et de l'eau fraîche deux fois par jour.

Mais cela ne faisait pas rire Drew. On n'avait pas demandé aux mules si elles ne préféreraient pas être au soleil et au grand air. Les hommes, eux, avaient au moins l'illusion de pouvoir choisir. Pansy était dans la mine depuis si longtemps que sa peau était devenue verte. Elle aimait mâcher du tabac, Pansy. Drew lui en apportait un peu chaque jour, et il lui grattait les oreilles pendant qu'elle mastiquait. Parfois, il était tenté de lui parler, mais il ne le faisait jamais.

Il rejoignit les autres et s'assit sur un rouleau de cordon à mèches. Jere lui tendit une tasse de thé.

— Où tu étais ? questionna-t-il d'un ton un peu trop dégagé.

— Je pissais, répondit Drew avant de mordre dans sa tourte à la viande, aux oignons et aux pommes de terre, spécialité de Cornouailles. Je pensais pas avoir besoin que tu me tiennes la main.

Les deux frères étaient assis à l'écart des autres mineurs. La seule lumière provenait d'une bougie à la flamme vacillante posée dans une anfractuosité de la roche. Drew pensa à la mule, Pansy, qui mourrait sans doute au fond de la mine sans avoir revu le soleil ni senti encore une fois le vent ébouriffer sa queue. Il repensa aux montagnes de tout à l'heure, à ce silence et à cette solitude qui n'étaient pas celles des ténèbres et de la terre, mais de la lumière, du soleil et du vent. Quel effet cela ferait de chevaucher à travers les collines et les plaines, de chevaucher jusqu'à atteindre la bordure du ciel ?

Il aurait voulu ne pas être tourmenté par ce genre de rêves. Il aurait voulu ressembler davantage à Jere, qui travaillait dur, buvait sec, se bagarrait ferme, riait fort, et ne cherchait qu'une chose : vivre.

Il sentit le regard de son frère sur lui et leva les yeux.

— Je pensais..., commença Jere, mais il fut interrompu par une quinte de toux due aux particules de roche qu'il avait respirées durant l'après-midi.

— Tu penses, maintenant ? répliqua Drew en se forçant à sourire. Et je devrais m'en inquiéter ?

— Je pensais que nous pourrions essayer de nous lancer dans l'agriculture. Avec toute cette terre, là, disponible. Nous pourrions quitter la mine et devenir fermiers.

Drew se demanda où son frère comptait prendre l'argent pour exploiter une ferme. Sur les trois dollars qu'ils gagnaient par jour à la mine, ils en dépensaient un pour le logement et les repas, plus quelques sous pour le whiskey et les putes. Le reste, ils l'envoyaient en Cornouailles pour maman et les petites. Elle leur écrivait chaque mois — en fait, c'était le vicaire qui écrivait, mais avec ses mots à elle — et disait qu'elle appelait la bénédiction du Seigneur sur ses fils, parce que grâce à eux la famille Scully n'était pas obligée d'aller à l'hospice.

En plus de cela, ils ne connaissaient fichtre rien à l'agriculture.

— T'es vraiment devenu cinglé ! lança Drew d'un ton brusque. D'abord, tu te mets en tête de courtiser une fille du Ciel, et maintenant tu parles de faire le fermier. Et où tu trouveras les pépètes pour acheter une charrue, une herse, un attelage, un semoir, une lieuse... hein ?

— Comment ça se fait que tu en sais autant sur le sujet ? Tu n'aurais pas eu la même idée que moi, par hasard ?

Drew referma d'un coup sec le couvercle de la boîte qui contenait leur repas.

— Quand un homme descend dans la mine, il y reste.

— On croirait entendre le père.

La bouche de Drew se tordit en un sourire mauvais.

— Je suppose que p'pa savait de quoi il parlait parce que, où est-ce qu'il est, maintenant, hein, mon beau monsieur ? Enterré sous une tonne de décombres au septième niveau de la mine Wheal Ruthe.

Le silence s'installa quand les autres s'étendirent sur une pile de poutres pour faire un somme. Jere sortit de sa poche un canif et un morceau de bois qu'il commença à tailler ; il fabriquait des petits jouets qu'il donnait aux gosses des mineurs. Drew s'assit et contempla la cire de la bougie qui coulait avec régularité. Au-dessus de sa tête, le boisage craquait. Les yeux des rats luisaient dans la pénombre. *Quand un homme descend dans la mine, il y reste.*

Les frères Scully enfilèrent des chemises sèches — les soirées d'été étaient fraîches dans le Montana — en attendant leur tour de remonter du puits. Les mineurs riaient et parlaient fort de la bière qu'ils allaient siffler au Gandy Dancer. Drew ne pensait qu'à une chose : il avait réussi à passer encore une journée sans que quiconque s'aperçoive à quel point il était lâche.

Rolfe Davies était assis sur un tas de minerai dans la cage, une boîte de forets émoussés sur les genoux. Drew vit le regard d'adoration du gamin, et ils échangèrent un sourire juste au moment où la cage se mettait en marche...

Le câble cassa avec un bruit qui ressemblait à une détonation.

Le câble rompu cogna contre les parois rocheuses et les étais en bois en remontant, tandis que la cage en faisait autant en descendant. Le gamin hurla, hurla, jusqu'à ce qu'il touche l'eau bouillante, en bas, avec un « floc ! ». Puis il n'y eut plus que l'écho de ses cris, qui se prolongea longtemps avant d'être englouti dans les obscures ténèbres de la terre.

Le conducteur de la cage, blême, actionna neuf fois la cloche. Là-haut, le sifflet annonçant la catastrophe transpercerait la nuit.

Drew avait les yeux brûlants de larmes. Sa poitrine se souleva de façon convulsive lorsqu'il aspira l'air raréfié. Honteux, il se détourna vers la terre et la roche, et seule l'obscurité fut témoin de sa faiblesse.

XVIII

Un peu plus tôt dans l'après-midi, Erlan avait senti un vent chaud et lourd caresser son visage au moment où elle sortait de l'hôtel au côté du marchand Sam Woo, désormais son mari.

Elle avançait à petits pas sur le trottoir en planches inégal et gluant de crachats, lorsqu'une de ses chaussures se prit dans une latte. Elle trébucha et le marchand Woo la retint par le coude. Il retira aussitôt sa main.

Il ne lui avait pas encore adressé la parole.

Il l'emmenait sans doute chez lui. Elle ne se faisait aucune illusion. Les maisons de Rainbow Springs étaient toutes en bois grisâtre décoloré par les intempéries ou fraîchement écaillé. Il n'y aurait sûrement pas de colonnes pourpres ni de toits de tuiles vertes pour lui rappeler son *lao chia* et tout ce qu'elle avait perdu.

La route était droite et plate comme une rizière, et elle débouchait sur les vastes espaces et le ciel immense. Erlan se dit que peut-être les mauvais esprits étaient moins puissants ici qu'en Chine, et qu'on n'avait pas besoin de tracer des routes courbes pour les leurrer. Elle avait envie de poser la question au marchand Woo sur ce sujet, et sur beaucoup d'autres encore. Mais elle n'avait pas le droit de lui parler en premier.

Le marchand Woo s'arrêta devant une maison basse en planches avec un toit de tôle. Erlan la regarda à peine. Des Chinois formaient dans la rue un petit groupe compact. Certains étaient pieds nus, d'autres ne portaient que des sandales en paille et leurs pieds étaient couverts de poussière. Leurs *schmo* bouffants retroussés jusqu'aux genoux révélaient leurs jambes brunies par le soleil et maigres comme une paire de baguettes.

Aucun n'avait l'impolitesse de la regarder en face, mais tous jetaient sur elle des regards furtifs, affamés, derrière leurs chapeaux coniques. Ils se dandinaient en chuchotant, la main devant la bouche : « Une beauté ! Une beauté ! Une beauté avec des lys d'or ! »

Il vaut mieux que je te vende tout de suite à un camp de mineurs, pas vrai ? avait dit le marchand d'esclaves. *Ces fils de pute ont tellement besoin de femmes qu'ils prendraient n'importe quoi, même une vieille débauchée avec des pieds d'éléphant.*

Elle resta immobile, les mains crispées sur ses bras dans les manches de sa robe. Le bruit d'un marteau frappant sur du métal lui parvenait de l'autre côté de la rue. Elle eut le sentiment qu'il résonnait au creux de son estomac et réprima un gémissement de peur.

La porte s'ouvrit en grinçant et déclencha un tintement de cloches discordant. Le marchand Woo s'effaça pour la laisser passer. Elle grimpa les marches en sautant sur ses lys d'or et pénétra dans une pièce si encombrée que la tête lui tourna rien qu'à regarder ce bric-à-brac.

Des bougeoirs et des boîtes de bougies. Un tonneau plein de balais et un autre d'oignons. Des carottes de tabac et des rouleaux de corde. Des seaux et des cuillères en métal. Des objets familiers, tels un coffret de mah-jong et une lanterne en soie rouge. Et des choses qu'elle n'avait encore jamais vues, comme un manteau en une matière jaune et luisante ou une boîte de gommes pour le mal de dents.

Les étagères croulaient sous des piles de boîtes en équilibre instable. Le plancher de guingois était jonché de barils et de ballots. La lumière qui pénétrait par la fenêtre à petits carreaux éclairait le devant de la pièce, mais l'arrière-boutique était plongée dans la pénombre.

Une forte odeur émanait d'un des barils près de la porte. Erlan se pencha et vit qu'il était rempli de gros morceaux de viande sanguinolente plongés dans de la saumure. Une étiquette collée sur le baril indiquait en lettres manuscrites : « Ours abattu la semaine dernière. »

Le marchand Woo se racla la gorge. Surprise, Erlan se retourna si vite qu'elle chancela. Il écarta une couverture en lambeaux qui masquait une porte. Elle passa devant lui et pénétra dans une pièce sombre. Une allumette craqua. Il alluma une lampe, ajusta la mèche, et faillit lâcher le verre de lampe en le reposant sur son support.

Ils se trouvaient dans une cuisine meublée d'une table, de deux chaises et d'un fourneau rond en fonte avec un tuyau qui sortait par le toit. La pièce, dépourvue de fenêtre, était encombrée et sentait le chou bouilli. Un morceau de papier collant plein de mouches pendait du plafond.

Le marchand Woo accrocha la lampe au mur et vint se placer devant Erlan, tellement près que leurs poitrines auraient pu se toucher s'il avait respiré à fond. Elle repensa au mariage et à la sensation des lèvres du marchand Woo sur les siennes, et elle se retint de frissonner.

— Avez-vous mangé aujourd'hui ? questionna-t-il.

C'était la formule traditionnelle de bienvenue des Chinois, mais il parlait avec l'accent guttural du dialecte yueh de Canton.

— Je vais bien, répondit-elle en excellent mandarin.

Il fronça les sourcils et continua en américain :

— Mme Yorke a dit que vous savez parler américain. Quelle merveilleuse surprise ! Bon pour les affaires. A partir de maintenant, vous parlez seulement américain, même avec moi. Comme cela, vous pouvez pratiquer.

Comme cela, vos oreilles de paysan n'auront pas à faire d'efforts pour comprendre mon chinois, pensa-t-elle. Mais elle hocha la tête pour montrer son obéissance.

Il recula d'un pas et fit un grand geste de la main.

— Asseyez-vous, je vous en prie. Vos lys d'or doivent vous faire mal.

Erlan se baissa avec lenteur pour s'asseoir. Si elle avait été seule, elle aurait poussé un gémissement. Ses pieds étaient douloureux, en effet, et après ces jours et ces nuits passés dans la diligence bringuebalante, elle se sentait raide.

Le marchand disposa sur la table un nombre impressionnant de plats merveilleux et Erlan, à sa grande honte, se mit à saliver. Grâces soient rendues à Kwan Yin, l'adoption par son mari des coutumes barbares n'incluait pas la nourriture.

Elle pensa aux relais où la diligence s'était arrêtée tout au long du trajet, ces baraques sommaires où l'on changeait de chevaux et où l'on donnait aux voyageurs un bout de viande dure coincé entre deux tranches de pain mal cuit, et du café épais comme de la laque de Chine. Un jour, on leur avait servi du porc rance avec quelque chose qui ressemblait à des galettes de millet frit. Une nourriture infâme servie dans des conditions d'hygiène épouvantables, et aussi nourrissante qu'une soupe de pauvre avec seulement des os dedans.

Mais là... c'était un festin digne des dieux. Chou macéré dans le vinaigre, gingembre et racines de lotus. Rouleaux à la vapeur et canard laqué. Flan aux haricots et graines de melon. Boulettes de viande à la vapeur et riz blanc comme neige. Le ventre d'Erlan se mit à gargouiller.

Par bonheur, le marchand Woo fit du bruit en déplaçant une plaque du fourneau. Il rajouta du bois, poussa le *wok* et l'étuveuse en bambou pour mettre une bouilloire à chauffer. La lumière de la lanterne faisait étinceler un hachoir bien aiguisé posé sur une planche à découper. Il avait dû préparer lui-même le banquet de noces, car il n'avait sans doute pas de servante. S'il voulait une femme non seulement dans son lit, mais à la cuisine, il était mal tombé. Erlan savait broder des motifs plus compliqués que ceux de la robe qu'il lui avait offerte, et tirer de jolis sons d'un *pipa* ; mais elle était une exécrable cuisinière, incapable même de faire cuire du riz correctement. Sous ses paupières sagement baissées, elle observa cet homme qui était son mari. Agenouillé devant le fourneau, il remuait le bois fumant avec un tisonnier. Il avait de petites mains d'enfant, mais couvertes de taches de vieillesse. Sa barbiche était épaisse et raide. Le dessus de son crâne brillait à la lumière. Sa natte était très longue, ce qui lui faisait honneur.

Il tourna la tête et ses lunettes étincelèrent. Il lui adressa un sourire hésitant. Enhardie, elle interrogea :

— Quel est votre honorable nom ?

— Sam est mon nom, maintenant. Vous m'appellerez Sam. Je vous appellerai Lily.

Comme elle ne répondait rien, il poursuivit :

— Lily est un prénom bien américain. Aussi américain que le 4 Juillet et l'hymne de la Révolution, non ? Il y avait une ribaude — une fille de joie — qui a travaillé un certain temps pour Mme Yorke et qu'on appelait Lily.

La honte suffoqua Erlan. Autrefois, elle avait imaginé qu'elle épouserait un homme bien élevé et instruit. Et voilà qu'elle devait plaire et obéir à un vieux paysan de Canton qui voulait lui donner le nom d'une fille de joie. Mais il fallait qu'elle cesse de penser à ce qu'elle était jadis. Son père l'avait vendue, *vendue* à un trafiquant d'esclaves. Elle pensa aux visages hagards derrière les barreaux, dans l'allée des prostituées. Comme elle aurait pu facilement en faire partie...

Elle baissa les yeux. Ses mains sur ses genoux lissaient d'un mouvement régulier le satin rouge sang de sa robe. Elle trembla de crainte.

— Qui sont ces hommes rassemblés dehors ? interrogea-t-elle.

Il se releva en enlevant la poussière de ses mains.

— Il n'y a pas beaucoup de Chinoises dans le Montana, alors ils sont curieux, vous savez. Ils envient mon indigne personne d'avoir une épouse si jeune et si belle.

— Peut-être est-ce votre richesse qu'ils envient, parce qu'elle vous a permis d'acheter ma misérable personne.

— Ces petits cons ne sont même pas capables de réunir trois sous à eux tous. Ils exploitent les résidus de minerai et les filons abandonnés par les hommes blancs. Ils n'ont pas le droit de travailler aux Four Jacks.

Elle n'avait pas tout saisi, car beaucoup de mots anglais ne lui étaient pas familiers. Elle ne pouvait imaginer que des gens choisissent de travailler dans un trou au fond de la terre, mais elle ne voyait pas pourquoi on le leur interdirait.

— Pourquoi n'ont-ils pas le droit ?

— Parce que ce sont des Chinois, répondit-il en la regardant sans ciller derrière ses lunettes.

Elle crut qu'il allait dire autre chose, lui livrer un secret, ou peut-être lui faire partager un chagrin. Mais il haussa les épaules.

— Vous comprendrez quand vous aurez passé quelque temps ici.

Elle n'avait pas envie de comprendre, ni de rester ici assez longtemps pour comprendre. Elle fut soudain submergée par la pensée qu'il pourrait s'écouler des années avant qu'elle ne rentre chez elle. Une vaste étendue de terre et de mer la séparait de son *lao chia.* Et le mur de l'honneur trahi et perdu était plus haut et plus long que la Grande Muraille de Chine.

Elle prit conscience qu'il s'était rapproché lorsqu'il déposa sur ses genoux une petite boîte enveloppée de soie rouge.

— C'est pour vous, déclara-t-il.

Elle défit le paquet, un peu excitée malgré elle de recevoir un cadeau. Dedans, il y avait un écrin en or avec une lune et une étoile gravées sur le dessus.

— C'est un médaillon, expliqua-t-il en lui montrant comment

l'ouvrir. Regardez... C'est Sam Woo, ma photographie. Clementine McQueen m'a tiré le portrait.

Il avait ri sur ces derniers mots. Puis son visage devint grave.

— Vous le porterez ici, dit-il, en cantonais cette fois.

Il la toucha à la base du cou, et elle sentit son sang battre sous le haut col de sa robe. Elle avait les mains qui tremblaient quand il reprit le médaillon. Il le referma d'un coup sec et le lui épingla sur la poitrine, juste au-dessus du cœur.

— Ou là, ajouta-t-il.

— Je suis indigne d'un aussi beau cadeau, affirma Erlan frappée par l'effet étrange que produisait ce médaillon *fon-kwei* sur sa robe de mariée en satin rouge.

La bouilloire siffla, les faisant sursauter. Avec un petit rire, il alla vite la retirer du feu. Elle le regarda mettre les feuilles de thé dans des bols en porcelaine, verser l'eau dessus et couvrir les bols. Il en plaça un devant elle, un de l'autre côté de la table, et s'assit.

Il retira le couvercle et prit le bol au creux de ses mains. Elle en fit autant. La vapeur s'éleva, pareille au souffle du dragon, chargée d'un arôme de fleurs subtil et délicat.

— A votre santé ! dit-il. Ensuite, il but jusqu'à la dernière goutte.

Elle avala une gorgée. Il la fixait par-dessus son bol de thé et il y avait dans ses yeux quelque chose... quelque chose qu'elle avait déjà vu. Elle fut soudain assaillie par le souvenir de mains qui palpaient et pressaient, de dents qui mordillaient, de lèvres qui bavaient ; et puis d'une poussée, d'une douleur, comme un couteau la déchirant, s'enfonçant en elle, et une masse pesant sur ses seins, sur son ventre, l'écrasant...

Un cri lui monta à la gorge et resta coincé là. Sa poitrine était aussi serrée que dans un étau.

Son mari se leva soudain et vint poser devant elle un bol à riz vide, sur lequel il plaça une paire de baguettes.

— Merci d'honorer mon humble table de votre présence, déclara-t-il.

Il lui caressa la mâchoire du revers de la main. Elle demeura d'un calme absolu. On lui avait appris à toujours avoir l'air serein, mais à l'intérieur elle avait envie de crier tandis que cette main descendait le long de sa joue puis de son cou. Elle voulut respirer, n'y arriva pas. Le cri... Le cri était là, dans sa gorge, il l'étouffait, et elle ne pouvait pas... elle ne pouvait...

— Maintenant, ajouta-t-il d'une voix rauque, je vais coucher avec vous.

Alors, quelque chose en elle se brisa. Elle se leva en titubant et le repoussa. La table racla le sol ; les bols et les plats glissèrent, tombèrent, volèrent en éclats. Elle recula, recula jusqu'à heurter le fourneau, dont la chaleur traversa le molleton de sa robe. Le cri, prisonnier dans sa poitrine, battait des ailes tel un oiseau affolé.

— Éloignez-vous de moi, dit-elle, ou crut-elle dire.

Le cri était fort, si fort...

Il avança avec une expression de colère. Ses lunettes lançaient des éclairs. Elle tâtonna derrière elle et ses doigts rencontrèrent le manche du hachoir. Le cri rugissait dans sa tête, à présent, et obscurcissait sa vision.

Elle décrivit un grand arc de cercle avec le hachoir, manquant de quelques centimètres l'homme en face d'elle.

— Vingt dieux ! s'écria-t-il en reculant.

Le cri dans la gorge d'Erlan s'apaisa un peu. Elle sentit qu'elle respirait et que des mots se formaient dans sa bouche.

— Pardonnez ma misérable personne, mais je ne peux pas vous laisser me toucher.

Des mots polis, appropriés. Elle serait une fille obéissante et soumise, mais elle ne laisserait pas, elle ne pouvait pas laisser un homme pénétrer de nouveau en elle. Plutôt mourir. Mourir, mourir, mourir... c'était la seule voie honorable.

Le marchand Woo regardait son épouse, les lèvres serrées. Il était impensable qu'une femme attaque son seigneur et maître. Qu'elle lui refuse la jouissance de son corps.

— Il n'y aura rien à pardonner, affirma-t-il avec raideur, si vous posez cela immédiatement.

Le hachoir brilla une fois de plus. Le marchand Woo eut un petit rire ironique, qui se transforma en grognement de surprise quand Erlan retourna la lame contre sa propre gorge.

— Éloignez-vous.

Il respira à fond, avec bruit. L'huile de la lanterne gargouillait. Un morceau de bois s'effondra dans le fourneau en gémissant.

Il avança d'un pas vers elle. Le hachoir vola, entama la peau, la chair, faisant gicler dans les airs un jet de sang.

Drew Scully s'éloigna du bar, deux chopes en étain pleines de bière à la main.

Il attendit pour passer qu'un type ait lancé un jet de jus de chique dans le crachoir, repoussa les avances d'une *hôtesse*, et contourna le billard afin d'éviter un coup de coude. Jere était installé à une table du fond, avec une tête de six pieds de long.

Sans un mot, Drew tendit une chope à son frère. Il regarda en silence Jere avaler sa bière presque d'un coup. L'un et l'autre étaient sombres et amers.

Drew s'assit avec l'impression qu'un gémissement parcourait tout son corps. Il se sentait exténué et accablé de tristesse, et la douleur était si profonde qu'il avait mal jusque dans les os. Il n'était pas du genre à noyer ses peines dans l'alcool, parce qu'il n'aimait pas se réveiller le lendemain avec la tête comme une citrouille. Mais à présent il regrettait de ne pas avoir descendu une bouteille entière de whiskey au bar. S'il ne se saoulait pas ce soir, il se réveillerait demain matin en criant.

En criant comme le gamin.

Les larmes s'apprêtaient à jaillir ; il ferma les yeux pour les retenir. Seigneur Dieu... Il n'arrivait pas à se rappeler quand il avait pleuré pour la dernière fois. La mort du garçon avait libéré des années de larmes. Et elles continuaient d'affluer, de lui serrer la gorge, et il se détestait pour ces larmes. Et pour sa lâcheté.

Il avait pleuré la veille, en retrouvant l'air frais de la nuit après la mine. Un air aussi piquant que du cidre juste remonté de la cave. Il avait inspiré à fond, et de sentir cet air sur sa langue et dans ses poumons avait fait monter les larmes.

Plus tard, chez le barbier Luke, alors qu'il était assis dans le tub, les larmes lui étaient venues de nouveau ; elles avaient dégouliné sur ses joues, se mêlant à la sueur et à la vapeur, et il avait dû se retenir pour ne pas sangloter tout haut.

Il secoua la tête pour chasser de son esprit la mine et la mort. Il regarda autour de lui le Best in the West, ce paradis des plaisirs de l'Ouest sauvage, avec son papier peint velouté, son plancher en bois verni, ses miroirs étincelants, et ses putains de luxe avec leurs bas de soie et leurs jupes courtes.

Par goût il préférait le Gandy Dancer. C'était un endroit plutôt minable, avec de la sciure par terre et des murs criblés de balles au point que la pluie y pénétrait. Le whiskey était tellement coupé qu'on aurait dit de l'eau de rivière un peu piquante. Mais il y régnait toujours une ambiance du tonnerre de Dieu. C'était un endroit pour les mineurs : le type flanquait vingt-cinq *cents* sur le comptoir pour un coup de whiskey, et il avait droit à une bière gratuite en plus, pour arroser le fait qu'il avait survécu un jour de plus au fond de la mine.

Mais le Best in the West... La clientèle semblait composée surtout de gardiens de moutons et de bovins. Qu'est-ce qu'ils venaient arroser ? Quels démons les hantaient, que seul l'alcool pouvait chasser ?

Il joua un moment avec sa chope, puis but quelques gorgées. Il sentait la nuit descendre sur lui et chasser son humeur noire. Le vacarme donnait au moins une impression de gaieté. Cliquetis des jetons de poker, choc des boules de billard, claquement des cartes. Rire facile des femmes faciles, notes métalliques du piano. Il remarqua une scène étrange : une femme voilée comme une veuve en deuil dansait avec un homme qui lui pelotait les fesses avec un crochet en guise de main. Cette région attirait des gens bizarres : des monstres, des rebuts de la société, des instables aussi bien que des audacieux et des braves. Il aimait mieux ne pas savoir dans quelle catégorie il entrait.

— J'aurais pas dû la laisser partir et se marier avec lui, déclara Jere à brûle-pourpoint.

Drew tourna lentement la tête vers son frère.

— T'es encore à ruminer ça ? Trop tard, mon vieux. Elle est à lui, maintenant. Il se comportera bien avec elle, Sam Woo, c'est sûr. Tu sais que c'est un brave type.

— Ouais. J'aurais pas dû la laisser se marier avec lui, Drew.

— Parce que tu la veux pour toi, c'est tout.

La maladie d'amour s'abattait toujours sur les hommes de la famille Scully sans prévenir. Enfin, c'est du moins ce que le père aimait à dire. Il racontait que, la première fois qu'il avait vu la mère, il avait cru qu'on lui enfonçait un marteau dans le cœur. Drew riait chaque fois qu'il y pensait parce que, quand on faisait boire le père, il affirmait aussi que, la première fois qu'il avait vu sa future femme, elle nageait à poil dans une crique. Alors, selon Drew, ce n'était pas le cœur de son père qui avait reçu un choc, mais sa bite et ses couilles.

— Je l'aurai pour moi.

— Ouais..., approuva Drew, plongé dans ses pensées.

Puis il se tourna brusquement vers son frère. L'expression qu'il vit sur son visage ne lui plut pas.

— T'étais là à assister à son mariage avec Sam Woo, et maintenant t'es là à me dire que tu vas l'avoir pour toi.

Jere gardait un air obstiné. Il avala le reste de sa bière.

— C'est une fille du Ciel, insista Drew. Ils ont sans doute une loi qui interdit ça. Et sans doute aussi une loi qui interdit de le faire avec la femme d'un autre.

— Alors, nous trouverons un endroit où il n'y a pas de lois.

— Jésus-Christ tout-puissant ! s'écria Drew en levant les mains au ciel. Tu parles comme si elle voulait de toi. Comment est-ce que tu...

— Elle voudra de moi.

Drew laissa retomber ses mains sur la table et serra les poings. Autant discuter avec un mur.

Jere baissa la tête et s'absorba dans la contemplation du fond de sa chope.

Un mouvement derrière le bar attira l'attention de Drew. Le barman avait ouvert une petite porte et parlait à quelqu'un. Drew tendit le cou, mais les larges épaules du type lui bouchaient la vue. Il aperçut le coin d'un bureau à cylindre et le bord d'une jupe vert pomme.

Le barman commença à refermer la porte et Drew éprouva une immense déception. Mais la porte se rouvrit en grand et Hannah Yorke apparut dans l'espace derrière le bar. Et Drew sentit les battements de son cœur s'accélérer. Elle était toute chaleur et fumée, et elle avait des jambes à damner un saint. De la dynamite à l'état pur. Il respira à fond et remua sur son siège. À côté de lui, Jere émit un petit rire.

— Et qui est-ce qui est là à se tortiller sur sa chaise, maintenant ? Tu la regardes avec des yeux de chat gourmand.

Drew posa les mains à plat sur la table et repoussa sa chaise. Jere mit une main sur son bras.

— Où vas-tu comme ça, mon beau monsieur ?

— Je pense que la dame prendrait bien un verre.

— La dame a un saloon où elle peut prendre tous les verres qu'elle veut, si elle en a envie. Et elle a déjà un homme pour les lui servir.

La mâchoire de Drew se contracta, mais il se renfonça dans son siège.

— On dit qu'elle a un amant, je sais.

— Ouais. On le dit.

— Où est-il, alors ? Ça m'a tout l'air d'être un fantôme.

Jere fit un signe du menton.

— Tu trouves qu'il a l'air d'un fantôme ?

Drew laissa errer son regard sur les hommes debout au bar et le fixa sur un cow-boy qui portait un Stetson et des pantalons noirs délavés, et des bottes usées. Il avait l'air malin, bagarreur et violent ; mais il était beau, d'une beauté dure.

— Lui ? Il y a dix minutes au moins qu'il est accoudé au comptoir et elle n'a pas jeté les yeux sur lui une seule fois.

— Justement.

L'homme portait son colt bas sur la hanche et bien serré. Drew avait entendu dire que l'amant d'Hannah Yorke, propriétaire de ranch à ses heures, disparaissait pendant des mois pour accompagner les convois à Wells Fargo. Selon d'autres rumeurs, il était chasseur de primes.

Quoi qu'il fît pour gagner sa vie, ce n'était sans doute pas le genre d'homme à céder sa maîtresse sans se battre.

— Et merde ! s'exclama Drew, et il se leva.

Elle était devant le bar, maintenant, et parlait au barman qui leur versait deux doubles whiskeys, visiblement de bonne qualité. Drew ralentit le pas pour saisir peu à peu chaque partie d'elle. Les pommettes saillantes, la petite bosse au bout du nez, la bouche grande et étirée. La façon dont sa robe épousait la courbe de ses seins d'un blanc d'ivoire et glissait d'un côté, comme si un homme venait à peine de lui dénuder l'épaule pour y poser ses lèvres et ses yeux.

Elle tourna la tête à son approche, et ses lèvres esquissèrent un mouvement qui n'était pas tout à fait un sourire, mais qui fit néanmoins apparaître ses fossettes.

— Eh bien, monsieur... Scully, c'est bien cela ? demanda-t-elle d'une voix qui formait comme des volutes de fumée. Et qu'est-ce qui vous amène à vous encanailler au Best in the West ?

— Vous, répondit-il.

Elle haussa les sourcils d'un air moqueur.

— Fichtre ! Vous n'y allez pas par quatre chemins.

— Quand on travaille dans les mines, on a le sens de l'urgence.

Son visage s'adoucit, et c'est avec une expression nostalgique qu'elle dit :

— Oui, je sais... Mon père était mineur.

Après un moment de silence, elle haussa les épaules d'un air dégagé.

— Il est mort dans un éboulement quand j'avais dix ans.

— Moi, j'en avais douze.

Elle le regarda d'un air surpris et ses lèvres s'entrouvrirent. Sa bouche révélait une vulnérabilité qui contrastait avec la dureté de son attitude. Et il comprit alors qu'il s'était menti à lui-même. Ce n'était pas seulement du désir. Comme son père, il avait reçu un coup de marteau dans le cœur.

Oh ! il savait que les bonnes âmes de la ville la croyaient mauvaise, et peut-être l'était-elle selon leurs critères. Mais s'il était vrai qu'une femme bonne pouvait rendre bon un homme, pourquoi l'inverse n'aurait-il pas été possible ? Peut-être avait-elle besoin d'un homme qui l'aime, qui la tienne dans ses bras la nuit et soit tendre avec elle. Elle faisait la dure, pourtant il savait qu'elle ne l'était pas. Sans doute fallait-il un menteur tel que lui pour débusquer le mensonge en elle.

— Puis-je vous offrir un verre, madame Yorke ? proposa-t-il.

Mais elle avait tourné la tête et contemplait le cow-boy au Stetson noir. L'homme lui rendit son regard, sans changer d'expression. Son visage à elle s'anima, comme si une petite flamme s'était allumée au fond d'elle-même.

— On m'a appris, madame Yorke, que, lorsqu'un monsieur pose une question à une dame, la courtoisie veut que la dame réponde.

Elle sursauta et se retourna aussitôt ; elle avait encore sur les lèvres le sourire destiné à l'autre.

— Oh !... Merci, monsieur Scully, mais je m'apprêtais à partir. Peut-être Nancy...

Il mit la main sur son bras. Elle avait une peau douce et tiède, et son parfum frais et délicat lui évoqua les bouquets de violettes qu'on achète à la foire du printemps.

— Je ne veux pas passer mon temps avec une de vos filles. Je veux le passer avec vous.

Elle eut un regard éloquent vers la main posée sur son bras. Une main couverte de cicatrices et de coupures — autant de marques laissées par le dérapage du marteau. Une main avec de la poussière noire de la mine sous les ongles.

Il était juste assez obstiné pour ne pas la lâcher.

Elle le dévisagea, et il plongea ses yeux dans les siens. Des yeux d'un brun chaud et sombre. Sa poitrine se souleva et un petit soupir s'en échappa. C'est alors qu'elle vit les portes du saloon se refermer derrière son cow-boy.

Drew eut à peine le temps de voir une jupe virevolter et les portes battantes se refermer une nouvelle fois. Un instant plus tard, c'était derrière lui qu'elles battaient, et il se maudissait de faire ce qu'il faisait.

La lune à son dernier quartier n'éclairait guère. Mais le vent qui agitait les trembles porta les paroles du cow-boy jusqu'à Drew, dissimulé dans l'ombre des murs du saloon.

— Voyant comme tu es occupée ce soir, je rentre à la maison.

Elle avait rattrapé son homme au bout du trottoir en planches. Elle se serrait contre lui, maintenant, pressait son long corps contre le sien. Elle lui dit quelque chose, de sa voix en volute, elle le supplia peut-être, et il se laissa fléchir.

Le cow-boy passa son bras autour de sa taille, et ils se dirigèrent ainsi, hanche contre hanche, vers l'arrière du saloon où elle avait sa maison. Il frotta son visage contre son épaule dénudée, et elle rit. D'un rire qui était à peine un souffle, bas et profond.

Et un tout petit peu triste.

Erlan regardait son mari se déshabiller. Il enleva d'abord son habit à queue de pie et le suspendit à un clou du mur. Puis ce fut la veste de brocart gris à boutons de perle, et la chemise à col dur. Même dans la faible lumière de la lampe à pétrole, sa poitrine était aussi maigre qu'une carcasse de poulet. Il leva la tête et leurs yeux se croisèrent. Puis il regarda le cou d'Erlan et il fronça les sourcils.

Elle effleura l'épais bandage qui lui enveloppait la gorge. La coupure l'élançait, bien qu'elle ne fût pas très profonde. Mais oh ! comme elle avait saigné, et elle tremblait encore au-dedans à cause de ce qu'elle avait failli faire. L'âme a plusieurs vies, mais pour le moment Erlan n'avait que cette vie-ci, et son désir de la conserver était soudain aussi violent que celui qu'elle avait eu d'y mettre fin.

Elle avait quand même emporté le hachoir dans la chambre et l'avait placé à portée de main près de son oreiller.

Elle se tenait debout d'un côté du lit, son mari de l'autre côté. Il l'observait d'un air méfiant et faisait une tête d'enterrement. C'était un terrible déshonneur de provoquer le suicide de quelqu'un. S'il l'avait forcée et qu'elle se fût tuée à cause de cela, il aurait éprouvé une grande honte. Or, la honte était plus à redouter que les tigres, les dragons et les mauvais esprits.

— Je ne vous toucherai pas, femme, dit-il en s'humectant les lèvres et en détournant les yeux. Mais il n'y a qu'un seul lit.

— Cela ne dérange pas ma stupide personne de partager..., répondit-elle, et elle baissa les yeux avec humilité.

En vérité, elle ressentait un immense soulagement et une joie enivrante d'être encore en vie, et sans dommage pour son honneur.

— ... et elle remercie son mari de sa retenue, ajouta-t-elle.

— Vous n'essaierez pas de... ? demanda-t-il en désignant l'instrument.

Elle enfouit les mains dans les manches de sa robe et croisa les doigts pour leurrer les dieux qui écoutaient.

— Pas tant que vous respecterez votre promesse de ne pas me toucher.

Soulagé, il poussa un tel soupir que sa barbiche voltigea. Soudain, Erlan fut frappée par le côté comique de ce drame, et elle dut se mordre la joue pour ne pas rire.

Vraiment, cet homme était presque aussi stupide qu'elle. Elle s'était évanouie à la vue de son propre sang, et quand elle était revenue à elle le marchand Woo lui entourait le cou avec des compresses d'eau au gingembre et maudissait les dieux de lui avoir envoyé une folle pour épouse. Et lorsqu'elle avait ouvert les yeux et s'était redressée, le hachoir toujours à la main, il avait hurlé et s'était cabré comme s'il avait devant lui une morte vivante. À ce souvenir, elle eut encore davantage envie de rire ; elle se mordit la joue plus fort et se détourna.

De toute façon, il lui tournait le dos et enfilait une chemise de nuit. Il enroula avec soin sa natte autour de sa tête et la recouvrit d'un bonnet de nuit. Erlan ôta sa robe de mariée, mais pas la veste qu'elle portait en dessous pour aplatir ses seins et lui éviter ainsi d'être qualifiée de femme légère.

Elle s'assit sur le lit ; le matelas rembourré de foin fit entendre un bruissement et exhala une senteur d'herbe au soleil. Elle avait gardé ses lys d'or une bonne partie de la journée et ses pieds étaient irrités. Elle aurait aimé changer ses bandages, mais elle ne pouvait faire une chose aussi intime devant cet homme. Elle massa ses jambes endolories en étouffant un gémissement.

— Voulez-vous que je vous masse les mollets ?

Cette proposition la surprit et elle le regarda d'un air méfiant. C'était sa sœur aînée qui l'avait fait pour elle, jadis — en particulier la première fois où on lui avait bandé les pieds. Comme elle avait souffert quand on lui avait courbé les orteils sous la plante du pied, et la plante vers les talons, jusqu'à ce que ses pieds forment presque un demi-cercle !

Le marchand Woo s'approcha d'elle. Erlan saisit le hachoir.

— *Amitabha !* s'exclama-t-il en battant des bras. Je ne ferai rien d'autre que vous masser les mollets, je le promets.

Elle eut un bref ricanement.

— Tout le monde sait que vous, les Cantonais, vous mentez comme des arracheurs de dents.

Il pointa un doigt vers elle, et ce geste méprisant la laissa bouche bée.

— Et vous..., bégaya-t-il, vous êtes un spectre mort.

C'était l'injure suprême, de traiter quelqu'un de spectre mort. Elle fut surprise que les dieux ne le foudroient pas sur place.

— Pet de tortue, répliqua-t-elle entre ses dents, mais il l'entendit.

Les sourcils froncés, les lèvres pincées, il lui lança un regard furieux. Elle le lui rendit. Il leva les yeux au ciel.

— Connaissez-vous ce proverbe, fille inutile et obstinée : « Quand le chat renverse le bol de riz, ce sont les chiens qui se régalent. » Je me suis acheté une épouse pour avoir des fils qui entretiendront ma tombe après ma mort. Savez-vous comment on fait les enfants ?

— Je le sais, honorable mari.

— Une femme ne me sert à rien si elle ne me donne pas des fils.

— Je le sais, honorable mari.

— Alors, pensez-y.

— Oui, honorable mari. J'y penserai.

Il se glissa dans le lit et éteignit la lampe. La pièce fut plongée dans l'obscurité. Erlan s'allongea à son tour, mais se redressa un instant plus tard.

— Pouvez-vous faire de la lumière, s'il vous plaît, mon mari ? demanda-t-elle d'une voix aussi douce qu'une peau de pêche.

Une allumette craqua et la lampe fut rallumée.

— Qu'y a-t-il ? Votre cou saigne-t-il à nouveau ? Sapristi, si vous mourez ici, je... Que faites-vous ?

Elle s'était mise à quatre pattes et regardait sous le lit. Tout ce qu'elle vit, ce fut une épaisse couche de poussière, mais pas de gourde.

— Il n'y a pas de gourde sous le lit, dit-elle.

— Nous sommes en Amérique, répondit-il avec un soupir. Les gourdes ne sont pas nécessaires.

— Mais qu'est-ce qui éloignera les fantômes et les empêchera de m'étouffer ?

— Ha ! Ha ! Et c'est cette fille-là qui a essayé de se couper la tête avec un hachoir !

Il tapota le lit à côté de lui et, en vérité, il souriait.

— Revenez vous coucher et dormir, enfant. Il n'y a pas de fantômes en Amérique.

L'obscurité enveloppa de nouveau la pièce. Sous le vent, les murs en planches tremblaient et gémissaient. Erlan avait des élancements dans le cou et tout son corps était douloureux. Ce maudit conducteur de diligence n'avait pas raté une pierre ni une ornière. Même allongée, elle sentait encore le ballottement incessant de la voiture. Elle respira à fond et passa les paumes de ses mains sur sa poitrine, puis sur ses flancs, avant de laisser reposer ses doigts sur le bas de son ventre.

Deux ans plus tôt, lorsque son jeune oncle s'était marié, elle avait aidé à mettre la mariée au lit. Elle se souvenait du lit nuptial avec son baldaquin en soie rouge, des pétales de roses et des chaussons de bébé de toutes les couleurs éparpillés sur le couvre-lit en satin rouge. Mais elle se rappelait surtout le petit carré de soie blanche posé sur le plateau d'ébène, attendant la preuve que la mariée était vierge.

Pas de soie blanche pour elle ni de sang virginal. Trois hommes l'avaient déjà possédée ; alors, un de plus, quelle importance ? Et pourtant, cela en avait, de l'importance... Elle mit son poing devant sa bouche. Elle ne pourrait pas supporter qu'un homme de plus lui fasse ce que les autres lui avaient fait.

C'était le pire destin pour un homme, de mourir sans avoir de fils. Puisqu'elle ne voulait pas coucher avec lui cette nuit, le marchand Woo se plaindrait sans doute au maître demain. On la ramènerait au patron, qui la mettrait dans une maison ou la vendrait encore, à un camp de mineurs cette fois. Et alors, beaucoup d'hommes lui feraient ce que les autres lui avaient fait. Les chiens se régaleraient.

C'est votre désir d'épouser Sam Woo ? avait demandé le géant.

Que se serait-il passé si elle avait dit non ? Le géant *fon-kwei* l'aurait-il emmenée avec lui ? Dans ce cas, il aurait voulu coucher avec elle, puisque les hommes étaient ainsi faits. Elle essaya d'imaginer la chose, en vain. Le diable étranger était violent, même s'il avait de beaux yeux gris, doux et tendres comme l'eau de pluie. Son visage était laid, plein de poils, et puis il était trop gros, bâti ainsi qu'un buffle — un animal rustre, juste bon à tirer les charrues et faire tourner les roues à eau. Il l'aurait écrasée, étouffée sous son poids, et déchirée avec sa grosse racine virile.

Des souvenirs assaillirent de nouveau son esprit : souvenirs de pénétration brutale, de suffocation, d'obscurité complète, et d'un froid tout au fond d'elle-même, un froid terrible. Elle haïssait cette intrusion que les hommes imposaient aux femmes. Épouses, concubines, prostituées, comment une femme apprenait-elle à supporter cela, à endurer sans avoir envie de mourir ? Comment une femme comme elle... ?

Sa mère.

Des larmes brûlantes jaillirent au coin de ses yeux et lui dégoulinèrent dans les oreilles. Elle serra plus fort son poing contre sa bouche.

Au Royaume des Fleurs, lorsqu'une fille naissait, son père préparait plusieurs barils de vin de riz et les mettait dans son cellier. Quand la fille était en âge de se marier, le vin était bon à boire pour le festin de noces.

Le marchand de thé Po Lung-Kwon avait déjà trois épouses, cinq filles imparfaites et un cellier plein de vin quand il prit pour concubine la jeune et belle Tao Huo, dans l'espoir d'engendrer un fils.

La faute incombait bien sûr entièrement à Tao Huo si elle ne pouvait enfanter l'héritier tant attendu. Au bout de deux ans, son ventre n'ayant pas porté de fruit, les trois épouses du patriarche s'attendaient que la concubine, malgré sa jeunesse et sa beauté, fût renvoyée. Au contraire, le marchand Po allait la voir encore plus souvent. Et elle épuisait sa sève, ne laissant aux autres femmes qu'un vieux corps fatigué et inutile.

Enfin, la troisième année, Tao Huo fut enceinte. Les épouses cachèrent leur dépit derrière des sourires. Et lorsque Tao Huo mit au monde une autre fille imparfaite, elles cachèrent leur joie derrière des larmes. Maintenant, le patriarche renverrait à coup sûr la concubine.

Au lieu de cela, il retourna dans son lit dès qu'elle fut en état de le recevoir. Les épouses s'accordèrent pour penser que, d'évidence, le patriarche s'était entiché de sa jeune concubine. Bien qu'il fût au soir de sa vie, avec elle il possédait la vigueur et la virilité impliquées dans son nom : Lung-Kwon, Dragon Brillant.

Les épouses ne comprenaient pas l'attrait exercé sur lui par Tao Huo. On reconnaissait, à contrecœur, que son visage était de toute beauté. Mais elle avait de si grands pieds ! Pis, elle avait été corrompue par les mœurs *fon-kwei*, ayant passé les quatorze premières années de sa vie à l'école de la mission de Fu-Chou. Elle venait de la campagne, n'appartenait à aucun clan et avait des pieds d'éléphant. Et pourtant, se lamentaient les épouses, elle se comportait comme si elle avait été une princesse mandchoue. Le plus stupéfiant, c'est que cela marchait.

Les membres de la famille Po habitaient tous dans les dix cours de la maison ancestrale. Les hommes occupaient les cours extérieures, interdites aux femmes. Les filles vivaient avec leur mère dans les cours intérieures, où elles apprenaient les arts de la maison et se préparaient à être de parfaites épouses.

Parmi ses souvenirs les plus anciens, Erlan se revoyait assise sur le coffre en bois de santal, observant sa mère qui se faisait belle pour les visites du patriarche. Tao Huo poudrait ses joues afin de les rendre plus blanches que la neige de l'Himalaya, peignait ses lèvres pour qu'elles aient le rouge brillant des cerises. Ensuite, elle lissait sa longue chevelure d'ébène, la relevait afin de lui donner la forme parfaite d'une fleur de lotus, et pour finir y piquait une magnifique pivoine rouge et rose. Une esclave agitait doucement un éventail, et le parfum délicat de la fleur parvenait aux narines d'Erlan.

Parfois Erlan s'asseyait près de sa mère sur le grand lit en bois de rose, la robe verte de Tao Huo étalée, pareille à un éventail géant, sur la soie bleue du couvre-lit. Et tout en frottant ses ongles avec des pétales de roses, Tao Huo apprenait à sa fille les mots anglais qu'elles utilisaient entre elles, dans cette maison où il y avait trois épouses et beaucoup d'espions.

En écoutant la voix mélodieuse de sa mère, en contemplant son visage qui avait la délicatesse d'une porcelaine Ming, Erlan apprenait autre chose encore que l'anglais. Elle apprenait aussi le pouvoir de la beauté féminine. Et le pouvoir que Tao Huo exerçait dans le grand lit en bois de rose.

Erlan voyait rarement son père, mais ces moments précieux s'imprimaient dans sa mémoire.

Elle l'attendait dans le jardin, assise sur un tabouret de porcelaine près du bassin aux lotus. Il s'occupait de ses oiseaux, de petites alouettes brunes dans des cages en bambou, puis ils observaient ensemble les carpes dorées dans le bassin. Erlan bavardait comme une pie et fixait éperdument le visage adoré, dans l'espoir d'y surprendre un sourire. Son père, en tirant sur sa pipe d'argent, écoutait les questions de l'enfant, qui voulait savoir comment était le monde au-delà des murs du jardin.

Un jour, elle osa poser la question : « Qui est votre fille préférée, Père ? » Il sourit, effleura sa joue, puis son menton et répondit : « C'est toi, Erlan. Regarde toutes les belles-d'un-jour que j'ai plantées dans mon jardin. Chaque fois que je les regarde, je pense à toi. »

Mais lorsqu'elle se plaignait parce que sa sœur aînée se moquait de ses grands pieds, ou que la première épouse lui faisait refaire plusieurs fois sa broderie, il se contentait de dire : « Tu dois apprendre à plier, ma fille. Ce n'est qu'en pliant qu'une femme accomplit son perfectionnement. »

Erlan passait des heures cachée dans la tour de guet. De là, elle voyait les toits de la ville, avec leurs tuiles de céramique jaunes et rouges qui ondulaient comme des vagues et, entre les toits, les rues étroites encombrées de camelots, de pousse-pousse et de chaises à porteurs. Au-delà, d'élégantes pagodes se nichaient au creux des collines couvertes de bambous et de théiers. C'était le thé, expédié par bateau vers les pays *fon-kwei*, qui avait enrichi la Maison de Po.

Les jours où le soleil dissipait la brume, Erlan apercevait la rivière et les immenses jonques, avec leurs voiles de nattes et les gros yeux ronds peints sur la proue pour éloigner les démons. Elle était trop loin pour distinguer les marins et leurs filets, les seiches que l'on exposait au soleil sur des nattes de bambou, ou encore les balles de thé marquées du dragon — le sceau de la Maison de Po —, empilées sur les quais avant d'être embarquées à destination de pays étrangers et exotiques.

Elle était trop loin pour voir, mais elle imaginait. Et, en contemplant les collines et la rivière, elle rêvait du jour où elle voyagerait au-delà des murs du jardin, et découvrirait par elle-même ces merveilles.

Lorsque Erlan eut dix-sept ans, Tao Huo lui fit partager un

secret. Un doigt sur les lèvres pour lui intimer le silence, elle l'entraîna dans un passage secret qui menait de l'autre côté des cours interdites. Elles s'arrêtèrent devant une petite fenêtre ronde masquée par un treillis en bois. La fenêtre donnait sur une pièce réservée aux visiteurs. Erlan eut le souffle coupé devant les trésors qu'elle renfermait : des meubles incrustés d'or et d'argent, de la porcelaine dans les tons les plus précieux, des paravents et des coffrets en laque somptueux, des vases en cloisonné, des tapisseries tibétaines, le tout miroitant à la lumière de dizaines de lampes à huile.

La pièce était vide, mais un instant plus tard une servante fit entrer deux hommes *fon-kwei.* « Ils viennent d'Amérique, le pays au Drapeau fleuri, chuchota Tao Huo. Ils souhaitent conclure un arrangement avec le patriarche. Six chargements de thé par an contre beaucoup de taels d'argent. »

Surprise, Erlan regarda sa mère d'un œil nouveau. Elle pensa que ce n'était pas la première fois que Tao Huo regardait et écoutait ce qui se passait dans cette pièce. Et le patriarche devait être au courant, car même une concubine favorite n'aurait pas osé pénétrer sans permission dans les cours interdites. Erlan se souvint d'avoir trouvé un jour son père en train de montrer à sa mère un document en langue *fon-kwei*, et il lui avait demandé de le lui traduire. Erlan comprenait maintenant pourquoi sa mère lui apprenait à lire et à parler l'anglais. Le pouvoir de Tao Huo et sa valeur aux yeux du patriarche ne résidaient pas seulement dans le grand lit en bois de rose.

Les diables du Drapeau fleuri se promenaient dans la pièce en examinant les rouleaux peints et en soulevant de manière impolie tantôt un vase Ming, tantôt un cheval Tang, comme pour vérifier leur authenticité.

— Bon sang, qu'est-ce que je ne ferais pas pour un peu de whiskey ! s'exclama l'un des démons, qui avait un ventre rond et des yeux inexpressifs de buffle. Mais je suppose que nous n'aurons rien d'autre que ce fichu thé.

— C'est pour le thé que nous sommes ici, après tout, répondit l'autre, un homme jeune avec un casque de cheveux bouclés plus étincelants que l'or et un sourire aussi éblouissant que la neige au soleil. Fais plaisir au vieux. Rappelle-toi, pour ces gens-là, seule compte la façade.

Ravie d'avoir compris presque tout ce qu'avaient dit les barbares, Erlan se tourna vers sa mère. Mais les mots moururent sur ses lèvres. Tao Huo dévorait des yeux le diable aux cheveux d'or, et son regard... son regard était celui qu'elle avait quand elle choisissait dans une boîte de fruits confits les délicieux morceaux qu'elle porterait à ses lèvres.

C'est deux semaines plus tard que les gardes enfermèrent Tao Huo dans ses appartements. La concubine cria, supplia qu'on la laisse voir le patriarche, mais il ne vint pas. Les gardes placèrent des paravents devant sa porte et il fut interdit à quiconque de passer.

Erlan resta une journée et deux nuits assise dans le jardin sur le tabouret de porcelaine. Elle regardait les carpes dorées nager dans le bassin et respirait à petites bouffées l'odeur écœurante des pivoines. Elle écouta les cris de sa mère, qui se firent de plus en plus faibles, jusqu'à se confondre avec le chant des alouettes dans les cyprès, le tintement des cloches des pagodes et les cris des camelots, là-bas derrière les murs. Peu après l'aube du second jour, la première épouse s'avança vers elle dans l'allée de gravier. Les immenses plumes d'oiseau de la coiffure de Po Tai Tai s'agitaient dans la brise, et elle avait un air sournois et content d'elle-même.

Abandonnant tout orgueil et toute dignité, Erlan se prosterna et implora d'une voix brisée :

— Qu'a-t-elle fait ? Je vous en prie, dites-le-moi. Qu'a-t-elle fait ?

— Cette *shuey-kee* ! lâcha Po Tai Tai en se rengorgeant tel un paon.

Erlan vacilla sous le choc et la colère. Une *shuey-kee* était un oiseau aquatique ; mais ce mot désignait aussi les prostituées de la pire espèce, celles qui donnaient du plaisir aux étrangers.

— Cette *shuey-kee* a trahi la Maison de Po en couchant avec un démon blanc.

Ce crime était si affreux qu'Erlan ne pouvait y croire, ni même l'imaginer. Et pourtant, elle se rappela le visage de sa mère fixant avec avidité le démon aux cheveux d'or. Puis une pensée la suffoqua soudain :

— Que... que va-t-on lui faire ?

— C'est déjà fait. On lui a remis la corde écarlate.

La corde avec laquelle elle se pendrait pour éviter le déshonneur d'une exécution. Ce devait déjà être accompli, à présent. La mère d'Erlan avait attaché un bout de la corde de soie au dais du lit et noué l'autre extrémité autour de son cou frêle. Elle était ensuite montée sur le coffre, puis avait sauté dans le vide et, au-delà, dans le royaume des ombres.

Il se produisit dans la tête d'Erlan un étrange et intense bourdonnement, comme le chant de milliers de cigales. Et elle eut des douleurs aiguës dans la poitrine, parce qu'elle oubliait de respirer.

L'enterrement. Qui s'en occuperait ? Les épouses, qui avaient toujours été jalouses de Tao Huo, ne feraient rien pour qu'elle ait une sépulture convenable. C'était à Erlan de s'en charger. Il fallait penser à tant de choses : porter une robe de deuil blanche et des mules de chanvre blanc ; suspendre des banderoles bleu et blanc dans la cour, et faire brûler des biscuits pour faciliter le voyage de Tao Huo vers le monde des ombres...

— Quant à toi, misérable œuf de tortue, tu es chassée !

Erlan entendit à peine. Il fallait penser à tant de choses, et elle avait du mal à réfléchir avec cet affreux bourdonnement dans la tête.

— Mais qui s'occupera de lui donner un cercueil blanc ?

La bouche peinte de Tai Tai se tordit en un sourire cruel.

— On a donné un cercueil à la *shuey-kee.* Comme elle n'a pas utilisé la corde écarlate, on l'a clouée vivante dans son cercueil.

Erlan mit un poing dans sa bouche lorsque le bourdonnement explosa en un cri silencieux. De lourds sanglots lui déchiraient la poitrine, mais elle ne voulait pas pleurer devant l'ennemie de sa mère. Elle se redressa de toute sa taille, releva la tête et déclara : « Laissez-moi. »

Tai Tai prit un air froissé, mais ne dit rien. Elle repartit, laissant sur le gravier de minuscules traces de lapin.

Lorsque la première épouse eut disparu dans le pavillon des femmes, Erlan partit à la recherche de son père.

Elle l'attendit, cachée dans l'ombre de la chapelle des ancêtres. Elle ne savait pas très bien ce qu'elle allait faire ni dire. Sa seule pensée était de demander pardon. Et de promettre de tout faire pour racheter l'honneur de sa mère, pourvu que son père ne la chasse pas.

Des bougies étaient allumées sur l'autel et se reflétaient à l'infini sur les broderies en or de la nappe. Des lanternes se balançaient dans la brise d'été, murmurant : *Shuey-kee... shuey-kee...* L'odeur d'encens était si forte qu'Erlan faillit suffoquer.

Il arriva enfin. Il avait l'air sévère d'un empereur, avec sa robe aux dragons, mais son visage était celui du père qu'elle aimait tant. Lorsqu'il se fut prosterné devant les tablettes des ancêtres, elle sortit de l'ombre et se jeta à ses pieds, touchant le sol de son front. Comme il ne faisait rien, ne disait rien, elle osa relever la tête... et eut un mouvement de recul en voyant la fureur sur son visage.

— Tu oses ! lança-t-il d'un ton rageur, et il renversa Erlan d'un coup de pied. Tu oses m'approcher, toi qui as été enfantée par une putain ! (Puis, levant le poing au ciel :) Je te maudirai jusque après ma mort, de toute éternité !

Il s'en fut, et elle resta seule dans la chapelle, avec les ancêtres pour seuls témoins de sa honte.

Le lendemain, elle fut emmenée chez le marchand d'esclaves de Fu-Chou.

Loin du jardin de son *lao chia*, bien plus loin qu'elle ne l'avait jamais souhaité, Erlan était maintenant couchée auprès de son mari endormi. Dehors, un animal hurlait sa solitude. Et l'odeur des pivoines remplissait la chambre.

— Mère, chuchota Erlan à l'esprit qui planait entre ombre et lumière. Pourquoi avez-vous fait une chose aussi honteuse ?

Mais elle ne savait pas de quelle chose honteuse elle voulait parler : que Tao Huo ait couché avec un barbare, ou qu'elle n'ait pas eu le courage d'utiliser la corde écarlate et donc de racheter en partie son honneur perdu ?

— Mère, chuchota encore Erlan.

Mais l'esprit ne répondit pas, et l'odeur des pivoines s'évanouit.

Les larmes avaient séché depuis longtemps sur les joues d'Erlan. Elle avait pleuré pour la quatrième et dernière fois.

Il vint en elle, et c'était dur, chaud et fort.

Hannah retomba sur lui et murmura son nom dès qu'il la laissa reprendre son souffle.

Elle était à califourchon sur lui et il lui pétrissait doucement les fesses. Elle resserra fort ses muscles pour le garder encore un moment en elle. Elle se sentait toujours triste, quand c'était fini. Triste et seule.

Ce moment d'harmonie ne durait jamais longtemps, c'était ça

le problème... son problème. Tout ce que voulaient les hommes, c'était assouvir leurs sens. Une femme, en revanche, avait besoin d'être désirée pour elle-même. Les exigences de l'homme et de la femme ne correspondaient jamais.

Il l'attira pour l'embrasser et elle s'abandonna. C'était un baiser lent et long, au fort goût de whiskey. Pourtant, quand ce fut fini, elle se sentit de nouveau seule et inassouvie. Elle voulait qu'on la désire, qu'il la désire pour *elle-même*. Elle avait envie d'entendre les mots du désir et de la tendresse.

La lune projetait à travers les carreaux une douce lumière qui jetait des lueurs argentées sur la poitrine de son amant et faisait étinceler ses yeux dorés. Elle le caressa ; elle aimait sentir sous ses doigts la chaleur et la rudesse de son corps. Elle contempla son visage. Comme il était beau ! Beau et cruel.

— Eh bien ? questionna-t-il.

— Je me disais que tu fais pas mal, étendu sur mon lit, répondit-elle en lui effleurant les lèvres du doigt.

Rafferty eut un étrange sourire qui lui découvrit les dents.

— Et moi, je serais curieux de savoir qui d'autre s'y est étendu en mon absence.

Elle voulut le frapper, mais il lui saisit le poignet. Il lui lança un regard furieux, puis embrassa son poing fermé.

— Désolé. Je n'aurais pas dû dire ça.

— Non, tu n'aurais pas dû, répliqua-t-elle en se relevant.

Elle enfila son peignoir de soie et alluma une lampe. Il régnait dans la chambre une odeur musquée. Elle regarda par la fenêtre, mais ne vit rien d'autre que son reflet dans la vitre. Les rideaux frémirent comme si quelqu'un les avait dérangés.

Ce garçon qui était venu la trouver au Best in the West, culotté comme pas deux, et qui voulait lui payer à boire... Il y avait quelque chose en lui... Peut-être parce qu'il était mineur et fils de mineur et que son père, comme celui d'Hannah, était mort dans un éboulement. Lui et elle avaient les mêmes origines. Peut-être aussi parce qu'elle avait cru un instant qu'en la regardant, ce n'était pas l'Hannah Yorke d'aujourd'hui qu'il voyait, mais la jeune fille d'autrefois, gonflée de rêves et d'espoirs.

Drew Scully... Elle se sentait presque coupable de prononcer son nom. Jamais elle n'avait vu des yeux aussi durs et aussi froids.

Rafferty, derrière elle, était silencieux. Trop silencieux.

— Je croyais qu'on s'était mis d'accord depuis longtemps sur une non-exclusivité réciproque, dit-elle sans se retourner.

— Ça fait quatre ans que je viens ici, Hannah. Pendant tout ce temps, je n'ai pas baisé une seule fois avec une autre femme.

Elle se força à rire et détourna son visage de la fenêtre.

— Seigneur, on est presque comme mari et femme, toi et moi !

Il ne répondit rien. Il resta étendu sur le lit, grand, mince et nu, avec sa bouche au pli dur et amer, ses yeux sauvages et brillants. Quand il était ainsi, elle avait envie à la fois de le blesser et de le consoler, mais elle était incapable de faire l'un ou l'autre. Elle alla s'asseoir à sa coiffeuse. Il poussa un soupir, du genre Je-ne-comprendrai-jamais-les-femmes.

— C'est une dispute, Hannah ?

— Non. Verse-moi un whiskey, tu veux bien ?

En voulant prendre sa brosse à cheveux, son regard tomba sur le globe de verre. Les fleurs séchées paraissaient vieilles et jaunies. Triste souvenir de son premier amour, un amour aussi fort et aussi cruel que celui-ci. Il y en avait eu d'autres, entre celui-là et Rafferty, et il y en aurait encore, sans doute. Mais elle avait trente-trois ans, maintenant, et le désir d'enfant devenait une plaie dans son cœur. Elle voulait un autre bébé, quelqu'un qu'elle aimerait et qui ne la quitterait jamais. Oh ! mon Dieu, pourquoi ne pas l'admettre ? Elle voulait un homme pour la vie.

Elle jeta un coup d'œil à Rafferty et son cœur se serra. *Tu es la dernière des idiotes, Hannah ! Depuis quand ne te contentes-tu plus de l'aimer une nuit de temps à autre ?*

Mais les nuits avec lui étaient de plus en plus rares et espacées. Au début, il ne quittait la vallée que pour quelques semaines. Maintenant, c'était pour plusieurs mois. Il accompagnait les diligences à Wells Fargo, ou se faisait chasseur de primes, parce que — disait-il — ils avaient besoin d'argent pour le ranch. Ou alors, il fallait amener ou aller chercher des troupeaux quelque part. Sans doute était-ce dans sa nature de vagabonder, mais il ne lui avait jamais avoué pourquoi il partait. Et ce n'était pas pour elle qu'il revenait.

Il avait beau s'être absenté plus de six mois, cette fois, elle le croyait quand il disait qu'il n'avait pas eu d'autre femme. Il avait de toute évidence très envie d'elle. Le problème, c'est qu'elle le connaissait trop bien. D'une certaine façon, ils étaient plus proches comme amis que comme amants ; et elle était certaine qu'il s'était mis dans la tête qu'en lui étant fidèle, il était fidèle à la seule femme qu'il aimait vraiment et qu'il ne posséderait jamais.

La seule femme qu'il aimait...

Elle secoua la tête, en colère contre elle-même et contre lui. Et triste pour lui. Comment aurait-elle pu être jalouse de Clementine, alors qu'elle aimait tant cette fille ?

Quand s'était-elle doutée de cet amour ? Dès le premier été, sans doute. Ce n'étaient ni leurs paroles ni leurs gestes, mais quelque chose dans l'air : elle le sentait chaque fois qu'ils étaient ensemble. Comme l'orage qui se déchaîne là-bas derrière les montagnes, trop éloigné pour qu'on le voie mais assez violent pour qu'on le ressente. Ils languissaient l'un pour l'autre, il n'y avait pas d'autre mot. On aurait dit les deux moitiés d'un seul cœur, d'une seule âme, séparées un jour de force, condamnées à se chercher dans l'éternité, et qui s'étaient désormais retrouvées.

Quant à elle-même et à Gus... ils représentaient l'amour autre, l'amour secondaire, l'amour probable, l'amour possible...

Sa main se crispa sur sa brosse à cheveux. Eh bien, que diable, n'avait-elle pas toujours dit qu'elle n'était pas faite pour le mariage ? Non, non, non, pas Hannah Yorke. Cette brave Hannah aimait trop sa liberté ! Elle se débrouillait très bien toute seule et aucun homme ne lui mettrait la corde au cou. Sauf que cette brave Hannah ne s'en tirait pas si bien que ça, dans les périodes de doute et de solitude. Et que le « Ils furent heureux et eurent beaucoup d'enfants », elle ne le réaliserait jamais toute seule. Elle leva crânement la tête et dévisagea la brave Hannah dans le miroir doré. La lumière était amicale, ce soir. Mais les rides viendraient un jour ; aucune crème de beauté ne les éloignerait à jamais. Le miroir reflétait aussi Rafferty, un verre de whiskey en équilibre sur le ventre, la fumée de sa cigarette lui nimbant le visage. Toujours aussi grand, mince et beau, après quatre ans, étendu nu sur ce lit.

Quatre ans... Elle devrait le quitter maintenant, avant que ce ne soit lui qui la quitte. Elle ne parvenait pourtant pas à s'y résoudre. C'était comme lorsqu'elle était petite, le soir de Noël. Elle avait toujours plein de rêves dans la tête — elle voulait des poupées, des livres d'images et une belle robe rose avec des volants de dentelle — tout en sachant fort bien que sa mère n'avait pu gratter que quelques sous, de quoi mettre du sucre d'orge et une pomme dans son bas. Mais ça ne l'empêchait pas de rêver. Et elle restait debout toute la nuit, à souhaiter que le matin ne vienne jamais, afin de prolonger le rêve et de s'accrocher à l'espoir.

Son regard croisa celui de Rafferty dans le miroir.

— Viens, lui demanda-t-il.

Elle arbora un sourire aguichant — un sourire qu'elle avait appris et pratiqué au lupanar de Deadwood — et alla vers lui tout en laissant glisser son peignoir.

Il la prit par la main et l'attira près de lui sur le lit.

— Hannah...

— Non, murmura-t-elle en posant ses doigts sur les lèvres de son amant. Ne dis rien. Aime-moi. Fais-moi l'amour.

XIX

Le matin de son retour, les yuccas étaient en fleur. Elle le vit par la fenêtre de la cuisine — un homme décontracté monté sur un grand cheval gris. Devant lui s'étendait la plaine avec ses lilas et son herbe piquetée de fleurs ; derrière lui s'étirait le ciel. Elle sortit sous le porche. Sa main effleura le camée pendu à son cou, et son pouls s'accéléra jusqu'à l'unisson avec les sabots du cheval qui approchait.

Tandis qu'il attachait sa monture à la clôture en lattes, elle concentra son regard sur ce visage resté inchangé depuis leur première rencontre, tout en angles durs et en méplats secs, avec le Stetson cachant les yeux. Quelque chose s'éveilla en elle et se libéra — comme la douleur de son absence qui s'exprimait enfin.

Il vint à elle et elle alla vers lui. Elle ne courait pas mais marchait d'un pas rapide, en souriant largement d'abord puis en riant d'un rire vrai, et si elle ne l'avait aimé autant elle se serait jetée dans ses bras.

Si elle ne l'avait aimé autant...

— Comment va, Boston ? demanda-t-il en s'arrêtant le premier.

Elle ne lui répondit que par son sourire.

Ils restèrent ainsi, bras ballants, à se contempler mutuellement. L'espace qui les séparait eût été comblé par l'ombre de Gus McQueen.

Elle se détourna pour chercher l'aide d'une vision familière. Les peupliers de Virginie et les mélèzes, le billot où l'on fendait les bûches, marqué par la morsure de la hache, les vagues du foin fraîchement coupé s'incurvant en des virgules géantes jusqu'à la cabane du chasseur de bisons. Le vent se levait, lourd de chaleur et de l'odeur du foin. Il accrocha sa chevelure et plaqua ses jupons autour de ses jambes. D'une main elle retint les mèches folles qui balayaient son visage, de l'autre elle soutint l'arrondi de son ventre.

Son regard revint au visage de l'arrivant et saisit l'éclair de peine brute qui traversa ses yeux avant qu'il ne les baisse.

Moses avança la tête entre eux et vint bousculer la poitrine de la jeune femme.

— Hé, toi ! s'exclama Rafferty avec un sourire forcé, ce n'est pas une façon de se comporter avec une dame.

Incapable de toucher l'homme, Clementine caressa l'encolure soyeuse de l'animal.

— Pourquoi ne pas le bouchonner maintenant ? Pendant ce temps, je mettrai du café à chauffer sur le poêle...

La gorge soudain serrée, elle ne put en dire plus.

— Oh ! c'est si bon de vous avoir de nouveau à la maison ! déclara-t-elle, et pour une fois elle autorisa le désir de son cœur à s'exprimer dans son regard. Je vous en prie, ne nous abandonnez plus.

Ne m'abandonne plus.

— Je resterai.

Le vent colla une mèche sur la bouche de Clementine. Il l'ôta d'un geste léger, ses doigts effleurant à peine les lèvres de la jeune femme. Elle ferma les yeux à son contact, un contact volé, contre nature, dangereux.

Il laissa ses doigts glisser jusqu'au menton, puis plus bas, là où battait le pouls de son cou.

— Je resterai, répéta-t-il Aussi longtemps que je pourrai le supporter.

Avec une baguette de bois qu'elle jeta ensuite dans le feu, Clementine remua un peu les charbons ardents. Elle perçut le raclement des éperons sous le porche et son cœur s'arrêta, puis reprit à un rythme plus rapide.

Elle remit le couvercle du poêle en place avec un bruit sec. Relevant son visage rougi par la chaleur, elle affronta l'éclat du soleil qui se déversait par la porte ouverte. Il s'était appuyé contre le chambranle, un pouce passé dans la ceinture de son revolver, le chapeau à la main. Le revoir la surprenait toujours, et l'effrayait. Si apprivoisée que soit la nature alentour, si domestiqué le cadre où il évoluait, il apparaissait toujours sauvage, et sans foi ni loi.

Il se redressa, accrocha son Stetson à un crochet du mur et alla jusqu'à la bassine de toilette sans un mot, avec seulement le déplacement d'air qu'il provoquait.

Elle versa de l'eau dans une cafetière mouchetée de bleu tout en jetant des regards rapides par-dessus son épaule. Il s'était penché sur la bassine et sa chemise d'un bleu délavé s'était tendue sur le dos ; le jeu des muscles, la largeur des épaules, cette chevelure noire qui tombait en boucles épaisses sur la nuque. Sa façon d'être...

Un tremblement naquit au plus profond de son corps, qu'elle tenta de contenir en croisant les bras.

Il essuya son visage, repoussa ses cheveux des deux mains et se retourna. Leurs regards se rencontrèrent.

Il prit une pomme — elles arrivaient maintenant avec régularité par le train de Washington — dans le saladier en verre laiteux posé au centre de la table. Il mordit dans le fruit avec vigueur, et un peu de jus coula du coin de sa bouche. Il le lécha d'une langue rapide. En le voyant faire, Clementine imagina la sensation qu'elle éprouverait si elle posait ses lèvres là où venait de passer sa langue.

Elle fit demi-tour et saisit la cafetière, qu'elle faillit lâcher aussitôt. Elle la cogna violemment contre la manette de la pompe à eau.

Elle mit la cafetière sur le poêle. Il arpentait la cuisine en dévorant la pomme. Le craquement du fruit sous les dents voraces était trop bruyant dans la pièce silencieuse, son parfum trop doux. Il observa les photographies disséminées sur les étagères du mur opposé. Gus avait installé des rayonnages afin d'y entreposer les boîtes de conserve, et les bocaux de fruits et de légumes. Si elle avait mis là ses derniers clichés développés, ce n'était nullement pour défier ou simplement irriter son mari, mais pour s'affirmer.

Rafferty étudiait les photographies, la bouche tordue par un rictus perplexe. Il détestait comme Gus cette passion de Clementine, mais pour d'autres raisons. Très possessif, il était violemment jaloux de ce qu'elle photographiait, jaloux de ces terres nues et sauvages qu'il estimait siennes. Il ne voulait pas les partager avec les autres. Ces autres qui arrivaient avec des scies pour abattre pins et mélèzes, avec des fusils à répétition pour décimer les derniers moutons et les derniers bisons des Rocheuses, avec assez de poudre pour éventrer les monts aux pentes abruptes et les souiller de leurs détritus.

— Vous avez pris un aigle en plein vol, dit-il, et elle aima la crainte révérencieuse dans sa voix.

Elle s'approcha de lui, plus qu'elle ne l'aurait dû.

— Je l'ai pris de la falaise qui surplombe le canyon aux bisons.

Sur le cliché, la masse du promontoire jetait des ombres profondes sur l'herbe rare couchée par le vent. Pourtant, le soleil dessinait chaque plume des ailes magnifiques de l'aigle. Un oiseau se découpant solitaire sur la nudité du ciel.

— Ils ont fait leur nid pas très loin de là, ajouta-t-elle.

Elle ressentait la présence de l'homme à son côté comme s'il dégageait de la chaleur.

— Je sais, Boston.

Il tourna la tête vers elle, et son regard lui transperça le cœur.

Ils retombèrent dans le silence, et leurs mémoires s'unirent. Depuis quatre ans qu'elle le connaissait, Clementine pouvait compter sur les doigts de ses mains les occasions où elle s'était trouvée réellement seule avec lui. Mais son souvenir le plus fort restait ce jour au canyon des bisons, quand elle avait vu le Montana à travers ses yeux, et compris un peu mieux la férocité de son amour pour ces contrées.

Elle se mit à marmonner des propos décousus pour repousser le silence, en entassant des mots comme une digue contre la marée montante de l'émotion entre eux.

— Il y a une invention photographique récente et tout à fait merveilleuse qui rend possible la photographie de sujets en déplacement. C'est une émulsion de gélatine si sensible à la lumière que la plaque n'a pas besoin d'être exposée plus d'un court instant. Et elle ne nécessite pas de développement immédiat, ce qui évite d'avoir à dresser cette satanée tente partout...

Elle se tut, et la tension s'accrut de nouveau entre eux, aussi pesante et chaude que le chinook.

— Regardez, bredouilla-t-elle en désignant une autre photographie. En voilà une d'un, hem... d'un veau qui vient de naître...

L'animal se tenait raide sur ses pattes tremblantes, la gueule ouverte sur un vagissement.

— ... et sur celle-là, c'est Gus en train de dresser un bronco lors du grand rodéo de printemps...

Il rit.

— Vous devez être bien rapide, pour avoir saisi mon frère encore sur sa selle.

Il approcha la main de la photographie, et son bras frôla la poitrine de Clementine. Il se figea dans une totale immobilité, hormis sa respiration, qu'elle sentait sur sa nuque, tiède et caressante. Elle ne savait plus comment elle pouvait se tenir si près de lui. Son sein était en feu là où il l'avait touché.

Un nuage passa devant le soleil et la pénombre envahit la cuisine. Sur le poêle, le café se mit à frissonner. Le vent gémissait dans les peupliers.

Le bras de Rafferty retomba et il recula d'un pas. Sa poitrine se soulevait et s'abaissait au rythme heurté de sa respiration. Dans un geste inconscient, Clementine pressa la main à l'endroit où il l'avait effleurée. Il suivit son mouvement du regard puis remonta vers ses yeux. Elle affronta sans ciller ces pupilles habitées par la sauvagerie et le danger. Le bruit du café et du vent disparut jusqu'à ce qu'elle n'entende plus que leurs souffles roulant dans la cuisine telle une tornade estivale.

Un cri de triomphe déchira l'air comme le tintement d'une cloche.

— Gus, dit Clementine. Il a dû voir votre cheval dans le corral.

Elle fit volte-face et alla à la fenêtre. Tôt ce matin, Gus était parti vers la prairie au sud avec les alezans et la faucheuse. À présent il était de retour, guidant un cheval boiteux et montant l'autre. Il chevauchait à cru avec leur fils Charlie perché devant lui, sur l'encolure.

Clementine sentit le soulagement l'envahir, comme toujours quand Gus emmenait leur fils au loin et qu'ils revenaient sains et saufs. Tant de dangers hantaient les étendues sauvages du Montana : loups égarés, crotales, ours noirs, coyotes... Il aurait pu se perdre si facilement dans les herbes hautes, ou tomber dans une rivière. C'était ainsi qu'était mort le plus jeune fils des Graham, au printemps dernier. La rivière était la plus grande peur de Clementine.

Gus déposa Charlie sur le sol. L'enfant de trois ans et demi se reçut avec assurance et commenta bruyamment son exploit. Clementine retint son souffle en voyant la jument alezane faire un écart et manquer d'écraser le pied de son fils avec son sabot. Ces dangers étaient constants ; pourtant Charlie n'était plus un bébé et, comme Gus le lui répétait sans cesse, elle ne pourrait le protéger de tout éternellement. Elle savait qu'elle le perdait déjà pour le Montana, cette contrée qu'il apprenait à aimer aussi naturellement qu'il respirait son air.

Et elle le perdait également au profit de Gus, au profit de ce monde mâle où l'on dressait les chevaux sauvages de l'Oregon, où l'on pendait les voleurs de bétail sans procès et où l'on marquait les veaux au fer rouge. Cette dimension purement masculine était si présente ici qu'elle demeurait une énigme pour elle, malgré quatre années difficiles passées en son sein.

Un jour, ce monde lui ravirait son fils.

— Il grandit vite, Boston.

En écho à ses propres pensées, les paroles de Rafferty la détournèrent de la fenêtre. Il était de nouveau appuyé contre le chambranle de la porte, le rebord du chapeau baissé sur ses yeux. Mais le Stetson ne pouvait dissimuler la crispation de sa bouche, pas plus que le pouls qui battait trop vite à sa gorge.

Elle avait détecté de la souffrance dans sa voix. Il ne quittait pas qu'elle ; il quittait ces terres qu'il aimait, ce frère qu'il aimait, cet enfant qui était pour lui aussi important qu'un fils.

Incapable d'en supporter davantage, elle regarda de nouveau par la fenêtre. Gus conduisait les deux alezans vers la grange. Charlie désigna la maison et dit quelque chose qui fit rire son père.

L'homme se pencha, saisit son fils et l'éleva à son niveau. Le soleil enflamma les deux chevelures caramel.

Quelque chose se brisa en Clementine, qui libéra un torrent de culpabilité et de chagrin. Elle se demanda quelle sorte de femme elle était, à aimer plus encore son mari quand dans son cœur elle le trahissait.

Gus la touchait toujours avec une telle douceur ! La nuit, ses murmures parlaient d'amour, et elle aimait les entendre car ils l'apaisaient. Dans les bras de Gus, il était si facile de laisser la force mâle de ses sentiments la chavirer ! Si facile de croire que c'était suffisant. Il la désirait, et elle voulait être désirée, elle en avait besoin. En retour elle lui donnait le meilleur d'elle-même ; son corps, avec joie et sans la moindre retenue ; son amour aussi. Mais il y avait tant de degrés dans l'amour... Jamais il ne l'embraserait.

Elle se força à parler sans trop savoir ce qu'elle disait :

— Ce Charlie ! Il ne peut plus tenir en place, et j'ai dû lui accrocher une clochette à la ceinture pour l'entendre s'il s'éloigne...

Elle se tut et laissa un silence pesant s'installer entre eux.

Elle fit volte-face d'un bloc et se cogna à sa poitrine. Il la retint des deux mains sur ses épaules. Tout dans la pièce parut se figer dans une attente et un désir dévorants.

Il crispa un instant ses doigts sur les épaules de la jeune femme, puis la repoussa. Une fièvre subite semblait s'être emparée de lui, et sa respiration était de plus en plus lourde. Une souffrance muette avait envahi l'air.

— Vous comprenez pourquoi je dois partir, dit-il d'une voix rauque. Pourquoi j'aurais dû ne jamais revenir.

— Non ! Ne faites pas cela, Rafferty, je vous en prie. Vous voir ainsi me fait tant souffrir.

— Oui, et je vois votre souffrance comme un bienfait, Clementine...

Il d'un pas vers elle, et de nouveau la jeune femme eut le souffle coupé. Rafferty leva une main et lui prit doucement le menton. Il approcha son visage du sien jusqu'à ce que son souffle soit presque une vapeur brûlante sur sa bouche. Ses lèvres étaient chaudes, sensibles comme s'il venait de l'embrasser.

— ... parce que mon amour pour vous finira par me tuer, conclut-il.

L'instant d'après, il avait quitté la maison, l'abandonnant au milieu de la cuisine, frissonnante.

Elle perçut les voix des deux frères, le rire de Gus et les exclamations aiguës de Charlie :

— Raff'ty ! Raff'ty ! Je voulais aider papa à faucher du foin, mais cette idiote de Daisy a marché dans un terrier et elle s'est fait mal à la patte. Papa m'a montré comment manier le lasso, mais il dit que tu sais mieux le faire que lui. Dis, tu me montres, Raff'ty ? Tu me montres maintenant, dis ?

Elle posa les yeux sur la table où une pomme à demi dévorée virait lentement au brun sous le soleil. Elle serra les lèvres pour arrêter leur tremblement.

Les poules trottinaient dans la cour en gloussant et en dodelinant de la tête. Rafferty plaça une main derrière le bras levé du garçonnet pour lui faire sentir le rythme du mouvement tournoyant. Le lasso décrivait des cercles au-dessus de la tête de Charlie.

Une poule naine bien dodue s'écarta des autres et Rafferty guida le lancer du garçon.

— Très bien, vas-y.

La corde fila et atterrit dans un petit nuage de poussière. La poule battit des ailes, projetant une quantité inattendue de plumes rouges dans l'air.

— Oh, merde ! marmonna Rafferty.

L'oiseau éprouvait une peur telle qu'il ne pondrait sans doute plus un œuf jusqu'à sa mort.

— J'ai raté, dit Charlie avec une moue dépitée. Je rate toujours.

— Ce n'est qu'une question d'entraînement. Allez, ramène la corde. Montre-moi comment tu fais un nœud coulant, et ensuite nous essaierons encore.

L'enfant le regarda enrouler la corde. Ses yeux épiaient le moindre mouvement de l'homme, et il imitait son allure nonchalante, son déhanchement, ce geste machinal du doigt lissant le rebord du Stetson, sa façon de plisser les yeux sous le soleil, en un mot son comportement, car c'était celui d'un vrai cow-boy.

Rafferty entendit des pas derrière eux et se retourna. Clementine approchait d'une démarche assurée. Le soleil brillait dans ses cheveux, et elle était aussi mince et gracieuse que les saules qui ombraient les berges de la rivière. Sa vue serra le cœur de Rafferty.

— Qu'est-ce que vous faites là ? lança-t-elle d'une voix étrangement tendue.

— Regarde-moi, maman !

Charlie lança le lasso et, par quelque chance incroyable, la boucle se referma sur le cou de la poule qui s'enfuyait. Sa nuque se brisa avec un craquement sec.

Les autres poules cessèrent de caqueter et de battre des ailes, comme si l'horreur de la situation les avait pétrifiées. Rafferty et l'enfant considérèrent l'oiseau mort qui gisait dans la poussière, parmi les plumes et les grains de maïs.

— Oh, merde ! lâcha le garçon de sa voix menue.

Clementine se tourna vers Rafferty. Les grands yeux sombres de la jeune femme, pareils à un lac de montagne sous un ciel d'orage, étaient aussi durs que sa voix auparavant.

— J'avais oublié combien les petits ont l'oreille fine, déclara-t-il avec un sourire contrit.

— Vous avez oublié...

Les poings sur les hanches, elle releva le menton et soupira avec mauvaise humeur. Rafferty était comme hypnotisé par ses lèvres.

— Vous n'êtes pas revenu depuis une heure que vous avez déjà transformé mon fils en un cow-boy mal élevé.

— Ce n'est pas ici que vous en ferez un dandy à la bostonienne, Clementine.

— Mais je ne veux pas non plus en faire un barbare, monsieur Rafferty.

Les yeux de Rafferty s'étrécirent. Il n'aimait pas beaucoup qu'elle prenne ses airs coincés ; pourtant, cela n'affectait en rien son amour.

Charlie tira la jambe de son pantalon.

— Maman est colère.

Rafferty posa une main sur la tête de l'enfant.

— Pas en colère après toi, gamin. En colère après moi.

— Tu étais méchant quand tu étais un enfant ?

— Oui, j'étais un méchant garçon, dit-il avec un sourire à l'adresse de l'enfant, mais sans détacher son regard de la mère.

Il songea à la façon fulgurante dont les feux de prairie prenaient en été ; une étincelle et le brasier naissait. Quand leur désir s'exprimait ainsi, le brasier couvait dans leurs yeux.

— Hé, petit frère ! cria Gus.

Il sortait de la grange où il avait conduit les alezans. Un large sourire illuminait son visage.

Clementine rougit, ramassa la poule morte et s'adressa à Rafferty, d'une voix étouffée par les larmes contenues :

— Il finira par détourner mon fils, n'est-ce pas ? Maudit Montana ! Il ne m'a pas laissée avoir la moindre part de vous, et maintenant il va prendre mon fils aussi.

— Qui donc ? Gus ? De quoi parlez-vous, bon dieu ?

Mais elle était déjà repartie vers la maison à grands pas décidés.

Gus la regarda s'éloigner en secouant la tête comme après une bonne plaisanterie.

— Vous recommencez, tous les deux ? Vous êtes comme deux chats enfermés dans un sac. Quand donc trouverez-vous le moyen de vous entendre ?

Rafferty observa l'endroit où Clementine avait tenté de créer un potager — carottes, haricots et courges. Le vent avait ruiné la plupart des semis, et ce qui restait se desséchait. Seuls quelques nuages effilochés passaient dans le ciel, n'offrant aucun répit aux rayons brûlants du soleil.

Il pensa que parfois Gus faisait preuve d'une telle stupidité qu'il aurait été incapable de pister une grosse truie dans la neige. Il avait envie de saisir son frère par la nuque et de lui hurler au visage : *Espèce de fils de pute obtus ! Je veux baiser ta femme ! Je mange, je respire, je dors en pensant à baiser ta femme, et si tu n'étais pas aussi abruti tu t'en serais rendu compte.*

Il ferma les yeux. Seigneur, comme il se détestait d'avoir de telles pensées ! Elles salissaient ses sentiments pour elle. Il l'aimait d'une façon proche de la vénération. Il voulait lui faire l'amour, et non la « baiser ». Et malgré son esprit entre saloon et crachoir, il faisait très bien le distinguo.

Une petite main sale saisit la sienne.

— Raff'ty, on lance encore le lasso ?

Ce visage levé vers lui, avec son ossature délicate et ses grands yeux de la même nuance de vert que les pins en hiver... c'était le visage de Clementine, ses yeux. Tout dans l'enfant évoquait sa mère.

Toujours en évitant son frère, Rafferty enroula la corde et fit pivoter Charlie face à la maison.

— Entraîne-toi à le lancer sur les poteaux de la barrière où l'on attache les chevaux, dit-il d'une voix enrouée. Tu ne voudrais pas tuer d'autres poules à ta mère.

Rafferty marcha sans but précis, mais Gus le suivit, et ils finirent par s'accouder tous deux à la clôture de lattes pour contempler leurs terres. Leur bétail parsemait les collines, et la marque du fer rouge était encore fraîche sur l'arrière-train des veaux. Gus sentait le labeur et l'huile à faucille. Cette odeur se mêlait aux autres parfums de juin, le trèfle et l'herbe fraîchement coupée.

— Tu reviens à la maison juste à temps pour nous aider à nous occuper du foin, déclara Gus pour rompre le silence.

Rafferty fit la grimace, et son frère rit un peu trop fort. La maison... Il était de nouveau la proie de cette agitation maladive qu'il avait si souvent éprouvée dans son enfance. Il se souvint de l'avoir ressentie de façon très aiguë quand il arpentait les chemins de campagne et les rues ensoleillées des villes du Sud, qu'il regardait par les fenêtres des fermes et des bicoques qui ne lui appartenaient pas. C'étaient en majorité des maisons pauvres où vivaient des familles pauvres, mais pas dans sa mémoire. Il gardait le souvenir de fenêtres aux rideaux pourpres à travers lesquelles il découvrait le père installé dans une bergère à oreilles devant la cheminée, une pipe coincée entre ses dents, le journal du soir crissant entre ses mains, et un enfant assis en tailleur à ses pieds, qui mordillait un crayon en faisant ses devoirs d'école. Une femme entrait dans la pièce et passait une main aimante sur les épaules de l'homme, puis se penchait pour ébouriffer les cheveux de l'enfant. Et Zach songeait que jamais on ne l'avait touché de la sorte. Alors venait le désir de posséder tout ce que renfermait cette pièce, et c'était aigre-doux comme un citron saupoudré de sucre.

Rafferty s'arracha à ces pensées. Il tourna le dos aux collines où paissait le bétail et à ces souvenirs pas même réels : c'étaient seulement des souvenirs de rêves. Il s'adossa à la clôture et regarda cette autre maison qui n'était pas sienne non plus. Le soleil se réfléchissait sur le toit et l'éblouissait.

Comme pour ajouter à ces souffrances, Clementine ressortit de la maison. Elle avait ceint un tablier dont la poche était emplie de maïs égrené. Elle se mit à en jeter des poignées en direction des poules que l'enfant et lui avaient effrayées un moment plus tôt. Le vent déroula des mèches de son chignon grossier et colla ses jupons à ses cuisses. Son amour pour elle était si fort, si incandescent que sa vision se troubla.

La maison. Tout ce qu'il désirait se trouvait ici, et tout appartenait à son frère.

Rafferty sentait les yeux de Gus posés sur lui. Il n'avait pas besoin de se retourner pour les savoir pleins d'un étonnement peiné. Gus devinait que quelque chose n'allait pas entre eux, mais il était incapable d'en définir la source. Et, pour la millième fois, Rafferty se jura de tout faire pour que son frère n'y parvienne jamais.

Clementine rentra dans la maison avec son fils. Rafferty essaya de supprimer le serrement de sa gorge et de trouver les mots qui combleraient le précipice ouvert entre Gus et lui.

— La neige avait déjà disparu des montagnes quand je les ai franchies, dit-il.

— Et le foin est rare, répondit Gus en saisissant la balle au bond. Il y a peut-être eu une sécheresse...

— Il a fait assez chaud cet été pour ruiner les affaires, ajouta Rafferty.

— Oui, ça ne peut qu'aller vers le pire.

— En parlant de pire, j'ai entendu dire à Rainbow Springs que le vieux était de retour en ville.

— Bon sang...

La moue de Gus fut si prononcée qu'elle fit trembler sa moustache, et Rafferty en sourit intérieurement. Jack McQueen avait fini par épuiser son capital de sympathie dans la région environ deux ans plus tôt, et ils n'avaient eu aucune nouvelle depuis. Jusqu'à ce jour.

Charlie sortit par la porte de la cuisine et se dirigea vers la porcherie, une nouveauté ajoutée au ranch pendant l'absence de Rafferty. Il portait tant bien que mal un seau rempli de bouillon ou d'un liquide épais. Il dut se hisser sur la pointe des pieds pour en déverser le contenu dans l'auge. Les cochons accueillirent le repas par un concert de grognements excités qui arracha un rire au garçon.

— J'ai acheté un couple de porcs, dit Gus.

Rafferty le gratifia d'un sourire bref.

— Oui, ça s'entend.

Il attendait qu'elle ressorte et souffrait qu'elle ne le fasse pas. Le désir était constant en lui — désir d'être auprès d'elle, de la contempler, de lui parler, qu'ils soient séparés par un simple pré ou par mille kilomètres. Pourtant, se retrouver avec elle sans pouvoir la toucher était pour lui une véritable torture. Quand il ne le supportait plus, il n'avait d'autre solution que fuir au loin.

Mais quand sa solitude devenait invivable, il revenait.

Les planches de la clôture s'enfonçaient dans le dos de Rafferty, et le vent tiède caressait son visage. Sous ses bottes, l'herbe était d'une douceur printanière, et elle lui appartenait. Du moins son nom était-il inscrit sur l'acte de propriété.

Il coula un regard de côté vers son frère qui se tenait de profil. Une fois de plus, il s'étonna de ce caprice du destin qui les avait réunis sept ans plus tôt.

— Tu n'as jamais pensé combien il était curieux que nos chemins se soient croisés dans une contrée aussi vaste et déserte ?

Gus eut son habituel sourire éclatant.

— Ce n'est pas si curieux, petit frère. Lorsque j'ai décidé de partir à ta recherche, un rassemblement de bétail m'a semblé le premier endroit où aller. Tu avais la fièvre du troupeau l'été où... maman et moi sommes partis. Tu parlais tout le temps de rejoindre un convoi de bestiaux.

Était-ce vrai ? On pouvait faire confiance à Gus pour saisir le moindre souhait fantaisiste et le transformer en un de ces rêves dont il s'illusionnait. Non, le seul rêve qu'avait jamais eu l'enfant Zach McQueen, il l'avait gardé secret. Un foyer. Seigneur, quelle serait la réaction de Gus s'il apprenait que le seul désir de son frère, son seul rêve était de posséder un foyer à lui ?

— Qu'est-il arrivé à ce rêve, Zach ?

Rafferty sursauta, et le rouge lui monta au front. Puis il comprit que Gus parlait toujours du bétail, et il étouffa un rire tremblant.

— Rien. J'en ai fait l'expérience. Et il ne m'a pas fallu longtemps pour comprendre que conduire des vaches n'était pas précisément la manière la plus aisée de gagner sa vie.

— Et le ranch ?

Rafferty feignit de mal comprendre.

— Tu sembles t'en tirer très bien sans moi, ici ; alors je me suis dit que je pourrais aller chasser quelques mustangs et les ramener dans le Dakota entre maintenant et les rassemblements de bétail de l'automne. Il paraît que là-bas l'armée achète les chevaux un bon prix.

— Zach, tu viens à peine de revenir... Tu sais, les dollars que tu apportes sont les bienvenus, mais j'ai l'impression que c'est plutôt le goût de l'aventure qui t'éloigne de nous.

Il ôta son Stetson et passa une main dans ses cheveux.

— Bon sang, est-ce qu'il ne serait pas temps que tu cesses de gambader à droite et à gauche, pour te fixer et mûrir un peu ?

Rafferty faillit éclater de rire. Gus croyait vraiment qu'il aimait être bringuebalé à côté du cocher d'une diligence, avec son fusil sur les genoux ; endurer les attelages qui s'emballaient et les conducteurs alcooliques ; avoir la bouche et les narines pleines de poussière en été et se geler en hiver ; dormir sur le sol nu et ingurgiter des plats indigestes...

Gus, qui lui conseillait de « se fixer » et de « mûrir un peu ».

Gus, qui pensait depuis toujours que son jeune frère était un vrai dur.

Gus, dont la main se posa sur son épaule, mais qu'il retira en sentant Rafferty se raidir.

— Clem et moi... Nous avons besoin de toi ici, avec nous. Voilà.

Rafferty scruta le visage de son frère — ces yeux qui étaient ceux de leur père, cette chevelure fauve identique à celle de leur mère, et ce sourire qui n'appartenait qu'à lui. Pourquoi es-tu allé te marier avec elle ? Toi et moi, on s'entendait parfaitement...

Mais c'était faux. Ils ne s'entendaient pas du tout. Ils étaient trop différents. Comme la plupart des rêves de Gus, l'idée d'un ranch où ils auraient tous deux fondé une famille était trop grandiose et trop belle pour être réalisable.

Le vieux malaise l'envahit une fois encore, et il lutta contre une brusque envie de sauter en selle et de partir au galop, loin de ce ranch qui n'était pas vraiment à lui et ne le serait jamais. Il aurait du mal à renoncer à son rêve, mais il était assez fort pour endurer l'épreuve. Il était capable d'endurer n'importe quoi.

Mais il n'était pas assez fort pour la quitter. Du moins pas encore.

— Eh bien, tu pourrais au moins rester ici jusqu'au 4 Juillet. La ville prévoit un vrai raout cette année.

Charlie sortit une nouvelle fois par la porte de la cuisine. Il serrait le seau en zinc contre sa poitrine. C'était son troisième trajet jusqu'à l'auge aux cochons. Quoi que Clementine préparât pour le souper, le plat produisait du bouillon en quantité.

Un des porcs vint bousculer la palissade de son enclos avec un grognement suraigu. Charlie lâcha le seau et courut vers son père.

— Papa, le cochon est colère !

Les porcs faisaient un tapage de tous les diables. D'une traction, Gus propulsa le gamin à califourchon sur ses épaules, puis il s'approcha de la porcherie.

Les animaux, un mâle et une truie, étaient roses avec des taches noires. Ils avaient l'échine hérissée, le ventre rond, les oreilles longues et retombant sur les yeux. Le mâle se tenait au centre de l'enclos, pattes écartées, et ses pupilles roulaient dans les orbites tandis qu'il couinait si fort que son groin en tremblait. La truie tentait de se relever. Elle se mettait sur ses pattes avant, mais celles-ci cédaient dès qu'elle voulait redresser son arrière-train, et elle piquait du groin dans la paille.

Gus retint le corps de son fils, qui se penchait sur ses épaules pour mieux voir.

— On dirait qu'ils sont...

— ... saouls, compléta Rafferty, en cédant à une hilarité bienvenue et très réconfortante

— Ils ont faim ! cria Charlie. Il faut leur redonner à manger !

Le vacarme fit sortir Clementine de la cuisine en courant, mais elle ralentit à la vue de Charlie en sécurité sur les épaules de son père. Elle se pencha elle aussi par-dessus la palissade pour regarder la bauge.

La truie avait enfin réussi à se redresser, mais elle oscillait comme une girouette dans la tempête. Une forte odeur de bière montait de l'enclos.

Poings sur les hanches, Clementine releva le nez pour humer l'air, puis elle fusilla Rafferty du regard.

Sans cesser de rire, il leva les mains en l'air comme si elle allait cracher une rafale de plombs.

— Hé, ne me regardez pas ainsi ! C'est vous qui avez mis tous ces seaux de bière maison dans les mains innocentes de Charlie !

La bouche de Clementine se tordit, et elle plaqua une main dessus sans pouvoir étouffer des gloussements.

— Il disait : « Encore, encore ! Ils en veulent encore ! » J'ai cru que vous faisiez la fête tous les deux !

Charlie s'esclaffa et tira les cheveux de son père.

— Je crois qu'ils survivront, déclara Gus. Mais demain matin ils vont expérimenter une sacrée migraine...

Le cochon leva son groin et trompetta un mugissement du plus haut comique avant de s'écrouler d'une pièce sur le sol, ce qui déclencha de nouveaux rires.

— Il faut que je cueille quelques carottes pour le repas de ce soir, dit-elle après un moment. Pour accompagner cette poule qui n'était pas prévue au menu. Vous vous joindrez à nous, n'est-ce pas ?

— Je crois que mon estomac supportera votre cuisine, répondit Rafferty avec un sourire détaché, avant d'ajouter : Après six mois au rata des diligences...

— Oh, vous !

Elle rit comme une jeune fille et lui décocha un coup de poing sans force à l'épaule. Mais même ce geste innocent, accompli sans arrière-pensée, réveilla en lui un désir brutal.

Clementine battait la crème si vigoureusement que la cuillère cognait le bol en bois avec un bruit sourd. Le mouvement faisait onduler sa robe autour de ses hanches. Le soleil couchant colorait ses joues. L'odeur de leur dessert, une tarte aux pommes encore chaude, flottait dans la cuisine ; mais Rafferty détectait toujours son parfum si particulier : roses sauvages et chaleur féminine. Le souffle du vent qui s'était levé en fin d'après-midi et le claquement de la cuillère dans le bol étaient les seuls bruits dans le silence.

Rafferty regrettait d'être là. Il était trop facile de penser que c'était sa cuisine, et sa femme. Peu à peu, une boule dure s'était formée dans sa gorge. Il prit la bouteille de whiskey, emplit sa tasse et but d'un coup, en ignorant le regard désapprobateur de son frère. Parfois, la boisson était la seule réponse à la solitude d'un homme.

Il était assis à l'envers sur sa chaise, un bras passé sur le dossier. Face à lui, Gus serrait sa tasse entre ses mains comme dans une prière. Clementine se tenait entre eux et battait la crème avant de la répandre sur la tarte. Sans le babillage constant du garçon, la cuisine baignait dans un calme excessif. Charlie s'était endormi pendant le repas et ses parents l'avaient mis au lit. La collection de pointes de flèches avec laquelle il avait joué était étalée sur la toile blanche de la table, et les triangles d'obsidienne luisaient dans le jour déclinant.

Elle cessa un instant de battre la crème et lissa de la main son tablier sur la courbe douce de son ventre.

L'idée qu'elle était de nouveau enceinte torturait Rafferty. Moins d'un an plus tôt, elle avait failli périr en accouchant d'un enfant mort-né, et elle était encore enceinte ? Trois grossesses en quatre ans. Qu'était donc Gus, une bête continuellement en rut ? La tristesse tordit la bouche de Rafferty. Aurait-il agi différemment ?

Seigneur, s'il pouvait l'avoir une seule nuit ! Son amour pour elle contenait une belle part de noblesse et de pureté, mais Rafferty n'était pas homme à aimer de façon platonique. Il voulait la sentir sous lui, goûter sa peau, sa bouche...

— Tu es passé voir Hannah en chemin ? lui demanda Gus.

La cuillère se figea dans la crème.

— Oui, je l'ai vue, répondit Rafferty.

Il joua un moment avec sa propre cuillère. S'il relevait la tête, il le savait, il verrait le chagrin dans les prunelles de Clementine. Hannah était sa meilleure amie ; mais il devinait qu'elle supportait mal l'idée qu'il touche, qu'il aime une autre femme. *Bien*, songea-t-il avec une amère satisfaction, *j'espère que vous souffrez de m'imaginer au lit avec elle. Parce que moi je souffre le martyre de penser à vous au lit avec mon frère.*

Il but encore un peu de whiskey pour faire passer cette idée. Il semblait qu'il n'utilisait Hannah que pour punir Clementine, or c'était faux. Même lui n'était pas aussi infâme. Il appréciait Hannah — peut-être l'aimait-il un peu —, et il s'était toujours efforcé de se montrer correct avec elle, comme c'était dans sa nature.

— Tu devrais l'épouser, Zach, dit Gus qui s'était rembruni. Ça ne va pas... ces visites régulières depuis des années. Elle n'aura aucune respectabilité tant que tu ne l'auras pas demandée en mariage.

— Hannah n'est pas faite pour le mariage. Et moi non plus.

Et ça ne te concerne en rien, mon cher frère, ajouta-t-il dans le regard qu'il lança à Gus. La bouche de celui-ci se crispa un peu plus, mais il se tut.

Rafferty pensait à la nuit précédente. Hannah et lui avaient une telle crainte de la solitude qu'ils s'étaient accrochés l'un à l'autre. Au début, l'amour avait été parfait entre eux, simple, naturel, et ils riaient beaucoup. Mais avec le temps ces rapports faciles et ces rires détendus avaient disparu.

Il songea à ce garçon, ce casseur de rocs, et se demanda s'il ne serait pas celui qui l'éloignerait d'Hannah.

L'évocation du garçon entraîna celle de la mine, ce qui lui fit dire :

— Il y a eu un accident aux Four Jacks la nuit dernière. Le câble du chariot treuillé a cassé. Un gosse est mort.

Clementine eut un hoquet horrifié et la cuillère claqua contre le bol.

Gus fronça les sourcils.

— On n'a pas voix au chapitre sur la façon dont le consortium dirige la mine, Zach. Et tu le sais.

— Oh, Gus ! intervint Clementine, je vous ai dit que nous devrions revendre nos parts.

La main de Gus s'abattit sur la table avec violence, faisant tressauter la vaisselle.

— Et moi je vous ai déjà dit que cela ne vous regardait pas, femme !

Une subite rougeur envahit les joues de Clementine, et ses doigts blanchirent sur le manche de la cuillère.

Rafferty dut serrer sa tasse entre ses mains pour les empêcher de se refermer en deux poings. Une rage primaire déferlait en lui devant une telle attitude envers sa femme. Peu importait qu'il n'eût aucun droit sur elle, ou que l'homme qui venait de parler fût son mari. À cet instant, la réalité s'effaçait devant l'évidence : Clementine lui appartenait.

Gus et son épouse s'affrontèrent du regard.

— Je veux que vous revendiez vos parts, déclara-t-elle à son mari avant de se tourner vers Rafferty. Dites-lui de vendre.

— Vends ! lâcha Rafferty.

— Ça ne te regarde pas, Zach, gronda Gus.

Rafferty connaissait l'origine de la colère qui dévorait son frère : le peu d'argent que lui rapportait la mine. Pogey et Nash — et Gus avec ses vingt pour cent de parts — auraient dû ramasser la moitié des profits sur tout minerai contenant un quart d'argent au minimum ; mais le consortium prenait soin de mêler assez de rocaille sans valeur au minerai, pour éviter que les livres enregistrent une production d'argent de vingt-cinq pour cent.

Gus rêvait toujours à la richesse et à la vie d'opulence que lui rapporterait ce minerai. Et sans doute ces rêves s'accordaient-ils mal avec la mort accidentelle d'un gamin dans un puits que, sur le plan formel, il possédait.

— Avec l'argent que nous tirons de l'exploitation, reprit Gus, nous pourrons acheter quelques taureaux de race à l'automne.

— Tu as de grands projets, pas vrai ? demanda Rafferty. On raconte que tu pourrais te présenter à l'Assemblée territoriale.

Le visage de Gus se colora en une seconde, mais il secoua la tête.

— Ce n'est qu'une rumeur, rien de plus. Je ne sais pas pour toi, Zach, mais moi j'ai l'intention de faire fortune pendant que je suis encore jeune, pour en profiter ensuite. Que feras-tu quand tu seras trop vieux pour dresser les broncos et attraper le bétail au lasso ?

— Probable que je me mettrai une balle dans la tête.

Il leva enfin les yeux vers Clementine. Elle avait posé la cuillère, et sa main restait maintenant inerte sur la table. Il aurait voulu la presser avec la sienne jusqu'à ce que leurs chairs se fondent ensemble.

— Je crois que je ne vais pas tarder. Nous avons tous une rude semaine devant nous si nous voulons rentrer le foin.

— Tu ne veux pas un bout de tarte ? s'étonna Gus.

Rafferty prit la bouteille et la montra à son frère en souriant, juste pour l'irriter un peu plus.

— Le whiskey fera un meilleur dessert.

— Zach...

Gus se leva, enfouit les poings dans les poches de son pantalon et contempla la pointe de ses bottes.

— Ce que je t'ai dit, c'est vrai, Zach. Je ne t'ai pas rencontré par hasard. Je t'ai cherché. Et j'ai mis quatre ans à te retrouver.

Rafferty était abasourdi. Clementine essuya ses mains sur son tablier sans regarder l'un ou l'autre.

Gus releva la tête, et Rafferty lut de véritables sentiments sur le visage de son frère. L'amour, peut-être. Oui, sans doute.

— C'est bon de t'avoir de retour à la maison, ajouta Gus d'une voix épaisse. Peut-être que cette fois tu vas penser à rester avec nous.

— C'est bon d'être de retour à la maison, répondit Rafferty sans rien promettre, mais même ainsi ces mots avaient un goût amer sur ses lèvres.

Il sortit du foyer de son frère et traversa le pré en direction de la vieille cabane du chasseur de bisons. Quand il arriva dans l'ombre des peupliers, il regarda en arrière. Ils étaient sortis sur le porche et l'observaient. Gus se tenait derrière Clementine, le menton posé sur le crâne de sa femme, ses deux bras la serrant sous la poitrine. À cette distance, il était impossible de voir si elle appréciait l'étreinte de son mari. Mais bien sûr elle l'appréciait. Elle aimait Gus.

Rafferty pénétra dans la cabane, referma la porte contre laquelle il s'adossa. Il faisait sombre à l'intérieur, avec l'unique fenêtre et le soleil qui avait disparu derrière les collines. L'endroit sentait la poussière et l'absence.

Il avala ce qui restait de whiskey.

XX

Les fins sourcils de Clementine McQueen se froncèrent tandis qu'elle étudiait le liquide brun pétillant dans son verre. Erlan surprit son expression et considéra sa propre boisson avec inquiétude. Mais la politesse leur enjoignait de boire sans hésitation : elles étaient invitées.

Erlan détecta une odeur de muguet. Peut-être n'était-ce pas si mauvais, après tout.

— Qu'est-ce que c'est que cette mixture ? s'enquit Clementine.

— Vous savez très bien que c'est de la sarsaparilla, Clementine, répondit Hannah. Une boisson de dames. Alors, ne plissez pas votre nez bostonien devant votre verre.

— Oui, mais ce que j'aimerais savoir, c'est pourquoi vous essayez de m'étouffer avec ce breuvage pour abstinents, rétorqua Clementine d'une voix si rocailleuse qu'elle semblait avoir la bouche pleine de haricots.

Erlan dut couvrir ses lèvres de sa main pour étouffer un gloussement.

— Sortez plutôt le Rosebud, femme, et saoulons-nous.

En riant, Hannah alla ouvrir une commode, prit une bouteille et versa dans des verres propres deux doigts de cette boisson de *fon-kwei* appelée whiskey.

Prudente, Erlan goûta du bout des lèvres. Le liquide ambré était amer, mais il dispensa dans son estomac une chaleur bien supérieure à celle de l'alcool de riz. Elle avala quelques gouttes de plus. Oui, une boisson bien agréable. Elle reprit une généreuse gorgée. Ses lèvres se retroussèrent sur ses dents et son estomac se mit à bourdonner. Une boisson très décontractante, oui.

Elle regarda discrètement les deux femmes assises en face

d'elle sur le canapé tendu de brocart or. Le marchand Woo l'avait mise en garde. Jamais elle ne serait acceptée dans ce pays de démons, on la traiterait de noms insultants et on rirait de ses pieds trop petits. Il avait paru surpris, et peut-être secrètement satisfait, quand Hannah Yorke avait invité chez elle sa nouvelle épouse. Mais, comme l'avait déjà expliqué Woo à Erlan, Mme Yorke avait naguère été une fille facile, ce qui faisait d'elle une autre paria.

Erlan salua son hôtesse d'une inclinaison de la tête.

— Je suis très honorée que vous m'ayez invitée, affirma-t-elle.

— Eh bien, Clementine et moi nous nous sommes dit que vous deviez vous sentir très seule sans compagnie féminine, en plus d'un mariage récent et du reste.

Clementine sourit et but une gorgée de whiskey. Erlan était contente que les bonnes manières la poussent à imiter la jeune femme. Cet alcool était décidément une excellente invention.

Hannah observait Clementine avec un étonnement très exagéré.

— Seigneur, ma fille, je ne sais ce qui vous est arrivé ! À vous voir assise à votre aise sur le canapé, à boire ce liquide infernal comme du petit lait... Imaginez ce que Gus dirait...

— L'homme ne souffre pas de ce qu'il ignore, déclara Clementine avec solennité. Et n'allez pas raconter tout ça à Rafferty non plus !

— Promis.

Hannah humecta son index et traça une croix sur son cœur.

Erlan suivit ce geste avec intérêt. Ce devait être une manière *fon-kwei* de tromper les dieux à l'écoute. Il fallait qu'elle se souvienne de ce rituel.

Hannah servit une deuxième tournée de whiskey. Erlan s'autorisa une bonne rasade avant de prendre la parole :

— Le marchand Woo restera dans l'ignorance lui aussi, dit-elle. Je le promets.

Elle mouilla son index et dessina une croix sur sa poitrine.

Une brise passait par la fenêtre ouverte, qui faisait frissonner les franges de l'étole posée sur la table et les grandes feuilles de la fougère en pot. Bien que différente des foyers qu'elle avait connus, Erlan aimait cette maison. Dans Rainbow Springs où tout manquait d'harmonie, elle était comme un lotus poussant au milieu d'herbes anémiées. Était-ce parce qu'une femme seule s'en occupait, de sorte que l'atmosphère y était très *yin* ?

Clementine posa son verre sur la table devant elle.

— Oh ! Erlan, j'avais presque oublié... (Elle ramassa un paquet plat et rectangulaire posé à côté d'elle.)... la photographie que j'ai faite de vous et Sam le jour de votre mariage. (Le papier marron crissa quand elle le défit.) C'est Hannah qui a fourni le cadre.

Erlan prit le présent et s'inclina très bas.

— Mille fois mille mercis. C'est un cadeau digne d'une impératrice.

Elle contempla le cliché dans son cadre argenté avec un émerveillement non feint. Elle était là, dans sa robe de mariée, ses traits aussi figés qu'un masque d'opéra. Et il y avait aussi le marchand Woo dans son costume barbare, avec cette veste dont les pans bas évoquaient une queue d'hirondelle. Il semblait heureux, mais c'était avant qu'elle ne pose la lame sur son cou.

— Clementine, disait Hannah, vous devriez faire ça plus souvent. Prendre les gens à leur mariage, et à d'autres occasions également, comme les anniversaires par exemple. Ensuite, vous pourriez revendre les photos. Imaginez les petits extras que vous autoriserait l'argent gagné.

Clementine plia le papier d'emballage et le plaça près de son verre vide.

— L'amour-propre de Gus ne supporterait jamais un tel outrage : sa femme travaillant pour se payer des frivolités qu'il pense de son devoir de lui procurer.

Hannah eut un reniflement irrité.

— La plupart du temps, je ne le vois même pas vous procurer le nécessaire, et son amour-propre ne m'a jamais paru offusqué par les travaux de force que vous effectuez au ranch.

Clementine jeta un regard sévère à son amie.

— Ne commencez pas, Hannah. Gus est bon avec moi. Vous le savez.

Hannah haussa les épaules et leva son verre.

— Je propose un toast à un état que toujours j'admirerai et que jamais je n'atteindrai : celui d'une *vraie dame*.

— Oh ! Hannah..., s'exclama Clementine en rosissant. Quelle bêtise !

Le sourire qu'elles échangèrent parut calmer les remous nés entre elles.

— Erlan, déclara Hannah, si la photographie vous plaît, Clementine peut en faire un autre tirage pour que vous l'envoyiez à votre famille en Chine.

Erlan n'osait plus regarder ces deux femmes. De toute son âme elle désirait en faire ses amies, mais pour cela il leur faudrait accepter d'entendre son secret honteux et l'accepter malgré cela.

— Je vous remercie de votre aimable proposition, mais je n'ai plus de famille. Ma mère est morte et mon père m'a reniée. Il m'a cédée à un marchand d'esclaves contre cent taels d'argent.

— Comment a-t-il pu faire une chose pareille ? s'exclama Clementine.

Elle s'était assise sur la chaise proche d'Erlan dont elle avait pris la main. La Chinoise sentit la force *yang* de cette femme, son esprit combatif, et elle en fut réconfortée.

— Ma mère portait la robe verte des concubines, et pourtant le patriarche l'a honorée en la gardant auprès de lui après la naissance d'une fille sans valeur. Mais au lieu de rendre cette bonté par la vénération et une obéissance absolue, elle a déshonoré la Maison de Po et jeté l'opprobre sur ses ancêtres en couchant avec... avec un autre... Et quand on lui a donné le garrot rouge, elle a souillé la pureté de son âme en ne l'utilisant pas. Le patriarche a dû l'enfermer vive dans son cercueil. Sa honte est devenue ma honte ; son déshonneur, mon déshonneur !

— Mon Dieu ! souffla Hannah. C'est la chose la plus barbare qu'il m'ait été donné d'entendre.

Aiya, ce whiskey avait un effet certain sur la parole. Elle avait eu l'intention de révéler une partie de son secret, pas la totalité !

Hannah vint derrière sa chaise et plaça une main sur l'épaule d'Erlan. Cette habitude du contact physique n'était pas si désagréable, à la réflexion.

— Avez-vous laissé un soupirant en Chine ? demanda-t-elle d'une voix douce.

— Un soupirant ?

— Un jeune homme à votre goût, que vous espériez épouser un jour.

— En Chine, les soupirants n'existent pas. Les mariages sont arrangés par la tai-tai. La première épouse. Une fille ne voit pas son mari avant le jour du mariage, quand il soulève son voile rouge.

— Je parie que cette coutume provoque quelques nuits de noces fort intéressantes, remarqua Hannah avec malice.

Erlan masqua son sourire d'une main.

— Bien sûr, nous disons toutes que nous espérons un époux au cœur noble, mais en vérité aucune fille ne veut découvrir sous les voiles de soie de son lit nuptial une vieille racine racornie que même un *tai-fung* ne rendrait pas à la vie. Ou plutôt, elle en espère une longue, épaisse et frémissante d'excitation comme une baguette de sourcier.

Son sourire s'estompa en voyant les mines stupéfaites de ses deux auditrices. L'embarras consuma sa poitrine. Mais comment s'ouvrir un chemin dans les us et coutumes étranges de ce pays de démons ?

— Je vous ai offensées, ajouta-t-elle.

Hannah hoqueta, et soudain son rire explosa en cascade.

Clementine lui fit écho. Les deux femmes s'entre-regardèrent et leur hilarité redoubla.

— Oh, oh, Clem, imaginez ça ! gloussa Hannah en se tenant le ventre à deux mains. Frémissante comme une baguette de sourcier !

Quand elle eut recouvré un semblant de calme, elle se tourna vers Erlan.

— Mais si une fille n'est pas prête au mariage ? demanda-t-elle d'un ton amical.

— Être mariée et avoir des enfants est le bonheur de toute femme, répondit Erlan, soulagée de ne pas s'être ridiculisée. Bien sûr, un mari n'est pas trouvé pour chacune des filles. S'il y a beaucoup de filles et que le clan est pauvre, les plus jeunes sont souvent cédées comme concubines, ou comme filles de joie dans des maisons de plaisir.

— Et la vie d'une prostituée n'est pas facile, ça non, dit Hannah. J'imagine que ce n'est pas différent en Chine. Mais je crois que je préférerais encore être une — comment avez-vous dit ? — fille de joie que d'être mariée à un homme que je n'aurais jamais vu auparavant. Et s'il se révèle être une brute, un tyran ?

— Le dernier des paysans se conduit en seigneur sous son propre toit. Les hommes sont ainsi. Chez nous, une femme est pareille à une de ces alouettes brunes que mon père garde comme animaux de compagnie. Nous ne faisons que passer d'une cage à une autre.

Les deux autres femmes gardèrent le silence, et de nouveau

Erlan se demanda si elle n'avait pas eu des propos déplacés. Elle releva la tête et son regard rencontra celui de Clementine, ses prunelles couleur d'océan, d'écume, mouvantes, vivantes. Erlan eut une pensée singulière : *Elle comprend ; elle comprend tout ce que je suis. Dans une autre vie, nous aurions pu être sœurs.*

— Ne vous occupez pas d'Hannah, déclara Clementine. Elle parle tout le temps du bonheur d'être solitaire, mais un jour elle rencontrera un homme qui voudra qu'elle prenne soin de lui, et elle ira d'elle-même dans la cage, comme nous autres.

— Moi, prendre soin d'un homme ? J'attends de voir ça !

Hannah fit claquer sa langue et suivit d'un doigt la courbe de la joue d'Erlan.

— Regardez dans quel état la poussière et le vent ont mis votre peau ! Si vous n'y prenez garde, elle va devenir aussi sèche que le sol du désert. Je vais vous préparer une réserve de baume de beauté. Pour vous aussi, Clementine. Vous l'aurez pour votre retour de la fête du 4 Juillet.

— Qu'est-ce que ce 4 Juillet dont tout le monde parle ?

Au matin du 4 Juillet, dans le Montana, la première chose que faisait tout individu était de sortir pour se rendre compte du temps.

Les plus anciens juraient qu'on avait connu la neige, certaines années. Mais la grande majorité de la population, dont l'installation ici était récente, n'avait jamais vu un tel phénomène. Pourtant, le Montana avait d'autres tours en réserve pour ruiner la journée : vent violent, averses brutales et pluie de grêlons gros comme des œufs de poule, entre autres.

Aussi ce matin de 1883, date anniversaire de l'Indépendance, les habitants du Montana sortirent de chez eux et levèrent le nez vers le ciel pour observer avec un réel soulagement une brise légère et un soleil jaune comme le beurre. Il ferait beau pour les festivités de l'après-midi.

Rainbow Springs n'avait que peu de rapport avec l'ensemble de cabanes qu'elle constituait quatre ans plus tôt. Pour reprendre l'envolée lyrique de Pogey, la petite ville était devenue « aussi agréable à fréquenter qu'une prostituée en nuisette de soie de France à cinquante *cents* la passe ». Récemment, on avait même envisagé un éclairage public. Nash, partenaire de Pogey dans la raillerie comme dans le reste, avait prédit que dans les cinq premières minutes de la nuit du premier samedi toutes les lampes serviraient de cibles aux colts des fêtards.

C'est l'argent qui avait métamorphosé Rainbow Springs. Les Four Jacks s'étaient révélés une petite mine à la rentabilité confortable. Elle avait attiré des gens, là, sur cette route qui menait vers l'Ouest. Des gens hautains et autoritaires comme les directeurs et les ingénieurs supervisant les travaux ; amateurs d'alcool et de bagarre comme ces mineurs qui faisaient exploser la roche pour chercher l'argent, ou comme ces muletiers qui transportaient le minerai à la fonderie de Butte. Et aussi des gens qui allaient à l'église et s'installaient durablement — boulangers, bouchers, fabricants de selles.

Beaucoup étaient étrangers, avec un accent prononcé, des coutumes étonnantes et la volonté farouche de profiter des opportunités offertes par l'Ouest. La plupart venaient d'Irlande, du pays de Galles et de Cornouailles. Ils se faisaient embaucher à la mine et vivaient dans les pensions et les masures proches, baptisées le Dublin Patch. Et il y avait les Chinois, qui travaillaient dans les vieux placers d'or et les filons d'argent trop pauvres pour que le consortium des Four Jacks les exploite. Ils s'étaient installés hors de la ville, de l'autre côté de la rivière, là où des cercles de terre battue rappelaient la présence passée des tipis.

Rainbow Springs donnait une impression de stabilité qui auparavant lui faisait défaut. Certes, nombre de constructions étaient encore en rondins grossièrement équarris, mais quelques-unes — telle la Miner's Union Bank — étaient en bon bois de charpente. Le développement anarchique des rues qui s'étendaient autour de Rain Dance Butte avait été discipliné : le nom de chaque artère était indiqué sur des panneaux en bois, pour le bénéfice des quelques personnes qui savaient lire. Chez Luke le barbier, on pouvait apporter son gobelet pour le savon à raser et le laisser sur une étagère — un acte qui assurait la présence du client le lendemain, les jours suivants et les semaines à venir.

Ces changements n'échappaient pas aux premiers arrivants, qui d'ailleurs s'en accommodaient plutôt bien. Œil de Serpent avait pris un nom plus crédible en même temps qu'il bâtissait une nouvelle grange, en 1881. Au-dessus de la grande porte double, peint en lettres rouges, était inscrit : ÉCURIE SMITH, *pension pour chevaux, facilités de louage et d'achat.* Sam Woo avait entassé poudre, cordeaux et amorces à côté des sacs de grain, des ballots de laine de mouton et des lassos empilés ; Nickel

Annie conduisait maintenant son convoi de mules aux Four Jacks ; Hannah Yorke avait imité l'intérieur du Best pour décorer le West Casino, y ajoutant des miroirs à cadre doré, un rail de comptoir en cuivre et un parquet ciré.

Et Rainbow Springs possédait à présent son école, un bâtiment peint en rouge surmonté d'une cloche en cuivre, avec le rituel mât en pin devant la façade.

L'école se révéla un progrès quelque peu brutal pour certains. C'est ce qu'exprima Pogey à son ami Nash devant une bouteille de whiskey Rosebud, dans le magasin de Sam Woo, le jour où l'école fut inaugurée.

— Le pays nous a ramollis sans que nous nous en rendions compte.

— Ramollis comme un coq au cou brisé.

— Ramollis comme un vieux crapaud au soleil.

— Ramollis comme un coyote édenté.

— Seigneur ! murmura Sam Woo.

Cet après-midi du 4 Juillet de l'année 1883, un mineur sortit de sa pension de Dublin Patch. Mains sur les hanches, il emplit lentement ses poumons de l'air tiède où flottait le parfum de la sauge.

— Voilà une belle journée, soliloqua Jere Scully à voix haute. Une belle journée pour faire la fête.

Jere aimait assez le jour de l'Indépendance, peut-être parce qu'il était issu d'une lignée de Cornouailles qui prisait fort l'indépendance.

Il vit Meg Davies qui descendait la rue poussiéreuse, un panier de petits bouquets de fleurs dans les bras, et il lui fit signe.

— Vous voulez acheter des fleurs pour votre belle, monsieur Scully ? Ça ne vous en coûtera qu'une piécette de cinq *cents,* dit-elle.

Sa chevelure rousse était coiffée en deux nattes si serrées qu'elles en étaient rigides et s'incurvaient comme les anses d'un broc de chaque côté de son visage éclaboussé de taches de rousseur. Mais son regard était voilé. Elle souffrait beaucoup de la mort de son frère Rolfe, comme tous les habitants du Patch.

Jere examina le contenu de son panier.

— Qu'est-ce que vous avez là ?

— Des jacinthes des bois, des primevères et des marguerites naines. Je les ai cueillies ce matin. Lesquelles préférez-vous ?

Jere n'aurait pu distinguer une sorte de fleurs d'une autre, sauf peut-être les roses.

— Les orange, alors, répondit-il.

Meg Davies en prit un bouquet dans son panier, et d'un geste vif glissa la pièce de Jere dans la poche de son tablier.

— Tiens, voilà votre frère ! ajouta-t-elle avant de s'éloigner.

Jere ôta son chapeau melon, fourra le bouquet à l'intérieur et se recoiffa prestement.

— L'était foutrement temps, grommela-t-il.

Il écarquilla les yeux en découvrant son frère qui arrivait vers lui, resplendissant dans un costume marron à carreaux, avec un col blanc amidonné et une cravate-plastron jaune.

— Bon sang ! Tu es presque aussi ravissant que les primevères sur le chapeau d'une femme à la sortie de la messe du dimanche !

Drew Scully feignit de renifler l'air et plissa le nez.

— Pouah ! Et qui sent plus mauvais qu'un marin le samedi soir ?

Jere se gratta la joue d'une de ses grosses mains.

— C'est la lotion capillaire. Je m'en suis mis sur le visage après m'être rasé. Tu trouves que c'est trop ? Je devrais peut-être aller me débarbouiller...

En riant, Drew le saisit par le bras et le guida vers la ville.

— Allons donc ! Il y a de la bière qui ne demande qu'à être bue, des jolies filles qui attendent d'être séduites et une fête qui ne commencera pas sans nous !

Les festivités se déroulaient au nord de la ville, dans un vaste pré bordant la rivière. L'air y charriait d'agréables senteurs d'herbe écrasée, de poudre à fusil, de poule rôtie aux aromates. Le Miner's Union Band ahanait une version lugubre de *The Girl I Left Behind*, mais la musique devait lutter contre le claquement des drapeaux, la détonation des pétards, le bruit des sabots sur le sol et les cris des enfants excités.

— Regarde, dit Drew en désignant une grande estrade en bois récemment construite, sur laquelle se dressait un bloc de granite épais d'un bon mètre. Ils vont faire un concours de forage en double. Et si on s'y inscrivait ?

— Quoi... Dans nos tenues du dimanche ?

— Si nous gagnons, personne ne remarquera nos tenues.

Jere passa un doigt entre son col amidonné et sa peau. Il transpirait déjà de tout son corps. Le soleil commençait à chauffer le terrain nu, mais Mme Yorke, femme entreprenante s'il en était, avait dressé une tente près d'un bosquet de trembles, et Shiloh y vendait de la bière et de la sarsaparilla pour faire oublier la chaleur et la poussière.

À peine Jere songeait-il à cette femme qu'elle apparut devant lui. Elle s'était mêlée à la foule pour admirer la nouvelle voiture de pompiers qui trônait au centre du pré. Aujourd'hui, elle portait une robe de dentelle crème, avec des fanfreluches vaporeuses.

Drew l'avait vue, lui aussi, et une expression familière de désir se peignit sur son visage. Il l'arborait déjà enfant, quand il repérait quelque chose qu'il désirait et prenait la résolution de l'obtenir. Rien ne pouvait arrêter Drew avant qu'il soit arrivé à ses fins. Rien.

Jere soupira en silence. Son jeune frère allait au-devant d'un tas d'ennuis, c'était certain. Cette Hannah Yorke était le genre de femme qui pouvait dévorer cru un garçon comme lui, ne recracher que les os et garder un appétit intact.

Jere saisit son frère par le bras.

— Je ne dirais pas non à une petite bière, moi...

Drew tourna aussitôt la tête. Son regard était devenu brûlant. Jere eut un sourire détendu, mais sa prise se raffermit sur le bras de son frère.

— Ouais. Une bière serait la bienvenue. Quelque chose à boire de frais.

— D'accord, répondit Drew après un moment, je vais chercher deux bières. Il vaut mieux qu'elle ne pense pas que je suis aussi accroché à elle, pas vrai ?

Pendant que son frère s'éloignait, Jere approcha d'un pas de promeneur de la voiture de pompiers. La peinture rouge vif semblait encore humide, et les pompiers, tous volontaires, bombaient avantageusement le torse dans leur tenue du même rouge. La pompe en laiton avait été astiquée jusqu'à briller d'un éclat aveuglant sous le soleil, de même que l'embout de la lance à incendie. Jere déambula un moment en bordure de l'attroupement, puis changea de direction. Il dut plisser les yeux pour combattre le reflet de la rivière, et c'est alors qu'il l'aperçut.

Il arriva très près d'elle avant qu'elle ne le voie. Quand il entrait dans le magasin, elle disparaissait toujours dans la réserve et laissait Sam Woo le servir, si bien qu'il n'avait pu lui adresser la moindre parole depuis leur première rencontre. Cette fois, elle releva la tête dans un mouvement apeuré de biche. Elle regarda autour d'elle comme pour chercher une possibilité de fuite, mais finalement elle ne bougea pas. Elle resta là, tremblante sous son apparente immobilité, ses mains cachées dans les larges manches de sa robe bleue à haut col, les yeux braqués sur le sol devant elle.

— Bonjour à vous, madame Woo, dit-il à mi-voix pour ne pas l'effrayer.

— Bonjour à vous, monsieur Scully, répondit-elle à l'herbe.

Soudain incapable de parler, il la dévora des yeux en silence, apprécia la courbe gracieuse du cou, la ligne droite qui séparait des cheveux si noirs qu'ils semblaient nés d'une absence totale de lumière. Il se souvint d'un dessin vu dans un livre, naguère, celui d'un cygne noir sur un lac devant quelque château de conte de fées. Elle lui rappelait ce cygne, une créature si délicate qu'elle n'était pas de ce monde. Un sentiment inhabituel lui comprima la poitrine, un besoin de chérir et de protéger.

Il avança d'un pas encore. Elle sentait les pommes de printemps, vertes et croquantes.

— Madame Woo...

Elle leva vers lui son regard impénétrable.

— Oui, monsieur Scully ?

Il ôta son melon d'un geste précipité. Les yeux d'Erlan s'agrandirent en découvrant le bouquet de jacinthes des bois écrasé sur son crâne comme un toupet de clown. Un sourire naquit sur ses lèvres, qu'elle masqua de la main.

Il avait oublié les fleurs et ne put s'empêcher de rire de la situation. Prenant le bouquet avec délicatesse, il se courba cérémonieusement devant la jeune femme.

— Pour vous. De jolies fleurs pour une jolie dame.

Il se serait giflé. Il parlait avec autant d'originalité qu'un écolier attardé.

Elle accepta le bouquet, et leurs doigts s'effleurèrent. Un délicieux frisson courut le long de l'échine de Jere. Il pensa qu'elle avait peut-être éprouvé le même phénomène, car ses lèvres s'étaient écartées sur un soupir inaudible.

— Ce sont de très jolies fleurs, dit-elle de sa voix douce sans le regarder. Merci, mon *anjing juren.*

Il essaya de répéter les termes chinois, sans succès. Il rit de nouveau.

— Et qu'est-ce que c'était, ces mots ? Pas une injure à la mémoire de ma mère, j'espère ?

— Oh ! non. Ne pensez pas cela... C'est une expression de grand respect.

— Hum. Si vous le dites...

Il fit un autre pas vers elle et la sentit se tendre, mais elle n'esquissa aucun mouvement de recul. Il baissa la voix pour la toucher avec ses paroles comme il aurait aimé la toucher avec ses mains, sa bouche.

— Et comment pourrais-je vous appeler, moi ? Une expression de profonde affection, par exemple ?

Elle parut réfléchir sérieusement à la question, et une ridule apparut entre ses sourcils. Drew aurait adoré déposer un baiser là. Juste là.

— Vous pouvez m'appeler Mei Mei, si vous voulez. Cela signifie Petite Sœur.

Un pétard explosa non loin d'eux, et soudain l'orchestre attaqua un air martial tonitruant. Ils se tournèrent dans cette direction, heureux de la diversion. Le soleil se reflétait sur les cuivres, et le visage des musiciens était presque aussi rouge que leur uniforme.

Malgré lui, ses yeux revinrent se poser sur la jeune femme. Sa peau avait la couleur crémeuse de l'ivoire. Elle soutint son regard, et il aurait aimé pouvoir lire dans ses prunelles ce qu'elle pensait. Il savait que son propre visage affichait clairement ses sentiments pour elle, mais c'était égal. Il voulait qu'elle sache.

— Petite Sœur... Ce n'est pas le genre d'affection que j'éprouve pour vous...

— En Chine, un homme ne regarde pas ainsi l'épouse d'un autre homme, déclara-t-elle, et pour la première fois il détecta une certaine tension dans sa voix. Et il ne lui parle pas de la sorte non plus. En fait, il ne lui adresserait même pas la parole.

Il déglutit avec peine.

— Alors, quel comportement devons-nous adopter ? Oublier ce qu'il y a entre nous simplement parce que nous nous sommes rencontrés au mauvais moment et au mauvais endroit ? Jamais vous n'auriez dû vous marier avec lui, mais ce qui est fait peut être défait.

Un silence lourd s'interposa entre eux. Un gamin les frôla en courant, un cierge magique dans chaque poing. La tête des bâtons crachait une gerbe d'étincelles avec un sifflement continu.

— D'où je viens, il existe une pagode vieille d'un millier d'années, et elle ne fait que commencer son séjour sur terre. Peut-être y aura-t-il un autre moment et un autre endroit pour nous, mon *anjing juren.* Mais pas dans cette vie.

— Au diable toutes ces...

Elle plaqua une main sur sa bouche pour éteindre sa protestation. Il prit son poignet et tourna la main pour en baiser la paume. Quand il la relâcha, elle laissa glisser sa main le long de son corps, les doigts repliés comme pour garder à jamais la chaleur de ce baiser.

Mais ses yeux brillaient d'un nouvel éclat — colère ou peur.

— Vous ne comprenez pas, déclara-t-elle. Vous ne me comprenez pas. Une femme chinoise ne cherche pas à changer son destin. Elle ne sacrifie pas son honneur pour sauver son cœur. Ce n'est pas un hasard si les dieux ont mis entre nos deux peuples une mer aussi vaste, une mer trop grande pour qu'aucun pont ne l'enjambe. Nous sommes trop différents, vous et moi. Aucun pont ne pourra nous relier.

Elle tourna les talons et s'éloigna. Elle se déplaçait avec ses pieds menus comme si elle marchait sur des cendres, les hanches oscillant au rythme du pas, le dos et la tête droits. Il baissa les yeux et vit le bouquet de jacinthes des bois dans l'herbe. Elle ne l'avait pas laissé tomber par accident, il en était conscient. Par ce rejet d'un présent aussi simple et innocent, elle le rejetait.

Il serra les poings. Non, il ne renoncerait pas. Peu lui importait l'immensité de la mer entre eux, il trouverait un moyen de bâtir un pont, et ensuite il le traverserait pour la rejoindre, à genoux s'il le fallait.

Le mineur abattit sa masse de huit kilos sur la tête du foret avec une telle force que l'estrade en bois trembla. Un petit nuage de granite pulvérisé monta dans l'air et le bruit du coup se répercuta dans les collines au loin.

— Oh ! souffla Hannah Yorke en faisant tourner son ombrelle de dentelle blanche et en repoussant la poussière avec son éventail aux couleurs du drapeau. Je dois dire que ça fait quelque chose de voir un homme à demi nu frapper la roche, avec ces muscles qui tendent la peau, ces veines qui saillent et cette transpiration qui huile tout le corps... Ça éveille une curieuse démangeaison au bas de mon ventre...

Les joues de Clementine McQueen se tintèrent d'un très beau rouge, mais elle éclata de rire.

— Hannah ! Vous êtes incorrigible.

— Maman, pourquoi le monsieur il enfonce un gros clou dans la pierre ?

Clementine fit passer son fils d'une hanche à l'autre.

— Ce n'est pas un clou mais un foret, mon chéri. Et reste ici, hors de portée.

— Mais je ne vois rien ! protesta Charlie. Je veux voir, moi !

— Je trouve qu'il ressemble à un animal sauvage, sauvage et magnifique.

La remarque émanait de Mlle Luly Maine, la nouvelle maîtresse d'école. Ses yeux étaient rivés non au mineur sur l'estrade mais à Drew Scully, qui était vêtu d'un costume à carreaux marron des plus voyants. En compagnie de son frère, il attendait que vienne leur tour de tenter leur chance pour enlever le prix de vingt dollars.

Mlle Luly Maine avait dix-sept ans, une chevelure auburn lustrée, des yeux d'un bleu très pur et une taille qui amenait ses sourcils à hauteur de poitrine masculine. Hannah s'était souvent demandé comment une personne si menue pouvait diriger une pleine classe de garçons dissipés guère plus petits ou jeunes qu'elle. Mais l'enseignement était une des rares activités envisageables dans l'Ouest pour une jeune fille célibataire. La plupart des gens, et Hannah en premier, pensaient qu'une jeune fille ne venait ici que dans le dessein de se trouver un mari.

Pendant quelque temps, un livre de paris avait été tenu au Best in the West. On y supputait le temps qu'une jolie poupée telle que Mlle Luly Maine resterait célibataire dans un endroit où les hommes étaient vingt fois plus nombreux que les femmes. Un mois passa, puis trois, puis neuf, et vingt-sept déclarations furent repoussées. On se mit à penser que Mlle Luly Maine était une de ces femmes contre nature qui épousaient seulement leur carrière.

Pour l'instant, néanmoins, Hannah aurait parié jusqu'à son dernier penny que la jeune institutrice entendait enfin le carillon de l'amour. Elle observait Drew Scully comme si elle imaginait la chair sous ses vêtements, et son toucher sous ses doigts.

Hannah fouetta l'air de son éventail avec assez de force pour relever de cinq centimètres le bord de son chapeau de paille.

— C'est bien des hommes, de gaspiller leur temps libre à enfoncer un foret dans un bloc de roche ! Je crois qu'ils éprouvent sans cesse le besoin de se mesurer entre eux pour voir lequel est le plus fort.

— Oh ! mais je trouve cela tellement excitant, moi... dit Luly dans un soupir, et ses yeux fixés sur Drew Scully se voilèrent. Une démonstration d'adresse et de courage...

Une démonstration de force brute et de poitrines velues, plutôt, et de ce satané orgueil de mâle, corrigea mentalement Hannah. Elle replia son éventail d'un geste sec.

Derrière elle, un pétard géant explosa, mais la majorité des gens garda les yeux fixés sur l'estrade. Les mineurs y concouraient par paires, changeant de place toutes les trois minutes. L'un maniait la masse tandis que l'autre tenait le foret bien droit, le soulevait et le tournait après chaque coup, pour éviter qu'il ne se fiche dans la pierre et ne leur fasse perdre de précieuses secondes. D'un mince tuyau raccordé à un baril s'écoulait un filet d'eau qui venait nettoyer le trou creusé. L'équipe qui aurait creusé le trou le plus profond en quinze minutes remporterait le concours et le prix unique, une pièce d'or de vingt dollars.

Un homme qui tenait une grosse montre de cuivre mit les mains en coupe devant sa bouche et cria :

— Quinze minutes !

Le mineur abattit pour la dernière fois sa masse. L'écho de l'acier sur l'acier mourut dans le brouhaha des pétards et la musique de l'orchestre. Le chronométreur plongea l'extrémité du tuyau dans le trou avant de mesurer sa profondeur.

— Cinquante-cinq centimètres ! annonça-t-il à la cantonade.

La foule applaudit poliment. La performance n'avait rien d'exceptionnel. La meilleure équipe avait atteint cinquante-neuf centimètres.

Tandis que les frères Scully se préparaient, Hannah manœuvra de façon à se retrouver entre Clementine et Mlle Luly Maine. Dans sa robe de satin blanc ornée de rubans bleus et rouges, la petite institutrice était aussi jolie que les drapeaux claquant au vent en haut des mâts, tout autour du pré. Jolie, oui, et délicate. Et si jeune. Auprès d'elle, Hannah se sentait soudain aussi vieille et racornie qu'une paire de bottes usées.

La jeune fille se figea en jetant un regard en coin à Hannah qui souriait. Mlle Luly Maine ne savait trop quelle attitude adopter envers elle. C'était une tenancière de saloon, une véritable fille d'Ève, le genre de femme délurée contre lequel le révérend de son adolescence l'avait sans doute mise en garde. Mais Hannah était aussi une amie de Clementine McQueen, femme éminemment respectable, bien sûr, épouse modèle, présidente du Ladies Social Club et fille d'une importante famille de Boston. De sorte que l'institutrice n'arrivait pas à décider si elle devait snober Hannah Yorke ou l'inviter à prendre le thé.

— Connaissez-vous M. Drew Scully ? demanda Hannah d'un ton neutre.

Les joues de l'institutrice tournèrent à l'écarlate et un sourire timide passa sur ses lèvres.

— Nous n'avons pas été présentés dans les formes, bien sûr, mais je l'ai déjà vu en ville. Il m'a souri et a mis la main à son chapeau pour me saluer.

A cet instant précis, l'homme ôtait plus que son melon. Il se débarrassait de sa veste, de sa cravate et de sa chemise. Il étira les bras, fit rouler ses épaules et courba son torse bardé de muscles. Mlle Luly Maine laissa échapper un soupir et Hannah faillit bien l'imiter. Ce n'était pas comme si elle avait désiré cet homme pour elle-même. En fait, la pauvre gamine méritait surtout la pitié. Elle avait été mordue par l'amour et elle devait sans doute croire qu'elle deviendrait folle si elle ne grattait pas convenablement cette délicieuse démangeaison.

Jere Scully choisit avec grand soin l'endroit du bloc de granite où poser la pointe du foret, car les meilleures places avaient déjà été utilisées par les concurrents précédents. Drew Scully déroula une pièce de toile et prit le foret parfaitement aiguisé. Il balaya l'assistance des yeux et vit qu'elle le regardait. Il lui décocha un sourire éclatant et elle répondit d'un regard furibond. Et il... Quoi ? Il eut l'audace de lui lancer un clin d'œil ! La prenait-il donc pour un tendron comme Mlle Luly Maine, dont le cœur s'emballait et les genoux fondaient dès qu'un jeune homme séduisant lui marquait la moindre attention, alors qu'il cherchait juste une chevauchée entre ses jambes ?

Il soutint le regard d'Hannah en s'accroupissant. Il serra le foret d'une main, très près de la tête. L'arbitre toucha l'épaule de Jere, et celui-ci assena le premier coup sur la tête du foret. La pointe d'acier mordit dans le granite avec un « clang » sonore et Mlle Luly Maine sursauta en poussant un petit cri.

Après trois minutes, le chronométreur toucha de nouveau l'épaule de Jere. Celui-ci lâcha la masse et remplaça Drew, qui prit sa propre masse, se releva et l'abattit sur le foret sans rompre le rythme.

— Vas-y, tape, mon gars ! cria quelqu'un.

Mlle Luly Maine poussa un autre soupir énamouré, et Hannah serra les mâchoires. La fille commençait à l'exaspérer, bien qu'elle dût reconnaître l'attrait du spectacle. Si Drew Scully n'était pas aussi lourd et bronzé que son frère, sa musculature sèche et longue n'en paraissait pas moins efficace dans l'effort. L'estrade tremblait à chaque impact et l'air lui-même semblait vibrer sous la férocité des coups. Le rythme de la frappe résonnait dans le sang d'Hannah, et une sensation douceâtre l'envahissait peu à peu. C'était le tempo d'une tête de lit cognant régulièrement contre un mur, songea-t-elle, celui d'une femme prise encore et encore par un homme fou de désir, jusqu'à avoir envie de hurler dans cette agonie de plaisir.

Hannah fut presque soulagée quand le chronométreur posa la main sur l'épaule de Drew. De nouveau, les deux frères échangèrent leurs places.

Jere eut un brusque mouvement de tête pour chasser la sueur de ses yeux, et il grogna de fatigue en élevant la masse. Près de la rivière, quelqu'un ou quelque chose attira son attention car il détourna les yeux pendant une fraction de seconde, mais cette brève interruption dans sa concentration suffit pour affecter son coup. La masse s'abattit sans hésitation mais elle rata sa cible. Les huit kilos d'acier glissèrent le long du grand clou métallique avec un crissement insupportable pour écraser la main qui tenait le foret.

Immédiatement, la masse fut relevée et resta suspendue dans l'air pendant que les yeux de Jere s'écarquillaient d'horreur. Des exclamations diverses parcoururent la foule, et Drew tressaillit sous la vague de douleur qui submergeait sa conscience. Mais il releva la tête et cria à son frère :

— Vas-y, frappe, bon sang ! Frappe !

Jere s'exécuta.

Un sang épais rougissait la main martyrisée de Drew, mais il tenait toujours le foret et le soulevait en le tournant après chaque coup. Le sang coulait dans le trou et en était chassé par le filet d'eau. Autour du bloc de granite, les flaques d'eau se teintèrent de rose. Hannah ne se rendit compte qu'elle retenait son souffle que lorsque le chronométreur toucha l'épaule de Jere. C'était au tour de Drew de manier la masse.

Jere marqua un temps d'hésitation, mais Drew s'était déjà remis debout, sa masse dans les mains. Il la souleva au-dessus de sa tête, et le sang coula le long de son bras. Quand il assena le premier coup, une pluie de gouttelettes arrosa les premiers rangs des spectateurs en un arc de cercle éphémère. Encore et encore il frappa le foret, malgré la douleur que devait occasionner chaque choc. Tétanisée, Hannah contemplait ce torse parcouru de traînées écarlates.

Une fois encore les frères échangèrent leurs rôles, et ces trois dernières minutes parurent interminables. Des lignes blanches dures marquaient aux coins la bouche de Drew, et son regard s'était voilé. Hannah avait enfoncé ses ongles dans les paumes de ses mains, comme si elle pouvait ainsi le soulager un peu de sa douleur.

— Quinze minutes ! tonna enfin le chronométreur, et Hannah exhala brusquement l'air trop longtemps contenu dans sa poitrine oppressée.

L'assistance explosa en une ovation spontanée pour saluer le courage et la force de caractère des frères Scully.

L'arbitre ôta de sa main en coupe l'eau du trou, dans lequel il inséra la baguette de mesure. La foule se tut et retint son souffle.

— Soixante et onze centimètres !

Des hurlements enthousiastes et même quelques coups de feu saluèrent l'exploit.

— Luly est partie chercher le médecin.

Hannah se tourna vers Clementine dont le visage était aussi pâle que la poussière de granite qui couvrait l'estrade, mais des gouttelettes rouges maculaient son front et ses cheveux dorés. Hannah comprit alors qu'elle aussi avait dû être aspergée par le sang de Drew Scully.

— Maman, il saigne le monsieur, annonça Charlie.

Clementine déposa un baiser tremblant sur la joue de l'enfant.

— Oui, il saigne. Descendons à la rivière pour voir les truites, d'accord ?

Le chronométreur était maintenant encadré par les frères Scully. Il s'apprêtait à prendre leur bras pour le lever et ainsi les proclamer vainqueurs lorsque les jambes de Drew le trahirent. Il tomba à genoux. Sa tête ballotta d'un côté puis de l'autre, et son visage vira au blanc cireux. On aurait pu croire que tout son sang s'étalait sur le plancher.

— Écartez-vous ! cria quelqu'un. Voilà le médecin.

Le Dr Kit Corbett était aussi mince qu'un serpent et d'un commerce à peu près aussi agréable. Mais il était encore jeune et ne buvait pas, deux qualités fort rares chez les médecins exerçant dans l'ouest du Montana. Il était nouveau à Rainbow Springs ; cependant il connaissait bien ce genre de concours et la vue du sang ne le fit même pas cligner les yeux.

— Vous auriez pu avoir assez de bon sens pour arrêter avant la fin de l'épreuve, fut son seul commentaire quand il s'agenouilla auprès du blessé.

L'institutrice qui avait escorté le médecin jusqu'à l'estrade n'osa pas y monter. Elle resta en bas, indécise, à mordiller sa lèvre inférieure de ses incisives. Hannah voyait bien qu'une jeune fille comme Mlle Luly Maine était trop timide, trop innocente et trop bien élevée pour approcher un homme qu'on ne lui avait pas présenté dans les formes, même lors de son dernier souffle.

Hannah Yorke avait été bien élevée, elle aussi, mais elle n'avait plus rien d'une innocente. Elle écarta les hommes qui se massaient entre elle et l'estrade. Drew redressa brusquement la tête, pour ôter les mèches de ses yeux, et leurs regards se rencontrèrent dans un choc comparable à celui de la masse frappant le foret.

Agenouillé ainsi, sa main valide tenant l'autre sanglante, il paraissait tellement amoindri et vulnérable qu'elle eut envie de faire quelque chose pour lui. L'embrasser, peut-être, pour son caractère de jeune chien fou. Ou frotter sa tête contre sa poitrine et le réconforter en le couvrant de baisers et de mots doux, ce qui aurait prouvé qu'elle était encore plus folle que lui.

Au lieu de quoi elle lança d'une voix acide :

— Bah, si vous étiez capable de tenir une masse, votre main n'aurait rien.

Il la gratifia d'une grimace narquoise.

— Ah ! vos paroles me sont d'un incontestable réconfort, madame Yorke.

— Et vous, vous êtes un fou incontestable, monsieur Drew Scully.

— Mais un fou plus riche de vingt dollars.

Son frère plaça une chope de bière dans sa main valide, et

Drew la vida d'un trait. Le médecin pliait et dépliait ses doigts rougis de sang pour déterminer s'il y avait des os brisés. Drew jura et retira sa main de celles du praticien.

— Ça va, j'ai eu des blessures plus graves.

Quel homme ! songea Hannah. Plein de morgue et de courage. À travers le filtre d'une existence très rude, elle voyait fort bien la jeunesse de Drew qui lui faisait comme un nimbe, aussi évidente que son costume à trois dollars. Pourtant, quelque chose en lui l'intriguait... C'était le caractère entier de son courage. Le courage vient aisément à certains parce qu'ils ont peu fréquenté la peur. Mais Drew Scully était intime avec la peur, elle en avait la certitude. Il connaissait la peur aussi bien qu'elle les hommes ; il connaissait son odeur, son goût et la façon dont elle vous rongeait lentement l'amour-propre et corrodait votre âme telle de l'eau coulant goutte à goutte sur la roche.

Le médecin se contenta de bander la main de son patient peu reconnaissant et lui souhaita d'aller en enfer. Les hommes s'étaient attroupés autour de Drew qui s'était remis debout. Ils lui donnaient de grandes tapes sur l'épaule et proposaient de lui offrir un verre, mais il les écarta sans quitter Hannah du regard.

Il avança vers elle et la contempla de haut.

— Voudriez-vous être mon infirmière attitrée, madame Yorke ? Je ne refuserais pas les soins d'un ange comme vous.

— Ce qui vous ferait du bien, c'est une bonne taloche sur le crâne pour vous remettre les idées en place. Par ailleurs, je ne suis pas un...

— ... ange, termina-t-il à sa place en souriant.

Cette fois, ce n'était pas un de ses rictus moqueurs mais un vrai sourire, lent et doux, qui métamorphosa son visage et la laissa dans le même état que si elle avait reçu un coup de poing dans l'estomac.

Il s'accroupit et s'assit au bord de l'estrade. L'instant suivant, il avait entouré la taille d'Hannah de ses deux bras et l'attirait vers lui de façon à pouvoir également refermer ses jambes sur elle. La manœuvre amusa la jeune femme, mais elle s'étonna de s'être laissé faire. Les cuisses de Drew emprisonnaient les siennes, et leurs poitrines se touchaient. Elle avança le ventre contre lui tandis qu'il plaquait une main contre ses reins pour la rapprocher de lui. Il avait des cuisses aussi solides que ce granite qu'il avait vaincu si rageusement. L'air était chargé d'une odeur mâle, sueur et poussière de granite sous le parfum violent et âcre du sang. Et, bien que leurs visages fussent distants seulement d'un souffle, elle fut incapable de le regarder dans les yeux. Son attention voleta vers la tente où étaient servis les rafraîchissements à l'instant où Zach Rafferty tournait le dos au comptoir de fortune, un seau empli de bière dans chaque main. Leurs regards se croisèrent et Hannah se raidit dans l'étreinte légère de Drew. Des doigts rudes saisirent son menton, la forcèrent à relever la tête, et elle plongea dans des prunelles dures, d'un gris sombre semblable à ces silex dont les Indiens faisaient jadis les pointes de leurs flèches.

— Quand vous êtes avec moi, dit-il d'une voix basse, gardez donc ces jolis yeux marron sur moi, et pas sur lui.

Des deux mains, elle appuya sur sa poitrine et le repoussa avec rudesse.

— Vous vous trompez complètement, monsieur Scully. Je ne suis pas avec vous. En fait, vous pouvez fort bien aller au diable, et tout seul !

— Aïe...

Ce sourire irrésistible revint à ses lèvres, et elle pensa qu'elle aurait dû le détester, et qu'à l'évidence elle le désirait.

Du revers de sa main bandée, il lui caressa la joue.

— Alors bonne journée, madame Yorke.

Il sauta à bas de l'estrade et s'éloigna d'un pas souple, sans un mot de plus. Le souffle court, elle le suivit du regard.

Des rubans bleus et rouges attirèrent son attention et elle tourna la tête. Mlle Luly Maine était revenue auprès d'elle. Le menton de la jeune fille tremblotait mais elle réussissait à le maintenir dressé, en signe de défi. Elle fit tourbillonner sa robe en la soulevant, comme si soudain le sol était souillé, et à son tour elle s'éloigna d'une démarche roide plus éloquente que les phrases les plus cinglantes.

Hannah hésita à la rappeler, mais cela n'aurait rien donné de bon. Quand vous avez dix-sept ans, il n'y a que les femmes respectables et les femmes non respectables. Pas de catégorie intermédiaire.

La femme de tous les hommes et la femme d'aucun homme... Sa vision se brouilla et elle cligna les paupières avec une certaine irritation. Elle contempla un moment la rivière bordée de peupliers et de trembles. Oh ! que n'aurait-elle donné pour retrouver ses dix-sept ans !... Elle aurait aimé revenir à l'innocence et à la pureté, retrouver un cœur qui n'ait pas été brisé et rafistolé tant de fois qu'il ressemblait au dernier verre à whiskey du pire bordel de la terre. Elle aurait voulu tout recommencer, avoir la vie devant elle, vierge et scintillante, comme la rivière.

Avec, au bout du courant, l'amour.

XXI

Agenouillée au bord de la rivière, Erlan lâcha dans le courant le petit bateau en papier qu'elle venait de confectionner en offrande au dieu des Eaux pour que soient exaucés les vœux de son cœur. Elle se remémora toutes les fois où, assise contre le mur du jardin de son *lao chia*, le dos appuyé aux pierres rugueuses chauffées par le soleil, serrant ses genoux dans ses bras, elle avait rêvé d'agir ainsi : envoyer voguer au loin sur la rivière le navire de ses désirs secrets.

La Rainbow Springs était très différente de la Min, boueuse et ensablée par endroits, aussi jaune que la peau d'un vieillard. Cette rivière était si claire qu'elle pouvait compter les galets qui en tapissaient le fond. Un duvet blanc flottait à sa surface, arraché aux arbres voisins et à ces autres au tronc mince et argenté, avec leurs feuilles qui luisaient sous le soleil et frissonnaient même sans le moindre souffle de vent.

Erlan se remit debout, emplit ses poumons et sa tête de l'odeur de la rivière et de l'herbe chauffée par le soleil. Des pétards explosèrent en rafale, et la cloche de la nouvelle voiture de pompiers tinta comme un gong de bronze. Ces sons lui rappelaient les célébrations de la nouvelle année dans son pays. Là-bas aussi il y avait des pétards, des fusées qui éclataient en gerbes et en étoiles colorées. Et on y faisait bombance, oh oui ! On s'y régalait de boulettes de viande bouillie et de nouilles de riz, de gâteaux de lune et d'oranges porte-bonheur.

Jusqu'à une époque récente, ces pensées relatives au foyer déclenchaient en elle une grande tristesse, mais aujourd'hui elle en souriait. Elle était capable de penser à son *lao chia,* car dans son cœur elle croyait possible de le revoir un jour.

Son sourire s'évanouit quand elle pensa à son *anjing juren,* son gentil géant. Tout à l'heure, quand elle s'était approchée de la berge, elle l'avait aperçu campé sur une estrade, une grosse masse brandie au-dessus de sa tête. Comme possédés d'un esprit autonome, ses pieds s'étaient mis à avancer vers lui. Mais elle s'était aussitôt forcée à tourner les talons. Dans cette existence leur destin était d'être tels le soleil et la lune, qui couraient dans l'immensité du ciel sans espoir de jamais être réunis. Elle aurait pu finir par l'aimer, mais il l'effrayait toujours. Il était trop grand, trop féroce.

Perdue dans ses pensées, Erlan suivit un coude de la rivière et découvrit une femme accroupie au bord de l'eau. Elle était accompagnée d'un enfant dont elle venait de nettoyer le visage avec un linge humide... Elle retrempa le morceau de toile dans la rivière et entreprit de nettoyer son propre visage avec vigueur. Erlan approcha d'un pas et son pied fit tomber un chapelet de petits galets dans l'eau. La femme tourna la tête vers le bruit. Erlan sourit et salua d'une révérence en reconnaissant Clementine.

— Bonne journée à vous, mon amie.

— Oh ! Erlan, je ne vous avais pas vue...

Clementine se remit sur ses pieds en se débattant dans sa lourde robe verte. Ses doigts tremblaient tandis qu'elle repoussait de son front quelques mèches folles et les coinçait sous le bord de son chapeau de paille. Son visage était pâle et un frisson imperceptible parcourait son corps.

Dans un geste de réconfort, Erlan lui tendit la main.

— Êtes-vous malade ?

— Non, non. Un homme s'est blessé et son sang nous a éclaboussés. Oh ! ce n'était rien, vraiment ! Je suis ridicule, mais... Oh ! parfois je déteste ce pays...

Erlan sentit qu'on tirait sur le bas de sa *chang-fu.* Elle plongea son regard dans celui du garçon.

— Tu as des yeux bizarres, dit-il. Ils sont tout pincés aux coins.

Clementine posa une main sur le crâne de l'enfant.

— Allons, Charlie, c'est très impoli de parler des différences physiques d'autrui.

Deux gamines passèrent de l'autre côté des arbres. Elles couraient en tirant la ficelle d'un cerf-volant dont la queue avait été lardée de cartes à jouer et de sifflets pour le faire chanter comme un colombier surpeuplé. Charlie échappa à la main de sa mère et courut derrière elles.

Clementine vit que les deux fillettes accueillaient sans réticence son fils dans leur jeu. Elles lui prêtèrent le fil du cerf-volant, qui plongeait et remontait en flèche dans la brise. Charlie rit à gorge déployée et le soleil transforma sa chevelure en un casque d'or.

— C'est un très joli enfant, dit Erlan.

Clementine se retourna vers elle et lui sourit.

— Mais un peu sauvage, j'en ai peur.

Elles se mirent à longer la berge de concert, à la suite du trio d'enfants dans le pré. Clementine ne tremblait plus, elle souriait même ; néanmoins, Erlan sentait qu'en elle une bataille faisait rage. Trop d'esprits tiraient cette femme dans une direction, puis dans une autre, sans jamais la laisser en paix.

— Oh ! que portez-vous aux pieds ? s'enquit Clementine.

Erlan souleva sa *chang-fu* pour montrer ses nouveaux souliers.

— Ils vous plaisent ? Ce sont des souliers de croquet, paraît-il.

Elle les avait dénichés dans un coin du bazar, et sur leur boîte étaient spécifiés leur semelle en caoutchouc vulcanisé et leur dessus en toile. Elles étaient très confortables.

— Je laisse la possibilité à mes pieds de devenir aussi grands que des bateaux, comme ceux de n'importe quelle Américaine.

Elle avait peu à peu détendu les attaches et baigné ses pieds chaque soir dans une décoction d'herbes afin qu'ils retrouvent une certaine normalité. L'épreuve était horriblement douloureuse et ses pieds gonflaient chaque fois qu'elle marchait un peu. Ses orteils déformés ne reposeraient plus jamais à plat et elle garderait sans doute toujours une démarche de marin en bordée, mais chaque jour qui passait ses pieds lui semblaient s'élargir, et sa confiance en elle grandissait. Un corps fort pour un esprit fort.

Du menton, elle désigna l'étendue de la prairie où l'orchestre jouait devant des couples tourbillonnant en cercles avec force martèlements de mains et de pieds en rythme.

— Un jour peut-être je pourrai danser comme ces dames. Comment s'appelle cette danse ? Le poker ?

— La polka, corrigea Clementine avec un de ses sourires éblouissants et trop brefs. Vous semblez heureuse aujourd'hui, Erlan.

— Il serait peut-être plus juste de dire que je suis en paix avec moi-même. J'ai cessé d'accuser ma destinée et j'ai décidé de ce que j'allais faire.

— Rentrer au pays ?

— Non. Je resterai ici pour le moment. Je ne rentrerai que plus tard.

Elle avait réfléchi pendant des heures à son avenir, lors de ces longues marches qui endolorissaient autant ses pieds que son esprit. Parfois elle avait du mal à maîtriser le flot tumultueux de ses pensées. Le pays de ses ancêtres lui manquait tellement — son foyer, son père, ses sœurs, ses cousines et ses tantes... Grâce au Ciel, jusqu'aux trois femmes de son père lui manquaient. Elle ne pouvait supporter un destin qui lui aurait interdit de jamais les revoir. Mais elle se demandait si son destin n'était pas de passer son existence dans ce pays étranger où les dieux l'avaient envoyée en pénitence pour purger la honte léguée par sa mère. Et puis un jour elle s'était remémoré ce proverbe que lui avait naguère cité son père : « Nombreux sont les chemins de l'honneur qui permettent de sortir des forêts de la honte. »

Elle cherchait maintenant les mots pour expliquer tout cela.

— Nous autres Chinois ne pensons pas qu'il suffit de naître, ou de vivre. Que faut-il d'autre ? Cultiver l'honneur, et l'espoir. Un jour je rentrerai au pays, car il le faut. Je ne peux supporter l'idée que je ne reverrai jamais le vert des toits et le rouge des colonnes de mon foyer. Mais je dois d'abord satisfaire l'honneur, car ce qu'a fait ma mère chargera de honte toutes les générations que je pourrais porter dans mon ventre. Je dois retourner sur la terre de mes ancêtres et trouver un moyen d'effacer cette disgrâce. Jusqu'à ce jour je n'ai pas de visage, je ne peux donc le montrer.

— Mais cela semble tellement injuste de vous tenir rigueur des fautes que votre mère a commises...

Erlan ne répondit rien, car tel était le cours des choses. Vous étiez liés à vos ancêtres et eux à vous, et ce que chacun faisait affectait l'honneur de tous. Elle retournerait implorer la rédemption auprès de son père afin que Tao Huo connaisse la paix dans le monde spirituel. Comment elle parviendrait à ce résultat, elle ne le savait pas, mais elle ne pouvait laisser la peur et l'ignorance l'entraver sur la voie du devoir.

— Ainsi donc vous devez retourner chez vous, pour votre honneur et pour l'espoir, dit Clementine. Mais alors, pourquoi restez-vous ici pour l'instant ?

— Parce que j'ai une autre dette d'honneur envers le marchand Woo, qui s'est acquitté en toute bonne foi du prix de la mariée, en croyant avoir acheté une femme qui lui donnerait des enfants dans ses vieux jours. L'espoir, je ne pourrais vivre sans. Mais je ne pourrais pas plus vivre avec le déshonneur de ne pas avoir payé mes dettes.

— Cultiver l'espoir et l'honneur, répéta Clementine. Espoir et honneur... Oui, je comprends que cette nécessité vous redonne une paix intérieure.

— Et vous, n'êtes-vous pas retournée chez vous depuis votre mariage ? demanda Erlan qui depuis leurs libations chez Hannah connaissait en partie la façon dont Clementine avait fui le domicile parental pour suivre son cow-boy bien-aimé.

— Non, pas une fois. Au début j'envoyais des lettres, mais je n'ai jamais reçu de réponse. J'avais cru qu'après Charlie... Quand mon père a appris qu'il avait un petit-fils, j'ai espéré qu'il se laisserait fléchir. Mais au fond de moi je savais qu'il ne me pardonnerait jamais.

— Mon père non plus ne pardonnera jamais. Les dieux ne nous accordent pas toujours ce que nous désirons.

Clementine contempla son fils. Son mari et Rafferty avaient rejoint Charlie et les deux fillettes au cerf-volant.

— C'est vrai, nous n'obtenons pas toujours ce que nous désirons, déclara-t-elle à voix basse. Mais parfois, ce que nous désirons n'est ni bon ni juste. Ni simplement possible.

Erlan vit Clementine et son beau-frère échanger un regard où passait un amour indéniable, pareil à un éclair dans un ciel d'orage, un désir violent pour quelque chose que les dieux leur refuseraient toujours.

La poitrine d'Erlan se souleva sur un soupir triste et silencieux. Oh ! Clementine... Et Hannah, avec son *anjing juren*... Ces deux femmes étaient semblables. Parfois elles se conduisaient comme des gamines, et elles se montraient incapables de comprendre que leur colère et leur opposition aux dieux étaient aussi insignifiantes que les gouttes de pluie disparaissant dans l'océan.

— Nous allons bientôt déballer notre panier-repas, dit Clementine avec une nervosité mal dissimulée. Voulez-vous vous joindre à nous ?

Erlan courba le buste.

— Ma misérable personne est très honorée de cette proposition, mais je ne peux... (Le beau-frère venait vers eux, et elle sentit Clementine se crisper.) Je vous remercie de votre gentillesse, mais je dois retrouver le marchand Woo. J'ai quelque chose d'important à lui dire.

Clementine réussit à sourire.

— À propos d'honneur et d'espoir ?

— Oui, répondit Erlan avec le même sourire. Les siens autant que ceux de ma misérable personne.

Erlan s'étonnait que des Chinois aident à célébrer cet anniversaire américain à Rainbow Springs — à leur façon, avec des cymbales et des gongs, des lanternes en soie colorée, des drapeaux frappés de dragons et des œufs durs peints en rouge, couleur du bonheur. Et elle jugeait très triste de fêter le jour de l'Indépendance dans un pays où, quand un homme était chinois, il ne pouvait labourer le sol, chercher de l'argent dans la montagne ou prendre femme, à moins d'acheter une fille-esclave au *tong*.

Les Chinois s'étaient approprié un coin de la prairie très à l'écart des démons étrangers. Là-bas, l'air vibrait du son des dominos de mah-jong, et il y flottait des effluves de canard grillé à l'huile de cacahuètes, de thé vert infusant et d'alcool de riz. Si Erlan fermait les yeux, elle se croyait presque revenue dans le jardin de son *lao chia*.

Un groupe d'enfants — des enfants-démons — arriva soudain en courant et l'encercla dans une farandole endiablée.

— Le Chinois, le Chinois, il courait sur les rails comme une blatte ! crièrent-ils. Un *Injun* est arrivé, qui lui a cisaillé d'un coup la natte !

Avec des rires et des hululements railleurs, ils tournoyèrent encore une fois, puis brisèrent le cercle et s'égaillèrent à la recherche d'une autre victime.

Saisie d'un tremblement irrépressible, Erlan demeura immobile. Ce n'est qu'un jeu, se dit-elle, une plaisanterie d'enfants. Ils n'avaient pas voulu la blesser. Pourtant, elle ne parvenait pas à maîtriser son tremblement. Jamais elle ne se sentirait chez elle ici, même si elle y vivait mille ans.

Enfin, elle repéra le marchand Woo. Il était assis seul, loin de ses compatriotes, sur les racines protubérantes d'un vieil arbre, et il fumait une pipe à eau. Woo était peu apprécié des autres

Chinois car il affectait trop les manières américaines, avec son discours ironique et son costume noir de barbare. Mais lui aussi souffrait. Il ne pouvait même pas posséder ce magasin dont il était si fier : le titre de propriété était rédigé au nom d'Hannah Yorke.

Il leva les yeux à l'approche d'Erlan et aucune expression ne passa sur son visage jaune et ridé. Depuis la nuit où elle avait tenté de se trancher la gorge, le mur entre eux avait atteint une hauteur comparable à celle de l'enceinte de la Cité interdite.

— Te voilà, dit-il non dans son cantonais brutal mais dans cet anglais qu'il la forçait à parler. Où étais-tu ?

— Je marchais.

Il grogna.

— Marcher, marcher, marcher. Tu ne sais faire que ça, pire qu'un pèlerin bouddhiste, oui ? C'est miracle que tes pieds menus n'en souffrent pas.

— Ils sont devenus plus résistants.

Il grogna de nouveau, vida les cendres de sa pipe, prit une pincée de tabac dans sa boîte et en bourra le fourneau. Puis il suça l'embout avec application. Le chuintement du tabac qui s'enflamme et son odeur amenèrent à l'esprit d'Erlan des souvenirs aigres-doux de son père.

— Je veux faire... (Elle chercha le mot en anglais.)... un marché. Je veux faire un marché avec vous.

Il braqua sur elle ses yeux plissés par la fumée.

— Ah ! maintenant tu veux trancher ma gorge au lieu de la tienne ? Me donner la mort à la place de la honte ?

Elle ravala une ébauche de sourire. Il était assez vieux pour être son père, n'avait aucune beauté, mais à dire vrai elle l'aimait bien. Elle s'assit sur les talons devant lui, dans l'herbe. Ils se faisaient face à très courte distance.

— C'est mon marché. Vous me paierez un dollar par jour pour travailler au bazar, préparer les repas et faire le ménage.

Cette partie de son marché lui plaisait. Elle se voyait fort bien apporter l'harmonie dans la vie du marchand. Pour l'instant tout n'était que chaos, souvent révélé quand l'esprit *yang* devenait prépondérant. Sam Woo était du genre à ne pas jeter une vieille brosse usée, à ne jamais gaspiller un grain de riz. Elle tiendrait l'inventaire du magasin et arrangerait chaque chose suivant les principes qui régissaient leur existence. Elle balaierait les moutons sous le lit et nettoierait la cuisine du sol au plafond. Elle ferait de son mieux pour que le riz ne soit pas trop cuit, et chaque jour elle en déposerait un bol en offrande sur l'autel du dieu de la cuisine — un devoir honteusement négligé ces derniers temps, ce qui avait sans nul doute provoqué bien des problèmes.

— Je travaillerai et vous me verserez un salaire pour ce travail, reprit-elle. Un dollar américain par jour.

Le marchand Woo feignit de soupeser ses paroles en se caressant la moustache, mais elle le soupçonnait d'en rire intérieurement.

— Et moi, que retirerai-je de ce marché sinon un mal de ventre et des poches vides ?

Elle suçota sa lèvre inférieure pour dissimuler un autre sourire et, modeste, baissa les yeux.

— Mes défauts sont certes graves, mon époux, répondit-elle en lissant l'étoffe de sa *chang-fu.* Mais je serai très heureuse de vous donner un fils.

Voilà, elle l'avait dit, et les mots n'étaient pas si amers à prononcer. Du moins elle avait eu la dignité qui sied à la mère du fils d'un homme, ce qui, après tout, était la raison première de sa présence au monde. Elle donnerait un fils au marchand Woo, et à travers ce fils elle serait de nouveau honorée.

Elle s'était attendue que son mari soit flatté par cette partie du marché, car sans descendant un homme était condamné à errer ainsi qu'une ombre dans le monde invisible. Mais il resta pétrifié sur place, sans prononcer un seul mot.

Au loin s'élevait l'étrange discordance des cuivres de l'orchestre. Des pétards éclataient de temps à autre, certains plus proches, et un Chinois maudit les dieux et cette forme d'hommage trop bruyante.

— Et que feras-tu de tout l'argent que je te donnerai ? demanda-t-il enfin.

— Je le mettrai dans une boîte, près de notre couche, près de la gourde qui doit nous protéger des fantômes. Et quand j'aurai une somme suffisante, je vous rembourserai ma dot et j'achèterai mon passage sur un bateau pour retourner au pays de mes ancêtres.

La traversée lui coûterait six cents dollars, et Sam Woo avait versé huit cents dollars à son père. Le remboursement prendrait beaucoup de jours et de nuits.

Il enroula avec soin le tuyau flexible de sa pipe autour du bol.

Tous deux suivaient chaque mouvement de ses doigts bruns et fripés par les ans. Puis, derrière les épaisses lunettes rondes, ses yeux la fixèrent sans ciller.

Soudain, il détourna le regard et poussa un profond soupir.

— Je sais ce que tu penses de moi. Que je ne suis qu'un mangeur d'ail de Canton, dit-il dans la langue rude de cette région. Et toi... Toi, tu es tellement fière, tellement pénétrée et orgueilleuse des manières des mandarins... Tu es née pour connaître le satin rouge et les baguettes en argent, moi pour connaître le chanvre et la dureté du bois dans une cabane aux murs de terre et au toit de chaume. Ma mère m'a mis bas, moi son quatrième fils, sur un vieux matelas de paille de riz, un matin, et l'après-midi elle était retournée travailler au champ. Ah ! je dis « champ », mais ce n'était qu'un misérable petit lopin de terre.

Soudain il éclata d'un rire aigu, teinté d'amertume, qu'Erlan ne lui avait jamais entendu.

— Avec le prix d'une seule de tes épingles à cheveux en or, ma famille aurait pu manger pendant une année entière, nous qui n'avions qu'un bol de bouillie de riz par jour, ou un gâteau de millet quand la bonne fortune nous souriait. Je ne me souviens pas d'un jour de mon enfance où mon estomac ait été satisfait. (Son regard revint sur elle, et l'amertume de sa voix noircissait maintenant ses yeux.) Tu regrettes ce que tu as perdu. Moi, peu m'importe de revoir un jour la terre jaune de la Chine.

Elle déglutit pour chasser cette boule étrange qui venait de se former dans sa gorge. Il attendait quelque chose d'elle, mais elle ne pouvait définir quoi. Pourtant, cela ne changeait rien : elle n'avait rien à offrir, de toute façon.

— Je ne peux modifier l'essence de mes espérances, déclara-t-elle, mais je rembourserai ma dette d'honneur. Je vous donnerai un fils.

Il se pencha vers elle, si près qu'elle put sentir son haleine chargée non d'une odeur d'ail, mais de celles du tabac et de la bière américaine. Sous les moustaches, une ombre de sourire relevait les coins de la bouche.

— Tu ferais le nuage et la pluie avec moi ? demanda-t-il.

— Je...

Erlan avait l'impression d'être une acrobate en équilibre sur un bambou. Un instant son esprit fut envahi par des images de doigts caressants, de lèvres humides et d'une colonne de chair s'enfonçant entre ses cuisses, déchirant son intimité... Elle ferma les yeux et s'efforça d'endiguer la terreur qui montait en elle, de retenir ce cri qui bouillonnait dans sa gorge.

Toutes les femmes le font, pensa-t-elle. Je n'en mourrai pas, je n'aurai même pas envie de mourir. Le marchand Woo était un homme bon. Si elle le lui demandait, il essaierait de se montrer doux. Ce ne serait pas si terrible, pas comme avec les autres.

Elle rouvrit les yeux avec effort et son tremblement cessa. D'un geste vif, elle arracha un brin d'herbe.

— Il y a quelque chose que vous devez savoir. Après que mon père m'a vendue, je... j'ai dû endurer certaines indignités.

Elle pensait qu'il serait étonné et sans doute déçu d'apprendre qu'il avait acquis un bien dévalorisé. Au lieu de quoi il lui tapota doucement le bras, comme si sa confession n'avait aucune importance.

— Ce n'est pas une grande surprise, déclara-t-il en repassant à la langue anglaise. Tu étais pareille à un chien battu qui tremble à la vue du bâton. (Du bout des doigts, il caressa sa joue et sourit.) Je ne te ferai pas souffrir, ma fleur.

Elle scruta les profondeurs de ses yeux, y vit cette fringale qui l'effrayait toujours. Mais elle découvrit aussi une gentillesse naturelle qui la réconforta. Elle baissa les yeux, se mit à genoux et se pencha en avant pour toucher trois fois du front le sol. Par ce geste, elle lui montrait l'obéissance et la loyauté qu'elle aurait à son égard, en qualité d'épouse, de mère de son fils, à partir de ce jour jusqu'à celui où elle partirait pour son *lao chia.*

Il aurait pu l'en empêcher. Elle avait cru qu'il le ferait, car il n'était pas dans les manières américaines qu'une femme se prosternât devant son mari. Mais il ne refusa pas.

La table sur tréteaux installée au centre de la grande estrade croulait sous le poids des gâteaux. Aux pommes, à la cannelle, aux marrons, en macarons, décorés d'une jolie faveur, nappés de crème aigre. Quelqu'un avait eu la présence d'esprit de recouvrir avec de la sciure les taches de sang sur le sol.

Les gâteaux allaient être vendus aux enchères par ces dames du Ladies Social Club de Rainbow Springs En plus du plaisir du palais, tout homme qui achèterait un gâteau aurait droit à la compagnie d'une femme pendant le feu d'artifice qui devait être tiré plus tard dans la soirée. L'argent récolté serait versé à l'école pour acheter des abécédaires, des ardoises et des pupitres, et pour payer le salaire mensuel de Mlle Luly Maine, qui s'élevait à vingt-cinq dollars. Et, bien sûr, chaque dame respectable de Rainbow Springs avait préparé un gâteau pour cette bonne cause.

Voilà où elle s'était comportée en imbécile, se morigéna Hannah Yorke. Elle n'avait et n'aurait jamais rien d'une dame, encore moins respectable.

Bien avant l'aube elle s'était levée pour cuisiner sa propre contribution, un gâteau à la mélasse avec des raisins secs. C'était la seule recette qu'elle connaissait, le genre de douceur qu'une épouse de mineur concoctait quand l'argent manquait pour acheter du sucre ou des fruits confits. Mais à présent, devant les chefs-d'œuvre apportés par les autres femmes, Hannah trouvait qu'un gâteau à la mélasse et aux raisins secs — dont les bords s'étaient avachis et le centre écroulé — était à peu près aussi à sa place qu'un crotale dans un concours de lancer de lasso.

Et la femme déchue qui avait confectionné ce gâteau était encore plus déplacée.

Ses mains gantées de dentelle blanche serrèrent si fort le plat en porcelaine coquille d'œuf qu'elle craignit de le briser. Les parfums douceâtres des autres gâteaux lui soulevaient le cœur. Toutes ces dames respectables de Rainbow Springs s'étaient boutonnées jusqu'au col de leur robe dans une désapprobation raide à côté d'elle.

Avant qu'Hannah ait pu faire un pas pour s'échapper, Zach Rafferty lui bloqua le passage.

Il avait une pinte à demi bue de bière à la main, et une expression maussade sur le visage.

— J'ai entendu dire que ton nouveau chevalier servant avait remporté le prix de vingt dollars. Tu crois que je dois aller dévaliser la banque pour m'offrir une part de ton gâteau ?

— M. Scully n'est pas mon chevalier servant, répliqua-t-elle avec une pointe de culpabilité. Il ne m'est rien.

— Uh-huh...

Sa bouche était dure, mais elle lisait le désarroi dans ses yeux. Elle pensa que cette jalousie mettrait peut-être un peu de baume sur le tumulte dans son cœur, mais il n'en fut rien. Et les mots lui échappèrent avant qu'elle ait pu les arrêter :

— Oh ! Rafferty... Tu ne t'es donc jamais dit qu'être amoureux ne devait pas s'accompagner d'une telle tristesse ?

Il fit mine de s'absorber dans la contemplation des peupliers bordant la rivière.

— C'est ce que tu ressens, Hannah ? De la tristesse ?

Elle se mordit la lèvre.

— Rien ne t'a jamais empêchée de partir, lâcha-t-il.

— Non. Et c'est bien là le problème, n'est-ce pas ? Rien n'a jamais empêché l'un ou l'autre de nous de partir.

Et pourtant ils se quittaient et le savaient, songea-t-elle. Mais ni lui ni elle n'étaient encore prêts à affronter la réalité.

Seigneur, elle ne supportait même pas l'idée de le perdre, de se retrouver seule de nouveau. Seule et sans amour.

Elle s'appuya contre lui et afficha son sourire le plus provocant, celui qui toujours l'avait excité.

— Allons, chéri, pourquoi parlons-nous ainsi ? Peut-être que la chaleur et cette foule nous rendent tous les deux un peu nerveux, non ? Que dirais-tu de prendre ce gâteau et d'aller partager un feu d'artifice bien à nous à la maison ?

De l'index il effleura le bord de son chapeau, et le sourire qu'il lui décocha n'était guère plus qu'une contraction douloureuse des lèvres.

— Non, merci, chérie. Soudain, je ne me sens pas d'humeur à goûter les douceurs de l'existence.

Les larmes brûlaient ses yeux tandis qu'elle le regardait s'éloigner. Elle n'avait cédé qu'à un petit flirt sans conséquence, mais il en avait déduit qu'elle voulait ce type dans son lit avant la fin de la nuit. Et, comme les autres hommes, Zach Rafferty croyait qu'une femme ayant jadis vendu son corps avait définitivement perdu scrupules et vertu.

Comme tous les autres hommes... Elle se rendit compte que les dames en train de se regrouper sur l'estrade semblaient avoir enfin remarqué sa présence. Une à une, elles avaient tourné la tête vers elle et leurs discussions avaient cessé. La tête droite, Hannah s'avança vers elles.

Soudain, elle fut saisie de l'envie impérieuse d'accomplir un acte vraiment perturbateur, comme se déculotter devant tous leurs maris qui jusqu'alors avaient juste imaginé et qui pourraient ainsi constater par eux-mêmes ; ou bien lancer le concours du mot le plus obscène pour désigner le sexe masculin ; ou encore expliquer à ces très respectables dames ce qu'entendait un homme par le chiffre 69... Hum ! peut-être apprendraient-elles ainsi une meilleure façon d'utiliser leur langue que pour les ragots et les remarques désobligeantes dont Hannah bénéficiait aujourd'hui. Respectables, songea-t-elle avec dédain et en relevant le menton. Ce simple mot avait le don d'éveiller le hors-la-loi qui sommeillait en elle. Non qu'elle eût encore à rougir de quoi que ce soit. Elle était une des personnes les plus riches de la ville. Son hôtel, le Best in the West et ses asiles de nuit lui rapportaient de l'argent en abondance. Et aucun des autres propriétaires de saloon n'était snobé pour sa façon de gagner sa vie.

Malgré cela, pour beaucoup, elle restait la courtisane de la ville, même si elle n'avait jamais exercé ces talents particuliers à Rainbow Springs. Elle avait accepté un homme dans son lit sans avoir au doigt l'anneau qui aurait rendu la chose respectable, et en conséquence Hannah Yorke était une femme déchue pour toute la ville. Et quand une femme était tombée du piédestal de la vertu féminine, jamais elle n'y remontait.

Hannah avait presque rejoint Clementine quand une femme au visage rond et marbré s'interposa entre elles. Elle foudroya Hannah du regard et se tourna aussitôt vers Clementine.

— J'ose espérer que vous n'avez pas invité cette Jézabel à participer à notre vente de gâteaux, madame McQueen.

Pour toute réponse, Clementine eut un haussement de sourcils étonné devant cette remise en cause de son bon goût, et Hannah retint un franc sourire.

Une autre femme approcha. Celle-là était ridée, avec une bouche si pincée qu'elle en était presque inexistante.

— Quand nous avons eu l'idée de vous accueillir dans notre société, madame McQueen, certaines ont élevé des objections relatives à vos relations avec la catin. Nous avons résolu de pardonner ce manquement à la moralité à cause de la place de M. McQueen dans notre communauté et de vos propres attaches bostoniennes. Néanmoins...

— Si vous persistez dans cette folie, siffla Mme Martin, il y a fort à craindre que nous nous voyions contraintes non seulement de vous destituer de votre poste de présidente, mais aussi de vous expulser de notre société.

Clementine les toisa avec le dédain le plus charmant qu'ait vu Hannah.

— Vous devez agir selon votre conscience, madame Martin, et vous aussi, madame O'Flarraty, et je ferai de même avec la mienne. Maintenant, si vous voulez bien m'excuser. Merci.

Et elle leur tourna le dos.

— Je crois qu'elles ne m'inviteront pas à prendre le thé ni à leurs réunions de bigotes, lui murmura Hannah.

Elle avait vu que Mlle Luly Maine demeurait elle aussi à l'écart. Elle tenait un gâteau au safran — une spécialité de Cornouailles — et arborait un sourire de triomphe dépourvu de toute modestie.

— Peut-être bien que vous non plus vous ne serez plus invitée, et grâce à moi.

Clementine tira sur ses gants pour en ôter les plis. Ses joues avaient rosi.

— Parfait, dit-elle. Ainsi, nous n'aurons plus besoin d'inventer des excuses pour éviter leurs réunions. (D'un doigt, elle détendit un peu le col de sa robe.) Oh ! Seigneur, je suis si nerveuse que je transpire autant qu'un voleur de chevaux sur le point d'être pendu.

— Oh, Clementine ! répondit Hannah, en pouffant. Où avez-vous pêché une expression pareille ?

— Chez Nickel Annie. Non, vraiment, Hannah, je vais mourir de peur. Je n'aurais jamais rejoint leur petit club ridicule et j'en aurais encore moins accepté la présidence si j'avais su que je devrais m'exhiber sur cette estrade.

— Vous vous en sortirez très bien, lui affirma son amie.

Toutefois, Hannah comprenait les raisons de cette nervosité. Les dames respectables ne faisaient pas de discours et ne dirigeaient pas une vente aux enchères, même de gâteaux.

Clementine redressa les épaules, exactement comme un voleur de chevaux qui veut garder bonne figure devant le nœud coulant.

— Oui, eh bien... Peut-être que la seule chose à faire, c'est justement de le faire pour en être débarrassée.

— Vendez mon gâteau en premier, alors.

— Mais Rafferty n'est pas..., commença Clementine en fouillant l'assistance du regard.

— Il n'est pas là, je sais. Et je ne pense pas qu'il reviendra. Allez-y, et proposez le mien d'abord. Si aucun homme n'a assez de courage pour faire une offre, je suis sûre que Gus s'en chargera.

Gus venait juste de les rejoindre. Il tenait Charlie par la main, et son expression quand il vit sa femme était celle de l'orgueil, du désir et d'une inquiétude diffuse, comme si après quatre ans de mariage il ne pouvait toujours pas croire que cette femme exceptionnelle était la sienne.

— Vous le feriez, Gus, n'est-ce pas ? s'enquit Hannah avec un sourire assez radieux pour faire fondre du plomb.

Un peu éberlué, il la considéra avec l'air de la découvrir.

— Euh... Oui, Hannah, bien sûr. Bien sûr...

Elle comprit qu'il n'avait aucune idée de ce dont elle parlait. Pourtant, elle ne pensait pas devoir le mettre à contribution. À la périphérie de la foule elle avait aperçu Drew Scully, et elle savait ce qu'il cherchait. Si cet homme devait acheter un gâteau à la mélasse avachi pour parvenir à son but, il n'hésiterait pas.

Clementine prit le gâteau des mains d'Hannah et le déposa avec les autres, sur la table à tréteaux, tirailla de l'index son col et s'éclaircit la gorge.

Hannah observait son amie avec fierté. Elle était l'image parfaite de la dame de bonne éducation, avec sa robe de satin vert si seyante. Et cela ressemblait fort à Clementine, de caresser nerveusement son ventre arrondi, si bien qu'aucun spectateur ne pouvait l'ignorer.

— L'éducation est la condition nécessaire à la civilisation. Nous ne pouvons nous permettre d'élever nos enfants en barbares..., commença-t-elle d'une voix hésitante qui s'affermit très vite. Elle marqua une pause, regarda Charlie, et l'amour immense qu'elle éprouvait pour son fils illumina son visage et arracha le cœur d'Hannah. Elle se souvint d'un propos tenu par Clementine, des années plus tôt, quand la pauvre Saphronie avait perdu sa petite fille : « C'est aussi une mère. Quelle que soit la façon dont vous avez pu pécher, vous êtes des femmes. Comme moi. »

— Est-ce que maman va manger tous les gâteaux toute seule ? demanda Charlie à haute voix.

— Du calme, maintenant, répondit Gus. Non, elle va les vendre, mon garçon.

Charlie désigna l'œuvre pathétique d'Hannah.

— Je veux celui-là. Achète-moi ce gâteau-là, papa !

Gus calma son fils en posant une main autoritaire sur son épaule.

— Si mon garçon a quoi que ce soit à dire, vous contemplerez le feu d'artifice en sa compagnie, déclara-t-il avec un sourire amusé à l'adresse d'Hannah.

Cette dernière hésita. Devait-elle répondre par un sourire ou non ? Pourtant, ses fossettes se creusaient d'elles-mêmes dans ses joues. Ses rapports avec Gus s'étaient quelque peu améliorés durant les deux dernières années. Il n'approuvait toujours pas son parcours, et ne l'approuverait jamais, mais il avait fini par accepter son existence.

Clementine venait de terminer son discours et brandissait le marteau de commissaire-priseur. Elle se mit à énumérer les qualités du gâteau d'Hannah avec autant de chaleur que s'il était l'œuvre d'un grand pâtissier parisien.

Hannah décocha un coup de coude dans les côtes de Gus.

— Faites une offre.

— Hein ?

Second coup de coude.

— Allez, cow-boy, maintenant. Vous avez promis.

Il la dévisagea d'un air ahuri, puis un sourire s'étala sur son visage. Levant un doigt en l'air, il lança :

— Un dollar.

— Vingt dollars ! hurla Drew Scully.

Le vainqueur blessé du concours débordait d'un enthousiasme bravache. Hannah faillit éclater de rire. Elle aurait voulu le serrer dans ses bras et le couvrir de baisers. Elle eut la satisfaction d'entendre le hoquet de surprise unanime qui monta des rangs des dames respectables de Rainbow Springs, et de voir le visage de Mlle Luly Maine afficher une déception des plus comiques. Son gâteau n'atteindrait certainement pas les vingt dollars, et pendant le feu d'artifice elle ne ferait pas les yeux doux à Drew Scully.

— Adjugé !

Clementine abattit le marteau si vite et si fort que le gâteau au safran de Luly Maine manqua glisser hors de la table.

Drew Scully se fraya un chemin jusqu'à l'estrade, y monta et plaqua sa pièce d'or de vingt dollars sur la table. Il prit le gâteau et se tourna vers Hannah Yorke, qui s'approcha et sans hésiter crocha son bras.

— Vous pouvez me dire ce qui se passe ? demanda Gus.

— Non, lui lança-t-elle par-dessus son épaule avant de rire joyeusement.

Elle ne regarda pas Drew avant qu'ils ne se soient extirpés de la foule massée autour de l'estrade, mais elle sentait ses yeux posés sur elle.

— Votre frère ne verra rien à redire au fait que vous avez

dépensé tout votre prix pour un gâteau à la mélasse ? s'enquit-elle en se tournant à temps pour remarquer le sourire qui détendit les lèvres de Drew.

— Je lui expliquerai que c'était pour une bonne cause.

Un autre rire monta dans la gorge d'Hannah.

— Et de quelle bonne cause s'agit-il donc, monsieur Scully ?

Il ouvrit grand les yeux, dans un effort inutile pour paraître innocent.

— Mais celle des écoliers, pour les ardoises...

— Comme c'est noble de votre part, monsieur ! Et en récompense vous avez le droit de vous régaler de mon gâteau et de ma présence pendant une heure ou deux...

— Pour l'instant.

Elle voulut se détacher de lui, mais il bloqua sa main en serrant son bras contre son corps.

— Allons, ne vous mettez pas en rogne, déclara-t-il. Je ne voulais pas que vous le preniez mal. Je cherchais seulement à vous dire que vous pouviez me faire confiance pour me comporter correctement. Pour l'instant.

— Et par la suite ?

— Par la suite, il faudra bien que vous couriez votre chance, beauté, plaisanta-t-il en exagérant à plaisir son accent de Cornouailles.

Elle rit encore, sans plus se soucier de ce que les dames respectables pensaient d'elle. Elle était Hannah Yorke, tenancière d'un saloon pour assoiffés et femme déchue, et si ce maudit piédestal dont elle était tombée jadis roulait jusqu'en enfer, eh bien, elle n'en avait cure. Autrefois, elle avait parfois rêvé d'être une autre ; mais le temps des vains souhaits était terminé. Elle prendrait désormais ce qu'elle pouvait obtenir.

Et, pour l'heure, elle avait le bras d'un jeune homme séduisant qui venait de gaspiller vingt dollars pour simplement passer un instant avec elle. Elle lui coula un autre regard. Elle aurait voulu suivre la courbe boudeuse de sa lèvre inférieure avec la pointe de sa langue. Enfoncer ses doigts dans cette épaisse chevelure brune. Lire le désir insatiable qui brûlait dans ses prunelles grises comme le granite.

Il choisit un coin à l'ombre des peupliers, près de la rivière, ôta sa veste et l'étendit sur l'herbe pour qu'elle s'y asseye. Ensuite, il s'allongea auprès d'elle et plaça entre eux le gâteau à la mélasse.

La chaleur s'était accentuée tout au long de l'après-midi. Il remonta ses manches et desserra le nœud de sa cravate. Le soleil commençait à disparaître derrière les montagnes, laissant le ciel marbré de grandes taches rouges. Bientôt le vent se lèverait, mais la chaleur demeurerait accrochée au sol encore un certain temps.

Près d'eux, la rivière coulait sans bruit ni hâte. Hannah se sentit soudain lasse, étourdie par trop de soleil et d'air pur. Elle renifla et détecta une odeur de cheval. Une douzaine de montures étaient attachées à une barrière sur l'autre berge de la rivière. Elles somnolaient et leurs queues battaient l'air pour chasser les mouches. Il était difficile de penser que ces créatures dociles étaient de la même race que les broncos qui parcouraient la prairie, au-delà de la Rain Dance Butte. Mais ces chevaux avaient été dressés, alors que les mustangs restaient sauvages.

Drew Scully lui aussi était resté sauvage. Seul un être sauvage comme lui méritait d'être possédé. Mais vous ne pouviez le garder sans l'apprivoiser, et une fois qu'il était apprivoisé vous ne vouliez plus de lui parce qu'il n'était plus sauvage.

Elle continua d'observer les chevaux, mais elle pensait à lui et quelque chose s'éveilla en elle, un désir qui colora de rose son visage.

— A quoi pensez-vous, Hannah Yorke ?

Elle se tourna vers lui, la bouche sévère.

— Quel âge avez-vous ? Et ne mentez pas.

— Je n'avais pas l'intention de mentir. J'ai presque vingt ans.

Elle ouvrit son éventail et gifla l'air avec vigueur.

— Juste ciel, un gamin !

Il referma ses doigts autour du poignet d'Hannah, immobilisant sa main. Son sourire était moitié enfantin, moitié démoniaque.

— Pas si gamin que ça sur certains terrains, Hannah. Vous voulez vous en assurer par vous-même ?

Elle ne put s'empêcher de rire de cette réflexion révélatrice de son immaturité. Mais tout individu masculin entre huit et quatre-vingts ans était si fier de ce qui pendait entre ses jambes qu'il s'émerveillait aisément de ce qu'il pouvait faire avec.

D'une secousse, elle libéra son poignet, mais l'étreinte de ses doigts était encore chaude sur sa peau.

— Vous devriez m'appeler Mme Yorke. Je pourrais être votre mère.

Il eut un rictus railleur.

— Vous ne ressemblez à aucune mère que je connaisse. Et puis, vous n'êtes pas si... assez vieille pour être ma mère, je veux dire.

— Presque.

Treize ans les séparaient, une éternité dans tous les domaines importants. Elle savait ce qu'il voulait d'elle, ce qu'il prendrait si elle le laissait faire. Il s'amuserait en sa compagnie jusqu'à ce qu'il se sente prêt à fonder une famille. Alors, il se mettrait en quête de l'épouse convenable — quelqu'un de jeune, au tempérament conciliant. Quelqu'un de... virginal.

Et il passerait la bague au doigt à quelqu'un comme Mlle Luly Maine.

Mais qu'aurait fait Hannah d'une alliance ? Elle n'était pas du genre à se marier. N'avait-elle pas réfléchi à ce sujet mille fois déjà ? Non, il était trop tard pour espérer ou même vouloir une telle chose. Peut-être devait-elle se contenter de prendre ce qu'on lui offrait.

Pendant quelque temps, elle pourrait s'attacher l'amour de cet homme, car si elle était douée dans un domaine c'était bien celui-là. L'idée l'emplit de peur et de honte. Oui, c'était effrayant et honteux de vouloir être aimée plus que tout au monde et d'en avoir conscience.

Il releva un genou et y posa son coude en laissant sa main pendre mollement. Le sang avait commencé à traverser son bandage. Mais sa main valide posée sur l'herbe vola soudain jusqu'au visage d'Hannah. Elle resta parfaitement immobile tandis qu'il emmêlait ses doigts dans les épaisses boucles cascadant sur son épaule. Il s'appuya contre elle. Hannah se sentit étourdie par l'odeur de la bière qu'il avait ingurgitée en quantité depuis le début de la journée. Mais elle était surtout étourdie par son odeur d'homme.

— M'autoriserez-vous à vous embrasser ? demanda-t-il.

Elle serra les lèvres, comme s'il avait agi sans attendre sa permission.

— Non.

— À mon avis, vous avez envie que je vous embrasse.

— À mon avis, vous avez envie que je vous gifle, répliqua-t-elle en détournant la tête.

— Je n'arriverai donc jamais à vous retirer votre corset, madame Yorke ?

— Je pense que c'est très improbable, en effet, monsieur Scully.

Sa main était revenue explorer sa chevelure, et ses doigts glissèrent jusqu'à la base de son cou, que ceignait un col de dentelle. Il eut un sourire entendu.

— Ce genre de défi me fait toujours relever la tête. La tête et autre chose.

Elle lui assena un coup d'éventail sur le bras, assez sèchement pour y laisser une marque.

— Monsieur, vous êtes grossier.

— Et vous, madame, vous êtes irrésistible.

Il renversa la tête en arrière et partit d'un long rire, un rire d'homme, profond et sensuel. Le soleil faisait luire de sueur son cou d'athlète, et les poils bruns sur ses bras nus — des bras assez forts pour manier une masse de huit kilos, assez forts aussi pour étreindre une femme comme il convient.

Elle chercha désespérément à calmer sa respiration. Mon Dieu, quelle imbécile elle était donc ! Elle n'aurait jamais dû s'asseoir, rire et flirter avec lui, sachant que c'était juste une question de temps : ils finiraient enlacés sur son grand lit moelleux, ils feraient grincer les ressorts et vivraient des souvenirs qui dans quelques années seraient une blessure de plus. Elle aurait dû fuir cet homme aussi vite que possible.

Cet homme qu'elle pouvait aimer en une seconde, et de tout son cœur.

Un tourbillon de poussière dansa le long de la rue, tourna au coin et disparut dans la lueur blême du soleil couchant. Gus le suivit jusqu'à l'alignement des saloons et des maisons closes qui occupaient l'extrémité sud de Dublin Patch. Voir cette partie de la ville quasi déserte était une expérience inédite. Mais tout le monde était encore dans le pré, à attendre le feu d'artifice.

Il s'arrêta devant le Gandy Dancer. Le saloon était récent, comme beaucoup de bâtiments à Rainbow Springs ; mais le bois des murs était déjà aussi gris que les os d'un bison, et les joints en boue s'effritaient par endroits. L'enseigne ne pendait plus qu'à une seule de ses attaches, et elle avait été percée par tant de balles qu'elle aurait pu servir d'épuisette pour pêcher la truite.

Gus entrait rarement dans un saloon, et s'il avait voulu s'humecter la gorge avec une bière ou une sarsaparilla il n'aurait pas choisi le Gandy Dancer. Mais c'était le genre d'endroit que fréquentait son frère. Zach et Hannah avaient sans doute eu quelque dispute d'amoureux, car ils s'étaient évités toute la journée, et Hannah avait fini par partir avec ce gagnant du concours. Il était donc très plausible que Zach soit allé panser ses blessures dans un bouge tel que le Gandy Dancer.

Oui, seulement voilà : Zach n'aimait pas la compagnie quand il était dans cet état d'esprit. Indécis, Gus scruta la rue déserte, dans un sens, puis dans l'autre. Mais il savait que son frère n'aurait pas donné une pièce à un Indien pour le ramener ici sans une très bonne raison.

Gus poussa la porte battante, et la fumée de cigare le fit cligner les yeux. L'intérieur du saloon était conforme à ce qu'il avait imaginé : l'air empestait le whiskey et le tabac ; le sol était couvert de sciure pour éponger l'alcool renversé par les ivrognes ; les murs piquetés d'impacts de balles étaient décorés de bois de cerfs et de calendriers publicitaires offerts par des brasseries ; les chaises avaient perdu leur vernis et les tables étaient constellées de marques de verres.

Il fouilla du regard la pièce embrumée, et ses yeux s'attardèrent un instant sur la peinture à l'huile accrochée derrière le comptoir. Elle représentait deux femmes nues faisant l'amour ensemble. Gus eut une grimace de dégoût.

Il trouva son frère à l'autre extrémité du bar, avec une quinzaine d'hommes agglutinés autour d'une table comme des vaches autour d'un bloc de sel. Ils observaient une partie de poker. Zach leva son verre pour faire signe à son frère. Son regard était déjà embué par l'alcool.

— Les ennuis sont de retour, marmonna-t-il.

Gus suivit son regard. Zach disait vrai : les ennuis étaient de retour, sous l'apparence de l'homme à la tenue criarde qui était assis à la table, avec les piles de pièces et les tas de billets posés devant lui...

Jack McQueen, dit le Borgne, se laissa aller contre le dossier de sa chaise et alluma un long cigare très mince pendant qu'un autre homme distribuait les cartes. Sa longue chevelure huileuse collée à son crâne brillait sous la lumière des lampes. Une épingle terminée par une énorme perle traversait de part en part sa cravate en soie, et la grosse chaîne en or de sa montre de gousset formait un arc de cercle sur son gilet de satin vert. Une pochette de lin émergeait de la veste de son costume, et une canne à pommeau d'ivoire ouvragé était posée contre la chaise.

— Bon sang, il a dévalisé une banque ?

Zach but ce qui restait de whiskey et grimaça en avalant le feu liquide.

— A mon avis, il aurait plutôt escroqué un pauvre type.

Gus refréna une brusque envie de frapper le mur de son poing. Deux années entières, ils avaient vécu dans la honte, pendant que le révérend Jack McQueen sillonnait les pistes du Montana, visitait les campements pour utiliser son don et soutirer de l'argent au pauvre, au malade et à l'affamé.

Par malheur, un éclair en forme de fourche avait marqué un de ses premiers sermons, lui gagnant la confiance et le porte-monnaie des brebis sans berger du pays. Mais il n'avait pas fallu beaucoup de temps avant qu'il ne cède une nouvelle fois à ses vieux démons : alcool, femmes, bagarres et jeu. Les plus incrédules avaient fini par se méfier, et les dollars avaient cessé de tomber dans son haut-de-forme usé. Un matin de l'automne 1881, Jack McQueen avait disparu sans prévenir, et Gus avait pensé que ses prières étaient enfin exaucées.

Et le voilà qui revenait, aussi inévitable que les puces en été. Si l'on se fiait aux apparences, il avait abandonné le prêche rémunérateur et trouvé un autre moyen de soulager les inconscients de leur pécule.

La dernière donne avait été jouée en hâte, et c'était à Jack le Borgne de servir. Gus observa les longues mains souples qui coupaient et mêlaient les cartes. Enfant, il lui semblait qu'elles prenaient vie entre les doigts de son père. Comme par magie, il les escamotait ou les faisait réapparaître, changeait un deux en as, déplaçait un roi du bas au sommet du paquet. Il avait expliqué ses tours à ses deux fils, mais seul Zach avait montré quelque talent dans ce domaine. Gus songea aux heures qu'il avait passées à regarder son frère s'exercer à dissimuler une carte dans sa paume, afin de réussir à tricher.

Pour la première fois, Gus remarqua les autres joueurs. Il y avait là Doc Corbett, Œil de Serpent, Pogey et Nash. Leur visage portait l'empreinte du whiskey.

— Ils jouent sans limites et sans joker, lui glissa Zach.

D'un signe, il ordonna au barman de lui servir un autre whiskey et une bière. Il tira d'une poche de quoi se rouler une cigarette.

— Grosses mises et tant pis pour les perdants, ajouta-t-il.

— Grosses mises ?

La pension d'Œil de Serpent lui rapportait une jolie somme, et on disait que Doc Corbett était venu de l'Est avec une petite fortune personnelle. Mais les seuls revenus des deux vieux prospecteurs provenaient de leur concession aux Four Jacks : s'ils assuraient le règlement de leurs dépenses en whiskey et de leurs parties de poker à cinq dollars la mise maximum, ils ne leur permettaient certes pas de participer à ce genre de jeu...

— Avec quoi jouent Nash et Pogey ?

— Le vieux les a financés. Cinq mille dollars contre leurs quatre-vingts pour cent des Four Jacks. Il leur a déjà presque tout repris.

— Repris ? gronda Gus en serrant les poings. Repris ? Bon sang, mais tu le connais, tu sais comment il est ! Comment as-tu pu rester sans rien faire ?

Zach alluma sa cigarette.

— Je ne me prends pas pour le gardien de la morale — contrairement à toi.

Avec un grognement de colère, Gus voulut repousser son frère pour approcher de la table. Mais Zach saisit son bras sans douceur.

— Tu ne peux pas mettre ton grain de sel dans une partie qui ne te concerne pas.

— Elle me concerne s'il sert à partir du bas du paquet.

— Il ne le fait pas.

— Comment est-ce possible ? Tu le connais. Il est aussi retors et vicieux qu'un crotale. Il l'a toujours été.

— J'étais là et je l'ai laissé faire, tu te souviens ? Parce qu'il joue sans tricher.

— Tu parles...

Gus lança un regard venimeux à son père et se massa la nuque d'une main. Zach n'avait pas tout à fait tort : il fallait être tricheur pour démasquer un tricheur, et à ce petit jeu son frère était sans aucun doute supérieur à lui.

De plus, Gus avait confiance dans le sens de la justice de Zach, pour ce qu'il en savait. Il se concentra de son mieux sur le jeu.

Le révérend Jack tira sur son cigare et hocha la tête en direction de Pogey, qui devait maintenant décider de suivre ou de se coucher. Chaque homme avait trois cartes retournées et une cachée.

— C'est encore à vous, l'ancien. Alors ? Vous suivez ?

Pogey souleva à peine sa carte masquée pour la regarder une nouvelle fois. Il se peigna la barbe de la main, se pinça le lobe de l'oreille, caressa de la paume le dôme luisant de son crâne chauve, décocha un jet de salive vers le crachoir et rejeta un coup d'œil à sa carte.

Nash s'étira sur son siège et gratta une morsure de puce sur sa poitrine maigre.

— Tu te couches ou tu suis, Pogey ?

— Je réfléchis.

— Alors, réfléchis un peu plus vite. Tu es tellement lent que tu serais en retard pour tes propres funérailles !

Pogey se frotta le nez.

— Personne t'a jamais dit qu'il était difficile d'enfoncer une botte dans une bouche quand elle est fermée, partenaire ? (D'un doigt tordu, il tapota la carte cachée.) Je suis.

Tous décidèrent de suivre. Chaque jeu étalé montrait une paire, sauf celui de Pogey qui était fort de trois trèfles. Nash avait deux dix et une dame. Œil de Serpent deux valets et un quatre, Doc deux trois et un six. Quant au révérend Jack, il affichait une paire de deux et un huit.

Il se mit à distribuer la cinquième carte.

— Et le train arrive le long de la voie, messieurs : une dame qui s'accorde à une dame, et voilà deux paires. Un cinq qui s'ajoute à deux valets sans rien donner de mieux. Un cœur parmi les trèfles, et le flush n'est plus qu'un souvenir. Un autre trois, et Doc a une jolie collection de trois. Quant à celui qui sert... il gagne un deux. (Il reposa le paquet et se tourna vers Nash.) À vous de parler, monsieur.

Pogey repoussa ses cartes.

— Je suis lessivé, maugréa-t-il.

— Amen pour moi aussi, dit Œil de Serpent en retournant ses propres cartes.

— Trois pauvres trois ont peu de chances de lutter contre deux paires, dit le médecin. Mais je vais tenter le coup. Je relance de cent.

Nash ajouta un paquet de billets froissés au tas qui occupait le centre de la table.

— Je suis, plus cinq cents.

Nash était aussi impassible que la chouette grise sur la souche dans le corral, mais son pari révélait ce que dissimulait son visage fermé : il avait un full de reines par les dix, ou de dix par les reines.

Le révérend Jack observait la cendre au bout de son cigare. D'après ses cartes exposées, il ne pouvait battre le full probable de Nash que si sa carte cachée était le quatrième deux.

— Je suis, avec quinze cents de mieux, déclara-t-il.

— Il bluffe, chuchota Gus. Il a toujours eu l'art de monter un bluff pour écœurer ses adversaires.

Un demi-sourire passa sur les lèvres de Zach.

— Ne parie jamais sur un bluff, cher frère...

Le médecin fit la moue et posa ses cartes sur la table.

— Je savais bien que ces trois ne tiendraient pas la route très longtemps. Je laisse tomber.

— C'est à moi, alors ? demanda Nash en consultant son jeu d'un œil humide.

— Mille cinq cents à suivre, rappela le révérend Jack.

L'argent amoncelé près du coude de Nash ne paraissait pas égaler cette somme. Le silence s'établit à la table, aussi épais que la fumée exhalée par le cigare de Jack le Borgne. Pogey farfouilla dans l'argent qu'il possédait encore et en fit glisser la majeure partie devant Nash.

— Bon, je vois, déclara Nash.

Et ce qui leur restait des Four Jacks rejoignit le pot.

Jack McQueen souffla un autre panache de fumée et d'un geste lent, dramatique à souhait, retourna sa dernière carte. Le quatrième deux.

Les chaises crissèrent sur le plancher. Joueurs et spectateurs se pressèrent devant le bar pour rattraper le temps perdu. Une seconde auparavant, Gus avait l'impression que son frère finissait tranquillement son whiskey, mais Zach traversa le saloon si vite que Gus dut presque courir pour le rattraper à la porte.

Il agrippa son épaule.

— Hé, où cours-tu comme ça ?

Zach se retourna, le visage aussi inexpressif qu'un champ de neige immaculé.

— Je pensais aller regarder le feu d'artifice.

— Tu m'as demandé de venir voir ça... cette parodie, et maintenant tu pars comme si de rien n'était ?

— Que veux-tu que je fasse ? Que je joue une marche funèbre pour toi, au piano ? Ces deux vieux dingues sont tombés dans le creux de sa main comme des fruits mûrs en été, et il les a simplement dévorés jusqu'au trognon.

— Tu pourrais regagner ce qu'ils ont perdu.

— Ah oui ? Et pourquoi diable agirais-je ainsi ? J'ai tout au plus dix dollars à parier. Sans parler de ma part du ranch.

— Tu pourrais tricher, répliqua Gus avec un rictus crispé. On m'a assuré que tu avais appris avec le meilleur d'entre tous.

Zach adopta une expression de franche moquerie.

— Je n'arrive pas à croire que ce que je viens d'entendre sort de la bouche de mon grand frère...

— Bon sang, Zach...

— Tu viens de le dire : j'ai appris auprès du meilleur, tout comme toi, même si tu n'as jamais montré de réel talent pour les cartes. Peut-être ai-je appris quelques tours supplémentaires qu'il ignore. Mais peut-être connaît-il quelques finesses qu'il ne m'a jamais enseignées... Tu veux vraiment qu'on parie nos parts du ranch sur qui est le plus tricheur de nous deux ?

Zach soutint son regard un instant, puis il tourna les talons, ouvrit la porte à la volée et disparut dans la nuit.

— On dirait que toi et moi sommes devenus partenaires dans la même mine, fiston. Tu veux un cigare ?

Gus baissa les yeux jusqu'à l'étui à cigares de prix ouvert devant lui, les remonta jusqu'au visage de son père et à sa prunelle où brillait la ruse.

— Tu as cessé de prêcher pour jouer à plein temps ? Que s'est-il passé ? Le pouvoir de l'Esprit-Saint t'aurait-il abandonné en pleine nuit ?

Le révérend secoua la tête et fit claquer sa langue contre son palais.

— Gustavus, Gustavus... malgré tous tes rêves jamais tu n'auras eu de vision. *Je suis la voix de celui qui pleure dans les étendues sauvages, et je prépare les voies du Seigneur.* Sauf qu'il n'y a plus d'étendues sauvages. Tout a été saccagé par ces comités d'anciens, avec leurs plans de construction. La religion organisée est arrivée, et elle a raflé l'argent que recueillaient les prêcheurs. Aussi ai-je suivi les saintes incitations de Notre Seigneur et me suis-je remis au travail. (Il mordit dans son cigare et baissa son regard, pour s'observer.) D'après les apparences, j'ai dû trouver ma véritable vocation dans cette dernière partie de ma pauvre existence.

Gus n'avait bu qu'un peu de bière, et pourtant il se sentait à moitié grisé. Son père avait cet effet sur lui. Il était capable de le jeter dans un état de confusion dont il ne savait comment sortir.

— La seule incitation que je t'aie jamais vu suivre, affirma-t-il, a été de toujours créer des problèmes pour le seul plaisir pervers de voir comment cela embrouillait la vie d'autrui.

— Tu préférerais sans doute me voir passer mes journées à regarder le cul d'une mule, ou à mettre des salopards dans la mouise, ou alors à m'épuiser le seul œil qui me reste sur des livres de comptes en tachant d'encre mes manchettes... S'il ne tenait qu'à moi...

Gus éclata d'un rire sans joie.

— S'il ne tenait qu'à moi, tu repartirais de Rainbow Springs par le premier train.

Jack plaça une main sur son cœur.

— Tu me blesses, fiston. Tu me blesses beaucoup, vraiment beaucoup. Que t'ai-je donc fait pour mériter cela ? Que vous ai-je fait à vous, les garçons, sinon vous aider à trouver la voie qui vous convenait pour votre damnation personnelle ? (Il eut un sourire malicieux.) Si tu es à la recherche de la lumière, Gustavus, tu dois aussi accepter l'existence des ténèbres.

Gus soupira sans retenue.

— Je suppose que jamais l'idée ne t'a effleuré de travailler honnêtement pour gagner ta vie...

— *Celui qui marche la tête haute va d'un pas assuré.* (Jack le Borgne ôta le cigare de sa bouche et l'examina une seconde avant de le jeter dans le crachoir.) Peut-être y penserai-je, maintenant que je suis propriétaire d'une mine d'argent. Chercherais-tu à te débarrasser de tes vingt pour cent ? Si tel est le cas, je suis preneur.

Gus vissa son chapeau sur sa tête et repoussa la porte de la main.

— Désolé, je ne vends pas...

Il fut interrompu par les détonations.

C'était une bande de mineurs qui avaient abusé de la bière et du soleil, et qui avaient décidé de précéder le feu d'artifice par une exhibition de leur cru. Ils avaient attelé une carriole, s'y étaient entassés, l'avaient lancée au trot dans la rue, et avaient voulu voir combien de vitres et d'enseignes ils pouvaient toucher avec leurs armes. Les projectiles balayèrent le Gandy Dancer, éraflant les tables et les chaises, ricochant sur les murs et brisant trois bonbonnes de whiskey.

Après la fusillade, Gus se releva, se frictionna le cuir chevelu pour se débarrasser des éclats de verre et de bois, épousseta la poussière de ses genoux et regarda autour de lui avec inquiétude afin de voir si son père n'avait pas été touché.

Mais les balles tirées au hasard ne choisissent pas. C'était Nash qui gisait près de la vitrine brisée. Une tache écarlate s'agrandissait au centre de sa chemise d'un rouge passé. Pogey était accroupi auprès de lui, le visage exprimant son incrédulité.

Gus glissa sur les flaques de whiskey alors que Pogey saisissait son associé par les aisselles et le secouait.

— Nash, Nash, bon dieu, dis quelque chose ! Dieu tout-puissant, si c'est pas la première fois dans ta vie que tu ne trouves rien à dire... Je donnerais la moitié de mes parties intimes pour t'entendre simplement grogner.

Nash bougea un peu et poussa un grognement sourd.

— Pogey ?

Il voulut s'asseoir, baissa les yeux et vit la tache rouge sur sa chemise, le sang qui jaillissait du trou dans sa poitrine. Il écarquilla les yeux.

— Pogey, ces fils de pute m'ont eu...

Pogey se balançait sur ses talons. Il essuya l'humidité qui baignait son visage, autant sueur que whiskey.

— Tu te trompes de moment pour mourir, tu sais ça, *compadre* ? Tu tireras ta révérence le jour dit, et pas avant.

Doc Corbett arrivait. Il se pencha sur le blessé, écarta les bretelles et ouvrit la chemise trempée de sang. En voyant la blessure, il grimaça et secoua la tête. Pogey ravala un sanglot.

— Il ne va pas mourir, affirma le médecin. Tu ne vas pas mourir, Nash.

Celui-ci releva la tête pour regarder Doc Corbett.

— Et qu'est-ce que vous en savez, hein ? Je crache le sang comme un geyser du Yellowstone la vapeur, et j'ai un mal d'enfer. Si quelqu'un peut dire quand un type agonise, c'est bien le type qui agonise...

A cet instant précis quelqu'un dut penser que l'alcool, les lampes à pétrole et les colts faisaient mauvais ménage, car l'éclairage fut soufflé.

Nash laissa retomber sa tête sur le sol.

— Il fait de plus en plus sombre. Donne-moi ta main, Pogey. (La sienne grattait le plancher imbibé de sang.) Je me sens partir... De plus en plus vite... Je ne vois presque plus rien... (Il fut pris d'une quinte de toux qui se termina par un long gémissement.) Le bruit de la mort, Pogey... De plus en plus fort dans ma poitrine. Je n'en ai plus pour très longtemps...

Doc Corbett consulta Gus du regard et lui lança un sourire nerveux avant de tirailler une des pointes amidonnées de sa moustache.

— La balle s'est logée dans la clavicule. Je retrouve mes instruments et je l'extrais en deux minutes.

Quelque part dehors, un ténor entama une chanson qui parlait d'un sourire dans des yeux irlandais. Une basse et un baryton se joignirent à lui.

— J'entends le chant des anges ! s'écria Nash.

Pogey arracha son chapeau de sa tête et en frappa la jambe du blessé.

— Tu arrêtes un peu, espèce de vieux fou ? Le toubib a dit que tu allais t'en sortir.

Nash, qui avait fermé les yeux pour attendre la félicité du paradis, les rouvrit aussitôt.

— Non ? Bon dieu, alors pourquoi baves-tu au-dessus de moi comme une vieille couverture trempée, Pogey ? Amène-moi près de ce tonneau. Le temps et le whiskey perdus ne se rattrapent jamais !

Des visages extatiques se tournèrent vers les cieux, des bouches poussèrent des exclamations ravies tandis que la fusillade pleuvait dans le puits sombre de cette nuit dans le Montana.

Gus se frayait un chemin parmi les silhouettes assises sur l'herbe. Il avait des renvois de whiskey et se demandait quelle excuse présenter à Clementine. Il aurait dû la rejoindre pour assister au feu d'artifice, mais il avait pensé que la moindre des choses était de rester auprès de Pogey jusqu'à ce que le choc de la blessure se soit un peu estompé, par amitié pour le vieux prospecteur et parce que son père l'avait dépouillé quelques minutes avant la fusillade.

Il trouva Clementine installée sur une couverture, en compagnie de son frère. Charlie était allongé entre eux, si fatigué qu'il dormait à poings fermés malgré l'agitation alentour. Zach était adossé au tronc d'un peuplier, une jambe repliée, une main sur le genou levé.

Clementine était allongée, les mains croisées sous la nuque, le visage tourné vers Zach. Pourtant, ils ne parlaient pas. Ils semblaient seulement se dévisager.

— Te voilà, Gus, dit-elle comme il approchait, et un tendre sourire adoucit ses traits.

Elle était resplendissante, avec sa chevelure luisant dans la nuit et ses yeux qui brillaient à chaque explosion du feu d'artifice.

Gus s'assit et passa un bras autour de sa taille. Une boule de feu s'éleva dans la nuit avec un sifflement perçant pour exploser dans une gerbe d'étincelles multicolores. La lumière inondait la couverture par intermittences rouges, blanches et bleues. Zach tourna la tête et les regards des deux frères se croisèrent. Alors, le visage de Zach fut envahi par un large sourire.

Et pourtant, pourtant... Une idée s'imposait à l'esprit de Gus, ou plutôt une sensation qui empoisonnait son esprit. L'idée qu'il y avait eu quelque chose entre eux, quelque chose entre sa femme et son frère, quelque chose qu'il avait brisé en entrant dans l'univers délimité par la couverture qu'ils partageaient.

Mais cette pensée s'évanouit quand Clementine posa sa main sur son genou et s'appuya contre lui. Il respira à pleins poumons son parfum de roses sauvages et se perdit dans la tiédeur de son corps.

— Regarde notre Charlie, déclara-t-elle. Il dort comme un petit ange alors que le ciel est en feu.

Et elle rit de ce rire aussi doux et pur qu'une première neige.

Ensemble ils contemplèrent leur fils, et ensemble ils sourirent.

XXII

Charlie mourut un jour de la fin d'août, alors que les baies pendaient mûres et noires aux branches des merisiers. Le ciel était d'un bleu profond ; l'air pur, transparent ; et l'herbe, longue et douce, avait la couleur de ses cheveux.

Les jours qui suivirent, Clementine ne cessa de revivre ce moment. Son souvenir repassait en boucle dans sa tête. Cela commençait toujours de la même façon : elle était à la fenêtre de la cuisine et les hommes, dans le corral, amenaient un étalon à la jument.

Il faisait chaud, les peupliers tournaient leurs feuilles vers le soleil. Dans la cour, des geais pillaient le grain jeté aux poulets, et Charlie s'amusait à leur tirer dessus de la véranda avec son pistolet en bois. « Pan ! criait-il d'une voix aiguë. Pan ! Pan ! »

Les hommes avaient conduit l'étalon dans l'enclos où se tenait la jument, jambes arrière écartées, queue relevée sur le côté, vulve palpitante. Le mâle s'avança, le sexe énorme, orgueilleux, la monta et lui mordit le cou.

Dans son souvenir, Clementine assistait parfois à l'accouplement, mais pas toujours. Il lui arrivait de détourner les yeux parce qu'elle détestait la façon dont, après avoir couvert la femelle, l'étalon s'éloignait d'un pas dansant, les babines retroussées de dédain. Mais qu'elle détournât ou non les yeux, c'était toujours le rire strident de Charlie qu'elle entendait ensuite. Elle se rendait alors compte qu'il ne jouait plus sur la véranda et qu'il courait vers l'enclos où l'étalon ruait, fendant l'air de ses sabots acérés comme des faucilles.

Elle courait elle aussi ; le monde explosait en cris, en hennissements sauvages, et une poussière tourbillonnante voilait le soleil. Puis la poussière retombait et Gus était agenouillé dans le corral. Un geai voletait d'un piquet de clôture à un autre, le vent gémissait dans les peupliers, et Charlie ne riait plus.

Elle courait, courait, jusqu'à ce que la poitrine de l'homme qu'elle aimait l'arrête. Les mains de Rafferty lui enserraient durement les bras, la retenaient.

« Laissez-moi, disait-elle, envahie d'un froid intérieur. Il faut que je le voie. »

Il essayait de maintenir la tête de Clementine contre sa poitrine, de faire écran avec son cœur. « Non, chérie, ça ne servirait à rien. Il est mort. »

Une partie d'elle-même avait déjà vécu mille ans dans un avenir sans Charlie où il n'y avait que ce moment ; et, si le souvenir commençait quand elle se tenait à la fenêtre, il fallait bien qu'il ait aussi une fin. Elle devait voir le cadavre de son enfant pour savoir qu'il était mort.

Elle se détachait donc de son amour et marchait à pas lents vers l'enclos. Gus portait Charlie dans ses bras, le berçait en hurlant au ciel. Il n'y avait pas de sang, juste une petite goutte au coin des lèvres. L'enfant avait les yeux ouverts, mais ils avaient perdu leur lumière. Le monde entier avait perdu sa lumière parce que Charlie avait la poitrine défoncée et qu'il était mort.

Assise dans un fauteuil à bascule, Clementine regardait fixement par la fenêtre de sa chambre. Bien que le monde extérieur fût baigné de soleil, elle resserra autour d'elle la jolie couverture piquée à la main qu'Hannah lui avait offerte. Pour Clementine, le soleil ne brillait nulle part et elle avait froid.

À un été torride et sans pluie succédait un automne âpre et sec. Les jours raccourcissaient, l'ombre des montagnes recouvrait les pâturages. Les aiguilles de mélèze avaient changé de couleur et tombaient, coupant l'air telles de minuscules dagues dorées. Les oies sauvages passaient en poussant leur cri ; un épervier dessinait des boucles de souvenir dans le ciel, et Clementine pensait que Charlie n'apprendrait jamais à jouer au cerf-volant.

Elle se balançait. La nuit, la lune apparaissait, blanche et dure ; Clementine la regardait flotter dans l'obscurité épaisse, et les coyotes hurlaient, gémissaient pour elle puisqu'elle en était incapable.

Elle se balançait, voyait de sa fenêtre la cabane du chasseur de bisons, le ruban argenté de la rivière, les meules de foin à l'ombre des peupliers. Et la tombe de Charlie. Cela faisait deux mois qu'on l'avait enseveli. Le jour de l'enterrement, elle avait entendu de son fauteuil les bruits de la mort : le grincement de la scie et les coups de marteau pour fabriquer le cercueil, le tintement des pelles qui creusaient la tombe... les sanglots de son mari. Mais pas les siens. Elle ne pleurait pas. Elle ne pleurait jamais.

Devant la tombe ouverte, elle avait senti l'odeur de pin brut du cercueil, la terre fraîchement remuée, et chaque bouffée qu'elle inspirait était une abomination. Le monde entier était plongé dans les ténèbres, enveloppé d'un linceul. À défaut de voir, elle avait entendu le craquement de la corde quand on avait abaissé le cercueil dans le trou, et le bruit sourd du corps de Charlie qui bougeait à l'intérieur.

Elle se balançait et regardait par la fenêtre, pressant contre sa poitrine un album de photos à la couverture ornée d'une dentelle blanche. Elle ne l'ouvrait jamais, elle refusait de voir ces Charlie faits de lumière alors que le monde n'était qu'obscurité. Alors que le monde était enfermé à l'intérieur d'un cercueil en pin enfoui dans la terre.

Elle se balançait et le bébé donnait des coups dans son ventre. Elle avait les seins gonflés et lourds. Elle s'efforçait de penser à la naissance de l'enfant, à la douce morsure de sa bouche quand il téterait le lait donnant la vie. Mais elle ne pouvait que le voir mort, enterré près de Charlie et de l'autre, qu'elle avait perdu au huitième mois.

Elle se balançait et regardait par la fenêtre. À l'autre bout de la cour, Gus fendait du bois. La hache décrivait une courbe, le rondin éclatait, projetant des morceaux dans l'air comme des éclats d'obus. C'est dangereux, pensait-elle, il faut empêcher Charlie de s'approcher de son père quand il fend du bois... Et puis elle se rappelait : Charlie était mort.

Ils continuaient à vivre, elle et Gus ; ils mangeaient, dormaient, accomplissaient les tâches qui remplissent une journée, mais plus rien ne se passait entre eux. S'ils se parlaient quelquefois, les mots étaient impuissants à combler le gouffre, et Clementine ne supportait plus que Gus la touche.

Elle se balançait, regardait son mari couper du bois ; elle entendit les éperons de celui qu'elle aimait racler le plancher derrière elle. Maintenant encore, elle devinait sa présence aussitôt qu'il entrait dans une pièce. Il était encore son amour, il le resterait toujours. Mais elle ne lui parlait plus, ne posait plus les yeux sur lui car elle voulait cesser de l'aimer, même si c'était impossible.

Il s'approcha d'elle, si près que sans lever les yeux elle pouvait voir une jambe prise dans un jean, une botte noire poussiéreuse.

— Cela vous dirait de faire une promenade à cheval jusqu'au canyon des bisons ? proposa-t-il.

Les yeux fixés sur la hache de Gus, elle ne répondit pas.

— Il faut que vous sortiez, insista-t-il. Vous avez besoin de sentir le soleil sur votre visage, le vent dans vos cheveux. Si ce n'est pour vous, au moins pour l'enfant que vous portez.

— Dans le trou où vous avez mis mon Charlie, il n'y a ni soleil ni vent. Rien que le froid et le noir.

Elle l'entendit prendre sa respiration, pousser un long soupir triste. Les mots l'avaient surprise en sortant de sa bouche, car elle n'avait pas voulu les prononcer. Les mots étaient inutiles, dépourvus de sens. Comme son nom — Charlie. Elle ne cessait de le répéter, mais il demeurait vainement suspendu dans l'air.

— Clementine...

Rafferty posa la main sur son épaule, la pressa de ses doigts forts.

— Il faut que ça sorte de vous, reprit-il. Que vous pleuriez, peut-être. Que vous juriez, que vous criiez. Mais il faut...

La colère la fit jaillir de son fauteuil avec une telle violence que la bascule claqua sur le plancher nu, que l'album tomba avec un bruit sourd.

— Vous osez me dire comment je dois pleurer Charlie ? Je l'ai porté dans mon ventre pendant neuf mois, je l'ai nourri de mon lait. C'était mon bébé. Mon *bébé* !

Il la saisit par les bras, la secoua durement.

— Arrêtez, bon sang ! Vous êtes en train de tuer Gus.

Comme elle essayait de se dégager, il ouvrit les mains, la libéra, recula d'un pas.

— Vous êtes en train de tuer mon frère.

Elle sentit ses lèvres se retrousser en un rictus.

— Vous croyez que je n'ai pas envie de le voir dans cette

tombe ? répliqua-t-elle en tendant un doigt vers la fenêtre. Vous croyez que je ne voudrais pas vous y voir tous les deux, à la place de mon fils ?

Il demeura un moment silencieux, à la fixer de ses yeux aux reflets cuivrés.

— Vous ne pensez pas ce que vous dites, murmura-t-il.

Une partie d'elle-même voyait dans ces yeux une souffrance aussi dévastatrice que la sienne, mais elle s'en moquait. Qu'il aille en enfer ! Avec elle. Elle voulait que le monde entier souffre autant qu'elle, qu'il éprouve cette douleur qui imprégnait ses os, sa chair, son sang. Ce vide immense qui était en elle.

Clementine ferma les yeux, poussa un petit gémissement.

— Laissez-moi. Je veux être seule.

Quelque chose effleura sa joue, et elle recula vivement.

— Ne me touchez pas ! Je ne puis le supporter.

— Que voulez-vous, à la fin ? Nous l'aimions nous aussi. Nous souffrons nous aussi.

Elle partit d'un rire dur.

— Ce que je veux ? Je veux retrouver mon fils. Je veux le prendre de nouveau dans mes bras, le regarder devenir un homme. Je veux l'embrasser dans son lit, le soir. Enfouir mon visage dans son odeur...

Elle s'interrompit, la gorge nouée par le chagrin accumulé en elle.

— Je veux mon Charlie vivant, auprès de moi.

— Il est mort, nous n'y pouvons rien. Personne n'y peut rien.

— Oh non ! vous n'y pouvez rien, vous les hommes. Vous qui savez tout faire, sauf empêcher un étalon de défoncer la poitrine d'un petit garçon.

Elle lui tourna le dos, attendit qu'il parte. Un long moment, il resta immobile et Clementine se tint toute raide, les mâchoires serrées pour ne pas faiblir. Quand il sortit, elle eut envie de lui crier de revenir, mais les mots ne purent franchir la boule de chagrin qui lui obstruait la gorge.

Elle regarda par la fenêtre la rivière et les peupliers, les meules de foin, la tombe de Charlie. Soudain, elle fut dehors, dans la cour, la traversa en faisant crisser sous ses chaussures la nourriture des poulets. Gus l'appela, mais elle ne le vit pas parce qu'elle fixait la tombe, parce qu'elle se dirigeait droit vers elle.

Le vent chaud la fit chanceler, mais elle continua d'avancer. Parvenue à la tombe, elle éparpilla les fleurs des champs que

Gus y avait déposées le matin, les lança au loin d'un geste rageur et se mit à creuser la terre de ses mains. La souffrance la frappa comme un coup de poing et les larmes jaillirent enfin, roulant et montant en elle telles les vagues de l'océan. Un bruit de tissu déchiré jaillit de sa bouche, suivi d'une plainte aiguë que le vent emporta. Tenant son gros ventre à deux mains, elle se balançait d'avant en arrière sur la tombe de Charlie tandis que les sanglots se succédaient en un crescendo de douleur qui lui torturait l'âme.

Clementine gisait sur le flanc et, ses mains étreignant toujours son ventre, elle tentait de se rouler en boule. Ses sanglots, quoique plus faibles, la secouaient encore. Gus tremblait de tout son corps, comme s'ils étaient arrachés à son propre cœur. Rafferty ne supportait pas de regarder Clementine.

— Elle me rend responsable de ce qui est arrivé, affirma Gus.

Rafferty ôta la hache de la main molle de son frère, la planta dans le billot.

— Elle en rend tout le monde responsable, y compris elle-même et Dieu, corrigea-t-il.

— Au moins, elle pleure, dit Gus en tournant un visage désespéré vers Zach. C'est bon signe, non ?

Rafferty le prit par l'épaule, le poussa en direction de sa femme, qui se roulait maintenant sur la terre fraîchement retournée de la tombe, et dont les cris n'étaient plus humains.

— Prends-la dans tes bras. Vas-y. Même si elle se débat, serre-la contre toi.

Dépêche-toi, frérot, parce que si je le fais à ta place tu ne la récupéreras jamais.

Gus s'agenouilla près de sa femme, tenta de la relever et de la presser contre sa poitrine. Elle résista, le frappa de ses poings, mais il parvint quand même à passer les bras autour d'elle et à la serrer contre lui. Rafferty détourna les yeux.

La cour lui parut déserte. Elle lui paraîtrait sans doute toujours ainsi sans Charlie, ses gambades et ses rires. Il se rappela le jour où il avait appris au jeune garçon comment se servir d'un lasso en attrapant les poulets par le cou. Des larmes lui embuèrent les yeux et il battit des cils pour les refouler.

Clementine continuait de sangloter, et Gus pleurait maintenant lui aussi. C'était au moins une façon d'être ensemble. Rafferty se mit à marcher sans but dans la prairie. Un lièvre fila devant lui, s'engouffra dans un terrier. Le chant stridulant des criquets cessa soudain ; une pie s'envola, éclair d'ailes noires barrées de blanc. Le vent s'apaisa puis souffla de plus belle, chargé d'une odeur de bois brûlé. Envahi d'une appréhension, Rafferty s'arrêta, regarda en direction du sud, d'où venait le vent, et où des panaches de fumée noire s'élevaient au-dessus des buttes.

En quelques minutes, la fumée obscurcit le ciel tandis que le feu de prairie progressait vers eux. Il faisait si sombre qu'on dut allumer les lampes. Des cendres légères et recourbées semblables à des plumes effleuraient les carreaux comme des flocons de neige. Le vent était si chaud que l'air lui-même semblait brûler.

Les hommes chargèrent sur un chariot à foin des tonneaux pleins d'eau, des piles de couvertures et de sacs en jute trempés dans la rivière, et partirent combattre le feu. Moins d'une heure plus tard, ils revinrent chercher de l'eau, le visage brûlé, les cheveux roussis. Clementine poussa Gus sur le côté, monta dans la charrette et prit les guides. Son mari était trop fatigué et trop effrayé pour l'en empêcher.

La charrette qui les conduisait vers le chaudron bouillant croisait des animaux en fuite. Lièvres, tétras et cailles couraient en tous sens comme s'ils avaient perdu la tête ; daims et cerfs bondissaient dans l'herbe sèche. Leur propre bétail se ruait dans les ravins et les couloirs barrés de broussailles, la langue pendante, les yeux écarquillés de terreur. Attisé par un vent incessant, le feu progressait rapidement, détruisant tout sur son passage.

Beaucoup d'autres habitants du Rain Dance participaient au combat. Si le Rocking R était menacé au premier chef, ils savaient que les flammes voraces ne se contenteraient pas des terres d'une seule famille. Depuis des semaines, l'herbe ressemblait à de l'étoupe, disaient-ils. Quand elle était aussi sèche et chaude, il suffisait d'une étincelle projetée par un feu de camp ou d'un coup de fusil pour tout enflammer. Par plaisanterie, l'un d'eux fit observer qu'ils auraient bien besoin en ce moment de quelques Indiens pour leur faire la danse de la pluie. Personne ne rit. Deux des nouveaux fermiers de la vallée apportèrent des charrues et creusèrent une large tranchée pour arrêter les flammes ; mais le feu se propageait trop vite, le vent soufflait trop fort, l'herbe était trop sèche.

Malgré Gus qui lui ordonnait de rentrer, Clementine resta avec les hommes. La fumée lui mettait la gorge à vif, la puanteur de l'herbe brûlée lui levait le cœur, les cendres lui piquaient la peau, mais elle restait. Elle luttait contre le feu avec les hommes, derrière la tranchée, frappait les étincelles volantes avec une couverture de selle mouillée. Elle haïssait trop ce pays pour se laisser vaincre par lui ; elle l'aimait trop pour laisser le feu le détruire.

Le vent projetait de l'autre côté de la tranchée des cendres rougeoyantes qui allumaient des dizaines d'autres petits feux. Les fermiers couraient de l'un à l'autre pour tenter de les étouffer aussitôt avec les couvertures et les sacs. Rafferty attrapa au lasso une vache en fuite, l'éventra et la traîna sur le sol afin d'y répandre son sang. Clementine songea que jamais il n'avait davantage ressemblé à un diable surgi de l'enfer, avec son visage noir de suie et ses yeux jaunes.

Combattre le feu par le feu, disaient les hommes. Rafferty et Gus attachèrent à leur selle des cordes imprégnées d'huile de houille, y mirent le feu et les traînèrent dans l'herbe de leur pré, sacrifiant leur propre terre dans l'intérêt général. Mais le vent soufflait en rafales, et l'herbe alentour était trop sèche.

En fin d'après-midi, le feu avait atteint le bois. Avec un rugissement, il s'élevait vers les cimes des mélèzes et des pins. Les arbres explosaient comme de la poudre, projetant des cônes et des branches qui semaient la mort.

— On l'arrêtera jamais ! cria Rafferty par-dessus le grondement du brasier. Faut décamper, maintenant !

Les autres avaient déjà regagné précipitamment leurs fermes et leurs ranchs pour tenter de sauver ce qui pouvait l'être. Clementine frappa de sa couverture le bas de sa jupe qui prenait feu.

— Non ! s'écria-t-elle. Il ne faut pas s'avouer vaincu !

De sa main couverte d'ampoules, elle chassa une brindille enflammée prise dans ses cheveux.

— Moi, je ne m'avoue pas vaincue !

Rafferty l'empoigna par le bras, l'entraîna vers le chariot en lui criant dans l'oreille :

— Retournez à la maison et rassemblez en vitesse ce que vous ne pouvez pas vous permettre de perdre ! Vous avez dix minutes, tout au plus !

Elle jeta autour d'elle des regards affolés.

— Gus ! Où est-il ? Je ne pars pas sans vous. Sans vous deux !

— On vous suit, Boston. Allez, filez !

Il la souleva comme un sac de houblon, la hissa sur le siège du chariot, assena une claque à la croupe du cheval. Les yeux agrandis par la peur, l'animal détala avec un hennissement aigu, forçant Clementine à saisir précipitamment les guides.

Elle chargea d'abord son matériel photographique dans le chariot. Haletant de chaleur, elle saisit ensuite la couverture qu'Hannah lui avait offerte et, s'en servant comme d'un baluchon, parcourut la maison pour jeter des objets dedans : sa bible ; la brosse à cheveux gravée à ses initiales ; la paire de chandeliers en corne d'élan offerte en cadeau de mariage par Zach à son frère ; un album rempli de photos qu'elle n'oserait plus jamais regarder ; le petit sac en forme de cœur lourd de pièces qui ne l'avaient pas sauvée d'elle-même — espoirs et craintes, pertes et gains d'une femme. Elle s'attarda dans la chambre de Charlie. Tout ce qu'il lui restait de son enfant se trouvait là, et ce n'étaient pourtant que des choses dépourvues de sens, sans Charlie pour leur donner vie.

Dehors le vent rugissait, aussi brûlant qu'à l'intérieur d'un fourneau. Le cheval attelé au chariot rua dans les brancards. Clementine prit sous le lit de Charlie la vieille boîte de bonbons pleine de pointes de flèches d'Indien et s'enfuit de la maison, la lourde couverture lui battant les jambes.

Les premières douleurs se déclenchèrent lorsqu'elle monta dans le chariot. Le souffle coupé, elle se plia en deux comme si elle avait reçu un coup de pied. Elle tourna la tête, vit par-dessus son épaule les flammes qui léchaient le ciel, et les deux cavaliers qui galopaient devant elles.

— Non ! hurla-t-elle, de rage et de peur.

Contre la douleur des contractions, contre le mur de feu qui dévorait ses deux hommes, contre la fumée noire qui l'enveloppait tel un linceul.

Contre le Montana.

XXIII

Les coups frappés à la porte résonnèrent dans la maison silencieuse. Hannah descendit l'escalier en couvrant ses épaules d'un châle en laine.

— J'arrive ! cria-t-elle, mais la porte continua de trembler sous la violence des coups. J'arrive, pour l'amour du Ciel !

Elle ouvrit d'un geste brusque, découvrit Gus McQueen, dont les larges épaules bloquaient les premiers rayons du soleil.

— Je viens voir ma femme, annonça-t-il.

Derrière lui, Rafferty montait l'allée, écrasant de ses bottes l'herbe raidie par le gel. Un vent froid ridait la rivière, agitait les feuilles jaune citron des trembles. Deux chevaux de trait et trois de bât étaient attachés à la barrière d'Hannah.

Elle vida l'air de ses poumons en un long soupir.

— Oh ! Gus. Elle vient juste de s'assoupir...

... Et Clementine dormait si peu ! Toute la journée, elle demeurait étendue dans le grand lit d'Hannah, luttant pour le bébé qui s'accrochait encore à la vie dans son ventre. Mais elle ne dormait pas, et parlait rarement.

— Je pense qu'elle tient quand même à me dire au revoir, argua-t-il.

Les rides qui entouraient ses yeux et sa bouche le faisaient paraître plus dur, plus vieux.

— Enfin, peut-être qu'elle n'y tient pas, après tout, ajouta-t-il, vu la façon dont elle m'a envoyé au diable ces deux derniers mois...

Hannah ouvrit la bouche pour le rassurer, puis saisit pleinement le sens des mots qu'il avait prononcés.

— Au revoir ? Vous partez ? Vous ne pouvez pas la quitter, voyons ! Où est-ce que vous voulez partir ?

Elle s'adressait au dos de Gus, car il était entré sans attendre qu'elle s'écarte pour le laisser passer, et il montait déjà l'escalier.

— Exterminer les loups, répondit Rafferty à sa place.

Hannah se retourna vers lui, stupéfaite. *Exterminer les loups...*

Les loups gris passaient l'été en couples dans les montagnes couvertes de forêts, où les femelles mettaient bas dans des grottes ou sous de gros rochers. Aux premiers froids, ils se rassemblaient en grandes meutes et descendaient dans les plaines chasser le bison... Mais désormais, comme les troupeaux de bisons avaient presque disparu, les loups se rabattaient sur les moutons ou les bœufs, et il y avait des hommes pour les en empêcher. Des hommes qui les empoisonnaient et les écorchaient afin de toucher les primes que les associations d'éleveurs versaient pour chaque peau.

Après le métier de putain, c'était aux yeux d'Hannah la façon la plus vile de gagner un dollar.

Le regard de Rafferty avait suivi Gus dans l'escalier, et le temps d'un battement de cœur, une expression de désir ardent, vite refoulée, crispa son visage. Hannah détourna la tête, ferma les yeux.

— Il fuit, déclara-t-elle. Il fuit la mort de Charlie, l'incendie du ranch et leurs problèmes de couple. Cette histoire de loups n'est qu'un prétexte. Il se débine, et toi aussi.

Rafferty soupira, enfonça son chapeau plus profondément sur sa tête. Avec son manteau de chercheur d'or, la barbe de trois jours qui hérissait ses joues, ses longs cheveux bruns à hauteur d'épaules, il avait l'air assez coriace pour exterminer les loups. Il fallait l'être, pour survivre à un hiver dans les plaines et aux Indiens. Ceux-ci haïssaient les tueurs de loups et les scalpaient aussi volontiers qu'ils volaient un cheval, parce que la strychnine utilisée contre les loups empoisonnait leurs chiens.

— Il fait ça pour nourrir sa famille, Hannah. En ce moment il est tellement fauché qu'il est à deux doigts de vendre sa selle. Si on trouve pas un peu d'argent avant le printemps, on perdra le ranch, ou ce qu'il en reste. Un homme doit se battre pour garder ce qui lui appartient.

— Un homme doit aussi avoir une pensée ou deux pour sa femme enceinte. Vous la laissez avoir ce bébé seule !

Elle reporta son regard sur lui juste à temps pour voir une lueur désespérée dans ses yeux.

— Tu t'occuperas d'elle, Hannah. Toi et le docteur. Clementine, elle est solide. Plus solide que nous autres. Quand les temps sont durs, elle préfère tenir le coup toute seule, et elle le fait sans pleurnicher.

Hannah garda le silence.

— Je ne peux pas empêcher Gus de partir, reprit-il. Et je ne peux pas le laisser partir seul.

— Il se débine, répéta-t-elle. Ça, vous savez le faire, vous les hommes.

— Ils donnent une prime de cinq dollars pour chaque peau de loup, Clem, dit Gus, et il claqua des mains pour montrer plus d'enthousiasme qu'il n'y en avait dans sa voix. On peut se faire deux ou trois mille dollars, si la saison est bonne.

Il arpentait la chambre, imprimant la trace de ses bottes dans l'épais tapis d'Orient. Parfois, il jetait un coup d'œil à sa femme, appuyée sur une pile d'oreillers dans le grand lit à colonnes, et presque aussi pâle que les draps. Il ne pouvait s'empêcher de penser aux innombrables nuits que son frère avait passées dans cette pièce avec Hannah. Voir son épouse dans le lit d'une prostituée lui révulsait l'estomac.

Il s'arrêta au chevet du lit, scruta le visage de Clementine. Elle lui rendit son regard avec des yeux aussi morts et lointains que la lune.

— Vous savez que je ne vous quitterais pas si je n'y étais pas obligé, se justifia-t-il.

— Bien sûr, répondit-elle en baissant les yeux vers ses mains mollement posées sur le renflement de son ventre.

Gus serra les poings. Il avait envie de la prendre par les épaules et de la secouer pour ramener la vie en elle, l'amour. Il avait tellement peur de l'avoir perdue !

— Je le fais uniquement pour vous, poursuivit-il, la voix tremblante. J'avais rêvé de vous offrir toutes ces choses — la grande maison, le luxe — que je vous avais fait perdre. Mais j'y arriverai, Clem, vous verrez. L'incendie est un grave revers, bien sûr ; mais avec un peu d'argent nous pourrons acheter un nouveau troupeau, l'année prochaine, et cette fois je ne laisserai pas Zach me convaincre de prendre autre chose que les meilleures bêtes reproductrices. Dès l'été, vous verrez, je commencerai à construire pour vous une nouvelle maison, plus grande et plus belle que l'autre...

Ses mots se perdirent dans le silence. Puis une bûche tomba sur la grille de l'âtre, projetant une gerbe d'étincelles. Une rafale de vent fit trembler les carreaux. Plus jamais Gus n'entendrait crépiter les flammes ou hurler le vent sans repenser au feu. Il avait détruit leur maison ; il avait dévoré presque tous leurs prés à foin et leurs pâturages ; plus de mille têtes de bétail et de chevaux de selle du Rocking R avaient péri, brûlés vifs ou étouffés par l'épaisse fumée noire.

Le feu leur avait pris quasiment tout ce qu'ils avaient à donner avant d'obliquer vers les peupliers, la rivière, la cabane du chasseur de bisons et la tombe de Charlie. Le vent avait alors tourné, et les flammes avaient rebroussé chemin pour se consumer elles-mêmes. Le soir, il avait enfin plu — trop tard.

Gus s'assit au bord du lit, prit la main de sa femme. Elle ne se raidit pas, mais il la sentit se retirer en elle-même.

— Vous me manquerez, déclara-t-il.

— Emportez des vêtements chauds, lui recommanda-t-elle sur le ton lointain et poli dont elle usait depuis la mort de Charlie. Mangez autre chose que des haricots au porc salé à chaque repas. Et essayez d'empêcher votre frère de boire.

— Clementine...

Il avait envie de la prendre dans ses bras, d'embrasser sa bouche, de toucher ses seins, ou de s'étendre à côté d'elle sans rien faire d'autre que la serrer contre lui. Il avait envie de lui dire qu'il avait besoin d'elle, besoin qu'elle croie en lui. Sans sa confiance, sans son amour, il n'était rien.

— Je vous aime, murmura-t-il, et il attendit, pensant que s'il l'avait perdue il trouverait un moyen de se perdre lui-même.

La main de la jeune femme remua dans la sienne. Elle leva le bras vers son visage et pressa les doigts de son mari contre sa joue.

— Je vous aime aussi, Gus.

Un courant d'air fit tinter le rideau en perles de verre dans l'entrée du salon où Hannah Yorke se tenait assise, raide et glacée, sur son sofa de brocart doré. Elle tendit l'oreille, comme si elle avait une chance de saisir un mot de la conversation qui se déroulait en haut.

— Il doit essayer de la convaincre de s'installer dans mon

hôtel, dit-elle. Ou peut-être dans une famille respectable de la ville.

Elle tourna les yeux vers Zach, qui regardait par la fenêtre. Au-dessus d'eux, le plancher de la chambre grinçait sous un pas lourd.

— Il ne songeait pas au scandale quand il l'a amenée chez moi le jour de l'incendie, continua-t-elle, brûlée partout et empestant comme un ramoneur, parce qu'il croyait qu'elle faisait une fausse couche.

— Elle ne partira pas, laissa tomber Rafferty sans se retourner. A moins qu'elle en ait envie.

Dans la chambre, les pas s'arrêtèrent ; Hannah gardait les yeux fixés sur le dos de Rafferty.

— Oh ! je sais que la mort du pauvre Charlie a été un coup terrible pour ton frère, et que vous risquez maintenant de perdre le ranch à cause du feu. Seigneur, même les Four Jacks doivent lui donner des maux de tête en ce moment ! Avec ton père qui reprend la concession et qui négocie avec le consortium pour exploiter le bazar à lui tout seul, en croyant devenir du coup le plus gros crapaud de la mare de Rainbow Springs, je suppose que...

— Jack le Borgne est le cadet de ses soucis, affirma Rafferty, interrompant son bavardage.

Et *toi*, tu en as des soucis ? eut-elle envie de lui demander. Depuis des années qu'elle le connaissait, qu'elle l'accueillait dans son lit, elle ne savait toujours pas ce qui se passait dans sa tête.

— Rafferty ? demanda Hannah. (Il se tourna légèrement, sans toutefois la regarder.) Vous pouvez sauver le ranch ?

— Ouais, bien sûr. C'est aussi facile que de mener un essaim d'abeilles à la baguette dans une tempête de neige... Hé, qu'est-ce qu'il fiche là, ce mineur, planté devant la porte de ton jardin ?

Elle se leva d'un bond, alla regarder à l'autre fenêtre.

Drew Scully. Appuyé à la clôture, les mains dans les poches, il fixait le bout de ses pieds. Il était vêtu pour une journée de travail à la mine — pantalon de twill, veste en toile grossière et lourdes bottes. Depuis le pique-nique du 4 Juillet, il faisait à Hannah une cour en règle, comme un vrai *gentleman.* Et elle l'acceptait tout en se racontant qu'il ne se passait rien, qu'elle n'avait pas envie qu'il se passe quoi que ce soit.

— J'en sais rien, mentit-elle, les joues rouges de culpabilité.

Rafferty se retourna brusquement et elle recula d'un pas, portant une main à sa poitrine.

— Vraiment, j'en sais rien.

Il balaya ses dénégations d'un petit sourire.

— Au moins, il a le courage de me prévenir qu'il prendra ma place dans le lit dès que je serai parti.

— Non, non, affirma-t-elle, et elle secoua la tête avec véhémence. Tu te trompes.

Zach fit un pas vers Hannah, qui continua de reculer. Heurtant de la hanche un guéridon, elle faillit faire tomber un buste en plâtre et un chandelier en forme de dragon. Elle tenta de contourner la table, mais trébucha sur la patte d'une peau de grizzly. Et soudain Zach fut sur elle. Sa main saisit son cou, son pouce s'enfonça sous son menton, la forçant à renverser la tête pour montrer ses yeux.

— J'ai pas raison, Hannah ? Tu vas me quitter pour ce jeunot ?

— Non ! s'écria-t-elle en se dégageant. Dis donc, Rafferty, n'inverse pas les rôles. C'est pas moi qui aime la femme de mon frère depuis...

Elle s'interrompit, mais trop tard. La tête de Zach partit en arrière comme si elle l'avait frappé. Il blêmit, son regard se porta brièvement sur le rideau de perles, l'escalier.

— Oh ! pourquoi m'as-tu fait dire ça ? se lamenta-t-elle, les larmes aux yeux.

Elle s'approcha de Zach, lui passa les bras autour du cou, pressa son corps contre le sien, blottit son visage au creux de son épaule, respira son odeur musquée.

— Je te demande pardon, murmura-t-elle, et elle effleura de ses lèvres la gorge de Zach.

Il émit un soupir entre ses dents serrées.

— Hannah...

— Tu t'imaginais pouvoir refouler ton amour et le garder éternellement secret ?

La main d'Hannah monta et descendit le long de son cou. La chair en était glacée, les muscles si tendus qu'elle eut l'impression de toucher une statue de marbre.

— Oh ! Rafferty... J'ai pas l'habitude d'offrir mes conseils aux amants malheureux, moi qui ai eu le cœur brisé si souvent qu'il fuit comme un vieux seau. Mais, pour une fois, je vais te dire ce que tu devrais faire. D'abord, tu accompagnes Gus pour éviter qu'il se fasse tuer dans les plaines, cet hiver. Ensuite, tu le ramènes à Clementine et tu pars. Tu pars avant le jour où tu ne te maîtriseras plus, et où tu feras pour de bon à cette femme ce que tu lui as fait seulement dans tes rêves jusqu'à maintenant. Tu pars avant que Gus découvre que la femme qu'il aime est amoureuse de toi, avant qu'il essaie de te tuer pour ça, ce qui te forcerait à tuer ton propre frère. Pars, Rafferty.

Une tendresse mêlée de tristesse adoucit le pli de la bouche de Zach.

— Sage Hannah...

Il l'attira de nouveau contre lui, pressa sa tête au creux de son cou, lui caressa les cheveux.

— On s'est payé du bon temps, hein, chérie ?

Elle avait l'impression que les battements de son cœur emplissaient sa gorge.

— Ouais... On s'est payé du bon temps.

Gus descendit pesamment l'escalier, frappa du poing dans le rideau de perles.

— On y va, frérot ! cria-t-il, et il sortit, claquant la porte derrière lui.

Hannah et Zach s'écartèrent l'un de l'autre.

— Tu veux monter lui dire au revoir ? suggéra-t-elle. Gus n'y trouvera rien à redire.

Zach demeurait immobile, les bras ballants, le cou raide. Jamais elle ne l'avait aimé plus violemment qu'en cet instant.

— Si je la vois maintenant, je ne pourrai plus la quitter. Pas même pour Gus.

Drew Scully se présenta chez Hannah un mois plus tard, un matin où Clementine, se sentant plus forte, se promenait au bord de la rivière. Hannah, qui arrosait ses fougères dans le salon, le vit par la fenêtre, appuyé à la barrière comme le jour où Rafferty était parti. Mais cette fois, au lieu de poursuivre son chemin jusqu'à la mine, il poussa la grille et remonta l'allée. L'arrosoir tomba des mains d'Hannah, éclaboussa le bas de sa robe en soie rouge coquelicot.

Scully écarta le rideau de perles, pénétra dans la pièce. Il avait un visage de rapace, anguleux et dur, avec dans les yeux une lueur intense, dangereuse.

— Le bruit court en ville que votre homme est parti pour l'hiver, dit-il. Et même pour toujours.

Il semblait sur le point de perdre sa maîtrise de soi — un écart qu'il ne devait pas souvent se permettre, songea Hannah. Elle éprouva une subite envie de le contraindre à enfreindre ses propres règles.

— Ça ne vous regarde absolument pas, monsieur Scully, et je vous serais reconnaissante de bien vouloir sortir d'ici avant que...

— Il est parti, madame Yorke, et je viens faire valoir mes droits, coupa-t-il d'une voix rauque.

Il fit un pas vers Hannah, qui croisa les bras sur sa poitrine comme pour apaiser les battements fous de son cœur.

— J'attends pas que vous décidiez que vous ne l'aimez plus, ajouta-t-il en continuant d'avancer vers elle.

Elle eut un frisson quand il toucha son visage, un autre quand il écarta les doigts sur sa joue, et encore un quand elle se rendit soudain compte que cet homme, ce *garçon*, était capable de la prendre comme nul ne l'avait jamais fait.

— Je te veux maintenant, Hannah Yorke, alors que tu as encore le goût de Rafferty sur les lèvres. Comme ça, quand tu jouiras, je saurai que c'est moi qui te fais jouir, pas le souvenir de cet homme.

Et il l'embrassa.

Il l'embrassa tel un affamé d'amour, aspirant la vie par sa bouche. Il inclina la tête de façon que ses lèvres recouvrent les siennes et lui donna un baiser plus profond, plus lent, tout aussi brûlant et exigeant, cependant.

Hannah gémit au fond de sa gorge et s'abandonna à lui ; elle gémit de nouveau quand il caressa sa bouche avec sa langue, promesse de ce qui allait suivre.

— Tu m'appartiens, maintenant, dit-il contre ses lèvres.

— Oui, souffla-t-elle, mais ce mot murmuré avait la force fracassante d'un cri.

Désirer et être désirée ainsi... Parce qu'elle le désirait, à présent. Elle s'agrippait à sa veste, se collait à lui ; sa bouche cherchait la sienne, prenait, dévorait. Ils se cognèrent au mur, reculèrent en titubant contre le guéridon. La bouche rivée à celle de Scully, Hannah tendit un bras derrière elle, ses doigts se refermèrent sur la nappe qui recouvrait la table et l'entraînèrent quand ils basculèrent vers le sol. Le chandelier de bronze tomba sur le poêle avec un claquement sonore ; le buste en plâtre fut sauvé de la destruction par l'épaisse peau de grizzly.

Hannah tirait sur les vêtements de Scully, qui délaissa sa bouche le temps d'ôter sa veste et sa chemise pour les expédier à l'autre bout de la pièce. Elle fit courir ses mains sur sa poitrine, sentit les battements sauvages de son cœur. Sa peau était brûlante, moite de désir.

Elle scruta les yeux affamés, avides, embrassa la mâchoire crispée, suivit avec sa langue la ligne dure de la bouche. Il y avait en elle une violence qui la faisait chanceler. Le souffle court, inégal, elle entendait son sang rugir dans sa tête.

— Prends-moi, supplia-t-elle, prends-moi maintenant !

Il déchira le devant de la robe, dénoua le corset afin de libérer les seins. Sa tête tomba en avant, ses cheveux caressèrent le cou d'Hannah quand il aspira le téton dans sa bouche, le mordilla. Elle poussa un cri, enfonça ses doigts dans la chevelure de Scully, lui entoura les hanches de ses jambes pour essayer de l'attirer en elle, maintenant, maintenant... D'un coup de reins, il se recula, tira sur les boutons de son pantalon, le fit descendre le long de ses cuisses. Le visage figé, il tremblait de tout son corps. Avec un rire, Hannah promena ses ongles sur la surface plate de son ventre ; les muscles de Scully tressaillirent, et son pénis battit contre la cuisse d'Hannah... En elle, maintenant. Elle émit une longue plainte quand il la pénétra, arqua le dos pour aller à la rencontre de ses coups de boutoir, agitant la tête, fouettant le visage de Scully de ses cheveux, enfonçant ses poings dans la peau de grizzly, soulevant le bassin, chevauchant le désir de l'homme et le sien, parcourue d'ondes de plaisir — maintenant, maintenant.

Quand enfin il s'abîma en elle, elle l'entendit prononcer des mots tendres auxquels elle ne crut pas. Elle connaissait trop la vie pour ça, mais ils n'en résonnaient pas moins agréablement à ses oreilles.

— Je t'aime, Hannah Yorke.

XXIV

La neige fondue crépitait sur les carreaux et le vent, s'engouffrant dans la cheminée, refoulait la fumée dans la pièce. C'était un vent du nord qui soufflait des montagnes, contrepoint sauvage au doux murmure des voix de femmes qui provenaient du lit.

Hannah éprouva un pincement de jalousie en regardant les deux têtes, l'une blond cendré, l'autre marron chien-de-prairie, penchées sur le catalogue d'Altman & Stern. Elle s'en voulait de voir d'un mauvais œil l'amitié qui unissait depuis peu Clementine et Saphronie. Toutes deux avaient perdu un enfant. De sa propre affliction, Hannah ne s'était jamais ouverte à Clementine, car pour parler de son bébé perdu elle aurait dû avouer sa perversité, sa faiblesse et sa honte, ce qu'elle n'avait jamais osé faire.

Elle souleva le verre d'une lampe ventrue, craqua une allumette et l'approcha de la mèche, replaça le verre, régla la flamme. Une douce lumière jaune envahit les coins de la pièce obscurcis par la tempête, fit briller le tissu mural en soie rouge, le miroir doré et le paravent laqué. Une vraie chambre de bordel, songea-t-elle avec une gêne soudaine.

D'un pas nerveux, elle se dirigea vers la fenêtre, regarda dehors. Il faisait vraiment mauvais, ce soir. Elle alla à la cheminée, poussa une bûche dans les flammes, avança le pare-feu vers le foyer pour bloquer en partie la fumée.

Elle soupira d'un air soulagé et coupable lorsque Saphronie tira une bassinoire de dessous les couvertures et quitta la pièce, la laissant enfin seule avec Clementine.

— Une belle tempête se prépare, annonça-t-elle.

La femme de Gus posa le catalogue de l'autre côté du lit, tapota le matelas en une invitation silencieuse.

Les volants de satin vert de la robe d'Hannah froufroutèrent quand elle s'assit près de Clementine. Le ventre de la jeune femme était énorme sous les couvertures : le bébé viendrait d'un jour à l'autre.

— Les hivers du Montana sont durs pour une femme, mais, aussi durs soient-ils, le printemps finit toujours par arriver, philosopha Hannah.

— Je n'oublierai jamais mon premier hiver dans le Montana, quand Charlie est né...

Les yeux que Clementine tourna vers elle ressemblaient à des lacs sombres et profonds, débordant de chagrin.

— Oh ! Hannah, je m'en veux de verser toutes ces larmes. Longtemps je n'ai pas pu pleurer, et maintenant je suis incapable d'arrêter.

Hannah hésita, puis prit Clementine dans ses bras et la serra contre elle.

— J'aurais dû mourir à sa place, dit Clementine, la voix étouffée par le satin.

— Je sais. Rien n'est pire que perdre un enfant. C'est une souffrance qu'aucune femme ne devrait jamais endurer.

— Vous l'avez pourtant endurée, vous.

Hannah se redressa, eut un rire forcé qui sembla creux à ses propres oreilles.

— Voyons, Clem, qu'est-ce qui vous fait croire une chose pareille ? Jamais je...

Les mots demeurèrent bloqués dans sa gorge par un nœud de frayeur et de honte. Elle rejeta les épaules en arrière, cligna les yeux pour chasser les larmes qui la trahissaient.

— Comment... comment vous l'avez appris ? Shiloh est le seul qui soit au courant, et il ne vous en aurait jamais parlé.

— Non, ce n'est pas lui. Je l'ai deviné à certaines choses que vous avez dites, depuis que je vous connais.

Hannah rougit. Elle se força à affronter ces beaux yeux calmes, ces yeux de *dame.* Elle avait perdu pas mal d'hommes, elle s'en était toujours remise, mais elle ne supporterait pas de perdre Clementine.

— Il n'est pas mort, déclara-t-elle.

— Oh ! mais je croyais...

— J'ai perdu mon bébé, mais ce n'est pas la mort qui me l'a pris. Pour commencer, je n'étais pas mariée quand je l'ai eu.

Clementine tapota le bras de son amie.

— Je sais. Vous m'avez dit un jour, il y a bien longtemps, que vous n'avez jamais été mariée.

Hannah baissa les yeux vers son giron, tira sur un fil qui dépassait de sa robe, un défaut dans le satin.

— J'avais peur que, si je vous en parlais, vous ne vouliez plus être mon amie, murmura-t-elle.

Clementine lui prit les mains, les porta à sa poitrine.

— Oh ! Hannah, vous ne pouvez pas savoir ce que notre amitié représente pour moi. Je me moque du nombre d'hommes avec qui vous avez couché, pour de l'argent ou par amour. Vous êtes pour moi comme la sœur que je n'ai jamais eue.

Hannah eut un petit rire.

— Moi non plus, je n'ai jamais eu de sœur, répondit-elle. Je n'ai jamais eu grand-chose, d'ailleurs, dans la petite ville minière du Kentucky où j'ai grandi. Papa disait pour plaisanter : « On est si pauvres que si on se passait pas de manger deux jours par semaine, on mourrait de faim. »

Elle rit de nouveau, fut récompensée par un sourire.

— Je ne crois pas que mon père ait jamais plaisanté de sa vie, dit Clementine.

— On était pauvres comme Job mais on avait des moments merveilleux, reprit Hannah, tirant de nouveau sur le fil. Il est mort dans la mine quand j'avais dix ans, papa. M'man et moi on est allées vivre chez sa sœur, qui était mariée au boulanger. Là, on avait toujours beaucoup à manger, mais c'était plus pareil. Et le monde est redevenu merveilleux quand j'ai rencontré... cet homme. C'était le fils du propriétaire de la mine ; il venait de faire un voyage en Europe — « mon grand périple » il disait, vous vous rendez compte ? Je crois bien que j'ai plus jamais rencontré quelqu'un d'aussi distingué. Ah ! il savait parler...

— Et c'est le père de votre bébé ?

Hannah détourna les yeux, hésitant encore à avouer la vérité. Elle tapota le ventre de Clementine, se força à sourire.

— Hannah Yorke ne se laisse pas pigeonner comme ça, ma chérie. J'étais vierge, en ce temps-là, et je l'ai obligé à me demander en mariage avant d'écarter les cuisses.

Dieu, que c'était dur de parler — mais bon aussi. Jamais elle ne s'était confiée ainsi à une autre femme. Elle avait livré ses secrets uniquement à des hommes, dans l'espoir de recevoir quelque chose d'eux en retour.

— M'man m'avait cousu une robe — elle avait mis son alliance au clou pour acheter la dentelle — et mon oncle avait fait le plus beau gâteau de mariage qu'on ait jamais vu. Ouais, je crois que j'ai passé un des pires moments de ma vie dans cette église, à attendre que ce type arrive tout en sachant que je n'étais qu'une idiote de plus dans la longue file des femmes roulées par les hommes. Le saligaud avait quitté la ville le matin même ; il m'avait abandonnée avec un polichinelle dans le tiroir.

Clementine prit la main d'Hannah, entrelaça ses doigts et les siens.

— Comme il était pas question d'infliger cette honte à ma mère, je suis partie pour la ville, Franklin. J'ai trouvé un emploi de vendeuse de gants dans un grand magasin. Quand ça a commencé à se voir que j'étais enceinte, j'ai perdu mon travail et ma chambre à la pension de famille. Et quand je me suis retrouvée sans un sou, mourant de faim et de peur, un autre beau parleur m'a emmenée dans sa belle maison en me promettant que mes ennuis étaient terminés...

»Vous devinez quel genre de maison c'était et ce qu'il exigeait de moi en échange. Mon bébé est né dans un bordel sans un père pour lui donner un nom. Et c'est là que j'ai commis le péché le plus impardonnable de ma vie.

Elle s'interrompit, incapable de poursuivre.

— Je l'ai vendu, finit-elle par murmurer.

— Oh ! Hannah..., dit Clementine, pressant plus fort les doigts de son amie.

— La sage-femme qui s'était occupée de moi m'a présenté un type — un banquier, quelque chose comme ça. Il m'a dit qu'il y avait une loi dans le Kentucky qui interdisait de garder un enfant de moins de dix ans dans un bordel, que sa femme et lui pouvaient offrir un foyer à mon bébé. Des vêtements chauds, plein de choses à manger, une bonne éducation... Il parlait, parlait, et moi j'étais si faible, si fatiguée ! J'avais peur, je me demandais comment je l'élèverais, cet enfant. Mon Dieu, j'avais tellement peur !

Clementine posa la main d'Hannah sur son gros ventre, la caressa.

— Bien sûr. Vous auriez pu partir avec votre bébé, mais quel genre de travail auriez-vous trouvé ? Regardez Saphronie. Et si vous étiez restée dans cette maison, on vous l'aurait pris, de toute façon.

— Mais je l'ai *vendu.* Le banquier m'a offert cent dollars et je les ai pris.

— Vous lui avez assuré une bonne vie.

— Parce qu'il a grandi le ventre plein, avec des chaussures aux pieds, sans savoir que sa maman était une putain ? C'est ce que vous voulez dire ? demanda Hannah, les larmes aux yeux. Mais je l'aimais, et j'aurais fait une bonne mère, je le sais.

— Vous auriez fait une merveilleuse mère, assura Clementine.

Dans le silence qui suivit, Hannah haussa les épaules et renifla en s'essuyant les yeux. Pressée de tout déballer, à présent, elle reprit son récit en le ponctuant de petits rires pour chasser sa souffrance.

— De toute façon, au bout d'un moment, ça ne me gênait plus de travailler dans ce bordel. J'avais de belles toilettes, et j'ai toujours aimé prendre du bon temps. Certains soirs, je me faisais jusqu'à soixante dollars. Le dimanche, on allait toutes se balader dans un coupé noir, et je me sentais comme une reine.

» Mais je suis tombée une fois de plus sur un beau parleur et j'ai quitté le bordel pour suivre le spectacle ambulant dont il était le directeur. Vous avez déjà vu ce genre de spectacle ? Non, sûrement pas. C'est une sorte de cirque au rabais, avec des monstres, des acrobates, des numéros de chant et de danse. On plantait notre tente dans des bleds trop perdus pour les grands chapiteaux. Sur les prospectus qu'on distribuait, j'étais l'attraction vedette. Vous savez ce que c'est, la « danse orientale » ? Tant que les hommes allongeaient l'argent, j'enlevais mes voiles. Enfin, je n'étais plus obligée de me prostituer — le patron préférait que je lui tienne chaud au lit.

— Moi, quand j'étais petite, je rêvais de m'enfuir de la maison pour suivre un cirque.

Hannah regarda Clementine avec étonnement. Elle ne pouvait imaginer qu'on puisse avoir envie d'abandonner des draps de satin et des dîners à six plats, des guimpes de dentelle et des peignes en argent, tous ces petits luxes qui vont de pair avec des manières irréprochables et des propos châtiés. Pourtant, Clementine avait quasiment fait pire que suivre un cirque : elle s'était enfuie dans le Montana avec un cow-boy.

Hannah agita une main désinvolte.

— Bon, j'ai pas tardé à en avoir ma claque de la « danse orientale », et je me suis mise avec un joueur professionnel.

Ensemble, on a remonté et descendu le Missouri sur des bateaux à aubes. Il était trop beau pour vivre, cet homme, mais c'était aussi le plus grand gredin jamais né pour faire souffrir les femmes. (Un sourire triste étira sa bouche.) Ma chérie, ne vous fiez jamais à un homme qui vous regarde dans les yeux en déclarant qu'il vous aime.

— C'est vrai qu'ils mentent quelquefois. Sans le vouloir, même.

Hannah écarquilla les yeux, partit d'un rire étonné.

— Comment une vraie dame de Boston en sait-elle aussi long sur les hommes ?

— Elle a grandi, répondit simplement la femme de Gus.

— Ouais, pour certaines d'entre nous, ça prend du temps, reconnut Hannah avec un soupir.

Comme le monde lui semblait merveilleux, alors ! songea-t-elle. Plein de bonnes choses — boire, faire l'amour, s'amuser. Elle se sentait libre, alors que d'autres femmes étaient engoncées dans leur corset, dans les interdits de la bonne société.

— C'est à cette époque que je me suis fait faire ma rose, poursuivit-elle. Je vais vous montrer.

Elle se mit debout avec un sourire malicieux, passa les mains sous les volants de satin vert de sa robe, ôta sa culotte de mousseline, puis retroussa ses jupons jusqu'à la taille. Posant un pied sur le lit, elle tourna sa cuisse nue vers les yeux ébahis de Clementine. Le tatouage, bleu sombre sur la peau blanche, disparaissait en partie dans les poils pubiens.

Clementine plaqua ses paumes sur ses joues et s'exclama :

— Oh ! comme c'est...,

— Vilain ?

— Délicieusement vilain.

Elles rirent ensemble tandis qu'Hannah laissait retomber ses jupons et s'asseyait sur le lit. Leurs mains se joignirent de nouveau.

— Je me croyais maligne, du moins au début, reprit Hannah. Et je m'imaginais être heureuse. En réalité, je n'avais rien avec ce joueur : ni alliance, ni enfant, ni foyer — et aucune fierté. C'est la seconde chose dont j'ai le plus honte. Je l'aimais tellement que je lui passais tout — les autres femmes, l'alcool et les cartes, ses crises de jalousie chaque fois qu'il se figurait que je regardais un autre homme. Il ne me frappait jamais, mais il me torturait mentalement. Et voilà qu'un jour il décide d'aller tenter sa chance aux tables de jeu de Deadwood. C'est là qu'il m'a plaquée. À Deadwood. Un matin, je me suis réveillée et il était plus là. J'ai failli me tuer.

Elle se tut de nouveau, baissa les yeux vers leurs doigts entremêlés.

— Après, ça redevient vraiment moche. Vous êtes sûre de vouloir entendre la suite ?

— Seulement si vous le désirez.

— Je... je me suis mise à fumer de l'opium pour échapper à la douleur de l'avoir perdu et... oh ! de me perdre, je crois bien.

Un moment, l'odeur douceâtre de la drogue lui envahit les narines, le goût âcre de la fumée emplit sa bouche. Elle éprouva de nouveau le manque, le désir ardent de rêver ; d'échapper à la réalité.

— Afin de me procurer l'argent nécessaire — pour l'opium et le whiskey que je buvais comme de l'eau —, j'ai recommencé à me vendre. Sauf que cette fois plus aucune maison ne voulait de moi, et je me suis retrouvée dans un bouge des badlands — ce qui constitue à peu de chose près l'endroit le plus profond de l'enfer où une femme peut descendre sans être morte.

— Vous n'y êtes plus, Hannah. Vous vous en êtes sortie. Et cela demandait du courage.

— Non. C'est tout bonnement la chance qui m'a tirée des badlands. Un chercheur d'or est mort du typhus et m'a laissé son sac de poudre d'or. Shiloh, dont j'étais devenue l'amie, m'aidait déjà à arrêter l'opium. Encore aujourd'hui, je ne sais pas pourquoi il a fait ça. (Elle renifla, essuya une larme, esquissa un sourire.) C'est le seul homme qui m'ait parlé franchement, au lieu de m'embobiner avec de beaux discours. (Elle resta un moment silencieuse, soupira.) En amour, je me fais toujours avoir, finalement, conclut-elle. C'est dur d'aimer quelqu'un qu'on doit perdre.

— Rafferty vous reviendra, Hannah. Il est parti à cause de Gus, il reviendra.

— Bien sûr. Mais pas pour moi.

Le visage de Clementine se figea ; ses yeux sondèrent ceux de son amie.

— Depuis... depuis combien de temps savez-vous ?

— Je l'ai toujours su, répondit Hannah, lissant de la main un pli de souffrance entre les sourcils de Clementine. Bah ! vous en faites pas pour moi. Je l'ai aimé comme une folle, et d'une certaine façon je l'aimerai toujours. Mais c'est pas à cause de vous que ça n'a plus marché entre nous, et je ne lui en ai jamais voulu de vous aimer.

— Même si vous nous l'aviez reproché, cela n'aurait rien changé. Aussi chère que vous me soyez, je n'aurais pas pu cesser de l'aimer. Ni pour vous, ni pour Gus, ni même pour le salut de mon âme.

Une étrange lumière semblait éclairer de l'intérieur le visage de Clementine. Elle débordait d'amour.

— Je l'aime depuis toujours. Même avant de le connaître, je l'aimais, affirma-t-elle.

Être aimé comme ça..., pensa Hannah. Bon sang, mais elle était jalouse ! De Rafferty.

La maison tremblait et craquait dans le vent.

— Quelle paire nous faisons ! murmura Hannah.

Clementine porta le dos d'un poignet de dentelle à sa gorge, comme pour tâter son pouls, puis sa main retomba sur la couverture et la tordit si brutalement qu'Hannah craignit qu'elle ne se déchire.

— Pourtant, j'aime Gus, dit-elle d'une voix assourdie par l'angoisse. Je l'aime, et il est mon époux devant Dieu. (De ses poings fermés, elle martela le lit.) Mon Dieu ! Mon Dieu ! Je commets chaque jour le pire des péchés — aimer le frère de mon mari. *Son ventre grossira et ses cuisses pourriront. Et la femme deviendra une malédiction parmi son peuple.* Voilà pourquoi Dieu m'a repris Charlie. Pour me punir de ce terrible péché.

— Non ! s'écria Hannah, qui lui emprisonna les mains. Vous ne devez pas dire ça, vous ne devez pas le penser. Jamais !

La souffrance tordit le visage de Clementine. La couverture frémit à l'endroit où son gros ventre la tendait.

— Clem, vous êtes en travail ?

— Depuis un moment, haleta-t-elle.

— Dieu du Ciel, pourquoi vous n'avez rien dit ?

Le vent plaquait la pluie sur les carreaux avec un bruit de pas dans les feuilles mortes. Hannah partit d'un rire tremblé.

— Vous et Gus, vous devriez un peu mieux programmer les choses. C'est pas malin de mettre un enfant au monde quand le temps risque d'être épouvantable.

Clementine ébaucha un pâle sourire, laissa ses yeux se fermer.

J'aurais dû mourir à sa place... Hannah sentit son cœur défaillir. C'était la seule chose que nul d'entre eux n'avait envisagée, et surtout pas Rafferty, avec ses discours idiots sur la solidité de Clementine, capable de résister à tout. Aucun d'eux n'avait songé qu'elle *voulait* peut-être mourir.

La lanterne à huile de houille éclairait d'une lumière trouble la boutique de Sam Woo. Juchée sur le dernier barreau d'une échelle, Erlan tendait le bras pour atteindre l'étagère la plus haute. Elle posa un coutelas près d'une pile de coups-de-poing américains, puis essuya la poussière d'une boîte de cartouches avec la manche de sa *chang-fu*.

Posant avec précaution ses pieds sur les barreaux, elle descendit, leva les yeux et jura en découvrant un moulin à café resté là-haut parmi les rouleaux de mèche. De crainte que ses petons ne supportent pas de monter une fois de plus, elle se servit d'un crochet fixé au bout d'un bâton pour attraper le moulin.

Erlan poussa un soupir qui fit trembler sa frange. Malgré le vent, le gros poêle maintenait une chaleur de four dans la boutique, et elle essuya du dos de la main la sueur qui coulait dans son cou. Concubine dans une noble maison, sa mère n'avait jamais fait assez d'efforts pour transpirer. *Aiya*, Tao Huo s'évanouirait si elle voyait sa fille en ce moment, avec ses joues hâlées, ses mains calleuses et ses pieds qui s'étalaient librement.

À la vérité, Erlan aimait assez le travail qu'elle accomplissait pour un dollar américain par jour. Là-bas en Chine, des marchands ambulants se présentaient souvent dans la cour de son *lao chia* pour proposer leurs articles. Cachant son sourire derrière sa main, elle écoutait les servantes se lamenter sur les prix et dénigrer la marchandise, tandis que les vendeurs maudissaient les dieux de leur envoyer des clients aussi pingres. Oh ! comme Erlan aurait aimé prendre part au jeu ! À présent, elle ne manquait pas d'occasions de marchander, mais à sa grande déception les *fon-kwei* ne savaient rien de cet art. Il n'y avait aucun plaisir à proposer un prix pour le voir aussitôt accepté, sans discussion.

Entendant des pas sur le trottoir en planches, elle se dirigea vers la porte ; des mots de reproche dansaient déjà sur le bout de sa langue. Elle pensait que c'était Woo qui rentrait enfin dîner, mais les pas s'éloignèrent.

Erlan maudit les quatre dieux du mariage qui avaient jugé bon de lui donner un tel mari. S'ils avaient vécu à Fooshow, Woo aurait fréquenté les maisons de thé. Ici, en Amérique, c'étaient les bars. Au lieu de jouer au go ou aux échecs, il perdait son argent au poker. Presque tous les soirs, il rentrait la mine longue.

Pourtant, l'un dans l'autre, Erlan était contente de son sort. Au moins, elle dirigeait la maison, sans belle-mère pour la régenter. Et comme le meilleur thé se fait avec l'eau la plus pure, elle s'efforçait de respecter sa part du marché. À présent, elle s'occupait de la boutique avec un sentiment de profonde satisfaction. Elle était parvenue à y mettre un peu d'ordre, mais il lui avait fallu des mois pour arriver à ce résultat.

Les cirés se trouvaient maintenant à côté des bottes en caoutchouc, et les salopettes près des chemises de travail. Si une cliente désirait un ruban rouge, Erlan en tirait aussitôt un de la pile jouxtant les cols en dentelle. Les baquets en fer-blanc étaient rangés avec les essoreuses, les lanternes avec les boîtes de bougies ; les sucres d'orge, les pommes tapées et les biscuits devant, avec les pickles. Elle baissa les yeux vers le moulin à café qu'elle tenait dans ses mains. Les grains de café devaient être avec les haricots, bien sûr. Mais où diable étaient...

Les cloches de la porte firent entendre leurs tintements discordants. Erlan se retourna si brusquement qu'elle faillit tomber sur un lot de balais en paille.

— Vous ! s'exclama-t-elle. Vous avez le culot de vous faufiler ici en catimini !

— C'est dur de se faufiler en catimini quand une foutue volée de cloches vous annonce comme l'évêque arrivant à la cathédrale. Vous devriez pas laisser vot' porte ouverte à c'te heure-ci. Y a des drôles de numéros qui sortent des bars. Et vous devriez pas rester seule. Il est où, le Sam ?

— L'Inutile de la famille joue au poker, répondit Erlan, qui rougit aussitôt devant l'expression interloquée de Jere Scully.

En Chine, une femme appelait son mari « l'Inutile » en guise de plaisanterie affectueuse, alors que faire publiquement son éloge était embarrassant pour elle comme pour lui. Erlan oubliait toujours que ce n'était pas ainsi chez les barbares.

Elle dut renverser la tête en arrière pour le regarder tant il était grand. Jamais elle ne trouverait ses traits harmonieux, mais son visage hirsute ne lui semblait plus aussi laid. Peut-être s'habituait-elle aux grosses mâchoires et aux grands nez.

Il fit un pas vers Erlan, qui sauta en arrière. Elle se sentait brûlante et sur le point d'éclater, telle une châtaigne sur un gril. Il avança de nouveau, elle recula. *Aiya*, je me conduis comme une poule sans cervelle, se reprocha-t-elle. Elle cessa de fuir, fixa des yeux le bas de sa *chang-fu*, glissa les mains dans ses manches.

— Ayez pas peur de moi, Lily, dit-il avec douceur.

Elle releva la tête.

— Je n'ai pas peur, rétorqua-t-elle. Et ne m'appelez pas ainsi. Je n'aime pas ce nom.

— C'est çui qu' vous donne vot' mari, pourtant.

— Vous devez m'appeler Mme Woo, si vous m'adressez la parole. Et ce n'est même pas ainsi qu'on devrait dire. En Chine, on m'appellerait Erlan, fille de la Maison de Po.

— Mais vous êtes plus en Chine, s' pas, madame Woo ? la taquina-t-il, forçant son accent cornouaillais.

Ses yeux couleur de pluie brillaient faiblement à la lumière de la lanterne, et la courbe d'un sourire détendait sa bouche. Il avait cessé de la poursuivre et s'appuyait au comptoir, les pieds croisés.

Erlan parcourut la boutique d'un regard nerveux, sans savoir que faire. La politesse ordonnait de servir le thé à un invité dès son arrivée, mais cet homme n'était pas invité. Il venait troubler la paix de son esprit. Elle s'efforça de recouvrer son calme.

— Lily, répéta-t-il, et le son de sa voix profonde suffit à faire vaciller la résolution d'Erlan comme la flamme d'une lanterne dans la tempête. Vous auriez pas dû l'épouser.

C'était ce qu'il lui répétait chaque fois qu'il réussissait à être seul avec elle, et elle craignait de finir par le croire un jour.

— En Chine, une jeune fille n'a pas le choix, sa famille prend la décision pour elle, répondit Erlan. Et même si elle se marie contre son gré, c'est pour la vie.

— La sienne ou celle du mari ? Les veuves se remarient jamais, là-bas ?

— Une veuve qui se remarie se déshonore. Les liens du mariage s'étendent au-delà de la tombe.

Jere Scully avait abandonné le comptoir pour tourner dans la boutique. Il prit un stéréoscope, le tint devant la lanterne ; il ouvrit une jarre de sel d'Epsom, renifla, plissa son gros nez de barbare. Ses épaules devaient être aussi larges que la Grande Muraille, estima Erlan. De la neige fondue scintillait dans sa chevelure, aussi épaisse qu'une fourrure de renard.

— J'ai un cadeau pour vous, déclara-t-il, pivotant brusquement pour lui faire face.

De la poche de son manteau, il tira une planchette en bois sur laquelle il avait gravé un temple chinois, avec une telle minutie qu'Erlan distinguait chacune des tuiles et des pierres de l'édifice, les dragons au coin des toits, et même un minuscule arbre des banians devant les portes.

— Mlle Luly Maine, l'institutrice, elle a un livre avec des images de la Chine, expliquait-il. J'ai trouvé un de ces trucs dont vous aviez parlé l'autre fois, une pagode, et je l'ai pris comme modèle.

Il lui tendait son présent, mais elle avait peur de le prendre. Peur de se mettre à pleurer si elle le touchait ; une fois qu'elle aurait commencé, elle ne pourrait plus s'arrêter, elle noierait le monde entier sous le flot de son mal du pays.

— L'aut' jour, vous avez parlé de c'te pagode qui est là depuis mille ans. J' vous attendrai, Lily, le temps qu'il faudra. Même si ça doit durer mille ans.

— Non ! s'écria Erlan, repoussant le magnifique et terrible cadeau. Non, il ne faut pas. De toute façon, je partirai, je retournerai finir mes jours dans mon *lao chia*.

— Alors, j' vous suivrai là-bas, et on finira nos jours ensemble.

— Ah ! vous êtes têtu comme un coffre à riz !

Il pencha la tête, une lueur amusée dans les yeux.

— Un coffre à riz ? Comment qu' ça pourrait êt' têtu, un coffre à riz ? Ça fait rien d'aut' qu'êt' là.

— C'est une vieille expression chinoise.

— Et joliment bête, si vous voulez mon avis.

Il posa la pagode sur le comptoir, se rapprocha d'Erlan, le visage aussi dur que le granite qu'il piochait dans la mine.

— Z'avez une bouche adorable, Lily. Même quand elle est pincée comme maintenant. J'ai bien envie de l'embrasser...

— Non !

« Mme Woo » faillit tomber une fois encore sur le lot de balais, dans sa hâte à s'écarter de lui.

— C'est honteux, ce que vous venez de dire, protesta-t-elle. Si vous persistez dans votre attitude, je ferai tout mon possible pour vous éviter.

— Vous le faites déjà.

— Je serai encore plus vigilante, déclara Erlan, et elle leva le menton pour montrer qu'elle parlait sérieusement.

Il la considéra un moment, puis hocha la tête.

— Bon d'accord, j' parlerai plus de vous embrasser.

Erlan eut un reniflement incrédule. Quelle femme serait assez idiote pour parier un sou là-dessus ? Elle leva les yeux vers le visage du barbare, examina sa bouche. Il avait des lèvres trop pleines et apparemment trop douces pour un homme. Elle se demandait quel effet cela lui ferait de les embrasser...

Un coup frappé à la porte les fit sursauter tous deux. Erlan se dépêcha d'aller ouvrir, soulagée : une seconde de plus et elle l'aurait laissé poser ses lèvres sur les siennes.

— *Kwang yin !* s'exclama-t-elle avec une gaieté feinte en ouvrant la porte, et un sourire sincère illumina son visage. Hannah ! Soyez la bienvenue. Je vais faire du thé...

Lorsque la lanterne éclaira le visage de la visiteuse, Erlan s'alarma :

— Que se passe-t-il ?

Les mains tremblantes, les yeux agrandis par la peur, Hannah rabattit le capuchon de son manteau bordé de zibeline.

— Cle... Clementine va accoucher, et cet imbécile de docteur est parti pour la semaine faire sa tournée.

Erlan retint à moitié un cri, passa derrière le comptoir, où étaient rangés les produits médicamenteux.

— J'ai des herbes qui pourraient être utiles, dit-elle en ouvrant des tiroirs.

Elle remplit plusieurs sachets en papier qu'elle glissa dans une poche de sa *chang-fu*, releva la tête, surprit le barbare en train de l'observer. C'était étrange comme elle sentait toujours ses yeux sur elle quand il la regardait. Cela brûlait et picotait, comme du whiskey...

— Monsieur Scully, auriez-vous l'amabilité de garder la boutique jusqu'au retour de mon mari ?

— Avec grand plaisir, Lily, répondit-il.

Un moment, elle se perdit dans la chaleur et la douceur de son sourire. Elle entendit Hannah s'approcher et se retourna, rompant le charme.

— J'ai du baume à l'estragon, des feuilles de matricaire, du ginseng et des herbes de Sibérie, annonça-t-elle.

— Vous savez quoi en faire ?

— Oh oui ! Mon père a beaucoup de jeunes frères, qui ont tous plusieurs femmes et concubines. J'ai assisté à de nombreuses naissances.

— Dieu soit loué ! s'exclama Hannah en soupirant. J'ai demandé de l'aide à d'autres — Mme Martin, la femme du pasteur, et Mme O'Flarraty, dont le mari était autrefois contremaître aux Four Jacks. Elles ont refusé l'une et l'autre de venir parce que Clementine se trouvait chez moi.

Avec un rire dur, elle ajouta :

— Comme si elles risquaient d'attraper une horrible maladie rien qu'en franchissant le pas de ma porte.

La neige fondue qui tombait à seaux du ciel verglaçait chaussée et trottoirs en planches. Le vent criblait d'aiguilles de glace le visage des deux femmes qui avançaient péniblement dans la neige boueuse, plaquait leur jupe sur leurs jambes et leurs cheveux sur leurs joues. Il faisait grincer les enseignes, noyait le son du banjo et du piano qui s'échappait des bars.

Elles se réfugièrent dans la maison chaude et paisible.

Relevant le bas de sa *chang-fu,* Erlan monta rapidement l'escalier derrière Hannah, pénétra dans une chambre qui empestait l'eau vinaigrée.

La femme au tatouage, penchée au-dessus du lit, épongeait les seins et le ventre nus de Clementine. Elle se redressa, se tourna vers elles.

— J'ai remis de l'eau à bouillir, dit-elle. Je vais la chercher tout de suite.

La femme allongée sur le lit haletait, couvrant de sa respiration saccadée le bruit du vent. La sueur coulait en rigoles sur sa peau. Les contractions s'accéléraient, le bas de son corps frémissait, mais elle semblait ne pas en avoir conscience. Elle était murée dans un silence effroyable, coupée de ce corps qui luttait pour donner la vie.

— Miséricordieux Kwang Yin, murmura Erlan. Elle se meurt !

À la stupéfaction de la Chinoise, Hannah saisit Clementine par les épaules, la secoua à lui faire valser la tête.

— Qu'est-ce qui vous prend, Clementine McQueen ? Vous êtes trop grande dame pour vous battre ? Vous qui répétez tout le temps que le Montana est un homme, et qu'il ne faut pas qu'il nous impose sa loi ! Vous allez le laisser gagner ?

Clementine ouvrit des yeux vides.

— Laissez-moi tranquille, Hannah.

Elle la secoua de nouveau.

— Battez-vous, bon sang ! Battez-vous !

Le bison éventré profanait la blancheur immaculée de la neige, la viande sanglante brillant encore de la graisse à la strychnine dont ils l'avaient imprégnée une semaine plus tôt. Les cadavres d'une demi-douzaine de loups gisaient alentour.

Enveloppé dans une peau de jeune bison, Gus gravissait la piste à quelques pas de Rafferty en tirant un traîneau qui débordait déjà de fourrures grises. Les deux hommes enfonçaient jusqu'aux genoux dans une neige fine et dure que les anciens appelaient la « fumée froide ». Chargé d'une poudre de glace soulevée par le vent, l'air leur râpait les poumons comme du verre pilé. Un soleil tiède venait de se lever.

— Il n'y en a pas autant qu'hier, grommela Gus dans le brouillard blanc de son haleine. Peut-être qu'ils se méfient.

Peut-être que nous les avons tous tués, pensa Rafferty. Peut-être que nous avons réussi à écorcher tous les loups de la planète. Il attacha son cheval à un petit genévrier, donna du mou à la sangle et accrocha un étrier à la pointe de la selle pour se rappeler qu'elle était desserrée. D'une main protégée par une mitaine, il fit tomber le givre qui couvrait le dos de l'animal.

Ils avaient placé leur appât sous un surplomb rocheux, pour être un peu à l'abri du vent quand ils écorcheraient les loups. Le surplomb était à présent couronné de neige et s'élançait dans le ciel au-dessus de leurs têtes telle la crête d'une vague géante.

Rafferty s'approcha d'un des loups morts et se mit au travail en respirant par la bouche : même par un froid aussi mordant, la carcasse de bison puait. Il entendait maintenant les loups hurler jusque dans ses rêves. Les mains raides de froid, il entailla le ventre et les pattes des trois bêtes qui lui revenaient. Les peaux se détachaient de la chair avec un bruit de tissu déchiré. Quand il jeta la dernière sur le traîneau, le vent arracha une poussière blanche à la crête glacée. Il tira de sa poche une bouteille de whiskey, ôta le bouchon, but une bonne gorgée. La gnôle coula en lui, brûlante.

Baissant la tête, il surprit le regard désapprobateur de Gus.

— Tu sais ce que Clementine m'a demandé, le jour de notre départ ? De t'empêcher de boire... Et tu n'as presque pas arrêté depuis qu'on est partis. Pourquoi tu fais ça ?

— Pour rien, frérot, répliqua Rafferty en lui adressant son sourire le plus mauvais. Tu veux *vraiment* essayer de m'en empêcher ?

Planté sous le surplomb couvert de neige, Gus ressemblait à une grosse bête velue avec sa peau de bison. Une vapeur blanche fusait de ses narines, qui tremblaient à chaque expiration rageuse. Les deux hommes se tournaient autour depuis des jours, tels des chiens pressés de se battre, le poil hérissé et les muscles tendus. Gus fit tomber un glaçon de sa moustache et poursuivit :

— Elle est passée par les sept cercles de l'enfer, et tu ne trouves rien d'autre à faire qu'augmenter ses soucis.

Rafferty fixa son frère comme s'il le tenait en joue.

— Qu'est-ce que ça peut me faire ? Je suis pas son mari.

Une rafale de vent souleva des tourbillons glacés. Zach essuya ses yeux, crut voir la corniche de neige trembler au-dessus de la tête de son frère.

— Gus, dit-il à voix basse.

— Et Hannah ? tonna Gus. Tu crois que cette femme mérite la façon dont tu la traites ?

— T'as aucune idée de ce qu'elle veut, Hannah.

— En tout cas, je suppose qu'elle n'a pas tellement apprécié de te servir de putain pendant quatre ans.

— Bordel de dieu ! C'est pas possible que je tire un coup sans que tu me fasses la morale sept jours par semaine ?

— Tu es exactement pareil que lui. Le whiskey et les filles. Le portrait craché de ton père...

Rafferty émit un grondement, s'élança vers son frère.

Gus recula, glissa sur une flaque de sang gelée, agita les bras en basculant en arrière. Une nouvelle rafale de vent souleva un nuage de poudre blanche autour d'eux. La crête de neige glacée se détacha du surplomb avec un craquement, tomba en pans épais sur les deux hommes. Enfoui sous la neige, Rafferty agita les bras et les jambes pour se dégager. Il cracha, se releva.

À l'endroit où Gus s'était tenu, plus près du surplomb, il n'y avait que poudre blanche et silence.

Une pensée s'insinua dans son esprit : *Laisse-le là. Monte sur ton cheval et va la retrouver. Tu l'auras rien qu'à toi...*

Il se jeta à genoux et creusa frénétiquement la neige de ses mains gelées.

XXV

— « Fais dodo, p'tit bâtard, embête pas maman
P'pa est parti dresser un autre mustang... »

Hannah Yorke balançait dans ses bras l'enfant braillarde en chantant d'une voix de contralto enrouée.

— C'est la plus étrange berceuse que j'aie jamais entendue, affirma en s'esclaffant Clementine, assise dans le fauteuil à bascule.

Son rire, devenu si rare, ragaillardit Hannah et amena un sourire sur son visage.

— Mais tout à fait approprié, vous ne trouvez pas, pour un bébé de fermiers du Montana ?

Elle coucha l'enfant dans une caisse de champagne vide capitonnée de morceaux de couverture. Saphronie et Erlan entourèrent aussitôt le berceau de fortune, firent des grimaces et des petits bruits tendres que Sarah McQueen, ayant décidé de dormir, ignora superbement.

Elle avait failli mourir et tuer sa mère en venant au monde, mais elle semblait maintenant déterminée à demeurer où elle se trouvait. Elle tétait beaucoup et souvent, et avait tellement grossi en quatre mois qu'elle commençait à ressembler à une chaîne de saucisses roses et grasses.

Elle devenait aussi une enfant gâtée, avec trois mères — Clementine, Hannah et Saphronie — qui la dorlotaient à longueur de journée... sans compter Erlan, qui passait fréquemment prendre avec elles une tasse de café. Ce matin-là, premier jour du printemps, elle était arrivée les mains sur les oreilles en prétendant qu'elle entendait de sa boutique le bébé pleurer. Tenue en éveil toute la nuit par la colique, Sarah n'avait cessé de réclamer que le reste du monde lui tienne compagnie.

Hannah appuya contre son bureau de laque noire une hanche

qu'arrondissait une tournure. Elle prit sa tasse et souffla sur le café pour le refroidir.

— Espérons que la faire dormir dans une caisse à champagne ne lui donnera pas des goûts de luxe, dit-elle. Qu'est-ce que vous aviez pris pour le dernier heureux événement, Clem — une boîte de biscuits, non ? La prochaine fois, vous...

— La prochaine fois ! s'exclama Clementine du fauteuil à bascule où elle s'asseyait pour allaiter Sarah. J'espère bien ne pas avoir à affronter un autre *heureux événement* avant longtemps.

— Si c'étaient les hommes qui accouchaient, y aurait une loi contre les douleurs de l'enfantement depuis belle lurette, déclara Saphronie.

Erlan étouffa un rire du dos de la main.

— En Chine, le jour où une fille naît est célébré comme l'anniversaire des souffrances de la mère.

— Hum ! grogna Hannah. (Elle avala un peu de café, assez fort pour réveiller un mort.) Les Chinoises ne souffrent donc pas quand elles accouchent d'un garçon ?

— Si, bien sûr. Mais les garçons sont désirés, pas les filles.

Un chœur de voix s'éleva pour protester contre cette infamie.

Une bûche s'effondra dans l'âtre, libérant dans la pièce une odeur de bois brûlé. Hannah éprouva un pincement de bonheur si intense qu'elle en fut étourdie. Son regard passa de l'une à l'autre de ses amies. Saphronie, dans sa robe en satin de fille de bar, avec ses larmes d'encre ineffaçables. Erlan et sa tunique chinoise, ses sandales de croquet, son regard noyé de nostalgie. Et Clementine... Clementine si bostonienne dans une robe de deuil en mousseline noire, avec un haut col raide, et si triste.

Comme nous sommes différentes ! pensa Hannah. Et semblables cependant dans nos peines, nos peurs et notre vulnérabilité de femmes. Dans notre force aussi, qui nous permet d'endurer tant de souffrances !

Saphronie, qui regardait par la fenêtre, se retourna soudain.

— Les hommes, annonça-t-elle. Ils sont de retour.

Les sabots de leurs chevaux faisaient un bruit de succion en s'arrachant à la boue printanière. Gus et Rafferty — tout en poils, semblait-il, avec leurs manteaux de peau de bison, leurs barbes épaisses, leurs cheveux qui n'avaient pas vu un coiffeur (ni un Indien, manifestement) depuis cinq mois — attachèrent leurs montures devant la porte du jardin. Les bras croisés sur ses seins, Hannah les regarda gravir son allée. Gus s'arrêta au pied des marches de la véranda, leva les yeux vers elle.

— Salut, Hannah, dit-il. (Il regarda au-delà d'elle, lissa sa moustache, avala sa salive.) Où est ma femme ?

Elle fut tentée de lui répondre qu'elle était morte. Il méritait les quelques moments de souffrance que ce mensonge lui aurait causés ; mais elle lui déclara simplement :

— Vous avez une fille.

Ils la suivirent à l'intérieur, et avec eux entra l'odeur âcre de la boue du Montana. Leurs éperons cliquetèrent dans l'escalier où Gus cria le nom de sa femme, emplissant la maison de bruit et de vie.

Le temps qu'Hannah le rejoigne dans la chambre, il tenait déjà le bébé dans ses mains puissantes.

— N'est-ce pas la plus jolie petite fille qu'on ait jamais vue ? s'exclama-t-il, et son rire inonda la pièce comme la lumière du soleil.

Assise dans le fauteuil à bascule, Clementine le regardait avec de grands yeux calmes. Elle ne souriait pas, mais semblait contente qu'il soit rentré. Elle paraissait soulagée, libérée d'un fardeau.

— Je l'ai appelée Sarah, dit-elle. J'espère que vous n'y voyez pas d'objection.

— Manquerait plus que ça ! marmonna Hannah, qui ne pardonnait pas aux hommes de Clementine de ne pas avoir été là quand on avait besoin d'eux.

Elle jeta un coup d'œil irrité à Rafferty : une cigarette au coin des lèvres, il se tenait l'épaule appuyée au chambranle. Quand leurs regards se croisèrent, elle décela dans ses yeux durs des ombres qu'elle n'y avait jamais vues auparavant. Ils semblaient hantés, comme si, là-bas dans les plaines, s'était passé quelque chose qui avait effrayé Zach jusqu'au plus profond de lui-même.

Lentement, le regard de Zach quitta Hannah pour se poser sur Clementine. Clementine tourna la tête, le regarda à son tour, et la distance qui les séparait se chargea soudain d'électricité, comme l'air un soir d'orage.

— Il vaut mieux que je rentre les chevaux, dit-il avant de disparaître dans le couloir.

Hannah brisa le silence qui suivit en annonçant :

— Je vais ouvrir le saloon de bonne heure, aujourd'hui. Si le printemps est vraiment là, sûr qu'il y aura foule pour fêter son arrivée.

La gorge serrée, elle descendit à pas lents l'escalier, cherchant la rampe à tâtons telle une aveugle. Elle se sentait vide, comme si quelqu'un venait de mourir. Plus rien ne retenait Clementine chez elle, maintenant que ses hommes étaient rentrés. Elle avait un ranch à tenir, un bébé à élever.

Hannah prit son bonnet de castor au portemanteau, l'inclina sur sa tête rousse, le fixa avec une épingle à tête de jais. Elle approcha son visage du miroir, lissa les coins de ses yeux, pinça ses joues, frotta ses lèvres pour leur donner un peu de couleur. Puis elle jeta sur ses épaules son manteau doublé de zibeline et sortit.

Il n'y a rien de plus triste à voir qu'un saloon dans la lumière crue du matin, pensait Hannah.

Le soleil se répandait dans la salle par la luxueuse vitrine qu'elle avait installée l'année précédente, et soulignait chaque souillure, chaque balafre : les taches et les brûlures de cigare sur le feutre vert des tables de jeu. La fêlure du miroir biseauté, fendu en décembre par un poing ayant manqué la tête qu'il avait prise pour cible. Les traces de doigts sur les carafes, les pots à cigares et les bocaux de fruits à l'eau-de-vie alignés derrière le bar. L'endroit sentait la bière et le whiskey de la veille, la boue et la sueur de tout un hiver. Il était désert à présent, mais bientôt les habitués reviendraient y boire, fumer, chiquer, cracher et jurer autour du poêle pansu.

Par la vitrine, Hannah vit Rafferty quitter l'écurie et traverser la rue, écrasant la boue sous ses bottes. Lorsqu'il poussa la porte, elle s'était réfugiée derrière le bar. Il garda son manteau, ce qui signifiait qu'il ne resterait pas longtemps ; il garda aussi son chapeau, pour se protéger les yeux.

Hannah essuya le comptoir avec un torchon.

— Tu as l'air aussi joyeux qu'un prédicateur menaçant ses ouailles des feux de l'enfer, lui lança-t-elle. (Elle versa quatre doigts de whiskey dans un verre qu'elle poussa vers lui.) Un coup pour faire passer la boue ?

Il fit tourner le verre dans ses doigts en contemplant le liquide ambré comme si c'était une boule de cristal et que son avenir le préoccupait. En deux gorgées rapides, il vida le verre.

— Viens par ici, Hannah, dit-il, la voix rendue rauque par l'alcool.

Elle le rejoignit de l'autre côté du comptoir, sans savoir pourquoi elle lui obéissait.

Il se tourna, s'adossa au bar et la prit dans ses bras. Elle inclina la tête, se pencha en arrière pour mieux le regarder. Le visage de Rafferty se colora, sa bouche ébaucha un sourire, et Hannah perçut en elle l'écho d'un désir ancien. Il approcha ses lèvres des siennes, mais elle le repoussa.

— Hé ! Zach Rafferty, tu peux pas revenir et recommencer comme si de rien n'était !

— Avant, j'ai toujours pu, répliqua-t-il. Qu'est-ce que tu vas me servir pour excuse ? Que t'as la migraine ? Ou tes règles ? Ou que tu as un peu trop bu de ton tord-boyaux, hier soir ? Je croyais que la seule chose qu'on n'avait jamais faite, tous les deux, c'était se mentir.

— Tu devrais savoir que je ne mens pas, cow-boy. Et tu devrais aussi savoir que je ne couche qu'avec un homme à la fois.

Il la regarda longuement.

— Alors, c'est comme ça ?

— C'est comme ça.

Elle rougit sous son regard, détourna la tête. Il lui prit le menton, la força à se tourner de nouveau vers lui.

— Tu es heureuse, Hannah ?

Elle hocha puis secoua la tête, eut un rire creux.

— Je suis morte de peur, avoua-t-elle. Je l'aime tellement, Rafferty ! Trop.

Il lâcha son menton, prit le verre vide, l'inclina vers elle comme pour porter un toast, et releva un coin de sa bouche en un sourire à la fois triste et railleur — se moquant d'elle et de lui-même.

— Toi et moi, on est le même genre d'imbéciles. On tombe amoureux de la personne qu'i' faut pas. Dommage qu'on soit pas amoureux l'un de l'autre.

Il reposa le verre sur le comptoir ; Hannah couvrit sa main de la sienne.

— On l'a été, d'une certaine façon.

— Ouais, acquiesça-t-il avec un sourire chaleureux, cette fois. On l'a été.

Elle se pencha vers lui pour l'embrasser sur la joue, trouva ses lèvres. Le désir s'éveilla de nouveau en elle. Le baiser se prolongea, doux et tendre, s'attarda sur ses lèvres quand ils se séparèrent.

— À un de ces quatre, chérie, murmura-t-il en lui caressant la joue du bout des doigts.

C'était ce qu'un cow-boy avait de mieux à offrir en guise d'adieux, Hannah le savait.

Un jour de la fin d'avril, les hommes partirent capturer des mustangs.

Clementine les accompagna, sans savoir au juste pourquoi. Elle détestait le ranch à présent ; cela lui était égal qu'ils le gardent ou qu'ils le perdent. Depuis la mort de Charlie, tout lui était égal, excepté Sarah. Et même dans son amour pour sa fille, elle se montrait prudente. Elle avait le cœur encore meurtri, débordant de souffrance.

Le matin où ils partirent, elle portait Sarah dans son dos, à la mode indienne. Les hommes capturaient les chevaux sauvages en les obligeant à courir sans leur laisser le temps de brouter ni de boire, jusqu'à ce que la fatigue les rende dociles. Gus chevauchait devant pour pousser les bêtes vers une vallée située plus au sud, et Zach resta avec Clementine.

Bien qu'ils fussent seuls pour la première fois depuis longtemps, elle ne trouvait rien à lui dire. Il y avait encore de l'amour pour lui dans son cœur, mais plus de tendresse.

Ils traversèrent un bois de mélèzes, de sapins et de cembros. Tout comme elle sentait la chaleur du soleil et la caresse du vent qui embaumait l'herbe, elle sentait le regard de Zach sur elle. Elle pensa qu'elle l'avait peut-être déçu. Il l'avait traitée d'inutile un jour, et elle lui avait donné raison. Elle n'était pas faite pour ce pays. Elle avait essayé de leur montrer à tous qu'ils se trompaient, mais le Montana l'avait vaincue — il avait usé ses forces, comme eux-mêmes étaient en train de le faire pour les mustangs.

Quoiqu'il fût encore tôt, les oiseaux avaient entamé leur bruyant babil. Un torrent grossi par les ruissellements de l'hiver cascadait sur des rochers éboulés avec un rugissement de lion.

Leurs montures avançaient en revanche sans bruit sur le tapis humide d'aiguilles de pin.

Au sortir du bois, ils débouchèrent sur un contrefort dominant une étroite vallée herbeuse. Le soleil faisait miroiter la neige des pics, et saupoudrait d'or les rochers aux arêtes vives.

Rafferty amena son cheval à hauteur de celui de Clementine, si près que leurs étriers se touchèrent. Moses claqua des dents sur son mors et agita la tête, ce qui fit tinter les anneaux de sa bride. La jeune femme gardait les yeux fixés sur les sommets étincelants.

— Les premiers Blancs qui ont découvert le Montana l'ont appelé la Terre des Montagnes brillantes.

Clementine ne répondit pas.

— Les pionniers qui ont nommé cette terre avaient aussi un dicton : *Quelquefois, un corps doit se pencher dans le vent pour se tenir droit.*

Rafferty rapprocha encore son cheval jusqu'à ce que leurs genoux se touchent.

— Clementine, ma chérie... Ce n'est pas le Montana qui a tué Charlie.

Elle se tourna vers lui avec une telle soudaineté, une telle fureur qu'il sursauta.

— Je vous hais ! Je hais tout ce qui est lié à cet endroit, et vous plus que tout !

Elle voulut mettre son cheval au trot, mais il saisit les rênes. La bête renâcla, fit un écart.

— Pourquoi me haïssez-vous, Boston ? Parce que je ne peux pas vous garantir qu'il n'y aura plus de souffrances, plus de morts ? Ou parce que vous ne pouvez pas garder votre cœur fermé à double tour, malgré vos beaux efforts ?

Elle soutint son regard avec un orgueil muet. Il lâcha les rênes ; elle obligea son cheval à tourner la tête et, d'un coup de talon, le lança au galop.

Elle n'alla pas loin. Parvenue à l'épaulement du contrefort, elle s'arrêta, se laissa glisser de sa selle. Elle détacha de son dos le berceau indien, le coinça entre les racines d'un vieux mélèze géant, se pencha pour embrasser la joue de Sarah. L'enfant ne s'était pas réveillée. Clementine s'approcha du bord de la crête. Des alouettes s'envolèrent de leur nid en entendant le bruissement de sa robe.

Au-dessous de Clementine, la brume déroulait une écharpe

grise sur la vallée de pâturages et de collines ondoyantes. À l'ombre des montagnes, la terre était un mélange de jaunes, de bleus et de violets.

Son cheval releva la tête, les naseaux frémissants, et c'est alors qu'elle les vit — les mustangs. Un troupeau de chevaux sauvages traversait la vallée, écrasant sous leurs sabots l'herbe tendre du printemps. Petits et vigoureux, ils semblaient tachetés parce qu'ils étaient en train de perdre leur rude pelage d'hiver. Mais leur crinière et leur queue étaient longues et flottaient comme du lin filé. Et ils avaient les couleurs du Montana l'été : gris, louvet, châtain, bai et alezan.

Le cheval de tête, un étalon, s'arrêta et se mit à brouter. Les autres l'imitèrent. Gus avait expliqué un jour à Clementine qu'il n'y avait qu'un seul étalon par troupeau. Il régnait avec l'aide d'une vieille et sage jument. Des chevaux hongres ou des mules échappés d'une ferme étaient parfois autorisés à se joindre au troupeau, mais un autre étalon jamais.

L'animal releva la tête à cet instant, et malgré la distance Clementine crut voir ses naseaux palpiter quand il flaira le vent. À l'extrémité nord de la vallée, on distinguait à peine la silhouette de Gus à cheval, qui approchait lentement pour ne pas précipiter les mustangs dans une fuite éperdue. L'étalon hennit, partit au galop ; les juments suivirent, et en quelques secondes la vallée redevint déserte. Le répit n'était qu'illusoire : finalement, les hommes imposeraient leur volonté. Épuisés, les mustangs seraient capturés ; leur volonté brisée par la selle et l'éperon.

Une immense tristesse étreignit Clementine. Ce lieu sauvage et si beau lui parut soudain trop vaste et désolé pour qu'elle puisse le supporter. Prise de vertige, elle suffoqua, la poitrine comprimée par les baleines de son corset. Quelque chose en elle avait envie de hurler.

Un grand aigle doré plana dans le dais bleu du ciel, projetant son ombre sur le sol. Il poussa un cri, et Clementine crut un instant que ce cri avait jailli de sa propre gorge. Elle renversa la tête en arrière, laissa le soleil la baigner de sa lumière et de sa chaleur, la séduire.

Jamais elle ne redeviendrait la Clementine d'avant ce jour d'été où le rire de Charlie s'était éteint. En le perdant, elle craignait d'avoir perdu l'unique chose qu'elle eût jamais été capable de bien faire : aimer Charlie et être aimée de lui. Pourtant, telle une tendre pousse verte sortant d'une terre épaisse et fertile, quelque chose s'agitait en elle. Elle sentait renaître dans son corps le rythme de la vie. Le Montana, haï et adoré, la réclamait pour sienne.

— Clementine.

Elle se retourna, le bas de sa robe claquant au vent. Son amour s'approchait d'elle. Le soleil faisait cligner ses yeux, les transformait en éclats d'ambre clair. Tout en elle parut céder. Un énorme pan de chagrin sembla se détacher de sa poitrine et se briser.

Clementine ne se rendit compte qu'elle pleurait que lorsque les larmes coulèrent sur ses joues.

Il lui effleura le visage de ses doigts.

C'était tout ce qu'il avait l'intention de faire.

Parfois, la regarder suffisait à embraser le cœur de Zach. Elle semblait si farouche, la tête droite sur son cou frêle, les épaules en arrière, raide et fière. Elle était si courageuse ! Trop pour son propre bien. On lui avait raconté l'histoire d'une renarde qui s'était rongé une patte afin de se libérer d'un piège. C'était ce genre de courage qui animait Clementine.

Elle s'était retournée à son approche, et en la voyant pleurer, Zach avait eu l'impression de recevoir un coup de pied dans le cœur. Il lui avait effleuré le visage — pour essayer ses larmes, peut-être. Oui, c'était tout ce qu'il avait eu l'intention de faire.

Mais ses bras se retrouvèrent autour d'elle, et il plaqua son corps contre le sien. Ses cheveux étaient doux et soyeux sous ses lèvres ; son odeur de roses sauvages le grisait.

Il allait se détacher d'elle quand, commettant l'erreur de baisser la tête, il vit la passion inonder les yeux de Clementine. La bouche de la jeune femme s'ouvrit sous la sienne, sa respiration se transforma en une plainte impuissante. Les mains de Zach lui prirent la taille, glissèrent sur ses fesses pour la serrer plus fort contre lui. Il l'embrassa, langue contre langue, souffles mêlés. Elle laissait échapper de petits cris en se frottant contre lui...

Sarah poussa un vagissement d'impatience.

Clementine s'écarta de Zach comme si on les avait aspergés d'eau glacée. Il demeura un moment pantelant, puis frissonna et murmura :

— Clementine...

Avec un cri aigu, elle se retourna et courut vers Sarah, qui déchirait l'air de ses pleurs.

Le cuir de la selle grinça quand Rafferty fit porter le poids de son corps sur l'étrier. Il enfourcha son cheval et partit sans un regard en arrière.

Clementine regardait le crâne de son mari, sur lequel gris et blond doré se mêlaient. Cela la rendait triste de penser au passage du temps, aux jours vécus qu'on ne pourra revivre.

Assis sur un tabouret devant la porte de la cabane, les mains serrées entre ses genoux, Gus fixait le sol d'un œil morne.

— Sarah fait sa sieste, annonça-t-elle.

Il leva les yeux vers elle.

— Tu vas lui parler ?

Elle ne répondit pas.

— Tu ne veux pas essayer de le faire changer d'avis ? insista-t-il.

— Non.

En traversant la cour, elle regarda derrière elle, non pas Gus mais la cabane. Le phlox fleurissait sur le toit, promesse du prochain été. Autour d'elle, les prés dévastés par le feu se couvraient çà et là du vert d'une herbe nouvelle, d'une vie nouvelle.

Le long de la rivière, les pruniers sauvages en fleur parfumaient l'air de leur odeur douceâtre. Les saules étaient gonflés et gluants de bourgeons rouges. Les alouettes chantaient, les grenouilles coassaient, et l'eau jouait sa propre musique, aussi riche et profonde qu'un rire d'homme.

Elle repéra la manche de sa chemise à travers les arbres. Il était en train de pêcher — du moins, il avait une canne à la main et une ligne dans l'eau ; mais il émanait de lui une impression d'attente nerveuse, comme s'il savait qu'elle viendrait. Elle s'arrêta à plus d'un mètre de lui pour éviter toute possibilité de contact : ce n'était pas de lui qu'elle avait peur, mais d'elle.

Il posa sur elle ses yeux froids.

— Gus a dû vous dire que je pars demain matin.

Elle voulut prononcer son nom, n'y parvint pas.

— Cette fois, je ne reviendrai pas, ajouta-t-il.

Elle savait que cela arriverait. Depuis le jour où elle s'était éveillée après avoir été mordue par le loup, et où elle avait lu dans ses yeux le désir nu et l'étonnement d'un homme amoureux... elle savait qu'il devrait la quitter.

Lorsqu'il lâcha la canne pour se lever, Clementine se raidit ; mais il n'avança pas vers elle. Il se contenta de la regarder, et c'était plus qu'elle ne pouvait supporter.

— Écoutez ce que je vais vous dire, Clementine. Je vous aime. Je ne devrais pas prononcer ce mot, mais je ne suis pas assez coriace pour partir sans vous l'avoir déclaré. Je vous aime, mais pas de cet amour noble et chaste que vous semblez attendre de moi. Je veux vous prendre, faire de vous ma femme. Je veux sentir vos cheveux sur mon ventre nu, le goût de votre langue dans ma bouche. Je veux vous avoir sous moi, me déverser profondément en vous.

Oh ! mon Dieu, pensa-t-elle, je ne mérite pas tout cela... cette passion. Je n'en ai jamais été digne et tu me fais si peur ! Tu m'as toujours fait peur.

— Clementine...

Il suivit du regard le cours de la rivière, ébloui par le reflet du soleil sur l'eau, puis il la transperça de ses yeux jaunes.

— Venez avec moi.

Elle demeura immobile ; même son cœur avait cessé de battre.

— Je vous aime, Zach Rafferty, avoua-t-elle.

C'étaient les premiers mots qu'elle lui adressait depuis qu'il l'avait embrassée.

Il poussa un long soupir.

— Je sais.

— Je vous aime, répéta-t-elle. Vous écrirez ?

— Non.

— À Gus. Vous pourriez écrire à Gus.

Il secoua la tête. Et il craqua. Elle le vit d'abord dans ses yeux ; ensuite, l'angoisse envahit ses traits. Il tourna la tête afin qu'elle ne puisse voir les muscles de sa gorge se contracter pour refouler les larmes.

— Vous penserez à moi, dit-elle, comme un ordre.

Oui, il devait penser à elle, car elle était à lui. Elle serait toujours à lui.

— Clementine, mon amour pour vous ne finira pas avec mon départ. Un soir, quand vous sortirez sur le pas de votre porte, vous entendrez le vent souffler dans les peupliers — et ce sera moi, pensant à vous, murmurant votre nom.

Lentement, sans quitter des yeux son visage torturé, elle défit le camée qui ornait sa gorge. Elle ne le lui mit pas dans la main, car elle n'aurait pas supporté de s'approcher si près de lui. Elle le posa sur le rocher où il s'était assis pour pêcher, puis elle s'éloigna sans tourner la tête.

De son tabouret, Gus regardait sa femme revenir vers lui. Elle entra dans la cabane, sans un mot, sans un regard, mais il avait vu ses yeux.

L'estomac noué, les muscles des jambes tendus, il avait envie d'aller chercher dans les yeux de son frère cette expression de désir et de perte qu'il avait décelée dans ceux de sa femme. Pourtant, il ne quitta pas le vieux tabouret.

Il y demeura toute la nuit. Au moment où l'obscurité cédait la place à l'aube, Zach revint de la rivière. Il regarda Gus, passa devant lui sans prononcer une parole et entra dans l'étable.

Une demi-heure plus tard, il en ressortit en tirant par la bride son cheval gris sellé. Des larmes emplirent les yeux de Gus, et il cligna les paupières pour les chasser avant que son frère ne les remarque. Car il savait, à sa grande honte, que c'étaient des larmes de soulagement.

Clementine écarta le rideau qu'elle avait fabriqué bien longtemps auparavant avec des sacs de farine blanchis. Son amour était dans la cour, juché sur son cheval ; Gus, qui se tenait près de lui, lui disait adieu.

Gus serait toujours le cow-boy de ses rêves, mais Rafferty était la passion de sa vie. L'homme qu'elle était destinée à aimer à chaque instant, à chaque battement de son cœur.

Fermant les yeux, elle se vit traverser la cour, lui tendre la main pour qu'il puisse la hisser et la prendre en croupe. Elle se vit partir avec lui, vivre avec lui, l'aimer à jamais.

Mais, lorsqu'elle rouvrit les yeux, il n'était plus là, et elle n'entendit que le battement des sabots de son cheval.

TROISIÈME PARTIE

1886

XXVI

Gus McQueen contempla le ciel, dur et déjà saigné à blanc par un soleil implacable. Du poignet, il essuya la sueur de son visage et se gifla la cuisse avec son chapeau, soulevant un nuage de poussière.

— Bon dieu ! jura-t-il.

Les mots avaient un goût répugnant dans sa bouche, mais il les répéta pour tenter de soulager sa poitrine, lourde d'échecs accumulés.

— Bon dieu de bon dieu !

Il s'accroupit près de la rivière, prit de l'eau au creux de ses mains pour s'en asperger la figure. L'eau aussi avait un goût répugnant ; elle était si alcaline qu'on aurait presque pu la chiquer.

Le soleil semblait fondre et couler du ciel — brûlant l'herbe, desséchant les berges, autrefois boueuses et à présent fendillées comme du vieux papier. Depuis qu'il s'était installé dans cette vallée, Gus n'avait jamais vu la Rainbow aussi basse. Ce n'était plus une rivière, mais un filet d'eau. S'il ne pleuvait pas bientôt, il ferait faillite. De toute façon, avec le prix du bétail qui était si bas qu'il ne couvrait pas le transport par bateau jusqu'au marché, il ferait faillite même si des trombes d'eau se mettaient soudain à tomber...

Gus se releva lentement. Il se sentait vieux, ses os craquaient. Il détacha la bride qu'il avait enroulée aux branches d'un amélanchier qui n'avait pas donné de baies cet été et prit le chemin de la maison. Sa jument avançait au pas, les naseaux à hauteur du sol craquelé.

En quittant l'ombre des peupliers, Gus surprit une daine à queue noire qui broutait l'herbe jaunie près du bloc de sel. L'animal releva la tête et détala. Ses côtes saillaient si nettement sous sa peau qu'on pouvait les compter ; mais son pelage était long, fourni. La veille, Gus avait vu une chouette harfang perchée sur la clôture. Les oies et les canards sauvages migraient déjà vers le sud, et depuis peu les étoiles brillaient d'un éclat plus fort dans le ciel. Même sa propre barbe poussait plus vite. Autant de signes qu'un hiver rude approchait — bien qu'il ne sût pas comment il avait appris à les interpréter. Par Zach, peut-être.

Zach... Il ne pouvait penser à son frère sans éprouver un mélange d'amour et de haine. Parfois il s'éveillait en pleine nuit, hanté par des images de son frère : Zach chevauchant un bronco, la main tendue vers le ciel ; Zach tenant un veau nouveau-né au creux de ses bras ; Zach dansant avec Hannah un soir d'été, tandis que leurs rires montaient vers un ciel constellé d'étoiles... Zach resté seul sur le quai de Natchez, la nuque raidie d'orgueil pendant que les aubes du bateau commençaient à tourner. Et, dans le silence de la nuit, Gus regardait le visage de sa femme, avait envie de la toucher et n'osait le faire.

Il s'arrêta pour contempler la grande maison à travers une brume ondulante de chaleur. Ils l'appelaient la « grande maison », non parce qu'elle était grande — encore qu'elle fût de bonne dimension, avec un étage et quatre chambres, et même un water-closet —, mais pour la distinguer de la cabane du chasseur de bisons qui se dressait encore à l'ombre des peupliers, près de la rivière. La maison avait des volets verts, une double galerie qui en faisait le tour, et un toit de bardeaux avec deux pignons. Gus avait enfin donné à sa femme un peu du luxe qu'il lui avait promis — même s'il était déjà sur le point de tout perdre.

Les planches neuves des marches de la véranda grincèrent sous ses bottes. Il entra par la porte de devant, pinça les narines en sentant l'odeur lourde des papiers au salpêtre et des inhalations de ginseng. Il s'arrêta, le cœur serré, tendit l'oreille aux sifflements indiquant que l'enfant avait encore une crise. Et il soupira de soulagement quand la maison lui renvoya son silence.

Leur petit garçon, Daniel, né le jour de l'an, souffrait de ce que le docteur appelait des spasmes pulmonaires. Brûler des papiers au salpêtre l'aidait un peu à respirer, et Lily Woo leur avait appris un remède chinois qui consistait à inhaler la vapeur d'un bol d'eau bouillante au gingseng. Cela apaisait parfois les spasmes. D'autres fois, les lèvres du bébé bleuissaient, sa poitrine se soulevait, ses bras s'agitaient follement comme s'il cherchait à pousser l'air de ses mains vers ses poumons sifflants. La terreur impuissante qu'ils éprouvaient dans ces moments-là était presque insupportable. Gus était convaincu que Clementine ne survivrait pas si elle devait enterrer un autre enfant. En tout cas, lui n'y survivrait pas.

Il ôta son chapeau, passa un doigt sur la bande de cuir pour en essuyer la sueur. Comme il l'accrochait aux cornes de bouvillon servant de portemanteau, il perçut un murmure de voix en provenance de la cuisine — l'une aiguë et irritée, l'autre patiente : Saphronie tâchait de convaincre Sarah, petite entêtée de deux ans, de finir sa bouillie.

Un an plus tôt, si quelqu'un avait dit à Gus qu'il laisserait une fille de joie, même repentie, s'occuper de ses enfants, il l'aurait probablement traité de menteur. Mais la naissance de Daniel avait éprouvé Clementine, et elle était coincée seule au ranch avec un bébé à peine sevré, et un autre presque toujours malade... Alors, un jour Hannah était arrivée avec la fille tatouée en remorque, et elle était allée droit au fait.

— Vous êtes tellement fier de ce que vous avez dans la culotte, Gus McQueen, que vous la gardez pas assez longtemps boutonnée pour que votre femme ait le temps de se remettre du dernier bébé avant que vous lui en colliez un autre dans le ventre ! Vous ménagez sûrement plus vos juments poulinières que votre épouse.

Les mots cinglants par lesquels Gus s'apprêtait à rétorquer étaient restés bloqués dans sa gorge par la honte. Il avait pour sa femme des appétits coupables, il ne pouvait s'empêcher de la prendre. C'était une faiblesse qu'il s'avouait et qu'il ne cherchait même pas à vaincre. Dans son ardeur égoïste à assouvir ses désirs charnels, il était bien le fils de son père. Le frère de Zach.

— Vous avez une sacrée chance que Saphronie accepte de se charger des gros travaux et d'aider à s'occuper des deux bébés, avait poursuivi Hannah. Rien que nourrie, logée et un dollar par semaine. Alors, dites amen et fermez-la.

C'est exactement ce qu'il avait fait.

Mais il n'avait jamais pu s'habituer à ces larmes bleues qui coulaient éternellement sur le menton de Saphronie. Cette jeune femme discrète et morose portait les marques de mauvais traitements sur son corps et dans son esprit. S'il arrivait à Gus de la voir rire et bavarder avec Clementine, et si les enfants l'adoraient manifestement, elle se montrait toujours renfrognée avec lui, retirée en elle-même. Peut-être parce qu'elle devinait ses dispositions à son égard qui, Gus devait l'admettre, n'étaient pas charitables. Il ne pouvait s'empêcher de penser qu'elle aurait dû trouver un moyen d'échapper à la lubricité de ces sauvages. Une honnête femme garde toujours la dernière balle pour elle, disait-on.

Gus pénétra dans la cuisine au moment où Sarah renversait son bol de farine d'avoine sur la table en braillant :

— Veux pus d'bouillie !

Et la chipie de sourire en contemplant le gâchis qu'elle avait fait. Bien que ce ne fût probablement pas très bon pour le caractère de sa fille, Gus sourit lui aussi.

Son regard passa à son fils. L'enfant avait eu une nouvelle crise pendant la nuit, mais semblait remis. Assis sur les genoux de Saphronie, il chantonnait des sons sans suite pour lui-même en agitant une cuillère.

Saphronie avait regardé furtivement Gus quand il était entré dans la pièce. Elle se leva avec maladresse, Daniel serré contre sa poitrine.

— Je le mets au lit pour la sieste, dit-elle à Clementine, qui repassait les volants d'un de ses jupons.

— Pas de sieste ! déclara Sarah.

Clementine aspergea d'eau le tissu froissé sans cesser de regarder son mari. Une odeur de lavande envahit la cuisine.

— Tu pourras aider Mme Saphronie à ramasser les œufs, répondit-elle à la fillette.

Sarah dégringola seule de sa chaise, traversa la pièce en balançant les bras comme un petit soldat, ce qui fit de nouveau sourire son père. Saphronie suivit avec Daniel dans ses bras.

Cette femme était décidément bizarre, songea Gus. Elle portait ce jour-là des knickerbockers à rayures jaunes qui descendaient jusqu'à ses bottes. Partirait-elle s'il lui annonçait qu'il ne pouvait plus lui donner un dollar par semaine ? Il en doutait. En outre, c'était sur l'argent de sa femme que le salaire de Saphronie était prélevé. Clementine faisait du beurre, qu'elle vendait douze *cents* la livre ; elle élevait des poules, dont les œufs lui rapportaient cinq *cents* la douzaine. C'était cet argent qui avait maintenu le ranch à flot pendant l'été, même si Gus répugnait à le reconnaître.

Clementine se tourna vers la plaque de la cuisinière, fixa une poignée à un fer chaud. La sueur luisait sur son visage mais il émanait d'elle un calme qui, d'une certaine manière, excluait Gus. Il haïssait parfois cette force qu'il percevait en elle. Et parfois il avait l'impression d'être marié à une femme qu'il ne connaissait pas et qu'il n'aimait guère.

— Il ne fait pas un peu chaud pour ce genre de travail ? demanda-t-il.

— Il faut le faire, quel que soit le temps, répondit-elle.

Gus serra les mâchoires. Il se sentait responsable de la chaleur et de la sécheresse, de toute la misère du monde.

Clementine posa son fer, leva les yeux à temps pour voir l'expression de son époux.

— Gus ? Qu'y a-t-il ?

— Mais, rien, grands dieux, madame McQueen, dit-il en imitant sa réserve de Bostonienne. Tout va pour le mieux. J'ai un troupeau qui meurt sur pied, on dirait que nous allons avoir une autre merveilleuse journée avec cinquante degrés à l'ombre, un vent brûlant qui fait jaunir l'herbe et assèche les derniers points d'eau. Jamais les choses n'ont été aussi bien.

Il s'interrompit pour reprendre haleine.

— Pourquoi vous ne le dites pas ? Allez-y, dites-le !

— Que voulez-vous que je dise, Gus ?

— Que j'aurais dû prévoir l'engorgement du marché, que j'aurais dû me douter qu'on aurait la sécheresse quand il n'a presque pas neigé cet hiver. Que je n'aurais pas dû perdre la tête et élever plus de bêtes que nos pâturages ne peuvent en nourrir. Que je n'aurais pas dû emprunter pour acheter ces terres boisées dont j'avais envie juste parce qu'elles étaient à vendre. Ni hypothéquer mon âme pour construire une maison de l'Est à ma femme de l'Est dans un coin perdu du Montana où la sécheresse, les hivers rudes et les feux de prairie sont aussi courants que les mauvaises herbes en juin...

Sa femme de l'Est le regardait en silence. Quels que soient ses sentiments, elle les maîtrisait et demeurait aussi fermée que son haut col raide. La seule fois où elle avait perdu son calme, c'était sur la tombe de Charlie, quand elle avait hurlé sa rage et sa peine. Il aurait voulu qu'elle se laisse aller pareillement maintenant, qu'elle se répande en injures et en reproches, qu'elle pleure, même. Qu'est-ce que c'était que cette femme qui ne pleurait jamais ? Il aurait voulu qu'elle soit effrayée pour qu'il puisse jouer son rôle d'homme en la réconfortant.

Elle fit un pas vers Gus, qui recula, horrifié par la vérité qui venait de lui apparaître : c'était lui qui avait besoin de se répandre en reproches et en gémissements ; c'était lui qu'il fallait réconforter.

— Gus, que se passe-t-il ?

De la hanche, il heurta une chaise, se laissa tomber dessus et, se prenant la tête entre les mains, planta un coude dans la bouillie renversée par Sarah.

— Bon sang ! s'exclama-t-il. Il ouvrit grande la bouche pour s'esclaffer, mais ce fut un sanglot qui lui monta aux lèvres.

Des larmes brûlantes emplirent ses yeux, qu'il ferma aussitôt. Lorsqu'il les rouvrit, Clementine se tenait près de lui. Elle toucha de la main le poing qu'il pressait contre ses lèvres, et ce fut comme si elle retirait la bonde d'un tonneau. Les mots jaillirent, durs et grinçants :

— Seigneur Dieu, nous n'avons plus un sou, Clem. Il va falloir payer les impôts, et ce fichu ranch est hypothéqué de la cave au grenier. Le bétail n'a même plus soif, il est en train de mourir, et les bêtes qui survivent sont les plus chétives. Je me suis endetté pour construire cette maison, et j'ai tellement...

... *peur.* Mais il ne pouvait le lui avouer. Il était l'homme. Le mari censé prendre soin d'elle. Celui qui avait promis de lui redonner toutes ces choses auxquelles elle avait renoncé quand elle s'était enfuie avec lui. Celui qui échafaudait des plans mirifiques pour faire du Rocking R le plus beau ranch au nord du Texas.

La main de Clementine lui caressait le dessus de la tête comme une mère l'aurait fait à un enfant. Doucement. C'était si bon, cette main dans ses cheveux — et pourtant il avait honte. Honte d'en avoir tant besoin.

— Qu'est-ce qu'il vous faut ? demanda-t-elle.

Un instant, il interpréta mal la question et faillit répondre : *Je veux tout de toi. Tout, Clementine, y compris — peut-être surtout — cette partie de toi que je n'ai jamais eue.* Puis il se rendit compte qu'elle parlait d'argent, et il partit d'un rire dur.

— À peu près tout ce qu'il y a à la Miner's Union Bank, si l'idée nous prenait de la dévaliser.

— Pour les impôts, alors. Combien vous faut-il pour les impôts ?

Il se passa la main sur le visage.

— Cent, environ.

Il l'entendit traverser la cuisine en faisant claquer ses talons sur les lattes du plancher. Il y eut un tintement de vaisselle entrechoquée puis de nouveau le bruit de ses talons, et Clementine posa quelque chose entre les coudes écartés de son mari, quelque chose qui tinta en touchant la table.

Il sentit sur ses doigts la douceur de la farine quand il prit cette chose en forme de cœur, une sorte de petit sac taillé dans un tissu soyeux, et rempli de...

Il referma la main dessus, le serra à se blesser la paume.

— D'où ça vient ? demanda-t-il, pensant aussitôt qu'il la tuerait si elle répondait : « De Zach. »

— De ma mère. Il y en avait plus, mais j'en ai dépensé un peu au fil des ans. Pour mon matériel photographique, parce que vous n'étiez pas d'accord et que cela ne me paraissait pas juste d'utiliser votre argent, et pour... d'autres choses...

— D'autres choses que je désapprouvais ?

Elle se raidit, garda le silence comme elle le faisait toujours plutôt que de discuter avec lui. Il eut envie de la secouer, de la frapper.

Gus ne se rendit compte qu'il s'était brusquement levé, la main brandie, que lorsqu'elle recula d'un pas, les yeux écarquillés de peur.

— Vous allez me frapper, Gus ? demanda-t-elle d'une petite voix. Vous allez revenir sur votre parole et me frapper encore ?

La main de Gus retomba.

— Non, murmura-t-il en se détournant. Mais je devrais. Je devrais.

Il lança l'argent sur la table, tressaillit lorsque les pièces sonnèrent dans la cuisine soudain silencieuse. Toutes ces années... elle l'avait gardé toutes ces années en le lui cachant. L'année de l'incendie, l'hiver où Zach et lui étaient partis exterminer les loups. Il renversa la tête en arrière, serra les dents pour retenir un hurlement de douleur et de rage.

— Dites-moi juste une chose : pourquoi ne me l'avez-vous pas donné avant, alors que nous en avons eu si souvent besoin ?

Comme elle ne répondait pas, il se retourna en s'écriant :

— Pourquoi ?

— Parce que cet argent était à moi. À *moi.* Et parce que j'avais promis à Maman de garder le secret quelle que soit l'opinion que je pouvais avoir de vous. Si je vous en avais parlé, vous vous seriez senti en droit de le prendre, et si un jour j'avais dû partir je ne... je n'aurais pas pu...

— Et vous y avez songé ? Clementine, est-ce que vous me quitterez un jour ? Alors, autant le faire tout de suite. Vous ne m'accordez pas une immense faveur en restant, vous savez. Je me débrouillais très bien avant de vous rencontrer, et je continuerai à vivre si vous décidez de partir.

Elle devint livide.

— Oh ! Gus... comment pouvez-vous dire une chose pareille ! Vous ne comprenez pas...

— Ah ! ça non, je ne comprends pas ! Je vous ai offert tout ce que j'avais. Tout ce que j'étais capable de donner, mon âme comme mes tripes. Et j'ai parfois l'impression de vous regarder de l'autre côté d'une barrière. Il y a un cœur en vous ? Il y a des *sentiments,* sous l'amidon et les bonnes manières ?

Les mots la frappaient tels des coups, mais elle ne pleurait pas. Elle ne pleurait jamais. Pourtant, ses épaules s'affaissèrent et elle s'étreignit le ventre, comme s'il y avait enfoncé le poing. Gus se rendit compte qu'il l'avait blessée, ainsi qu'il avait cherché à le faire, et maintenant il ne le supportait pas.

— Clementine...

Il tendit les bras vers elle, l'attira contre lui.

Elle s'accrocha à lui comme une noyée, chercha sa bouche, y colla ses lèvres pour aspirer la vie en elle. Creusant le dos, elle plaqua son corps contre le sien.

— Aimez-moi, Gus, souffla-t-elle dans sa bouche. Aimez-moi.

Il prit la tête de sa femme entre ses mains, scruta son visage.

— Je vous en prie, dit-elle.

— Montons.

Elle rougit, mais acquiesça d'un hochement de tête, s'écarta de lui, la respiration bruyante, et le précéda dans l'escalier.

Derrière les volets verts qui la protégeaient de l'éclat et de la chaleur du soleil, la chambre était obscure, silencieuse. Gus entendit dehors le rire de sa fille, le gloussement imbécile des poulets et le sifflement du vent qui se levait chaque jour en fin de matinée, promesse fallacieuse d'orages d'après-midi qui ne venaient jamais. Pendant toutes leurs années de vie commune, ils n'avaient jamais fait l'amour à la lumière du jour. Ce n'était pas le genre de choses qu'un homme respectable demandait à son épouse bien élevée, craignant Dieu, fille de pasteur, vierge-le-soir-de-ses-noces, et grande dame jusqu'au bout des ongles.

Mais l'idée le traversa soudain, en la regardant, qu'elle n'avait jamais été cette femme-là.

Elle se tenait près du lit, face à lui, les bras le long du corps. Elle fit mine de les lever, pour dénouer ses cheveux, peut-être, ou déboutonner sa robe, mais les laissa retomber. Elle paraissait si vulnérable, si frêle, si délicate, si semblable à la jeune fille qu'il avait épousée sept ans plus tôt...

— Je suis désolé, murmura-t-il. Je regrette...

— Moi, je ne regrette rien, déclara-t-elle d'un ton farouche. Je n'ai jamais rien regretté.

Ils ne parlaient pas de la même chose mais cela n'avait pas d'importance, parce qu'elle avait traversé la pièce pour se couler dans ses bras et qu'il la désirait. Elle était Clementine, elle était dans ses bras.

Et pourtant, cela ne suffisait pas.

Clementine rentra le ventre, poussa un grognement en attachant son corset. La combinaison du Dr Jaeger, faite en laine pour absorber la transpiration, remplissait parfaitement son office et collait déjà à sa peau moite. Sur le corset, elle boutonna un jupon à crinoline et attacha par-dessus une tournure en crin. Elle dut s'asseoir sur une chaise pour nouer les lacets de ses bottines, qui dégageaient encore une odeur huileuse après qu'elle les eut noircies, la semaine précédente. Puis elle passa une jupe en alpaga noir et un corsage assorti. Elle releva ses cheveux en un chignon qu'elle couvrit d'un bonnet noir. Malgré la chaleur étouffante, elle compléta sa tenue par un léger manteau en lin, car elle n'avait pas les moyens d'exposer ses vêtements à la poussière alcaline. Enfin, elle enfila des gants pour protéger ses mains — des mains abîmées depuis longtemps.

Elle allait quitter la pièce quand son regard s'arrêta sur le lit. Des barres de lumière poussiéreuse projetées par le soleil à travers les volets tombaient sur les draps froissés. Une odeur de sexe flottait dans l'air lourd.

Gus lui avait fait l'amour de manière désespérée, presque brutale. En réalité, ils s'étaient comportés tous deux ainsi, se jetant l'un sur l'autre comme des animaux. Clementine détourna la tête, descendit et sortit dans la cour.

Saphronie avait déjà attelé le chariot, chargé les paniers d'œufs et les pots de beurre protégés des mouches par une gaze.

Une carabine Winchester était accrochée près de la banquette, bien que le pays ne fût plus aussi dangereux qu'avant. Les loups et les ours avaient été repoussés dans les montagnes ; Nez de Fer et sa bande étaient entrés dans la légende.

Le regard de Clementine se porta sur la cabane du chasseur de bisons. Elle se vit soudain devant la planche posée sur des tréteaux, les bras dans la pâte à pain jusqu'aux coudes, tandis que Gus lui disait en souriant : « Il faudrait que je vous trouve une vache qui vous donnerait du lait frais à mettre dans votre café, le matin. Et peut-être aussi quelques poules, pour que vous ayez des œufs. » Elle songeait maintenant qu'elle ignorait tout alors des vaches et des poules — des « laitières » et des « pondeuses ».

Elle s'était comportée comme une enfant ce jour-là, déçue parce que le Montana et le ranch ne ressemblaient pas à ses rêves. Pourtant, elle avait été heureuse. Oui, elle était sûre maintenant d'avoir été heureuse.

Une soudaine rafale de vent souleva la poussière de la cour, et Clementine maintint son bonnet d'une main. Elle renversa la tête en arrière, cligna les yeux. Le ciel était aussi terne qu'un vieux plat d'étain. De hauts nuages enguirlandaient le soleil — il ne pleuvrait pas encore aujourd'hui.

La porte claqua derrière elle et Clementine se retourna, surprise, car elle croyait Gus déjà parti. Il n'avait pas fini de s'habiller. Les bretelles pendant sur les hanches, la chemise déboutonnée, il ne portait pas de chapeau et ses cheveux demeuraient ébouriffés là où elle avait enfoncé ses ongles. Son front, généralement protégé, semblait d'un blanc éclatant par comparaison avec le reste de sa figure, brun comme une noisette.

Ils se regardèrent longuement en silence. L'épaisse moustache de Gus tombait sur les coins d'une bouche qui n'avait pas souri depuis la dernière pluie, voire depuis que Charlie...

— Il est trop tard pour aller en ville, fit-il remarquer.

— Je pensais que nous avions besoin d'argent, répliqua-t-elle, se reprochant aussitôt de lui porter ce coup bas.

Il s'empourpra, sa bouche se durcit.

— On ne mourra pas de faim d'ici à demain, maugréa-t-il.

Une fois par semaine environ, Clementine vendait son beurre et ses œufs en ville ; et elle pouvait aussi bien le faire le lendemain, en effet. Mais elle sentait s'agiter en elle cette sauvagerie, ces aspirations frénétiques de l'âme qui menaçaient parfois de la rendre folle. Il fallait qu'elle sorte, qu'elle s'éloigne de Gus et du ranch pour aller là où le ciel s'étirait sans fin dans toutes les directions, où les ombres des nuages se pourchassaient à travers la prairie. Là où elle pourrait s'abandonner à la solitude.

Elle inspira lentement, s'efforça de calmer son tremblement intérieur.

— Gus...

Elle aurait voulu lui dire que son agitation, son désir constant de choses qu'elle ne pouvait même pas nommer n'avaient rien à voir avec lui. Tout était sa faute à elle. Gus avait raison : elle regardait la vie de l'autre côté d'une haute barrière. Elle aurait voulu lui parler de ce qu'il lui avait donné, lui dire qu'il l'avait sauvée, qu'il avait été le cow-boy de ses rêves.

Elle monta dans le chariot, prit les rênes.

Gus lui posa la main sur le bras.

— Clementine, ne soyez pas comme ça. Si vous êtes fâchée contre moi à cause de...

— Le fait que je parte pour la ville est sans aucun rapport avec... ce qui vient de se passer.

Elle aurait bien voulu savoir ce qui venait de se passer entre eux. Ils avaient mutuellement libéré leurs tensions, semblait-il, mais sans apaiser les tourments de leur cœur.

Je t'aime, Gus, pensait-elle, *mais pas assez pour moi. Ni pour toi.*

D'un claquement de langue, elle lança l'attelage. Les roues cerclées de fer crissèrent sur le sol dur. Un vent chargé de sable lui cingla le visage et elle ferma la bouche sur son goût amer. Lorsqu'elle s'engagea sur la route de la ville, elle regarda derrière elle. La poussière soulevée par le chariot était retombée, Gus avait disparu.

Le vent soufflait à présent avec violence, obligeant Clementine à s'arc-bouter des deux pieds sur le plancher du chariot et les chevaux à avancer tête basse. La poussière brûlait les narines de la jeune femme, collait à sa peau humide de sueur. La lumière dure et métallique du soleil estompait les couleurs de la terre. Cette terre, ce pays. Sa beauté sauvage et désolée réveillait ce qu'elle avait de sauvage et de solitaire en elle.

Elle fit halte en parvenant aux terres que Gus venait d'acquérir, de magnifiques buttes couvertes de pins, de frênes et de negundos. Entre les deux plus hautes courait une ravine obstruée par des éboulis et des pruniers sauvages, et que les ruissellements de printemps pluvieux avaient creusée dans la terre.

Au-dessus, elle découvrit, bâtie à flanc de coteau, une vieille cabane en mottes de terre à demi écroulée. Dans le Rain Dance, on l'appelait la tanière de la folle, parce que le vent avait fait perdre la raison à la pauvre Mme Weatherby, qui y avait vécu. Il y avait dans la vallée bon nombre de ces maisons abandonnées, qu'on appelait des « squelettes d'espoir ». Clementine se demanda si l'on donnerait un jour ce nom à la nouvelle maison que Gus avait bâtie pour elle, et elle s'aperçut qu'elle ne supportait pas cette idée.

Se sentant soudain observée, elle pivota sur la banquette, porta une main à ses yeux pour les protéger du soleil.

Elle crut d'abord qu'il n'était pas réel : c'était un rêve que son esprit avait fait surgir de la poussière et des ondes de chaleur. Un homme coiffé d'un Stetson noir poussiéreux, monté sur un grand bai gris, se tenait près de la flèche qui indiquait la direction de Rainbow Springs.

Le cœur de Clementine martelait sa poitrine. Le vent sifflait, criait son nom, mais c'était *sa* voix qui l'appelait... sa voix.

L'homme se dirigea vers elle. Quand son espoir insensé commença-t-il à mourir ? Elle n'aurait su le dire. Peut-être quand elle remarqua la façon dont l'inconnu se tenait sur son cheval, ou dont il inclinait la tête. Pourtant, elle s'accrocha à cet espoir jusqu'au moment où l'homme parvint à sa hauteur et souleva son chapeau en disant :

— Bonjour, madame.

— Monsieur, répondit-elle avec un hochement de tête.

Elle demeura figée sur la banquette longtemps après qu'il fut passé, puis se pencha en avant, serrant sa poitrine de ses bras. Elle prit une profonde inspiration, suivie d'une autre et d'une autre encore, jusqu'à ce que sa poitrine se mette à trembler de ces larmes qu'elle refusait de verser.

Clementine freina brutalement son attelage pour éviter d'écraser l'homme imbibé de whiskey qui venait de surgir du Gandy Dancer. Elle entendit hurler les essieux du chariot. L'air retentit de jurons et d'exclamations variées.

Rainbow Springs n'avait jamais été une jolie ville. Maintenant, elle était franchement horrible. Les collines étaient parsemées de clairières dégarnies, là où l'on avait coupé des arbres pour étayer les galeries des mines. Les bâtiments étaient délabrés, marqués par les intempéries, et la butte du Rain Dance surplombait l'ensemble, stérile, balafrée, creusée par l'érosion. Les rues étaient encombrées de détritus et de monceaux d'ordures. Un manteau de fumée brune planait mollement à quelques mètres du sol.

L'air vibra du choc du métal frappant le métal. Clementine regarda au sud-est. Venues de la prairie, deux fines lignes parallèles argentées pénétraient dans la ville. Une équipe de Chinois s'affairait à placer les derniers mètres de voie de la nouvelle ligne de l'Utah & Northern Railroad. Ils travaillaient pieds nus, leurs pantalons bleus informes relevés jusqu'aux genoux, leur natte enroulée autour de la tête. Un autre groupe de Chinois construisait un réservoir d'eau. À l'aide d'une spatule à long manche, un homme tournait du goudron dans une grande cuve noire d'où s'échappait de la fumée. La cuve reposait sur un lit de braises et il s'en dégageait une puanteur suffocante. Qu'est-ce qu'ils doivent avoir chaud, pensa Clementine, à faire ce travail sous un soleil pareil !

À cet instant, elle repéra Sam Woo. Il traversait le terrain vague où devait bientôt s'élever la gare. Il portait, en équilibre sur ses épaules, une perche en bois de pin, aux extrémités de laquelle se balançaient de grands récipients métalliques. C'est Erlan qui avait eu l'idée d'obtenir de la compagnie de chemin de fer un contrat pour fournir du thé aux ouvriers chinois — une affaire qui s'était révélée fructueuse.

Pour l'heure, Sam avait du mal à se frayer un chemin sur le terrain. La foule s'était rassemblée autour d'une vieille charrette. Un homme se tenait sur le plateau du véhicule, secouait le poing et hurlait à s'en gonfler les veines du visage. Clementine héla Sam, mais il semblait ne pas l'entendre.

— Dehors, les Chinois !

Ces mots lui parvinrent aussi forts que s'ils étaient portés par un mégaphone et la firent sursauter. Elle avait cru que l'homme musculeux aux vêtements cousus main rapiécés avec de la peau de daim, qui était juché sur la charrette, prêchait contre l'alcoolisme.

— Le Chinetoque est un païen et un parasite ! gueulait-il en ponctuant son discours de grands mouvements de la main. Le Chinois passe son temps à bouffer de l'opium et à adorer ses faux dieux. Il accepte un salaire d'esclave, et vole le travail honnête du bon Américain ! Je dis qu'il faut débarrasser ce pays de ces hordes de nattés ! Renvoyons-les en Chine, qu'ils n'auraient jamais dû quitter !

La foule remua, émit quelques bruissements et se balança d'un pied sur l'autre comme autant de corbeaux sur une palissade. Un homme vit Sam Woo et poussa un cri en le montrant du doigt. Les plus excités se ruèrent sur l'épicier et le bousculèrent avec brutalité. Les récipients de fer-blanc se renversèrent, et du thé fumant se répandit dans la poussière.

— Les Chinois ne sont pas de vrais citoyens ! Pas plus que les coyotes ! Et ils ne le seront jamais ! criait l'homme sur la charrette. Dehors, les Chinois !

La foule reprit le slogan :

— Dehors, les Chinois !

Clementine essaya de diriger son chariot sur le terrain, mais la foule l'empêchait d'avancer. Elle enroula ses rênes autour du frein et se leva.

— Monsieur Woo, appela-t-elle, voulez-vous que je vous reconduise à votre boutique ?

Sam se tourna vers elle en plissant ses yeux myopes. Il fit un petit signe de tête, car la perche sur son dos l'empêchait de se baisser, et ses épaisses lunettes reflétèrent le soleil.

— Très aimable à vous, madame McQueen, cria-t-il, mais ce Chinois a du travail à faire !

— Monsieur Woo, je crois vraiment que vous devriez monter avec moi. Mme Woo serait de mon avis.

— Peux pas faire ça. Il n'en est pas question !

Clementine libéra ses rênes et fit démarrer son attelage, mal à l'aise. Elle jeta un regard par-dessus son épaule. En fait, tout allait bien. Sam Woo avait rejoint l'équipe qui travaillait à la voie, et il distribuait déjà des tasses de thé chaud.

Elle remarqua un petit buggy noir rutilant, arrêté dans l'ombre du château d'eau à demi construit. L'homme qui le conduisait était assez bien habillé pour fréquenter les meilleurs hôtels de New York City. Le brocart de son gilet brillait comme du métal précieux, et ses boutons de manchette prenaient la lumière du soleil comme des diamants. C'étaient sans doute des diamants, se dit Clementine quelques secondes plus tard. L'homme tourna la tête et elle aperçut le bandeau noir qui lui recouvrait l'œil. Jack McQueen le Borgne, joueur professionnel et arnaqueur de haut vol, et à présent propriétaire majoritaire des Four Jacks, ainsi que de nombreuses autres entreprises lucratives.

En la voyant, il mit la main à son chapeau de soie, avec un sourire coquin aussi étincelant que ses boutons de manchette. Elle n'allait pas s'incliner devant l'homme qui manipulait cet orateur de caisse à savons pour inciter à haïr les Chinois. Depuis qu'elle le connaissait, Jack McQueen avait toujours provoqué des troubles, par pure méchanceté.

Lorsqu'elle s'arrêta au râtelier devant le magasin de Woo, elle était en sueur et couverte de poussière rouge. Elle avait encore un pied sur le marchepied du chariot lorsqu'elle eut l'impression que son estomac lui remontait dans la gorge. Elle se pencha et prit une profonde inspiration pour résister à la nausée.

Elle se redressa lentement. Elle était moite, mais elle frissonnait. Le monde entier, autour d'elle, eut l'air de se balancer légèrement, puis se stabilisa. Elle avala de nouveau une profonde bouffée d'air sec et brûlant.

Elle retira son cache-poussière et le secoua. La fine poussière rouge flotta dans l'air, formant comme un nuage de brume. Cela dérangea les mouches qui bourdonnaient au-dessus des déjections partout dans la rue. Leur nuage noir vint grouiller autour de son visage. La nausée revint dans la gorge de Clementine.

Quand elle descendit du trottoir de bois, la chaleur brûlait à travers les semelles de ses bottines. Elle dut lever ses jupes au-dessus du jus de tabac qui souillait les planches décolorées. Sous la pression du Ladies Social Club, les édiles municipaux avaient promulgué un décret interdisant de cracher sur la voie publique, mais personne ne le respectait, et personne n'essayait de le faire respecter.

Au moment où elle atteignait la palissade blanche d'Hannah, elle dut s'arrêter encore et résister à un nouvel étourdissement. Elle s'agrippa si fort aux lames de bois qu'une écharde traversa son gant.

— Clementine ! (Hannah descendit l'allée dans un éclair de jupes coquelicot.) Je commençais à penser que vous ne viendriez pas, cette semaine... Remettez-vous, ma petite ! Vous semblez au bord de l'évanouissement.

— C'est cette maudite chaleur...

— Elle n'est pas terrible, pourtant. (Hannah leva les yeux vers le ciel en louchant.) Seigneur, ces nuages ne portent pas même assez de pluie pour éteindre une bougie ! Je ne vous promets pas qu'il fait plus frais à l'intérieur, mais au moins vous pourrez mettre vos pieds à l'aise.

Clementine jeta un coup d'œil en arrière, vers son chariot et la boutique de Sam Woo, à travers les ondulations miroitantes d'air brûlant. Pogey et Nash étaient assis à l'endroit habituel, sur le banc de bois installé devant les jolies vitrines neuves du magasin. Des sacs de pommes de terre et des tonneaux de porc salé et de maquereau étaient alignés avec une précision militaire de part et d'autre de la porte. Depuis que Sam s'était marié, tout son commerce était ainsi, aussi organisé que le chariot du cuisinier dans une caravane de pionniers. À cet instant, Erlan s'avança à l'extérieur, précédée de son ventre rond. Son bonheur futur... c'est ainsi que la Chinoise avait baptisé le bébé à venir.

Clementine se rendit compte qu'Hannah lui parlait.

— Quoi ?... Oh ! non. Je dois d'abord décharger mon beurre et mes œufs, avant qu'ils ne se gâtent. Et je ne dois surtout pas traîner. Il faut que je sois rentrée bien avant le soir, sans quoi Gus va s'agiter.

Elle s'attarda pourtant un moment. Elle devait parler à Hannah, et elle craignait de ne pas en avoir l'occasion plus tard. Ses joues la brûlaient, et elle savait que ce n'était pas uniquement l'effet du soleil. Même avec Hannah, elle avait toujours eu du mal à aborder les questions du sexe et des fonctions corporelles. Elle entendait toujours la voix de sa mère : « Ne pose jamais de questions aussi impertinentes. »

Elle inspira à fond, et dit lentement :

— Hannah... Ce médicament pour les femmes que vous m'avez donné... On dirait qu'il n'a pas été efficace. Je suis encore enceinte.

— Oh ! ma pauvre chérie...

Hannah lui prit la taille. Clementine se serra contre elle comme un enfant qui a besoin de réconfort.

— Satané Gus McQueen, ajouta Hannah. Quand comprendra-t-il qu'il ne doit pas vous monter dessus chaque fois qu'il en a envie ?

Clementine se raidit. Elle eut un mouvement de recul.

— Vous n'avez pas le droit de parler ainsi, Hannah Yorke.

Les pommettes d'Hannah se colorèrent, mais elle ne s'excusa point. Gus et elle n'avaient jamais accompli le moindre effort l'un vis-à-vis de l'autre.

— Je veux simplement dire qu'il vous crève, à vous faire porter ses enfants.

— Ce sont aussi les miens. (Clementine se mordit la lèvre. Son regard erra, sa poitrine se soulevant par saccades.) Sauf que je ne veux pas de celui-ci, ajouta-t-elle.

Dans sa bouche, les mots avaient le goût du plus horrible blasphème. Et c'était vrai, pourtant. Elle avait si peur ! Peur de mourir, peur de ne donner le jour à son enfant que pour le perdre aussitôt, pour l'enterrer là sous les peupliers auprès de Charlie.

— Son père n'en voudrait pas non plus, s'il venait à l'apprendre. Il a tellement d'ennuis, avec le ranch, la sécheresse, le petit Daniel qui est malade, et... et tout le reste.

Elle se rappela ce qu'ils avaient fait, sur le lit, et le vide que cela avait laissé dans son esprit. Ce grand lit-traîneau en noyer avec la commode haute assortie et le buffet au dessus de marbre — tout ça coûtait cher, et ils avaient emprunté de l'argent pour l'acheter, parce que Gus voulait lui faire plaisir. Et elle l'avait laissé se faire plaisir, à lui...

— Vous vous sentirez différents, tous les deux, quand le bébé sera là, affirma Hannah. Dès que l'hiver sera fini, que viendront les pluies de printemps.

— Ah bon ?

Clementine leva les yeux vers le visage inquiet de son amie. Les joues d'Hannah étaient couvertes d'une fine couche de poussière. La chaleur les rendait rouges et brillantes.

— On se sent mieux, quand le printemps revient ?

Hannah crispa les lèvres, et soudain elle parut vieille.

— Pas toujours.

Clementine eut un curieux tiraillement du côté de l'estomac. Comme une palpitation, bien qu'il fût encore trop tôt pour que la vie se manifeste en elle. Un bonheur futur... Une image lui revint soudain en mémoire — sa mère dans un fauteuil de rotin blanc, au milieu du parfum des lis de Pâques, riant de soulagement et pleurant de chagrin parce qu'elle ne pourrait plus avoir de bébés. Quel âge avait sa mère, ce jour-là ? Sûrement pas davantage qu'elle-même aujourd'hui. Toutes ces questions qu'elle avait voulu poser à Julia Kennicutt, et dont la plupart étaient restées sans réponse : ce sachet en forme de cœur, rempli de pièces... Son seul héritage. Et elle l'avait donné si facilement à Gus, sans un remords.

— Vous aurez peut-être une autre fille, reprit Hannah.

Clementine appuya une main sur son estomac, qui s'arrondissait déjà sous les baleines de fer de son corset.

— Si c'est une fille, Hannah... je l'élèverai pour qu'elle ne soit pas comme nous. Elle grandira forte, sûre d'elle et de ce qu'elle désirera. Et elle n'aura peur de rien.

Erlan s'escrimait sur le tonneau de porc, pour lui faire passer le seuil jusqu'au trottoir en planches. Ce n'était pas facile, car son gros ventre gênait ses mouvements. Et, bien que ses lys d'or ne fussent plus les deux petits arcs qu'ils avaient été, elle ne progressait qu'à petits pas sautillants.

Elle grogna en se redressant, et appuya son poing sous son sternum, à l'endroit précis où une douleur aiguë venait d'apparaître. Elle maudit le démon funeste qui lui avait fait manger ces haricots au déjeuner. Ils donnaient un mauvais *chi* et provoquaient un déséquilibre dans ses organes internes.

Oh ! l'air était chaud et sec comme l'haleine d'un dragon, aujourd'hui ! Et cette poussière ! Elle fronça les sourcils à la vue de sa nouvelle vitrine. Elle l'avait lavée pas plus tard que ce matin, et on pouvait à peine déchiffrer les mots tracés sur la vitre à la peinture dorée : *Chez Sam Woo, Bazar*.

Avait-il jamais fait aussi chaud et aussi sec, à Fooshow ? Il était étrange qu'elle soit incapable de s'en souvenir, car tous ses rêves récents renfermaient plein d'images colorées de chez elle. En s'éveillant, elle se demandait souvent s'ils n'étaient pas mensongers. La brume ne pouvait être si blanche, les paddies de riz si verts, la lumière du soleil si douce et si dorée. Pourquoi, avec le temps, ses souvenirs étaient-ils devenus plus mesquins que ses rêves ?

Bientôt, rêves et souvenirs ne lui seraient plus nécessaires. Sa dette était presque remboursée, sa part du marché remplie. Une boîte à chaussures cachée sous son lit contenait mille cent soixante dollars américains en billets verts et en argent. Et le bébé, dans son ventre, grossissait à vue d'œil.

Sauf que... sauf que lorsqu'elle avait conclu l'affaire avec le marchand Woo, en lui promettant de lui donner un fils, elle n'avait pas compris combien ce fils serait aussi une part d'elle-même. Ils partageaient le même corps et le même sang, se nourrissaient du même air. Elle se demandait maintenant comment elle serait capable d'abandonner un enfant, son enfant à elle, dans cette terre étrangère, quand le moment viendrait de rejoindre son *lao chia.*

Cette pensée lui fut insupportable ; elle la repoussa. Une future mère ne doit pas s'abandonner à des idées aussi sombres, au risque de condamner son enfant à une vie de malheur. Être enceinte est un bienfait du sort, et les dieux peuvent être malveillants à l'égard de ceux qui ont trop de chance.

Ses réflexions furent brusquement interrompues : un jet de tabac traversa l'espace, manqua de peu son ventre protubérant, et vint éclabousser, avec une remarquable précision, un nœud dans le bois de la balustrade.

Erlan planta ses poings sur ses hanches, et jeta un regard exaspéré à Pogey dont les mâchoires s'agitaient tels les pistons d'une locomotive. Elle avait installé ce banc colonial à deux places devant la boutique pour encourager les clients à s'attarder un peu et, pourquoi pas ? à dépenser plus. Mais Pogey et Nash y avaient établi leurs quartiers. Depuis quelque temps, ils prospectaient davantage les commérages que le minerai d'or.

— Bien le bonjour, messieurs, dit-elle.

Elle se dirigea vers eux en traînant les pieds, de sa démarche gauche et un peu maniérée.

Les vieux prospecteurs se levèrent avec difficulté. Ils ôtèrent leurs chapeaux.

— Comment allez-vous, madame Woo ? (Nash montra la place qu'il venait de libérer.) Vous devriez vous asseoir ici et vous reposer un peu. Z'avez l'air... pointue. (Il lui adressa un sourire si large que ses fausses dents glissèrent de ses gencives.) Je crois bien que votre charge est assez lourde pour vous jeter à terre !

Pogey, qui se réinstallait déjà, interrompit son mouvement. Il regarda son complice avec des yeux ronds.

— Mais, par tous les dieux, pourquoi est-ce que tu tiens à insulter Mme Woo ? Aucune femme n'apprécie qu'un homme lui dise qu'elle est horrible. Même les Chinoises ont leur délicatesse.

— J'ai pas dit qu'elle est horrible. Seulement qu'elle a le ventre en forme de bouilloire. Comme si quelqu'un avait voulu la faire passer par un trou de souris la tête la première.

Erlan étouffa un gloussement.

Pogey regarda longuement son ami.

— Merde, Nash ! déclara-t-il d'une voix traînante. J'ai l'impression que, si tu pouvais te mettre un doigt de pied dans la bouche, tu essaierais d'y enfoncer le pied en entier.

— Est-ce ma faute si je tombe sur des femmes délicates partout où je pose les yeux ?

Nash reprit sa place sur le banc. Il glissa ses pouces derrière ses bretelles à rayures, les étira puis les relâcha. Elles claquèrent sur son gilet rouge avec un bruit sec.

— Avec moi, on a affaire à l'article original... Un pionnier d'exception. Hé ! quand j'ai débarqué dans ce pays, il y avait très peu d'hommes blancs — sans parler des femmes — pour s'offusquer dès que quelqu'un ouvrait la bouche. Aujourd'hui, nous avons des ligues féminines, des institutrices et des orateurs antialcooliques qui vous mettent un homme en charpie dès qu'il se conduit comme un homme. Et personne ne peut rien leur dire.

Pogey sortit la chique de sa bouche et en prit une nouvelle, qu'il poussa très loin sous sa joue pour l'imbiber convenablement.

— Ouais, mais hier c'est hier, et maintenant c'est maintenant, et tous tes bavardages n'y changeront rien. Pionnier d'exception... Dieux du Ciel ! Tu serais incapable de trouver de la merde dans une étable, même avec une boussole et une torche de poix. Tu fais que du vent ; comparé à toi, le chinook des Rocheuses est ridicule.

C'est bien vrai que M. Nash raconte des histoires, pensa Erlan. Elle tourna la tête, pour qu'il ne la voie pas rire et ne la trouve pas impolie.

Elle aperçut une sorte de géant parmi un groupe de mineurs qui se dirigeaient vers les Four Jacks. Mais si Jere Scully la vit, il n'en montra rien. Il ne s'était pas approché de la boutique depuis des mois. Elle avait été si cruelle, si froide à son égard qu'il avait enfin pris ses distances. Et elle en était fort contente. Oui, c'est sûr qu'elle était contente... Car il l'effrayait, avec ses grands discours sur les baisers et les pour-toujours.

Non loin, Clementine McQueen déchargeait d'un chariot suspendu ses pots de beurre et ses cageots d'œufs. Hannah se dirigeait vers elle pour l'aider. Il y aura peut-être une réunion avec du whiskey, dans l'après-midi, songea Erlan avec un plaisir soudain. Elle aimait ces discussions à trois où elles parlaient de leurs hommes et de leurs enfants, des foyers qu'elles avaient laissés derrière elles et de ceux qu'elles étaient en train d'arracher à la sauvagerie du Montana.

— Pourquoi essaies-tu toujours d'ergoter ? demanda Nash d'un ton maussade. On dirait que je peux pas ouvrir la bouche sans que tu me sautes dessus pareil qu'un hanneton sur du fourrage à bestiaux.

— Mais c'est toi qui es tout le temps de mauvaise humeur ! répliqua Pogey. Depuis qu'on t'a tiré dessus au Gandy Dancer, ce 4 Juillet où l'alcool de punaise coulait à flots, tu es hargneux comme un geai qu'on a plumé.

— Un homme qui a vu la mort de près doit réorganiser sa pensée. Il doit redéfinir ce qui compte vraiment, si j'ose dire. (Nash étira ses jambes maigres, posa une de ses bottes à bout pointu sur l'autre, et reprit sa péroraison.) Autrefois, j'étais quelqu'un de fameusement nerveux. Un rien me secouait les nerfs et m'échauffait les sangs. Maintenant, les gens qui me voient descendre la rue se disent : « Voilà un homme aussi calme qu'un cochon sur la glace ! »

— Bon dieu, Nash ! (Pogey se saisit de son chapeau et en frappa la cuisse de son compagnon, puis sa propre jambe pour faire bonne mesure.) Tu as déjà vu un cochon sur la glace, espèce de vieil imbécile ? Avec les fanons qui claquent au vent comme des drapeaux, et les pattes qui volent dans tous les coins au point qu'on peut pas les reconnaître l'une de l'autre ? On peut dire ce qu'on veut d'un cochon sur la glace, mais certainement pas qu'il est calme !

Le visage de chouette de Nash exprima une immense tristesse et une patience infinie.

— Pogey, tu es un bel exemple du type qui a renoncé à l'essentiel et laissé ses priorités se mélanger. Il y a moins d'une minute, nous avions une conversation philosophique sereine, et l'instant d'après... Pan ! Ta bile s'échauffe, ce qui te donne le visage rouge et les yeux humides, et provoque de grandes turbulences dans ton ventre... (Ses mots s'évanouirent. Il se leva et jeta un regard oblique vers la rue, en se protégeant les yeux de la lumière aveuglante.) Où est-ce qu'il va, d'après toi, ce vieux putois ?

Le vieux putois en question n'était autre que le marshal Dobbs. Pour sa corpulence, il marchait vite, en soulevant la poussière dans son sillage. Il releva sa ceinture au-dessus de son ventre et déboucla son étui de revolver. L'air vibra soudain d'un son étrange, presque un murmure, comme si on avait dérangé un essaim d'abeilles. Ou un nid de rats, pensa Erlan avec un malaise.

Pogey lâcha une longue giclée de jus de chique et se mit péniblement sur ses pieds. Il tira sur son oreille pendante.

— J'entends les ennuis qui approchent.

Erlan descendit du trottoir. Pogey et Nash la rejoignirent.

— Moi, je les *vois* qui approchent, dit Nash.

Une foule apparut, venue de l'est de la ville, là où l'on posait la voie de chemin de fer. Elle franchit le coin de la rue, et la rumeur se transforma en un grondement effrayant. Erlan remarqua que plusieurs hommes étaient armés de manches de hache, de pelles et de pioches.

Une créature bizarre avançait en tête du groupe, poussée en avant par un homme avec une longue spatule noire.

Près d'Erlan, Nash sursauta et cria de surprise.

— Par Dieu et tous ses anges...

Erlan eut un gémissement horrifié. C'était Sam ! Miséricordieux Kwang Yin, qu'est-ce que ces fils de tortue lui avaient fait ? Ils ne lui avaient laissé que ses chaussettes et son caleçon. La moitié supérieure de son corps était couverte d'une substance noire, brillante et sirupeuse, et s'ornait de touffes de plumes de poulet. Là où elle était visible, sa peau était rouge et boursouflée. Ses lunettes démolies étaient enfoncées sur son nez couvert de goudron, et les branches métalliques tordues pendaient lamentablement. Il traînait les pieds, poussé en avant par la spatule, bouche bée, mais sans émettre le moindre son.

Erlan n'était pas au bout de ses surprises. Les lèvres serrées, elle gémit de nouveau. Plus de natte ! Les cheveux de Sam avaient été coupés au ras du cou. Couper la natte d'un homme, c'était le condamner à errer à jamais à la recherche de la terre de ses ancêtres. Sans elle, aucun Chinois ne pouvait retourner au Royaume des Fleurs : elle était un signe de respect et d'obéissance envers l'empereur. La mort était préférable à sa disparition.

La foule s'arrêta devant le magasin. Le grondement s'interrompit un instant, puis reprit, comme les cris de camelots rivalisant dans une rue pour vendre le même produit.

— Qu'on le pende ! cria une voix.

— Accrochez le Chinetoque ! Qu'on le pende ! hurlèrent d'autres voix.

— Laissez-le partir, bande de lâches ! s'exclama Nash.

Il voulut s'avancer, mais reçut un coup de poing dans la mâchoire qui éjecta son dentier et l'assomma pour le compte. Pogey lâcha un rugissement qui devint une sorte de gazouillis, quand la pointe d'une pioche s'enfonça dans sa gorge.

— Vous croyez quand même pas qu'un couple de Chinetoques vaut la peine qu'on meure pour eux, grand-père ? lui demanda avec un sourire cruel l'homme qui jouait de la pioche.

Celui qui tenait la spatule frappa Sam dans le creux des reins, violemment. C'était un grand type avec des cheveux gris en broussaille et un regard de fou.

— Chante-nous quelque chose, le Chinois ! (Il donna à Sam un autre coup de spatule.) Cocorico ! Co... co... ri... co ! ! !

Sam se mit à gigoter, mais toujours sans mot dire.

— Fils d'étrons de chameau ! hurla Erlan.

Elle se rua vers son mari pour le libérer de ses tourmenteurs, mais poussa un cri horrifié quand ses mains s'enfoncèrent dans la matière gluante, chaude et noire, qui couvrait la poitrine de Sam.

— Donnons une leçon à ces Chinetoques, les gars ! cria l'homme aux cheveux en broussaille. Montrons-leur que nous ne voulons pas que les gens de leur espèce viennent s'enrichir à Rainbow Springs.

Du crottin de cheval et des pierres fendirent l'air. Une brique fit exploser la vitrine du magasin. Un garçon lança, avec un rire aigu, un pétard allumé à l'intérieur.

Des mains brutales agrippèrent Erlan par les épaules et l'arrachèrent à Sam. Ses lys d'or s'emmêlèrent, et elle retomba si brutalement sur les ordures entassées sur le sol que l'air fut expulsé de ses poumons.

— Lily !

Elle crut que le cri venait de Sam. Mais sa bouche grande ouverte était toujours paralysée dans un hurlement muet. Et ce n'était pas sa voix.

— Lily !

Elle tenta de se relever, le souffle court, luttant contre le poids énorme de son ventre. À travers ses larmes, elle vit Jere Scully foncer dans la foule les poings en avant et les traits déformés par un rictus hargneux. Il forçait son chemin dans sa direction, indifférent aux coups de gourdin et de pelle qu'on lui donnait au passage.

Il saisit le bras d'Erlan pour l'aider à se lever, mais on le rouait de coups sur le dos et la tête, et il chancela.

— Occupez-vous de vos affaires ! cria-t-elle. Ils ont vraiment l'intention de nous tuer !

Mais elle doutait qu'il ait entendu. Les vociférations de la foule auraient pu couvrir les vents hurlants d'un *tai-fung*.

Elle leva les yeux. L'homme aux cheveux en broussaille était au-dessus d'eux. Il jeta la tête en arrière et éclata de rire avec les yeux d'un dément. La spatule dessina dans l'air un grand arc de cercle, et la lame de bois frappa Jere en plein sur le front. Il tomba comme un arbre sous la hache d'un bûcheron. Erlan voulut le protéger de son corps, mais quelqu'un la saisit par les cheveux et la tira en arrière, avec une telle violence qu'elle hurla de douleur. Une botte aux semelles cloutées l'atteignit à la hanche. Elle hurla encore. Elle roula sur elle-même et se recroquevilla pour protéger son ventre.

Jere se mit à genoux, avec peine. Sur son front, le sang coulait à flots de la longue plaie. L'homme aux cheveux en broussaille rit une nouvelle fois. Il leva la spatule pour achever sa victime.

La lame de la spatule explosa en de multiples fragments. L'écho du coup de feu résonna longtemps semblable au bruit d'une pile de bois qui s'effondre. Après, le silence fut si soudain, si total, qu'Erlan entendit les fragments de la spatule toucher le sol.

— Arrière ! s'écria Clementine McQueen d'une voix haut perchée dont la douceur tranchait avec la carabine fumante qu'elle avait en main.

Hannah Yorke s'avança derrière elle, et pointa son Derringer sur le centre de la foule.

— Je crois que vous devriez faire ce que la dame vous a dit, les gars. Et si ce p'tit pistolet n'est pas impressionnant, souvenez-vous qu'il peut percer un as de cœur à vingt pas.

Sam Woo fut le premier à remarquer la fumée grise qui sortait par les brèches de la vitrine. À travers les prismes de ses verres fendus, elle évoquait des esprits funestes s'échappant du ventre de l'enfer. Il voulut ouvrir la bouche, mais elle l'était déjà. Il cria, mais n'émit qu'un léger couinement. Il avança d'un pas, hésitant. Personne ne fit mine de l'arrêter. Un autre pas. Il sentit le feu. La fumée... Le feu... Sa bouche grande ouverte laissa échapper un autre couinement.

Le marshal Dobbs quitta l'endroit d'où il avait prudemment observé la scène, et approcha en se dandinant.

— Hannah Yorke, et vous, m'dame... (Il fronça les sourcils en regardant Clementine.) Vous ne devriez pas vous mêler de ça. C'est une affaire d'hommes.

Un nouveau coup de feu fit trembler l'air brûlant. Un gros trou apparut dans l'abreuvoir, près du râtelier. L'homme aux cheveux en broussaille bondit en arrière et jeta les restes de sa spatule.

— Bon dieu !

— Nous venons tout juste d'en faire une affaire de femmes, marshal, répliqua Hannah de sa voix traînante. Et les femmes, vous le savez, s'énervent vite. Je suggère donc que personne ne s'avise de bouger brusquement.

Sam Woo voulut attirer l'attention sur la fumée qui s'échappait de sa vitrine brisée. Mais il avait le bras collé au corps par le goudron. Il fit encore un pas, atteignit le bord du trottoir de bois, faillit tomber.

Clementine plaça une autre cartouche dans la culasse de la winchester et regarda froidement le marshal.

— Monsieur Dobbs, je vous suggère de vous dépenser un peu, pour une fois. Et d'arrêter ces hommes pour incitation à l'émeute.

Le marshal gratta sa mâchoire grisonnante.

— Pardonnez-moi, m'dame, mais c'est vous et Mlle Hannah que je devrais arrêter, pour agiter des fusils comme vous le faites et pour mettre en danger la vie d'innocents citoyens. Mon avis, c'est que tout ce désordre vient des Chinetoques.

— Et pourquoi donc est-on responsable ? s'exclama Erlan. Simplement parce qu'on existe ?

Non sans difficulté, elle parvint à se mettre à quatre pattes. Jere Scully, groggy, était accroupi à côté d'elle, dans la poussière éclaboussée de sang. Il tendit le bras vers elle, mais elle s'éloigna de lui en se tortillant. Elle releva la tête, et héla les hommes qui observaient maintenant un silence gêné. Ils avaient oublié les manches de hache et les pelles, mais ils ne les avaient pas lâchés.

— Quel malheur menace cet endroit, si grand et si vide que les nuages eux-mêmes se perdent dans le ciel... !

On entendit soudain un sifflement bizarre — comme le cri de

la poule à qui l'on vient de couper la tête. Sam Woo trébucha sur le trottoir, et fit trois petits pas vers la porte en titubant.

— Mon Dieu ! tenta-t-il de crier, mais sa bouche refusait toujours de produire autre chose que d'horribles petits couinements.

Il atteignit le seuil à l'instant précis où le feu éclata vraiment. Le pétard lancé peu auparavant était tombé sur une balle de coton ; les flammes s'étaient propagées, via les planchers fraîchement graissés, jusqu'aux étagères de l'arrière où s'entassaient carabines, revolvers, boîtes de cartouches et autres munitions, et sous lesquelles étaient alignés dans un ordre parfait quinze bidons de kérosène et cinq de térébenthine. Lorsque les flammes atteignirent ces bidons, le magasin de Sam Woo explosa comme un geyser dans le ciel du Montana.

XXVII

— Reste couché, espèce de sauvage entêté ! Le docteur dit que tu as le crâne fêlé.

Jere Scully haussa les épaules et se prit la tête entre les mains.

— Rien que ça ? Bon dieu, j'ai l'impression qu'il a éclaté comme un fruit trop mûr.

Erlan inclina son fauteuil à bascule afin d'arranger les oreillers sous le dos de Jere. Elle lui repoussa doucement les épaules pour le forcer à demeurer couché. En le regardant, la tendresse l'envahit. Le visage de Jere était encore plus pâle que le pansement de lin qui lui protégeait le crâne. Ses mains massives étaient couvertes d'ecchymoses et de croûtes de sang séché. On y avait mis de la vaseline, là où la peau avait été brûlée. C'était lui qui avait extirpé le cadavre de Sam Woo du magasin en feu. Oh ! quel dragon furieux, quand il avait foncé pour la secourir en rugissant et en agitant ses poings !

Comment avait-elle pu s'abuser au point de croire qu'elle ne l'aimerait jamais ?

La lampe déversait sa lumière douce sur l'édredon et le papier peint veiné de rose de la chambre d'hôte d'Hannah. Un vent léger entrait par la fenêtre ouverte, plus frais depuis que le soleil s'était couché. Il apportait des odeurs de bois brûlé, de poussière, et de haine.

— Ah ! Lily...

Jere tourna la tête vers elle. Le silence s'installa, le temps de quelques battements de cœur... Avec sa main calleuse, il caressa la joue de la jeune femme.

— Ça va mieux, maintenant ?

Elle éloigna son visage de lui. Elle se sentait froissée, tant à l'extérieur qu'à l'intérieur. Et un peu perdue. Une nouvelle fois, un instant de violence avait suffi à détruire sa vie.

— J'ai peur, répondit-elle.

Il passa un pouce sur sa pommette ; puis la main glissa le long de son cou, sous les cheveux.

— Il ne faut pas avoir peur, mon amour. À partir d'aujourd'hui, je m'occupe de toi. Il est mort, Lily. Tu es libre.

Elle en eut le souffle coupé.

— Il ne faut pas dire des choses comme ça.

— C'est la vérité.

La vérité. Elle pensa à toutes les vérités qui avaient influencé sa vie. Une femme est une créature inférieure, un être imparfait qui trouve le bonheur en se mariant et en donnant des fils à son époux. Parce que celui-ci est son seigneur et maître, le seul objectif de la femme sur terre est de lui obéir, de le servir, de lui être agréable. Une femme doit apprendre à se soumettre, à réprimer ses propres désirs. Une femme appartient d'abord à son père, et ensuite au père de ses fils, jusqu'à l'heure de sa mort.

Mais les hommes ne sont pas infaillibles. Ce ne sont pas des seigneurs et maîtres. Ce ne sont que des hommes. Quant à la femme...

Si une femme pense trop, elle s'interroge bientôt sur la vérité. Et, de ce fait, elle devient *ni* — traître à ces ancêtres. Traître à elle-même.

Mon destin est un cercle qui n'est encore qu'à moitié tracé, pensa Erlan. Par égard pour l'esprit de Tao Huo, condamnée pour ses crimes à errer à jamais entre ce monde et celui de l'ombre, elle devait retourner en Chine. Elle devait trouver un moyen de laver de la honte et du déshonneur la mémoire de sa mère. Elle devait s'agenouiller devant son père, et obtenir qu'il lui accorde son pardon. Elle frissonna soudain, car une idée venait de se faufiler jusqu'à son cœur, insidieuse comme une brume nocturne... Elle comprenait soudain qu'elle-même ne pourrait *jamais* pardonner à son père.

Jere bougea. Sa main se déplaça sur l'édredon étoilé jusqu'à elle. Il prit une de ses mains, la serra dans la sienne. Erlan avait la gorge sèche, et son pouls s'accélérait. Mais elle resta immobile.

L'homme, de son pouce, dessinait un cercle sur son poignet.

— Le juge itinérant peut nous marier quand il passera par ici.

Son destin était un cercle à moitié tracé. Elle savait ce qu'elle avait à faire. Mais sa détermination était encore un peu vacillante. Ailleurs, dans une autre vie, ils n'auraient pas été obligés de se séparer, certainement.

— Je ne t'épouserai jamais, affirma-t-elle.

Le visage de Jere refléta ce qu'il avait sur le cœur. L'amour, la déception, et, malgré tout, une faible lueur d'espoir.

— Comment peux-tu dire ça ? Rien ni personne ne t'empêche de m'appartenir, désormais.

Elle gonfla sa poitrine. Puis elle souffla, expulsant du même coup sa souffrance.

— La loi interdit le mariage aux Chinois *fon-kwei.*

Jere serra son poignet.

— Aucune loi ne nous empêchera de nous unir devant Dieu.

Elle se libéra d'un mouvement brusque.

— Ton dieu stupide n'est rien pour moi, et ce n'est pas ici, avec toi, que se joue mon destin. Je dois retourner à mon *lao chia.* Et si l'enfant que je porte est un garçon, il devra lui aussi partir là-bas, afin d'assumer son destin au sein de son peuple, près de la tombe de ses ancêtres. Je serai l'épouse de Sam Woo jusqu'à ma mort — la sienne n'y change rien. Il est de mon devoir d'emporter ses cendres sur son sol natal afin que son esprit repose en paix. Pour toutes ces raisons, et bien d'autres, je ne pourrai jamais t'épouser.

Jere se força à sourire, mais il avait les larmes aux yeux.

— Tu n'as pas dit que tu ne m'aimais pas. Cette raison-là, tu ne l'as pas dite !

Un jour, en se promenant au bord de la rivière, Erlan avait trouvé une truite échouée sur la rive — elle s'agitait faiblement, luttant contre l'air qui la tuait. Son propre cœur aujourd'hui ressemblait à ce poisson. Il s'était échoué, et luttait contre son destin.

Jere chercha sa main, la caressa, la toucha, provoqua son désir.

— Embrasse-moi, Lily... Et, je t'en supplie, ne me fais pas attendre mille ans.

Les lèvres de Jere étaient encore plus douces qu'elle ne le pensait, et plus chaudes. Et elles s'accordaient parfaitement aux siennes.

À l'extérieur, sur le porche, Hannah Yorke était assise sur la balançoire de bois latté. Elle observait la lune qui progressait dans le ciel venteux. Après une journée aussi chaude et poussiéreuse, la nuit était piquante comme le champagne.

Elle apercevait le portail des Four Jacks, et les torches allumées à l'entrée du puits. Malgré le vent, elle entendit le cri aigu du sifflet annonçant le changement d'équipe. Dans quelques minutes, des hommes aux bottes boueuses et au chapeau informe passeraient devant sa porte... Le sien serait parmi eux. Il viendrait sûrement, cette nuit — quand il apprendrait que son frère était blessé et qu'il se trouvait chez elle.

Il ne venait pas tous les soirs. Ces derniers temps, en fait, il ne venait pas du tout. Depuis trois ans, Hannah l'aimait avec une sorte d'émerveillement jaloux. L'idée de le perdre la paniquait.

Elle s'était mise sur son trente et un. Elle portait une robe de soie des Indes rayée lilas, aux manches ornées d'un ruban de cachemire violet sombre. Sa jupe avait des plis en tuyaux d'orgue, et retombait en cascades sur ses fesses. Le corsage avait un modeste jabot de mousseline blanche plissée. C'était un costume de dame, et le porter lui donnait le sentiment d'être une vraie dame.

Dessous, en revanche — pour le cas où il voudrait rester la nuit avec elle —, elle avait mis des bas de fil d'Écosse ultra-fin, un jupon de dentelle écarlate avec un chemisier assorti, et des culottes confectionnées dans la soie la plus douce.

Ce soir, il viendrait sûrement. Et alors, elle lui ferait comprendre qu'elle n'était pas la femme exigeante qu'il connaissait. Que la véritable Hannah était une fille légère, *à prendre ou à laisser.* Une fille bien roulée, facile à séduire, et d'autant plus facile à garder qu'elle était facile à quitter.

Facile à quitter... Quand elle repensait à l'erreur monumentale qu'elle avait commise à sa dernière visite, une vague de douleur lui traversait la poitrine. Une erreur qui l'avait éloigné d'elle, qui lui avait valu de ne pas le revoir pendant deux semaines.

C'était arrivé après l'amour.

Après l'amour, elle ne restait jamais longtemps à son côté. Elle se levait, prenait un verre et une cigarette — mauvaises habitudes, indignes d'une dame, et acquises en compagnie d'autres hommes. Elle s'efforçait de lui tourner le dos tant qu'elle n'était pas sûre de l'image qu'elle lui présenterait. Il devait ignorer l'importance qu'il avait pour elle. Et elle ne voulait pas le regarder en face, afin de ne pas voir qu'elle n'avait aucune importance pour lui.

Mais, cette fois-là, elle s'était tournée vers lui un peu trop vite. Elle avait remarqué sa nervosité, ses yeux gonflés, inquiets. Et les mots avaient jailli, sans qu'elle puisse les arrêter :

— Qu'est-ce qui ne va pas ?

— C'est cette foutue mine, avait-il répondu avec une grimace boudeuse qui trahissait sa jeunesse. Voilà le foutu truc qui ne va pas.

— Pourquoi ne pas partir, alors ? avait-elle demandé, sans réfléchir. Elle était persuadée que c'étaient les Four Jacks, et non pas elle, qui le rendaient si maussade, et cela lui embrouillait les idées.

Il avait ricané, et exagéré son accent de Cornouailles.

— Bravo, ma p'tite. Je quitte mon boulot. Et après ?

— Tu pourrais travailler pour moi, t'occuper de l'hôtel et des asiles de nuit en mon nom, gérer l'ensemble de mes biens. Et je pense à ouvrir une autre écurie, ici, à Rainbow Springs. Œil de Serpent a plus de travail qu'il ne peut en assurer. Nous pourrions travailler ensemble, nous associer...

... nous marier. Elle avait failli le dire. Que Dieu lui vienne en aide !

Il était descendu du lit, nu et beau. Terrifiée, elle avait vu son regard se durcir.

— Je ne serai jamais le maquereau d'une femme, *madame* Yorke, avait-il déclaré en appuyant chaque mot d'un ton hargneux. Si tu cherches à t'offrir une queue à demeure, il va falloir en chercher une autre. (Il lui avait montré son pénis, à demi en érection.) Celle-ci n'est pas à vendre.

Il s'était rhabillé, était sorti de la chambre et l'avait abandonnée. Seul l'orgueil l'avait empêchée d'éclater en sanglots avant le grincement de la grille d'entrée qui se fermait derrière lui.

Mon Dieu, elle l'avait fait fuir rien qu'en lui proposant du travail ! Si elle lui avait demandé de l'épouser, imaginez, il aurait couru encore plus vite et encore plus loin !

Durant la période qu'elle avait passée comme *hôtesse* dans cette maison de passe de Franklin, puis toutes ces années misérables dans un bordel de Deadwood, elle n'avait pas cédé une seule fois à ce fantasme de putain qu'un micheton, un soir, achèterait quinze minutes de son temps et finirait par lui demander sa main. Non, le seul rêve qu'elle avait caressé, c'était d'être un jour sa propre patronne, d'être capable de s'occuper d'elle-même sans devoir tout le temps se coucher sur le dos. Une femme forte, sans illusions ni amours passagères susceptibles de la blesser.

Et voilà qu'un garçon arrogant et brutal, au regard sombre, avait fait irruption dans sa vie. Et elle en était tombée amoureuse. D'un amour profond et désespéré. Elle avait soudain eu envie de l'épouser et de lui donner un enfant. De créer une famille et de vivre à jamais dans le bonheur.

Seigneur, elle était complètement folle ! Elle avait trente-cinq ans — imaginez un accouchement à cet âge-là ! — et lui n'en avait que vingt-deux. Un vrai gosse. Quand il en aurait trente-cinq, elle approcherait de la cinquantaine. Qu'est-ce qu'un homme encore jeune aurait envie de faire avec un vieux sac de grains aussi usé ? Mais il y avait pis que cela. Elle avait été putain. Mariée ou pas, on la considérerait à jamais comme une putain. Et, forcément, des hommes pour qui elle avait écarté les jambes essaieraient un jour ou l'autre de se faire une place dans leur lit nuptial.

Elle devait renoncer à ses idées de mariage. Être une épouse, ce n'était pas pour elle, et ne le serait jamais. De plus, ce garçon était sauvage. Elle ne voulait pas l'apprivoiser. Elle le voulait, tout simplement.

Elle sursauta quand la grille d'entrée grinça. Il venait vers elle, des profondeurs de la nuit, à grands pas. Le vent agitait ses cheveux noirs, et la lumière tombant des fenêtres soulignait ses traits. Il monta deux par deux les marches du porche, s'immobilisa lorsqu'elle sortit de l'ombre.

— Hannah ? On m'a dit que Jere avait été blessé dans une bagarre, et qu'il se trouvait chez toi. Qu'est-ce qui s'est passé ?

Elle serra ses mains derrière son dos, pour ne pas lui sauter au cou. Pour ne pas l'enlacer, enfouir son visage dans son épaule et se repaître de son odeur.

— Des types se sont mis à agresser les Chinois, et les choses ont dégénéré. Au bout du compte, Sam Woo a été tué dans l'incendie de son magasin. Ton frère est venu à la rescousse, et il a reçu un sacré coup sur la tête. Mais il va bien. Il récupère dans la chambre d'hôte. Elle est avec lui. La femme... la veuve de Sam.

Il la fixa pendant un moment avant de secouer la tête.

— Bon dieu ! Je vais le voir... Si c'est possible.

Elle faillit s'étrangler. Il était trop poli. Un homme est toujours exagérément poli avant d'avouer à une femme qu'il en a assez, qu'il est amoureux de quelqu'un d'autre.

— Bien sûr, que c'est possible, répondit-elle, en puisant au plus profond d'elle-même la force de sourire.

Elle attendit qu'il atteigne le haut des marches, le suivit à l'intérieur et se dirigea, seule, vers sa chambre.

Elle baissa la mèche de la lampe et fit brûler un bouquet d'herbes séchées pour parfumer l'atmosphère. Elle parcourut la pièce, ses pantoufles de chevreau pourpre et le bas de sa jupe frôlant le tapis dans un murmure. Elle effleura quelques objets : les gants assortis et les boîtes de mouchoirs sur le secrétaire, le tire-bouton et la boucle de jarretière qu'elle avait laissés à la tête du lit. Le rasoir, le bol à raser et le blaireau qu'elle avait achetés pour lui quand il restait toute la nuit.

Mais elle n'approcha pas de la cloche en verre qui renfermait ses violettes et ses roses séchées. Elle s'était promis que cette fois, s'il lui brisait le cœur, elle ne garderait de lui aucun souvenir fané.

Elle n'eut pas à attendre longtemps avant qu'il la rejoigne. Il lui suffit de pousser la porte entrouverte. Un sourire se dessina sur son visage taché par la transpiration. Le cœur d'Hannah fondit. Elle l'aimait tant que c'en était douloureux.

Mais elle résista à l'envie de se jeter dans ses bras. Elle devait veiller à n'être que la bonne vieille Hannah. Bien roulée, facile à séduire.

Facile à quitter.

— J'ai eu l'impression que Mme Woo me briserait le crâne si je l'empêchais de se reposer, déclara-t-il sans entrer tout à fait dans la chambre. C'est gentil de le garder chez toi pour la nuit, Hannah. Nous débarrasserons le plancher à l'aube.

— Attendons de savoir ce qu'en pense le docteur, non ?

Il fit un mouvement pour sortir. Elle fut à deux doigts de se précipiter, de lui arracher la porte des mains, de la claquer pour le forcer à rester.

— Où vas-tu ?

Elle eut l'impression que sa voix était un peu trop perçante.

Il la regarda par-dessus son épaule. Mais ses pensées restaient indéchiffrables, derrière l'éclat de ses yeux gris. Il donnait toujours l'impression d'une sauvagerie à peine contrôlée. Il était si arrogant ! Pourtant, Hannah se demandait souvent si derrière cette arrogance ne se cachait pas, très profondément enfoui et protégé contre elle, un homme vulnérable et blessé.

— J'ai besoin de prendre un bain, répondit-il. Je ne sens pas précisément la rose de printemps.

— J'ai pensé que tu voudrais passer la nuit ici. À cause de ton frère, tu vois... pour le cas où il aurait besoin de toi. (Elle eut un geste vers le paravent qui cachait le baquet de fer plein d'eau chaude.) J'ai déjà fait couler le bain. Tout à l'heure, une des filles ira nous chercher de quoi souper, à la cuisine de l'hôtel.

Il hésita, haussa les épaules.

— Ouais, bien sûr. Pourquoi pas ?

— Tu veux en boire un, avant ? demanda-t-elle, tendue.

Il se retourna, ferma la porte.

— Ouais. Ça aussi, pourquoi pas ?

Elle alla vers la table où se trouvaient une carafe de vieux bourbon du Kentucky et deux verres. Elle regrettait d'avoir dressé la table à l'avance, avec du linge blanc et de l'argenterie. Cela la rendait nerveuse.

Elle emplit les verres et s'approcha de lui, presque à le toucher.

— Hé, tu m'as fait peur !

Il lui prit un verre des mains, en effleurant ses doigts. Il caressa la joue d'Hannah avec son verre, longuement. La sensation était douce et chaude, et provoquait un frisson au plus profond de son ventre.

— À nos épouses et à nos maîtresses ! dit-il, répétant le toast traditionnel des marins de Cornouailles. Mais, au lieu de lever le verre de whiskey vers ses lèvres, il approcha ses lèvres de celles d'Hannah.

Il lui donna un baiser profond, nonchalant, humide. La douleur devint douce, très douce. Dès qu'il libéra ses lèvres, elle s'éloigna de lui. Elle saisit son verre et but en prenant son temps. Le whiskey la secoua, mais moins que le baiser.

— Le bruit court que tu sors avec Mlle Luly Maine, déclara-t-elle.

Elle s'en mordit les doigts sur-le-champ. Seigneur, malgré ses bonnes résolutions, elle se comportait comme une épouse. Comme toutes ces épouses possessives et acariâtres dont les maris venaient chercher auprès d'elle un peu de plaisir et de réconfort, lorsqu'elle était prostituée.

Elle se tourna vers lui. Son regard était inexpressif.

— Elle m'a demandé de l'accompagner au bal paroissial, expliqua-t-il d'un ton calme. Ç'aurait été grossier de refuser.

Elle était en train de le perdre. Elle s'était autorisée à tomber de nouveau amoureuse de lui, et elle le perdait. Elle s'était promis d'accepter calmement cette réalité lorsqu'elle se présenterait. Mais elle se présentait trop tôt.

Hannah essaya de parler, malgré la boule dans sa gorge.

— Tu es culotté, Drew Scully, tu oses te montrer à proximité d'une église.

— Eh bien, c'est là que tu te trompes, Hannah, ma p'tite, répliqua-t-il avec un sourire impie. Quand j'étais môme, je voulais être curé.

Elle s'efforça de produire un rire crédible.

— Les anges ont dû faire une drôle de tête, le jour où le diable t'a incité à changer d'avis.

Il fit les deux pas qui le séparaient d'elle. Pendant quelques instants, il se contenta de la regarder. Puis il leva la main, lentement, jusqu'à la bouche d'Hannah. Il lui passa les doigts sur les lèvres. Elle durcit chaque muscle de son corps pour ne pas trembler.

— Je ne sors pas avec Luly, dit-il.

Celle-là, je la graverai dans le marbre, pensa-t-elle. Mais ça n'avait aucune importance. Si ce n'était pas Luly Maine, c'en était une autre — qui était là, dehors, à l'attendre. Une fille jeune et jolie, et aussi douce qu'un bonbon. Une fille dont il tomberait amoureux, qui lui donnerait des enfants et une famille. Une fille avec qui il serait heureux. Comme les hommes sont heureux avec la jeunesse, la beauté et la douceur.

Il posa son verre et commença à se déshabiller. Il s'étira, fléchit son dos musclé. La lumière de la lampe donnait à sa peau une teinte douce et chaude. Il traversa la chambre et se dirigea vers la baignoire, de sa démarche dégingandée.

Il était si jeune, si fort et si beau.

Et elle, elle se comportait comme une imbécile.

Elle le suivit derrière le paravent. Elle s'agenouilla devant la baignoire et lui prit le savon des mains. Elle frotta ses paumes sur son torse, sur ses muscles, sur la toison brune qui diminuait à hauteur de son ventre plat et dur. Sa peau était aussi tendre que ses muscles étaient durs. Si elle avait serré ses poings et frappé la caisse de muscles qui abritait son cœur, elle serait juste parvenue à se briser les mains.

Elle ne sut pas qu'elle pleurait avant de voir ses larmes tomber dans l'eau savonneuse. Elle ne pouvait en interrompre le flot, pas plus qu'elle ne pouvait cesser de respirer.

Il posa une main sur le visage d'Hannah, sentit les larmes sous ses doigts.

— Qu'est-ce que c'est que ça ?

Elle tourna la tête.

— Rien. Un peu de tristesse, c'est tout.

Il glissa la main sous sa nuque, serra les doigts pour forcer Hannah à lever la tête et à le regarder en face. Pour une fois, ses yeux n'étaient pas durs et sans expression. Ils étaient doux, aussi profonds qu'un puits, et elle s'y laissa tomber. Emportée par le flot ininterrompu de ses larmes, elle abandonna sa volonté et sa fierté.

— Drew... ne me quitte pas.

— Hannah, mon amour, je ne te quitte pas. Je t'aime.

Elle ferma les yeux, serra très fort les paupières. Dans le silence de la pièce, elle entendait le léger tic-tac de la pendule de chrysocal. Le bruit du temps qui passait entre eux. Il la quitterait, le lendemain, le surlendemain ou un peu plus tard. Mais il la quitterait un jour, elle le savait.

Les conversations allèrent bon train cette année-là dans la région du Rain Dance, au moment où l'été s'achevait, où les nuits devenaient plus fraîches et plus longues. On parla des castors qui empilaient d'énormes quantités de bois de saule pour se nourrir pendant l'hiver. Des rats musqués qui bâtissaient des abris deux fois plus épais que d'habitude. Des lapins à raquettes dont le poil avait blanchi des semaines à l'avance. On parla de l'hiver, qui promettait d'être long et froid. La première grande tempête de neige éclata avant le début d'octobre, portée par un classique vent froid du nord...

Il neigeait déjà depuis dix heures lorsque les frères Scully, pour le quart de l'après-midi, entrèrent dans l'ascenseur des Four Jacks. En pénétrant dans la galerie, Drew frissonna, mais ce n'était qu'une réaction physiologique instinctive à la chaleur de haut fourneau qui régnait en bas. Quelques instants plus tard, il savait que les ténèbres souterraines ne l'engloutiraient pas encore : ce jour-là, il ne vomirait pas sa nourriture, il ne suerait pas à travers sa chemise avant de quitter la cage. C'était étrange : depuis qu'Hannah lui avait offert une griffe de grizzly en guise de porte-bonheur, il était presque capable de tenir sa terreur à distance. Elle n'était plus qu'une sensation légère, et il pouvait la contenir.

Il pensait à Hannah durant presque tous ses quarts, même s'il ne la rejoignait pas toujours après le travail. Parfois, son sentiment pour elle était si intense qu'il préférait demeurer à distance. Certains soirs, après l'amour, des mots lui venaient aux lèvres. À propos de mariage. Mais il les refoulait toujours. Il n'avait rien à lui offrir. Elle était riche, possédait plusieurs entreprises, tandis qu'il gagnait trois dollars par jour en creusant des trous dans le sol comme une taupe. Certes, le passé d'Hannah était plus que douteux. Mais elle possédait les qualités d'une femme bien. Généreuse et tendre, honorable et sincère. C'était l'être le plus courageux qu'il ait connu. Quant à lui... Il n'était même pas la moitié d'un homme. Un foutu trouillard, qui avait peur du noir.

— Il neige encore, là-haut ? demanda quelqu'un qui se trouvait au-delà de la lumière de la lanterne.

C'était un déblayeur de l'équipe du matin qui s'apprêtait à quitter les lieux. Il jeta sa pioche dans un coffre à outils et s'étira en faisant craquer ses articulations.

— Ça tombe assez dru pour étouffer un canard, répondit Jere en riant.

Drew sourit. Son frère était un homme heureux, depuis que le sort avait fait disparaître le pauvre Sam Woo de la vie de sa chère Lily. Au moins, elle lui souriait, lui adressait quelques mots de temps en temps. Et s'il était encore aussi loin d'elle que le coyote l'est de la lune, elle lui avait néanmoins offert un talisman, une rondelle de jade où l'on avait gravé le symbole chinois du poulet.

— Merde, je ferais peut-être mieux de rester ici ! dit le déblayeur en entrant dans la cage. Quand on passe de l'air bouillant des galeries à ce foutu blizzard, on risque la pneumonie.

La cage s'éleva dans un fracas métallique, vers la sortie du puits obscur. La galerie résonnait du grincement des treuils et du grondement du minerai qui dégringolait sur les glissières, et l'air était alourdi par la fumée aigre des explosions du matin.

Courbés en avant, tels des gnomes, ils descendirent un étroit raidillon qui donnait, cinquante mètres plus loin, sur une grande caverne. Une demi-douzaine de déblayeurs étaient déjà au travail. Ils chargeaient dans des wagonnets les gravats les plus récents.

Drew salua de la main un artificier de ses amis, un Irlandais nommé Collins, qui était juché sur un échafaudage. Il perçait la paroi rocheuse presque à hauteur du plafond. Sa lampe brillait au-dessus d'eux comme la pleine lune dans la nuit noire. La plupart des grandes mines utilisaient désormais des foreuses à air comprimé. Ces machines perçaient les trous de mine à une vitesse prodigieuse, avec un résultat supérieur à celui qu'obtenaient les équipes de deux hommes. Les Four Jacks n'en possédaient pas encore, mais Drew était persuadé que cela lui ferait détester encore plus la mine. Un contremaître ou un artificier pouvait au moins tirer quelque fierté de son travail. Un déblayeur ou un chercheur non.

L'homme sur l'échafaudage lui cria quelque chose, mais les déblayeurs faisaient un tel vacarme que Drew ne l'entendit pas. Ils s'éloignèrent en empruntant une galerie ouverte peu auparavant. Les parois suintaient, l'air était légèrement fétide — comme dans une sépulture. Drew prit une suée, la sensation familière de panique lui traversa les entrailles, mais il se maîtrisa. *Hannah,* pensa-t-il en évoquant son image. Il passa légèrement un doigt sur la griffe d'ours qui pendait à son cou.

Ils atteignirent un embranchement. Jere prit à gauche.

— Le contremaître m'a prévenu qu'aujourd'hui on faisait sauter ce nouveau travers, dans la veine ouest.

Drew toucha l'épaule de son frère.

— Vas-y. Je dois pisser.

Tandis que Jere continuait vers la gauche, Drew partit à droite, au-delà de la zone étayée. Il avança à tâtons vers l'entrée d'une nouvelle galerie, enjamba des gravats qui attendaient d'être évacués. Quand il urina dans l'ouverture, une odeur rance monta des profondeurs — de l'air stagnant et de toutes les choses mortes qui gisaient là —, et la peur remonta dans sa gorge comme de la bile. Il sursauta. Le faisceau de sa lampe à carbure fit scintiller le cristal de quartz exposé depuis peu à l'air libre. Il remarqua une grande tache vert pâle et tourna lentement la tête. À la lueur de la lampe, la roche émettait une lueur irisée.

Drew alla chercher une lampe à huile dans la galerie principale. Il la tint face à la paroi, la déplaça devant la tache verte irisée. Il s'approcha encore, et sa botte provoqua une avalanche de gravier.

Il accrocha la lanterne à une saillie de la pierre, sortit de sa ceinture son marteau et son foret. Il mit la mèche en position et détacha un fragment. La roche n'était pas chaude au point de lui brûler la main, mais un jet d'eau fumante jaillit de la plaie qu'il venait d'ouvrir dans la paroi.

Un bruit de pas retentit derrière lui. Il se retourna et glissa le fragment dans sa botte de caoutchouc. C'était Collins, qui était descendu de son échafaudage. S'il avait surpris le geste de Drew, il n'en montra rien. Les mineurs amélioraient souvent leur ordinaire en sortant une ou deux livres de minerai d'argent dans leurs bottes ou leur gamelle.

— Où est ton frère ? demanda-t-il à Drew.

— Il creuse la paroi de ce nouveau travers. Pourquoi ?

Même dans la lumière médiocre, Drew vit les yeux de l'Irlandais s'élargir.

— Mais vous n'avez pas entendu ce que je vous ai dit ? Il y a une mine dormante sur cette paroi. L'équipe précédente a laissé un pétard qu'on doit localiser.

— Jere ! hurla Drew, et il partit en courant.

Il trébuchait sur la roche, et ses cris d'alarme se répercutaient dans la galerie. Son ombre le précédait, car Collins courait derrière lui — si près qu'il recevait la chaleur de son haleine sur sa nuque. La terre commença à se refermer sur lui — à l'écraser, à le broyer, à l'étrangler... Il eut envie de se jeter sur le sol, de se recroqueviller pour empêcher l'obscurité d'étouffer ce qui restait de vie en lui. Mais il continua sa course.

Il trouva son frère, enfin. Son dos nu luisait de sueur, à la lumière de la lanterne. Jere devait l'avoir entendu venir : il tourna la tête à l'instant précis où il levait le bras pour frapper son foret, et un sourire éclaira la forme sombre de son visage.

— Jere, *non* ! hurla Drew.

Il vit avec horreur son frère se retourner vers la muraille. Le marteau commença son mouvement vers le bas... Il se déplaçait avec une lenteur bizarre, comme si l'air était aussi épais que de la mélasse. Il se déplaçait si lentement que Drew eut l'impression qu'il pourrait l'arrêter — à condition d'arriver à temps. Il essaya de franchir la distance qui le séparait encore de son frère. Il perdit l'équilibre sur des gravats, se tordit le genou et tomba sur le flanc avec une violence à se briser les os.

Collins le dépassa en courant. Une fraction de seconde plus tard, le marteau de Jere s'abaissait. Une langue de feu jaillit de la paroi, suivie d'un éclair aveuglant. L'explosion projeta en tous sens des fragments de roc, et hurla aux oreilles de Drew tel un coup de tonnerre.

Quand il rouvrit les yeux, l'obscurité était aussi épaisse que celle qui devait régner en enfer. Il tenta de hurler, mais le souffle lui manqua. Il perçut un mouvement dans les amas de roche déchiquetée qui l'entouraient, puis une demi-douzaine de lampes au carbure et de lanternes repoussèrent les ténèbres. Un calme étrange l'envahit. Un morceau d'os traversait les chairs sanguinolentes de son bras. Curieusement, il ne sentait aucune douleur. Il ne sentait que les battements désordonnés de son cœur. Et un hurlement. Il *sentait* le hurlement, comme si quelqu'un était en train d'arracher un fil.

Il inspira un peu de l'air puant. Le voile qu'il avait devant les yeux se dissipa. Il remarqua les morceaux rouges d'une matière humide et spongieuse qui avait giclé sur la paroi et le sol tout autour de lui... Il ne lui fallut qu'une seconde pour comprendre que c'étaient les restes d'un être humain. Collins... Mon Dieu, faites que ce soit Collins !

Quelqu'un se pencha sur lui. Il cligna les yeux, et reconnut la face de rat de Casey O'Brien, le porion... celui qui aurait dû les avertir, pour la mine dormante.

— Où est mon frère ? souffla Drew, étouffé par la fumée.

Le contremaître parla, mais Drew n'entendait rien. Il fit un effort pour regarder l'endroit où il avait vu Jere avant l'explosion. Il y était toujours. Son corps n'était pas réduit à l'état de morceaux sanglants disséminés dans la galerie. Pourtant, il était blessé. Drew pouvait voir les jambes de son frère battre l'air ; mais il était vivant, grâce à Dieu. Vivant...

Une main toucha son front. Les lèvres d'O'Brien bougèrent mais Drew n'entendait toujours rien.

— Saloperie de mine ! parvint-il à coasser.

Il s'appuya sur son bras intact, agrippa la chemise d'O'Brien et le tira brutalement vers lui pour qu'il voie bien ses yeux.

— Il va falloir nous payer une journée de travail complète pour ça, espèce de salopard !

XXVIII

La veuve de Sam Woo vacilla sous le poids de la palanche. Les paniers de linge se balançaient furieusement au bout de leurs chaînes, aux deux extrémités de la perche de pin, ce qui accentuait la douleur de ses épaules.

Elle se mit en route sous le vent mordant, les yeux plissés car les rafales de neige lui fouettaient le visage. Elle avait enfilé une veste courte matelassée et des pantalons de coton de la même couleur que la neige et le ciel — blanc comme l'écorce de bouleau. Le blanc était la couleur de son deuil, la couleur qu'elle ne quitterait plus pendant trois ans.

Elle portait son bébé de deux mois, Samuel, dans un baudrier de paille tressée suspendu sur sa poitrine. Elle lutta contre les paquets de boue et de neige, trébucha. La palanche, déséquilibrée, glissa de ses épaules, et Erlan faillit tomber à genoux.

Elle avançait péniblement entre les cabanes où s'entassaient les Chinois — une ville dans la ville de Rainbow Springs. Elle sentit l'odeur du porc rôti devant le bar à chop suey, entendit le claquement des dominos au salon de mah-jong. Elle remarqua la vapeur qui s'échappait d'une brèche dans la vitrine du salon de thé, dont l'enseigne rouge et or cognait bruyamment sous l'effet du vent. Lorsqu'elle longea la boutique de l'herboriste, elle adressa un signe de tête respectueux à Peter Ling, l'homme à l'aiguille d'or, debout derrière sa vitrine. Il était le dernier en date à lui avoir demandé sa main.

Bien qu'elle fût veuve (donc porte-poisse), Erlan avait reçu de nombreuses propositions depuis la mort de Sam, quatre mois plus tôt. Et pas uniquement de la part de célibataires. Nombre de Chinois avaient une femme en Chine. Mais les lois de l'immigration empêchaient épouses et bien-aimées de les rejoindre ; aussi n'était-il pas rare qu'ils cherchent une concubine pour les réconforter dans leur exil.

Erlan s'arrêta devant les portes noires laquées du temple. Elle posa sa palanche à l'abri de l'avant-toit, quoique son linge fût protégé des intempéries par des morceaux de toile cirée. Elle secoua la neige de son pantalon, affermit son chapeau de paille, puis se glissa dans le temple.

Une rafale d'air froid fit vaciller les mèches des lanternes de soie bleue et agita les parchemins rouges qui pendaient aux murs. La tête baissée en signe de respect, Erlan approcha de l'autel où se tenaient cinq divinités de bois, vêtues de robes de soie vermillon et de coiffes dorées. Des bols de riz sacrificiels et de l'encens étaient posés devant elles.

Samuel gémit en agitant ses petits pieds contre sa poitrine, et sa mère lui tapota la tête pour l'apaiser. Elle s'inclina devant les dieux et alluma un bâton d'encens.

— Je vous en prie, dit-elle. Soulagez la douleur de mon *anjing juren.* Enseignez-lui la sagesse de la patience vertueuse, et donnez-lui la paix.

Les dieux semblaient la regarder, de leurs yeux aveugles et sans expression... Pourquoi les dieux chinois auraient-ils dû intervenir dans la vie d'un *fon-kwei* ? C'est dans un temple dédié à Jésus qu'elle aurait dû prier. Mais elle était terrifiée à l'idée de pénétrer dans ce bâtiment blanc au toit pointu. Quels démons pouvait bien abriter un tel endroit ?

Un devin avait installé sa table à l'intérieur du temple. Quand Erlan, en sortant, passa devant lui, il agita dans sa direction sa boîte de bâtonnets pour qu'elle demande son avenir. Mais elle le connaissait déjà : elle allait rentrer chez elle.

Erlan affronta la neige et le vent jusqu'à la rue suivante, et s'arrêta de nouveau. Un carillon à vent, suspendu près de la porte de la maison, résonnait joyeusement. Ce qui était approprié, pensa-t-elle, puisqu'il s'agissait de la maison d'une fille de joie.

La porte s'ouvrit, avant même qu'elle ait eu le temps de frapper. Ouvrant la bouche, Ah Toy se frappa les joues avec une surprise feinte.

— Ah ! là ! là ! Quel plaisir de recevoir ta visite au moment où je me sens si seule !

Il n'était pas rare qu'Ah Toy s'occupe de Samuel lorsque Erlan effectuait ses livraisons, surtout les jours de mauvais temps. Mais demander un service à quelqu'un qui ne peut refuser est une marque d'impolitesse : la prostituée sauvait son amie de l'embarras en feignant d'accepter une faveur de sa part.

— C'est un plaisir de te rendre visite, répondit Erlan qui observait le rituel des politesses Mais es-tu bien certaine de ne pas être occupée cet après-midi, grande sœur ?

— Pas du tout, pas du tout, affirma Ah Toy en s'inclinant pour l'inviter à entrer. Ah Foock, le marchand de légumes, voulait venir aujourd'hui, mais je lui ai dit de rester chez lui. Il me donne beaucoup de travail pour ses trois dollars ! Il a des testicules de moucheron, et un vieux rutabaga si flétri qu'il faut du temps pour changer sa consistance !

Ah Toy aida Erlan à se débarrasser de sa palanche. Erlan sortit Samuel de son baudrier, les deux femmes s'agitèrent un peu autour de lui, et l'installèrent dans un couffin d'osier blanc posé près du poêle du salon Le couffin avait l'air bizarre au milieu du mobilier oriental, tout de laque et de brocart.

Ah Toy tira une chaise laquée rouge de sous la table assortie, et invita Erlan à s'asseoir.

— J'étais si impatiente de recevoir ta visite dans mon modeste logis que j'avais déjà servi le thé. Quelle bêtise... J'espère qu'il n'est pas froid.

Erlan avala une gorgée de thé et assura à son amie qu'il était parfait. Elle aimait venir chez Ah Toy. L'endroit était aussi richement meublé qu'une sépulture. Il y avait des bronzes et des porcelaines, des sculptures sur jade, des vases en ivoire, des boîtes compartimentées et des rouleaux peints. Sans compter les parfums : santal et encens, parfois même un soupçon d'opium, avec sa fumée douceâtre.

Ah Toy était respectée par la communauté chinoise, car Jack le Borgne, considéré comme l'homme le plus riche de Rainbow Springs, était un de ses clients. En Chine, un personnage aussi fortuné et aussi puissant était un seigneur de la guerre, on le craignait. Et un homme que l'on craint suscite le respect — comme tous ceux qui sont à son service.

Ah Toy n'était pas d'une beauté exceptionnelle, mais elle avait un visage délicat qu'un sourire illuminait en permanence. Ce jour-là, sa robe bleu nuit brodée de pivoines la faisait ressembler à une princesse mandarine, et ses cheveux s'ornaient de peignes en coquilles d'ormeaux.

Penchée sur le couffin en riant, elle agitait un collier de perles de jade devant le visage de Samuel.

— Tu me confies ce sale petit pou pour l'après-midi, n'est-ce pas ? s'exclama-t-elle d'une voix forte, avec l'accent exagéré réservé aux compliments.

Samuel gloussa en essayant de saisir les perles.

— Horrible petit ver !

Erlan sourit. En s'exprimant ainsi, Ah Toy respectait les usages : les Chinoises donnaient aux garçonnets des noms insultants, de même qu'elles leur accrochaient de fines boucles d'or aux oreilles et des rubans bleus — couleur féminine — dans les cheveux. Il fallait tromper les dieux jaloux en leur faisant croire qu'il s'agissait de filles, pour qu'ils n'essaient pas de les entraîner dans le monde des esprits...

Erlan but le thé et bavarda encore quelques minutes avec Ah Toy. Puis elle repoussa sa chaise et se leva en grimaçant, comme si elle avait soudain mal aux pieds Ils étaient déjà sensibles, alors que la journée n'était pas encore à moitié écoulée.

— *Ching ! Ching !* s'exclama Ah Toy. Mange un morceau avant de partir !

Elle fit un geste vers le fourneau, où fumait une marmite. L'odeur du riz sucré était tentante, mais Erlan refusa poliment.

Dehors, la neige tombait dru, et la température avait baissé. Le verglas rendait la marche encore plus malaisée. Erlan grogna en soulevant sa palanche. Elle était si lourde qu'à la fin de la journée la jeune femme avait souvent des marques sur ses épaules. Après les heures passées au-dessus de la lessiveuse et du fer à repasser, tout son corps était douloureux. Mais son cœur l'était bien davantage. Elle n'avait jamais imaginé que le marchand Woo lui manquerait à ce point. Elle regrettait sa douceur, ses gentillesses, et même ses excentricités — comme ce désir qu'il avait de devenir un pur Américain.

Certes, elle avait pleuré abondamment pendant trois jours et trois nuits au pied de son cercueil, ainsi que le voulait la coutume. Et, bien qu'elle n'eût pas un sou à dépenser pour ses funérailles, elle avait fait ce qu'elle pouvait pour honorer sa mémoire, brûlant du papier-monnaie rouge afin d'assurer son voyage vers sa vie future, et des bâtonnets d'encens doux afin de se concilier les bonnes grâces des dieux. Deux mois plus tard, le sort leur avait donné un fils. Un fils qui vivrait pour nourrir l'âme de son père dans le monde des ombres.

Mais les mille cent soixante dollars américains qu'elle gardait dans une boîte à chaussures cachée sous le lit avaient disparu.

Détruits dans l'explosion, à moins qu'ils n'aient été volés par ces fils de tortue — que leurs ancêtres soient mille fois maudits ! Elle devait repartir de zéro pour gagner l'argent nécessaire à son retour, et elle devait s'y employer dans ce lieu où l'on méprisait et tourmentait les Chinois. Ce pays neuf où il y avait assez de place pour tout le monde, sauf pour eux.

La blanchisserie était l'une des rares activités que l'on autorisait aux Chinois, et elle nécessitait peu de capital. On avait besoin de savon, de baquets, d'une planche à laver, d'un fer et d'une planche à repasser. Mais, l'année précédente, le conseil municipal avait voté une ordonnance obligeant les blanchisseurs à payer une patente de quinze dollars par trimestre. On avait appelé cela la taxe chinoise, car les Blancs ne s'intéressaient guère aux affaires de blanchisserie. À deux dollars la douzaine de chemises, Erlan devait donc en lessiver et en repasser quatre-vingt-dix rien que pour régler la taxe. Elle comprenait à présent l'origine de l'expression « une chance de Chinois ».

Elle passait des nuits sans fermer l'œil, à calculer mentalement le temps qu'il lui faudrait pour parvenir à payer son retour et celui de son fils. Au moins ne devait-elle plus rembourser sa dot à Sam Woo. Elle le paierait d'une autre manière — en emportant ses os afin de les inhumer dans la terre chinoise... Chez lui.

Une rafale de vent glacial lui fouetta le visage, et la fit trébucher le long des congères neigeuses. Les tempêtes étaient si nombreuses depuis le début de l'hiver qu'elle avait renoncé à les compter. La neige avait à peine fondu un peu qu'elle gelait derechef, de sorte que tout était couvert d'une épaisse couche de glace.

Soudain, une boule de neige la frappa dans le cou, et quelques fragments glacés glissèrent dans le col de sa veste. Elle se tourna si brusquement qu'elle faillit glisser. Une ombre disparut au coin d'une baraque de mineurs, puis la voix moqueuse d'un enfant s'éleva :

— Les Chinois, les Chinois, qu'on les balance pardessus bord !...

Erlan avait quitté le quartier chinois et se trouvait maintenant dans Dublin Patch. Les odeurs étaient différentes : petit salé, haricots et café. Mais les cabanes étaient les mêmes, faites avec les vieux madriers et les planches usagées qui avaient été jetés en tas informes aux portes de la mine.

Elle marqua un arrêt devant une de ces cabanes. Cette fois encore, la porte s'ouvrit avant qu'elle ait frappé.

Drew Scully se tenait sur le seuil. Il la contempla un instant, secoua la tête et lui fit signe d'entrer. Son bras gauche était en écharpe, mais il gardait assez de force dans le droit pour soulever la lourde palanche et la poser avec soin sur le sol.

— Comment va-t-il ? murmura-t-elle.

— Saoul.

— Déjà ?

— Déjà n'est pas le mot qui convient, madame Woo. Il a pas dessaoulé depuis que c'est arrivé. Mais on peut pas lui reprocher de ne pas chanter alléluia pour s'en être sorti complètement aveugle. (Il se passa la main sur les lèvres, comme s'il voulait effacer l'amertume de ses mots.) Il maudit le monde entier, à commencer par lui-même.

— Drew ! beugla une voix, dure et rageuse, dans la pièce du fond. Dis-lui qu'elle aille se faire voir, tu m'entends, frérot ? Je veux pas la voir... la *voir* ! (Il rit, mais le bruit évoquait plutôt une déchirure.) Sacré bordel !

— Je lui ai dit que vous veniez, murmura Drew. J'ai pensé que ça valait mieux. Pris par surprise, il aurait pu être... violent. Le médecin lui a ôté ses derniers pansements, il y a quelques semaines... (Quelque chose se coinça dans sa gorge, et il dut s'interrompre pour déglutir.) C'est pas joli à voir. (Il se détourna, clignant les yeux.) Vous êtes sûre de vous en sortir toute seule ?

— C'était votre idée, monsieur Scully.

Il lâcha un profond soupir.

— Exact. Alors, je m'en vais. S'il essaie de vous tuer...

— Il n'essaiera pas.

Erlan en était persuadée. C'était même sa seule certitude. Il était son *anjing juren,* son gentil géant, et il ne voudrait pas la blesser.

Elle n'avait vu Jere qu'une fois depuis l'accident. Il était inconscient, et le haut de sa tête était couvert de bandages. Plus tard, il avait supplié son frère de la tenir à l'écart. Puis elle avait concocté ce plan avec Drew Scully. Elle souhaitait seulement que ce ne soit pas une erreur, car elle ne supportait pas l'idée d'ajouter encore à ses souffrances.

Elle attendit que Drew ait refermé la porte derrière lui pour saluer d'une voix polie l'homme qui se trouvait dans la pièce du fond. Mais elle ne le rejoignit pas tout de suite. Elle avait apporté une tisane à base de thé au jasmin, d'écorce de merisier et de racine de *wahoo,* qu'elle prépara sur le petit réchaud de la cabane. Pendant que l'eau chauffait, elle lui parla. De Samuel, qui se retournait déjà sur le ventre, qui avait ri si fort une semaine plus tôt ; du collier de jade rouge que Jack le Borgne avait offert à Ah Toy... Elle raconta la dernière mésaventure de Pogey et Nash, qui s'étaient saoulés au Gandy Dancer et avaient essayé d'attraper une moufette au lasso.

Il ne disait rien. Mais, chaque fois qu'elle marquait une pause pour reprendre son souffle, il émettait un bruit grossier — le bruit de succion des sabots d'un cheval dans la boue.

Erlan passa le thé et le versa dans une grande tasse. Puis elle comprit que le moment était venu : elle ne pouvait plus reculer.

C'était le crépuscule, et la pièce dépourvue de lampe était plongée dans l'obscurité. Jere occupait un fauteuil à bascule en osier, le dos tourné vers la porte. Ses cheveux en désordre tombaient sur ses épaules. Sa chemise de batiste bleue était couverte de taches de graisse et de traces de sueur séchée, et une odeur rance régnait autour de lui. En s'approchant, Erlan regretta de ne pas avoir un masque de théâtre pour camoufler l'expression de son visage. Ensuite, elle se souvint qu'il ne pouvait pas la voir.

Jadis, il avait eu un sourire large comme la lune. Il avait été fort comme dix tigres. Désormais, il restait toute la journée cloué à son fauteuil, et ses muscles se ramollissaient. Il avait été courageux. Il se noyait dans le whiskey.

Le plancher grinça sous les pas d'Erlan, et il tourna la tête. C'est alors qu'elle vit ses yeux. Ils avaient été aussi beaux que des cieux rincés par la pluie. Ils n'étaient plus que d'horribles plaies de chair morte.

Elle voulut lui parler, mais en vain : ses lèvres et sa langue refusaient de lui obéir. Elle avait l'impression de voir le cœur de Jere battre dans sa poitrine et son souffle aller et venir, et elle connaissait l'amertume tapie au fond de son estomac. Elle regarda ses lèvres, parce qu'elle ne supportait pas de voir ses yeux morts. Elle fit un pas vers lui, un autre. Elle lui présenta la tasse, attendit qu'il la prenne. Une fois de plus, elle se rappela qu'il n'avait pas vu son geste. Elle étouffa un sanglot.

Elle saisit la main de Jere, celle qui reposait sur ses genoux — celle qui n'était pas crispée sur la bouteille de whiskey. Elle serra ses doigts sur la tasse.

— Sors d'ici ! gronda-t-il, et il envoya valser la tasse contre le mur, où le thé fit sur le bois une tache sombre. Fous le camp, espèce de sale pute chinoise, et laisse-moi seul, par l'enfer !

Drew Scully serra son bras gauche contre sa poitrine en descendant tant bien que mal le chemin enneigé. Par ce froid, ses os lui faisaient aussi mal qu'une dent cariée. La fracture ne s'était pas réduite correctement la première fois, et il avait fallu lui recasser le bras et remettre les os en place. Il refusait d'imaginer ce qui arriverait si cette fois encore... Au moins s'agissait-il de son bras gauche.

Les fenêtres du Gandy Dancer laissaient passer de la lumière et les accents entraînants d'un banjo. Il y serait bien entré pour boire une bouteille, une autre, et encore une autre... afin de rejoindre son frère dans le confort facile et lénifiant de l'alcool.

En longeant la boucherie, il tourna la tête pour ne pas voir les quartiers de viande sanglante pendus à des crocs derrière la vitrine. Un mineur lui avait dit que, dans la galerie où la mine dormante avait explosé, on avait dû recouvrir le sol de chaux vive pour que le travail puisse reprendre.

Rien au monde n'aurait pu contraindre Drew à retourner dans les puits. La peur était si forte désormais qu'elle ne le quittait presque plus. Elle avait le goût du sang et de la dynamite, et la forme d'un trou noir dans le sol.

Drew Scully inspira profondément et tenta de se ressaisir. Au fond de lui-même, son amour-propre était en pièces.

Sous la tempête de neige, il progressait difficilement vers la butte. Au moment où il prit le sentier qui menait au bureau du directeur des mines, il vit les hommes qui faisaient la queue dans l'attente d'une embauche. La file était longue. Depuis quelque temps, les Four Jacks licenciaient plus qu'ils n'engageaient. D'aucuns prétendaient que le filon d'argent s'épuisait.

Le bureau était installé dans une petite cabane à côté de celle qui abritait les contremaîtres. Drew s'adressa au secrétaire assis derrière un bureau constitué de caisses de dynamite vides, et demanda à être reçu par le directeur. On lui ordonna de se mettre à l'aise et d'attendre.

Il s'assit et examina la pièce, où s'entassaient des échantillons de roche, des sacs de toile, des boîtes pleines de plans, une horloge brisée et une presse à pépites d'or. Les murs étaient tapissés de croquis des installations souterraines, de coupes géologiques et de calendriers osés de la *Police Gazette.* Il y faisait froid, et pourtant la sueur trempait les flancs de Drew.

Une demi-heure plus tard, le secrétaire se leva et sortit par la porte de devant. Drew se leva et franchit la porte du fond, qu'il supposait donner sur le bureau du directeur. Il ne prit pas la peine de frapper.

Assis dans un fauteuil de cuir à oreilles, le directeur siégeait derrière un bureau d'acajou. Une triple paire de bois de cerf était accrochée au mur. Une grande horloge ornée de lunes, d'étoiles et de comètes emplissait la pièce de son tic-tac régulier.

On disait que le directeur possédait la majorité des actions de la mine qu'il gérait au nom du consortium. Qu'il les avait gagnées au poker. Et aussi qu'il avait été prédicateur itinérant. Son bandeau noir lui donnait l'air d'un pirate. Mais, pour Drew, il évoquait depuis toujours ces gros malins qui sillonnaient le pays en vendant des remèdes miraculeux contre la consomption.

C'était un homme à l'air soigné, au visage anguleux. Ses cheveux noirs, longs et gras, lui tombaient sur les épaules. Son estomac gonflait son coûteux gilet en peau de phoque retournée.

L'horloge sonna deux heures. Le directeur tira de la poche de son veston une montre de gousset de la taille d'un dollar et vérifia l'heure. Il leva les yeux et vit Drew.

— Qui diable êtes-vous donc ?

— Drew Scully.

Il hésita à ajouter « monsieur », ne le fit pas.

— Scully ?

Le directeur eut une grimace qui suggérait un effort de réflexion. Mais Drew reconnut dans son œil unique, pâle et sans expression, l'astuce du joueur professionnel. Il soupesait, analysait, calculait... comme si la vie n'était qu'une grande partie de poker impliquant la mise en œuvre d'une stratégie — du bluff, des risques et une prime finale.

Il se fendit soudain d'un sourire aimable.

— Vous êtes ce dur de dur qui a le culot de réclamer le salaire d'une journée entière, alors qu'il s'est cassé un bras et qu'il a débrayé après moins d'une heure de travail !

Sur son bureau était posée une potence miniature en argent. Le directeur la caressa du doigt, presque amoureusement, sans quitter Drew des yeux.

— Si vous vous inquiétez de trouver du boulot après votre

guérison, comptez sur nous. Aussi longtemps que vous serez capable de manier une masse, vous pourrez le faire aux Four Jacks.

Drew s'installa sur un siège et gratifia le directeur d'un sourire en coin.

— Nous parlerons un peu plus tard de ce que vous allez m'offrir. Jetez d'abord un coup d'œil là-dessus.

Il lui lança l'échantillon de minerai, si vite que l'autre dut l'attraper au vol pour ne pas le recevoir au visage. Mais il saisit la pierre d'une main, sans ciller, puis il fronça les sourcils.

— Qu'est-ce que je suis supposé faire de ce caillou... Un presse-papiers ?

— Cela vaut beaucoup plus que du quartz. C'est du métal rouge.

Le directeur prit un air mi-ennuyé, mi-paternel.

— Du cuivre ? Vous croyez que je vais sauter de joie ? Vous avez trouvé du vert-de-gris sur ma propriété ? Bravo ! Mais je crains que ce ne soit pas vraiment nouveau, ni en tout cas bien venu.

Dans une mine d'argent, le cuivre était considéré comme un fléau, car il fallait l'extraire du minerai le plus riche.

Drew étira ses jambes, croisa ses pieds et glissa un pouce sous son revers.

— Ouais, il y a du cuivre en bas. Beaucoup. Des satanées grosses veines bien vertes.

Jack McQueen eut un sourire ironique.

— Bravo !

— À mon tour de vous parler du cuivre, directeur.

Celui-ci leva un sourcil devant une telle arrogance, et Drew sourit derechef.

— Il coûte aujourd'hui douze *cents* la livre. Ici, cela ne représente sans doute pas un marché important. Mais dans vos États de l'Est, on installe un peu partout des fils électriques et des câbles pour le téléphone. C'est ce qu'on appelle l'âge de l'électricité. Tous ces téléphones et ces lumières électriques d'Edison vont exiger des kilomètres de métal rouge. Je pense que, dans un an ou deux, le cuivre vaudra vingt *cents* la livre. Sinon plus.

Jack McQueen choisit un cigare dans un coffret en bois de santal. Il le contempla, et en arracha le bout qu'il cracha en direction d'un crachoir de laiton. Il alluma son cigare et commença à le téter avec avidité. Alors seulement, il tira une loupe de bijoutier d'un tiroir de son bureau. Il saisit l'échantillon de minerai et se dirigea vers une fenêtre au verre sale et fendillé.

Il ajusta la loupe à son œil valide.

— Où avez-vous trouvé ça ?

— Sur la veine ouest, à moins quatre cents pieds. Je l'ai déjà donné à analyser à Butte, mais vous pouvez le faire examiner par quelqu'un de chez vous. Il est si pur que, même si vous voulez le fondre en Chine, vous réaliserez un bénéfice. Et cette colline en est pleine. Je parierais là-dessus mon titre de champion de production par équipes de deux.

— Vraiment ? Mais vous ne serez plus jamais champion en équipe de deux ! Pas avec un frère aussi aveugle qu'une taupe dans le blizzard.

— Espèce de salopard !

Drew bondit de sa chaise et se jeta sur le directeur... pour se retrouver devant un Derringer braqué sur le ventre.

— Assis ! ordonna le directeur.

Drew mit un doigt sous le canon du pistolet et le souleva jusqu'à ce qu'il soit pointé entre ses yeux. Il sourit.

— Vous allez me tuer, c'est ça ? Alors que la moitié de l'équipe du matin m'a vu arriver ?

Jack le Borgne tenta de lui faire baisser les yeux, en vain. Il se mit à rire.

— Vous ne manquez pas de sang-froid, Drew Scully ! Asseyez-vous. Et remarquez bien que je le dis en souriant.

Il glissa le pistolet dans la poche de son veston, et se remit à examiner l'échantillon, qu'il retourna dans sa main.

— En général, je déteste la violence — surtout lorsqu'elle s'exerce contre moi. Mais il est malvenu de sauter ainsi sur le dos des gens, Drew Scully. Cela rend nerveux, et des accidents peuvent arriver.

Il reprit place derrière son bureau d'acajou, posa son menton sur ses doigts entrelacés et observa Drew avec le sérieux d'un conjuré.

— Dans quelques mois, quand on découvrira du cuivre aux Four Jacks, vous jouerez la surprise. Comme une nonne qui tombe enceinte. Voilà quel sera votre rôle.

— Et quel sera le vôtre ?

— *Tu ne maudiras point le sourd, tu ne feras point trébucher l'aveugle, mais tu craindras ton Dieu. Je suis ton Seigneur.* Cinq dollars par semaine pour votre frère... Nous pourrions appeler cela une pension, non ? Ainsi, il n'aura pas besoin de mendier quelques sous au coin de la rue. Ce sera assez pour lui payer son content de whiskey, et il lui restera juste assez de fierté pour ne pas se tirer une balle dans la tête.

Drew avait atteint son principal objectif, mais il ne voulait pas le laisser voir.

— Tout va bien pour le pauvre vieux Jere. Et pour moi ?

Il n'avait pas l'intention de se montrer cupide, encore moins de se conduire comme un imbécile. S'il réclamait une part de la concession, il finirait avec une balle dans le dos, et son corps irait pourrir dans quelque ravine broussailleuse. Mais il devait échapper à la mine. D'une manière ou de l'autre, il devait échapper à cette foutue mine.

Jack le Borgne se leva lentement.

— *Le Seigneur récompense les vertueux et punit les méchants,* entonna-t-il d'un ton de prédicateur, mais son œil riait méchamment. Un de mes contremaîtres, un certain O'Brien, a été passé à tabac par des inconnus, il y a quelques semaines. On l'a si cruellement battu qu'il ne lui reste plus grand-chose d'humain, je le crains. En fait, il n'est même pas capable de ramper jusqu'aux goguenots sans pleurer de trouille.

Drew se leva à son tour.

— Ouais, Rainbow Springs est une ville pourrie, déclara-t-il avec une solennité feinte. Je ne veux pas du boulot de ce type.

— Je n'ai pas l'intention de vous l'offrir, Drew Scully. (Un sourire apparut sur les lèvres du directeur, et son œil se plissa, mi-fourbe, mi-amusé.) Que diriez-vous de devenir le marshal de Rainbow Springs ?

Drew se pencha au-dessus du bureau. Il prit un cigare dans le coffret de santal.

— M. Dobbs envisage de se retirer, c'est ça ?

Le directeur se mit à rire.

— J'ai beaucoup d'estime pour l'homme qui sait où je veux en venir, et qui essaie d'y arriver avant moi. Il m'aide à rester sur mes gardes... Oui, en effet, Drew Scully. Ce bon marshal veut s'offrir un bout de terrain quelque part pour y élever des poulets. Certains hommes d'affaires de cette ville et moi-même avons pensé que les choses se sont un peu trop relâchées, ces derniers temps. Trop d'hommes ont été liquidés avant l'heure du déjeuner, et cela encourage ceux qui ont de l'argent à investir dans des projets assez... assez louches, si vous voyez ce que je veux dire. Nous avons besoin d'un marshal qui ne craigne pas de s'asseoir sur la loi, un homme jeune, un dur... Un vrai bandit, quoi !

Quelqu'un qui t'appartienne, pensa Drew. Mais il se taisait. S'il devait se vendre pour échapper à la mine et assurer une pension à Jere, eh bien il se vendrait.

Il sourit, en approchant une allumette de son cigare. Il en tira une longue, profonde bouffée. Il se dit que cette fumée coûteuse brûlerait le goût amer qu'il avait dans la bouche. Et il avait raison. En partie.

Avant de quitter la pièce, elle avait nettoyé les dégâts occasionnés par le thé. Mais elle était toujours dans la maison. Il entendait les bruits de vaisselle, et la voix mélodieuse de Lily qui parlait seule. Il pensa qu'elle était en train de le maudire.

— Va au diable, toi aussi ! cria-t-il.

Pour toute réponse, elle lâcha un couvercle sur le fourneau avec un claquement sonore.

Si elle remet les pieds dans cette chambre, je balance le pot de chambre. Ouais, se dit-il, ça la ramènera à de meilleurs sentiments. Sauf qu'elle ne ferait pas le ménage, cette fois, et qu'il devrait rester dans la puanteur jusqu'au retour de Drew, puisqu'il était foutrement incapable de faire quoi que ce soit de lui-même. Pouvait à peine trouver son poireau sans tâtonner, quand il avait envie de pisser. Foutu incapable...

Il perçut le frottement de ses pieds sur le sol. Elle venait vers lui. Il se raidit. Elle s'arrêta devant lui. Du moins croyait-il qu'elle était devant lui. S'il tendait le bras, s'il parvenait à l'attraper, peut-être hurlerait-elle, peut-être serait-elle terrifiée au point de s'en aller et de le laisser tranquille.

Il garda ses mains crispées sur ses genoux et contempla l'immensité obscure, épaisse et pleine de murmures qui était désormais son seul paysage.

Il entendit le froissement de son habit et sentit un léger changement dans l'atmosphère. Elle devait s'être agenouillée près du fauteuil. Sa voix chantante s'éleva vers lui, dans l'obscurité, mais les mots n'étaient pas vraiment aimables.

— Tu es devenu aussi gras et irascible qu'un eunuque de la maison impériale, et tu troubles la vertueuse harmonie de cette maison. Ce n'est pas du thé que je devrais te donner, mais du venin de serpent, pour purger tes tripes de leurs humeurs mauvaises.

Elle pressa la tasse chaude contre ses doigts, comme la fois précédente, pour qu'il sache où elle était.

— Si tu le renverses encore, sache qu'il en reste un pot plein sur le fourneau. Je te le viderai sur la tête. De toute façon, tu as besoin d'un bain. Tu pues.

— Sors... d'ici !

Elle lui prit les mains et en enveloppa la tasse de porcelaine.

— Avale ça.

La pièce devint totalement silencieuse. Au fond de sa gorge montait l'odeur fétide de la rage. Ses mains tremblaient. Il avait envie de lancer cette tasse dans cette satanée obscurité qui s'étalait devant ses yeux... Devant ce qui avait été ses yeux.

Il attendait qu'elle parte. Il tendit l'oreille, s'efforça de déceler le froissement de l'étoffe, les pas traînants. Son souffle. Les battements de son cœur. Lorsqu'elle parla, il réprima un sursaut.

— Je sais ce que tu penses.

— Ah oui ?

— Tu hurles à la lune contre l'injustice d'un sort qui t'a privé de tes yeux. Mais dis-moi quel dieu imbécile t'a promis une vie juste ? Demande au cul-de-jatte qui mendie au marché si la vie est juste. Demande à la femme stérile qui brûle sept bâtons d'encens, jour après jour, implorant les dieux qu'ils lui donnent un enfant, pour être finalement privée de la compagnie de son mari... Demande-lui si la vie est juste. Demande à la fille de fermier pauvre, vendue comme esclave pour cinquante pièces de cuivre, si la vie est juste !

Il ricana.

— Je suis supposé me sentir mieux, après ça ?

— Non. Mais telles sont les perfidies de la vie. Tu dois accepter ce qui t'est arrivé, parce que cela ne peut être défait.

Il serra la tasse si fort que du thé brûlant se renversa sur ses mains.

— Et si je n'acceptais pas, malgré tout ?

— Ça ne pourrait quand même pas être défait.

Il resta un moment presque paralysé par la terreur. Il était aveugle, estropié, inutile. *Aveugle.* Il ne serait plus jamais capable de ranger un objet à sa place. *Aveugle, aveugle, aveugle...* Bon dieu, il s'enfonçait dans l'horreur. Il tendit le bras, tenta d'agripper Lily. Il ne la posséderait jamais, maintenant qu'il ne valait, en tant qu'homme, strictement rien. Maintenant qu'il était aveugle. Il voulait pourtant s'accrocher à elle, aux rêves qu'il avait caressés jadis pour eux deux.

Il eut désespérément envie de lui parler, juste de lui parler, et de la garder un peu à son côté.

— On t'a vendue, Lily ?

Les mots venaient, grinçants, bruts.

— C'est comme ça que t'es arrivée ici ?

— Oui.

Il leva le menton, étira le cou, essayant de soulager la tension de sa gorge.

— Je suis désolé...

— Pourquoi serais-tu désolé ? Si mon père ne m'avait pas vendue, nous ne nous serions jamais connus dans ce monde.

Il avala une gorgée de thé, et son amertume le fit grimacer. Du coude, il chercha la table qui se trouvait devant son fauteuil, posa la tasse.

— Et si ton père ne t'avait pas vendue, si tu étais restée en Chine pour épouser un homme riche, est-ce que tu n'aurais pas l'impression qu'il te manque quelque chose ? Est-ce que tu ne t'éveillerais pas, dans le silence de la nuit, pour te demander pourquoi ton esprit est vide, ton cœur désespéré ?

Il retint son souffle, dans le noir, en attendant sa réponse.

— Si, c'est vrai, dit-elle enfin, si bas qu'il l'entendit à peine.

— Est-ce que tu te consolerais en pensant qu'il s'agit seulement d'une perfidie de la vie ?

Elle lui donna une grande claque sur la cuisse.

— Comment oses-tu te moquer de moi aussi lâchement, espèce de babouin idiot ?

Elle laissa échapper un petit rire qui le fit sursauter. Il eut la sensation d'un bourdonnement dans ses oreilles et d'une pression violente dans sa poitrine, comme s'il était précipité la tête la première dans un puits.

Elle le frappa encore. Il lui saisit le poignet et l'attira vers lui avec une force qui lui coupa le souffle. Il lui tint la tête et voulut plaquer ses lèvres contre les siennes. Mais il manqua son coup, de sorte que ses dents lui écorchèrent brutalement les lèvres. Elle eut un hoquet, se libéra. Mais elle ne s'éloigna pas de lui. Elle allait et venait, juste au-delà de l'obscurité.

La tension devint insupportable.

Puis les mains d'Erlan remontèrent le long de ses cuisses, ses seins s'écrasèrent sur sa poitrine, ses lèvres enfin vinrent se presser contre les siennes, doucement... Il écarta les lèvres en pensant que cette douceur allait le tuer. Il souhaita mourir, souhaita que sa vie s'achève à ce moment précis, dans l'extase... La bouche de Lily s'entrouvrit, la langue de Jere en dessina les formes. Il avala son soupir.

Il réalisa qu'il ne la touchait pas, sauf avec ses lèvres. Son sang battait dans le bout de ses doigts, et sa main trembla lorsqu'il la posa sur la poitrine d'Erlan. Il sentait l'arrondi de son sein sous la veste matelassée. Elle respira, et la main de Jere se souleva au rythme de son souffle.

Il arracha ses lèvres des siennes.

— Lily, je veux...

— Oui ! cria-t-elle. Puis, d'une voix plus calme : Oui, mon *anjing juren.* Oui, je t'en supplie.

Mais il ne pouvait pas bouger. Il voulut cesser de respirer, car il avait envie de haleter et de grogner comme un fauve affamé, et il avait peur de l'effrayer. Si elle partait maintenant, il en mourrait.

Il se redressa, une main agrippant l'accoudoir, l'autre toujours à plat contre le sein d'Erlan. Sa respiration siffla entre ses dents serrées.

Elle lui prit la main, noua ses doigts aux siens et se leva avec lenteur, l'entraînant après elle. Elle tira doucement sur sa main, et il la suivit. Comme un vieillard tremblant, maladroit, à l'étroit dans sa peau. Ses cuisses heurtèrent le lit, et il tomba gauchement dessus. Mais elle l'accompagna dans sa chute. Ils furent dans les bras l'un de l'autre, couchés sur un lit, et ce fut Lily, Lily, Lily — il la désirait depuis si longtemps, avec un tel désespoir...

Le souffle de Lily effleura sa joue et il tourna la tête, à la recherche de sa bouche. La grossière taie de mousseline lui irrita la nuque. De la soie... Elle aurait dû être sur un lit couvert de soie, sur un matelas de duvet, pas sur une paillasse bourrée de crin. Il voulait lui dire qu'il regrettait de ne pouvoir lui offrir de la soie et de la plume, de ne pouvoir la regarder en face pour savoir s'il lui donnait du plaisir. Mais il ne voulait pas risquer de perdre sa bouche.

Quand elle se pencha sur lui pour déboutonner sa chemise, ses cheveux caressèrent son visage. Ils étaient doux, comme il le savait depuis toujours. Aussi doux qu'ils l'avaient été dans ses rêves si nombreux. Bon dieu, si c'était la pitié qui lui faisait faire ça, il s'en fichait !

Le matelas crissa un peu quand elle s'arracha brusquement à lui.

— Lily !

Il tâtonna en vain pour la retenir, paniqua.

Elle posa ses doigts sur sa bouche, caressa son visage, son menton.

— Ta barbe est si douce. Je croyais qu'elle me piquerait... Mais elle est douce comme la fourrure d'un chaton. Je vais me déshabiller pour que tu puisses me toucher. Je veux que tu me touches partout.

Un sanglot d'angoisse et de triomphe mêlés monta dans la gorge de Jere, presque douloureuse.

Il écoutait le bruit qu'elle faisait en ôtant ses vêtements — un bruit excitant, comme un murmure. Il tenta d'imaginer son corps nu. Elle devait avoir de petits seins, des mamelons cuivrés. Elle devait avoir des hanches étroites, le ventre plat — parfait pour accueillir sa tête après l'amour. Le duvet entre ses jambes devait être du même noir que ses cheveux...

Elle s'allongea près de lui, et il enfouit ses lèvres dans la douceur de sa gorge. Son parfum piquant de pomme verte lui vint par petites vagues. Il explora son corps, et le plaisir de la sentir ainsi, sous ses mains et ses lèvres, se répandit en lui, jusqu'à la douleur.

Il ouvrit son pantalon, impatient de lui offrir son membre gonflé. Elle le prit, le caressa, l'amena à l'extase. Puis elle s'assit sur lui, plaça son pénis entre ses jambes. Elle était humide, chaude, affamée. Elle l'aspira au plus profond d'elle.

Il s'arc-bouta, elle le chevaucha. Elle caressa les muscles durcis de son ventre ; les cheveux soyeux enveloppèrent son torse. Bon dieu, il voulait la voir, la voir... Elle le baisa, la bouche empressée, frénétique, brûlante. Il sentait les frissons secouer le corps de Lily. Il entendait le sang rugir dans son propre crâne. Tous ses muscles se tendirent, et il se répandit en elle.

Lily s'écroula sur lui. Il baisa le fouillis de ses cheveux humides, attendit qu'elle se retire. Elle soupira longuement, doucement, et son souffle flotta au-dessus de sa gorge. Il eut l'impression d'avoir encore les mains dans ses cheveux.

S'il avait eu des yeux, s'il était demeuré un homme, il lui aurait renvoyé ses paroles au visage. Toutes ces fadaises sur la résignation, sur les perfidies de la vie. Si elle y croyait, elle n'avait aucune raison de retourner dans son satané Royaume des Fleurs. Elle devait savoir que sa destinée ne l'avait amenée là que pour l'y retrouver. Il était écrit depuis toujours qu'ils devaient se rencontrer. Mais il aurait voulu lui donner tellement plus, lui montrer tellement plus, lui promettre tellement plus... Et jamais il n'y parviendrait.

Il toucha la chair couturée qui recouvrait ses orbites vides.

S'il avait des yeux...

XXIX

Plus tard, on se souviendra de cet hiver-là comme de celui de la grande hécatombe. Dans la prairie enfouie sous la neige, les têtes de bétail tombaient telles les feuilles après le gel.

Les chevaux pouvaient résister aux rigueurs de l'hiver en se nourrissant avec l'écorce des arbres. Mais les vaches s'écorchaient le museau en essayant de briser la glace qui recouvrait l'herbe maigre et desséchée. Et quand le vent du nord se levait, elles tournaient le dos à la neige et à la tempête, et s'enfuyaient jusqu'à ce qu'un obstacle les empêche d'aller plus loin — colline, ravine ou barrière. Et elles y restaient jusqu'au moment où elles mouraient de froid et de faim.

L'hiver semblait n'être qu'une interminable tempête de neige. Ce jour-là, on découvrit que six pouces de neige étaient tombés pendant la nuit, et avaient formé d'énormes congères. Dès le lever du jour, Gus avait sauté sur son cheval pour aller percer quelques trous d'eau dans la glace. Puis il avait rassemblé le bétail là où le vent avait nettoyé l'herbe cassante de la neige qui la recouvrait.

Debout sur le porche, Clementine le regarda s'éloigner, et pensa que le mariage était comme la vie elle-même. Des périodes de sécheresse et des tempêtes alternaient avec de longues journées ensoleillées, pleines d'amour et de rires.

Comme ce jour d'été, chaud et sec, où elle lui avait donné le sachet plein d'argent. Peut-être l'avait-il haie. Elle n'aurait pas été surprise de découvrir à son retour de Rainbow Springs qu'il était parti. Mais renoncer à ses rêves — renoncer à elle — n'était pas dans le style de Gus.

Quand elle rentra, il entraînait un poulain à la longe dans le corral. Elle descendit du chariot et se dirigea vers lui. Il lui tournait le dos.

Son intention était de lui raconter les incidents qui étaient survenus en ville, de lui parler de la foule qui avait fait sauter le magasin, et de la mort de Sam Woo. Mais d'autres mots lui vinrent, des mots qui tranchaient avec son désespoir. Avec la peur de l'avoir définitivement perdu.

— Je t'aime, Gus.

Il se retourna brusquement, les lèvres serrées, le regard méfiant.

— C'est ce que tu dis.

Les larmes lui montèrent aux yeux, et elle dut lutter pour les empêcher de couler.

— Je suis désolée pour... pour tout ce qui est arrivé.

Il la contempla un moment avant de s'approcher. Mais pas au-delà de la barrière qui les séparait.

Il finit par détourner le regard. Il ôta son chapeau et s'essuya le front avec son foulard.

— Ce n'est pas ça, Clementine. Ce n'est pas la question de savoir qui est désolé, ou lequel de nous deux s'est trompé. Peut-être... peut-être que le problème, c'est que tu dois décider de ce que tu veux faire.

Elle savait ce qu'il essayait de lui dire. Peu importait ce qu'il avait fait pour elle, peu importait combien il l'aimait. Il pensait qu'elle ne pourrait plus, en retour, se donner totalement à lui.

Elle le regarda. Les coins de sa moustache ne couvraient pas tout à fait le dessin amer de sa bouche. Son regard était plus dur, plus sec que le ciel baigné de soleil... Elle eut envie de passer le bras à travers la barrière, pour le toucher. De lui dire que, même s'il ne la possédait pas tout à fait, il avait plus que ce qu'elle pouvait donner. Elle l'aimait. Elle l'aimait au point d'avoir renoncé, pour lui, au seul homme qu'elle ait jamais aimé plus que lui...

Il empoigna le bord de la barrière, le serra au point de gonfler les veines de son poignet.

— Tu pourrais peut-être récupérer ton argent, pour quitter cet endroit. Et me quitter, moi.

Son souffle se bloqua.

— Oh ! Gus... Je ne te quitterai jamais, tu le sais.

De nouveau, il l'observa intensément, tentant de déchiffrer ses pensées, de pénétrer son esprit.

— Je ne sais pas si je le sais, répondit-il enfin, mais sans doute dois-je le croire. Si je veux continuer.

Elle avança le bras, posa la main sur la sienne. La barrière les séparait toujours, mais ils se touchaient. Elle songea qu'une goutte de pluie ne suffit pas à arrêter la sécheresse. Mais si cette goutte est suivie d'une autre, et d'encore une autre, le paysage peut finir par reverdir.

— Nous allons avoir un autre enfant, déclara-t-elle.

Elle vit les émotions passer sur son visage. La surprise. De nouveau la méfiance. Et enfin la joie, une joie chaleureuse et sincère. Elle sourit — pour lui, pour la joie qu'il montrait. Puis elle se rendit compte qu'elle souriait pour elle-même. Ce serait bien d'avoir un autre enfant, pensa-t-elle. Elle ne laisserait plus la peur l'envahir. Elle ne laisserait plus son cœur s'arrêter si souvent sur la tombe creusée sous les peupliers.

Gus passa la main par-dessus la barrière et prit le visage de Clementine. Il baissa la tête vers elle, lentement, et l'embrassa. La barrière les séparait encore, mais ni l'un ni l'autre ne le remarqua.

La pluie n'était pas revenue de tout l'été pour nourrir la terre ; mais la sécheresse, dans leur mariage, s'était arrêtée ce jour-là. Dès lors, chaque contact, chaque mot avait été une goutte de pluie venue adoucir leur existence.

En regardant son mari qui se préparait à sortir pour secourir leur bétail agonisant, elle se dit que, malgré cet hiver terrible, malgré les problèmes du ranch, Gus et elle avaient enfin trouvé le bonheur et un bien-être réciproque.

Ils avaient trouvé l'amour.

Un jour, Clementine était seule dans la cuisine, occupée à préparer le pain, lorsqu'un bruit de clochettes retentit. Elle cligna les yeux pour lutter contre le reflet de la neige. Un traîneau déboucha de la route de la ville. Le conducteur, richement vêtu, portait un chapeau en castor et un pardessus de laine sombre.

— Qu'est-ce que ce vieux putois vient faire ici ?

Gus, qui rentrait de la prairie, se trouvait dans la cour. Clementine vit les deux hommes se rejoindre et disparaître dans l'étable. Elle claqua la porte et se lança à leur suite sans prendre le temps d'enfiler un manteau.

Le vent glacé se coula entre ses os et elle frissonna, les bras serrés autour de la poitrine. Ses souliers faisaient craquer le sol du sentier, déjà marqué de traces de pas gelées.

L'étable sentait le cheval mouillé, la vieille paille et le fumier. Une lanterne à kérosène accrochée à la porte dispensait une lueur terne qui permettait de discerner des faux, des harnais graissés et de vieilles toiles d'araignée. Clementine entra. Le silence était épais comme de la mélasse. Gus mena son cheval dans sa stalle, puis regarda sa femme. Elle fut incapable de déchiffrer son expression.

Jack McQueen le Borgne adressa à Clementine son habituel sourire rusé.

— C'est toujours un plaisir de vous trouver si jolie, ma chère belle-fille. (Son regard s'arrêta sur son ventre, gros maintenant de cinq mois.) Et je vois que vous attendez encore famille. *Croissez et multipliez.* (Un regard entendu.) Oui, jolie et fertile. Fidèle et vertueuse, aussi. *Une femme vertueuse est une couronne au front de son époux.* Est-elle une couronne pour toi, Gustavus ?

Gus lança sa bride sur un piton, balança sa selle sur la porte d'une stalle vide.

— Qu'est-ce que tu veux ?

Clementine adressa à son beau-père un sourire des plus vertueux.

— *Celui qui cache sa haine derrière des mensonges et en proférant des calomnies est un imbécile.*

Le visage de Jack McQueen exprima un véritable ravissement. Il acquiesça, comme pour convenir qu'elle avait marqué un point dans le duel qui les opposait, puis reporta son attention vers son fils. Il claqua l'une contre l'autre ses mains gantées, en frissonnant théâtralement.

— L'hiver va être dur, hein ? Ces derniers temps, quand le soleil se donne la peine de se montrer, il semble n'avoir qu'une envie : se recoucher aussitôt.

En quelques coups de fourche, Gus remplit de foin la mangeoire de son cheval.

— Est-ce que tu vas me dire enfin ce que tu veux ?

— Eh bien, que ce jeune homme est maussade ! Après tout ce que j'ai fait pour toi. T'avoir élevé dans la tendresse, t'avoir rempli l'estomac et couvert le dos d'une chemise...

Gus sourit.

— Pour devoir scalper plusieurs fois le même homme, il faut être singulièrement à court de cheveux...

Son père secoua la tête.

— Cette amertume ne te ressemble pas, mon garçon. Mais il est vrai que l'année a été dure, non ? Et les choses vont empirer. Tu seras bientôt aussi pauvre qu'une couverture indienne au printemps. J'espère que tu ne comptes pas sur tes vingt pour cent des Four Jacks pour te retaper.

Les mains de Gus se crispèrent sur le manche de sa fourche. Il la planta dans une botte de foin, si violemment qu'elle vibra.

— J'ai entendu les rumeurs.

— Il était difficile de garder longtemps le secret. Et ce n'est pas la première fois qu'un filon d'argent prometteur s'épuise avec le temps. Le minerai que nous avons extrait ces derniers mois était presque toujours de très basse qualité. Plein de zinc. Le prix du transport et de la fonte nous mange une bonne part des bénéfices, et les marchés sont à la baisse... Gustavus, c'est triste, mais c'est ainsi. Le consortium des Four Jacks a décidé de ne plus payer de dividendes.

Certes, les revenus correspondant à leurs vingt pour cent des Four Jacks avaient connu des hauts et des bas, au long des années. Mais la fermeture de la mine, Clementine le savait, serait un coup douloureux pour Gus. Encore un rêve qui tournait mal.

— Lorsque nous aurons fermé la mine et que nous l'aurons inondée, ta part te sera aussi utile qu'un seau de pisse d'âne. Tu pourrais me la vendre...

Gus se mit à rire.

— Quand les poules auront des dents !

Jack McQueen eut un long soupir.

— J'avais bien prévu que tu t'entêterais. (Il prit dans son pardessus une pochette de cuir et en tira une liasse de documents.) Quand les derniers échantillons se sont révélés si pauvres, j'ai engagé un ingénieur qui a vérifié la moindre galerie, le moindre travers, la moindre bure. Il n'y a rien à faire, Gustavus, le filon d'argent est épuisé.

Il leur montra le rapport de l'ingénieur. Comme Gus ne faisait aucun geste pour le prendre, il le posa sur la botte de foin, à côté de la fourche. Le rapport était tapé à la machine et frappé d'un sceau.

— Je réfléchissais, monsieur McQueen, dit Clementine en rompant le silence qui s'était installé entre le père et le fils. Je me demandais pourquoi un homme d'affaires aussi avisé que vous est prêt à acheter vingt pour cent supplémentaires de quelque chose qui ne vaut rien.

Jack le Borgne jeta à Gus un regard amusé.

— Tu laisses toujours ta femme réfléchir à ta place ?

— Pourquoi ne lui réponds-tu pas ?

Il leva la main, d'un air résigné.

— Très bien. Je vais jouer cartes sur table. Je pense pouvoir refiler les Four Jacks à un consortium de l'Est qui ne se méfie pas. Dès qu'ils entendent parler de mine d'argent, ces imbéciles de New York mouillent leurs beaux caleçons ! Et il me sera beaucoup plus facile de régler l'affaire si je possède tout le bazar.

Gus s'immobilisa et regarda son père.

— C'est donc ça, hein ? Cartes sur table. Tu admets que tu t'apprêtes à escroquer quelqu'un, et tu t'efforces de me convaincre que le pigeon, ce n'est pas moi. (Il grimaça.) Maintenant, montre-nous la carte que tu gardes dans ta manche.

Jack McQueen eut l'air vexé.

— Qu'est-ce qui te fait croire que j'en cache une ?

— Tu l'as toujours fait.

Un sourire forcé éclaira le visage de Jack McQueen.

— J'ai toujours pensé qu'un garçon pieux dans ton genre était incapable de vendre de la glace en enfer. Bon, je me suis trompé. Peut-être tiens-tu plus de ton père que je ne croyais, finalement. (Il marqua une pause comme s'il réfléchissait, se caressa le menton, puis haussa les épaules comme s'il venait enfin de prendre une décision.) D'accord, par le diable ! Cette fois, j'abats mes cartes. (Il fit un clin d'œil à Clementine.) Même l'as que je planque dans ma manche... Il y a du cuivre aux Four Jacks.

Clementine vit que Gus essayait de comprendre quel tour son père lui jouait, cette fois.

— Je croyais que le cuivre ne valait rien, répliqua-t-il.

— Si l'on exploite l'or ou l'argent. Pas si c'est le cuivre que l'on cherche. (Jack McQueen tapota le rapport.) L'argent peut bien être épuisé, Gustavus, la mine est bourrée de cuivre. Et inutile de me dire que le cuivre ne vaut que douze *cents* la livre — à peine de quoi couvrir le coût de son extraction. Ça, c'est aujourd'hui. Ce qui m'intéresse, c'est l'avenir.

Gus fit rouler sa langue sous sa joue.

— Voilà un air que j'ai déjà entendu plusieurs fois : tu as trouvé un moyen fabuleux pour m'enrichir — et tout ce que je dois faire, c'est investir un peu d'argent.

— Tu as parfaitement le droit de ne pas te fier à moi. Mais tu le regretteras. Pour lancer cette affaire, c'est vrai, j'ai besoin d'investisseurs. De gros investisseurs. Si tu veux conserver tes vingt pour cent de ce que j'appelle désormais la mine de cuivre des Four Jacks, tu vas devoir investir... disons deux mille dollars. Et si tu penses que j'essaie de te voler, sache que ma part sera de cinquante mille. Comme tu peux le constater, je te propose une bonne affaire. (Il eut son sourire coquin.) Tu es mon fils, après tout.

Gus éclata de rire.

— Tu crois que je vais te donner deux mille dollars pour une mine de cuivre que... tu n'as pas le cran d'exploiter seul ! Merde alors, ce serait presque tentant, rien que pour être quitte avec toi... Sauf que je ne tiens pas à perdre l'argent que j'ai si durement gagné.

La bouche de Jack McQueen se durcit.

— Si le jeu te paraît trop difficile, mon garçon, tu peux te dégager de l'affaire. Dans ce cas, c'est moi qui te donnerai deux mille dollars sur-le-champ, rubis sur l'ongle, contre ta part de la concession.

Toujours en riant, Gus appuya sa hanche contre la botte de foin et prit le rapport. Clementine approcha la lanterne. À sa surprise, il lui tendit les documents pour qu'elle les lise à son tour.

— Tu crois que je dois vendre ? lui demanda-t-il en regardant par-dessus son épaule, tandis qu'elle étudiait les papiers.

— Fais ce que tu penses être le mieux, Gus.

Il grogna, puis lui adressa un de ses grands sourires lumineux à la Gus McQueen.

— Tu me dis ça maintenant, pour pouvoir me le reprocher plus tard s'il apparaît que c'est une connerie.

Clementine leva les yeux vers lui. Elle sut que la nature du jeu pervers auquel jouait Jack McQueen n'avait aucune importance. Ils n'avaient pas deux mille dollars à investir dans l'affaire, de toute façon, et ils avaient grand besoin de l'argent que Jack le Borgne proposait en échange de leurs droits. Cet argent permettrait à Gus de maintenir le ranch en vie. Et Clementine voulait qu'il y parvienne, pour lui. Non, elle le voulait aussi pour elle-même. C'était sa maison, son rêve à elle également, et elle lutterait au côté de son mari pour qu'il se réalise.

Jack McQueen avait sorti d'autres documents de son sac.

— J'ai pris la liberté de faire dresser un contrat par mon avoué, selon lequel tu me cèdes tes vingt pour cent contre un montant de deux mille dollars. J'ai apporté tout ce qu'il faut pour le signer sur-le-champ. (Il produisit un petit encrier fermé par un bouchon.) J'espère que l'encre n'a pas gelé en chemin.

Il arracha le bouchon avec ses dents, trempa la plume et égoutta soigneusement son bec avant de la présenter à Gus avec l'acte de vente.

Gus examina le document.

— Tu étais donc sûr que j'allais vendre, pour avoir fait préparer ce document au préalable ?

Jack McQueen secoua la tête, émit un de ses soupirs mélodramatiques.

— Je suis sûr que cette méfiance finira par te jouer des tours. J'ai fait établir deux documents différents, Gustavus. Un pour le cas où tu vendrais. L'autre est un contrat d'association régulière dans la nouvelle mine de cuivre des Four Jacks. Il n'est pas trop tard pour changer d'avis.

— Bien sûr. Changer d'avis, pour te donner deux mille dollars que je n'ai pas, et renoncer à ceux qui sont dans ta poche et dont j'ai tant besoin.

Gus prit l'acte de vente, le lut trois fois et le posa sur la botte de foin. Après quoi, il griffonna sa signature au bas de la page.

— Mon petit doigt me dit qu'un jour tu le regretteras, déclara Jack McQueen avec un sourire triste. Et tu m'en rendras responsable, inévitablement. Tu retourneras toute cette histoire dans ta tête si raisonnable jusqu'à ce que j'apparaisse comme le méchant de l'affaire, et toi surtout pas comme l'imbécile. Voici l'argent. En bons du Trésor. Pas en billets de banque. J'imagine que tu veux le compter.

— Fichtre oui !

Gus examina chaque bon avec soin. Il en leva même un devant la lumière de la lanterne, comme s'il le soupçonnait d'être faux. Et son père affecta de partir tranquillement, comme s'il ne voulait pas donner l'impression qu'il était pressé de s'en aller.

— Que je sois damné si je comprends ça, Clem !

Ils se tenaient côte à côte dans l'étable, et ils regardaient le traîneau de Jack le Borgne traverser la cour.

— Mais je sais que, d'une façon ou de l'autre, il nous a bernés pour de bon.

— Au moins, nous avons de l'argent, au moment où nous en avons le plus besoin. Et tu es quitte avec lui.

Il passa un bras autour de sa taille. Elle leva la tête vers lui. Il avait l'air dur, presque amer. Son regard était noir, lourd d'une expression qu'elle ne pouvait déchiffrer. Ce n'était pas de la peur, pas exactement, ni de la colère. Il semblait presque égaré.

— Gus ?

Il la serra contre lui.

— Je ne sais pas si je serai un jour quitte avec lui, ma chérie. Il est dans mon sang.

Le lendemain matin, Gus montra à Clementine un journal de Deer Lodge datant de quelques jours. Un fermier avait du foin à vendre ; son prix était élevé, mais ils avaient de l'argent maintenant, dit-il, et la situation était grave. Comme chaque année, ce qui restait de leur propre foin servirait à nourrir les chevaux de selle jusqu'à la fin des mois de neige. Et cet hiver, il en faudrait encore plus.

— Si je force l'allure, ajouta-t-il, je peux faire l'aller-retour en deux jours. Les bêtes n'ont pas assez à manger. L'herbe qu'elles trouvent dans la prairie est insuffisante. Si je pouvais les nourrir au foin pendant le plus dur des tempêtes, une grande partie du troupeau devrait s'en sortir.

Clementine lui prit le journal des mains et y jeta un coup d'œil.

— C'est un scandale ! affirma-t-elle avec un reniflement de mépris.

— Qu'y a-t-il de si scandaleux, dans ce foin ?

— Ce n'est pas le foin. C'est ça.

Elle frappa le journal du doigt avec une feinte indignation. Elle s'efforçait de ne pas rire.

— Une publicité sur des culottes de flanelle rouge. Pour dames. Et en provenance directe de Paris ! Comment peut-on croire ça ?

Gus écarquilla les yeux et lui jeta un regard concupiscent.

— Moi, j'y crois bien.

Elle tenta en vain d'étouffer son rire. C'est lui qui y parvint, en lui donnant un baiser. Ils restèrent collés l'un à l'autre pendant un assez long moment.

Elle s'assura qu'il était vêtu assez chaudement, en s'agitant autour de lui comme s'il s'agissait d'un des enfants. Rien que de la laine et de la peau retournée. Des caleçons de laine, trois paires de chaussettes de laine. Une chemise de laine rouge à carreaux et un pantalon de Californie. Une veste de peau de mouton. Et, sur le tout, un manteau en cuir de bison. Des bottes hautes en bison, fourrées et fermées avec des pressions de cuir et des boutons de laiton. Une casquette en peau de phoque. Des moufles en peau de phoque doublées de laine.

Gus entra dans la cuisine. Saphronie faisait bouillir la lessive de la semaine, et les enfants jouaient dans la zone de chaleur dispensée par le poêle.

— Papa ! s'exclama Sarah lorsqu'il se pencha pour l'embrasser. Tu ressembles à un ours !

Tout en enfilant son propre manteau de peau de mouton, Clementine le taquina.

— C'est vrai que, s'il n'y prend garde, il risque d'affoler le bétail !

Sarah jeta à sa mère un regard dégoûté.

— Tu es bête, maman !

Clementine et Gus riaient encore lorsqu'ils sortirent de la cuisine et se dirigèrent vers la cour. Un mois plus tôt, quand la neige avait été si épaisse, Gus avait installé les patins de frêne sur le chariot à foin pour le transformer en traîneau. Clementine l'aida à y amarrer le râtelier. Le froid produisait dans l'air un phénomène de shimmy, et une nouvelle tempête se préparait, à flanc de montagne. Les nuages étaient lourds et sombres, couleur d'ardoise humide.

— Au moins, il ne neige pas encore, dit-elle.

Il avait fini d'atteler les chevaux, et déplaçait le chariot-traîneau sur le sol gelé de la cour.

— Ne me porte pas la poisse ! la gronda-t-il, et il agita le doigt en riant. Elle constata soudain qu'ils ne faisaient que cela, depuis quelque temps. Rire. Rire et s'aimer. S'aimer au point d'en avoir le vertige.

Il grimpa dans le traîneau, enroula les rênes de cuir autour de ses mains gantées et baissa les yeux vers elle. Elle aperçut ses dents qui luisaient derrière la brosse fauve de sa moustache.

— Si j'en ai l'occasion, à Deer Lodge, j'achèterai une paire de ces culottes scandaleuses en flanelle rouge... Allez, hue !

Les chevaux se mirent en mouvement dans le tintement des chaînes, les patins crissant sur la neige. Elle regarda le traîneau s'éloigner, frissonnante dans son ample peau de mouton, jusqu'à ce qu'il disparaisse derrière la première crête. Une pie solitaire traversa le ciel jaunâtre. La buée de sa respiration enveloppait son visage.

Elle pensa qu'elle était idiote, mais tout à coup elle se sentait très seule. Et elle eut peur.

Gus était parti depuis une heure lorsqu'il se mit à neiger.

Il neigea par à-coups — des flocons de dentelle passés au tamis du ciel gonflé de nuages. À midi, il faisait si sombre qu'il fallut allumer les lampes.

Et il faisait froid. Assez froid, affirma Saphronie dans son jargon du Montana, pour que les ours polaires déballent leurs caleçons longs.

Clementine accrocha des sachets d'*asafetida* au cou des enfants et leur couvrit la peau de graisse d'oie pour éloigner la grippe. Elle les emmitoufla dans une telle épaisseur de laine et de fourrure qu'ils pouvaient à peine bouger. Sarah détestait ces limites imposées à sa liberté. Elle se déplaçait lourdement dans la maison, traînant ses écharpes, le corps déformé par ses couches d'habits superposés — mais déterminée à prouver qu'aucun hiver, aucune tempête ne lui ôterait ses moyens.

En de telles circonstances, Clementine observait sa fille en se demandant comment elle avait pu mettre au monde un tel enfant. Dogmatique et effrontée, exigeante et autoritaire, d'une curiosité insatiable, et assez courageuse pour affronter un grizzly. Tellement bien dans sa peau, tellement sûre d'elle-même qu'elle mettait tous ses efforts pour imposer cette certitude à autrui. « Je ne veux pas ! » ou « Je m'en fiche ! » étaient les réponses à n'importe quelle demande contraire à son bon vouloir. Mais elle ne s'exprimait pas ainsi par défi. C'était une simple constatation. Elle s'en fichait vraiment. Sarah McQueen ne voulait plaire qu'à elle-même.

Elle possède tout ce que je croyais pouvoir posséder, se disait souvent Clementine, avant que mon père et la vie ne me l'enlèvent. Elle s'inquiétait pour l'avenir de sa fillette. Elle souhaitait la protéger contre ses futures souffrances aussi facilement qu'elle la protégeait du froid. Car, aussi sûr que la nuit met fin à la journée la plus ensoleillée, la vie essaierait de briser Sarah. Le monde était cruel avec les fillettes non désireuses de plaire, comme avec les femmes assez courageuses pour élever la voix et tracer leur propre route.

Clementine s'inquiétait aussi pour Daniel. C'était un enfant si gentil, si rêveur... Le contraire de Charlie, qui s'était révélé un vrai cow-boy dès son premier souffle. Dans ce pays, les hommes devaient être forts. Ils devaient être durs de corps et de cœur. Les hommes brisaient les chevaux avec des éperons et des fouets, et appliquaient un fer rouge sur les chairs des veaux. Les hommes pendaient d'autres hommes aux branches des peupliers. Lorsqu'elle contemplait son fils, Clementine était incapable de l'imaginer en train de grandir dans un tel univers, réservé aux durs... Rien que sa santé en ferait une mauviette, selon les standards de l'Ouest.

Au moins, durant ces longs mois d'hiver, il semblait ne pas trop souffrir de son asthme. Pour l'heure, il se tenait devant le fourneau, attendant qu'on l'enveloppe comme un ver à soie dans son cocon. Il bredouillait des sons bizarres où Clementine discernait parfois le mot « ours ». C'était le seul qu'il connaissait, hormis « maman » et « papa ». Elle ignorait où il l'avait appris, puisqu'ils n'avaient eu depuis sa naissance aucun problème avec les ours.

Clementine aurait aimé s'enfouir elle-même dans un cocon. Elle pouvait bien sûr ajouter une paire de culottes (quelle qu'en soit la couleur) aux trois qu'elle portait déjà et qui la faisaient se dandiner en marchant. Mais l'air froid remontait du plancher comme si le sol était de glace et doté d'un appareil respiratoire. Aussi décida-t-elle de faire fi de sa pudeur féminine et de suivre l'exemple de Saphronie : sous sa jupe, elle enfila un pantalon de Gus. Avec ce pantalon, ses trois culottes, ses deux jupons de laine, sa jupe de laine, ses chaussettes empruntées à Gus, aussi épaisses que des couvertures de selle, et son gros ventre rond, elle ne se dandinait plus : elle roulait telle une bûche à la surface de l'eau.

Sarah et Saphronie revinrent d'une expédition au cabinet de toilette, à l'étage supérieur. Même dans la cuisine — la pièce la plus chaude de la maison —, leur souffle exhalait de la buée. Clementine commença à s'inquiéter. Que feraient-ils si le froid s'aggravait ? Le feu ronflait dans le poêle à bois de la cuisine, mais il ne dégageait pas assez de chaleur, apparemment, pour faire reculer l'air glacé qui traversait les murs. Saphronie et Clementine devaient l'entretenir sans interruption, et toute la famille restait devant le fourneau ouvert, à se tourner et se retourner comme des poulets sur une broche. Un peu plus tôt, Saphronie s'était trop approchée du feu, et sa jupe s'était enflammée. Ils avaient beaucoup ri de la mésaventure... après avoir éteint le début d'incendie.

L'obscurité étant tombée très tôt, Clementine prépara un souper à la fortune du pot : ragoût de bœuf et de *camas* en conserve parfumé à la sauge. Le tout accompagné de chips de Saratoga, d'abricots secs et de pain au levain. Elle frappa les gamelles l'une contre l'autre et cria : « À la soupe, les hommes ! » comme un cuistot, et ils firent mine de souper à la belle étoile, lors d'un grand rassemblement de bétail.

Quand les enfants furent couchés, recroquevillés sous leurs tas de fourrures devant le poêle de la cuisine, Clementine sortit la bouteille de whiskey qu'elle tenait en réserve dans son coffre à pharmacie, à des fins curatives. Elle en arrosa le café. Saphronie et elle poussèrent dans la cuisine le sofa du salon. Elles s'y serrèrent toutes les deux, sous une grosse couverture à carreaux, et burent le café arrosé. Elles bavardèrent à mi-voix sur les hivers passés, mêlant les bons et les mauvais souvenirs.

— Quand j'étais petite, raconta Clementine, je crois que, de toutes les fêtes hivernales, c'était le nouvel an que les gens préféraient. À l'époque, un monsieur pouvait rendre visite à une dame sans qu'on lui demande si ses intentions étaient honnêtes. Il venait entre deux et quatre heures. Il ôtait toujours son chapeau et son pardessus, mais il gardait ses gants. Il avait droit à un goûter de thé et de pâtisseries. Pas d'alcool, bien entendu. Et il restait un quart d'heure. Pas une seconde de plus.

Saphronie leva les yeux de la chaussette qu'elle tentait de repriser dans la lumière médiocre de l'âtre, tout en gardant les mains au chaud sous la couverture. Son front se plissa sous l'effet de la perplexité.

— Pourquoi donc rendre visite à quelqu'un si c'est pour ne rester qu'un quart d'heure ? Et est-ce bien correct d'offrir à son invité... du thé et des gâteaux ? Un homme ne peut pas se remplir le ventre de thé et de gâteaux !

Fallait-il essayer d'expliquer les règles de la bonne société de Beacon Hill à quelqu'un vivant dans une région où le voisin le plus proche se trouve à deux heures de cheval, et où les garde-manger — ainsi que les portes d'entrée — sont toujours grands ouverts ? Clementine n'était pas sûre de comprendre elle-même encore une étiquette aussi stricte.

— C'est ainsi que l'on faisait, voilà tout, dit-elle.

Saphronie renifla et poussa son aiguille dans une pelote à épingles en forme de pomme.

— Eh bien, ça me semble une perte de temps et d'effort. Se mettre en frais pour une visite, et ne pas recevoir un souper décent pour sa peine !

— Idiote ! déclara Sarah sous sa montagne de fourrures.

Les deux femmes échangèrent un sourire. Elles croyaient que la fillette dormait, mais la connaissant elles auraient dû se méfier...

— Je n'ai pas beaucoup de souvenirs de mon enfance... d'avant ma capture, déclara Saphronie. Mais j'ai gardé en mémoire... une image de ma maman, couchée dans la neige. Elle faisait l'ange, elle agitait les bras et les jambes comme le font les petits enfants. Et mon papa la regardait en riant...

Un grattement, à la fenêtre de la cuisine, l'interrompit au milieu de sa phrase.

— C'est peut-être quelqu'un qui s'est perdu dans la tempête, dit Clementine, après quelques instants.

— Ils auraient frappé à la porte.

— Peut-être qu'ils n'ont pas trouvé la porte, mais qu'ils ont vu la lumière filtrer par la fenêtre.

Clementine se leva lentement et se dirigea vers la fenêtre, Saphronie sur ses talons. Elle avait cloué une couverture devant la vitre pour arrêter le courant d'air. Elle la souleva en s'efforçant de ne pas faire le moindre bruit.

D'abord, elle ne vit rien d'autre que son propre reflet, et les cristaux de glace qui étincelaient sur la vitre. Elle accommoda son regard et nota un mouvement, à l'extérieur. Ensuite, l'image se précisa — fourrure fauve, longues moustaches, oreilles dressées. Une gueule s'ouvrit devant ses yeux, exhibant de grandes canines jaunes. L'apparition gronda, et la buée qui s'échappa de sa gueule s'étendit sur la vitre.

Saphronie cria si fort que Daniel s'éveilla et hurla à son tour. Elle courut au salon, s'empara du fusil accroché au mur audessus de la cheminée. Clementine elle-même aurait hurlé si elle n'avait été entraînée, depuis son plus jeune âge, à dissimuler ses émotions, y compris sa peur.

Sarah n'avait pas son expérience, mais elle était d'une autre trempe. Elle fit voler ses fourrures, se leva et alla à la fenêtre. Elle croisa les bras et fit un signe du menton.

— Maman, je veux que tu tues cette *painthère.*

Saphronie passa le fusil à Clementine, qui tirait mieux qu'elle ; puis elle prit Daniel dans ses bras, le serrant si fort qu'il hurla de plus belle.

— Il a été attiré par la lumière, ma chérie, dit Clementine en élevant la voix pour couvrir les cris de Daniel. Il a sans doute faim et froid, avec cette tempête... Mais il ne peut pas entrer ici. N'aie pas peur.

Le menton de Sarah monta encore d'un cran.

— Je n'ai pas peur. (Elle lança un regard de défi vers la fenêtre où le puma était apparu.) Je veux mon papa.

Clementine échangea un regard avec Saphronie. Elle aussi voulait que le papa de Sarah soit là. Mieux : elle le voulait sain et sauf. Par la fenêtre, elle avait vu bien autre chose qu'un puma affamé et gelé. La neige tombait de plus en plus fort... Le Seigneur fasse que Gus soit à Deer Lodge, blotti au fond d'un bon lit d'hôtel ! Demain matin, il achètera son foin, le chargera sur le traîneau et prendra le chemin du retour. Mais seulement si le temps n'est pas trop mauvais. Clementine forma le vœu qu'il fût raisonnable, et qu'il décide de rester là-bas si le blizzard se levait au matin.

— Il fait moins trente au thermomètre, et ça descend toujours, affirma le fermier en aidant Gus à bâcher son chargement de foin.

— La neige va peut-être diminuer, alors, répliqua Gus pour s'en convaincre lui-même. C'est ce qui se passe d'ordinaire, quand la température descend si bas.

Par un froid aussi intense, son voyage de retour ne serait pas une sinécure. Mais un homme devait vivre avec ce qu'il avait.

— Je pense que ça ira, ajouta-t-il.

Il lança la dernière lanière en diagonale, et serra la corde humide et lâche.

Le fermier lui tendit la main pour sceller leur accord. La neige gelait dans sa barbe.

— Si vous voulez demeurer ici jusqu'à ce que le temps change, vous êtes le bienvenu.

Gus le regarda à travers le miroitement des larmes amenées

par le froid. Il frappa la main tendue et remercia son interlocuteur.

— C'est très aimable à vous, monsieur Laurence, mais on m'attend à la maison. Une femme enceinte, et deux petits. En outre, si je décidais d'attendre que le temps change, vous pourriez m'avoir sur le dos jusqu'au printemps.

Le fermier se mit à rire. Il recula pour que Gus puisse se hisser sur le traîneau.

— C'est ça, le Montana ! s'exclama-t-il.

Gus rit, lui aussi, tandis que des nuages de buée voltigeaient autour de leurs têtes. Après quoi, il prit les rênes et lança son attelage, qui s'ébranla comme à regret. Vers Rainbow Springs, vers la maison.

Au bout de quelques secondes, il avait assez froid pour cracher des glaçons. La peau de son visage était tendue et engourdie sur ses pommettes et sur son nez. Il évitait d'aspirer l'air glacé, et il avait l'impression de suffoquer, car ses poumons paraissaient obstrués par de la glace. Sa moustache protégeait du gel ses lèvres closes. Ses mains et ses pieds ressemblaient à des morceaux de bois mort, et ses articulations montraient la raideur d'une selle neuve.

Un silence particulièrement intense régnait, comme si l'on avait bourré ses oreilles de coton. La neige et l'air immobile et lourd étouffaient le moindre bruit. Gus n'entendait, par à-coups, que le cliquetis des chaînes, le grincement des patins et le crissement des sabots écrasant la croûte de neige. À un moment, un corbeau tourbillonna au-dessus de sa tête, mais il ne le vit pas.

Le froid lui-même, pensa-t-il, produit un son. Un hurlement audible seulement au fond de la tête. Ou au plus profond des tripes, là où se niche la peur.

Il examina le paysage ravagé par l'hiver. La neige fraîche recouvrait la rivière d'un tapis. Partout, elle se superposait aux formes des saules, des peupliers et des pins. La prairie avait l'air d'une feuille d'argent martelé. Le monde entier était mort de froid.

Gus connaissait ce pays aussi bien que les creux et les bosses du visage qu'il rasait chaque matin. Mais quand soufflait le vent du nord, il arrivait que les repères disparaissent, ensevelis sous la neige. Les flocons tombaient légèrement, pour l'instant, et il n'y avait pas de vent. Cependant, la prudence que Gus avait refusé d'écouter peu auparavant maintenait à présent ses sens en éveil, car il savait que tout pouvait changer en une minute. Il régnait dans l'air une lourdeur qui ne présageait rien de bon.

C'est ça, le Montana !

À peine Gus s'était-il rappelé cette formule qu'il se mit à neiger plus fort. De grands blocs de flocons, gros comme des poings. Il regarda derrière lui, par-dessus son épaule, clignant les yeux pour ôter les cristaux qui s'étaient formés sur ses cils. Les traces laissées au sol par les sabots des chevaux et les traînées parallèles des patins étaient encore visibles, mais elles se comblaient rapidement. Durant les grosses tempêtes, on perdait parfois le sens de l'orientation et on finissait par tourner en rond, l'horizon n'étant plus visible...

Gus s'efforça de percer l'épais rideau de neige qui tombait devant lui. Il distinguait bien les œillères, les colliers et les sangles des harnais, et le dos de ses chevaux cannelle. Et au-delà, mais avec beaucoup plus de difficulté, il voyait la rivière bordée d'arbres qui devait le ramener chez lui.

Une heure plus tard vint la première rafale, hurlante et mordante. Les flocons tourbillonnaient furieusement, et le vent fouettait la neige déjà entassée sur le sol. Le vent, aussi tranchant qu'une lame de couteau, traversait les vêtements de Gus et lui déchirait les poumons.

Il résista le plus longtemps possible à la tentation. Puis il jeta un coup d'œil par-dessus son épaule... Rien. Rien, sauf les flocons gelés qui tourbillonnaient devant son visage. Il se frotta les yeux avec sa manche, arrachant les glaçons de ses sourcils. Plus de piste, plus d'horizon, plus de sol et plus de ciel. Rien que de la neige. Même sur la lune, se dit-il, il devait neiger.

Un bizarre sentiment de solitude, absolue, horrible, s'empara de lui. Lentement, il regarda alentour... Il n'y avait rien, à l'exception de ses rênes qui se volatilisaient dans un tourbillon de blancheur.

C'est le vent, en frappant la maison, qui réveilla Clementine en sursaut. Elle fut d'abord étonnée, juste consciente du froid qui régnait autour d'elle. Une autre rafale cogna le mur côté nord et fit gémir la maison. Clementine s'assit sur le sofa. Les couvertures craquèrent lorsque la couche de gel se brisa.

Saphronie lui donna une tasse de café arrosé de whiskey. Les deux femmes s'étaient relayées toute la nuit pour rester éveillées. Il fallait s'assurer que le nez et les oreilles des enfants demeuraient couverts, pour ne pas geler.

Le blizzard qui menaçait depuis la veille s'était finalement levé. Les murs tremblaient et craquaient sous la force du vent. Le bruit réveilla les enfants. Daniel pleurnicha, et Sarah exigea qu'on active le feu. Aucun argument ne parvint à la convaincre qu'on ne pouvait faire mieux. Clementine donna à ses enfants un peu de maïs bouilli, ce qui les calma, puis Saphronie les amusa en jouant sous les couvertures à L'Ours-dans-sa-caverne.

Bien que la maison fût de bonne construction, la neige y pénétrait par les encadrements de fenêtre et les dessous de porte. Saphronie se souvint qu'il y avait de la vieille toile usagée à la cave. Elles la clouèrent tant bien que mal là où elles le pouvaient, afin de repousser le blizzard. Mais il était impossible de repousser le froid. Le poêle était chargé comme un haut fourneau, et pourtant la pompe intérieure gela. Mais personne ne risquait de mourir de soif. Il y avait assez de neige, dehors, pour noyer le monde entier.

— Tu ne crois pas qu'il essaiera de rentrer plutôt demain ? demanda Clementine, exprimant à voix haute la peur qui la tenaillait depuis la veille.

Saphronie fit la moue en réfléchissant, et les larmes tatouées sur son menton se ridèrent.

— Il a fallu qu'il trouve son fournisseur, qu'il achète le foin et qu'il le charge. Quand tout ça a été fait, le temps devait déjà être drôlement mauvais. Il vit ici depuis assez longtemps pour ne pas prendre la route au milieu d'une tempête de vent du nord.

Clementine acquiesça. Mais elle n'était pas convaincue. Son mari avait l'habitude de négliger les désagréments du présent, lorsque son regard était fixé sur un avenir prometteur. Avant même d'avoir couvert le premier kilomètre du retour, il se voyait sans doute chez lui, à se chauffer les doigts de pied devant le feu, le bétail nourri...

La fenêtre attirait irrésistiblement Clementine, comme si Gus était en train de tourner au coin de la cour. Mais elle savait que c'était impossible. Elle souleva le morceau de couverture et ne vit que l'obscurité et le reflet de la lampe. Un demi-pouce de givre recouvrait le carreau.

Soudain, la panique s'empara d'elle — comme si elle était emprisonnée, enfermée vive dans un caveau mortuaire. Incapable de supporter cette sensation, elle chauffa un fer à repasser et le tint contre la vitre pour faire fondre la glace et laisser passer un peu de lumière. Mais, derrière la surface translucide, elle vit seulement la neige qui tombait.

Au milieu de l'après-midi, le bois de chauffage manqua. Clementine et Saphronie nouèrent plusieurs lassos et se querellèrent pour savoir laquelle irait la première à l'étable, où se trouvaient les réserves. Elles le jouèrent finalement à pile ou face. Clementine gagna. Elle ajouta encore quelques couches de vêtements à son épaisse silhouette, noua la corde autour de sa taille et sortit dans le blizzard.

Après sept hivers dans le Montana, elle ne se rappelait pas que les chutes de neige pouvaient être si violentes, ni le froid si intense. Le vent semblait pousser les flocons à travers elle — comme si elle n'offrait aucune résistance. Ce pays lui avait toujours donné l'impression de faire en sorte que le corps humain se sente insignifiant devant le déchaînement des forces naturelles.

Elle profita de son passage dans l'étable pour nourrir les bêtes. Les poulets étaient morts pendant le premier grand gel et les porcs avaient été abattus bien avant. Mais les chevaux de selle étaient dans leurs stalles, l'air mélancolique et apeuré par le bruit du vent qui se glissait à travers les brèches des cloisons. Clementine s'inquiéta pour les étalons, dans la prairie, et pour les vaches qui s'entassaient sans doute au fond des ravines.

Bras et jambes aussi souples que des gourdins, elle distribua le foin aux chevaux et brisa la glace dans les abreuvoirs. Puis elle entassa autant de bois qu'elle put sur la luge rouge. Les bûches, débarrassées par le gel de leur humidité, étaient assez légères pour qu'elle jongle avec. Mais, chaque fois qu'elle inspirait l'air glacé, il lui semblait qu'on lui enfonçait un poignard dans les côtes.

Elle effectua d'innombrables voyages au tas de bois. Saphronie en fit autant. Puis elles estimèrent qu'elles en avaient suffisamment pour tenir jusqu'au lendemain matin.

La nuit était tombée depuis une bonne heure lorsqu'elles entendirent un bruit — comme si l'on frappait. Mais le blizzard était assez violent pour arracher l'écorce des arbres, et Clementine pensa qu'il avait cassé un morceau de la maison. Puis le vent tomba durant quelques secondes et le bruit se répéta. On frappait. À la porte.

Clementine s'approcha des enfants, prête à les réconforter

s'ils s'éveillaient. Mais ils ne bougèrent pas. Elle coisa le regard ahuri de Saphronie.

— C'est peut-être Gus, dit Clementine. Mais elle n'y croyait pas. Gus aurait cogné de toutes ses forces pour qu'on lui ouvre la porte, il aurait arraché le battant de ses gonds pour qu'on le fasse rentrer.

— Qui que ce soit, il va s'en aller, chuchota Saphronie, comme si *qui que ce soit* se trouvant derrière la porte avait pu l'entendre dans les hurlements du blizzard.

— On ne peut pas laisser quelqu'un dehors par une nuit pareille. Qui que ce soit.

Clementine saisit le fusil et vérifia qu'il était chargé. Saphronie décrocha la lanterne. Elles durent s'y mettre à deux pour briser le sceau de glace qui bloquait la porte et la tirer.

Mais le vent la leur arracha des mains et la fit voler contre le mur. Une rafale de neige franchit le seuil.

— Qui est là ? s'écria Clementine.

Les mots se perdirent dans les hurlements suraigus du vent.

Saphronie leva sa lanterne. Quelque chose ou quelqu'un rôdait au pied des marches, à la limite de la surface éclairée. Une silhouette courte et sombre, engoncée dans un amas de couvertures et de fourrures, dont on ne distinguait vraiment que les deux yeux étroits.

— Les Indiens, murmura Saphronie.

Gus McQueen se tamponna les bras de ses poings, sans autre résultat que de déloger la neige durcie sur son manteau en bison. Il souffrait du froid, au plus profond de ses os et de son cœur.

Sa main n'était plus qu'une griffe gelée, agrippée au collier du cheval le plus proche. Peu auparavant, il était descendu du traîneau pour marcher à côté de l'attelage. Il voulait s'assurer que les chevaux longeaient bien le bord sinueux de la rivière. Et peut-être aussi se trouver, dans ce désert blanc, à côté d'un autre être vivant. Mais, depuis quelque temps, il ne voyait plus la rivière. Ni le traîneau chargé de bottes de foin derrière lui.

Les chevaux pataugeaient, titubaient comme sous l'emprise de l'alcool dans leur lente progression à travers les congères mouvantes. Leurs flancs se soulevaient au rythme de leur respiration — de plus en plus pénible. Des stalactites leur pendaient aux naseaux et des nuages de vapeur blanche se déployaient au-dessus de leurs têtes. Gus pensa qu'il devait avoir la même allure, mais il ne sentait plus son visage.

Il avait l'impression d'avancer depuis des années dans ce crépuscule interminable. Et il savait qu'il était tard. Quand la nuit tomberait, il ferait aussi noir que dans une barrique bouchonnée. Et c'en serait fini.

Le vent frappait par bordées, lui jetait au visage des pelletées de neige dure. Gus trébucha, continua en rampant, s'enfonça jusqu'aux genoux dans une congère fraîche. Il lâcha les chevaux, qui poursuivirent sans lui et disparurent.

Des faux de neige lui tailladaient les yeux. Il ne voyait rien, n'entendait rien — sauf le hurlement perpétuel du vent. Et quelque part, en profondeur, les sifflements de sa respiration et les lourds battements de son cœur.

Il devrait s'arrêter quelques minutes. Là, au milieu de cette congère. S'allonger, peut-être, et se reposer un peu. Il était si fatigué...

Il devait rentrer chez lui. Il ne pouvait pas laisser Clementine seule avec un ranch agonisant et trois enfants à élever. Retrouver le feu grondant et la marmite odorante sur le fourneau. Retrouver cette fille aux cheveux comme un champ de blé en été, aux yeux comme une forêt de pins au crépuscule. Clementine... Elle avait besoin de lui. Il n'avait pas le droit de l'abandonner. Pas le droit de lâcher prise. Pas le droit de mourir.

Il ordonna à ses jambes de bouger. Elles refusèrent d'obéir. Puis elles agirent à leur guise, s'agitèrent pour se libérer de cette neige qui menaçait de les engloutir. Il fit quelques pas de plus, tomba, se releva, heurta quelque chose... Le traîneau. Oh ! bon dieu, le traîneau ! Cela signifiait que les chevaux s'étaient arrêtés. Il parvint à leurs têtes. Il s'accrocha au harnais, sanglotant de peur, de soulagement, de peur encore.

Il ne voyait pas la rivière. La rivière n'était nulle part. Il n'était nulle part, dans ce monde de lumière blanche, de froid blanc, de douleur blanche.

Les Indiens ! Clementine regagna la maison en courant et claqua la porte derrière elle. Elle entrevit alors dans la lueur scintillante de la lanterne les visages effrayés de deux enfants allongés sur un hamac en peau, tendu entre les perches d'un travois... Mais l'épais rideau de neige les enveloppa aussitôt.

La silhouette aux petits yeux étincelants fit un pas en avant ; deux autres silhouettes, plus grandes et plus trapues, surgirent derrière elle. Mêlée à la plainte du vent, une voix perça, aiguë et chevrotante.

— Madame McQueen... Vous vous souvenez de moi ? La femme de Joe Ours Vaniteux

Saphronie siffla quelque chose entre ses dents, que Clementine n'entendit pas tant son cœur battait. Elle dut déglutir deux fois avant de réussir à répondre.

— Et les autres ? Qui est avec vous ?

— Mes enfants et mon homme... Et aussi son père, Nez de Fer. Je vous en supplie ! Si nous restons dehors, nous mourrons.

Clementine saisit la lanterne dans les mains figées de Saphronie, avant de lui confier le fusil.

— Prends ça, dit-elle, et rentre auprès des enfants.

Comme Saphronie, terrifiée, la regardait sans bouger, Clementine lui donna une légère bourrade.

— Pour l'amour du Ciel, on ne peut pas les chasser !

Elle s'avança dans la galerie enneigée, la lanterne brandie, tandis que le sang-mêlé détachait les enfants du travois et juchait le plus petit sur sa hanche. L'aînée devait être la fillette que Clementine avait vue devant un tipi, près de la Rainbow River, plus de sept ans auparavant.

Prenant le bébé des mains de sa mère, Joe Ours Vaniteux se dirigea vers la porte. Nez de Fer se fondit dans le vent mordant et la neige cinglante, silhouette courbée, emmitouflée dans une peau de bison.

— Et... lui ? s'inquiéta Clementine.

Une curiosité macabre s'empara d'elle, un besoin pressant de voir le visage de l'Indien, de s'assurer qu'il avait bien un nez de fer. Et, par là même, de vérifier s'il était aussi horrible que le monstre qui avait autrefois hanté ses cauchemars.

La femme de Joe Ours Vaniteux regarda l'endroit où le vieil Indien avait disparu dans la nuit cruelle.

— Il préfère se camper dans sa fierté, dit-elle.

La gorge nouée, Clementine ravala sa peur.

— Il y a une vieille cabane près de la rivière..., commença-t-elle d'une voix chevrotante.

Si les rumeurs étaient vraies, Nez de Fer connaissait la cabane où le chasseur de bisons était mort... tellement haché à coups de tomahawk qu'on avait dû ramasser ses restes dans un seau pour l'enterrer.

Ils entrèrent dans la cuisine d'un pas lourd, les pieds chargés de neige qui fondit en flaques au contact de l'air chaud. Clementine s'escrima sur la porte que le vent violent rabattait à l'intérieur.

Saphronie s'assit sur le canapé, les mains crispées sur le fusil. Enveloppé dans son cocon de couvertures, Daniel était allongé à côté d'elle. Sarah s'installa à l'autre bout, sereine et indépendante, les yeux grands ouverts pour ne pas en perdre une miette, l'air grave, et pour une fois silencieuse.

Joe Ours Vaniteux pivota lentement sur lui-même afin d'examiner la pièce ; il posa un instant les yeux sur Saphronie et son fusil, et grimaça un sourire perfide.

— Où est ton homme ? demanda-t-il.

Clementine regarda vivement autour d'elle comme si, par sa seule volonté, elle pouvait soudain faire apparaître Gus ou la cavalerie.

Le sang-mêlé la vrilla de ses petits yeux noirs et éclata de rire. Sa femme s'interposa.

— Je préférerais lui arracher le cœur plutôt qu'il vous touche, affirma-t-elle, et elle décocha à son mari un regard si mauvais que l'homme blêmit et baissa aussitôt la tête.

Clementine devina que Joe Ours Vaniteux n'osait plus se rebiffer depuis longtemps.

Ils s'observèrent tous pendant quelques minutes, puis Clementine se secoua. Elle servit des bols du ragoût qui cuisait à petit feu sur le poêle. Serrés dans des couvertures rouges délavées et des peaux de bison, les petits Indiens dévorèrent comme des morts-de-faim. Joe Ours Vaniteux s'affaissa sur une chaise et enfourna des cuillerées de ragoût dans sa bouche vorace, les yeux rivés sur Clementine.

— Beaucoup de *Whoa-haws* sont morts, dehors, déclara-t-il entre deux bouchées. Ton homme est peut-être mort, lui aussi.

Sa femme lui arracha son bol vide des mains et le tendit à Clementine avec le sien.

— Ne l'écoutez pas. Il est comme un vilain chien qui vole la viande et gronde pour cacher son larcin. Il a honte. Il vous devait déjà la vie, et maintenant il vient encore vous supplier de le sauver.

Elle lui dit quelque chose à l'oreille, des sons gutturaux désagréables, puis elle se tourna vers Clementine et lui sourit.

— Je lui explique que certains Blancs sont bons. Peut-être autant que les Indiens.

Clementine s'efforça de sourire, mais elle était encore trop mal à l'aise. Non : effrayée, plutôt. Elle était bleue de peur.

Elle s'occupa comme elle put, remplit des timbales de café noir brûlant. Se souvenant trop tard qu'elle l'avait mélangé avec du whiskey, elle recula, horrifiée, et se cogna contre la table. D'affreuses histoires circulaient sur les Indiens ivres.

Clementine se demanda s'ils avaient des armes. Oui, sans doute. Au moins des hachettes et des couteaux. Elle faillit exiger qu'ils les déposent dehors, devant la porte ; mais elle aurait montré là un manque grossier d'hospitalité. C'était tellement bête de penser aux bonnes manières dans une situation pareille qu'elle faillit éclater de rire.

Tout le monde sursauta quand le bébé indien se mit à hurler et à tirer sur son bonnet de renard.

À la surprise de Clementine, ce fut Joe Ours Vaniteux qui s'occupa de lui. Il lui ôta le bonnet d'une main douce avant de lancer un regard inquiet vers Clementine.

— Mon fils... Le froid lui a mordu les oreilles.

— Je... j'ai de la glycérine dans mon armoire à pharmacie, déclara-t-elle.

Elle versa la glycérine dans un pot et la réchauffa sur le poêle, puis en appliqua quelques gouttes sur les oreilles du bébé avec une plume de dindon. Elle puisa de l'eau chaude dans le réservoir, en remplit une cuvette plate et prépara un bain de moutarde. Elle aida ensuite la femme de Joe Ours Vaniteux à enlever les bandelettes de laine qui entouraient les pieds du bébé et de la fillette. Les enfants indiens sentaient la graisse d'oie, comme ceux de Clementine, et la fumée des feux de bois. Aussi brillants que des boutons de chaussures dans la lueur de la lanterne, leurs yeux noirs ne la quittaient pas. Un épais silence enveloppa la pièce, brisé seulement par les éclaboussures d'eau dans la cuvette et le gémissement du vent qui transperçait les murs.

— Dehors par une tempête pareille ! s'exclama Clementine quand le silence lui pesa. C'est miracle que vous soyez encore en vie.

La femme de Joe Ours Vaniteux tourna la tête ; la lumière se refléta sur ses larges pommettes couvertes de graisse.

— Nous dormions avec les chiens ; mais ils sont morts maintenant.

Avec les chiens ? Où ? Et où s'étaient-ils terrés toutes ces années ? Dans les contreforts des montagnes, certainement, et ils avaient survécu en volant le bétail de Rocking R. Seigneur, Gus serait furieux s'il l'apprenait ! Sans savoir pourquoi — l'hystérie, probablement —, Clementine eut envie de rire.

Par la suite, elle repensa à cette nuit comme à la plus étrange de sa vie. Elle, avec sa famille d'un côté de la cuisine, Joe Ours Vaniteux et la sienne de l'autre, le crépitement du feu et le hurlement du vent. Seuls les enfants dormirent.

À l'approche de l'aube, le vent tomba. Clementine alla à la fenêtre et tira la couverture qui servait de rideau. Le ciel était dégagé et la lune dessinait une lueur bleuâtre sur la terre gelée. Les peupliers craquaient et des coyotes aboyaient — un bruit superbe et solitaire. Mais Clementine ne voyait pas Nez de Fer. Était-il toujours là, quelque part ? Ou avait-il échappé à la pendaison pour mourir de froid dans le blizzard, uniquement parce que sa fierté l'empêchait d'accepter la charité d'un ennemi ?

Elle se rappela sa première année dans le Montana, sa peur lorsqu'on lui racontait l'histoire de cet Indien renégat. La simple pensée des sauvages peinturlurés et de leurs épouvantables atrocités l'effrayait alors. Depuis, d'autres horreurs avaient pris leur place.

Entendant un bruissement dans son dos, Clementine se retourna. Joe Ours Vaniteux la fixait de ses yeux aussi brillants et amers que des amélanches. Ses pommettes saillantes, son menton volontaire et son nez en bec d'aigle qui luisait sous les flammes du poêle le rendaient encore plus menaçant. Clementine ne le craignait plus, mais elle savait qu'ailleurs, en d'autres circonstances, il l'aurait tuée sans scrupules tant sa haine était grande. Comme s'il avait lu dans ses pensées, il lui déclara d'une voix douce, afin de ne pas réveiller les enfants :

— Je me demandais pourquoi tes cheveux jaunes ne décoraient pas le bâton de guerre d'un brave.

— Eh bien, moi, monsieur Joe Ours Vaniteux, rétorqua-t-elle en levant le menton, je me demandais pourquoi on ne vous avait pas encore pendu comme voleur de bétail.

Un sourire blanchit le visage sombre de l'Indien, et il dit quelque chose qui surprit Clementine et la flatta :

— Les années t'ont changée, femme blanche. Autrefois, tu

avais le cœur d'une squaw de paille qu'on plante dans les champs de maïs pour effrayer les ours. À présent, c'est toi l'ours.

Le soleil se leva dans le ciel brumeux de givre. L'air glacé frissonnait tant qu'on avait l'impression de voir à travers un carreau huileux.

— Nous partons, maintenant, décida Joe Ours Vaniteux.

Et ils disparurent dans l'écran neigeux d'où ils étaient sortis. Clementine ne vit pas Nez de Fer les rejoindre. Avait-il jamais existé ? Ou l'avait-elle rêvé ?

Lorsqu'elle rentra, elle trouva sur la table de la cuisine des gants, décorés de perles de verre coloré et de piquants de porc-épic teintés, à la manière des Pieds-Noirs. Ils étaient superbes, différents l'un de l'autre quoique formant à n'en pas douter une paire.

— Bon débarras ! s'exclama Saphronie en caressant les broderies d'un gant. J'ai beau être bien élevée, c'est la première fois que je suis aussi soulagée de voir des invités s'en aller.

Clementine se pinça les lèvres pour ne pas éclater de rire. Saphronie pouffa, ce qui redoubla l'envie de Clementine, et bientôt les deux femmes riaient tant qu'elles réveillèrent les enfants.

— Vous êtes bêtes, toutes les deux, dit Sarah.

— L'ours ! cria Daniel. L'ours !

Les deux femmes s'esclaffèrent de plus belle, et la cuisine résonna de leurs rires.

Elles n'entendirent presque pas le froissement des skis du traîneau sur la neige. Elles ne l'auraient sans doute pas entendu du tout si Clementine n'avait laissé la porte entrebâillée pour aérer la cuisine en dépit du froid.

Clementine aperçut d'abord les chevaux, la robe blanche de neige et des glaçons de trente centimètres accrochés aux mors ; puis derrière eux le traîneau, croulant sous une montagne de neige et de glace. À côté, une silhouette avançait en trébuchant. On aurait dit un ours sculpté dans la glace.

— Gus ! s'écria Clementine, et elle se rua dehors.

L'éclat du soleil sur la neige lui poignarda les yeux. Engoncée dans ses lourds vêtements, elle s'emmêla les pieds et faillit s'embourber dans les congères.

— Oh, mon Dieu ! Qu'est-ce qui t'a pris de voyager en plein blizzard ? Tu aurais pu te perdre ou te geler... Ou... Gus... tu aurais pu mourir ! Tu aurais pu mourir !

Il plissa ses yeux brûlants de fièvre.

— Je ne t'aurais pas fait ça, Clem, répondit-il. Je ne t'aurais pas fait ça.

Il s'efforça de sourire, et les glaçons collés à sa moustache tremblotèrent.

— Mourir, bredouilla-t-il, et il tomba à genoux aux pieds de Clementine, puis plongea, tête en avant, dans la neige.

Gus fut brutalement ramené à la conscience par la morsure d'un cataplasme brûlant de farine de lin et de moutarde.

Il ouvrit les yeux. Deux visages de femmes étaient penchés sur lui. L'un appartenait à son épouse ; elle fronçait les sourcils. L'autre était celui de sa fille, l'air inquiet, le front soucieux. Sa voix semblait surgir du fond d'un puits.

— Ton nez est tout drôle, papa.

— Sarah, intervint Clementine, va jouer à l'ours des cavernes avec ton frère. Essaie donc de l'obliger à hiberner. Ça le fera tenir tranquille et ça me permettra de m'occuper de ton père.

Le visage de sa fille disparut, remplacé par la main de son épouse qui tenait une plume dégoulinante. Gus loucha pour essayer de voir ce qu'elle lui faisait. Il ouvrit la bouche, fut surpris qu'aucun son n'en sortît d'abord et plus encore quand il perçut sa voix rauque, presque inaudible.

— Qu'est-ce qu'il a, mon nez ?

— Il est gelé, triple idiot, dur comme une poignée de porte !

Gus sourit. Clementine ne lui parlait aussi sèchement que lorsqu'elle s'inquiétait pour lui.

— Un bon coup de poing suffirait à te l'arracher, reprit-elle. Remarque, Œil de Serpent pourra toujours t'en fabriquer un nouveau en fer.

Gus voulut répliquer, mais une toux caverneuse le secoua.

— J'ai l'impression que tu aimerais bien me boxer... Tu dois être sacrément contente que je sois rentré.

— Oh ! Gus...

Une nouvelle quinte de toux, d'une rare violence, le plia en deux. Il tenta de respirer profondément, mais ses poumons clapotèrent comme de l'eau dans un lavabo et la toux redémarra.

Il s'aperçut qu'il était allongé sur le canapé du salon, dans la cuisine, et non dans son lit du premier ainsi qu'il l'avait cru. Il se demanda ce que le canapé du salon faisait dans la cuisine.

D'ailleurs, la cuisine elle-même était étrange : de la toile à matelas était tendue sur les murs et des couvertures obstruaient les fenêtres. Une autre quinte de toux lui arracha les poumons et, quand il put enfin respirer, il suffoquait.

Penchée sur lui, Clementine lui recoiffait ses cheveux en sueur et passait un linge trempé dans du vinaigre sur son front brûlant. À son grand étonnement, des larmes brillaient dans les yeux de son épouse.

— Dieu te maudisse, Gus McQueen ; tu aurais pu y laisser ta peau.

Il leva une main qui lui parut d'une lourdeur de plomb et caressa la joue de Clementine, capturant au passage une larme qu'elle n'avait pu retenir malgré ses efforts.

— Peut-être, mais je suis là... Et depuis quand jures-tu ?

— Depuis que tu as tellement de fièvre que je pourrais faire cuire un œuf sur ton front. J'ai envoyé Saphronie chercher le médecin.

— Oh ! Clem, pourquoi ? C'est une simple grippe. Avec un temps pareil, elle risque de revenir encore plus malade que moi.

Clementine disparut un instant, et revint avec une tasse de liquide fumant.

— Tiens, bois ça. C'est du sirop d'oignon.

— Les chevaux... ! s'écria-t-il en tentant de se redresser.

— Saphronie s'est occupée d'eux avant de partir. S'il te plaît, Gus, bois ça tout de suite ou c'est moi qui te le verse dans le gosier.

Il grimaça, mais obéit. Ensuite, la toux reprit — rauque, voilée, déchirante. Il s'efforça de lutter contre et de s'asseoir, mais retomba épuisé.

Ses yeux le brûlaient. Son visage lui paraissait bizarre, presque aplati. Ses articulations étaient lâches et molles, comme si ses os étaient reliés avec de la paille. Quand il luttait contre le blizzard, il croyait que plus rien ne pourrait le réchauffer, même pas les flammes de l'enfer. À présent, il avait tellement chaud qu'il aurait voulu se ruer dehors et plonger nu dans le tonneau de neige.

Le blizzard... C'était le bon Dieu en personne qui l'avait tiré de là. Parce que lui, il avait perdu la trace de cette maudite rivière. Il ne voyait pas plus loin que ses pieds ; il avait pataugé, pataugé dans la nuit noire, fouetté par la neige glaciale... Et lorsque le vent était tombé, que la neige avait cessé, que le soleil s'était levé, il s'était retrouvé près de la rivière, à moins de deux kilomètres de chez lui. Or, seul le bon Dieu avait pu le maintenir dans la bonne direction. Un miracle ! C'était à se tordre de rire. Un miracle avait frappé un fils du révérend Jack McQueen le Borgne.

Mais le miracle risquait de devenir aussi truqué que ceux de son père s'il ne réussissait pas à le déchiffrer. Gus enlaça sa jeune femme et tenta de s'appuyer sur elle pour se lever.

Elle vacilla sous son poids, et sa hanche heurta la table. Il y eut des éclaboussures, une chaise se renversa et traversa la pièce.

— Gus ! Qu'est-ce que tu veux faire ? Reste donc couché. Regarde, tu as failli renverser l'eau vinaigrée.

— Aide-moi, Clem... Il faut que j'aille nourrir le bétail. Que je sois damné si j'ai survécu au blizzard... uniquement pour voir mourir mes bêtes, parce que je n'aurai pas réussi à leur apporter le fourrage.

Clementine le força à se recoucher. Elle le calma de la même voix douce qu'elle utilisait avec Daniel quand il souffrait de ses spasmes pulmonaires.

— C'est bon, Gus. Ne t'inquiète pas. Je vais leur apporter le fourrage. Repose-toi.

Il voulut rire, mais ne réussit qu'à tousser.

— Ah ! tu peux faire la maligne, hoqueta-t-il. Tu es grosse de cinq mois et...

— Ça ne m'a pas empêchée de te traîner jusqu'ici quand tu t'es évanoui dans la cour et que tu allais te noyer dans la neige.

Elle l'étreignit et le secoua avec une force qui le surprit.

— Ça ne m'a pas empêchée de faire je ne sais combien d'allées et venues entre la cuisine et l'abri à bois, pour qu'on ne gèle pas à cause de l'hiver le plus détestable que le Montana ait engendré. Ça ne m'empêchera pas de... (Elle s'arrêta, et son visage reprit ses couleurs.) Ça ne m'empêchera pas d'apporter quelques fourchées de foin à de malheureuses vaches affamées.

Quelques fourchées ne suffiraient pas, mais il ne dit rien. Il ne réussirait pas à se lever ; il le comprit après un ultime essai : une nouvelle quinte de toux eut raison de son obstination. Il laissa retomber sa tête sur l'oreiller et ferma les yeux. Sa poitrine le brûlait. Il entendit Clementine dire à Sarah de s'occuper de Daniel, de lui chanter une berceuse s'il se réveillait agité, et surtout de ne pas s'approcher trop du poêle. Il tenta de lutter contre sa toux pour ne pas affoler Clementine, parce que sinon elle n'oserait pas le laisser seul.

Lorsqu'il rouvrit les yeux, Clementine était penchée sur lui.

— Gus, tu es en état de surveiller les enfants ? Je ne peux pas les laisser si...

— Bien sûr que je suis en état ! Je me repose, comme tu me l'as recommandé, c'est tout... Clementine... (Il chercha sa main et l'étreignit très fort.) La nuit dernière... dans le blizzard... j'ai beaucoup réfléchi. Il y a pas grand-chose d'autre à faire, quand on patauge dans la neige et qu'on essaie d'oublier à quel point on a froid... J'ai beaucoup réfléchi, à toi, à nous... (Il déglutit péniblement, refréna une forte envie de tousser, les poumons en feu.) Je t'ai fait du tort en t'arrachant si jeune à ta famille. Je t'ai amenée dans ce pays ingrat et rude quand ton éducation méritait bien mieux... Il y a tant de choses que j'aurais voulu te donner ! Oui, je t'ai fait du tort, Clem ; mais à la minute où je t'ai vue, je t'ai désirée. Je n'imaginais pas la vie sans toi.

Elle baisa la main accrochée à la sienne.

— Non, tu ne m'as pas fait de tort, Gus. Tu as bien fait. D'ailleurs, pourquoi crois-tu que j'aurais voulu vivre sans toi, Gus McQueen ? Si c'était à recommencer, je recommencerais, sans rien changer. (Un sourire radieux adoucit son visage ; elle effleura les lèvres de Gus de sa main libre, caressa d'un doigt léger la courbe de sa moustache et la tapota gentiment.) Tu es le cow-boy de mes rêves.

— Vraiment ? Qu'est-ce que ça peut vouloir dire ?

Elle se pencha davantage et l'embrassa sur la bouche.

— Ça veut dire que je t'aime.

Leurs mains se séparèrent. Clementine se releva et se recula. Un petit bout de femme, délicate comme de la porcelaine, élégante et gracieuse même affublée d'un long manteau de bison broussailleux. Ah ! c'était une vraie dame, en toutes circonstances !

Elle ouvrit la porte, et l'hiver s'engouffra dans la pièce. Gus respira à pleins poumons l'air froid qui revigorait son visage brûlant. Clementine s'arrêta un instant pour le regarder. Puis la porte se referma. Elle était partie.

Ses pensées dérivèrent ; un sourire affleura sur ses lèvres. Il pensait à la culotte rouge, dans le ballot attaché sur sa selle... à la culotte rouge qu'il lui avait achetée. Il irait la chercher à son retour et lui demanderait de la porter ce soir. Juste la culotte, rien d'autre. Elle avait de jolies jambes, longues, déliées, semblables à celles d'une pouliche.

Il l'imagina, dans l'encadrement de la porte, éclairée par la lumière blanche de l'hiver ; elle souriait. Elle ne souriait pas si souvent ; mais quand elle souriait, tout son visage s'illuminait. Ah ! elle était tellement jolie ! Exactement comme la première fois qu'il l'avait vue.

Debout sur le traîneau, Clementine jeta un regard derrière elle. La cheminée crachait des nuages de fumée. Les glaçons qui pendaient des avant-toits scintillaient au soleil — un soleil couleur citron, qui brillait sans chaleur dans un ciel bleu vif.

Des cristaux de glace voletaient dans l'air, éclats d'argent et de lumière. Clementine perçut un léger tintement, comme des verres qu'on entrechoque pour un toast. D'où cela provenait-il ? Peut-être de la terre qui était si froide.

La tempête étant venue du nord, Clementine se dirigea vers les ravines et les couloirs du sud, où les bêtes avaient dû se réfugier. La neige crissait sous les patins du traîneau. Les sabots des chevaux projetaient des gerbes de neige. Pris dans les glaces, le Rain Dance tout entier miroitait autant qu'un lustre en cristal. Tels des tipis blancs, les montagnes dressaient leurs silhouettes escarpées, pures, froides et grandioses.

Oui, songea-t-elle, c'est grandiose. Dur, cruel, effrayant, et si beau cependant.

Elle trouva un troupeau de vaches entassées contre la clôture. Quelques-unes avaient survécu, serrées les unes contre les autres, tremblantes et apeurées. Leurs robes scintillaient de givre, une buée grise s'échappait de leurs naseaux, et les glaçons qui pendaient de leurs flancs tintinnabulèrent quand elles secouèrent leurs jambes gelées et s'avancèrent vers Clementine, attirées par l'odeur du foin.

Une meute de loups dévoraient les carcasses empilées. Rendus audacieux par la faim, ils ne s'étaient même pas enfuis à l'approche de Clementine. Elle en tua un net avec sa winchester, et les autres s'éparpillèrent dans les sapins environnants. Clementine examina le loup mort avec un sentiment de fierté. Cette même fierté qui l'avait poussée à apprendre à tirer et à se perfectionner.

Elle déchargea une balle de foin, trancha le lien de paille et commença à étaler le fourrage avec une fourche. Cela sentait l'été. L'été dernier, quand l'argent manquait pour engager des saisonniers, Clementine avait aidé Gus à récolter le foin. Elle repensa au geste ample du faucheur, au bruissement de la faux dans les hautes herbes. C'était comme faire de la poésie avec son corps. Maladroite au début, elle avait vite acquis le coup de main. Dorénavant, il y avait tant de choses qu'elle faisait bien ! Des trucs du Montana.

Je suis une ourse, songea-t-elle, et elle s'esclaffa. La tête rejetée en arrière, elle cria à pleins poumons :

— Je suis une ourse !

Elle respira à fond, emplit ses poumons d'air glacé, le visage pointé vers le ciel. Le ciel du Montana, immense, pur, sans un nuage, un air immobile et un soleil froid.

Puis elle perçut un changement dans le fond de l'air. Une rafale de vent tiède arriva des montagnes. Un vent qui sentait la terre et la mer — distante pourtant de centaines de kilomètres. Clementine offrit son visage au vent sec et chaud qui venait du sud-ouest. Le chinook.

Il éparpilla le foin sur le champ enneigé. En se reflétant sur la couche de glace, le soleil dessina mille prismes de couleurs chatoyantes. Le souffle chaud de la mère obscure, ainsi que l'appelaient les Indiens. On aurait dit que la terre pleurait. Mais, si elle pleurait, c'était de joie.

Quand on absorbe tant de beauté par les yeux, par le nez, par les pores de la peau, on fait corps avec les montagnes et les plaines, avec le ciel et l'herbe... lui avait dit un jour l'homme qu'elle aimait. Elle n'avait pas compris à l'époque, maintenant elle comprenait. Tout était là depuis le début, dans la terre, le dur labeur, la vie naturelle, les naissances, l'éducation des enfants, et dans l'amour de deux hommes braves.

Elle aurait voulu parcourir la prairie pour nourrir tout le bétail du monde. Mais c'était encore l'hiver ; la nuit tomberait vite, et Gus allait avoir besoin d'une autre dose de sirop d'oignon. Elle finit de nourrir les vaches et rentra.

Riant aux éclats, elle cria dans la maison :

— Gus ! Gus, tu le sens ? Le vent chaud ! C'est l'été, Gus ! Le chinook souffle, l'avaleur des neiges... Oh, Seigneur !

Gus gisait par terre. Sa poitrine se soulevait, et un souffle rauque s'échappait de sa gorge. Sarah était assise à côté de lui avec Daniel. Daniel suçait son pouce en silence. Sarah, qui chantait, s'était arrêtée à l'arrivée de Clementine.

— Papa fait l'imbécile, déclara-t-elle. Je n'arrive pas à le faire taire.

— Gus ! Oh ! mon Dieu, Gus...

Clementine tomba à genoux à côté de son époux. Elle lui souleva la tête de ses mains tremblantes et la cala sur ses genoux. Elle rejeta en arrière les cheveux qui mangeaient son visage, appliqua sa bouche sur la sienne comme pour lui transmettre le souffle dont il manquait. Elle frotta de ses lèvres celles de Gus, boursouflées et craquelées. Les lèvres de Gus qui savaient sourire, blesser, aimer.

— Non, Gus, non ! Ne m'abandonne pas. (Elle le serra dans ses bras et le berça.) Non, je t'en supplie, je t'en supplie... !

Elle avait laissé la porte ouverte pour que le chinook réchauffe la pièce. Le vent chaud léchait la neige. Clementine croyait presque voir la terre gelée reprendre vie. Elle étreignit Gus de toutes ses forces, pour qu'il ne la quitte pas. Or, c'était étrange, il semblait être dans ses bras, mais l'instant d'après il n'y était plus.

QUATRIÈME PARTIE

1891

XXX

Clementine filtrait un seau de lait frais quand un cavalier traversa la prairie sur un cheval louvet. Il chevauchait sans se presser, droit sur sa selle.

Elle laissa le lait écumant se reposer et versa une boîte de crème dans la baratte. Elle alimenta le poêle et se servit une tasse de café avant d'emporter la baratte et une chaise dehors, dans la galerie.

Le cavalier obliqua vers le ranch et coupa à travers le pré. Il montait avec aisance et grâce, comme s'il était né à cheval. Clementine se prit à espérer que l'étranger fût un saisonnier en quête de travail, un cow-boy dans la dèche. Elle avait bien besoin de bras pour le rassemblement du printemps.

Le matin, elle avait trait les vaches dans l'enclos boueux ; et, dans l'après-midi, dressé un poulain à la longe. Résultat, elle avait l'air d'une souillon, avec ses bottes crottées, sa jupe fendue de cavalière et son chignon échevelé. Autrefois, elle se serait précipitée dans sa chambre pour se refaire une beauté ; mais tout cela semblait désormais moins important que le beurre à terminer.

Elle cala la baratte entre ses jambes et commença à tourner la manivelle.

Plissant les yeux, elle regarda le cavalier approcher. Avec son manteau de daim et son Stetson foncé, c'était forcément un cow-boy. Il se découpait sur un ciel gris qui annonçait la pluie. Un vol de canards, étincelants dans leur plumage de cour, perça les nuages au-dessus du cavalier et disparut vers le nord.

Clementine ressentit un malaise indéfinissable. Elle s'arrêta un instant de battre le beurre pour surveiller l'inconnu. S'il lui plaisait et qu'il était prêt à travailler pour trente dollars par mois, plus les haricots et le bacon ; s'il savait manier le lasso et dresser un étalon, elle l'engagerait.

Avec l'aide de Pogey et de Nash, Clementine et Saphronie avaient réussi à tenir les quatre dernières saisons parce qu'elles n'avaient pas trop de vaches à rassembler. Le premier printemps après la mort de Gus, après l'« hiver de la grande faucheuse », le bétail du Rain Dance avait en grande partie fini en viande pour les busards et les loups. Les carcasses nauséabondes s'étaient entassées dans les ravines. Les rares vaches qui avaient survécu étaient tellement maigres et malades qu'elles ne valaient rien pour la boucherie. Mais, quand un éleveur ne pouvait vendre son bétail aux abattoirs, il se rattrapait sur les peaux. On appelait cela une « saison de tannerie ». Or, depuis la mort de Gus, Clementine n'avait connu que des « saisons de tannerie ».

Toutefois, ce printemps serait différent, surtout si elle pouvait engager un saisonnier. Le cavalier au louvet, par exemple, qui longeait à présent la barrière et déboucherait bientôt dans la cour. Si toutefois il acceptait de travailler pour une femme ; cela rebutait souvent les hommes. Ou si la mine de cuivre des Four Jacks, avec sa paie de quatre dollars par jour, ne l'attirait pas davantage.

Clementine lâcha la manivelle et coula un œil à travers le carreau de la baratte. Le beurre avait pris. Cependant, elle n'ouvrit pas le couvercle, elle n'arrosa pas le beurre d'eau froide, elle ne recommença pas à battre ainsi qu'elle aurait dû. Elle s'essuya les mains sur sa jupe et sortit dans la cour à la rencontre de l'étranger.

Il disparut un instant dans l'ombre des peupliers, puis émergea dans la lumière blafarde qui perçait les nuages. Il avait dû l'apercevoir, car soudain il tira sur les rênes, comme sous le coup de la surprise. Le louvet se cabra, et Clementine vacilla. Il y avait quelque chose dans sa façon de tenir le cheval, dans son port de tête, dans ses épaules, dans... Elle porta une main à son cœur, croyant qu'il s'était arrêté de battre.

Le louvet perdait sa robe d'hiver, et le cavalier semblait lui aussi sorti d'un long froid hivernal. Ses cheveux foncés recouvraient largement le col de son manteau de daim ; ses bottes étaient usées et éraflées. Le feutre rabattu sur ses yeux était déchiré et effrangé. Quand il sauta de cheval et qu'il enroula les rênes autour de son bras, elle s'aperçut qu'il portait un colt, bas sur les hanches ; et une winchester était accrochée dans l'étui qui pendait de sa selle. Il s'approcha de Clementine avec sa démarche chaloupée de cow-boy.

Elle retint son souffle, prise de vertige. Elle refusait d'y croire. La déception eût été trop grande si elle s'était trompée.

Il s'arrêta à deux bons mètres d'elle, releva légèrement son chapeau d'un coup de pouce, et elle vit ses deux yeux jaunes implacables.

— Clementine, dit-il d'une voix qui se brisa.

Elle ne put articuler aucun son. Elle le regarda simplement, avec un mélange de joie et de souffrance.

Le vent se leva ; il agita le foulard que le cow-boy avait noué autour de son cou, et fit voleter ses mèches hirsutes. Zach détourna les yeux et contempla la prairie.

— Alors, où est mon grand frère ? Il court après ses vaches ?

— C'est arrivé il y a quatre ans, pendant l'« hiver de la grande faucheuse ». Il a attrapé une grippe, c'est tombé dans ses poumons et... il en est mort.

Clementine avait enterré son mari près de la tombe de son fils, sous les peupliers. Comme les loups étaient féroces cette année-là, il avait fallu recouvrir la tombe de pierres. Elles y étaient encore, parsemées de mousse et de lichen.

Le frère de Gus baissa la tête, son chapeau entre les deux doigts de la main qu'il avait accrochée au ceinturon de son colt. Elle étudia son visage — les traits volontaires, les os affleurant sous la peau tendue. Ce visage était gravé dans sa mémoire, et pourtant c'était celui d'un étranger. Zach avait toujours été très fort pour dissimuler ses émotions, et la vie qu'il avait menée pendant ses sept années d'absence avait encore renforcé sa maîtrise.

Il releva brusquement la tête.

— Vous vivez ici toute seule ?

Clementine sentit sa gorge se serrer. Elle avait tant attendu ce moment ! Et il était là, si près qu'elle aurait pu se pendre à son cou et l'embrasser à pleine bouche. Mais elle ne pouvait pas, c'était un étranger.

— Saphronie habite avec nous depuis pas mal de temps déjà, réussit-elle enfin à répondre. Et il y a les enfants, bien sûr.

Il souleva un coin de ses lèvres dans un semblant de sourire, mais ses yeux jaunes brûlaient d'un feu incandescent. Il lui paraissait familier et lointain en même temps, et cette impression bizarre lui arracha un frisson.

— Les enfants ? répéta-t-il. Vous en avez donc eu d'autres, après Sarah ?

— Deux autres. Deux garçons. (Elle fit un mouvement brusque, comme pour se libérer d'une corde invisible qui les unissait.) Vous voulez sans doute rester seul avec lui pour lui dire adieu. Quand vous aurez fini... il y a du café sur le poêle.

Il baissa les yeux sur la tombe et garda le silence. Il avait remis son chapeau, et elle ne voyait plus son regard.

— Je lui ai déjà fait mes adieux, répondit-il d'une voix dure. Le jour où je suis parti, il y a sept ans.

Il retourna avec elle dans la cour et s'arrêta pour examiner la grande maison.

— Gus l'a construite pour moi, un peu avant sa mort, dit-elle.

— Il a toujours eu peur que la belle demeure et les belles choses que vous aviez laissées à Boston vous manquent.

— Eh bien, il avait tort.

— Je sais.

Son regard tomba sur le fourgon à bestiaux Studebaker garé au milieu de la cour. Sur toute la largeur de la capote en toile s'étalait une inscription en grosses lettres noires : « TEMPLE DE LA PHOTOGRAPHIE ». Et en dessous, en petits caractères : *« Vues de toutes sortes, photos de groupe ou portraits, réunions de famille, à la lumière magnésique, au stéréoscope, ou photos classiques. »*

Il hocha la tête en regardant tour à tour le fourgon et Clementine.

— Ah ! Boston... Boston...

Ses lèvres au pli amer s'adoucirent, et une fossette creusa sa joue. Il la fixa d'un œil enflammé ; puis, d'un geste lent, il lui effleura la joue de sa main.

— Vous m'avez toujours paru prodigieuse, déclara-t-il d'une voix rauque. Vous n'avez pas changé.

Il s'adossa au chambranle de la porte, les jambes croisées, les mains dans les poches, le visage à demi caché par son maudit chapeau. Son regard balaya la pièce, s'attarda sur le buffet en érable à contour brisé, avec le service en porcelaine blanc et bleu, le four à pâtisserie et le nouveau fourneau chromé. Elle se demanda comment il réagirait en apprenant qu'elle avait acheté tout cela après la mort de Gus, grâce à l'argent de ses photographies.

Il ne risquait pas de ne pas les voir : elles tapissaient littéralement la pièce.

Tous les étés, tel un colporteur, Clementine écumait les routes avec son fourgon, qu'elle avait converti en galerie de photos. Elle emmenait Saphronie et les enfants, et ils sillonnaient ensemble l'ouest du Montana, vendant les photographies à cinquante *cents* le cliché. S'il voulait savoir, elle avait des anecdotes croustillantes à lui raconter — sur la cire avec laquelle elle collait les oreilles en chou-fleur, par exemple. Ou sur le coton dont elle rembourrait les joues creuses des épouses de fermier — des femmes amaigries par le travail, le climat et la faim, et qui ne voulaient pas que leurs parents restés au pays les voient dans cet état pitoyable. Et cette nonagénaire au visage de pomme ridée, qui avait insisté pour qu'elle efface chaque pli grâce à un procédé chimique magique, avant d'acheter le cliché final...

S'il le demandait, elle lui expliquerait qu'elle faisait ces portraits pour vivre, et que si les clients exigeaient d'être beaux, elle les rendait beaux, quand bien même c'était un mensonge. Mais parfois, elle réussissait à capturer l'âme véritable d'un sujet, et elle en était fière.

C'était grâce à ces portraits qu'elle maintenait le ranch en vie. Mais les autres, ceux qui tapissaient ses murs, elle ne les réalisait que pour elle.

S'il le demandait, elle lui en parlerait. Elle lui expliquerait comment elle avait découvert, à travers la lumière et les ombres, les rythmes, les dessins et la vérité de la vie. La douce lumière grise d'un jour brumeux ; la lumière crue, éblouissante du soleil du midi ; la lumière froide et sans joie d'un après-midi d'hiver. Dans chaque détail — les cristaux de glace accrochés autour des yeux d'une vache, la peau tannée comme du cuir sur le visage d'une vieille squaw —, elle avait découvert la vérité. S'il le demandait, elle lui expliquerait qu'elle avait appris où chercher la vérité, parce qu'elle avait enfin découvert la vérité en elle.

S'il le demandait, elle lui dirait... mais il ne demanda rien.

Il n'entra même pas dans la pièce. C'était comme s'il éprouvait l'urgente nécessité de sentir une porte ouverte derrière lui, afin de s'enfuir, si nécessaire, avant qu'elle ne puisse l'en empêcher.

Un silence pesant s'installa entre eux. Le café crachota son arôme âcre dans la pièce. Clementine se tenait dos au poêle. Pendant longtemps, trop longtemps, il avait hanté ses pensées, et maintenant qu'il était là dans sa cuisine, les années en avaient fait un étranger.

— Clementine, dit-il enfin, et elle sentit l'ombre de Gus se glisser entre eux avant qu'il ait terminé sa phrase. Je suis désolé pour lui. Je suis désolé que vous l'ayez perdu.

— Vous l'avez perdu aussi.

— Ouais, répondit-il, les lèvres pincées. Mais comme je vous l'ai déjà dit, c'était il y a longtemps.

Il s'efforçait de paraître dur, comme un homme viril y était tenu ; mais avec son regard aigu de photographe elle voyait au-delà de ce visage sévère, mettait son cœur à nu.

Après tout, il avait aimé Gus si fort qu'il s'était enfui et était resté loin d'elle pendant sept ans.

Elle déplaça la cafetière et la posa sur le garde-feu chromé du fourneau. Puis elle passa dans le salon et revint avec une autre photographie, dans un cadre en argent ouvragé. Avec presque un mouvement de recul, il saisit à contrecœur la photo qu'elle lui tendit.

— Je l'ai prise l'été avant sa mort, expliqua-t-elle.

L'été avait été désastreux pour Gus, pour eux deux, mais cela ne transparaissait pas sur la photo. Un sourire réjoui éclairait son visage, tordait sa moustache et plissait ses yeux. Une mèche de cheveux décolorés par le soleil tombait sur son front et lui donnait un air enfantin. Figé dans une posture heureuse, il resplendissait de soleil, de même qu'il brillait dans la mémoire de Clementine.

— C'est ressemblant, affirma-t-il ; mais il posa la photo sur le rebord de la fenêtre, face contre la pierre.

— C'est pour Gus que vous êtes revenu, dit Clementine en espérant qu'il démentirait.

— J'ai pensé que je pourrais peut-être tirer quelque chose de ma part du ranch.

— Ah ! déclara-t-elle, la gorge nouée. Il faut que je vous dise : on arrive à s'en sortir... mais c'est tout juste, on n'a rien de côté.

— Je vois bien comment vous vous débrouillez, Clementine.

Il regarda par la fenêtre. Il contempla les poteaux en bois de l'enclos, qui avait commencé à pourrir l'hiver précédent ; le chariot à l'ombre de la grange, avec ses roues rouillées. Il avait dû voir aussi le maigre bétail du Rocking R en arrivant.

— Je me doute qu'après tout ce temps vous devez avoir envie de vous installer sur un lopin de terre à vous.

Leurs regards s'accrochèrent brièvement, mais il détourna vite les yeux.

— J'ai pas mal bourlingué. On finit par se lasser.

Le silence les enveloppa. Un silence lourd du poids des années qui les avaient séparés. Elle aurait pu lui dire que le Rocking R avait toujours été son foyer et que son départ n'avait rien changé. Mais la vie changeait les choses et les êtres. Le temps qui passait les laminait comme l'hiver les prairies. Les vagues de froid étaient meurtrières ; le blizzard ravageait la terre, ruinait les récoltes. Et, lorsque le printemps revenait, plus rien n'était tout à fait comme avant.

— Maman ! Maman !

Les cris de l'enfant brisèrent la tension qui s'était établie.

— Maman, regarde !

Son plus jeune fils surgit dans la cuisine, portant une truite au bout d'une ficelle qui laissa une traînée de boue sur le sol en linoléum.

— Saphro et moi, on en a attrapé un paquet !

La stupeur se dessina sur le visage de Rafferty quand il vit le garçon, ses cheveux foncés, ses yeux fauve, l'unique fossette qui creusait sa joue lorsqu'il souriait.

Quand il était sorti de ses entrailles, son dernier-né ressemblait tellement à l'homme qu'elle avait devant les yeux qu'elle n'avait pas supporté de le regarder. Depuis, elle le chérissait avec tant d'ardeur qu'elle devait se faire violence pour ne pas le favoriser par rapport à ses deux autres enfants.

Elle posa une main sur le crâne du garçon et tenta de le faire tenir tranquille.

— Zach, voici le frère de ton père, ton oncle... Rafferty.

— Son frère ? Tu le jures devant Dieu ?

Le garçon examina l'inconnu, et son visage s'illumina.

— Tu as connu mon papa quand il était petit ?

Rafferty s'accroupit pour regarder l'enfant dans les yeux.

— Salut, bout de chou. Ouais, j'ai connu ton papa petit. (Il coula vers Clementine un regard qu'elle ne put déchiffrer, puis reporta son attention sur l'enfant.) On dirait que ça a drôlement mordu, hein ?

— Non, c'est moi qui suis un grand pêcheur.

Rafferty s'esclaffa. Il se releva, mais se détourna pour que Clementine ne voie pas son visage.

— Gus est mort avant sa naissance, expliqua-t-elle, mais il avait décidé de lui donner votre nom. Une chance que ce n'était pas une fille !

Elle réussissait enfin à parler d'une voix normale, et elle put même esquisser un sourire. Elle était devenue une dure. Une dure du Montana.

— Bon, j'ai l'impression qu'on aura de la truite fraîche pour dîner... enfin, si vous comptez rester.

Il lui rendit son sourire, mais s'obstina à ne pas la regarder.

— Ah ! Boston, faut que j'y réfléchisse, répondit-il de la voix qu'il employait toujours pour la taquiner. Vous avez fait des progrès en cuisine ?

Les joues de Clementine s'empourprèrent. Cette façon de plaisanter... Elle ne s'y habituerait jamais. Cependant, une bouffée d'espoir lui réchauffa le cœur. C'était bien le Zach Rafferty qu'elle avait connu et aimé.

Mais son sourire s'effaça, son regard se vida, et il redevint un étranger.

— Vous avez un lit à m'offrir pour la nuit ? s'enquit-il.

Elle s'essuya les mains sur sa jupe, et se sentit plus nerveuse et empruntée qu'à dix-sept ans avec Gus.

— On a engagé un journalier après votre départ. Gus lui a aménagé une chambre dans la grange. Vous pouvez y dormir.

— Je vais lui montrer où c'est, maman !

Le garçon jeta son poisson au pied du mur, qu'il macula ainsi d'une boue visqueuse, et se précipita vers la porte.

Mais Clementine dirigea son fils vers la pompe de la cour.

— Tu vas d'abord me nettoyer ce poisson. Et débarbouille-toi pendant que tu y es.

Le gamin fit la moue.

— Oh, bon dieu !

— Et ne jure pas, Zach McQueen ! explosa Clementine. Sinon, je te frictionne la bouche avec du savon.

Rafferty émit une sorte de bruit qui aurait pu passer pour un rire étouffé ou un soupir de compassion ; mais quand Clementine se retourna il lui offrit un visage inexpressif. Même ses yeux ne reflétaient rien.

— C'est un beau garçon, constata-t-il.

— Il vous ressemble.

Rafferty ne réagit pas ; et, tandis qu'ils traversaient la cour, Clementine ajouta, surtout pour meubler le silence :

— Les deux autres vont bientôt rentrer de l'école. Daniel a cinq ans. Et il y a Sarah, bien sûr. Attendez de la voir. Gus disait toujours que l'homme qui n'aurait pas peur d'elle n'était pas encore né. Elle sera grande, comme son père... et comme vous. Vous pensez, c'était encore un bébé quand... vous êtes parti.

Elle se souvint soudain du premier été de son mariage. Cet été-là, Rafferty avait déjà dormi dans la grange, afin que les nouveaux mariés soient seuls dans la vieille cabane du chasseur de bisons. À l'époque, il faisait tout pour l'éviter, et elle ne s'en plaignait pas. Il l'effrayait, elle était persuadée qu'il la détestait. Elle était trop jeune et trop stupide pour comprendre ce qu'elle éprouvait pour le frère de son époux.

Et voilà qu'elle l'envoyait de nouveau dormir dans la grange. La boucle était bouclée, retour à la case départ. Mais c'était faux, bien sûr. Le temps avait passé. Il était parti ; elle avait mûri, elle avait eu des enfants, elle avait souffert, elle avait ri, elle avait vécu et rêvé. Et Gus était mort.

Elle le conduisit à la grange. La chambre se trouvait dans le fond, dans l'ancienne sellerie. Il n'y avait pas de porte, juste une vieille peau de bison mangée par les mites, suspendue au linteau. Clementine la souleva pour qu'il entre ; il la frôla de si près, au passage, que sa manche lui caressa la joue.

— Personne n'y est venu depuis longtemps, s'excusa-t-elle. J'ai peur qu'il y ait un peu de poussière.

C'était bien pire : l'endroit suintait l'isolement et la mort.

Il jeta un coup d'œil à Clementine, examina brièvement la pièce.

— Ça ira, lâcha-t-il.

Un petit poêle se dressait dans un coin, un châlit en fer dans un autre. La pièce était trop exiguë pour contenir des meubles, et seule une peau de loup habillait les planches nues, près du châlit. Il n'y avait ni draps ni couvertures, mais il pourrait étendre sa chabraque sur la paillasse. Et demain, elle lui donnerait des draps et une couverture... s'il était encore là demain.

Il déchargea sa chabraque et ses sacoches de selle sur le lit, puis fourra ses mains dans ses poches arrière. La faible lumière éclairait son visage à la beauté sauvage. Le silence était tel que Clementine percevait les battements erratiques de son propre cœur, mêlés au gémissement du vent dans les peupliers.

Une panique intense la saisit. Elle suffoqua. Sept ans ! C'était long, bien trop long. Assez pour qu'un homme oublie une femme, assez pour que les sentiments se fanent et dépérissent. Pendant tant de jours, tant de nuits, elle avait entendu sa voix dans le vent ! Mais lui avait peut-être cessé depuis longtemps de murmurer son nom.

— Bon ! s'exclama-t-elle, et le mot jaillit tel un soupir. J'imagine que vous mourez d'envie d'une tasse de café.

Elle s'enfuit de cette pièce miteuse et désolée, et courut presque se réfugier dans le sanctuaire de sa cuisine. Elle voulait fuir cet homme, fuir les sentiments qu'il lui inspirait.

— C'était pas comme ça avant, déclara Hannah Yorke en versant du whiskey Rosebud dans trois verres. Quand je suis arrivée dans le Rain Dance, l'air était si pur qu'on aurait presque pu le boire.

Clementine coula un œil vers la fenêtre de la cuisine aux rideaux de vichy. Le ciel avait la teinte sépia d'une vieille photographie. Zach et Samuel Woo jouaient au milieu des trembles. Ils s'amusaient à tirer des écureuils au lance-pierres. Il faisait si lourd, l'air était si épais que même les feuilles argentées ne remuaient pas d'un pouce. Tout semblait flou, brumeux, voilé.

— C'est cette bon dieu de rôtissoire ! s'exclama Clementine, choquée par sa propre audace.

Il lui arrivait rarement de jurer. Mais sans doute la moiteur lourde la rendait-elle nerveuse. De plus, Zach Rafferty était de retour.

Elle ouvrit la porte afin d'avoir les enfants à l'œil, puis rejoignit Erlan à la table de la cuisine. Hannah l'avait décorée avec un dessus en dentelle, surmonté d'une coupe en cristal grenat. Hannah avait toujours de beaux objets.

— Ça empeste encore plus qu'un poisson pourri, décréta Erlan en plissant le nez.

Hannah apporta une génoise et du pain tartiné de margarine.

— C'est cette bon dieu de rôtissoire ! dit-elle, en écho à Clementine.

Elle se glissa sur une chaise, piocha une allumette dans le

coffret et alluma une cigarette roulée. Clementine lui trouvait un air délicieusement espiègle quand elle fumait.

— Ma parole, oui ! C'est encore pire depuis que les Four Jacks ont ouvert leur nouvelle rôtissoire la semaine dernière, affirma-t-elle.

Après les grandes mines de Butte, les Four Jacks étaient les plus gros producteurs de cuivre du pays. Or, la méthode la plus économique et la plus courante pour raffiner le métal rouge était la rôtissoire — où les couches alternées de bois et de minerai de cuivre brûlaient jour et nuit dans un fourneau géant à ciel ouvert. L'ennui, c'était que ce genre de méthode dégageait des nuages de fumée brune chargée d'arsenic.

Clementine but une goutte de whiskey. Le liquide brûlant coula agréablement dans sa gorge. Elle se demanda ce que Rafferty penserait s'il les voyait boire ainsi. Mais bien sûr, il ne l'apprendrait jamais s'il ne restait pas.

Elle contempla Hannah et Erlan... Ah, ces chers visages familiers ! Seule la peur que Rafferty ne reparte l'empêchait de leur avouer que l'homme de sa vie était de retour. Elle en éprouvait comme une gêne — on aurait dit un secret honteux qu'elle n'osait s'avouer à elle-même.

C'était midi, et pourtant il faisait si sombre qu'Hannah avait dû allumer une lampe. Sa flamme se refléta sur l'étain du plafond et sur les carreaux en émail du poêle. La lumière rehaussait les cartes de la Saint-Valentin qu'Hannah avait encadrées et accrochées au mur. Des cartes brodées de perles, de dentelles, ornées de rubans. Une pour chaque année où le marshal Scully l'avait aimée.

— Il y a tellement de fumée, dit Erlan, qu'en séchant mon linge devient noir comme un tuyau de cheminée.

— On devrait faire quelque chose, suggéra Clementine.

Hannah écarquilla les yeux et regarda derrière elle avant de comprendre que Clementine parlait d'elles trois.

— Qui ? Nous ?

— Il n'y a pas de raison pour que les Four Jacks ne construisent pas un fourneau normal.

— Et l'argent, qu'est-ce que tu en fais ?

— Mais les fumées sont toxiques ! pesta Erlan. Elles nous rendent tous malades.

Hannah finit son whiskey d'un trait.

— Le cuivre fait la richesse de Rainbow Springs, déclara-t-elle. Les gens s'accommodent des fumées toxiques, du moment qu'ils en profitent. Surtout ceux qui dirigent la région... (Elle perça Clementine d'un regard pénétrant.) Jack McQueen, par exemple. Tu devrais lui en parler et voir où ça te mène. C'est un parent à toi, après tout... même si vous ne vous causez plus beaucoup depuis la mort de Gus.

— C'est aux mineurs qu'on devrait s'adresser, répliqua Clementine. S'ils refusent d'extraire le cuivre tant que la rôtissoire n'est pas enterrée et qu'on ne construit pas un fourneau convenable, ceux qui dirigent la mine n'auront pas le choix. Et si les mineurs ne veulent pas nous écouter, on ira voir leurs femmes.

Hannah grogna.

— Comme si les mères de famille de Rainbow Springs allaient écouter des femmes telles que nous... telles que moi, en tout cas.

— Elles font sécher leur linge dehors, elles aussi, et la fumée le noircit autant que le nôtre. Et leurs enfants aussi attrapent le croup. Pourquoi refuseraient-elles de nous écouter ?

— Seigneur ! soupira Hannah. Pourquoi je te laisse toujours m'embarquer dans des histoires pareilles ? (Elle recula sa chaise et se leva.) Bon, si on doit peaufiner un plan de bataille contre les Four Jacks, on va avoir besoin d'une autre tournée de whiskey.

Soudain, une grimace de surprise déforma son visage, ses jambes vacillèrent. Elle voulut se retenir, mais s'effondra en emportant le dessus en dentelle, les assiettes et les verres.

— Hannah !

Clementine et Erlan se précipitèrent. Erlan souleva la main d'Hannah et la tapota.

— Je crois qu'elle est seulement évanouie, déclara-t-elle.

— Je vais chercher le vinaigre, dit Clementine.

Mais Hannah revenait déjà à elle. Elle battit des paupières, ouvrit des yeux ébahis et bredouilla d'une voix épaisse :

— Ce doit être cette fumée qui m'a donné le vertige.

Elle s'assit avec précaution, en se tenant le ventre de ses mains tremblantes.

— Tudieu, j'ai l'estomac tout retourné.

— Il faut vraiment qu'on s'occupe de cette rôtissoire, conclut Erlan.

Assise en tailleur dans la cour boueuse, Clementine contemplait le veau nouveau-né.

La mère léchait son petit encore fumant. Les vaches léchaient parfois leurs veaux pendant des heures, jusqu'à ce qu'ils se dressent sur leurs pattes flageolantes afin de téter. Clementine savourait la joie que cette naissance lui avait procurée.

La boue dans laquelle elle était assise était fraîche et gluante. La cour sentait le sang et le fumier. Souriante, Clementine tapota le museau blanc de la vache.

— Tu as bien travaillé, ma belle, lui dit-elle.

L'animal la lécha, souffla et cligna ses longs cils blancs.

Une poule déboucha dans la cour en caquetant fébrilement. La bête continua de lécher sans broncher, mais Clementine leva la tête. Rafferty traversait le pré au galop. La jeune femme eut un pincement de cœur, comme chaque fois qu'elle l'apercevait.

Depuis trois jours qu'il était là, elle ne l'avait pas beaucoup vu. Il avait repris ses vieilles habitudes solitaires. Elle savait qu'il avait parcouru le ranch, comme s'il avait besoin de vérifier comment elle s'était débrouillée toute seule. Or, elle avait horreur qu'il la juge.

Elle craignait aussi qu'il ne cherche à évaluer la part qui lui revenait afin de la vendre à une société agricole de la côte Est, ou à quelque baron anglais en quête d'aventure.

Il arrêta son cheval à côté d'elle et sauta à terre. Clementine se releva, secoua la boue de sa jupe, et pendant de longues minutes ils se regardèrent en silence. Ils avaient du mal à trouver leurs mots. Peut-être était-il trop tôt pour qu'ils se parlent. Ou peut-être n'arriveraient-ils jamais à aborder les questions vraiment importantes.

Comme s'il n'avait attendu que l'arrivée du cavalier, le veau se dressa sur ses frêles pattes et vint donner des coups de tête dans le ventre rouge de sa mère. Satisfaite, la vache hocha la tête et laissa échapper un mugissement sonore.

— Qu'est-ce qui a bien pu pousser cette vache à venir vêler dans la cour ? demanda Rafferty.

Clementine couva des yeux l'animal aux pattes fluettes comme des allumettes qui tétait avidement.

— Elle trouvait peut-être l'endroit sécurisant, répondit-elle.

— Ce veau m'a l'air bigrement malingre. D'ailleurs, tous ceux que j'ai vus aujourd'hui m'ont paru en piteux état.

— Les vaches qui paissent dans les bois d'abattage avalent des aiguilles de pin, et ça donne des veaux malades.

— Tiens, et depuis quand faites-vous de l'abattage ?

Elle chassa d'un revers de main une mèche rebelle qui lui tombait sur l'œil et s'aperçut qu'elle était maculée de sang. Elle s'éloigna en direction de la pompe.

Tirant son cheval par la bride, il lui emboîta le pas.

— Clementine...

— Vous ne pouvez pas débarquer après tant d'années et vous imaginer que rien n'a changé, monsieur Zach Rafferty !

— Crénom, je le sais bien !

— Et vous imaginer que je n'ai pas changé non plus.

Elle sentit ses yeux sur elle, comme une caresse, mais elle refusa de le regarder en face.

— Je ne vois pas en quoi vous êtes différente : toujours aussi rêche et cassante qu'une chemise amidonnée !

Cela prouvait qu'il ne la connaissait pas. D'ailleurs, aucun des deux hommes qu'elle avait aimés ne l'avait vraiment comprise...

Il pompa l'eau pour qu'elle se lave les mains. Elle venait d'assister à la naissance d'un veau et elle avait applaudi à ses premiers pas. Dans un an, elle l'enverrait à l'abattoir sans un remords.

— Il fut un temps où je ne supportais même pas de voir un veau marqué au fer, dit-elle, exprimant à voix haute la suite de ses pensées.

Il esquissa l'ombre d'un sourire, qui creusa une fossette. Mais ce n'était pas un vrai sourire.

— Je ne l'ai jamais nié : vous avez du cran.

Elle le regarda. Elle aurait voulu toucher du bout du doigt ses lèvres serrées, les sentir s'adoucir et s'ouvrir, sentir la chaleur de son haleine...

Venant de la ville, l'écho d'une cavalcade lui fit tourner brusquement la tête. Un hongre pie galopait sur la route, Sarah et Daniel sur son dos.

Ses enfants allaient tous les jours à l'école sur le vieux cheval, mais Clementine ignorait qu'il pouvait encore galoper aussi vite. Elle constata que son incorrigible fille avait une fois de plus oublié de mettre son bonnet, car ses cheveux flottaient au vent comme ceux d'une bohémienne. Puis elle remarqua le visage ensanglanté de Daniel.

Elle se précipita dans la cour, le cœur battant. Sarah aidait déjà son frère à mettre pied à terre. Du sang coulait le long du crâne et du cou de Daniel, et colorait sa chemise d'un rouge écarlate.

— C'est juste une égratignure, affirma Sarah d'une voix anormalement forte, et elle lança à sa mère un regard d'avertissement.

Daniel souffrait toujours de spasmes pulmonaires, et la peur ou l'hystérie suffisaient souvent à déclencher une crise. Sarah étreignit les épaules de son jeune frère.

— Il n'a pas peur, ajouta-t-elle. Hein, Daniel ?

— N... non, répondit l'enfant.

Sa lèvre inférieure tremblait, mais il respirait de façon régulière.

— Non, bien sûr qu'il n'a pas peur, renchérit Clementine, qui s'efforça de paraître calme. Une simple égratignure, il n'y a pas de quoi s'affoler.

Elle empoigna la tête de Daniel et la leva pour examiner la blessure. Tout ce sang lui donnait le vertige. C'était plus grave qu'une simple coupure ; la plaie était laide, longue ; cependant, elle paraissait peu profonde. Clementine passa un bras autour des épaules osseuses et entraîna son fils dans la galerie. Elle le fit asseoir sur la chaise qu'elle utilisait parfois pour baratter.

Le petit Zach surgit de la cuisine, suivi par Saphronie. De la confiture d'amélanche ornait le pourtour de sa bouche, et il serrait dans son poing un biscuit dégoulinant.

— S'il te plaît, Saphronie, demanda Clementine, va me chercher ma trousse à pharmacie.

— Dieu nous préserve, gémit Saphronie en triturant son tablier. Oh ! Seigneur...

Elle jeta un regard implorant vers Rafferty, puis retroussa ses robes et fonça vers la cuisine.

— Whaou, Danny ! s'exclama son petit frère. Tu saignes comme un cochon qu'on égorge.

— Veux-tu te taire, Zach ! gronda Clementine.

Elle remarqua que Rafferty avait attiré son jeune fils contre ses jambes, et que le petit s'était laissé faire. Ses enfants avaient adopté leur oncle comme s'ils l'avaient toujours connu. Même Saphronie ne cherchait pas à cacher ses tatouages en sa présence.

Clementine examina la blessure de plus près. Si la plaie n'était pas belle à voir, le sang semblait coaguler tout seul.

— Sarah, raconte-moi comment c'est arrivé.

Sarah porta ses grands yeux graves sur Rafferty, paraissant lui réserver sa réponse. Clementine l'aurait volontiers giflée.

— Ils abattaient des arbres sur nos terres... les hommes des Four Jacks. On s'est juste approchés pour voir ce qu'ils faisaient... Euh, enfin, plus exactement... je crois qu'on les a surpris quand on a surgi derrière la tanière de la folle.

Les hommes des Four Jacks... Une colère froide s'empara de Clementine. Les Four Jacks. Ils empoisonnaient l'air, ils abattaient ses arbres, et maintenant ils tiraient sur ses enfants !

Saphronie reparut avec la trousse à pharmacie.

— Dieu merci, M. Rafferty est de retour, chuchota-t-elle. Vous pouvez le laisser s'occuper des hommes des Four Jacks.

Clementine ne répondit rien ; elle se contenta de laver la plaie de Daniel — qui aurait pu être bien pire — avec de la teinture d'hamamélis.

— Tu m'as désobéi, Sarah McQueen ! rugit-elle en fusillant sa fille du regard. Je t'ai dit et répété que tu devais rentrer directement à la maison quand tu sortais de l'école...

Le regard qu'elle reçut en réponse caractérisait bien Sarah — l'œil rond, impassible, teinté de mépris. Sa fille, indépendante et qui ne craignait rien ni personne, était impitoyable avec les plus faibles qu'elle.

— Ce sont nos arbres qu'ils abattent ! rétorqua-t-elle. Personne ne va donc les en empêcher ?

Clementine termina ses soins en appliquant sur la blessure du gel d'aloès et de la consoude.

— Saphronie, dit-elle, cet après-midi, tu emmèneras les enfants en ville, comme prévu. Arrête-toi chez le docteur et vois si Daniel a besoin de points de suture. Nous dormirons tous chez Hannah.

— Vous comptez vraiment le faire, alors ? s'enquit Saphronie en baissant la voix. La chose que vous avez décidée à votre réunion apéritive ?

— Si je l'ai dit, c'est que je le ferai. Mais avant, un détour s'impose.

— Oh, doux Jésus ! Emmenez M. Rafferty avec vous.

Mais Clementine était déjà entrée dans la maison pour chercher la veste qu'elle portait toujours quand elle montait à cheval, et la winchester. L'homme de sa vie était libre de la suivre, s'il y tenait.

Quand Rafferty la rejoignit sur son louvet, Clementine partit au triple galop. Ils parcoururent la route qui menait à la ville en pataugeant dans la boue du dégel. Clementine bouillait littéralement. Mais elle se calma après quelques minutes, lorsqu'elle comprit que Zach était décidé à l'accompagner.

— On est en route pour tuer quelqu'un ? demanda-t-il.

— Ah, j'aimerais bien ! Sincèrement, j'aimerais bien.

— Vous allez m'expliquer ce qui se passe, à la fin !

— Sarah vous a tout dit. Les hommes des Four Jacks abattent nos arbres ; quelqu'un doit les en empêcher.

Les bûcherons avaient établi leur camp sur le versant ouest de la ravine, près des ruines de la tanière de la folle. Autrefois, les collines alentour étaient plantées de sapins, d'aulnes, de peupliers et de mélèzes. Maintenant, des hectares entiers étaient déboisés. Au fond de la ravine, si aride l'année de la grande sécheresse, coulait désormais une rivière grossie par les récentes pluies et la fonte des neiges.

Un cheval annonça leur arrivée en hennissant, mais, au bruit qu'ils avaient fait en pataugeant dans le bourbier marécageux qui longeait la rivière, ils avaient déjà été repérés. Les bûcherons travaillaient plus haut sur les collines. Seuls deux hommes restaient au camp, debout devant un petit feu de bois.

Clementine reconnut d'abord Percivale Kyle, le directeur de la mine de cuivre. Blond et élégant, la barbe taillée au carré, les yeux gris, il était à son habitude accoutré comme un acteur de Far West : Stetson blanc, veste à franges, gilet blanc orné d'une tresse de crin de cheval qui reliait un bouton en corne de bison au gousset.

Clementine l'avait vu plusieurs fois porter un revolver en argent plaqué, avec une crosse en perle. Mais ce jour-là, comme le plus souvent, il n'était pas armé. Les Four Jacks aimaient donner l'image d'une compagnie pacifique et respectueuse de la loi.

Mais il suffisait de rencontrer « le Mick » pour comprendre. Cet homme coiffait toujours son crâne en forme d'obus d'un béret écossais, et sa moustache ressemblait à une brosse à chaussures. Sa peau pendait, distendue, sur son visage, et ses petits yeux aussi ronds que des billes lui donnaient un air mauvais.

Clementine ignorait son vrai nom ; tout le monde l'appelait le Mick.

Au début, on n'entendit que les dents des chevaux claquer sur les mors. Ensuite, Percivale Kyle fit un pas en avant, grimaçant un sourire qui se voulait cordial.

— Ah, madame McQueen ! Je me doutais que ce déplorable incident nous vaudrait votre visite.

Il parlait bizarrement du nez, remuant à peine ses fines lèvres roses.

— Croyez-moi, personne ne regrette plus que moi...

— Infâmes putois, lequel d'entre vous a tué mon fils ?

Personne ne se dénonça ; c'était superflu. Non seulement seul le Mick portait une arme, mais le regard que lui jeta Kyle l'accusait autant que s'il l'avait désigné du doigt.

D'un geste vif, Clementine épaula sa winchester, soupira, puis actionna la détente. La déflagration déchira l'air.

Le cheval de Clementine fit un bond de côté, les oreilles dressées, les yeux apeurés ; mais elle le maîtrisa sans mal d'une pression des cuisses. Elle pointa le canon de la carabine sur Percivale Kyle et engagea une autre cartouche dans la culasse.

Derrière elle, Rafferty arma son revolver.

— Je ne te le conseille pas, lança-t-il d'un ton suave ; et le Mick, qui avait porté la main à son fusil, la laissa retomber.

Une tache rouge marqua la manche de son manteau en laine de bison. Il tâta son bras, examina avec effarement sa main ensanglantée.

— Vingt dieux, elle m'a tiré dessus ! s'écria-t-il. Vous avez vu, Kyle ? Elle m'a tiré dessus !

— Et je recommencerai si tu touches un cheveu de mes enfants. Mais, la prochaine fois, tu n'entendras pas le coup partir... (Elle leva le canon et le pointa entre les yeux du dandy.)... car on n'entend pas le coup qui vous tue. Pas vrai, monsieur Kyle ?

Percivale Kyle dressa poliment un sourcil et montra qu'il n'était pas armé.

— Vous vous faites très bien comprendre, madame McQueen. Mais, comme j'essayais de vous l'expliquer, la blessure de votre fils est due à un déplorable accident. Cela ne se reproduira plus, je vous assure. Les Four Jacks ne font pas la guerre aux femmes innocentes ni aux enfants.

— Non. Seulement aux arbres innocents.

Un nouveau coup de feu claqua, et le Stetson blanc immaculé de Kyle vola, sa couronne trouée. Même Clementine fut surprise par les dégâts qu'elle avait failli causer : elle avait manqué d'un cheveu le crâne du dandy.

— Hors de mes terres ! rugit-elle.

Les yeux pâles de Kyle se rétrécirent, et un muscle de sa mâchoire tressaillit. Toutefois, il garda les mains écartées, paumes ouvertes, et une voix égale.

— Allons, ma petite dame, soyez raisonnable. Le tribunal doit statuer sur le différend qui oppose les Four Jacks au Rocking R au sujet de cette parcelle ; mais en attendant il nous a autorisés à poursuivre l'abattage.

— Votre tribunal, votre juge...

— La loi est la loi. Néanmoins, si vous acceptez l'offre généreuse des Four Jacks et que vous abandonnez vos droits sur la parcelle en question, le procès n'aura plus lieu d'être... (Kyle, qui n'avait cessé de loucher vers Rafferty, n'y tint plus et demanda :) Qui diable est cet homme ?

La selle de Rafferty grinça quand il se pencha en avant. Il appuya son poignet gauche sur le troussequin, mais sa main droite pointait toujours le colt sur le Mick.

— C'est le diable qui possède Rocking R, répondit-il.

Percivale Kyle adressa un regard étonné à Clementine.

— Je croyais que c'était vous, la propriétaire.

— C'est bien moi, acquiesça-t-elle.

Elle fit pivoter son cheval, l'éperonna et partit au petit trot, laissant Rafferty libre de la suivre... ou de rester.

Elle attendit qu'ils soient loin de la ravine, puis elle tira sur les rênes et lança un regard pénétrant à Rafferty. Elle n'arriva pas à lire ses pensées. Son visage ne reflétait rien. Absolument rien !

— Mon nom figure toujours sur l'acte, Boston, dit-il enfin.

Après avoir appris pendant tant d'années à ne compter que sur elle, à ne répondre qu'à elle, à ne croire qu'en elle, elle se demandait si elle pourrait dorénavant remettre son sort et son cœur entre les mains d'un homme. Et un homme comme Rafferty — si sauvage, si irresponsable, si dangereux...

Elle eut du mal à avaler la boule qui l'empêchait de parler.

— Je ne vois pas comment vous auriez encore un droit dessus, articula-t-elle péniblement. Pas après tant d'années...

Elle se tut et le regarda. Qu'avait été leur amour, hormis un désir violent et inassouvi ? Certains mustangs ne supportent pas le dressage, et on risque d'y laisser des os si on s'avise de les monter. Ou alors, on brise l'esprit qu'on a voulu dompter.

Elle attendit ; peut-être voulait-elle l'entendre dire qu'il l'aimait, mais il demanda :

— Depuis quand savez-vous tirer aussi bien ?

— Il y a beaucoup de choses de moi que vous ignorez...

— Je sais que vous n'abandonnez pas facilement, Boston. Je l'ai su dès la première année, quand j'ai essayé de vous chasser et que vous vous êtes accrochée comme de la bardane sur de la laine. Vous vous souvenez ? C'était pendant les premières neiges.

Leurs regards se croisèrent, dépouillés de la fierté et des faux-semblants. Puis elle crispa les lèvres, s'emmura de nouveau dans ses défenses et lâcha :

— Vous, vous seriez plutôt du genre à abandonner !

Elle n'attendait pas de réponse et elle n'en obtint pas.

Plus bas dans la ravine, dissimulé derrière une rangée de sapins, le marshal Drew Scully avait assisté à l'altercation entre Mme McQueen et les hommes des Four Jacks. Il avait gardé en permanence une main sur son fusil, mais avait été soulagé de ne pas avoir à intervenir. Il ne voulait pas qu'on sache qu'il était là. Surtout, il ne voulait pas qu'on voie ce qu'il s'apprêtait à faire.

Quand il fut sûr que personne ne l'observait, le marshal Drew Scully descendit près de la rivière qui coulait le long de la ravine. Il portait une sacoche de selle à l'épaule et marchait courbé en deux pour détailler les roches éparpillées dans le lit et sur les berges. Ces roches avaient été charriées du haut des monts et des pics par la fonte des neiges et les pluies. Scully se baissait de temps à autre afin de ramasser une pierre qu'il rejetait ensuite. Enfin, un gros caillou retint suffisamment son attention pour qu'il éprouve le besoin de l'examiner à la loupe.

Il déblaya la terre et la boue de la roche, avant de l'étudier de nouveau. Un sourire plissa ses lèvres. Il continua de frotter son pouce sur la pierre, même après avoir lâché la loupe, suspendue à son cou par une ficelle.

Il regarda vers le haut de la ravine, vers les ruisseaux qui alimentaient la rivière, puis entreprit l'escalade.

À mi-chemin de la pente, des rochers épars jaillissaient de la terre boueuse. Le marshal Drew Scully portait un marteau et un piolet sous sa ceinture. Il s'en servit pour tailler dans le rocher le plus proche un éclat gros comme le poing.

Il glissa l'éclat dans sa sacoche, retourna ensuite vivement sur ses pas, vers la rangée de sapins qui dissimulait son cheval. L'espace d'une seconde, un rai de soleil perça les nuages noirs et éclaira l'étoile à sept branches épinglée sur sa poitrine.

XXXI

Le couteau vola à travers la pièce, le manche heurta le mur et retomba au sol avec un bruit métallique.

— Bordel de dieu !

Erlan Woo ficha un second peigne dans ses cheveux d'ébène, ignorant le couteau et la fureur de l'homme. Mais elle cilla quand le bois brisé par la lourde botte craqua.

Dieu tout-puissant ! Il lance son couteau contre le mur, et maintenant il détruit le superbe carrousel qu'il a passé tout un mois à sculpter. Elle ferma les yeux, respira profondément, s'adjura de garder son calme : une femme doit toujours montrer une patience vertueuse.

Elle se détourna du miroir et porta son regard, à travers la petite chambre à coucher, vers l'homme avec qui elle vivait. La plupart du temps, il était lui-même, son *anjing juren,* doux et tendre. Mais il arrivait que sa mauvaise humeur se déchaîne telle la queue d'un dragon.

Une bouffée d'amour réchauffa le cœur d'Erlan. Il avait essayé, il essayait encore, et c'était pour elle qu'il se donnait tant de mal. Ses doigts portaient maintes cicatrices, là où le couteau avait dérapé, et le mur gardait maintes traces de sa fureur explosive. Mais il s'acharnait à essayer encore et toujours.

Elle n'avait pas bougé, elle n'avait fait aucun bruit, et cependant il se retourna vivement vers elle. Un réflexe qu'il avait souvent. Elle se disait que c'était parce qu'il la voyait avec son cœur. Ils ne faisaient qu'un, tous les deux.

— J'ai oublié, Lily ! gémit-il. J'ai oublié à quoi les choses ressemblent. Même ton visage, je l'ai oublié. Ta voix, la douceur de tes cheveux, ton odeur parfumée, tout cela est gravé dans mon cœur. Mais pas ton visage. J'essaie de mettre ton visage dans l'océan noir, et je ne distingue qu'un contour flou, comme si je regardais dans un miroir embué !

Elle traversa la pièce, frottant ses pieds sur le plancher. Elle lui sourit du sourire qu'elle lui réservait, même s'il ne pouvait le voir.

Elle s'agenouilla près de sa chaise et ramassa un cheval du carrousel qu'il venait de détruire. Elle contempla d'un air amoureux les cicatrices qui remplaçaient les yeux de son homme, son cou épais et robuste qui jaillissait de sa chemise de batiste ouverte. Jere déglutit. Erlan prit sa main tailladée et referma ses doigts ensanglantés autour du cheval de bois.

— Sens le vent qui fouette sa queue, déclara-t-elle. Sens ses sabots qui se dressent. Tu ne vois donc pas comme tu deviens bon ?

— Je ne serai jamais aussi bon qu'avant.

— Tu seras encore meilleur.

Il se renfrogna, mais se tut.

— Aujourd'hui, en Chine, c'est la fête de la Pure Clarté. Le jour où nous, *sao mu*, nous nettoyons les tombes de nos ancêtres et nous faisons des offrandes. Samuel et moi... nous aimerions que tu viennes avec nous sur la tombe de son père.

La pièce n'était que silence. On entendait dehors les roues des chariots s'enfoncer dans la boue, et le grondement du tonnerre dans le lointain. La chambre à coucher — en fait un auvent amélioré accolé à la cabane qui servait de blanchisserie — sentait toujours le savon, l'amidon et la vapeur.

Jere chercha les lèvres d'Erlan du bout des doigts et les caressa doucement.

— Comprends-moi, dit-il. C'est pas que je ne veux pas vous accompagner, Samuel et toi. C'est que...

— Je sais, répondit-elle, et elle lécha ses doigts, les savoura. Les cicatrices de ses yeux faisaient se retourner les gens sur son passage, et même s'il ne voyait pas leurs regards horrifiés elle savait ce qu'il ressentait. Mais surtout, elle savait qu'il avait honte d'être tenu par la main — « comme un toutou en laisse », pestait-il.

Elle resta encore un peu avec lui, puis se releva et alla chercher son fils. Elle le réveilla, l'habilla à la façon d'un bon petit Américain pour faire plaisir à son père, et elle enfila le bracelet en or des femmes chinoises mariées, parce qu'elle était encore l'épouse de Sam Woo et qu'elle le serait toujours.

Tenant Samuel par la main, elle revint à la porte de l'auvent.

— Nous partons, lança-t-elle à son amant qui était demeuré assis dans la pénombre.

Il tourna la tête et acquiesça. Elle lut sur son visage son envie de lui demander combien de temps elle s'absentait, son besoin d'être conforté dans la certitude qu'elle reviendrait. Elle lut aussi la fierté qui l'empêchait de lui demander.

Erlan lâcha la main de son fils et croisa les bras sur sa poitrine, comme pour se protéger le cœur. Il redevenait un bon sculpteur. Quand il serait bon, aussi bon qu'avant, il ne dépendrait plus uniquement d'elle et elle n'aurait plus de raison de rester. Elle le quitterait, et cette fois il ne chercherait pas à la retenir. Car il ne s'estimait plus digne d'elle.

Mon destin est un cercle incomplet.

Elle serait obligée de le quitter.

Dehors, la fumée opaque de la fonderie planait au-dessus des têtes, aussi étouffante qu'une couverture de laine mouillée. Avec Samuel, Erlan Woo remonta la rue en barbotant dans la boue glissante. La mère et le fils sortirent de la ville et se dirigèrent vers le cimetière chinois.

— Ah ! cette route est aussi boueuse qu'une rizière, dit-elle à Samuel qui n'avait jamais contemplé la moindre rizière.

Elle-même gardait un souvenir flou des rizières, qu'elle avait vues seulement depuis le haut mur du jardin de son *lao chia.*

Comme les citoyens de Rainbow Springs ne les autorisaient pas à enterrer leurs morts dans le cimetière communal, les Chinois avaient établi le leur sur un terrain dont personne ne voulait, au pied de Rainbow Butte, parmi les terrils, les résidus de minerai et la rocaille. On aurait dit qu'un dragon y avait soufflé son haleine. Même les mauvaises herbes ne poussaient pas sur cette terre calcinée.

Erlan donna une branche de saule à Samuel et lui montra comment balayer la tombe de son père pour chasser les mauvais esprits. Puis, ensemble, ils disposèrent les galettes de soja, les gâteaux de riz et une précieuse orange. Tout en arrangeant les bâtons d'encens et les petites bougies sur le pourtour en bois de la tombe, Erlan expliqua à Samuel quel robuste et honorable marchand son père avait été. Il était maintenant de son devoir de nourrir l'esprit de son père dans le monde des ombres.

Cette fois-ci, Samuel était assez grand pour manœuvrer le cerf-volant. Fait de brindilles et de soie rouge, il devait voler le jour de la fête de la Pure Clarté en l'honneur des ancêtres disparus. Erlan regarda le cerf-volant s'élever, tournoyer, et voler comme un oiseau paresseux dans le ciel chargé de fumée. Elle se demanda quel effet cela ferait d'être aussi libre que le cerf-volant, libre de devoir toujours s'abandonner aux mains tenaces d'un destin qu'elle n'était plus sûre de désirer.

Libre de ne vivre que pour elle, que pour son bon plaisir.

Le cerf-volant chevauchait le vent, mais il était relié par un fil à la terre et aux mains de son fils. Sa liberté n'était qu'illusion. Si on coupait le fil, le cerf-volant monterait, monterait dans le vaste ciel vide du Montana, et disparaîtrait pour toujours.

Un mouvement sur la route qui menait à la ville accrocha l'œil d'Erlan. Un homme et une femme à cheval. À cette distance, elle ne distingua pas l'homme, mais elle reconnut la femme à ses cheveux blonds. Elle l'attendait.

Le regard d'Erlan erra de la butte où chevauchait la cavalière au squelette morne de la mine des Four Jacks ; il embrassa ensuite la vaste prairie où la nouvelle rôtissoire répandait son infecte fumée brune.

Erlan ôta la ficelle du cerf-volant des mains de son fils et entreprit de l'enrouler.

— Vite, Samuel. Il faut qu'on se dépêche d'aller trouver tante Hannah.

Zach Rafferty promena lentement son regard sur la femme qui chevauchait à son côté et s'imprégna de sa vision.

Gus était mort.

Cette vérité, la réalité de la tombe aux pierres empilées, lui étreignit le cœur et le tordit. Mais il ne pouvait pas encore y penser... Gus était mort.

Quatre ans, avait-elle dit. Cela faisait quatre ans que la tombe avait été creusée sous les peupliers, et elle avait vécu seule tout ce temps. Seule et... Il ne supportait pas de penser à ces quatre années perdues ; il ne supportait pas de penser qu'il était rentré trop tard. Trop tard pour lui, peut-être.

La tentation de revenir l'avait hanté chaque minute. Il était parfois devenu fou à force d'essayer d'imaginer ce qu'elle faisait. Il avait conservé d'elle des milliers de souvenirs qu'il se repassait sans cesse. Clementine avec une canne à pêche entre les jambes. Clementine qui battait un bol de crème, sa jupe qui dansait. Clementine qui souriait à son bébé en train de téter son sein. Clementine qui accomplissait des choses qu'il ne lui avait jamais vu faire. Comme dénouer ses cheveux et les brosser indéfiniment. Ou dérouler un bas noir sur sa cheville, son genou, puis sa cuisse si tendre et si blanche. Clementine... Clementine qui ne faisait rien de tout cela avec lui.

Chaque minute, chaque heure, chaque jour sans elle avaient fini par lui devenir insupportables. Parfois, il se languissait tellement qu'il en tremblait, tel un ivrogne privé de sa bouteille.

Or, voilà qu'ils se retrouvaient côte à côte... et que Gus n'était plus là. Zach contempla le visage de Clementine, si familier et cependant aussi froid et distant que les étoiles. Il n'avait jamais été sûr à cent pour cent qu'elle l'aimait. Il n'avait jamais cru que son amour — si amour il y avait — tiendrait autant de temps. La seule et unique fois où il lui avait demandé de partir avec lui, elle avait préféré rester avec son frère.

Et pourtant il la désirait. Oh ! Seigneur, comme il la désirait ! Mais avoir une femme dans son lit, ce n'est pas comme partager sa vie, ce n'est pas comme *en faire sa vie.* Une femme, des enfants, un ranch à faire prospérer, un autre rêve d'homme. Le rêve de son frère.

Il l'examina avec attention et pensa que, décidément, l'homme se créait son propre enfer sur terre.

L'enfer, Zach y pensa encore quand ils basculèrent de l'autre côté de la colline qui masquait la ville et que le puits de flammes apparut. Il crut que c'était un feu de prairie, sauf que c'était impossible, avec un sol si détrempé que même un papillon s'y serait embourbé. En approchant, il s'aperçut que les flammes provenaient d'un gigantesque cratère rempli de charbons ardents et de bûches incandescentes.

— Dieu soit loué ! s'exclama-t-il.

Le cratère dégageait une fumée opaque qui empestait la tannerie et formait un nuage boueux cachant le ciel. Alentour, le paysage était aussi nu et grêlé que la face de la lune. Les buttes, autrefois verdoyantes, avaient presque entièrement été déboisées ; les derniers arbres étaient rabougris ou crevaient. L'herbe était blanchie, comme lessivée. La Rainbow River en crue bouillonnait, grossie par les pluies printanières et par la fonte des neiges ; mais elle écumait telle de l'eau savonneuse crasseuse.

— On appelle cela une rôtissoire, dit Clementine, et elle lui lança un regard si aigu qu'il en sentit la morsure. C'est comme cela que la mine — la mine de votre père — fond le cuivre : en brûlant des couches de bois et de minerai dans un grand puits. Celui-ci a été creusé récemment, il brûle depuis une semaine, et il est deux fois plus grand que l'ancien. La fumée est chargée de soufre et d'arsenic. En été, quand il n'y a pas de vent, elle s'étend parfois jusqu'au ranch. Ça tue la terre.

Zach contempla les traînées de détritus qui ruisselaient de la mine. D'énormes piles de bois entouraient le portique, d'autres s'accumulaient parmi les bâtiments.

— Le puits dévore des quantités de bois, expliqua Clementine. Et la mine en exige autant, avec les kilomètres de galeries à étayer. Si on laisse faire les Four Jacks, il n'y aura bientôt plus un seul arbre dans tout le Rain Dance.

En ville, la fumée suffocante était si dense qu'on ne voyait pas d'un côté à l'autre de la rue. Les lampes étaient allumées bien que l'après-midi fût à peine entamé. Des ombres dansaient derrière les fenêtres des saloons et des dancings, et un filet de musique flottait dans l'air lourd.

— Rafferty ! cria-t-elle.

Il se retourna, et l'ovale pâle de son visage se découpa dans le nuage brunâtre.

— Vous étiez là quand la ville s'est construite. Ça ne vous fait pas mal de voir ce qu'elle est devenue ?

Il aurait aimé observer le visage de Clementine, mais il savait que cela n'aurait rien changé : il n'aurait pas appris ce qu'il brûlait de savoir.

— Si, ça fait mal, admit-il.

Hannah Yorke avait passé presque toute la matinée agenouillée sur le tapis de sa chambre, à vomir ses tripes dans une cuvette.

Entre deux nausées, elle avait repensé à sa fatigue des derniers temps, à son évanouissement récent. Elle s'était aperçue qu'elle ne se souvenait plus à quand remontaient ses derniers saignements mensuels. Elle qui avait toujours été aussi réglée qu'une pendule.

Lorsqu'elle s'essuya la figure avec une serviette humide, ses lèvres s'avancèrent comme tirées par un élastique. Elle porta les mains à sa bouche, hésitant entre le rire et les larmes.

Elle se redressa, vacilla légèrement, et surprit un mouvement dans la grande glace au cadre cannelé doré. Son propre reflet la contemplait, hagarde.

Un bébé ! Elle attendait un bébé ! Ce vieux cheval de retour est encore fécond ! songea-t-elle, et elle dut réprimer un nouveau fou rire. Dans la glace, l'étrangère qui lui ressemblait déblaya de son visage les mèches collées par la sueur. Oh ! là là ! quelle sorcière ! Pourtant, dans un bon jour, Hannah savait qu'elle était encore belle pour ses quarante ans, pas comme ces femmes de berger ou de fermier. Elle évitait le soleil et l'alcool ; elle se soignait, surveillait sa ligne. Sa ligne allait en prendre un coup, bien sûr ; et il y avait ces rides autour des yeux et au coin des lèvres que les pots de crème à la fraise ne parvenaient plus à effacer.

Quarante ans, et elle attendait un enfant d'un homme qui avait quasiment l'âge d'être son fils ! C'était ridicule, scandaleux. Tudieu, la ville entière en frémirait d'horreur. Les femmes respectables détournaient déjà les yeux lorsqu'elles la croisaient ; quelle serait leur réaction quand son ventre serait assez gros pour abriter un éléphant ?

Il y avait bien une solution... mais Hannah refusa de l'envisager. Elle appuya deux mains protectrices contre son ventre, comme si les mauvaises pensées pouvaient l'agresser. Elle ne s'était toujours pas pardonné d'avoir abandonné son premier bébé. Elle aurait celui-ci, dût-elle en mourir. Elle le *désirait.* Elle le désirait plus que tout ce qui avait été désiré depuis le commencement des temps.

Elle essaya d'imaginer la réaction du père quand elle lui apprendrait. Non, elle ne lui dirait rien. Tudieu, où avait-elle la tête ?

Il le verrait bien assez tôt, lui-même. Et il insisterait pour s'en occuper, elle en était sûre. Quand on partage le lit d'un homme pendant plus de sept ans, on finit par apprendre quelques petites choses sur lui. Drew Scully n'était pas le genre d'homme à fuir ses responsabilités s'il faisait un enfant à une femme.

Une nouvelle nausée la força à s'agenouiller. Elle chercha la cuvette à tâtons. Elle n'avait pas été aussi malade, la dernière fois. On prétendait que c'était bon signe : cela prouvait que le bébé prenait. Si c'était vrai, songea-t-elle avec un petit rire saccadé, Hannah Yorke est bel et bien enceinte.

Drew... Oh, Seigneur ! Qu'allait-elle faire avec Drew ?

Qu'elle soit trop vieille pour lui importait peu, mais elle

n'était pas digne de lui. Ses concitoyens l'appréciaient et le respectaient en tant que marshal. C'était un jeune homme plein d'avenir. Hannah savait trop comment les hommes méprisaient celui qui était assez bête pour épouser une putain, même une putain repentie... S'il la menait à l'autel, il pouvait dire adieu à la carrière qu'il s'était bâtie.

Et s'il avait voulu l'épouser — s'il l'avait vraiment voulu, en envoyant la ville et tout le reste au diable —, il lui aurait demandé sa main depuis longtemps

Donc, il faudrait de nouveau qu'elle prenne soin d'elle toute seule. Or, prendre soin d'elle signifiait quitter Rainbow Springs. Elle ne pouvait élever un bâtard dans une ville où chacun savait que sa mère était une putain.

En fin d'après-midi, Hannah avait récupéré suffisamment pour sortir.

Elle s'habilla avec élégance — robe en lin vieux rose, énorme chapeau avec voilette, orné de lys en soie bordeaux. Elle alla à la fenêtre, essaya de percer l'épais nuage brun pour savoir s'il risquait de pleuvoir. Finalement, elle décida d'emporter une ombrelle en dentelle noire protégée par un tissu huilé. Elle jeta sur ses épaules un châle en soie à rayures roses et mauves, que bordait une frange noire assortie à celle de l'ombrelle.

Elle descendait à peine l'escalier quand son estomac se révulsa. Elle suffoqua, agrippée à la rampe, puis la nausée se calma. Elle soupira et reprit sa descente.

Elle atteignait le portail quand elle vit Erlan remonter la rue, courant autant que le lui permettaient ses pieds estropiés.

Elle portait dans ses bras son petit garçon, qui utilisait le souffle provoqué par leur course pour faire décoller un cerf-volant rouge. La mère et l'enfant donnaient un spectacle étrange : on aurait dit un oiseau difforme déployant ses ailes rouges dans une tentative d'envol vouée à l'échec.

— Elle est là ! cria Erlan, hors d'haleine à force de se débattre dans la boue gluante. Elle va le faire !

Un sourire plissa le visage d'Hannah, une bouffée de chaleur l'envahit. Une bonne échauffourée des familles, c'était exactement ce dont elle avait besoin pour oublier ses soucis.

— Dans ce cas, elle voudra avoir ses amies auprès d'elle, déclara-t-elle. Tu es partante ?

Erlan fixa l'horrible butte, puis son regard s'attarda sur le ciel jaunâtre. La couverture de fumée qui enveloppait la ville s'était encore épaissie depuis le matin. La nouvelle rôtissoire était une fois et demie plus vaste que l'ancienne, mais elle dégageait quatre fois plus de fumée toxique. Au même moment, le sifflet du changement d'équipe retentit, et Erlan sursauta. Mais elle redressa les épaules, cala son fils plus haut sur sa hanche, et dévisagea Hannah d'un air grave, légèrement inquiet, mais résolu.

— Oui, je suis partante, répondit-elle. Mais il faut qu'on se dépêche.

Clementine McQueen était déjà plantée sous le portique de la mine quand elles arrivèrent aux Four Jacks. L'équipe du matin remontait dans les cages et celle de l'après-midi attendait pour descendre dans la mine. Clementine avait dû demander à un galibot d'arrêter les hommes à leur sortie des cages, car un blondinet aux cheveux filasse appréhendait tous les mineurs, laveurs, trieurs — et, chaque fois, celui à qui il parlait se retournait pour regarder Clementine. Les alentours étaient déjà surchargés — rouleaux de câbles, caisses de piolets, de pics et de forets, wagonnets remplis de poussière et de planches.

Comme les mineurs en sueur s'agglutinaient autour de la recette, l'endroit commença à empester autant qu'une pièce pleine de chiens mouillés. Les lampes à carbure des mineurs découpaient des tranches de lumière dans le brouillard brunâtre. Hannah se demanda comment Clementine allait se faire entendre dans le fracas des cages, des cloches, du minerai qu'on enfournait dans les berlines, du choc régulier de la pompe et du chuintement aigu de la vapeur.

Clementine s'était juchée sur une caisse, altière, telle une reine s'adressant à ses sujets. Hannah, qui la connaissait bien, savait que Clementine se drapait dans sa féminité et sa dignité quand elle avait peur. Mais les hommes en étaient souvent déconcertés ; ils prenaient sa timidité pour de la morgue et se sentaient un brin coupables pour leur manque de vernis. Du moins, la tenue de Clementine n'avait rien d'aristocratique ce jour-là : échevelée et ses vêtements maculés de boue, elle semblait sortir d'une longue cavalcade.

Quand Hannah et Erlan s'approchèrent de l'estrade de fortune, Clementine les remarqua. Son visage s'éclaira d'un sourire fugitif, et sa raideur s'atténua. Les mineurs aussi avaient noté la présence des deux femmes, et les murmures se changèrent en bourdonnements désapprobateurs. Même les filles des saloons ne traînaient pas autour du portique aux changements d'équipe.

— Ils sont remontés comme des pendules, murmura Hannah à l'oreille d'Erlan. Ils ne vont pas l'écouter.

Erlan posa Samuel à terre, mais le tint fermement par la main. Une inquiétude accrue se lisait dans ses yeux.

— On devrait peut-être essayer de la dissuader, suggéra-t-elle.

— Tu connais quelqu'un de plus têtu que Clementine McQueen quand elle a décidé quelque chose ? rétorqua Hannah. Non, je crains simplement que notre présence fasse plus de mal que de bien. Ni toi ni moi nous ne sommes des personnes respectables aux yeux de la population.

— Dieux miséricordieux ! s'exclama Erlan en passant un doigt sous son col raide. J'ai l'impression d'avoir une marque sur le front, comme les moines taoïstes. Clementine a dit que c'était aux femmes de lancer un cri d'alarme, mais jusqu'à présent nous sommes les trois seules à vouloir pousser ce cri.

— Oui, tu as sans doute rais... Oh, Seigneur ! À propos de miséricorde, tu as vu qui est là ?

Erlan suivit le regard d'Hannah jusqu'à l'homme adossé à la bretelle métallique du portique, un Stetson fatigué rabattu sur les yeux.

— N'est-ce pas le frère de son mari ? demanda-t-elle, le front plissé. Tu crois que c'est une bonne chose ?

À la vue du visage sombre et téméraire, Hannah avait ressenti le pincement doux-amer d'une fille qui tombe par hasard sur l'homme dont elle est folle d'amour depuis des lustres. C'était difficile à dire de si loin, mais il semblait amaigri. Et encore endurci, si la chose était possible.

— C'est peut-être une bonne chose, répondit Hannah d'une voix qui se brisa. Et peut-être une catastrophe. Avec une fripouille comme Rafferty, avec un joli cœur pareil, il faut s'attendre à tout.

Si Clementine avait remarqué sa présence, elle n'en laissa rien paraître. Elle fit un signe au galibot, qui actionna vivement le sifflet du changement d'équipe pour faire taire les mineurs.

— Messieurs, commença Clementine de sa diction parfaite, j'aimerais vous entretenir de la façon dont les Four Jacks empoisonnent vos vies.

— Vas-y, mon lapin, souffla Hannah entre ses dents. Fonce !

Elle promena son regard sur l'assistance, repéra le marshal Drew Scully à l'arrière-plan. Il semblait calme, mais attentif. Le cœur d'Hannah se serra, et une douce chaleur l'enveloppa, comme si elle venait de se couler dans un bain chaud. Elle se demanda si ce genre de réaction à la seule vue de son amant finirait un jour.

Au même moment, le marshal remarqua Rafferty. Les deux hommes se jaugèrent, tels deux taureaux hésitant entre attaquer et battre en retraite. Puis Drew croisa le regard d'Hannah. Elle lui lança un sourire incertain qu'il ne lui retourna pas.

Un cri de rage interrompit les réflexions d'Hannah, et elle s'aperçut qu'elle avait manqué le discours de Clementine presque dans sa totalité.

— Nous savons tous que les Four Jacks veulent vous acheter votre bois un bon prix, hurlait un des mineurs. Si vous voulez mon avis, ces histoires d'empoisonnement, c'est du flan.

Les copains du perturbateur se mirent à rire, à siffler, à frapper sur leur gamelle. Du fond de l'assistance, un mauvais plaisant lança les restes de son repas. Une tourte dégoulinante de sauce s'écrasa sur la poitrine de Clementine avec un « splash » sonore.

Elle vacilla, le visage tordu par le dégoût et l'horreur. Avant qu'Hannah ne réagisse, Erlan avait bondi en avant.

— Vous avez tous oublié que vous avez eu une mère, espèce de crottes de tortue ! gronda-t-elle. Comment osez-vous traiter une femme avec un tel manque de respect ? Vous n'êtes que des dégueulis de chien !

Un rire tonitruant jaillit de la bouche d'Hannah.

— Eh bien, les gars, s'exclama-t-elle, vous avez eu droit à une belle bordée de jurons, et à la chinoise, en plus !

Les hommes, du moins ceux des premiers rangs, baissèrent piteusement la tête. Quelques-uns se retournèrent pour tancer le coupable. Mais un homme se dressa pour apostropher ses compagnons. C'était un laveur, un rouquin à la mâchoire proéminente qui avait déclenché plus d'une bagarre au Best in the West.

— Qu'est-ce qu'on a besoin d'écouter ces femelles ? rugit-il. Hannah Yorke, qui ne vaut pas tripette ; cette bridée de lavandière ; et l'autre veuve qui ferait mieux de se faire baiser, ça lui soignerait son hystérie...

Hannah marcha sur le rouquin, le parasol menaçant.

— Tu pues de la gueule, crapule...

— Laissez, Hannah, dit Clementine.

Sa voix tremblait légèrement, mais elle redressa les épaules et tira sur les basques de sa tenue de cavalière, maculée de sauce et de viande hachée.

— Vous pouvez me lancer vos ordures, m'injurier autant que bon vous semble, vous ne changerez pas la réalité.

— Si vous continuez dans cette voie, ma petite dame, intervint un autre mineur, dont l'inquiétude l'emportait sur la colère, vous porterez la responsabilité du chômage de deux cents hommes. On ne peut pas se permettre la fermeture de la mine, même si elle détruit la terre.

— Et d'ailleurs, renchérit le rouquin, qui se soucie de quelques hectares de foin et de bois ? C'est pas comme si ça manquait.

Tous les mineurs s'esclaffèrent.

— Je ne veux pas fermer la mine, riposta Clementine. Je veux seulement que cessent les rôtissoires. Il y a d'autres méthodes pour raffiner le minerai de cuivre. Mais rien ne changera tant que vos représentants syndicaux ne l'exigeront pas auprès de la direction. Écoutez, poursuivit-elle, alors que la conviction affermissait sa voix et colorait ses joues, je vous ai apporté des photos que j'ai prises quand je suis arrivée dans cette vallée, il y a douze ans, avant la découverte de l'argent et du cuivre...

Elle tendit les photographies au mineur le plus proche. Il y jeta un coup d'œil dédaigneux et les fit circuler.

— Ma petite dame, les autres méthodes dont vous parlez, ça coûte de l'argent, et si vous ne voyez pas ce que ça coûte en termes de salaire et d'emploi, c'est que vous ne connaissez pas grand-chose à la vie. J'ai une femme et six gosses à nourrir, je préfère m'accommoder d'un peu de puanteur et de quelques collines déboisées plutôt que de risquer ma place en ruant dans les brancards.

— Bien dit ! s'exclama son voisin, aussitôt approuvé par le chœur des mineurs.

C'est un argument qui se tient, songea Hannah, et elle se reprocha son manque de loyauté. Dans la ville minière où elle avait grandi, la suie recouvrait tout, de sorte que le monde était aussi noir que le fond d'un seau à charbon. Une mine salissait, c'était une réalité incontournable ; un homme devait travailler pour subvenir aux besoins de sa famille, c'était une autre réalité incontournable.

Mais ni la résistance ni l'indifférence des mineurs n'arrêteraient Clementine. Les trois femmes en avaient d'ailleurs largement débattu et s'y étaient préparées.

Clementine fit un signe au galibot ; il se précipita derrière la caisse et empoigna un sac en toile dont il tira une carcasse raidie à la fourrure grise.

— Voici un lièvre, dit Clementine. Je l'ai trouvé dans la prairie en arrivant.

Un laveur laissa échapper un cri quand le blondinet lui fourra l'animal dans les mains. Il rougit de sa réaction, ce qui provoqua l'hilarité de ses compagnons. Le galibot brandit alors un geai par les pattes sous le nez d'un autre mineur.

— Et ça, poursuivit Clementine en jetant dans la foule quelque chose qu'un mineur attrapa par réflexe, c'est la mâchoire d'une de mes vaches. Les dents sont plaquées de cuivre, à force de mastiquer de l'herbe toxique et de boire l'eau de la rivière. Honnêtement, croyez-vous que, si le bétail et les animaux de la vallée sont empoisonnés, nous, nous ne risquons rien ? Vos familles boivent la même eau, respirent le même air ! Avec cette nouvelle rôtissoire, combien de temps faudra-t-il pour que vos femmes et vos enfants tombent malades ?

Elle s'arrêta et regarda chaque homme dans le blanc des yeux.

— Vous vous vantez de veiller sur vos familles, reprit-elle. Que diriez-vous si vous participiez à leur destruction ?... C'est tout ce que j'avais à vous dire.

Avec une grâce innée, elle descendit de la caisse, puis de la recette sans se retourner. Les mineurs la regardèrent partir en silence.

Drew Scully était presque arrivé à côté d'Hannah quand une main s'abattit sur son épaule. Il se retourna brusquement.

— Je ne sais pas si c'était une bonne idée de laisser cette femme discourir ainsi. Qu'en pensez-vous, marshal ? Hein, disserter et faire circuler des friandises comme une sœur de charité ?

Drew fixa la face onctueuse et borgne de Jack McQueen, et lui retourna un sourire tranquille.

— Y a pas de loi qui empêche de dire la vérité, Jack.

L'autre grimaça un sourire doucereux qui ne réchauffa en rien son regard. En ville, on l'appelait M. McQueen, et ceux qui étaient là depuis assez longtemps pour se souvenir de ses sermons rédempteurs l'appelaient Révérend. Dans son dos, quelques intrépides l'appelaient encore Jack le Borgne. Mais personne n'osait l'appeler Jack en face. Drew s'autorisait donc à le faire. Mais c'était surtout pour se persuader qu'il était un homme libre, ce qu'il n'était plus depuis longtemps.

— Rien ne me ferait davantage plaisir que d'apprendre que mes enfants vivent dans la vérité, affirma Jack McQueen d'une voix suave. Mais la question qui nous préoccupe, Drew Scully, la question qui nous a toujours préoccupés, c'est celle-ci : Qu'est-ce que la vérité ?

— Allez, les gars ! criait Percivale Kyle. Retournez en ville, j'offre une tournée générale. Buvez un coup dans n'importe quel saloon, sauf le Best in the West ; ce sont les Four Jacks qui régalent.

Drew entr'aperçut un éclair de vieux rose, entendit la voix rauque d'Hannah s'exclamer : « Tu as été magnifique ! » et Clementine McQueen rire doucement, puis répondre :

— Regarde comme je tremble. Mais c'est à l'extérieur. En dedans, je me sens magnifique.

Drew aurait voulu parler à Hannah. Il fit un pas vers elle ; mais Jack McQueen se plaça, mine de rien, en travers de son chemin.

— J'aimerais que vous alliez trouver notre cher ami le juge, dit-il avec un nouveau sourire onctueux, afin d'obtenir une injonction pour la faire taire.

— Envoyez donc un de vos garçons de courses, répliqua Scully.

Jack McQueen continua de sourire, mais son visage se durcit. Il se pencha vers Drew, si près que le jeune homme sentit l'odeur de ses cigares coûteux et de son huile capillaire.

— Permettez-moi de vous rafraîchir la mémoire, Drew Scully. Pensez d'abord comment vous avez fait le mort quand j'ai négligé d'informer le consortium — alors que tous les actionnaires étaient pressés de voir leur bail venir à expiration — qu'un joli filon de cuivre attendait gentiment aux Four Jacks. Pensez ensuite que je n'ai qu'un mot à dire pour que le traitement royal touché chaque semaine par votre frère se rétrécisse comme une peau de chagrin.

» Quand on n'a pas d'adversaire, Drew Scully, on fixe ses propres règles. Rainbow Springs était un trou perdu lorsque j'ai débarqué et vous n'étiez qu'un simple mineur. (Il pointa un doigt énergique sur l'étoile de Drew.) Vous m'appartenez tous les deux corps et âme.

Le regard de Drew se fit soudain plus aigu.

— Pourquoi ne pas fermer simplement la rôtissoire, Jack ? Comme l'a dit la dame, il existe des moyens de fonderie plus propres. Vous pouvez fabriquer un haut fourneau, c'est pas l'argent qui manque.

— Quand j'aurai besoin de vos conseils d'homme d'affaires, Drew Scully, je vous ferai signe. En attendant, vous êtes payé pour faire respecter la loi, et l'un des moyens à votre disposition est d'aller trouver le juge au sujet de cette injonction.

Là-dessus, Jack McQueen tourna les talons et s'en alla. Une main douce effleura le bras de Drew Scully, et une voix familière murmura à son oreille. Mais les mots avaient un mordant qui lui cisailla le cœur.

— Comment se fait-il que tu n'aies jamais eu le cran de travailler pour moi alors que tu acceptes de ramper devant ce pourceau vénéneux ?

Drew tourna vers Hannah un visage fermé, glacial.

— C'est Rainbow Springs qui paie mon salaire, pas les Four Jacks. Quant à travailler pour toi, Hannah chérie, on a suffisamment épilogué là-dessus.

Le visage d'Hannah demeurait très pâle, mais il pâlit encore.

— Oublie que j'ai mis la question sur le tapis.

— Tu la remets toujours sur le tapis.

— C'est vrai, et je m'en veux chaque fois.

Elle cala son ombrelle sur son épaule, se redressa et s'élança sur le trottoir de planches bancales qui traversait le bourbier pour rejoindre la ville. Mais elle s'arrêta net et se retourna d'un geste si brusque que sa poitrine tressauta.

— Tu sais, marshal, même un cochon aveugle réussit à trouver un gland de temps en temps.

— Hein ?

Scully fourra les mains dans ses poches et pointa le menton en l'air.

— Qu'est-ce que tu veux dire ?

— Creuse-toi la cervelle, tu le découvriras peut-être.

Elle reprit sa route, et cette fois ne s'arrêta pas. Drew la regarda partir en se demandant ce qu'il avait bien pu faire ; la bougresse était salement mal lunée.

La veille au soir, ils avaient fait l'amour comme jamais. Drew avait le sentiment qu'ils n'avaient jamais été aussi proches, et voilà qu'Hannah lui faisait une scène. Qu'il soit pendu s'il en comprenait la raison !

Dans sa poche, sa main s'était refermée sur le caillou. Il frotta ses doigts sur les angles aigus de la pierre que la boue séchée rendait granuleuse. Il regarda au loin, l'œil vide, remarqua le bureau du directeur où l'on distinguait à peine un vieux trébuchet à travers la vitre crasseuse.

Drew avait commencé à descendre la colline quand il aperçut Pogey et Nash qui venaient dans sa direction. C'était rare de les voir debout si tôt ; ils passaient leurs après-midi affalés sur leur banc préféré, dans la véranda de la maison Yorke. La nouvelle de la « tournée générale » avait dû parvenir jusqu'à eux.

Scully sortit une main de sa poche et héla les deux prospecteurs.

— Hé, Pogey, Nash... Je peux vous dire deux mots ?

Ils s'approchèrent à contrecœur.

— Ça peut pas attendre ? demanda Pogey en tirant sur sa barbe. J'ai une sacrée soif.

— J'en ai pour une minute. J'ai pensé que vous pourriez m'aider.

Les yeux de hibou de Nash clignèrent lentement, et un air satisfait éclaira sa face ridée et hagarde.

— Vous voulez nous engager comme adjoints ? Vous avez dû entendre parler de la fois où j'ai bossé avec Wild Bill Hickok et qu'on a nettoyé Abilene en deux coups de cuillère à pot.

Pogey foudroya son compère du regard.

— Tu parles ! Le plus que tu as vu de Wild Bill Hickok, c'est la balle qui l'a tué, quand le toubib ambulant t'a soutiré un nickel pour t'autoriser à jeter un œil dessus.

Drew se retint de rire.

— Je n'ai pas besoin de vous engager ; mais je tiens à ce que vous gardiez pour vous ce que je vais vous dire.

Nash posa un doigt sur sa pommette.

— On sera muets comme une vache en pierre, marshal.

— Muets comme un voleur de chevaux après la pendaison, renchérit Pogey.

— Silencieux comme une plume qui tombe, affirma Nash. Silencieux comme un arbre rempli de hiboux.

Pogey arracha son chapeau et en martela la nuque de son compère.

— A-t-on jamais entendu parler d'un arbre rempli de hiboux qui serait silencieux ? Ça ferait un tel raffut qu'on s'entendrait même plus penser. (Il remit son chapeau et se tourna vers Drew.) Faites pas attention à lui, marshal. Le pauvre est né bête, et ça s'est pas arrangé depuis.

— Bon... euh... (Drew sortit le caillou de sa poche et l'exhiba dans sa paume ouverte.) Savez-vous ce que c'est, les gars ?

Pogey tira sur la crêpe qui lui tenait lieu d'oreille.

— M'est avis que c'est du minerai de cuivre. (Il désigna de la tête le portique de la mine.) Y en a des tonnes dans ce trou maudit.

Drew referma son poing sur le caillou.

— Non, les gars, celui-là est différent : c'est une parcelle de la vérité.

Ce soir-là, le Best in the West était aussi désert qu'un cimetière en hiver. Dans le miroir qui ornait le mur du comptoir, Hannah Yorke vit des tables et des chaises vides, des boules de billard immobiles, et deux entraîneuses adossées contre le mur, leur visage trop maquillé raidi par l'ennui.

— Tu peux partir, Shiloh, déclara Hannah. Je ne pense pas qu'on aura du monde ce soir.

Le barman la regarda comme s'il avait des choses importantes à lui dire, mais parut se raviser. Il ôta son tablier de cuir et le balança sur le comptoir. Ses dents blanches illuminèrent sa face réjouie.

— Y a une nouvelle gazelle chez Rosalie ; elle a une peau couleur chocolat fondant et une bouche qui devrait être interdite par la loi. Je crois que je vais lui faire une petite visite.

— Paie-toi du bon temps, Shiloh, répondit Hannah avec un clin d'œil.

— Oh ! j'en ai bien l'intention, patronne. J'en ai bien l'intention.

Le rire cristallin de Shiloh le suivit dehors. Souriante, Hannah fit signe aux entraîneuses, qui emboîtèrent aussitôt le pas au barman. Hannah resta seule dans le saloon désert, perdue dans des souvenirs si palpables qu'elle entendait presque les cartes qu'on abat, les rires criards des filles ; elle sentait presque la fumée des cigares et les relents acides de la bière renversée. Des regrets ? Oh ! certes, elle en avait ; mais à ce moment précis de sa vie elle avait oublié leur nature.

Elle se dirigeait vers son bureau minuscule, derrière le comptoir, quand une silhouette se détacha dans la lumière de la lampe qui éclairait la salle de jeu.

L'homme s'installa à une des tables recouvertes de feutre vert, où les clients s'asseyaient d'ordinaire pour jouer gros au poker. Accoudé sur ses genoux écartés, il fixait le sol en tournant dans ses mains son vieux chapeau fatigué. Ce n'était pas ce chapeau qu'il portait la dernière fois. Mais, bien sûr, des années avaient passé depuis. Sept longues années.

Adossée à l'encadrement de la porte, Hannah croisa les bras et prit le temps d'étudier l'homme ; elle nota les rides qui entouraient ses yeux et sa bouche, et qui lui donnaient un air plus dur, plus dangereux. Il s'était servi une bouteille de son meilleur whiskey, et il en avait déjà vidé la moitié.

— Eh bien, roucoula-t-elle, regardez donc ce que le mauvais vent nous amène !

Il leva la tête. Leurs regards se croisèrent, inflexibles ; puis il lui décocha un sourire paresseux et se cala contre le dossier de sa chaise, les bottes accrochées au barreau. Il jeta son chapeau sur la table et croisa les mains derrière sa nuque.

— T'es comme un vieux copain de galère, Hannah. Je suis de passage. Je m'en serais voulu de ne pas venir te dire un petit bonjour.

Elle alla au Gramophone qui se dressait contre le mur, sur une petite table, le remonta et mit un disque.

— Ça fait un sacré bail qu'on n'a pas partagé de galère, déclara-t-elle.

De passage ! Il avait dit qu'il était de passage.

Le Gramophone crachota une version métallique de *L'Homme au trapèze volant.* Elle attendit quelques mesures avant de couler au cow-boy un regard oblique agrémenté d'un sourire furtif.

— Je ne connais rien de plus triste que de la musique dans un dancing désert, remarqua-t-elle.

— La soirée commence à peine, répondit l'homme. Tes clients se souviendront de tes charmes quand il n'y aura plus de bières gratis.

— T'as fichtrement raison.

Elle avait oublié comme c'était facile de discuter avec lui, elle avait oublié combien ils se ressemblaient.

Elle ramassa un paquet de cartes et s'assit en face de l'homme en souriant. Elle déballa le paquet et joua un instant avec les cartes. Le dos voûté, l'homme buvait à petites gorgées et s'efforçait de paraître désinvolte. Mais la tension plissait ses lèvres, et des rides se creusaient sur son front.

Hannah entama une patience.

— À propos de ton père... — le bougre est plus sournois qu'un violoniste de bal. Tu sais qu'il a carotté ton frère de ses parts dans la mine des Four Jacks ? Il lui a refilé deux mille dollars pour le lot. Résultat, six mois plus tard, voilà-t-y pas qu'on découvre du cuivre à la pelle dans la butte, et que les investisseurs de la côte Est se battent pour financer les fouilles ? Évidemment, à ce moment-là, ton frère était mort, et sa veuve bien trop occupée à surmonter son deuil... Maintenant, il lui vole son bois et il essaie de la forcer à vendre.

Elle posa une reine rouge sur un roi noir et laissa le silence s'installer. Le Gramophone s'était tu depuis longtemps. Elle épia l'homme à travers ses paupières à demi closes.

— Tu croyais qu'il te suffisait de réapparaître pour être accueilli comme le dégel du printemps, reprit-elle. Alors, comment se fait-il que ton retour n'a pas l'air de la réjouir ?

— Tu la connais depuis un bout de temps, Hannah. C'est à toi de me le dire.

Elle lui lança un sourire tranquille et retourna une autre carte.

— Pas besoin d'être grand clerc pour se douter que c'est à cause soit d'une vacherie que tu lui as dite, soit d'une douceur que tu as oublié de lui dire. (Songeuse, elle garda en l'air le trois de cœur qu'elle venait de piocher, puis son sourire disparut.) Tudieu, Rafferty, t'en as pas épousé une autre ?

Il s'empourpra.

— Clementine est la seule que j'aime et que j'aimerai toujours.

C'était gentiment dit, et d'une certaine manière cela lui ressemblait. Contrairement à beaucoup d'hommes, Rafferty n'avait jamais de problèmes à admettre qu'il aimait une femme. Hannah esquissa un nouveau sourire, mais ce qu'elle lut dans ses yeux l'arrêta. Il avait toujours été un peu nerveux et emporté, mais ce soir il était tendu à craquer. Il dégageait une odeur âpre et métallique, une odeur de sang.

— Bon dieu, je le sais bien, mon chou, s'empressa-t-elle de déclarer d'un air aussi dégagé que possible. (Elle plaça le trois de cœur sur un quatre noir, et retourna un dix qui n'allait nulle part.) Mais on se sent seul par ici et... Oh, qu'est-ce que je raconte ? Certaines femmes acceptent qu'on les choisisse faute de mieux, et certains hommes se rangent ; mais ce n'est pas ton genre, pas vrai ?

Elle s'arrêta de jouer, comme pétrifiée soudain par une idée. Le regard dur, elle observa ses lèvres pincées, ses paupières tombantes, son œil aux aguets.

— Tu n'aurais pas des ennuis avec la justice, par hasard ?

Il détourna la tête, s'empara de la bouteille de whiskey, se versa un verre et éclata d'un rire franc, bien qu'empreint d'une certaine tension.

— Je ne suis pas recherché par la police, si c'est ce que tu veux dire, mais c'est pas faute d'avoir essayé. Je ne sais pas faire grand-chose, et c'est rarement des trucs recommandables. Cow-boy ou chasseur de primes, par exemple. (Il lui décocha un sourire piteux.) Ou même tricheur au poker. Merde, c'est facile de deviner ce que je faisais ! Et pendant ce temps-là, mon frère, honnête et droit, dirigeait le ranch, élevait une famille et prenait soin de la femme que je... prenait soin de sa femme.

Ses mains crispées sur le verre blanchissaient aux jointures. Il éclusa son whiskey d'un trait.

— Alors, forcément, je ne vois pas de quel droit je me pointerais pour piquer la femme de Gus et me l'approprier comme si elle faisait partie du bétail ou des meubles.

Hannah abattit le dix de trêfle avec une telle vigueur que la table branla.

— Tu t'attends à ce qu'elle fasse comme si ces sept ans n'avaient pas existé ? Comme si Gus n'avait pas existé ? Elle l'a épousé, elle lui a donné cinq enfants... elle en a enterré deux. Seigneur, c'est bien les hommes ! L'obliger à choisir entre les deux quand il n'en reste plus qu'un ! Tu devrais remercier le bon Dieu de s'être arrangé pour que vous puissiez l'avoir tous les deux.

Elle tendit le bras par-dessus la table et caressa la main crispée sur le verre vide.

— Gus est mort... mais toi, tu es en vie.

Il envoya promener son verre et enfouit la tête entre ses mains.

— Et merde !

Ah, les hommes ! songea Hannah avec un rictus de tristesse.

Mais elle comprenait celui-ci, parce qu'elle éprouvait la même chose quand elle pensait à Drew et au bébé. Pouvait-elle changer ? En avait-elle seulement envie ? Elle craignait de retomber dans ses travers, de finir par tromper l'homme qu'elle aimait, par se tromper elle-même. Une fois de plus. Et l'autre, l'être aimé, ne vivrait-il pas mieux sans elle ?

Des années de séparation s'étaient écoulées entre Rafferty et Clementine, et avec elles leur lot de sentiments déniés, de désir refoulé. Si cette chienne de vie vous apprenait une chose, c'était que, parmi toutes les routes existant, très peu vous ramenaient chez vous.

La patience avait lamentablement échoué. Hannah ramassa les cartes en un tas chaotique et se leva. Contemplant la tête baissée de Rafferty, elle s'aperçut qu'elle l'aimait toujours, et plus qu'un peu ! Elle lui effleura les cheveux.

— Tudieu, Rafferty, tu as toujours été un cas difficile.

Et elle s'éloigna, émue.

Deux ans auparavant, elle avait acheté un mélodium pour la grande salle et elle avait rapporté le piano dans la salle de jeu. Il y avait une éternité, un de ses patrons lui avait appris à jouer un morceau. Elle alla au piano et frappa les touches d'un seul doigt. Les notes discordantes retentirent dans le silence, presque obscènes.

— Hannah !

Elle releva la tête. Il se tenait près d'elle, le chapeau de nouveau sur la tête, le visage fermé.

— Elle a dû dérouiller après la mort de Gus. J'imagine que tu t'es occupée d'elle. Alors, si je ne peux pas... si les choses se goupillent mal entre nous...

Elle ne supporta pas de le regarder. Elle souffrait pour lui, pour Clementine. Et peut-être aussi pour elle-même. Oui, elle souffrait beaucoup pour elle-même.

— Tu la connais, répondit-elle d'une voix qui se brisa. Elle s'est toujours très bien débrouillée seule.

Elle frappa quelques notes, ajouta des paroles :

— *J'ai pour amour un cavalier, les chevaux sauvages il fait plier...*

Les doigts sur les touches, elle l'observa, et son regard s'embua.

— Arrête de faire l'idiot, Zach Rafferty, et demande-la en mariage, même si tu dois la supplier à genoux. Tu t'imagines peut-être que tu n'es pas assez bien pour elle, mais une femme bien rend parfois un homme meilleur.

Avec un sourire attendri, elle se leva, posa ses mains sur les épaules de Rafferty.

— D'ailleurs, tu oublies à quel point je te connais, cow-boy. Inconsciemment, tu as toujours eu envie qu'on t'apprivoise.

Elle se dressa sur la pointe des pieds et pressa ses lèvres contre celles de Rafferty.

Un mouvement sur le côté la fit sursauter.

— Drew !

Rafferty pivota d'un coup et porta la main à son revolver, comme un homme habitué à dégainer avant de savoir à qui il a affaire. Hannah lui agrippa la main, mais il s'était déjà détendu en reconnaissant le marshal.

— À un de ces jours, Hannah, dit-il en touchant son chapeau.

Il se dirigea vers la sortie sans un regard pour Drew Scully, qui resta planté au milieu de la porte. Comme aucun des deux ne voulait s'effacer, ils se heurtèrent de l'épaule quand Rafferty sortit.

Hannah entendit ses pas s'éloigner. Elle souffla son nom, dont l'écho dans le silence pesant la fit sursauter.

Scully s'avança vers elle à longues enjambées, le souffle rauque.

Elle s'éclaircit la gorge et passa une langue sur ses lèvres sèches.

— Nous ne faisions que discuter...

— Mouais ? Alors que lui disais-tu avec ce baiser, Hannah ?

— Rien. C'était en souvenir du bon vieux temps. Bonjour et au revoir, c'est tout.

Elle vit la colère et la fureur dévorer ses yeux, et elle s'en nourrit. L'excitation et la peur bouillonnaient en elle au point de lui donner le vertige. Drew tremblait de rage. Et elle comprit en lisant dans ses yeux la violence volcanique qu'elle avait devinée en lui depuis longtemps, qu'elle avait enfin réussi : elle l'avait poussé à bout.

Elle tira de sa poche le petit revolver dérisoire et le pointa sur lui. Mais, pour une fois, sa main trembla frénétiquement, et sa voix davantage encore.

— Si tu bouges le petit doigt dans l'idée de me frapper, Drew Scully, Dieu me garde, je te tuerai avant !

Il s'approcha à quelques centimètres, baissa la tête et frotta sa bouche ouverte contre le canon du revolver — sa bouche aux lèvres si dures, si belles.

— Vas-y, Hannah, tire. C'est aussi bien, si tu as décidé de me plaquer et de te remettre avec lui.

Elle lâcha le revolver, qui ricocha sur le plancher en sapin avec un bruit mat.

— Je ne te quitterai pas, Drew. Je t'aime...

Leurs lèvres s'unirent dans un long baiser sauvage ; Hannah s'écroula sur le piano dans un tintamarre de notes métalliques.

— Je t'aime, répéta-t-elle — ou plutôt elle essaya, car il la bâillonnait toujours de sa bouche gourmande.

Il la prit là, sur la table de feutre vert, parmi les cartes éparpillées et l'odeur du whiskey renversé. Ou bien ce fut elle qui le prit.

Par la suite, elle se persuada que c'était elle.

Le canon du colt vint s'appuyer sans ménagement contre la cicatrice de Jack McQueen, à son oreille. Surpris, ce dernier eut un mouvement nerveux du bras et renversa un encrier. Son genou tressauta et alla heurter violemment le plateau de l'énorme bureau en acajou qui trônait au milieu de la pièce — au cœur de la vaste et clinquante demeure bâtie grâce à l'argent de la mine, à l'extrémité de Rainbow Springs.

Jack McQueen contempla la tache d'encre que buvait rapidement le buvard. Le canon appuyé contre son oreille mutilée ne l'empêcha pas d'entendre le bruit du chien qu'on armait.

— Bordel de dieu ! marmonna-t-il.

— Amen, révérend.

Il tourna la tête et se retrouva en train de fixer deux yeux d'un or glacial. Même gamin, Zach avait ces yeux-là. Des yeux inhumains. Jack McQueen ne croyait guère au Dieu dont il avait si souvent usé à son avantage, mais une simple plongée dans le regard de son fils le convainquait sans mal qu'il existait quelque chose comme le diable.

— Pour l'amour du Ciel, Zacharias, s'exclama-t-il, tu ne peux pas t'annoncer comme tout le monde ?

Son fils ne répondit rien. L'odeur de l'encre renversée imprégnait la pièce. L'étoffe qui recouvrait le manteau de cheminée palpita à la périphérie de sa vision, et Jack risqua un regard vers la fenêtre. Celle-ci était ouverte. Il distingua des traces de boue fraîche sur les fleurs bleues de la tenture murale.

— Tu n'as donc aucun respect pour le bien d'autrui ?

— Aucun.

Le père et le fils échangèrent des sourires complices. Mais Zach ne rangea pas son arme ; il continua de tenir Jack en joue, et se mit à le dévisager. Puis, toujours souriant, le regard comme éclairé de l'intérieur par une lueur vicieuse, il enfonça un doigt de sa main restée libre dans le ventre de son père.

— Vous vous laissez aller, le vieux.

Jack émit un bruit confus, à mi-chemin entre le grognement et le couinement, le genre de cri que pousse un goret épouvanté.

— Et toi, mon cher garçon, tu fais peine à voir. Ces dernières années ne t'ont pas été clémentes, à ce qu'il me semble ?

— Tout le contraire de vous, répondit Zach en promenant son regard dans la pièce octogonale.

Il feignit d'être impressionné par les lustres et leurs globes au verre laiteux, les peintures aux cadres ouvragés et le miroir vénitien, la bibliothèque en noyer pleine de livres reliés cuir, les vitrines aux montants de cuivre et le verre coloré des fenêtres qui représentaient un as de carreau.

— Plus huppé que ça, je vois qu'un certain bordel de Saint Louis. Non, mais regardez-vous ! ajouta-t-il en adoptant un ton sarcastique. Pomponné comme un pied-tendre. Presque aussi rutilant qu'un rédempteur professionnel en tournée.

La remarque était cruelle, mais Jack McQueen avait trop d'expérience pour laisser paraître son trouble. Il se fendit de son plus éclatant sourire.

— Je n'ai pas à me plaindre... Mais dis-moi un peu ce qui te tarabuste au point de t'introduire chez moi et de coller le canon d'une arme dans ce qu'il reste de mon oreille gauche ?

— Je vous avais prévenu que, si vous lui faisiez le moindre mal, je viendrais vous tuer.

Jack soupira, comme pour se défaire de la peur nouée au fond de sa gorge. Il avait toujours détesté ce genre d'entretien. Hormis une certaine nuit qui s'était achevée dans la violence et le sang, il avait toujours été capable de s'en sortir en baratinant.

— Les Four Jacks lui ont proposé une somme plus que convenable pour ce bout de terre, et cela en dépit du désaccord qui existe quant au propriétaire légal. Pour ce qui est du déplorable incident de cet après-midi, celui qui en a été la cause a payé.

Grands dieux, Zacharias... (Il voulut tourner la tête, mais son nez se heurta au canon du colt)... tu crois vraiment que ça me plaît de savoir que mon petit-fils chéri, la chair de ma chair, s'est fait tirer dessus ? (Il s'interrompit pour déglutir et souffler.) Je lui propose un prix plus qu'intéressant, bon sang ! Demande à n'importe qui. Demande-le-lui, à elle.

— Aussi intéressant que ce que vous avez proposé à Gus ?

Jack poussa un soupir encore plus mélodramatique.

— Je me doutais bien qu'on me rendrait un jour responsable de l'entêtement et de la stupidité de Gustavus. Je le lui ai même dit, à l'époque.

Il se mordilla la lèvre inférieure. Une arme était rangée dans le tiroir de son bureau, mais il n'envisagea même pas de s'en emparer. Il savait Zacharias capable de l'abattre séance tenante, sous le coup de la colère. Après tout, c'était lui qui l'avait élevé et lui avait appris à ne se laisser fléchir par aucun sentiment.

— J'ai offert à Gustavus une chance inespérée d'investir dans cette entreprise, reprit-il en s'autorisant une nuance de pétulance dans la voix. Mais il ne voulait pas en entendre parler. Bon, d'accord, peut-être que je n'ai pas assez cherché à le convaincre d'agir autrement, mais je ne voulais pas qu'il vienne déranger mes plans avec ses maudits vingt pour cent. Bon sang, même toi tu dois bien admettre, mon cher garçon, que quand il était question d'affaires ton bigot de frère était incapable de faire correctement une addition, et cela malgré toutes mes tentatives pour lui inculquer quelques rudiments.

— Ce n'était pas qu'il était incapable. Il était simplement né dépourvu de méchanceté, et rien de ce que vous lui avez enseigné n'est parvenu à changer cette réalité. (La voix de Zach était devenue aussi suave que menaçante.) En ce qui me concerne, c'est une autre paire de manches. Je suis un rejeton digne de vous, donc capable de tout et de n'importe quoi. (Il promena le canon du colt sur la joue distendue de son père.) Laissez-la tranquille, ou quand j'en aurai fini avec vous il ne restera pas assez de chair sur votre carcasse pour appâter un hameçon.

Jack McQueen sentit que son visage le trahissait. Même le tic sous son bandeau s'était remis à l'importuner.

— *Le péché finira par se retourner contre toi,* lâcha-t-il. Tue-moi et tu finiras au bout d'une corde.

Le canon du revolver suivit l'arête de son nez, puis sa pommette, et s'immobilisa enfin devant son seul œil valide.

— Certaines choses valent bien qu'on risque la potence, déclara son fils sans se départir de son ton faussement mielleux. Et vous empaler sur une broche comme un porc en fait partie.

Des images sanglantes surgirent des sombres recoins de la mémoire de Jack le Borgne. Un couteau tailladant son visage, le clair de lune ricochant sur la lame telle une langue de feu. Les cris d'un enfant, ceux d'un adulte ensuite ; également une odeur fétide, semblable à celle de la viande de boucherie. Et, des années plus tard, la voix de Zacharias déclarant : « Allez donc le dire à celui qui vous a crevé l'œil. »

— Tu ne me fais pas peur, petit.

Le chien claqua sourdement dans la chambre vide. Jack sursauta et laissa échapper un sifflement rauque entre ses dents serrées. Son fils ne put s'empêcher de sourire.

— Laissez-la tranquille, ou l'enfer vous recevra à bras ouverts.

Jack McQueen n'avait jamais jugé utile de crier au feu après que l'incendie eut été éteint. Il attendit donc que son fils soit reparti comme il était entré, par la fenêtre, avant de se mettre en quête de Percivale Kyle. Mais l'homme se révéla difficile à débusquer. La soirée étant bien avancée, Jack se rendit au Gandy Dancer, où il prit deux whiskeys coup sur coup, tout en prêtant l'oreille aux ragots des mineurs — lesquels allaient particulièrement bon train. Ne voyant toujours pas Kyle, il poussa jusqu'au bordel de Rosalie où il eut plus de chance.

— Note bien ces noms, dit-il à Percivale pendant que celui-ci s'efforçait tant bien que mal de reboutonner son pantalon et clignait les yeux tel un hibou surpris par une lumière soudaine. Zach Rafferty et Zacharias McQueen. Demain matin, je veux que tu te mettes à envoyer des télégrammes. Essaie de savoir s'il est recherché pour quelque chose, quand bien même ça serait pour avoir pété à table. Et après, je veux que tu découvres ce que ces deux vieux brigands de Pogey et Nash mijotent à Helena, et qui leur a fourré cette idée en tête. Entre-temps, nous devons faire oublier à nos chers concitoyens cette regrettable histoire d'eau empoisonnée. Tu as quelque chose à proposer ?

Kyle caressa la pointe de sa barbe et sourit. Jack lui rendit son sourire.

— Les Chinois ont toujours eu le chic pour s'attirer des ennuis, décréta Kyle d'un air songeur.

XXXII

L'enfant haletait, comme privé d'air. Sa poitrine se soulevait, sa nuque était raide, ses muscles tendus. Un silence insoutenable régnait dans la chambre. Les deux femmes le regardaient, impuissantes. Enfin, il laissa échapper un cri étouffé, une sorte de gémissement désespéré. Puis ses poumons s'emplirent d'oxygène ; Hannah s'aperçut alors qu'elle aussi avait retenu son souffle tout le temps que l'enfant luttait contre l'asphyxie.

— Oh ! mon Dieu, Clem, dit-elle, nous devrions aller chercher le docteur !

Clementine alluma un nouveau cône de papier buvard imbibé de salpêtre et l'agita devant le visage congestionné et inondé de sueur de son fils.

— Il ne fera rien de plus. Nous ne pouvons que veiller sur Daniel et attendre que la crise passe, attendre et espérer que...

Elle n'acheva pas sa phrase, mais Hannah sut instinctivement ce qu'elle allait dire : *Et espérer que le pire n'advienne pas.*

Hannah admirait le calme de Clementine. S'il s'était agi de son fils, elle aurait été au bord de l'hystérie, et il y a fort à parier qu'elle aurait eu autant besoin des émanations de salpêtre que lui. Toutefois, Daniel était coutumier de ces crises spectaculaires, et Clementine avait dû apprendre au fil du temps à se maîtriser, à cacher son angoisse afin que l'enfant ne la ressente pas à son tour.

— C'est cette nouvelle rôtissoire, affirma Hannah.

Elle en voulait aux Four Jacks et à l'obstination des hommes, qui ne pensaient qu'au profit et au progrès.

— Elle a tellement vicié l'air que c'est un miracle si nous n'avons pas tous des spasmes.

La pièce avait beau être soigneusement fermée, les deux femmes sentaient les vapeurs âcres. Elles éprouvaient des démangeaisons au fond de la gorge et une brûlure dans leurs narines. Hannah savait qu'il lui suffirait d'écarter les rideaux pour distinguer les feux de la rôtissoire qui rougeoyaient contre le ciel nocturne tel un lit de charbons ardents.

Clementine alluma un autre cône imbibé de salpêtre et l'agita doucement à la façon d'un éventail devant le nez de son fils. Les spasmes pulmonaires semblaient s'être calmés aussi soudainement qu'ils étaient apparus, et l'enfant s'était assoupi, vaincu par l'épuisement.

Hannah contempla le bout de papier qui se consumait en s'enroulant sur lui-même au bout des doigts de Clementine.

— J'ai entendu dire, commença-t-elle, que certaines personnes qui souffraient d'insuffisance respiratoire comme Daniel portaient de la peau de rat musqué contre leur poitrine...

— J'ai essayé ce remède, Hannah. Cela a été aussi efficace qu'un maillot de corps. Et le pauvre petit ne le supportait pas tellement ça le grattait. Les autres gosses se sont même moqués de lui quand ils ont vu tous ces poils sous sa chemise. Les enfants sont parfois si cruels, vous savez.

Les adultes aussi, pensa Hannah. Soudain, elle eut peur pour la vie qu'elle portait en elle. Son enfant naîtrait-il en bonne santé, non seulement avec tous ses doigts et tous ses orteils, mais également sain d'esprit ? Bien longtemps auparavant, quand elle habitait le Kentucky, il y avait un gosse que les gens appelaient « le Demeuré ». Un jour, une bande de grands avaient aspergé d'essence ses habits avant d'y mettre le feu. Par la suite, ils avaient manifesté quelques remords, et prétendu qu'il s'agissait juste d'une farce qui avait mal tourné. Mais le malheureux gamin était mort dans d'atroces souffrances. Et qu'avaient dit les gens ? Que l'enfant était un gosse de vieux, que sa mère était déjà grand-mère quand elle l'avait eu. Que cela expliquait son arriération mentale...

Le premier enfant qu'Hannah avait eu devait être un homme aujourd'hui ; peut-être était-il marié et père de famille. Elle l'imagina assis dans un salon aux tentures de velours, en train de faire sauter sur ses genoux une petite fille aux cheveux bouclés et de chanter des comptines. Elle se demanda s'il lui arrivait de penser à elle. Mais non, il devait ignorer jusqu'à son existence. Il avait grandi en croyant que cette femme de banquier était sa mère.

Cela valait mieux ainsi. Car, en vérité, quelle sorte de mère aurait fait la pauvre Hannah Yorke, la reine du calicot, la traînée au grand cœur ? Et quelle sorte de mère espérait-elle être, cette fois-ci ? Elle imagina les autres gosses en train de se moquer de son fils, de lui ressasser qu'il avait pour mère une entraîneuse de saloon, de se vanter même que leurs propres pères l'avaient « connue » du temps de Deadwood. Et si l'enfant était une fille... quand elle aurait l'âge d'être courtisée, que penseraient ses galants : telle mère, telle fille ?

Et quelle place occupait Drew dans tout cela ?

Elle posa ses doigts entrelacés sur son ventre. Il était plat pour le moment, mais cela ne durerait pas.

— Hannah, vous allez bien ?

Elle sursauta. Heureusement, la pénombre dissimulait la tristesse qui se peignait sur ses traits.

— Bien, très bien. (Un immense sanglot déchira alors sa poitrine.) Non, ça ne va pas ! Je vais avoir un bébé...

— Oh, Hannah, c'est vrai ? Je suis si heureuse pour vous !

Clementine reposa sur la table les derniers bouts de papier calcinés et prit Hannah dans ses bras.

— Vous êtes heureuse vous aussi, n'est-ce pas ?

La gorge d'Hannah se serra. Elle hocha la tête, pressa sa joue contre celle de Clementine. Un instant, les deux femmes restèrent ainsi à s'étreindre dans le noir.

Puis Hannah émit un drôle de gargouillement, comme si elle avait eu du mal à déglutir.

— J'ai l'impression qu'une seconde chance m'est donnée, vous savez. Une occasion de m'amender pour ce que j'ai fait autrefois. Vous vous rendez compte ? Vendre son petit comme s'il s'agissait d'une simple marchandise...

Elle se dégagea et essuya les larmes qui perlaient à ses paupières.

— Mais la perspective d'être mère à mon âge me remplit de terreur. Et je ne sais pas comment annoncer la chose à Drew. Il a beau être en partie responsable de ce qui arrive, j'ai idée que cette nouvelle ne va pas l'enchanter.

— Vous ne lui avez rien dit ? Oh, Hannah, vous devez lui parler ! Sincèrement, je pense qu'il voudra vous épouser et fonder une famille. Si vous l'aimez, et je sais que c'est le cas, vous devez lui donner une chance de vous prouver son amour.

Hannah secoua la tête avec vigueur.

— Cela fait sept ans qu'il aurait pu me demander en mariage ! S'il s'est abstenu, il doit bien y avoir une raison...

— Peut-être ne vous a-t-il pas fait sa demande parce qu'il doutait de votre réponse. Allons, combien de fois n'avez-vous pas dit que nous n'étions pas près de voir Hannah Yorke se retrouver un fil à la patte ? (Malgré l'obscurité, Hannah sentit qu'un sourire se formait sur les lèvres de Clementine.) Vous ne pouvez en vouloir au marshal Scully de se comporter comme un homme et de gober votre stupide rengaine. Nous autres, les femmes, voyons le mensonge dans tous leurs propos ; mais un homme, lui, préfère croire les mensonges que lui débite une femme plutôt que d'entendre la vérité... Ma foi, si vous comprenez un traître mot de ce que je raconte, alors vous vous en sortez mieux que moi !

Hannah étouffa un éclat de rire et sécha du mieux qu'elle put les larmes qui baignaient ses joues. Elle essaya de distinguer le visage de Clementine dans le noir.

— Je ne sais vraiment plus quoi penser, avoua-t-elle enfin. Peut-être est-ce ce mauvais temps et ces vapeurs nocives qui me portent sur les nerfs. Tous ces nuages qui sont là depuis des jours sans que rien ne se passe... Si seulement il pleuvait...

— Ou si seulement le vent voulait bien se lever.

Hannah éclata de rire.

— Voilà qui est un peu fort ! s'exclama-t-elle. A-t-on jamais entendu une femme du Montana demander au vent de se lever ?

Le lendemain matin, le ciel était d'un noir menaçant. Les nuages avaient pris une teinte blafarde et retenaient les vapeurs cuivrées au-dessus de la vallée comme une couverture sur un feu de camp.

— Une chauve-souris ne retrouverait pas son chemin, déclara Hannah à Clementine tandis que les deux femmes prenaient le café.

C'était à peine exagéré.

Même avec les fenêtres closes, une odeur âcre régnait dans la maison. Une fumée brune et dense flottait lascivement au-dessus de la ville telle une brume menaçante. On avait l'impression de respirer à travers un linge souillé.

— Une vieille femme est morte cette nuit. D'après ses proches, les vapeurs l'empêchaient tellement de respirer que son cœur a lâché.

Saphronie s'occupait du petit déjeuner des enfants. Comme toujours, Daniel et Zach se disputaient. Sarah, elle, était occupée à verser de la bouillie de maïs dans les bols préférés d'Hannah.

— C'était la mère de Mme Wilkins, la femme du boulanger, reprit Hannah. Mais si l'on en croit le docteur, ils sont déjà près d'une douzaine à garder le lit et à souffrir de maux de gorge ou de douleurs à la poitrine. Je sais que notre plan était d'attendre un peu, de laisser les hommes digérer ce que vous leur avez dit hier, mais nous ignorions alors que la situation allait s'aggraver aussi vite. Je propose d'agir sans plus tarder.

— Je viens avec vous, déclara Sarah en reposant bruyamment sa cuillère dans son bol.

Clementine dévisagea sa fille. Elle avait le visage couleur noisette à force de ne jamais porter de chapeau. Aussi bornée qu'un jeune *cayuse,* aurait dit son père.

— J'ai besoin que tu restes pour t'occuper de Daniel et de Zach.

— Ils viennent également, répliqua Sarah en gratifiant sa mère d'un regard pénétrant.

Hannah voulut poser sa main sur celle de Clementine, mais au lieu de cela elle la serra vigoureusement. Les deux femmes restèrent ainsi un moment, puis Hannah repoussa sa chaise et se leva.

— Séparons-nous, proposa-t-elle, ainsi nous gagnerons en temps et en efficacité. Je vais aller trouver Erlan, et elle ira parler aux autres Chinoises.

Au début, elles ne furent que quatre : Clementine, Hannah, Saphronie et Erlan ; mais très vite d'autres femmes les rejoignirent, et ce fut comme une boule de neige qui dévale une pente en prenant du poids et de la force. Elles parlèrent de la mère de Mme Wilkins, firent allusion aux personnes tombées malades au cours de la nuit, et n'eurent guère besoin d'en dire davantage. Les vapeurs qui recouvraient la ville, les geais et les alouettes qui jonchaient les champs, leurs propres larmes, leurs gorges à vif : c'étaient là, en vérité, leurs meilleurs arguments.

Certaines femmes, craignant les ennuis, prirent le revolver de leur mari ou se munirent de fusils. Toutes apportèrent des pelles, et nombreuses furent celles qui demandèrent à leurs enfants de les accompagner.

Pogey et Nash observaient ces allées et venues depuis leur banc sur la véranda d'Hannah Yorke.

— Y a beaucoup de femmes qui s'agitent, ce matin, remarqua Nash. M'ont l'air aussi affairées que des puces sur le dos d'un vieux bâtard.

— Ouais, plus affairées que des ratons laveurs surpris par la tempête, reconnut Pogey. Qu'est-ce qu'elles comptent fabriquer, à ton avis, avec toutes ces pelles ?

Nash considéra gravement la question en passant la langue sur ses fausses dents.

— Enterrer quelqu'un, je dirais, lâcha-t-il enfin.

Pogey étudia cette possibilité, hocha la tête.

— Espérons qu'il est déjà mort, alors.

— Peut-être que c'est pas un macchabée qu'elles vont enterrer. Peut-être que c'est une chose.

— Faudrait que ça soit une chose plutôt grosse, pour qu'elles se trimbalent autant de pelles.

— Plus grosse qu'une grange, je dirais.

— Plus grosse qu'un wagon à bestiaux.

— Plus grosse qu'une promesse de politicien.

— Plus grosse que...

Les paroles de Pogey furent rendues inaudibles par la plainte soudaine de la sirène des Four Jacks.

— Je sais pas ce qui se passe au juste, déclara-t-il au bout d'un moment, mais avec toutes ces bonnes femmes qui agitent leurs pelles, faudrait vraiment être couillon pour aller aux nouvelles, si tu vois ce que je veux dire.

Il sortit de sa botte un bâton de chique et en détacha un morceau.

— Pour sûr, renchérit Nash. Ça paraît plus sage de rester à l'écart et d'attendre que les choses se soient calmées pour se renseigner.

— Alors là, je dis que pour la première fois de ta vie de grande gueule, *compadre,* t'as enfin sorti quelque chose qu'est pas dénué de bon sens.

Les femmes envahirent bientôt la prairie, et Clementine eut la vision d'une armée en marche, une armée de femmes munies de pelles au lieu de fusils. Elle observait les visages. Certains étaient frais comme un bouquet de fleurs sauvages, d'autres aussi usés et ridés qu'une paroi rocheuse. La détermination qu'elle lisait sur les traits des uns et des autres l'effrayait. Mais quand elle discerna cette même expression dans le petit menton pointu et les yeux vifs de sa fille, sa peur se changea en fierté.

Alors qu'elles longeaient l'écurie d'Œil de Serpent, Clementine aperçut un homme en train d'atteler une jument à longs poils drus... Rafferty. Elle détourna rapidement la tête. Quand elle regarda de nouveau dans sa direction, il venait vers elle de sa démarche chaloupée de cow-boy.

Il se plaça à côté d'elle sans rien dire. Elle s'interdit de croiser son regard, mais ne put s'empêcher de suivre du coin de l'œil ses longues foulées. Ses jambes étaient élancées, et elle devinait les muscles qui ondulaient et se tendaient sous le cuir usé de son pantalon.

Elle avait la gorge trop irritée pour parler, mais devant son silence elle ne garda pas le sien très longtemps.

— Je pensais que vous aviez quitté la ville, dit-elle. Hier soir, ne vous voyant pas après ce... Je pensais que vous étiez parti.

— Pour rater la fête ?

Elle perçut l'intonation particulière de sa voix. Elle reflétait une de ces vives colères qui l'avaient toujours attirée et effrayée à la fois.

Le spectacle d'une cinquantaine de femmes défilant avec des pelles et des armes n'était pas passé inaperçu. Les quelques hommes qui n'étaient pas encore descendus dans les puits de mine leur emboîtèrent le pas, l'air inquiet. Clementine remarqua parmi eux le marshal Drew Scully, et lut une vive angoisse sur le visage d'Hannah quand cette dernière l'aperçut.

Nous aimerions pouvoir agir sans eux, songea Clementine. *Mais cela ne se peut. Et pourtant, combien de fois nous ont-ils laissées seules ! La mort nous les prend, l'indifférence les gagne, une autre femme les vole...* Elle contempla un bref instant le profil grave de Rafferty. *Ou bien ils cèdent à l'appel des grands espaces.*

Un murmure s'éleva parmi les femmes quand la sirène des Four Jacks retentit. Il y eut un flottement dans les premiers rangs ; mais Mme Pratt, la femme d'un mineur, tira un coup de revolver en l'air.

— Viens ici si tu l'oses, Jack McQueen ! s'écria-t-elle. T'es peut-être borgne, mais sûrement pas sourd !

Les rires qu'elle déclencha détendirent un peu l'atmosphère.

Le souhait de Mme Pratt se concrétisa bientôt. Le propriétaire de la mine arriva dans son buggy, encadré par Percivale Kyle et le Mick, tous deux à cheval.

— J'ai comme l'impression qu'on va s'amuser davantage qu'à un marquage de bêtes, glissa Hannah à l'oreille de Clementine.

D'un accord tacite, les femmes formèrent une barrière vivante devant la rôtissoire. Elles n'étaient plus qu'un seul corps. Comme si tous les instants accumulés de leur vie de femme, toutes les tragédies et victoires qu'elles avaient connues s'étaient solidifiés dans cette minute unique au beau milieu d'une prairie du Montana.

On eût dit que la terre entière s'était tue, qu'elle retenait son souffle. Les femmes du Rain Dance se serraient les coudes, leurs enfants agrippés à leurs jambes. Les vapeurs leur piquaient les yeux et irritaient leur gorge, mais elles gardaient la tête haute.

Les hommes étaient restés en retrait. Ils contemplaient avec étonnement les pelles et les armes dans les mains de leurs épouses. Mais pas un ne demanda ce qu'elles comptaient faire, pas un n'exigea de sa femme qu'elle rentre à la maison. Tous sentaient que, pour la première fois peut-être de leur vie, ils ne seraient pas obéis.

Jack McQueen rangea son buggy à une vingtaine de mètres des femmes. Il étudia la situation, un rictus amusé aux lèvres.

— Dites donc, mes braves, ne seriez-vous pas un peu trop loin de vos cuisines ?

Le Mick et Percivale Kyle éclatèrent de rire.

— Qui veille au fourneau et accomplit vos tâches à votre place ?

— N'écoutez pas ce fils de pute borgne ! lança Erlan assez fort pour que Jack McQueen l'entende.

Il répondit à l'insulte par un ricanement et désigna Clementine du bout de son fouet sans cesser de sourire.

— Je devine aisément que vous êtes la cause de toute cette agitation, ma chère belle-fille. Vous semblez prendre goût à me mettre des bâtons dans les roues. Que comptez-vous faire exactement avec cette assemblée ?

Clementine fit un pas vers lui, le menton droit.

— Nous comptons fermer cette rôtissoire.

Jack McQueen feignit d'être ébahi.

— Tiens donc ? Et comptez-vous également faire fermer la mine, pendant que vous y êtes ?

Tous les mineurs s'agitèrent à ces mots et émirent des murmures désapprobateurs. Le Mick posa une main sur la crosse de son arme. Percivale Kyle s'efforçait de paraître indifférent, mais sur ses joues pâles des larmes ruisselaient de ses yeux rougis par les fumées.

Jack McQueen désigna la place vide à côté de lui.

— Et si vous montiez vous asseoir ici, madame McQueen ? Je vous ramènerais en ville et nous discuterions de tout cela entre gens raisonnables...

Clementine n'en crut pas un mot. Elle savait pertinemment que sa mine affable changerait dès qu'il l'aurait entraînée loin de là. Elle sentit derrière elle les forces conjuguées des autres femmes, leur courage et leur détermination.

Elle brandit sa pelle comme s'il s'agissait d'un étendard.

— Nous allons combler ce puits immédiatement.

Jack McQueen se pencha en avant et rassembla ses rênes.

— Je ne crois pas que ce...

— Ah-oh !

Nickel Annie venait de débouler de la prairie dans sa carriole en faisant claquer son fouet dans l'air vicié.

— Salut, le Borgne ! lâcha-t-elle dans le silence tendu. J'aurais aimé te souhaiter une bonne journée, mais ça me paraît difficile, avec cette fumée qui nous étouffe tous.

— Ma très chère Annie, je pensais que vous auriez l'intelligence de vous ranger à mon côté. Depuis combien d'années travaillez-vous pour les Four Jacks ?

— Beaucoup trop, ma foi ! Et à présent j'ai dans mon chariot cinquante kilos de dynamite reliée à un détonateur. (La chique qu'elle mâchait gonflait ses joues, et elle expédia un long jet de salive brune devant elle.) J'ai sacrément envie d'y mettre le feu, mon très cher Jack. Aussi, je crois que la situation se présente comme suit pour vous : soit vous ne bougez pas d'ici et vous vous préparez à rencontrer votre Créateur ; soit vous détalez comme le pleutre que vous êtes et vous nous laissez accomplir ce que nous avons l'intention de faire — à savoir combler ce maudit puits.

Nickel Annie lâcha un nouvel éclat de rire tonitruant tout en enflammant une immense allumette sur le cuir de sa jupe.

Hannah saisit Clementine par le bras.

— Oh ! Seigneur, par pitié ! Ce n'était pas prévu. Dites-moi que ce n'était pas prévu...

Clementine secoua la tête.

— Elle ne peut pas faire sauter son chariot et McQueen sans blesser ses mules ; or, Annie ne s'y résoudra jamais. Elle les aime comme ses filles.

— Mais le révérend l'ignore, n'est-ce pas ? dit Rafferty.

Clementine sursauta. Elle croyait que Zach était resté en retrait avec les autres hommes, mais il était là, près d'elle, et sa voix était pleine d'une ironie séduisante et dangereuse.

Jack McQueen dévisagea la muletière d'un œil morne.

— Des plus malins ont essayé avant toi de me rouler, Annie ! Fais voir un peu ce que t'as dans le ventre.

— J'attendais que tu me dises ça, rétorqua Nickel Annie en se fendant d'un large sourire.

Elle approcha l'allumette enflammée de la mèche. Cette dernière prit aussitôt feu et se mit à se consumer.

La main du Mick se crispa sur son arme.

— Hé, patron...

— Hi-oh ! s'écria Annie. Hue, sales mules, maudites bourriques !

Le chariot bondit en avant.

— Whao !

Elle entraîna ses bêtes dans un large demi-cercle. La roue arrière gauche du chariot passa dans un trou et tout l'attelage gîta follement, manquant verser.

Hannah secoua une main devant son visage.

— Oooh, mon Dieu... je crois que je vais défaillir !

Le fouet d'Annie claqua à nouveau dans l'air. Ses jurons résonnaient dans l'atmosphère saturée de fumée. Le baril de dynamite brinquebalait à l'arrière du chariot telle une bille folle dans un seau. Tout l'attelage tressautait et grinçait, projetant des éventails de boue sous le poids de ses énormes roues cerclées de fer. Il fonçait droit sur Jack McQueen et ses hommes de main.

Le sourire qui s'était figé sur les lèvres du borgne s'estompait à présent comme neige au soleil.

— Eh, Annie... Bon, ça va, ça va... Bon dieu, mais arrête-toi !

Annie tira sur ses rênes, et les roues arrière de son chariot glissèrent et dérapèrent dans la boue.

La muletière continua de sourire un instant qui parut interminable, tandis que la mèche brûlait. Puis elle expédia deux épais jets de jus de chique sur la mèche rougeoyante. Cette dernière grésilla et s'éteignit.

Le visage de McQueen vira lie-de-vin, et sa poitrine se souleva comme s'il avait trop longtemps retenu sa respiration. Il paraissait prêt à sauter de son buggy. Le Mick, lui, était resté en selle, les jambes raidies, les yeux écarquillés, la bouche grande ouverte. Mais Percivale Kyle était déjà reparti au triple galop vers Rainbow Springs.

Nickel Annie rejeta la tête en arrière et éclata d'un rire gras.

— M'est avis que je t'ai mouché proprement, Jack le Borgne. Il te restait encore cinq bonnes secondes de vie à gaspiller quand tu t'es mis à caqueter comme une poule à l'heure de la ponte.

Jack McQueen se rassit sur son siège et éclata d'un rire condescendant.

— Bon, tu t'es bien amusée, Annie. Et si tu rentrais chez toi, à présent ? Qu'on puisse régler entre hommes cette histoire.

Ce fut Hannah qui répondit au vieux McQueen, et sa voix fit sursauter Clementine.

— Décidément, Jack McQueen, vous ne comprendrez jamais rien à rien ! (Elle planta sa pelle dans le sol, fit pression dessus avec son pied et arracha au sol une pleine pelletée de boue du Montana.) Mesdames, le travail nous attend.

Et, d'un geste puissant, elle envoya sa pelletée de boue sur le puits fumant.

Clementine allait l'imiter quand une détonation sèche rompit l'air dense. Rafferty avait été aussi rapide que l'éclair. Elle se retourna à temps pour voir le chapeau du Mick voler dans les airs tandis que son corps était projeté à bas de son cheval comme une poupée désarticulée, une tache rouge étalée sur sa poitrine. Sa main demeurait crispée sur la crosse en ébonite de son arme.

Pendant un moment personne ne bougea, sauf Zach, qui braqua la gueule fumante de son colt sur la poitrine de son père.

— Ne m'obligez pas à vous tuer, dit-il, mais à voix si basse que Clementine se demanda si son père l'avait entendu.

Cependant, les quelques femmes munies de fusils ou de revolvers avaient déjà mis Jack le Borgne en joue.

Celui-ci retira délicatement sa main de sa poche, en sortant un carré blanc de tissu brodé.

— *Celui qui a creusé une fosse y tombera,* dit-il en se fendant d'un de ses fameux sourires enjôleurs. Je prenais simplement mon mouchoir, mesdames.

Les femmes de Rainbow Springs le tinrent en respect encore un instant, puis elles parurent comprendre que le danger était passé et elles abaissèrent leurs armes.

Les pelles entrèrent en action dans un silence laborieux.

Hannah posa une main sur l'épaule de Rafferty.

— J'ignore lequel d'entre nous le Mick comptait abattre, déclara-t-elle, mais si c'était moi, je devrais te remercier.

Rafferty s'abstint de tout commentaire. Son regard intense ne quittait pas le visage de Clementine. Elle eut envie d'embrasser ses lèvres au tracé si ferme jusqu'à ce qu'elles fondent sous les siennes.

Une petite main agrippa alors son bras. Elle baissa les yeux et vit le visage sérieux de sa fille. Sans un mot, Sarah s'empara de la pelle que sa mère tenait encore. L'outil était presque aussi grand que la gamine, et elle éprouva quelque difficulté à le manier. Le fer produisit un bruit grinçant quand elle l'enfonça dans la boue pleine de pierres.

Le regard de Clementine revint sur Rafferty.

— Vous en avez une pour moi ? dit-il.

— Seriez-vous en train de me demander une pelle, monsieur Rafferty ?

— Oui, je crois qu'une pelle fera l'affaire... pour le moment.

Il ne souriait toujours pas, mais soudain se produisit entre eux comme une onde merveilleuse et effrayante chargée de promesses.

Drew Scully et Doc Corbett s'approchèrent du corps du Mick.

— Ma foi, il semblerait que le pauvre gars regarde le ciel, mais n'y voit goutte, lâcha Drew en hochant la tête d'un air faussement étonné.

Doc poussa un soupir éloquent et vérifia que le Mick était bien mort avant de rejoindre sa jeune épouse, l'institutrice. Sans un mot, il s'empara de sa pelle et entreprit de combler la fosse. Après un instant d'hésitation, les autres hommes rejoignirent le groupe de femmes, et les premiers murmures se changèrent en éclats de rire et en cris d'encouragement, si bien que l'on se crut bientôt un après-midi de fête nationale.

— Pourquoi n'arrêtez-vous pas ces hommes, marshal ?

Drew contempla l'homme resté seul dans son élégant buggy Peerless. L'œil unique de Jack McQueen larmoyait à cause des fumées toxiques ; son visage était baigné de sueur, sa voix rauque et éraillée.

Drew éclata de rire.

— Les arrêter pour quel motif, Jack ? S'il existait une loi interdisant de combler un trou, je serais obligé de passer mes samedis soir à arrêter tous les jeunes mâles du Rain Dance !

Rafferty et Clementine contemplaient la vallée en silence. La fléole étendait son vert tapis dans les prés et promettait d'être abondante cette année.

Les montagnes se dressaient à l'horizon, noires et menaçantes telles des lames de fond. Le Montana avait toujours paru à Clementine sur le point de l'accepter ou de la rejeter sans qu'elle ait jamais son mot à dire.

Tout comme Zach.

Il leur avait fallu près de trois jours pour combler la rôtissoire. À présent, le vent s'était enfin levé et apportait quelque fraîcheur. Mais la pluie, elle, semblait prisonnière des nuages charbonneux.

— C'est fini, déclara Clementine.

Pensait-elle à l'énorme tâche accomplie, ou était-ce une façon d'exprimer que tout était faussé, à jamais, entre eux ?

— Vous avez l'air sacrément fière de vous, remarqua-t-il. Comme une poule sur son perchoir.

Des paroles désinvoltes, vides de sens. Alors qu'il aurait pu dire qu'il l'aimait. Qu'il allait rester auprès d'elle et l'aimer. Le bruit du vent dans les peupliers ressemblait au flux et au reflux de son désir.

— Le puits est comblé, et c'est tout ce que je souhaitais. Je n'éprouve aucune fierté, seulement de la fatigue.

— M'est avis que vous avez intérêt à récupérer vite fait. Parce que le révérend a encore un homme de main, et il y a des chances pour qu'il vous l'envoie.

— Et que devrais-je faire selon vous, Rafferty ? Je devrais peut-être vous engager, afin que vous vous occupiez également de M. Kyle ?

— Vous pensez sans doute être assez grande pour vous débrouiller seule. (Il contempla ostensiblement le fusil suspendu à la selle de Clementine, puis le colt accroché à sa taille.) Mais, même si on dégaine vite, on peut rater sa cible. La seule façon de conserver un avantage sur l'adversaire, c'est d'attaquer en premier, n'oubliez jamais ça.

L'éclat jaune et froid de ses yeux rappela à Clementine ce qu'elle avait toujours su : cet homme était dangereux. Elle déglutit avec peine.

— Vous me suggérez de tendre une embuscade à votre père et de l'assassiner ? De tuer un homme qui, même s'il n'est que ruse et fourberie, n'en demeure pas moins le grand-père de mes enfants ? *La terre ne saurait être lavée du sang qui y est répandu que par le sang de celui qui l'a fait couler.*

— Tout ce que j'essaie de vous dire, Boston, c'est que vous devez prendre des précautions. Le vieux n'a jamais agi que selon ses propres règles. Et je ne serai pas toujours là...

Il s'interrompit brusquement et observa la prairie balayée par le vent.

— ... pour me protéger, acheva-t-elle à sa place. (L'étau qui lui comprimait la poitrine depuis qu'il était revenu paraissait sur le point de lui briser les côtes.) Parce que vous ne comptez pas rester, c'est cela ?

Elle tira sur ses rênes afin d'éloigner son cheval du sien, mais il se pencha pour l'en empêcher. Du coup, son visage se retrouva si près du sien qu'elle put voir palpiter ses narines et distinguer les délicates fossettes qui encadraient ses lèvres au dur tracé. Elle sentit la chaleur et l'intensité de ses terribles yeux jaunes, comme si elle approchait sa main d'une flamme.

— Je n'ai jamais dit que je ne restais pas, murmura Zach.

— Vous n'avez pas dit non plus que vous restiez.

— Bon sang, j'attends seulement que vous... (Il s'interrompit une fois de plus, le souffle court, en proie à une rage sourde.) Il faut toujours que vous affrontiez quelqu'un ou quelque chose, Boston ! Avant, c'était mon frère et le Montana. Aujourd'hui, c'est le révérend et les Four Jacks. Et moi. Vous n'avez jamais cessé en fait de m'affronter.

Elle eut envie de lui balancer son poing dans la figure. Elle eut envie d'attirer sa bouche contre la sienne et de l'embrasser. Elle voulait qu'il souffre, et elle voulait qu'il comprenne qu'en s'abandonnant à elle il cesserait de souffrir.

— Il s'agit de se battre ou de se rendre, répondit-elle d'une voix brisée. Avec vous autres, les hommes, cela revient toujours à ça. Se battre ou se rendre.

Elle vit les lèvres de Zach se raidir et s'incurver légèrement. Elle n'avait pas oublié leur goût. Elle voulait de nouveau l'éprouver.

— Vous vous croyez vraiment forte, n'est-ce pas ?

Elle éclata d'un rire rauque.

— Oh ! soyez sûr que je suis forte ! Vous, les hommes, cherchez toujours à savoir qui est le plus fort. Vous vivez en état de rivalité permanente, que ce soit à cheval, dans les fêtes ou au saloon. Eh bien, nous, les femmes, nous savons qui est le plus fort. C'est la mère qui enterre son enfant chéri et trouve encore la ressource de se lever le matin pour vaquer à ses tâches ménagères. C'est la femme du mineur qui suit son époux de campement en campement. C'est elle, Zach Rafferty, qui est forte !

Les mots avaient jailli d'elle tel un torrent. Un instant, elle crut discerner une lueur dans ses yeux, mais il baissa vite la tête. Elle comprit à la ligne de ses lèvres qu'il ne dirait rien.

Elle releva le menton. Ses mâchoires tremblaient, mais elle s'en moquait.

— Aussi feriez-vous peut-être bien de vous en aller séance tenante, parce que je n'ai pas besoin de vous. Je n'ai pas besoin d'un homme !

Elle partit au galop dans la prairie. Et ne se retourna à aucun moment.

Il s'était enfin mis à pleuvoir. Clementine dessella son cheval sans prêter attention à l'homme qui l'avait suivie.

— J'en ai plus qu'assez de dormir dans cette grange ! déclara-t-il.

Elle suspendit la bride à un crochet et se tourna vers lui. Il s'était adossé à une porte de la stalle, les bras croisés sur la poitrine. Des barreaux d'ombre zébraient son visage. Ses yeux étaient sombres et ses paupières lourdes. Le cœur de Clementine cogna dans sa poitrine.

— Clementine, reprit-il d'une voix légèrement cassée. Je vous ai toujours désirée.

La pluie tambourinait sur le toit, et le vent la rabattait par rafales entre les portes entrouvertes. Il flottait une odeur de boue et d'herbe trempée.

Il attendait qu'elle dise quelque chose, elle le savait, mais dans sa poitrine les mots semblaient pris dans un étau douloureux.

Il ôta son chapeau et se passa une main dans les cheveux.

Ce geste lui rappela Gus, et elle sourit.

— Vous êtes exactement comme votre frère, affirma-t-elle.

— À croire qu'il est encore entre nous, pas vrai, Boston ?

Il se redressa, et une expression douloureuse marqua ses traits. Il s'approcha lentement. Elle ne bougea pas, malgré la peur qui l'étreignait.

— Il aura toujours un droit sur vous, murmura-t-il.

Elle voulut lui dire qu'il se trompait au sujet de Gus et d'elle, et de ce droit qu'avait le passé sur elle. Mais elle n'avait jamais su exprimer correctement ce qu'elle pensait, ce qu'elle ressentait.

— Oh, pourquoi ? demanda-t-elle doucement. Pourquoi y a-t-il toute cette... toute cette colère entre nous ? Est-ce parce que vous avez cru que je ne vous aimais pas assez, ce jour-là, quand j'ai voulu chevaucher sans vous ? Parce que j'ai préféré Gus et mon honneur à vous ?

— Vous savez, Boston... il n'aurait tenu qu'à moi de réduire à néant mon frère et votre honneur, si je l'avais voulu.

— Alors, pourquoi êtes-vous revenu ?

Elle crut qu'il allait dire : « Pour vous. » Mais il n'en fit rien. Elle attendit que le silence devienne insupportable, puis tourna les talons et s'éloigna.

Les jours suivants, il plut sans discontinuer. C'était tantôt une pluie lente et pernicieuse, tantôt des trombes d'eau qui s'abattaient avec violence.

Les gérants des Four Jacks avaient convoqué le conseil municipal et pris la décision d'arrêter les fontes à ciel ouvert.

Clementine, Hannah et Erlan se réunirent une fois de plus. Elles parlèrent des bébés et des tout derniers modèles présentés dans le *Ladie's Home Journal.* Elles évitèrent de parler des hommes qu'elles aimaient, conscientes qu'elles n'auraient peut-être plus l'occasion de partager ainsi cette tranquille intimité entre femmes.

L'après-midi où avait eu lieu l'altercation entre les femmes de Rainbow Springs et Jack McQueen, Pogey et Nash s'étaient volatilisés ; certains en déduisirent qu'ils avaient découvert un filon. Une supposition qui suscita bien des railleries... jusqu'à ce qu'un voyageur de passage dans la ville raconte avoir vu les deux vieux prospecteurs dans le bureau d'un essayeur d'Helena.

Mais ce qui accaparait surtout les esprits, c'était la série de réunions que tenait le conseil municipal afin de déterminer ce qu'il convenait de faire concernant le « péril jaune ». Les débats étaient laborieux et poussifs, et ils se seraient sans doute éternisés longtemps encore s'il n'était survenu un événement déterminant. Un meurtre.

Un mineur du nom de Paddy O'Rourke avait annoncé un soir à ses compagnons du Gandy Dancer qu'il allait rendre visite à la prostituée chinoise Ah Toy. Le lendemain matin, on le retrouva dans le caniveau, non loin de sa cabane, une hachette plantée dans le dos. Un vieux vendeur de légumes du nom de Ah Foock fut arrêté pour le crime. Le conseil municipal, en ébullition maintenant que le péril avait pris un tour sérieux, tint une séance extraordinaire.

Les Chinois avaient toujours le chic pour s'attirer des ennuis, comme l'avait prédit Kyle.

En entendant le coup frappé à sa porte, Erlan Woo sut qu'elle s'y préparait depuis longtemps. Elle avait même espéré cet instant. C'était comme si le chemin de sa destinée, après tant de tours et de détours, s'étendait à présent tout droit devant elle, et qu'elle en voyait le bout.

Elle ouvrit la porte à Peter Ling, l'homme à l'aiguille d'or. Son visage ruisselait de pluie, sa longue et fine moustache se soulevait et s'abaissait chaque fois qu'il soufflait. Déjà, de nombreux Chinois se pressaient sur la route derrière lui. Certains tiraient de petites carrioles ou poussaient des brouettes ; mais la plupart avaient rassemblé leurs rares biens dans des nattes de paille, qu'ils portaient sur leur tête ou sous le bras.

— Que fuient donc tous ces stupides chiens ? demanda Erlan à Peter Ling.

Elle croisa les bras sur sa poitrine, en proie à la colère et à la honte. Si les siens étaient chassés de la ville, au moins auraient-ils pu s'efforcer de partir avec une certaine dignité.

Peter Ling ne répondit rien et se contenta de lui tendre une feuille sur laquelle était calligraphié maladroitement un message. Elle se demanda quel sinistre scribe à la manque avait osé signer cette chose pour le conseil municipal de Rainbow Springs.

— Je suis incapable de lire ça, déclara Erlan en réprimant un rire.

Il lui parut soudain absurde de pouvoir déchiffrer la langue du démon et non la sienne. En Chine, on n'apprenait pas à lire aux filles, car à quoi cela leur aurait-il servi puisque leur seule fonction était de prendre un mari et de lui donner des fils ? En Chine, une fille pouvait être vendue comme esclave par son père, et personne n'aurait jamais songé à lui demander : « Cela vous convient-il ? »

Peter Ling s'éclaircit la voix, sa moustache trembla.

— Oh ! désolé, dit-il.

Il reprit l'imprimé. Leurs mains à tous deux tremblaient. Il s'éclaircit de nouveau la gorge et traduisit le texte en cantonais :

— *Par la présente, il est porté à la connaissance de toutes les personnes de race chinoise dont la présence est tolérée dans le pays du Rain Dance et ses environs qu'elles doivent partir d'ici avant minuit ce 25 avril. Tous ceux qui n'obtempéreront pas seront délogés par la force.* (Il eut un petit haussement d'épaules pathétique.) Voilà tout ce que ça dit.

— N'est-ce pas assez ?

Il n'était pas besoin d'avoir étudié à Hanlin pour savoir qui était derrière tout ça, songea Erlan. Jack McQueen et les Four Jacks. Ils n'auraient pas dû oublier ce sage proverbe chinois : *Rien n'est plus fourbe qu'un ennemi acculé.*

— Vous avez sans doute le droit de rester, lui dit l'homme à l'aiguille d'or. Votre fils, il est né ici. Cela fait de lui un citoyen américain. Un vrai de vrai de Yankee, *ma* ?

Un vrai de vrai de Yankee... Erlan regarda, autour d'elle, l'unique et minuscule fenêtre aux rideaux de dentelle blanche, le tapis chamarré étendu sur le simple plancher de bois devant le poêle, la table en chêne ronde recouverte d'une toile cirée blanche et brillante. La pièce sentait, comme d'habitude, l'amidon et le savon, et la truite cuite à l'étouffée dans de la farine de maïs. Peu de choses laissaient penser qu'habitait ici une Chinoise. Quand, se demanda-t-elle, avait-elle perdu l'essence de ce qu'elle était ?

— Que se passe-t-il, Lily ? C'est quoi, toute cette agitation ?

Jere Scully se tenait sur le seuil de la chambre à coucher du fond. Il se déplaçait parfois dans la petite cabane avec autant d'aisance que s'il y voyait, surtout lorsque Samuel et elle avaient pris soin de laisser les choses à l'endroit où il s'était habitué à les trouver.

Erlan fit signe de se taire à Peter Ling, avant de lui refermer sans ménagement la porte au nez.

— Oh ! encore une de ces stupides cérémonies chinoises, répondit-elle en essayant de prendre un ton enjoué. La fête du

Riz nouveau, quelque chose comme ça. Oui, c'est cela. C'est pour célébrer le premier jour du printemps où l'on met le riz en terre.

Elle s'aperçut que sa voix manquait d'assurance, mais Jere ne la questionna pas davantage. Même si pareille fête n'avait jamais eu lieu à Rainbow Springs, et même si l'on ne planterait jamais de riz dans le Montana.

Il plissa le front, puis lui sourit, d'un large sourire qui disparut bien vite.

— Je... je comptais emmener Samuel voir les festivités un petit moment, ajouta-t-elle. Ça ne t'embête pas ?

— Non, bien sûr que non, ma belle. Et si jamais tu trouves des petits gâteaux en forme de croissant de lune, tu m'en rapporteras quelques-uns ?

— Oui, bien sûr.

Oh ! mon amour, je te rapporterais la lune si je le pouvais ! Je réaliserais tous tes rêves, car je sais que ton premier souhait serait que je reste. Et alors, nos deux cœurs seraient comblés.

— Samuel !

L'enfant, qui était occupé à faire un puzzle sur la table, sursauta.

— Si tu veux essayer ton cerf-volant, c'est le moment ou jamais. J'ai encore une douzaine de chemises à laver et à repasser avant la fin de la journée.

Elle habilla Samuel pendant que Jere semblait la fixer depuis le seuil de la chambre.

Elle savait qu'il lui serait impossible de rassembler des effets sans éveiller sa suspicion. Cela importait peu, car tout ce dont elle avait besoin, en fait, c'était de ce sac en toile cirée, bourré de dollars américains et caché sous la cuve d'amidon. Elle se félicita de n'avoir pas déposé son pécule à la Miner's Union Bank, ainsi que le lui avait si souvent conseillé Hannah.

Pour une fois, elle fut heureuse que l'homme qu'elle aimait ne pût voir ce qu'elle faisait. Elle s'approcha de lui en silence et abaissa sa tête vers ses lèvres pour l'embrasser, non comme elle l'aurait souhaité, mais comme une épouse joyeuse qui s'en va faire des courses et sera de retour dans une ou deux heures.

Il posa ses énormes mains sur ses hanches et l'attira contre lui.

— Lily... ? (Elle attendit sa question, le cœur serré.) T'ai-je déjà dit aujourd'hui que je t'aimais ?

Soulagée, elle éclata d'un rire un peu trop sonore.

— Oui, tu me l'as déjà dit, et deux fois. Et moi, je te l'ai dit ?

Il posa le bout de ses doigts sur ses lèvres pour sentir son sourire.

— Une seule fois.

— Alors, je vais te le redire, ainsi nous serons à égalité. Je t'aime, Jere Scully.

Elle l'embrassa avec plus d'insistance cette fois-ci, comme pour s'imprégner de sa saveur, pour la graver à tout jamais dans son être. Samuel, sentant que quelque chose n'allait pas, se cramponna aux jambes de Jere et se mit à gémir. L'homme prit le gamin dans ses bras et entreprit de le faire rire en le chatouillant. Le cœur d'Erlan se serra lorsqu'elle réalisa qu'elle allait priver son fils du seul père qu'il ait jamais connu.

Non, non... Son destin à lui, de même que le sien à elle, n'était pas ici. Il n'avait rien d'un Yankee. Il était Samuel, le fils du marchand Sam Woo, petit-fils de Lung-Kwon, le patriarche de la grande Maison de Po. Le devoir de son fils était de retourner sur la terre de ses ancêtres et de les y honorer.

Elle prit l'enfant dans ses bras.

— Allez, viens, Samuel. Nous devons faire vite. Plus tôt parti, plus tôt revenu, non ?... Tu peux peut-être peler quelques patates pour le dîner ? demanda-t-elle à Jere.

Il sourit et hocha la tête, lui caressant la main des lèvres. Elle lui confiait souvent des tâches ménagères, car il aimait se rendre utile.

Elle s'immobilisa sur le pas de porte, une main sur le loquet, l'autre tenant Samuel.

— Au revoir, mon amour, dit-elle d'un ton enjoué. À bientôt.

À bientôt, oui, mais pas dans cette vie. Non, pas dans cette vie, mon anjing juren.

Une fois la porte refermée, Jere resta un instant immobile, comme aux aguets. La pluie tambourinait bruyamment sur le toit métallique, mais il pouvait distinguer d'autres bruits montant de la route, des bruits qui grossissaient et diminuaient tels le flux et le reflux de la marée. Des cris et des pleurs, le fracas de chariots poussés sur le chemin boueux. Le hennissement paniqué d'un cheval.

La peur s'empara de son esprit. Il s'avança sans précaution, heurta une chaise et se cogna la hanche au coin de la table. Il tendit la main pour attraper le loquet, le trouva et ouvrit si violemment la porte que le panneau alla frapper le mur. Les cris des Chinois en déroute le submergèrent comme une vague. Des bruits de cavalcade, de sabots ; le grincement de roues et d'essieux rouillés...

Il s'avança sur la véranda. Une rafale de vent inonda de pluie son visage. Sa botte se posa sur un bout de papier. Il se pencha, tâtonna sur les planches humides et fendues, et parvint à le ramasser.

— Hé ! s'exclama-t-il en s'avançant sur la route et en brandissant le papier.

Quelqu'un le bouscula. Il tendit la main et agrippa une manche trempée. Il sentit sous sa poigne le bras décharné d'un gamin qui se débattait.

— Qui es-tu ? cria-t-il, tout en sachant que son imposante stature et les cicatrices sur son visage devaient effrayer le gamin.

Mais la panique qu'il éprouvait à présent l'emportait dans ses ténèbres intérieures comme un train devenu fou.

La voix tremblante de l'enfant jaillit de l'obscurité.

— Ross Trenowith... m'sieur.

— Tu sais lire, petit ? Dis-moi ce qui est écrit là-dessus ?

— C'est du chinetoque, rien que des gribouillis, des lignes et des points. Mais je crois que je sais de quoi il s'agit. Le conseil municipal s'est réuni hier, parce que Paddy O'Rourke a été assassiné à la hachette par un Jaune. Ils ont décidé que les Chinois devaient quitter la ville. Alors, c'est ce qu'ils font. Ils s'en vont tous...

— Quoi ? Et comment s'en vont-ils ?

Les épaules du gamin se soulevèrent.

— À pied. Vu qu'il y a pas de diligence avant vendredi et que le train est déjà passé, m'est avis qu'ils ont pas trop le choix. À moins d'avoir un cheval.

L'épaule noueuse du gamin se déroba sous ses doigts.

— Attends ! s'écria Jere, mais le gosse était déjà loin.

Il se retrouva seul et tremblant dans l'effrayante nuit. Rejetant la tête en arrière, il hurla sous la pluie qui tombait inlassablement du ciel à jamais noir.

— Lily !

Il devait la retrouver...

Des mains le repoussèrent, l'envoyèrent heurter le bord cerclé de fer d'un chariot. Une douleur dans les côtes lui coupa le souffle. Il pivota, ses bottes glissèrent sur un monticule nauséabond... Il tituba tel un poivrot, battit follement l'air de ses mains. Il trébucha sur un obstacle invisible et s'affala tête la première sur le trottoir.

— Lily ! Oh ! mon Dieu, Lily...

S'il avait eu des yeux, il aurait pleuré. Elle ne pouvait pas le quitter ainsi. Sans elle, il était perdu, livré aux ténèbres.

Il s'obligea à se relever, tendit les mains et finit par rencontrer le mur en rondins d'une cabane. Il le longea, se déplaçant d'une maison à l'autre. Finalement il perçut le sifflement du train de douze heures sept minutes qui quittait la gare de Rainbow Springs.

Le gosse s'était trompé : le train n'était pas encore reparti. Il ne s'en allait qu'à présent.

Mon Dieu, et si elle était dans ce train ? Il ne pourrait jamais la rattraper, jamais la retrouver dans cet immense océan de ténèbres.

— Lily !

Elle abaissa le rideau à franges, pour occulter sa dernière vision de Rainbow Springs, tandis que le train recrachait vapeur et fumée en s'éloignant de la gare.

Une grosse boule de sanglots lui obstruait la gorge comme un chiffon mouillé, mais elle avait décidé de ne pas pleurer. Tel avait été son choix, le dernier cadeau qu'elle lui avait offert. En dépit de ce qu'elle avait promis cette fameuse nuit où ils avaient fait l'amour comme des fous sur une table de poker...

En dépit de sa promesse, et en dépit de cette nuit, elle le quittait.

Elle avait acheté un billet pour le terminus, mais ce n'était pas là qu'elle allait. Elle ignorait encore où elle descendrait. Mais, là où elle descendrait, elle ne resterait que le temps nécessaire pour trouver une diligence qui l'emmènerait n'importe où, du moment que ce n'était pas vers l'est. Elle ne savait trop quel genre d'endroit elle recherchait. Elle ne le saurait qu'en y arrivant.

Elle s'était toujours dit que, quand ce moment viendrait, elle serait triste. Et elle était triste. De cette tristesse palpable qui vous fait mesurer à quel point le monde peut être vide et désolé. Mais elle éprouvait néanmoins comme une sourde excitation. La seule chose qu'elle avait désirée toute sa vie, même quand elle avait été incapable de mettre un nom dessus, était à présent à sa portée. Une famille. Ils formaient une famille, le bébé et elle. Une petite famille, certes, mais une famille malgré tout.

Elle pensait pouvoir se fondre aisément dans San Francisco, par exemple ; mais elle était trop habituée aux grands espaces pour s'installer et être heureuse dans une métropole. Ce serait donc une petite ville, l'endroit qu'elle choisirait. Oh ! les habitants devineraient sans doute en elle une femme qui avait quitté son mari. La robe noire de veuve qu'elle avait revêtue ne ferait guère illusion : tout le monde pouvait en acheter une, après tout. Au début, les gens se montreraient peut-être soupçonneux, mais ils seraient trop polis pour lui faire des remarques. Et, une fois que son avocat aurait vendu la totalité de ses biens à Rainbow Springs, elle aurait suffisamment d'argent pour s'offrir toute la respectabilité dont elle avait besoin. Et puis, elle pourrait toujours s'inventer un passé. L'enfant qu'elle portait n'avait pas besoin de savoir que sa mère avait été autrefois une catin, ni que l'arbre généalogique familial se résumait à un arbrisseau.

Elle ferma les yeux et se laissa bercer par les cahots du train, le cliquetis des roues. Elle essaya d'imaginer à quoi ressemblerait l'avenir.

Ce serait comme sur une de ces photographies que prenait Clementine. Elle voyait la nouvelle Mme Hannah Yorke, assise sur une chaise tendue de velours vert dans une pièce agréablement décorée, semblable à celles des catalogues. Son petit enfant — pour une raison inconnue, il s'agissait toujours d'un garçon — serait assis sur un cheval de bois à la selle rouge et à la crinière en véritable crin. Et il rirait. Quand elle pensait à lui, il était toujours en train de rire. Il avait des cheveux noirs et des yeux gris, et elle saurait l'élever et l'aider à devenir un homme, un homme fort, comme...

Soudain un visage s'imposa à son esprit, pareil à un spectre surgi de nulle part. Elle tenta de chasser la vision, de déchirer la photographie. Elle devait tout faire pour l'oublier.

Elle ferait tout pour l'oublier.

Elle se cramponna au sac de voyage en cuir posé sur ses genoux. Elle ne devait penser qu'au bébé. La brave Hannah Yorke, qui se donne à tous les hommes et n'appartient à aucun...

Oui, Hannah Yorke allait devoir trouver quelqu'un pour veiller sur elle, s'occuper d'elle, être là quand elle serait triste ou aurait peur.

Hannah Yorke allait devoir se trouver un grand et véritable amour.

Elle se pencha et remonta le store. Le paysage du Montana défilait devant elle — les prairies, les montagnes, le ciel. L'herbe était aplatie, détrempée par la pluie, et les montagnes demeuraient obscurcies par les nuages bas et lourds. C'était une journée lugubre, une de ces journées où le ciel ne connaît pas d'éclaircie. Mais Hannah sourit.

Un jour, l'avenir lui sourirait à son tour, comme cela arrive toujours au cours d'une vie.

Samuel était trop lourd pour qu'elle puisse le porter dans ses bras, mais l'affluence et la présence de chariots constituaient un réel danger pour quiconque ne dépassant pas la hauteur d'une roue. L'enfant pleurait comme s'il savait qu'elle l'emmenait loin du seul foyer qu'il eût jamais connu.

La pluie avait redoublé d'intensité, et l'eau ruisselait sur son visage. Erlan progressait péniblement dans la boue spongieuse. La route s'étendait devant elle, large, droite et presque infinie ; elle se perdait dans la prairie et au-delà, jusqu'aux noires montagnes aux reliefs déchiquetés.

En Chine, les écoliers parlaient d'un endroit où les monts sacrés touchaient aux nues. Assurément, ce devaient être ces montagnes, songea-t-elle, car aucune autre ne pouvait être aussi terrifiante et majestueuse. Et si, comme le disaient également les écoliers, l'ordre et le rythme des cieux imprégnaient toute chose, alors aucun lieu n'aurait dû être étranger à une âme en paix avec elle-même. Et l'on aurait dû pouvoir être chez soi n'importe où.

Elle ralentit.

Les pires mensonges, lui avait affirmé un soir Hannah Yorke, sont ceux qu'on se murmure à soi-même.

Ce que son père lui avait fait était pire que ce que sa mère lui avait fait à lui. Dans ces conditions, quelle valeur accorder à son pardon ? Ce qui était fait était fait, et ne pouvait être défait — pas dans cette vie. Et si la vie empruntait parfois le chemin de la turpitude, pourquoi ne pouvait-elle également suivre la voie du bonheur ? Elle se figea au beau milieu de la route. Son regard se tourna vers l'ouest, vers les montagnes et la Chine. Puis il se porta lentement vers l'est, où se levait le soleil. Où chaque jour renaissait la vie.

— Lily !

Une silhouette gigantesque trébucha du trottoir et faillit passer sous les roues d'un chariot transportant de la glace.

— Regarde un peu où tu mets les pieds, stupide animal ! s'écria le charretier. Tu es aveugle ou quoi ?

Erlan se mit à courir, ses pieds déformés s'enlisant dans les ornières de boue rouge. Elle essaya de rassembler assez de souffle pour crier son nom, mais sa poitrine comprimait ses poumons. Un instant, elle eut l'impression de courir et de n'aller nulle part, et puis ce fut comme si ses pieds s'étaient libérés de l'attraction terrestre et qu'elle flottait vers lui, emportée dans le ciel infini du Montana.

Et même quand elle s'immobilisa devant lui et reposa un Samuel soudain calme, même alors elle ne put trouver la force de parler, bien que son nom fût sur ses lèvres et que sa vision emplît l'univers entier.

Mais lui la voyait, avec son cœur, car il tourna son visage vers elle et sourit.

— Lily, dit-il.

Mon destin est un cercle qui n'est encore qu'à moitié tracé.

L'homme la prit dans ses bras musclés, et le cercle fut clos.

XXXIII

Clementine s'avança sur la véranda. Les planches étaient glacées sous ses pieds nus. Le vent éparpillait ses cheveux sur son visage. Elle se demanda quand elle avait cessé de haïr le vent pour l'aimer.

Le ciel était déchiré par mille éclairs, et la pluie tombait à flots. La jeune femme croisa les mains sur sa poitrine en frissonnant tandis que le tonnerre grondait et courait d'un sommet de la montagne à l'autre, éveillant des échos dans son sang. La tempête, filtrée par les peupliers, évoquait une plainte amoureuse.

Un nouvel éclair illumina le ciel nocturne, et c'est alors qu'elle le vit, près des arbres : il se recueillait sur la tombe de son frère.

Le cœur de Clementine parut accorder ses battements sur le roulement du tonnerre. Elle avait envie de lui, envie de goûter ce qu'elle avait autrefois goûté avant d'y renoncer pour un autre, pour son frère.

Trouvait-il que la tombe de Gus avait été négligée ? Que déduisait-il des pierres recouvertes de mousse et de l'absence de pierre tombale ?

Si elle avait du mal à se rendre sur cette tombe, c'était en partie parce qu'elle était proche de celle de Charlie. L'ancienne douleur laissée par la mort de son premier enfant jetait comme un voile sur le deuil qu'elle portait de Gus, de même que sur toute son existence depuis ce terrible événement. Il aurait eu onze ans au Noël dernier. Elle ne le verrait jamais grandir et devenir adulte, ne saurait jamais quelle sorte d'homme il aurait pu devenir. C'était une part d'elle-même qu'elle avait perdue à la mort de Charlie ; elle avait cru un temps que Rafferty pourrait ranimer cette part... Il avait toujours eu la capacité de ressouder les morceaux épars de son être entre eux, tout en dispersant ceux des autres.

Elle descendit les marches de la véranda et s'avança dans la cour.

Comment avait-il fait pour entendre ses pas, dans le mugissement de la tempête ? Il se retourna dès qu'elle s'approcha. Les pans de son manteau s'écartèrent, dévoilant en partie sa chemise blanche. L'obscurité qui reprenait ses droits entre chaque éclair le rendait plus menaçant que jamais.

Il s'approcha d'elle comme un chat de sa proie.

Il l'attrapa par les épaules et l'attira contre lui, plaquant sa bouche contre la sienne. Il n'avait jamais été tendre quand il l'embrassait. Leurs deux seuls baisers avaient été violents et cruels, incendiaires. Celui-ci ne fut pas différent.

Elle appuya ses poings contre sa poitrine et se dégagea.

— Non, je ne...

— Ne dites pas cela, Clementine. Ne me dites plus jamais non !

Il voulut de nouveau l'embrasser, et elle tourna la tête.

— Pas ici.

Un éclair déchira les ténèbres. Les yeux de Zach brillèrent un instant, telles deux pépites d'or.

— Ici. Oui, ici.

Les protestations de Clementine furent étouffées par ses lèvres charnues. Sa langue explora la bouche de la jeune femme, vinrent à bout de sa fierté, de sa résistance. Elle s'abandonna à l'avidité de ce désir, et du sien aussi. Gus était mort. Il ne pouvait plus être offensé.

Zach lui prit le visage à deux mains, et elle sentit son souffle contre sa peau, en même temps qu'elle entendait ces mots tant espérés :

— Je vous aime, Clementine.

Il se pencha et, passant un bras sous ses genoux et l'autre dans son dos, la souleva de terre. Il traversa ainsi la cour en direction de la grange et ne la reposa que lorsqu'il fut parvenu à son lit.

Ils restèrent longtemps enlacés sur le lit. Zach avait le visage baigné de larmes, des larmes de joie qu'il laissait couler dans les cheveux parfumés à la rose de Clementine.

Plus tard, il se releva et alluma une cigarette. La première bouffée de tabac lui irrita la gorge comme s'il n'avait jamais fumé de sa vie, et il dut prendre une rasade de whiskey pour apaiser la brûlure.

Puis il se força à la regarder. Il lut dans ses yeux que leur acte d'amour ne lui donnait aucun droit sur elle.

— Je ne devrais pas rester, dit-elle quand le silence devint insupportable. Parfois Daniel fait des cauchemars, et quand il se réveille il a besoin de moi.

— Dans ce cas, vous feriez mieux d'y aller, répondit-il simplement.

Elle se leva avec lenteur et lissa sa chemise de nuit sur ses jambes avant de se repeigner tant bien que mal avec les doigts. Elle attendait qu'il parle, qu'il ajoute quelques mots à ce qu'ils venaient de faire, il le savait. Mais elle était trop fière pour oser le lui demander.

Il l'entendit s'éloigner ; la porte de la grange grinça.

Il contempla le plafond aux solives noueuses en finissant sa cigarette et en buvant le reste de whiskey. Ensuite, il se retourna sur le ventre et enfouit son visage dans le matelas. Une odeur de rose, de sueur et de cheveux mouillés le submergea.

Tous les matins depuis qu'il couchait dans la grange, il venait prendre son petit déjeuner dans sa cuisine, et tous les matins elle le servait comme s'il était son époux. Et chaque fois elle se disait que cela ne pouvait pas durer. Qu'il fallait que quelque chose se passe.

Elle devait lui dire tout ce qu'elle n'avait jamais dit à Gus. Toutes ces choses qu'elle aurait dû lui dire, sans jamais oser.

Ce matin-là, il ne vint pas.

Il pleuvait toujours, et elle dut mettre son manteau pour se rendre à la grange.

Quand elle poussa la porte, elle ressentit aussitôt le vide de son absence. C'était comme si un vaste précipice s'était ouvert dans le monde et avait absorbé toute la lumière.

Elle se laissa tomber sur le lit. Une broche ancienne, à camée, reposait sur la toile à matelas rayée noir et blanc, comme laissée là par mégarde. C'était le bijou qu'elle lui avait donné afin qu'il ne l'oublie jamais. Qu'il n'oublie jamais qu'elle l'aimait.

Ses doigts se refermèrent sur la broche. *Je ne pleurerai pas,* se dit-elle. *Je ne pleure jamais.* Elle pressa l'objet contre son ventre et se mit en boule autour, comme pour protéger une très ancienne plaie.

Drew Scully observait l'homme qui se balançait tranquillement dans le fauteuil à bascule, sous le porche de la maison d'Hannah. La pluie s'écoulait des avant-toits et clapotait dans la cour boueuse. Shiloh agita sa bouteille de sarsaparilla au nez du marshal. Un sourire éclaira son visage.

— Si c'est Mlle Hannah que vous cherchez, elle a quitté la ville.

— Comment ça ?

Incrédule, Drew sentit le sang se retirer de son visage. Il s'attendait à cette nouvelle depuis des années, mais il avait néanmoins l'impression qu'on venait de l'envoyer au tapis d'un crochet du gauche. Peut-être avait-il mal compris ? Il s'illusionnait depuis si longtemps. Peut-être pouvait-il continuer encore quelques instants... ?

— Combien de temps a-t-elle dit qu'elle serait absente ?

— Elle a pas dit. Mais à mon avis ça sera quelque chose comme pour toujours.

Drew monta les marches du porche d'un pas anormalement pesant. Sous l'avant-toit, l'air était sec mais frais. Il s'assit par terre à côté du fauteuil et posa ses coudes sur ses genoux.

Elle était partie.

Au bout d'un moment, il leva la tête et regarda Shiloh.

— Je suppose qu'elle vous a fait promettre de ne pas me dire où elle était allée.

— Elle est allée se trouver un coin où elle pourra élever son bébé, un coin où personne saura que c'est un bâtard ou ira penser que sa mère est une catin.

Son bébé.

Shiloh donna une secousse par terre avec son pied et se balança.

— Vous demandez pas si c'est le vôtre ?

— Je sais parfaitement que c'est le mien, répliqua Drew en esquissant un geste de colère. Pourquoi ne m'a-t-elle rien dit ?

— Elle a dû penser que vous chercheriez à la dissuader de partir. Et elle a pas voulu courir le risque que ça se passe comme ça.

— J'étais prêt à l'épouser, même sans cette histoire de bébé. J'avais l'intention de le lui demander...

— Hum... Ben, c'est dommage que vous avez pas eu l'intention un peu plus tôt.

Drew contempla les planches de bois entre ses genoux écartés.

— C'est à cause de son foutu fric que je faisais rien. Elle en a tant...

Shiloh rit doucement.

— Ça, pour être riche, elle est riche. Elle a même fini par posséder une bonne partie de cette ville.

— Je me voyais pas vivre à ses crochets. Ni à ceux de n'importe quelle autre femme.

— Sur ce point-là, on est pas pareils, marshal. Moi, j'ai toujours rêvé de rencontrer une femme riche qui m'entretiendrait. J'aurais alors plus qu'à me mettre au vert et à pêcher ou faire la sieste pendant des journées entières. (Shiloh vida sa bouteille de sarsaparilla en deux longues gorgées.) Et peut-être bien picoler aussi.

— La prochaine fois que je la vois, je perdrai pas de temps en déclaration. Je lui dirai de la fermer et de m'épouser.

— C'est ce que vous dites maintenant.

Drew n'avait jamais été du genre à quémander l'affection d'une femme. Il était trop fier pour cela, et trop sûr de lui. De même qu'il savait pertinemment n'être qu'un pleutre, qui perdait ses moyens dès qu'il franchissait le seuil de la mine. C'était peut-être pour cette raison qu'elle l'avait quitté : elle avait fini par comprendre quel genre d'homme il était.

Il se releva et rajusta son chapeau sur sa tête. La pluie tombait toujours.

— Merci, Shiloh.

Heureusement qu'il était un marshal tout-puissant avec une armc à la ceinture et une étoile en métal sur la poitrine. Sinon, il aurait éclaté en sanglots depuis belle lurette.

Il descendit les marches, puis se retourna.

— Elle vous a laissé la maison ?

— Oui. Y a de ça longtemps, elle m'avait dit que le jour où elle s'en irait, que ça soit sur la route ou les pieds devant, cette bicoque me reviendrait.

— C'est une sacrée bonne femme.

— Pour sûr. Ce qu'on fait de mieux.

Drew resta encore un moment à contempler la maison, en particulier la fenêtre de la chambre où ils avaient passé tant de nuits ensemble, puis il s'éloigna sous la pluie.

Devant lui, la route se perdait dans la prairie. Au-delà, les montagnes se dressaient dans le ciel vaste et nu. Mais rien n'était assez vaste pour qu'une femme comme Hannah Yorke puisse espérer s'y dissoudre.

Surtout si elle aspirait à ce qu'on la retrouve.

Clementine contemplait le caillou qui brillait au creux de sa paume.

— Expliquez-moi tout ça encore une fois.

Pogey balança un grand coup de coude dans les côtes de son comparse et lui dit :

— Laisse-moi faire, ce coup-ci. Tu lui as tellement bourré le crâne de mots ronflants que c'est pas étonnant qu'elle s'entende même plus penser. (Il s'adressa ensuite à Clementine.) Je vais vous le définir en deux mots concis, m'dame : c'est la loi de l'affleurement.

— Ça fait plus de deux mots, fit remarquer Nash.

— La ferme ! s'écria Pogey en y allant d'un nouveau coup de coude.

Pendant que les deux prospecteurs se chamaillaient au milieu de la cuisine, leurs habits dégoulinants de pluie, Clementine passait et repassait son pouce sur la surface rêche du caillou. Un caillou qu'un essayeur d'Helena venait d'identifier comme étant du cuivre à l'état pur.

Elle avait déjà entendu parler de la loi de l'affleurement. La possession d'un filon était assujettie à la possession de la terre où émergeait ledit filon, quelles que soient la profondeur et la distance à laquelle il s'étendait sous terre. Parfois, comme dans le cas de la mine des Four Jacks, l'endroit où le filon affleurait n'avait pas été découvert. Et parfois il était repéré sur une terre que ne possédaient pas ceux qui s'occupaient de l'exploitation ; et quand cela se produisait...

— Vous dites que vous avez trouvé ça près de la tanière de la folle ?

— On l'a pas trouvé... aïe !

— Ferme ton sale clapet, Nash ! Pourquoi faut-il que le premier demeuré venu s'imagine qu'il a une cervelle parce qu'il a une langue bien pendue ? Euh, en fait, madame McQueen, ce bout de caillasse que vous regardez vient de la mine des Four Jacks, plus exactement de la partie qui est sur vos terres. Ça explique pourquoi Jack le Borgne a pas décollé du coin depuis un certain temps.

Cela expliquait également pourquoi les Four Jacks avaient pressé à ce point Clementine de vendre sa terre, allant jusqu'à tirer sur ses enfants pour l'effrayer. Parce que, si le précieux minerai affleurait en un point sur son domaine, elle avait un droit sur son exploitation.

— Ce n'est pas vous qui l'avez découvert, affirma-t-elle. Qui vous a donné ce minerai et vous a demandé de le faire expertiser ?

Un sourire narquois agrandit les rides qui sillonnaient le visage de Pogey. Il se tirailla le lobe de l'oreille et examina le gros embout rond de sa botte. Dehors, le vent soufflait par rafales et la pluie tambourinait contre les volets.

— C'est comme qui dirait confidentiel, m'dame. Un renseignement confidentiel...

— Ça n'a pas d'importance, de toute façon, décréta Clementine en s'emparant de son manteau et de son chapeau. Je n'ai qu'à y aller moi-même et jeter un coup d'œil.

— Un instant ! s'écria Pogey. Vous montez pas le bourrichon...

— À trop vous approcher des Four Jacks, vous risquez de goûter leur plomb, ajouta Nash.

Mais ils parlaient déjà à un courant d'air.

Zach Rafferty était trempé jusqu'aux os. Son manteau était si vieux que l'eau s'y frayait un chemin comme à travers un vieux toit de paille. Et, chaque fois que le vent faisait claquer le bord de son chapeau, un filet d'eau gouttait le long de sa nuque.

Il contempla le vaste ciel gris sur lequel se découpaient les pins efflanqués, puis dirigea sa monture jusqu'au sommet d'un des escarpements qui rayaient l'horizon. De là, il pouvait voir la tanière de la folle et les terres partiellement déboisées qui appartenaient à Clementine. Il venait de parcourir dans tous les sens ces quelques arpents et n'avait découvert que des souches et des rondins débités. On ne déboisait plus ici depuis l'affaire de la rôtissoire.

Il prit appui sur ses étriers pour s'étirer et inspira profondément. Le pays du Rain Dance avait beaucoup changé depuis le premier jour où il l'avait vu. En quelque sorte, il avait été dompté. Par les bêtes venues y paître, les puits de mine qu'on y avait creusés, les maisons qu'on y avait élevées.

Mais les pics déchiquetés et couronnés de neige menaçaient toujours de crever la voûte céleste, et il existait là-haut des endroits où poussaient des arbres assez gros pour cacher le soleil. Et, l'été, l'herbe arrivait jusqu'à la taille et les merises pendaient en lourdes grappes au-dessus du fleuve.

À cet instant, Zach sentit à quel point il aimait ce pays. Il sentit également la passion qu'il éprouvait pour Clementine l'envahir — comme si un étranger essayait de quitter sa propre enveloppe charnelle pour devenir l'homme dont elle avait besoin, l'homme qu'elle méritait.

La détonation l'arracha brutalement à sa songerie.

L'eau s'engouffrait dans l'étroit ravin avec un rugissement, en charriant dans sa course effrénée des rochers et des morceaux de terre, des rondins et même des pins.

Nash avait prétendu que l'échantillon de minerai avait été trouvé à flanc de colline, à environ cinquante mètres de la tanière de la folle. Clementine attacha son cheval à un arbre et entama seule la difficile ascension. Elle avait emporté avec elle sa winchester, et celle-ci était chargée — bien que ce fût dangereux vu l'état du terrain sur lequel elle progressait. La jeune femme ne savait pas trop ce qu'elle ferait quand elle aurait découvert la veine. Elle se contenterait sûrement de la regarder en songeant à Gus et au fait qu'ils étaient depuis le début, sans le savoir, les véritables propriétaires de la mine des Four Jacks.

Elle était parvenue à mi-chemin de la pente quand les deux hommes surgirent de derrière les rochers tels des spectres — Percivale Kyle et Jack McQueen. Clementine remarqua le revolver à crosse de nacre dans la main de Kyle. Il en pointait le canon sur elle.

Elle fit feu.

La détonation se répercuta dans tout le ravin. Kyle pivota sur ses talons comme un danseur de ballet et s'écroula les bras tendus, emportant dans sa chute des pierres, de la boue et des branches.

Clementine contempla d'un air hébété l'homme qui gisait à présent sur le dos contre les rochers, ses cheveux blonds étalés dans le courant boueux. Ensuite, elle se tourna vers son beau-père. La pluie tombait entre eux comme un rideau de perles argentées.

Jack McQueen secoua la tête en faisant claquer sa langue contre ses dents. Il n'avait même pas pris la peine de regarder Kyle.

— Bon sang, vous êtes vraiment étonnante dans votre genre ! Pour être habile, vous êtes habile, et vous manquez pas de cran non plus. Vraiment étonnante. Ma foi, j'irais même jusqu'à penser à vous comme associée... si j'étais sûr de pouvoir vous faire confiance.

Son unique œil la fixait intensément. Il fit un pas en avant. Clementine affermit sa prise sur la winchester. Son estomac se serra et se contracta, et ses jambes se mirent à trembler. Elle avait froid. Elle repensait aux cheveux blonds qui flottaient dans le courant, et elle éprouvait l'envie irrésistible de regarder de nouveau dans cette direction, afin de vérifier que l'homme était bien mort. Mais elle n'osait pas.

Jack McQueen avança encore d'un pas.

— Vous avez découvert l'existence du filon, n'est-ce pas, ma chère belle-fille ? C'est bien ce que je redoutais.

Le fusil trembla entre les mains de Clementine.

— N'avancez plus, dit-elle.

— Et que comptez-vous faire à présent ? demanda-t-il.

Il fit de nouveau un pas.

Le bruit fut si fort que Clementine crut qu'il provenait d'un canon et non d'une arme. Elle n'avait pas pressé sur la détente. Le sol se déroba alors sous ses pieds, et il y eut une grande commotion — comme si la terre se fendait en deux.

La colline leur dévala dessus en un torrent furieux.

XXXIV

Le fleuve de boue et de terre l'emportait à toute allure vers le fond du ravin. Elle se débattit, s'efforçant de s'extraire de cette tombe gluante, éprouvant de plus en plus de mal à respirer. Elle comprit qu'elle devait réagir avant d'avoir atteint l'étroit goulot rocheux qui l'attendait un peu plus bas. Un tronc d'arbre, délaissé par les bûcherons des Four Jacks, passa dans son champ de vision, et elle s'en empara avec l'énergie du désespoir. Les épines et les branches lui déchirèrent les paumes, mais elle se cramponna fermement.

Les racines de l'arbre commencèrent de céder. Elle tendit la main pour tenter d'agripper un autre tronc, mais celui-ci se révéla hors de sa portée...

Au moment précis où les racines de l'arbre cédèrent, un lasso surgit de nulle part, et elle sut que c'était son unique et dernier espoir.

La corde virevolta dans les airs et vint glisser autour de ses épaules. Elle poussa un petit cri quand la boucle, en se resserrant, mordit dans sa chair. L'homme qui avait lancé la corde tira fermement dessus, et Clementine fut hissée hors de la boue.

Elle rampa sur la terre ferme en recrachant de la boue et de la terre. Une main l'aida à se relever.

— Bon sang, Boston, mais qu'est-ce que vous faisiez là-dedans ?

Il la serra contre lui, et elle frotta son visage contre sa poitrine.

— Vous m'aviez quittée, lui dit-elle. Vous m'aviez quittée !

— Je pensais vous avoir perdue. Oh ! oui, je pensais vraiment vous avoir perdue...

Elle se dégagea d'un geste violent.

— Vous êtes parti sans même me dire au revoir.

— D'accord, mais je ne suis pas allé très loin.

— Et si je ne voulais plus de vous ?

— Vous me voulez toujours... Ça suffit, bon sang ! Faut qu'on arrête ce manège. C'est comme de tenter Dieu ou je ne sais quoi.

Elle regarda autour d'elle. La pente où elle s'était tenue quelques instants auparavant n'était plus qu'un gouffre. Un lac s'était formé au fond du ravin, engloutissant tout, les souches et les rondins, les cabanes des bûcherons, la tanière de la folle, et le filon de cuivre des Four Jacks.

Il n'y avait aucune trace de Jack McQueen.

— Rafferty... votre père était à quelques mètres de moi quand cette colline s'est effondrée.

Zach s'efforçait de nettoyer la boue qui maculait son visage.

— Je sais. Je l'ai vu. Je n'avais que cette corde.

Elle porta les doigts à la commissure de ses lèvres. Il montrait rarement ce qu'il éprouvait, mais elle avait suffisamment vécu ici pour comprendre le code auquel il obéissait. Son père avait été tué par la terre qu'il avait pillée et exploitée avec tant d'acharnement. Il ne fallait pas trop défier la nature.

Il la saisit par le poignet et porta sa main à sa bouche, y frottant ses lèvres.

— J'ai peur, dit-elle. Vous me faites peur, Rafferty. Je vous aime tellement, et vous me faites si mal.

Il sourit, d'un sourire qui ne lui ressemblait pas.

— Je ne sais même pas pourquoi je suis parti ce matin, si ce n'est que je devais essayer de partir, afin de pouvoir comprendre pourquoi je dois rester.

Des larmes montèrent aux yeux de Clementine, lui brouillant la vue jusqu'à ce que Zach ne soit plus qu'une apparition.

— Ça ne devrait pas être si difficile...

— Ça l'est pourtant, Clementine. C'est dur pour un homme de regarder une femme en face et de lire de l'amour dans ses yeux. De savoir que quand elle le regarde elle ne voit pas ce qu'il est, mais ce qu'il devrait être.

— Vous êtes tout pour moi.

— Et vous prétendez que vous avez peur ? Je ne suis pas comme mon frère. Je ne suis pas « responsable », comme il l'était, ni pieux, ni toutes ces choses qui font d'un homme un bon époux. Mais j'ai l'espoir qu'il y a ce genre d'homme enfoui quelque part en moi, si j'ai le cran d'aller le chercher... Je veux devenir cet homme, Clementine, ne serait-ce que pour moi-même.

— Je suis l'ours, affirma-t-elle soudain.

— Que dites-vous ? demanda-t-il.

— Rien... je t'aime, Zach.

Il l'embrassa alors avec toute la fougue du désespoir, en proie à un désir brutal. Elle passa les bras autour de sa taille et s'abandonna.

Après, il posa ses mains sur ses épaules et la repoussa légèrement, et elle sut que c'était pour qu'elle voie son visage quand il lui dirait ce qu'il avait à dire :

— Je t'aime, mon amour. Je t'aime tant...

Lorsque le premier coup de feu claqua, Hannah Yorke éprouva presque du soulagement à l'idée que le voyage dans cette diligence allait prendre fin et qu'elle cesserait enfin d'être ballottée.

Elle avait été malade toute la journée précédente en train et encore ce jour dans la diligence. Elle venait de vomir dans le seau placé entre ses jambes le café infect qu'elle avait ingurgité une heure auparavant.

— Le Ciel nous garde, nous allons tous être massacrés ! s'écria la femme assise à côté d'elle.

Hannah pria pour qu'il en soit ainsi. La femme sentait la vieille poudre de talc et les sardines en boîte.

Un homme armé d'un fusil se trouvait sur le siège à côté du cocher, et pourtant la diligence s'arrêta sans qu'il y ait eu la moindre tentative de résistance. Entre deux hoquets nauséeux, Hannah perçut des éclats de voix consternés. Bientôt, la porte de la diligence fut ouverte.

Hannah releva son voile de veuve et, le visage trempé de sueur, posa ses yeux larmoyants sur une face à gros favoris.

— Il y a là un marshal de Rainbow Springs, m'dame, lui déclara le cocher en la regardant bizarrement. Il dit qu'il a un mandat d'arrêt contre vous.

— Je savais bien que c'était une pas-grand-chose ! siffla la femme à son mari, lequel était mince comme un fil de fer et empestait la betterave fermentée. Une traînée !

Hannah était disposée à se livrer à Wyatt Earp lui-même si seulement cela pouvait lui permettre de mettre pied à terre et de respirer un peu d'air frais. Elle tendit sa main au cocher pour qu'il l'aide à descendre, puis tituba un instant dans le soleil. Un homme se tenait sur un cheval rouan, au bord de la route. Le cheval soufflait et écumait.

Les yeux d'Hannah croisèrent ceux de l'homme. C'étaient les yeux les plus durs et les plus froids qu'elle ait jamais vus.

Le marshal Drew Scully tint fermement son cheval par la bride pendant que le cocher remontait sur son banc et reprenait son trajet vers l'ouest sans Hannah. Les grosses roues d'acier patinèrent dans la boue rougeâtre, y laissant de profondes ornières.

— Finalement, ça n'a pas été aussi difficile que je le pensais de te retrouver, dit enfin l'homme.

— Et maintenant que tu m'as retrouvée, tu n'as plus qu'à rebrousser chemin et t'en retourner à Rainbow Springs.

Il laissa échapper un profond soupir et se frotta les joues.

— Le fait est, madame Yorke, que je m'apprêtais à vous traquer pendant plusieurs années.

— Vraiment ?

Elle déglutit avec peine et s'efforça de maîtriser le tremblement qui naissait en elle. Elle ne voulait pas espérer en vain, et savait déjà que l'espoir l'habitait au point de la faire souffrir.

— Il serait bon que vous sachiez quelque chose avant de poser vos conditions ou de me faire des propositions, marshall Scully : je suis enceinte.

— Tant mieux, parce que j'ai toujours voulu être père. Une petite fille me conviendrait parfaitement, si c'était possible, Hannah. Une petite rouquine avec des taches de son sur les joues.

— J'ai quarante ans. Quand tu en auras quarante, j'en aurai cinquante-trois...

— Oui, et notre fille aura treize ans. Elle sera presque une femme. Bon sang ! Je crois que j'ai intérêt à m'entraîner à dégainer. Je ne supporterai pas qu'un jeune malotru vienne renifler les jupes de ma gamine.

— J'ai connu des douzaines d'hommes. Des centaines, peut-être...

— C'est ce qu'on m'a dit. Et combien d'hommes as-tu connus depuis sept ans ?

— Maudit sois-tu, Drew Scully ! Tu sais très bien qu'il n'y a eu que toi, depuis le jour où tu m'as prise sur cette peau d'ours sans même me demander mon avis.

— Tout juste.

— J'ai été putain. J'ai même été alcoolique, à une époque, et je n'en suis pas fière. Mais ce n'est pas tout : j'ai également été opiomane...

— Sans blague ? Eh bien, Hannah Yorke, laisse-moi te dire que, en ce qui me concerne, chaque jour que je suis descendu dans la mine, j'ai vomi mes tripes et sué toute l'eau de mon corps, tellement j'avais la frousse !

Elle le regarda, ébahie.

— Toutes ces années tu es allé travailler dans cette mine la peur au ventre ?

— Je savais que tu trouverais ça lamentable.

— Pourquoi faut-il que vous cherchiez toujours à passer pour les plus forts ?

— Est-ce que tu m'aimes, Hannah ?

Elle n'était pas encore prête à le lui avouer. Une fois de plus, elle repoussait cet instant, s'accrochant à l'espoir. Elle lui sourit tout de même et dit :

— Tu as déclaré à ce cocher que tu avais un mandat d'arrêt contre moi, marshal Scully. Que suis-je censée avoir commis, exactement ?

— Tu m'as brisé le cœur, Hannah.

— Si je suis partie, c'est parce que je t'aimais. Et tu vas regretter de m'avoir retrouvée, parce qu'à partir de maintenant je ne vais plus te quitter ! Allez, descends de ton cheval. Si je dois accepter une demande en mariage, autant que ça soit les yeux dans les yeux.

Il sauta à bas de son cheval, ôta son chapeau, prit sa main et mit un genou en terre.

— Hannah Yorke, dit-il, me ferez-vous l'honneur de devenir mon épouse devant Dieu et les hommes ?

Elle crut qu'elle allait pleurer. Mais le fait est qu'elle pleurait déjà.

— Oh ! mon Dieu !... Oh, oui !

Il se releva, secoua la poussière de son pantalon, remit son chapeau et sortit quelque chose de sa poche.

— Ça, c'est pour sauvegarder les apparences de la respectabilité, en attendant qu'on se trouve un prêtre. Je ne voudrais pas que tu oublies ma demande en mariage, ou ta réponse.

Hannah regarda sa main, et l'éclat de la bague en or que Drew venait de passer à son doigt l'aveugla plus sûrement que le soleil du Montana.

La lampe à huile jetait une chaude lumière dans la cuisine où ils avaient pris place, autour de la table ronde. La nuit était calme.

Elle avait versé du café dans son service en porcelaine bleu et blanc. Il tenait sa tasse dans le creux de ses mains et la regardait.

— Je t'aime, déclara-t-il.

— Redis-le.

— Je t'aime, Clementine.

Soudain intimidée, elle détourna le regard. La pensée de Gus traversa son esprit.

— Il n'a jamais su, dit-elle. Je suis sûre qu'il n'a jamais su. Oh ! il se doutait bien qu'il y avait une part de moi qu'il n'aurait jamais. Mais il n'a jamais su que cette part t'appartenait.

— Il m'est arrivé de souhaiter sa mort. J'ai cessé un jour de le vouloir, mais cette pensée ne m'a jamais complètement quitté.

Un court instant, Clementine fut choquée. Mais elle savait que rien dans le comportement ou les paroles de Zach n'empêcherait qu'elle continue de l'aimer.

Sa main reposait sur la nappe — de longs doigts fermes et solides qui savaient lancer une corde ou dompter un cheval. Ou aimer une femme. Elle posa sa main sur la sienne.

— Viens, mon amour, dit-elle. Allons nous coucher.

Achevé d'imprimer en mars 1997
sur presse Cameron
par ***Bussière Camedan Imprimeries***
à Saint-Amand-Montrond (Cher)

N° d'édition : 3352. N° d'impression : 4/325.
Dépôt légal : mars 1997.

Imprimé en France